Valeria Luiselli

1983 yılında Meksika'da dünyaya geldi. Diplomat olan babasının görevi nedeniyle çocukluğu çeşitli dünya ülkelerinde geçti. Felsefe dalında öğrenim gören Luiselli, yüksek lisansına sonradan ders de verdiği Columbia Üniversitesi'nde devam etmiştir. İlk romanı *Kalabalıkta Yüzler* ile *LA Times*'ın Art Seidenbaum İlk Roman Ödülü'ne layık görülen Valeria Luiselli'nin öykü ve makaleleri *New York Times, McSweeney's, Brick, Granta* ve *New Yorker* gibi mecralarda yayımlanır. *National Book Foundation*'ın 2014 yılında belirlediği, gelecek vaat eden '35'inden Genç 5 Yazar'dan biri olan Luiselli, çağdaş Latin Amerika edebiyatının yeni kuşak kalemlerinin arasında kendine özgü sesiyle sivrilmiş ve pek çok dile çevrilen eserleriyle özellikle ABD ve İngiltere'de övgü toplamıştır. Valeria Luiselli, adeta mimari bir yaklaşımla tasarladığı *Kalabalıkta Yüzler*'i takip eden romanı *Dişlerimin Hikâyesi*'yle Uluslararası Dublin Edebiyat Ödülü adayları arasına girmiş ve *LA Times* Kurmaca Kitap Ödülü'ne layık görülmüştür. Retorik sanatını masaya yatıran bu dâhiyane metin, kurmacanın olanaklarını hayranlık uyandıracak bir biçimde kullanmasıyla eleştirmenlerden tam not almıştır.

Kayıp Çocuk Arşivi, ABD'nin Meksika sınırında yaşanan dehşetli olaylara eğilmesi bir yana, oyunbaz ve derinlikli yapısıyla çarpıcı, güçlü ve zihinlerden silinmeyecek bir yol romanıdır.

Valeria Luiselli bugün New York şehrinde yaşamakta ve yazmaktadır.

Seda Ersavcı

1982'de Ankara'da doğdu. Ankara Üniversitesi Dil Tarih ve Coğrafya Fakültesi, İspanyol Dili ve Edebiyatı bölümünü bitirdikten sonra Universitat Autònoma de Barcelona'da Karşılaştırmalı Edebiyat ve Edebiyat Teorisi yüksek lisansı ve doktorası yaptı. İngilizce ve İspanyolcadan çeviriler ve editörlük yapmaktadır. Belli başlı çevirileri arasında Jack Kerouac-Allen Ginsberg'den *Mektuplar* (İthaki Yayınları) Marcelo Figueras'tan *Kamçatka* (Doğan Kitap) Susana Fortes'ten *Robert Capa'yı Beklerken* (Doğan Kitap) Rodrigo Rey Rosa'dan *Sağırlar* (Sel Yayınları) Félix Francisco Casanova'dan *Vorace'nin Yeteneği* (İthaki Yayınları) Roberto Bolaño'dan *Lümpen Roman* (Can Yayınları) Carlos María Dominguez'den *Kâğıt Ev* (Jaguar) Valeria Luiselli'den *Kalabalıkta Yüzler* ve *Dişlerimin Hikâyesi* gibi eserler yer almaktadır.

Lost Children Archive

Siren - Zamanın Ruhu / Roman
Sertifika No: 16232
ISBN: 978-605-5903-79-4
Birinci Baskı: Eylül 2019

Yayın Yönetmeni: Sanem Sirer
Yayın Koordinatörü: Erol Aydın
Çeviren: Seda Ersavcı
Kapak Uygulama: Nazlım Dumlu
İç Tasarım: Adem Şenel

Baskı: Yaylacık Matbaası
Fatih Sanayi Sitesi, No: 12/197-203
Topkapı, İstanbul. Tel: 212 567 80 03
Sertifika No:44865

Asmalı Mescit Mah. Ensiz Sokak No. 9/312
Beyoğlu-İSTANBUL
t *(212) 243 45 65* **f** *(212) 251 05 32*
www.sirenyayinlari.com
info@sirenyayinlari.com
sireninsesi.blogspot.com

KAYIP ÇOCUK ARŞİVİ

VALERIA LUISELLI

Türkçesi: Seda Ersavcı

SİREN YAYINLARI

Maia ve Dylan'a

İÇİNDEKİLER

1. BÖLÜM

AİLE İŞİTSEL PEYZAJI

YER DEĞİŞTİRME

Arşiv için toplayacak ve tasnif edecek bir el, arşivci gerekir.
– Arlette Farge

Gitmek ölmektir biraz biraz
Varmak varmamaktır asla.

– Göçmen Duası

YOLA ÇIKIŞ

Ağızlarını güneşe doğru açmış, uyuyorlar. Oğlan ve kız, alınları boncuk boncuk ter, kurumuş beyaz salya izleriyle kaplı yanakları al al. Arka koltuğun tamamını kaplıyorlar, kollarını, bacaklarını iyice açmış, bütün ağırlıklarıyla çökmüş, sereserpe yatıyorlar. Ön koltuktan ara ara dönüp onlara bakıyor, sonra haritayı incelemek üzere yeniden önüme dönüyorum. Trafiğin ağır ağır akan lavlarında şehrin hudutlarına doğru ilerliyoruz, George Washington Köprüsü'nü geçiyor, eyaletlerarası otoyola giriyoruz. Tepemizden bir uçak geçiyor ve bulutsuz göğün damağında uzun, düz bir yara izi bırakıyor. Direksiyon başındaki kocam şapkasını düzeltiyor, elinin tersiyle alnındaki teri siliyor.

AİLE SÖZLÜĞÜ

Günün birinde kocam ve ben çocuklarımıza neler söyleyeceğiz bilmiyorum. Hikâyemizin hangi kısımlarını onlar için ayıklayıp düzenlemeyi seçeceğimizden, hangilerini karıştırıp da nihai halini oluşturmak üzere yerleştireceğimizden emin değilim; üstelik sesleri ayıklamak, karıştırmak, düzenlemek kocamla benim geçimimizi sağlamak üzere yaptığımız iş için en iyi özet muhtemelen. Ama çocuklar soracaklar işte, çünkü onların işi bu: sormak. Bir giriş, bir gelişme, bir de sonuç anlatmamız gerekecek. Onlara cevap vermemiz, düzgün bir hikâye anlatmamız gerekecek.

Oğlan dün, New York'tan ayrılışımızdan tam da bir gün önce on yaşına girdi. Güzel hediyeler aldık ona. Özellikle belirtmişti, "Oyuncak istemiyorum," diye.

Kız beş yaşında ve birkaç haftadır, ısrarla, "Ne zaman altı olacağım?" diye soruyor.

Cevabımız ne olursa olsun onu tatmin etmeyecek. Dolayısıyla çoğunlukla, "Yakında," "Birkaç ay içinde," "Göz açıp kapayıncaya kadar," gibi muğlak şeyler söylüyoruz.

Kız benim kızım, oğlan kocamın oğlu. Birinin biyolojik, öbürünün üvey annesiyim ve genel itibariyle bilfiil anneleriyim ikisinin de. Kocam çocuklardan birinin babası, diğerininse üvey babası ama aynı zamanda sadece baba. Yani kız ve oğlan=üvey kız kardeş, oğul, üvey kız, kız, üvey erkek kardeş, kız kardeş, üvey oğul, erkek kardeş. Tüm bu sıfatlar ve ufak nüanslar -biz, onlar, bizim, senin- gündelik dilbilgisinin cümlelerini karmaşıklaştırdığından birlikte yaşamaya başlar başlamaz, yani oğlan neredeyse altı yaşında, kız da daha yeni yeni yürümeye başlamışken o ikisinden bahsetmek için çok daha basit olan "bizim" iyelik sıfatını benimseyiverdik. Bizim çocuklarımız oldular böylece. Bazense sadece kız ve oğlandılar. Çok geçmeden bize özel dilbilgisinin kurallarını öğrendiler, genel tabirler olan Anne ile Baba'yı benimsediler. Aile sözlüğümüz müşterek dünyamızın kapsamını, sınırlarını tanımladı, en azından şimdiye kadar.

AİLE ÖRGÜSÜ

Kocam ve ben dört yıl önce New York'un işitsel peyzajını kaydederken tanıştık. New York Üniversitesi'nin Kentsel Bilim ve Gelişim Merkezi için çalışan geniş ekipteydik. İşitsel peyzaj şehrin tüm arka plan ve sembol seslerini örneklendirmek, toplamak demekti: tiz bir ses çıkararak duran metro vagonları, 42. Cadde'nin uzun alt geçitlerindeki müzik, Harlem'de vaaz veren papazlar, çanlar, Wall Street borsasının duvarları ardındaki dedikodular, fısıltılar. Aynı zamanda da şehrin ürettiği ama genellikle gürültü olarak farkına varmadan göz ardı ettiğimiz diğer tüm sesleri araştırıp sınıflandırmayı hedefliyordu: büfelerde açılıp kapanan yazar kasaların, boş bir Broadway tiyatrosunda prova edilen bir metnin, Hudson'daki sualtı akıntılarının, Van Cortlandt Parkı'nda sürüler halinde gezen ve sağa sola sıçan Kanada kazlarının, Astoria çocuk parklarında sallanan salıncakların, Yukarı Batı Yakası'nın zenginlerinin tırnaklarını törpüleyen ihtiyar Koreli kadınların, Bronx'taki eski bir binada çıkan bir yangının, yoldan geçen birinin bir başkasına ana avrat düz gidişinin sesleri. Gazeteciler, ses sanatçıları, coğrafyacılar, şehir planlamacıları, yazarlar, tarihçiler, akustemoloji uzmanları, antropologlar, müzisyenler ve hatta şehri çevreleyen su sahalarına daldırdıkları, nehir yataklarının ve kim bilir başka nelerin derinliğini ve yükselti eğrilerini ölçen, çoksesışınlı akustik sonar denen şu karmaşık cihazlarıyla batimetri uzmanları da vardı. Herkes, ikişerli ya da küçük gruplar halinde, sanki devasa bir hayvanın çıkardığı son sesleri belgelermişçesine, şehirdeki dalga boylarını ölçüp örneklendirdi.

İkimizi eşleştirdiler. Dört tam yıl boyunca şehirde konuşulan tüm dilleri kaydetme görevi verildi bize. Görev tanımımız aynen şöyleydi: "dünyanın dil bakımından en zengin metropolünü araştırmak, yetişkinlerin, çocukların konuştuğu dillerin tamamının haritasını çıkarmak." İyiymişiz meğer bu işte, hatta belki fazla iyi. İkimiz harika bir ekip olmuştuk. Sonra, sadece birkaç ay beraber çalışmamızın ardından, âşık olduk -sırılsıklam, manasızca, öngörülebilir bir şekilde ve de körkütük, bir taş bir kuşa nasıl âşık olursa o şekilde âşık olduk biz de, kim taştı kim kuş bilmiyorduk bile- ve yaz geldiğinde beraber yaşamaya karar verdik.

Kız tabii ki o döneme dair hiçbir şey hatırlamıyor. Oğlan benim hep eski, mavi, dizlerime kadar gelen birkaç düğmesi eksik bir hırka giydiğimi ve zaman zaman, metroda ya da otobüsteyken -hep içeriye buz gibi hava üfledikleri sırada- onu çıkarıp onun ve kızın üzerlerini örtmek üzere bir battaniye olarak kullandığımı, hırkanın sigara koktuğunu, ayrıca kaşındırdığını hatırladığını söylüyor. Birlikte yaşamak alelacele verilmiş bir karardı; çetrefilli, şaşırtıcı, ani ve sonuçlarını düşünmediğiniz zaman hayat ne kadar güzel ve gerçek görünürse o kadar güzel ve gerçek. Bir kabile olduk. Sonra sonuçları yaşadık. Birbirimizin akrabalarıyla tanıştık, evlendik, ortak gelir vergisi beyannameleri doldurmaya başladık, aile olduk.

ENVANTER

Ön koltuklarda: o ve ben. Torpido gözünde: sigorta poliçesi, ruhsat, kullanıcı el kitabı, yol haritaları. Arka koltukta: iki çocuk, sırt çantaları, bir kutu peçete, içinde su şişeleri ve kolay bozulabilecek atıştırmalıklar olan mavi bir soğutucu. Ve bagajda: içinde Sony PCM-D50 dijital ses kayıt cihazım, kulaklıklar, kablolar, yedek piller olan ufak bir hurç, katlanabilir boom mikrofon sopası, mikrofonu, kulaklıkları, kabloları, zeppelin ve bir deadcat tüylü mikrofon rüzgârlığı ve bir de 702T Sound Devices dijital ses kaydedici için büyük bir Porta-Brace çanta. Ayrıca: içinde kıyafetlerimiz olan dört küçük bavul ve yedi Bankersbox karton kutu (15 x 12 x 10), çift tabanlı, geçme kapaklı.

ORTAKLAŞIM

Sarsılmaması için uğraşmamıza rağmen herkesin ailedeki yerine dair birtakım kaygıları oldu hep. Kimya dersinde öğrendiğimiz şu çetrefilli, iyonik bağ yerine ortaklaşım bağı olan moleküller gibiyiz - belki de tam tersi, bilemiyorum. Oğlan biyolojik annesini doğumda kaybetmişti ama bu konu hakkında hiçbir zaman konuşulmazdı. Kocam ilişkimizin ilk dönemlerinde bu gerçeği bana tek bir cümleyle aktarmıştı, eşelemeye açık bir konu olmadığını hemen anlamıştım. Ben de kızın biyolojik babası hakkında soru sorulmasından hoşlanmıyorum, bu yüzden bizim ve çocuklarımızın geçmişindeki öğelerle ilgili aramızda her zaman saygılı bir sessizlik antlaşması oldu.

Belki de tüm bunlara karşılık olarak çocuklar hep kendileriyle ilgili, bizi temel alan hikâyeler dinlemek istediler. Onların bizim çocuklarımız olduğu, hepimizin bir aile olduğu zamana dair her şeyi bilmek istiyorlar. Kozmogonik anlatıları araştıran antropologlar gibiler ama çocuklarınki biraz narsisizm barındırıyor içinde. Kız, aynı hikâyeleri tekrar tekrar dinlemek istiyor. Oğlan, sanki onlarca, hatta yüzlerce yıl önce yaşanmış gibi ortak çocukluk anılarını soruyor. Biz de anlatıyoruz. Hatırlayabildiğimiz tüm hikâyeleri anlatıyoruz onlara. Şayet bir yeri atlar, bir ayrıntıyı karıştırırsak ya da hatırladıkları haliyle arasında en ufak bir değişiklik fark ederlerse her seferinde lafımızı kesip bizi düzeltiyor, hikâyenin bir daha, bu kez düzgün bir şekilde anlatılmasını talep ediyorlar. Böylece zihinlerimizde kasetleri başa sarıyor ve yeniden, en baştan oynatıyoruz.

KURUCU MİTLER

Başlangıcımızda neredeyse boş bir apartman dairesi ve sıcak hava dalgası vardı. O dairedeki ilk gecemizde -kısa süre önce ardımızda bıraktığımız daireden söz ediyorum- dördümüz iç çamaşırlarımızla salonda, yerde oturuyorduk, avuçlarımızda pizza dilimleriyle ter içinde, bitap halde.

Eşyalarımızın bir kısmını ve o gün aldığımız bir iki ekstra şeyi boşaltmıştık: bir tirbuşon, dört yeni yastık, cam temizleyici, bulaşık deterjanı, iki küçük çerçeve, çivi, çekiç. Sonrasında çocukların boylarını ölçmüş, koridor duvarına ilk izleri bırakmıştık: 84 santimetre, 107 santimetre. Sonra her birimizin kendi, eski evinde asılı olan iki kartpostalı asmak üzere mutfak duvarına iki çivi çakmıştık: Biri bir Malcolm X portresiydi, öldürülüşünden kısa bir süre önce çekilmişti, başını sağ eline yaslamış, birine ya da bir şeye dikkatle bakıyordu; diğeriyse Emiliano Zapata portresi, dimdik ayakta duruyordu, bir elinde tüfeği, öbüründe bir kılıç, bir omzunda bir kuşak vardı, ikili fişekliği çaprazlama asılıydı. Zapata kartpostalını koruyan cam hâlâ eski mutfağımdan kalma bir kir tabakasıyla -yoksa is miydi?- kaplıydı. İkisini de buzdolabının yanına astık. Ama yine de, onları astıktan sonra bile, yeni daire hâlâ çok boş, duvarlar çok beyaz görünüyor, hâlâ yabancı geliyordu.

Oğlan pizzasını çiğnerken salona şöyle bir baktı, "Şimdi ne yapıyoruz?" diye sordu.

Ve o zaman iki yaşında olan kız onu yankıladı:

"Evet, ne yapıyoruz?"

Verecek bir yanıtımız yoktu, gerçi bana kalırsa epey uğraşmıştık bir yanıt bulabilmek için, çünkü muhtemelen boş odada sessiz sedasız bu soruyu dokuyorduk biz de.

"Şimdi ne yapıyoruz?" diye sordu oğlan yeniden.

Nihayetinde ben, "Şimdi gidip dişlerinizi fırçalayın," diye yanıtladım.

"Ama daha diş fırçalarımızı çıkarmadık ki," dedi oğlan.

"O zaman gidip banyodaki lavaboda ağzınızı çalkalayın, sonra da yatın," diye yanıtladı kocam.

Banyodan yeni yatak odalarında tek başlarına yatmaya korktuklarını söyleyerek geldiler. Uyuyacaklarına söz vermeleri şartıyla bizimle bir süre daha salonda kalmalarına müsaade ettik. Boş bir kutunun içine kıvrıldılar ve karton mekânı en adil şekilde bölüşmek için yavru köpekler misali debelendikten sonra derin, ağır bir uykuya daldılar.

Kocam ve ben bir şişe şarap açtık, pencereden başımızı çıkarıp bir joint içtik. Sonra yere oturduk, hiçbir şey yapmadan, hiçbir şey söylemeden, sadece karton kutularının içinde uyuyan çocukları izleyerek. Oturduğumuz yerden yalnızca bir kafa ve popo yumağı görebiliyorduk: oğlanın terden ıslanmış saçları, kızın kuş yuvası misali bukleleri, oğlan kuru götlü, kız koca götlü. Hani şu birlikte gereğinden fazla vakit geçirmiş ve bir anda orta yaşa gelivermiş, birbirinden bıkmış ama rahatları da oldukça yerinde çiftlere benziyorlardı. Mutlak, yekpare bir dostluk içinde uyudular. Ara ara, belki bir parça zom sessizliğimizi bölerek, oğlan sarhoş bir adam gibi horladı, kızın bedeni de uzun, gürültülü osuruklar saldı.

O günün erken saatlerinde, etrafımız devasa yumurtalar, pespembe salamlar, organik bademler, mısır ekmeği ve küçük kutular içinde tam yağlı sütle -çift gelirli bir ailenin yeni, yükseltilmiş beslenme düzeninin zenginleşmiş, gelişmiş ürünleri- sarılı bir şekilde süpermarketten metroyla yeni dairemize dönerken yine benzer bir konser vermişlerdi. Metroya bineli iki üç dakika geçmişti ki çocuklar uyuyakalmışlardı; kucaklarımızda başları, düğüm olmuş nemli saçlar, gün içinde bir sokak köşesinde yediğimiz devasa sıcak pretzeller gibi güzel, tuzlu bir koku. Melek gibiydiler, biz de yeterince gençtik, dördümüz güzel bir kabile, gıpta edilecek bir topluluktuk. Derken ansızın biri horlamaya, diğeri osurmaya başladı. Telefonlarına gömülmemiş olan birkaç yolcu bunu fark etti, kıza, bize, oğlana baktı ve gülümsedi - acıyorlar mıydı bize yoksa çocuklarımızın umumi edepsizliğine ortak mı oluyorlardı, kestirmek güçtü. Kocam gülümseyen yabancılara gülümseyerek karşılık verdi. Bir an için aklımdan onların dikkatini dağıtmam, başka bir yere yönlendirmem, hani belki de birkaç koltuk önümüzde uyuyan yaşlı adama ya da baştan ayağa koşu kıyafetleri içindeki genç kadına suçlayan gözlerle bakmam gerektiğini geçirdim. Yapmadım tabii ki. Onaylayarak veya boyun eğerek başımı salladım sadece ve metrodaki yabancılara gülümseyerek karşılık verdim ben de - gergin, dudaklarımın ancak bir iğne deliği kadar aralandığı bir gülümseme. Sanıyorum kimi rüyalardakine, hani şu okula gidip de iç çamaşırı giymeyi unuttuğunuzu fark ettiğiniz rüyalardakilere benzer bir tür sahne korkusuna kapıldım; hâlâ çok yeni olan dünyamızın gözleri önüne serildiği tüm o yabancıların karşısında ani, derin bir savunmasızlık hissi yaşadım.

Ama daha sonra, o gece, yeni dairemizin mahremiyetinde çocuklar uyur ve o güzel -nefis, her zaman istemsiz- sesleri çıkarıp dururken etraflıca, özbilincin ağırlığı altında ezilmeden dinleyebildim onları. Kızın bağırsak sesleri karton kutunun duvarlarından yükseliyor, neredeyse bütünüyle boş salona tüm şeffaflığıyla yayılıyordu. Çok geçmeden oğlan uykusunun derinliklerinde bir yerlerden duydu bu osuruk seslerini -ya da bize öyle geldi- ve homurtularla, mırıltılarla karşılık verdi. Kocam şehrin işitsel peyzajında yer alan ve şimdi karşılıklı konuşulmaya başlanmış olan dillerden birine tanıklık ettiğimiz gerçeğine dikkat çekti:

Bir kıç deliğine yanıt veren bir ağız.

Bir an için gülme arzumu bastırdım ama sonra kocamın gülmemek için gözlerini kapamış, nefesini tutuyor olduğunu fark ettim. Belki de kafamız sandığımızdan biraz daha iyiydi. Kendimi koyverdim, ses tellerim bir insanınkinden çok bir domuzunkine benzer bir ses oluşturdu. Uf puf ederek, nefes nefese kalarak, burun delikleri açılıp kapanarak, yüzü buruş buruş olarak, tüm bedeni yaralı bir pinyata misali ileri geri sallanarak kocam da bunun ardından kahkahalara boğuldu. Çoğu insan kahkaha atarken korkutucu görünür. Dişlerini birbirine vuranlar hep korkutmuştur beni, gülerken hiç ses çıkarmayanlar kaygılandırmıştır. Baba tarafımda kalıtsal bir bozukluk var sanıyorum; gülme döngüsünün sonunda horultular, hırıltılar -muhtemelen hayvani tabiatından dolayı yeni bir gülme döngüsü başlatan bir ses- çıkarıyoruz biz. Herkesin gözünden yaşlar gelinceye ve herkes utanç duygusuna kapılıncaya dek devam ediyor bu.

Derin bir nefes aldım, yanağımdaki yaşı sildim. Sonra kocamla birbirimizi ilk kez kahkaha atarken gördüğümüzü fark ettim. Yürekten gülerken, yani zincirlerinden boşanmış, serbest, dolu dolu, gülünç bir kahkaha atarken. Belki de nasıl güldüğümüzü bilmeyen biri gerçekten tanımıyordur bizi. Kocam ve ben nihayet kendimizi topladık.

"Uyuyan çocuklarımızın arkasından gülmek kaba bir davranış, değil mi?" diye sordum.

"Evet, çok yanlış."

Bunun yerine onları belgelememiz gerektiğine karar vererek kayıt cihazlarımızı çıkardık. Kocam boom mikrofon çubuğuyla mekânı taradı; ben avuç içi kadar taşınabilir ses kayıt cihazımı oğlanla kıza yaklaştırdım. Kızın başparmağını emişini, oğlanın mırıldandığı kelimeleri, uyurken çıkardığı tuhaf sesleri kaydettim; kocamın mikrofonu sokaktan geçen arabaların seslerini kaydetti. Çocuksu bir suç ortaklığıyla onların seslerinden örnekler kaydettik. O gece bizi çocukların seslerini kaydetmeye iten esas sebepler neydi emin değilim. Belki sadece sıcak hava dalgası artı şarap, eksi joint, çarpı taşınma heyecanı, bölü gözlerimizin önünde geri dönüştürülen o karton. Veya belki de, bir şeyin başlangıcıymış gibi gelen bu ânın bir iz bırakmasına imkân verme dürtüsüne kapılmıştık. Ne de olsa zihinlerimizi kayıt fırsatlarını kaçırmamak, kulaklarımızı gündelik hayatlarımızı sanki ham kayıtlarmış gibi dinlemek üzere eğitmiştik. Hepsi, biz ve onlar, burası ve orası, içerisi ve dışarısı kaydedildi, derlendi, arşivlendi. Yeni aileler, vahşi bağımsızlık savaşlarından veya sosyal devrimlerden sonraki genç uluslar gibi tıpkı, başlangıçlarını sembolik bir âna demirleme ve o ânı zamana mıhlama ihtiyacı duyuyordur belki de. O gece bizim kuruluşumuzdu, kaosumuzun düzene dönüştüğü gece.

Gecenin ilerleyen saatlerinde, yorgun düşüp de coşkumuzu kaybettiğimizde, çocukları yeni odalarına, içinde uyudukları karton kutudan çok da büyük olmayan yataklarına taşıdık. Ardından kendi yatak odamıza geçip kendi yatağımıza girdik ve bacaklarımızı birbirine doladık, tek kelime etmedik; ne var ki bedenlerimizle belki sonra, belki yarın, yarın sevişiriz, yarın plan yaparız, yarın tarzı bir şeyler söylüyorduk.

İyi geceler.

İyi geceler.

ANADİLLER

İşitsel peyzaj projesinde çalışmak üzere davet edildiğimde projenin biraz ucuz, megalomanca, muhtemelen de fazla didaktik olduğunu düşündüm. Şu ankinden çok daha genç olmasam da gençtim, kendimi hâlâ esaslı bir siyasi gazeteci olarak görüyordum. Ayrıca New York Üniversitesi, Kentsel Bilim ve Gelişim Merkezi tarafından düzenlenmesine, nihayetinde de onların ses arşivine eklenecek olmasına rağmen projeyi finanse edenler arasında birtakım devasa çokuluslu holdingler bulunması hoşuma gitmemişti. CEO'larını biraz araştırmaya çalıştım - skandallar, sahtekârlıklar, faşist bağlantılar peşindeydim. Ama küçük bir kızım vardı. Dolayısıyla da bana sağlık sigortasının da sözleşmeye dahil olduğu söylendiğinde ve alacağım maaşla hayatta kalabilmek için kabul ettiğim sayısız ufak tefek işi yapmak zorunda kalmadan geçinebileceğimi fark ettiğimde araştırmayı bıraktım, şirket etiği hakkında endişelenebilme lüksüne sahipmişim gibi davranmaktan vazgeçtim, sözleşmeyi imzaladım. Onun sebepleri neydi emin değilim ama, aşağı yukarı aynı zamanlarda, kocam da -ki o zaman kendisi kocam ya da çocuklarımızın babası değil, akustemoloji uzmanı bir yabancıydı sadece- kendi sözleşmesini imzalamıştı.

Kendimizi tamamıyla bu işitsel peyzaj projesine adadık. Her gün, çocukların biri yuvada, diğeri okuldayken, neler olacağını bilmeden ama yeni bir şeyler bulacağımızdan her zaman emin bir halde şehre yollanırdık. Beş idari bölgeye girip çıkar, yabancılarla röportaj yapar, onlardan anadillerinde, anadilleri hakkında konuşmalarını isterdik. Tren istasyonları, havaalanları, otobüs durakları gibi geçiş mekânlarında geçirdiğimiz günleri severdi o. Bense okullarda geçirdiğimiz, çocuklardan örnek kayıt aldığımız günleri severdim. Sağ omzuna asılı Porta-Brace çantasıyla, belli bir açıyla tuttuğu boom mikrofonuyla kalabalık kafeteryalarda gezinir, konuşma seslerini, çatal bıçak seslerini, ayak seslerini kaydederdi. Ben, koridorlarda ve sınıflarda, kayıt cihazımı benim yönlendirmelerim doğrultusunda konuşan her bir çocuğun ağzına doğru tutardım. Evlerinde duydukları şarkıları, tabirleri anımsamalarını isterdim onlardan. Aksanları İngilizceye çalmaya başlamış, yerlileşmişti çoğunlukla, anne babalarının dilleri artık yabancılaşmış olurdu onlara. Elle tutulabilen, fiziksel dillerinin -pembe, ciddi, disiplinli- gitgide daha da uzak olan anadillerinin seslerine nasıl da dolanmaya çalıştığını hatırlıyorum: İspanyolca "r" harfinde dilin ucunun aldığı zor konum, heceli Keçuva ve Garifuna kelimelerinin tamamında dilin damağa hızla vurduğu şaplaklar, vurgulu Arapça "h" harfinde dilin gövdesinin usulca geriye kıvrılışı.

Aylar geçti ve biz sesler kaydettik, aksanlar topladık. Konuşan, hikâyeler anlatan, susan, yalanlar söyleyen, dua eden, tereddüt eden, itiraf eden, nefes alıp veren insanlarla dolu kaset üstüne kaset biriktirdik.

ZAMAN

Başka şeyler de biriktirdik: bitkiler, tabaklar, kitaplar, sandalyeler. Varlıklı mahallelerin kaldırım kenarlarından eşya topladık. Genellikle sonradan aslında başka bir sandalyeye, başka bir kitaplığa ihtiyacımız olmadığını fark edip kendimizi servetin yeniden dağılımını gerçekleştiren görünmez sol elin iştirakçıları -kaldırımların ve yol kenarlarının anti Adam Smith'leri- gibi hissederek aldıklarımızı hali vakti pek yerinde olmayan mahallemizin kaldırımının kenarına bırakırdık. Bir süre daha sokaklardan eşya toplamayı sürdürdük, derken bir gün radyodan şehirde bir tahtakurusu krizi olduğunu öğrendik, haliyle çöpçülük etmeyi bırakıp serveti yeniden pay etmeye bir son verdik ve kış, ardından da bahar geldi.

Bir mekânı ev, bir hayat planını hayat yapanın ne olduğu açık değildir hiçbir zaman. Günün birinde kitaplar artık kitaplıklara sığmaz oldu, dairemizdeki büyük boş oda salonumuza dönüşüverdi. Film izlediğimiz, kitap okuduğumuz, yapboz yaptığımız, kestirdiğimiz, çocuklara ev ödevlerinde yardım ettiğimiz mekâna dönüştü burası. Akabinde arkadaşlarımızı ağırladığımız, onlar gittikten sonra uzun uzadıya sohbet ettiğimiz, seviştiğimiz, birbirimize güzel ve korkunç şeyler söylediğimiz, ardından sessizce topladığımız mekân olup çıktı.

Onca zaman kim bilir nasıl geçmiş, kim bilir nereye gitmişti ama gün gelmiş oğlan sekiz, sonra dokuz, kız da beş yaşına basmıştı. Aynı devlet okuluna gitmeye başlamışlardı. Tanıştıkları tüm o küçük yabancılar arkadaşları olmuştu artık. Bundan böyle futbol takımları, jimnastik dersleri, yıl sonu gösterileri, pijama partileri, hep bir dolu doğum günü partisi vardı ve dairemizin koridor duvarına çocuklarımızın boylarını ölçerken koyduğumuz işaretler bir anda dikey bir hikâyeyi özetleyiverdi. Çok uzamışlardı. Kocam çok çabuk boy attıklarını düşündü. İçtikleri şu küçük kutulardaki organik tam yağlı süt yüzünden anormal bir hızla boy attılar, dedi, çocukların zamanından önce uzamasını sağlamak için sütün kimyasının değiştirildiğine inanıyordu. Olabilir, diye düşündüm. Ama sadece zaman geçip gitmiş de olabilirdi.

DİŞLER

Daha ne kadar var?

Ne kadar kaldı?

Herhalde tüm çocuklarda aynı durum söz konusu: Şayet bir araba yolculuğu yapıyorsanız ve uyanıklarsa sizden ilgi beklerler, tuvalet molası verilsin isterler, atıştırmalık isterler. Ama en çok da, "Ne zaman varacağız?" sorusunun cevabını bilmek isterler.

Oğlanla kıza genellikle, "Birazdan," cevabını veriyoruz. Bazense, "Oyuncaklarınızla oynayın," diyoruz. "Geçen beyaz arabaları sayın." "Uyumaya çalışın."

Şimdi Philadelphia yakınındaki bir bilet gişesinde durakladığımızda, sanki uykuları eşzamanlıymış gibi birden uyanıyorlar - hem ikisinin uykusu birbiriyle eşzamanlıymış gibi, hem de, çok daha tuhaf bir şekilde, sanki arabanın değişen hızıyla eşzamanlıymış gibi. Kız arka koltuktan, "Daha kaç blok var?" diye bağırıyor.

"Baltimore'da mola vermemize biraz daha var," diyorum.

"Peki ama yolun sonuna kaç blok var?"

Yolun sonu Arizona. Plan New York'tan arabayla eyaletin güneydoğu ucuna gitmek. Güneybatı istikametinde sınır bölgesi doğrultusunda ilerlerken kocam ve ben yeni ses projelerimiz üzerinde çalışacağız, saha çalışmaları, etütler yapacağız. Ben daha çok insanlarla yapacağım mülakatlara odaklanacağım, yabancıların sohbetlerinin kimi bölümlerini yakalayacak, radyodan verilen haberleri veya küçük lokantalardaki sesleri kayda alacağım. Arizona'ya vardığımızda son örneklerimi kaydedecek ve her şeyi, tüm kayıtları düzenlemeye başlayacağım. Hepsini tamamlamak için dört haftam var. Sonra muhtemelen kızla New York'a dönmem gerekecek ama henüz emin değilim. Kocamın kati planının ne olduğundan da emin değilim. Profilden yüzünü inceliyorum. Önündeki yola odaklanmış durumda. Düzlüklerdeki ya da otoparklardaki rüzgâr sesi, çakıllardaki, betondaki ya da kumdaki ayak sesleri gibi şeyleri toplayacak; belki yazarkasalara atılan bozuklukların, fıstıkları öğüten dişlerin, bir çocuğun içi çakıl taşı dolu bir ceketin cebine soktuğu elinin sesini. Onun bu yeni ses projesini tamamlaması ne kadar vakit alacak ya da sonrasında neler olacak bilemiyorum. Kız sessizliğimizi bozuyor:

"Anne, baba, size bir soru sordum: Yolun sonuna kaç blok var?" diye diretiyor.

Kendimize sabırlı olmamız gerektiğini hatırlatmak zorundayız. Beş yaşındaki bir çocuğun zamanla sınırlanmamış dünyasında yaşamanın ne kadar kafa karıştırıcı olduğunu biliyoruz biz - hatta bana kalırsa oğlan bile biliyor: zamandan muaf bir dünya değil bu, bilakis, gereğinden fazla zaman olan bir dünya. Kocam sonunda kıza yanıt veriyor, görünüşe bakılırsa bu yanıt onu tatmin ediyor:

"Yolun sonuna senin ikinci alt dişin düştüğünde varacağız."

DİL BAĞLARI

Kız dört yaşına gelip de devlet okuluna gitmeye başlamışken bir dişi zamanından önce düştü. Hemen ardından kekelemeye başladı. Bu olayların aslında birbiriyle ilişkisi olup olmadığını hiçbir zaman bilemedik: okul, diş, kekeleme. Ama aile anlatımızda en azından bu üç şey birbirine şaşırtıcı ve duygu yüklü bir şekilde bağlandı.

New York'ta geçirdiğimiz son kış mevsiminde bir sabah kızımın sınıf arkadaşlarından birinin annesiyle sohbet ettim. Konferans salonunda yeni aile temsilcilerini seçmek üzere bekliyorduk. Bir süre sırada arka arkaya bekledik, birbirimize çocuklarımızın dilsel ve kültürel çıkmazlarından bahsettik. Ona kızımın bir sene kekelediğinden, hatta yer yer iletişimsizlik noktasına geldiğinden söz ettim. Her cümleye sanki hapşıracakmış gibi başlıyordu. Ama geçenlerde konuşmak yerine o cümleyi şarkı söylercesine dillendirdiğinde kekelemediğini fark etmiş, böylece yavaş yavaş kekelemeyi bırakmıştı. Kadın bana oğlunun neredeyse altı ay boyunca herhangi bir dilde tek kelime etmediğinden bahsetti.

Birbirimize nereli olduğumuzu, evde hangi dilleri konuştuğumuzu sorduk. Mixteca, Tlaxiaco'lu olduklarını söyledi. Anadili Trikiceydi. Daha önce hiç Trikice duymamıştım, hakkında bildiğim tek şey, sekizden fazla farklı tonla en karmaşık tonlu dillerden biri olduğuydu. Büyükannem Hñähñu idi ve Trikiceden daha basit, sadece üç farklı tona sahip bir tonlu dil olan Otomice konuşurdu. Annemin bu dili öğrenmediğini, tabii haliyle benim de bilmediğimi söyledim. Oğlunun Trikice konuşup konuşmadığını sorduğumda tabii ki konuşmadığını söyledi ve, "Annelerimiz bize konuşmayı öğretiyor, dünyaysa susmayı," dedi.

Oy kullandıktan sonra, vedalaşmadan hemen önce, her ne kadar tam tersi olması gerekiyorduysa da birbirimize kendimizi tanıttık. Tıpkı büyükannem gibi onun adı da Manuela'ydı. O bu tesadüfü benim kadar eğlenceli bulmadı. Bir gün kendisini kaydetmeme izin verir mi acaba diye sordum, ona kocamla kaydettiğimiz ve neredeyse tamamlamak üzere olduğumuz ses belgeselinden söz ettim. Henüz Trikicenin bir örneğini almamıştık - öyle sık rastlanılan bir dil değildi. İkircikli bir tavırla kabul etti ve birkaç gün sonra okulun bitişiğindeki parkta buluştuğumuzda bunun karşılığında benden bir şey isteyeceğini söyledi. Oğlundan daha büyük olan -biri sekiz, diğeri on yaşında- iki kızı vardı; ülkeye yeni gelmişler, sınırı yürüyerek geçmişlerdi, Teksas'ta bir gözaltı merkezinde tutuluyorlardı. Belgelerini cüzi bir miktar karşılığında yahut herhangi bir ücret almadan İspanyolcadan İngilizceye çevirecek birine ihtiyacı vardı, böylelikle sınır dışı edilmelerinin önüne geçmek için bir avukat tutabilirdi. Neye giriştiğimi bilmeden kabul ettim.

PROSEDÜRLER

Başlangıçta mesele sadece resmi belgeleri tercüme etmekten ibaretti: kızların doğum belgeleri, aşı kayıtları, bir öğrenci karnesi. Ardından memleketindeki bir komşusunun Manuela'ya yazdığı, oradaki durumu ayrıntılı bir şekilde izah ettiği bir dizi mektup geldi: bitmek bilmeyen şiddet, ordu, çeteler, polis, insanların -çoğunlukla da genç kadın ve kızların- birden sırra kadem basmaları. Derken bir gün Manuela benden bir avukat adayıyla görüşmemi istedi.

Üçümüz New York Göçmen Mahkemesi'nin bekleme odasında buluştuk. Avukat kısa bir soruşturma yaptı, sorduğu İngilizce soruları Manuela için İspanyolcaya çevirdim. Manuela kendi hikâyesini, kızların hikâyelerini anlattı. Oaxaca ile Guerrero sınırındaki küçük bir kenttendi hepsi. Yaklaşık altı sene önce, kızlardan küçük olanı iki, büyük olanıysa dört yaşına bastığında Manuela onları büyükannelerine bırakmıştı. Yiyecek kıtlığı vardı; bu kadar az şeyle kızları büyütmek imkânsızdı diye açıkladı. Belgeleri olmadan sınırı geçmiş, kuzenlerinden birinin yaşadığı Bronx'a yerleşmişti. İş bulmuş, eve para göndermeye başlamıştı. Plan hızlıca para biriktirip ilk fırsatta eve dönmekti. Ama hamile kalınca hayat karmaşık bir hal almış, yıllar hızla akıp gitmeye başlamıştı. Büyüyen kızlar onunla telefonda konuşuyor, kar yağışı, büyük caddeler, köprüler, trafik sıkışıklığı, daha sonrasında da bebek erkek kardeşleri hakkında anlattığı hikâyeleri dinliyorlardı. Bu esnada evdeki durum gitgide daha da karmaşık, daha da tehlikeli bir hal almıştı, bu nedenle Manuela patronundan ödünç para istemiş ve kaçakçının birine kızları yanına getirmesi için ödeme yapmıştı.

Kızların büyükanneleri onları seyahat için hazırlamış, bunun uzun bir yolculuk olacağını söyleyerek sırt çantalarını toplamıştı: İncil, şişe suyu, fındık fıstık, her birine bir oyuncak, yedek iç çamaşırı. Onlara bir örnek elbiseler dikmiş, yola çıkmadan bir gün önce de Manuela'nın telefon numarasını elbiselerinin yakalarının içine dikişle sabitlemişti. Kızlara o on rakamı ezberletmeye çalışmıştı aslında ama kızlar bir türlü ezberleyememişlerdi. Hal böyle olunca da numarayı elbiselerinin yakalarının içine dikmiş, tekrar tekrar tek bir talimat vermişti: Elbiselerini asla çıkarmayacaklardı, asla, ve Amerika'ya ayak basar basmaz, karşılarına bir Amerikalı çıkar çıkmaz, ister polis olsun, ister sıradan bir vatandaş, söz konusu adama ya da kadına yakalarının içini göstereceklerdi. O kişi yakalarına dikili numarayı çevirecek, anneleriyle konuşmalarını sağlayacaktı. Sonra da gerisi gelecekti işte.

Geldi de, ne ki planlandığı şekilde değil. Kızlar sağ salim sınıra ulaşmıştı ama kaçakçı onları öte tarafa geçireceğine gecenin bir yarısı çölün ortasında bırakmıştı. Şafak vaktinde sınır devriyesi bir kontrol noktası yakınındaki yol kenarında otururken bulmuştu kızları, refakatçisi olmayan çocuklara yönelik bir gözaltı merkezine yerleştirilmişlerdi. Bir memur Manuela'yı arayıp kızların bulunduğunu söylemişti. Manuela adamın sesinin bir sınır devriyesi için sevecen ve nazik olduğunu belirtti. Adam Manuela'ya, yasalara göre, Meksika ve Kanada'dan gelen çocukların diğer ülkelerden gelen çocukların aksine anında geri gönderilmesi gerektiğini söylemişti. Çocukları gözaltı merkezinde tutmayı başarmıştı ama Manuela'nın bundan sonrası için bir avukata ihtiyacı olacaktı. Telefonu kapatmadan önce kızlarla konuşmasına müsaade etmişti. Beş dakika vermişti onlara. Yola çıktıklarından beri seslerini ilk duyuşuydu bu. Telefonu büyük kızı almış, iyi olduklarını söylemişti. Küçük olanı sadece ahizeye doğru nefes vermiş, hiçbir şey söylememişti.

O gün görüştüğümüz avukat Manuela'nın hikâyesini dinledikten sonra üzgün olduğunu, davayı alamayacağını söyledi. Davanın "yeterince güçlü" olmadığını belirtti, başka da bir açıklama yapmadı. Manuela ve ben mahkeme salonundan çıkarıldık, koridorlardan geçirildik, asansörle aşağı indirildik, binadan çıkarıldık. Sabahın ilerleyen saatlerinde Broadway boyunca yürüdük; şehir vızır vızır, binalar uzun uzun ve sağlamdı, gökyüzü masmaviydi, güneş parıl parıl parlıyordu - sanki feci şeyler olmuyormuş gibi. Bir çözüm bulmasına, iyi bir avukat tutmasına ne şekilde olursa olsun yardım edeceğime söz verdim.

ORTAK BEYAN

Bahar geldi, kocamla ben vergi beyannamelerimizi doldurduk ve işitsel peyzaj projesi için topladığımız malzemeleri teslim ettik. New York'ta sekiz yüzden fazla lisan konuşuluyordu, dört yıllık çalışmanın ardından hemen hemen hepsini örneklendirmiştik. Nihayet hayatlarımıza devam edebilecektik - artık devamında bizi ne bekliyorduysa. Ve tam da öyle oldu: Hayatlarımıza devam etmeye başladık. İlerliyorduk ama birlikte ilerlediğimiz söylenemezdi.

Manuela'nın iki kızının aleyhinde açılan davaya iyiden iyiye dahil olmuştum. Kamu yararına çalışan bir avukat nihayet davalarını almayı kabul etmişti, her ne kadar kızlar henüz annelerine kavuşmuş değilse de, en azından Teksas'taki gayriinsani, yarı güvenli gözaltı merkezinden sözüm ona daha insani koşullara sahip başka bir yere -reşit olmayan göçmenler için gözaltı merkezine dönüştürülmüş olan Lordsburg, New Mexico yakınındaki eski bir Walmart mega mağazasına- nakledilmişlerdi. Davayı takip edebilmek için göçmen yasası üzerine biraz daha araştırma yapmış, duruşmalara katılmış, avukatlarla görüşmüştüm. Ülke genelindeki on binlerce benzer davadan biriydi onlarınki. Son altı yedi ay içinde Meksika'dan, bilhassa da Orta

Amerika Kuzey Üçgeni'nden gelen seksen binden fazla kayıt dışı çocuk ABD'nin güney sınırında tutuklanmıştı. Bu çocukların hepsi korkunç bir istismar ve sistematik şiddet ortamından, çetelerin tanınmayan devletlere dönüştüğü, iktidarı zapt ettiği ve hukukun üstünlüğünü zorla ele geçirdiği ülkelerden kaçıyorlardı. ABD'ye korunma amacıyla, annelerini, babalarını ya da daha önce göç etmiş olan ve kendilerini yanlarına alabilecek diğer akrabalarını bulma amacıyla gelmişlerdi. Genelde anlatıldığı üzere Amerikan rüyası peşinde değillerdi yani. Sadece her gün yaşadıkları kâbustan bir çıkış yolu arıyorlardı.

O sıralarda radyoda ve birtakım gazetelerde ülkeye gelen kayıt dışı göçmen çocuk dalgasıyla ilgili haberlere yavaş yavaş yer verilmeye başlanmıştı ama hiçbiri durumu bu çocukların gözünden aktarmıyordu. New York Üniversitesi Kentsel Bilim ve Gelişim Merkezi'nin yöneticisiyle görüşmeye karar verdim. Hikâyenin farklı bir açıdan nasıl anlatılabileceğine dair genel bir fikir sundum. Bir süre didindikten ve verdiğim birtakım tavizlerden sonra sınırdaki göçmen çocuk krizi üzerine kaydedeceğim ses belgeseli için ödenek sağlama konusunda bana yardım etmeye razı oldu. Öyle büyük bir prodüksiyon değildi: yalnızca ben, kayıt cihazlarım ve kısıtlı bir süre.

Başta fark etmemiştim ama kocam da yeni bir proje üzerinde çalışmaya başlamıştı. İlkin Apaçi tarihiyle ilgili birkaç kitap vardı sadece. Çalışma masasının, komodininin üzerinde yığılıydılar. Bu konuya önceden beri ilgi duyduğunu biliyordum, ayrıca çocuklara sık sık Apaçilerle ilgili hikâyeler anlatırdı, dolayısıyla tüm o kitapları okuyor olmasında şaşılacak bir şey yoktu. Sonra Apaçi topraklarının haritaları, şefleriyle savaşçılarının fotoğrafları çalışma masasının çevresindeki duvarları doldurur oldu. Ömür boyu süren bir merakın resmi bir araştırmaya dönüşmekte olduğunu sezmeye başladım.

"Ne üzerine çalışıyorsun?" diye sordum bir öğleden sonra.

"Bazı hikâyeler sadece."

"Ne hakkında?"

"Apaçiler."

"Neden Apaçiler? Hangileri?"

Şef Cochise, Geronimo ve Çirikavalarla ilgilendiğini çünkü onların Amerika kıtasındaki son özgür halkların -ahlaki, politik, askeri açıdan- son Apaçi liderleri olduğunu, en son onların teslim olduğunu söyledi. Elbette herhangi bir araştırmaya girişmek için hayli geçerli bir sebepti ama duymayı beklediğim yanıt tam da bu değildi.

Sonra bu araştırmadan yeni bir ses projesi olarak bahsetmeye başladı. Karton kutular alıp içlerini birtakım zımbırtılarla doldurdu: kitaplar, notlar, alıntılarla dolu dizin kartları, oradan buradan kesilmiş şeyler, kupürler ve haritalar, halk kütüphanelerinde ve özel arşivlerde bulduğu saha kayıtları ve ses haritaları, bunların yanı sıra her gün, hani neredeyse saplantılı bir şekilde yazdığı bir dizi küçük kahverengi not defteri. Tüm bunların sonunda bir ses parçasına nasıl çevrileceğini merak etmiştim. Ona bu kutuları, içlerindeki zımbırtıları ve planlarını, onun planlarının bizimkilerle ne şekilde örtüştüğünü sorduğumda henüz bilmediğini ama çok geçmeden beni haberdar edeceğini söyledi.

Ve birkaç hafta sonra beni haberdar ettiğinde bir sonraki adımlarımız üzerine konuştuk. Ona projeme odaklanmak, çocukların hikâyelerini ve New York Göçmen Mahkemesi'ndeki davalarını kaydetmek istediğimi söyledim, ayrıca yerel bir radyo istasyonunda bir işe başvurmayı düşündüğümden söz ettim. O tam da tahmin ettiğim şeyi söyledi. Apaçiler hakkındaki belgesel projesi üzerine çalışmak istiyordu. Başvurduğu bursu almıştı. Ayrıca bu proje için toplaması gereken malzemelerin belirli yerlerle bağlantılı olduğunu ama bu işitsel peyzajın farklı olacağını da söyledi. "Yankı envanteri" olarak tanımladı, Geronimo ile son Apaçilerin hayaletleri hakkında olacağını belirtti.

Biriyle beraber yaşamakla ilgili mesele şu: Onu her gün görseniz, sohbet esnasındaki tüm jestlerini tahmin edebilseniz, hareketlerinin ardında yatan niyeti okuyabilseniz, neye ne tepki vereceğini oldukça isabetli bir şekilde hesaplayabilseniz de, keşfedilmemiş tek bir kırışıklığı bile kalmadığından emin olsanız da o kişi, gün gelir ansızın bir yabancıya dönüşebilir. Kocamdan duymayı beklemediğim bir şey vardıysa da bu, yeni projesi üzerine çalışabilmek için zamana, tek bir yazdan çok daha uzun bir zamana ihtiyacı olduğuydu. Ayrıca dediğine göre sessizliğe ve yalnız kalmaya da ihtiyacı vardı. Bir de yer değiştirmeye, ülkenin güneybatısına yerleşmeye ihtiyacı vardı.

"Ne kadar sürecek?" diye sordum.

"Muhtemelen bir iki yıl, belki biraz daha fazla."

"Güneybatıda neresi peki?"

"Henüz bilmiyorum."

"Peki ya benim buradaki projem?" diye sordum.

"Anlamlı bir proje," dedi yalnızca.

YALNIZ VE BİRLİKTE

Sanıyorum kocam ve ben birlikteliğimizin ikinci kısmına, hani şu sırf kurduğumuz hayatı yaşayıverdiğimiz kısma hazır değildik. Birlikte çalışacağımız yeni bir profesyonel projenin yokluğunda başka yönlere savrulmaya başladık. Sanıyorum biz de herkes gibi evliliği, Rilke'nin yahut bir başka ılımlı, kalender kişinin uzun zaman önce belirttiği üzere, birbirlerinin yalnızlıklarının koruyucusu olmaya gönüllü iki insan arasındaki antlaşma olarak görmek yerine mutlak bir müştereklik ve tüm sınırları ortadan kaldırma hali olarak düşünme hatasına düştük - veya belki de yalnızca ben düştüm. Peki ama gerçekten hazır olabilir mi kimse? Sebepleri saptamadan önce sonuçların üstesinden gelmeye soyunabilir mi kimse?

Bundan birkaç sene evvel düğünümüzde bir arkadaş, sarhoşların sızıp kalmadan hemen önceki o kehanetlerde bulunma iddiasıyla bize evliliğin bir şölen olduğunu söylemişti, geç gelip de yemekleri bitmiş, davetlileri sıkkın halde bulduğunuz bir şölen; insan ordan ayrılmak istermiş, fakat nasıl ya da kiminle gideceğini bilemezmiş.

"Ama ben, arkadaşlar, size nasıl sonsuza dek sürdüreceğinizi söyleyebilirim," dedi.

Sonra gözlerini yumdu, sakalını göğsüne gömdü, sandalyesinde sızdı kaldı.

DÖKÜM

Çocukları yatırdıktan sonra kocamın yer değiştirme, güneybatıya daha kalıcı bir şekilde yerleşme planının lojistiğini tartıştığımız pek çok zorlu akşam geçirdik. Tartıştığımız, kavga ettiğimiz, seviştiğimiz, yeniden tartıştığımız, hal çaresine bakmaya çalıştığımız pek çok uykusuz gece. Projesini anlamaya ya da en azından kabullenmeye çalışarak, daha ziyade onu planından vazgeçirmenin bir yolunu bulmaya uğraşarak saatler geçirdim. Hatta bir gece kendimi kaybedip ona bir ampul, bir rulo da tuvalet kâğıdı fırlatarak bir ağız dolusu saçma sapan hakaret yağdırdım.

Fakat günler geçti, seyahat hazırlıkları başladı. O, internet sitelerini tarayıp birtakım şeyler satın aldı: soğutucu, uyku tulumu, elektronik cihazlar. ABD haritaları aldım. Ülkenin tamamını gösteren büyük bir tane ve muhtemelen geçeceğimiz güney eyaletlerini gösteren başka haritalar. Gece geç saatlere kadar oturup hepsini inceledim. Ve seyahat gitgide daha somut bir hal aldıkça kendimi çoktan verilmiş bir kararı kabul etmekten başka bir seçeneğimin kalmamış olduğu fikrine alıştırmaya çalıştım, sonra yavaş yavaş, sanki artık standart kesintiler için uygun, giderlerin, kredilerin ve vergiye tabi malların bir tür ahlaki hesabı için hazır bir hale gelmiş gibi, hayatımızın dökümünü yapmamaya epey bir gayret ederek anlaşmaya kendi şartlarımı ekledim. Başka bir deyişle nihayetinde hakir göreceğim birine dönüşmemek için epey gayret ettim.

Kendi kendime bu yeni durumu profesyonel anlamda kendimi yeniden keşfetmek, hayatımı yeniden inşa etmek için kullanabileceğimi -insana sadece burç yorumlarında, yahut hayatınız kararmışken, olayların gülünç yanını görme yeteneğinizi bütünüyle kaybetmişken anlamlı gelen birtakım benzeri şeyler- söyledim.

Daha makul davranıp daha güzel günlere az da olsa odaklanınca profesyonel anlamda birbirimizden uzaklaşmamızın ilişkimizde daha derin bir kırılma yaşandığı manasına gelmek zorunda olmadığına kendimi ikna ettim. Kendi projelerimizin peşine düşmemiz birlikte kurduğumuz dünyanın dağılmasına vesile olmak zorunda değildi. Çocukların okulu biter bitmez arabaya atlayıp sınır bölgelerine gidebilir, kendi projelerimiz üzerinde çalışabilirdik. Nasıl yapacağımdan emin değildim ama araştırmaya başlayabileceğimi, yavaş yavaş bir arşiv oluşturabileceğimi ve mülteci çocuk krizi konusundaki odak noktamı, tüm dikkatimi verdiğim New York Göçmen Mahkemesi'nden güney sınır bölgesindeki coğrafi noktalardan herhangi birine doğru genişletebileceğimi düşündüm. Kendi içinde epey büyük bir gelişmeydi elbette. Ama aynı zamanda birbirinden çok farklı olan iki projeyi birbirine uyumlu hale getirmenin bir yoluydu. En azından şimdilik. Her halükârda gelinen bu noktada ailece güneybatıya seyahat etmemize olanak tanıyacak kadar uyumluydu. Sonrasında bir çaresine bakacaktık artık.

ARŞİV

Mülteci çocuklarla ilgili raporları ve makaleleri dikkatle inceledim, New York Göçmen Mahkemesi'nin dışında, sınırda, gözaltı merkezlerinde ve barınaklarda yaşananlarla ilgili bilgi toplamaya çalıştım. Avukatlarla irtibat kurdum, New York Barosu'nun konferanslarına katıldım, sivil toplum çalışanları ve cemaat liderleriyle özel toplantılar yaptım. Yarım yamalak notlar, yazılardan bölümler, kupürler, kartların üzerlerine karalanmış alıntılar, mektuplar, haritalar, fotoğraflar, kelime listeleri, kesilmiş yazılar, kaydedilmiş ifadeler topladım. Kendi yarattığım bu belge labirentinde kaybolmaya başladığımda Columbia Üniversitesi'nde arşiv çalışmalarında uzman bir profesör olan eski bir arkadaşımla temasa geçtim; bana uzun bir mektup yazdı, kafa karışıklığımı biraz olsun giderebilecek bir makale ve kitap listesi gönderdi. Okudum, okudum; uzun uykusuz geceler boyunca arşiv hummaları, diaspora anlatılarında hafızanın yeniden inşası, arşivin "küllerinde" kaybolmak üzerine okudum.

Nihayetinde düşüncelerim biraz netleştikten ve sınırdaki çocuk krizini nasıl belgeleyeceğimi anlamama yardımcı olacak yeterli malzemeyi toplayıp iyice eledikten sonra her şeyi kocamın henüz kendi ıvır zıvırıyla doldurmamış olduğu karton kutulardan birine koydum. Kutuda birkaç fotoğraf, birtakım resmi belgeler, sorgu formları, güney çöllerindeki göçmen ölüm haritaları ve çevrimiçi arama motorlarından bulup bastığım, kayıpların yerlerini saptayan, o çöllerde bulunan cesetleri, olası ölüm nedenlerini ve tam konumlarını listeleyen düzinelerce "Göçmen Ölüm Raporu" ile dolu bir dosya vardı. Kutunun en tepesine okuduğum ve tüm projeye belli bir anlatı mesafesinden yaklaşmam konusunda bana yardımcı olabileceğini düşündüğüm birkaç kitap yerleştirdim: Jerzy Andrzejewski'den *Cennetin Kapıları* (*Bramy raju*), Marcel Schwob'dan *Çocukların Haçlı Seferi* (*La croisade des enfants*), Daša Drndić'den *Belladonna*, Arlette Farge'dan *Arşivin Cazibesi* (*Le goût de l'archive*) ve henüz okumadığım, Ella Camposanto tarafından yazılmış, *Kayıp Çocuklar İçin Ağıtlar* adındaki küçük kırmızı bir kitap.

Kocam kutularından birini kullanmamdan yakındığında ben de aynı şekilde yakınarak karşılık verdim, onun dört kutusu varken benim sadece bir kutum olduğundan dem vurdum. Koskoca bir insan olduğumu, dolayısıyla da benden daha çok kutusu var diye yakınamayacağımı belirtti. Bir bakıma haklıydı, o yüzden gülümseyerek karşılık verdim. Ama yine de kutusunu kullandım işte.

Sonra oğlan yakınmaya başladı. Neden onun da bir kutusu olamıyordu? Bu talebine nasıl karşı çıkacağımızı bilemedik, böylece kutulardan birini almasına izin verdik.

Haliyle sonrasında kız da yakınmaya başladı. Onun da bir kutu almasına izin verdik. Onlara kutularına ne koyacaklarını sorduğumuzda oğlan kendisininkini şimdilik boş bırakmak istediğini söyledi:

"Böylece yolda malzeme toplayabilirim."

"Ben de," dedi kız.

Boş kutuların yer israfı olacağını ileri sürdük. Ama savlarımız karşı savlarla başarıyla çürütüldü veya belki de genel olarak karşı sav üretmekten yorulmuştuk, böylece konu kapandı. Toplamda yedi kutumuz vardı. Satın alacağımız arabanın bagajında, ek bölümümüz misali, bizimle seyahat edeceklerdi. Kutuları siyah bir keçeli kalemle özenle numaralandırdım. I'den V'e kadar olanlar kocamın kutularıydı, VI kızın, VII oğlanın. Benim kutum V numaralı olandı.

APAÇİ BÖLGESİ

Yaz tatilinin başında, ki sadece bir aydan biraz daha fazla zaman kalmıştı başlamasına, arabayla güneybatıya gidecektik. Bu süre içerisinde, yani şehirdeki o son ayımızda, sanki aramızdaki temel şeyler hiç değişmeyecekmiş gibi hayatlarımıza devam ettik. Ucuz, ikinci el bir araba aldık, Volvo pikap, 1996 model, siyah, kocaman bagajı olan cinsten. İki düğüne gittik, ikisinde de bize güzel bir aile olduğumuz söylendi. Talk pudrası kokan ihtiyar bir kadın, "Ne güzel çocuklar, ne kadar da farklılar," dedi. Akşam yemeği hazırladık, film izledik, seyahat planlarından bahsettik. Kimi geceler büyük haritayı dördümüz beraber inceledik, rotamızı belirledik, çizdiğimiz rotayla muhtemelen ayrılığımızın güzergâhını belirliyor olduğumuz gerçeğini başarıyla görmezden geldik.

"Peki ama tam olarak nereye gidiyoruz?" diye sordu çocuklar.

Henüz bilmiyorduk, herhangi bir şey kararlaştırmış değildik. Ben Teksas'a gitmek istiyordum, göçmen gözaltı merkezlerinin sayıca en fazla olduğu eyaletti orası. Galveston'da, Brownsville'de, Los Fresnos'da, El Paso'da, Nixon'da, Canutillo'da, Conroe'da, Harlingen'da, Houston'da ve Corpus Christi'de kilit altında tutulan binlerce çocuk vardı. Kocam yolculuğumuz Arizona'da bitsin istiyordu.

"Neden Arizona?" diye sorduk hep bir ağızdan.

"Ve Arizona'nın neresinde?" diye sordum ben.

En sonunda bir gece kocam büyük haritayı yatağımızın üzerine serip çocuklarla beni yanına çağırdı. İşaretparmağının ucunu New York'tan ta Arizona'ya kadar kaydırdı ve sonra bir yerin üzerine, eyaletin güneydoğu ucundaki küçük bir noktaya iki defa hafifçe vurdu. "Burası," dedi.

"Burası ne?" diye sordu oğlan.

"Burası Chiricahua Dağları," dedi.

"Ve?" diye sordu oğlan.

"Ve Apaçi bölgesinin kalbi," diye yanıtladı.

"Buraya mı gidiyoruz?" diye sordu kız.

"Aynen öyle," diye yanıtladı kocam.

"Niye orası?" diye sordu oğlan.

"Çünkü son Çirikava Apaçileri orada yaşadı."

"Ne olmuş yani?" diye cevabı yapıştırıverdi oğlan.

"Bir şey olmamış, yani oraya, Apaçi bölgesine, beyaz gözlere teslim olmak zorunda kalmadan önce tüm Amerika kıtasındaki son özgür halkın yaşadığı yere gidiyoruz."

"Beyaz gözler nedir?" diye sordu kız, muhtemelen korkunç bir şeyler hayal etmişti.

"Çirikavalar beyaz derili Avrupalılara, beyaz derili Amerikalılara böyle hitap ediyor, beyaz gözler diyorlardı."

"Neden?" diye sordu kız, ben de merak ediyordum nedenini ama oğlan sohbetin dizginlerini yeniden eline aldı:

"Peki ama neden Apaçiler baba?"

"İşte."

"Nedenmiş işte?"

"Çünkü onlar bir şeyin sonuydu."

ZAMİRLER

Karar verilmişti. Arabayla Arizona'nın güneydoğu ucuna gidecektik; o, daha doğrusu onlar, belirsiz bir süre orada kalacaklar ama kız ile ben muhtemelen kalmayacaktık. Kız ile ben ta oraya kadar onlarla gidecek ama muhtemelen yaz sonunda şehre geri dönecektik. Mülteci çocuklar hakkındaki ses belgeselimi tamamlayacaktım, sonra da bir iş bulmam gerekecekti. Kızın okula dönmesi gerekecekti. Atıldığı bu yeni macerada kocamın peşinden gitmek için kendi planlarımdan, projelerimden vazgeçmek zorunda kalmadığım bir yol, bir sebep bulmadan her şeyi ardımda bırakıp da öylece yer değiştiremez, Arizona'ya yerleşemezdim. Gerçi yazın çıkacağımız bu karayolu seyahati dışında peşinden gitmemizi istiyor muydu, emin bile değildim.

Ben, o, biz, onlar, o: Yer değiştirme şartları üzerine müzakere ederken karmaşık sözdizimimizde zamirler de durmaksızın yer değiştiriyordu. Her şeyden, alelade şeylerden bile tereddütle bahseder olduk, ayrıca, sanki dillerimizle parmak uçlarında yürüyormuşçasına, daha bir alçak sesle konuşmaya başladık, aile uzamımızın bir anda fazlasıyla oynak bir hal alan zemininde kayıp düşmemek için paranoya derecesinde dikkatliydik. Anne Carson'ın bu meseleyi çözmeye hiçbir surette yardımı dokunmayan "Ketum Sone" (Reticent Sonnet) adlı bir şiiri var. Zamirlerin "gölgeyle münakaşa eden bir sistemin parçası" olması üzerine bir şiir bu, gerçi belki de bizim -zamirlerin değil de biz insanların- "gölgeyle münakaşa eden bir sistemin parçası" olduğumuzu kastediyordur. Fakat öte yandan "biz" bir zamir olduğundan belki ikisini de kastediyordur.

Her halükârda tüm zamirlerimizin nihai yerleşiminin sonunda hayatlarımızı ne şekilde yeniden düzenleyeceği ağırlık merkezimiz haline geldi. Tüm düşünce ve sorularımızın etrafında dönüp durduğu karanlık, sessiz çekirdeğe dönüştü.

Sonraki haftalarda, "Peki ya Apaçi bölgesinden sonra?" diye soracaktı oğlan boyuna.

"Evet, ya sonra?" diye soracaktım kocama ilerleyen vakitlerde, yatağa girdiğimizde.

"Sonrasına bakacağız," diyecekti.

Elbette artık Apaçi bölgesi diye bir yer yok. Gelgelelim kocamın zihninde ve on dokuzuncu yüzyıl tarih kitaplarında vardı, gitgide çocukların imgelemlerinde de var olmaya başladı:

"Orada atlar olacak mı?"

"Orada oklar olacak mı?"

"Yataklarımız, oyuncaklarımız, yemeğimiz, düşmanlarımız olacak mı?"

"Ne zaman gideceğiz?"

Onlara oğlanın onuncu yaş gününün ertesi günü gideceğimizi söyledik.

KOZMOLOJİ

Apaçi bölgesine doğru yola koyulmadan önce, şehirdeki son günlerimizde evimizi karıncalar bastı. Şekerin peşinden ölümüne giden sekiz şeklinde büyük, siyah karıncalar. Şayet mutfak tezgâhında şekerli bir içecek bıraktıysak ertesi sabah içinde yüzen, kendi hedonizmlerinde boğulmuş yirmi karınca cesedi buluyorduk. Mutfak tezgâhlarını, dolapları, lavaboyu keşfe çıktılar; hepsi de karıncalar için normal uğraklardı. Fakat sonra yataklarımıza, çekmecelerimize ve en nihayetinde de dirseklerimize, boyunlarımıza doğru ilerlediler. Bir gece yeterince uzun süre sessiz sedasız oturursam duvarların içinde gezinişlerini, dairenin görünmez damarlarını istila edişlerini duyabilirmişim gibi geldi. Duvarlar ve zemin arasındaki pervazlarda yer alan tüm yarıkları bantla kapamayı denedik ama birkaç saate kalmadan bantlar yerlerinden çıkıverdi. Oğlanın çok daha iyi bir fikri vardı; çatlakları kapamak için oyun hamuru kullanmamızı önerdi, bu, bir süreliğine işimizi gördü ama çok geçmeden karıncalar yeniden içeri girmenin bir yolunu buldular.

Bir sabah kız duş aldıktan sonra kirli külotunu banyoda bıraktı, birkaç saat sonrasında çamaşır sepetine atmak üzere külotu aldığımda karıncalarla kaplı olduğunu gördüm. Bu bana nedense ciddi bir ihlal, kötü bir işaret gibi geldi. Oğlan bu fenomeni büyüleyici, kızsa fazlasıyla komik bulmuştu. Akşam yemeğinde çocuklar olayı babalarına anlattılar. O meşum karıncaların bir şeyin habercisi olduklarını düşündüğümü söylemek istedim. Ama delinin tekiymişim gibi algılanmadan bunu aileme, hatta herhangi birine nasıl açıklayabilirdim ki? Dolayısıyla düşüncelerimin sadece yarısını paylaşmakla yetindim:

"Bir felaket bu."

Kocam çocukların verdiği haberi başıyla onaylayarak, gülümseyerek dinledi, sonra onlara karıncaların Hopi mitolojisinde kutsal sayıldığını söyledi. Karınca-insanlar yeryüzünde yaşayanları tehlike geçip de yeniden yeryüzüne dönebilecekleri an gelinceye dek barış içinde, özgürce yaşayabilecekleri yeraltına götürerek felaketlerden kurtaran tanrılardı.

"Peki karıncalar bizi hangi felaketten kurtarmaya geldiler buraya?" diye sordu oğlan ona.

Bunun iyi, hani belki gayriihtiyari art niyetli bir soru olduğunu düşündüm. Kocam boğazını temizledi ama cevap vermedi. Ardından kız, "Felaket nedir?" diye sordu.

"Çok kötü bir şey," diye yanıtladı oğlan.

Kız bir süre, tamamen tabağına odaklanmış halde, çatalının arkasıyla pirinç tanelerini ezerek sesini çıkarmadan oturdu. Sonra başını kaldırıp son derece ciddi bir ifadeyle yeniden bize baktı, sanki on dokuzuncu yüzyıldan Alman bir yorumbilimcinin ruhu bir anlığına onu ele geçirmişçesine bir dizi tuhaf bitişik sözcük sıralayıverdi:

"Karıncalar, yürüye yürüye geliyorlar, yeryüzükülotlarımı yiyorlar, bizi felaketlerin olmadığı, sadece güzel ödüllerle popoözgürlüklerinin olduğu yere götürüyorlar."

Çocukların kelimeleri, kimi açılardan, bizleri aile dramlarından alıp garip biçimde aydınlık yeraltı dünyalarına, orta sınıf felaketlerimizden uzağa götüren kaçış yollarıdır. Sanırım o günden sonra çocuklarımızın seslerinin sessizliğimizi teslim almasına izin vermeye başladık. Hayal güçlerinin geleceğe dair tüm endişe ve kederimizi bir tür kurtarıcı sabuklamaya dönüştürmesine izin verdik: popoözgürlüğü!

Aile içindeki sohbetler dilsel arkeolojiye ait olur. Paylaştığımız dünyayı inşa eder, bir palimpseste yerleştirir, şimdimize ve geleceğimize anlam kazandırırlar. Peki ama ileride kendi özel arşivimize daldığımızda, aile kasetimizi yeniden dinlediğimizde bir hikâye oluşturacak mı acaba? İşitsel bir peyzaj oluşturacak mı? Yoksa moloz, enkaz ve kuru gürültü gibi mi gelecek kulağa?

YOLDAN GEÇEN YABANCILAR

Walt Whitman'ın *Çimen Yaprakları*'nda, henüz yeni bir çiftken ve birlikte bir gelecek hayal edip tasarlarken kocam ve benim için bir tür asıl metin yahut manifesto olan bir bölüm var. Şu dizelerle başlıyor:

Yoldan geçen yabancı! Sana nasıl istekle baktığımı
bilemezsin,
Sen aradığım erkeksin, ya da aradığım kadın, (sanki
bir düş görüyorum.)
Bir yerde, tatlı bir yaşam geçirmiş olacağız seninle,
Her şeyi hatırlıyorum, hepsi yeniden canlanıyor
gözümde, yan yana yürüyoruz, akıcı, sevgi dolu,
içi dışı tertemiz, olgun,

Benimle büyüdün sen, küçük bir oğlan ya da küçük bir kızdın benimle,
Ben yemek yedim seninle, ben uyudum seninle...[1]

Bu şiir, hayatlarımızı neden bir başımıza ama beraberce yabancıların seslerini kaydetmeye vakfettiğimizi açıklıyordu ya da biz öyle zannediyorduk. Her birine tesadüf ettiğimiz ânın geçiciliğine rağmen ya da belki de tam da bu geçicilik nedeniyle seslerini, kahkahalarını, nefeslerini kaydetmekle eşi benzeri olmayan bir samimiyet sunuluyordu bize: birdenbire o yabancınınkine paralel şekilde yaşanan koca bir hayat. Ve ses kaydetmenin, görüntü kaydetmenin aksine, bize, bir batimetri uzmanının bir okyanusun yahut gölün derinlik haritasını düzgün bir şekilde çıkarabilmek için su kütlesini iskandil etmek zorunda oluşuna benzer bir şekilde insan ruhunun çok daha derin, her daim gizli olan bir katmanına erişim imkânı sağladığını düşünüyorduk.

Şiir yoldan geçen yabancıya verilen bir sözle bitiyor: "Seni hiçbir zaman yitirmemeye bakıyorum." Süreklilik vaadi bu: Seninle benim, iki yabancının paylaştığı bu kısacık samimiyet ânı bir iz bırakacak, ilelebet yankılanacak. Ve sanıyorum birçok yönden yıllar içinde karşılaşıp kaydettiğimiz yabancıların bir kısmıyla bu sözümüzde durduk - sesleri, hikâyeleri peşimizi bırakmadı hiçbir zaman. Gelgelelim bu şiirin, özellikle de o son dizenin bizim için aynı zamanda ibret verici bir hikâye olduğunu hiç düşünmemiştik. Yabancılarla yakınlık kurmaya kendini adamış, seslerini dikkatle dinlemeye kendini vakfetmiş kişiler olarak aramızda yavaş yavaş sessizliğin filizleneceğini hiç tahmin etmemiştik. Günün birinde bir şekilde birbirimizi kalabalıkta kaybedeceğimizi hiç aklımıza getirmemiştik.

---

1 Çeviren: Memet Fuat. (ç.n.)

ÖRNEKLER VE SESSİZLİK

Onca zaman örnekleme ve kayıt yaptıktan sonra yabancıların hayatlarından kesitlerle dolu bir arşivimiz vardı ama ortak yaşantımızla ilgili neredeyse hiçbir şeyimiz yoktu. Şimdi koca bir dünyayı, bizim inşa ettiğimiz bir dünyayı ardımızda bırakırken dördümüzün neredeyse hiçbir kaydı, zamanla değişen hiçbir işitsel peyzajı yoktu: sabah erken saatte radyo ve rüyalarımızın muhtelif kriz, keşif, salgın hastalık, soğuk hava haberlerine karışan son akisleri; kahve öğütücü, toza dönüşen sert çekirdekler; harlayıp yanan ocak; kahve makinesinin fokurtusu; oğlanın uzun uzun yıkanışı ve babasının ısrarla, "Hadi, acele et, geç kalıyoruz," demesi; okul yolunda bizimle iki çocuk arasındaki kesik kesik, felsefi denebilecek sohbetler; dersi asan oğlanın boş okul koridorlarında attığı yavaş, dikkatli adımlar; metroların dururken çıkardığı tiz, metalik ses ve saha çalışmaları için her gün, ister şehrin göbeğine, ister idari bölgelere, muntazaman gidip gelirken vagonların içinde yaptığımız çoğunluğu sessiz yolculuklar; kocamın boom mikrofonuyla rasgele sesler peşinde koştuğu kalabalık sokakların uğultusu ve o sırada benim taşınabilir kayıt cihazımla yanaştığım yabancıların ardı arkası kesilmeyen sesleri, aksanları, hikâyeleri; çakılan ve kocamın sigarasını yakan bir kibrit ve kocamın, sıktığı dişlerinin arasına dumanı çekerken sigaradan aldığı ilk nefesle tıslaması, ardından nefes verirken yavaş yavaş gelen rahatlama; kalabalık çocuk gruplarının çocuk parklarında çıkardığı tuhaf beyaz gürültü -isteri girdabı, topluca yükselen çığlıklar- ve onların arasındaki iki çocuğumuzun bütünüyle farklı sesleri; gün batımından sonra parklara çöken ürkütücü sessizlik; kız solucan, hazine ya da bulunabilecek ne varsa onu bulmak için eşelediğinde parkta bir araya toplanmış öbek öbek kuru yaprağın dağılıp hışırdaması; oysa hiçbir şey yoktur orada, yalnızca sigara izmaritleri, fosilleşmiş köpek kakaları ve kilitli, minyatür, boş olduklarını umduğum esrar poşetleri; kışın kuzey rüzgârlarıyla sürtünen kabanlarımız; baharda, nehir kıyısında, paslı bisikletlerin pedallarını çevirme gayretimiz; nehrin gri sularının zehirli buharıyla dolarak hızlı hızlı şişip inen göğüs kafeslerimiz ve aşırı hevesli koşucularla göç misafirliklerini her zaman gereğinden fazla uzatan başıboş Kanada kazlarının verdiği o boktan his; hepsi de hızlı giden, hepsi de erkek ve orta yaşlı olan profesyonel bisikletçiler tarafından talimat yağmuruna ve topa tutulmak: "Kenara çekil!" ve "Sola dikkat!" ve cevaben ya mülayim bir şekilde, "Affedersiniz bayım," "Affedersiniz bayım," diye mırıldanışımız ya da avaz avaza, canı gönülden -ne ki her zaman kuvvetli rüzgârlar tarafından kesilen yahut boğulan- hakaretler yağdırışımız ve son olarak yalnız kalıp da her birimiz bildiğimiz en iyi şekillerde dünyanın parçalarını toplarken oluşan tüm o boşluklar. Bir zamanlar bizi çevreleyen her şeyin, herkesin sesi, katkıda bulunduğumuz gürültü, ardımızda bıraktığımız sessizlik.

GELECEK

Ve sonra oğlan on yaşına bastı. Onu güzel bir lokantaya götürdük, hediyelerini verdik (oyuncak almadık). Ona Polaroid fotoğraf makinesi ve hem siyah beyaz hem de renkli olmak üzere birkaç kutu film aldım. Babası seyahat için bir alet takımı aldı: İsviçre çakısı, dürbün, el feneri ve küçük bir pusula. Ayrıca onun isteği üzerine planladığımız güzergâhın dışına çıkmayı ve ertesi günü, seyahatimizin ilk gününü Baltimore Ulusal Akvaryumu'nda geçirmeyi de kabul ettik. Orada yaşayan, ön yüzgeçlerinden biri olmayan yaklaşık 230 kilo ağırlığındaki kaplumbağa Calypso hakkında bir ödev hazırlamıştı, o zamandan beri de kafayı bu kaplumbağayla bozmuştu.

O gece, yemekten sonra kocam kendi bavulunu topladı, ben kendi bavulumu topladım ve oğlanla kızın kendi bavullarını toplamalarına müsaade ettik. Çocuklar uyuyunca bavullarını baştan topladım. En olmadık şeyleri doldurmuşlardı içlerine. Portatif, Duchampvari facialardı bunlar: minyatür bir ayı ailesi için dikilmiş minyatür kıyafetler, kırık bir ışın kılıcı, tek bir paten tekerleği, her türlü küçük plastik ıvır zıvırla dolu kilitli plastik poşetler. Hepsini gerçek pantolonlar, gerçek etekler, gerçek iç çamaşırları, her türlü gerçek şeyle değiştirdim. Kocam ve ben kapının kenarına dört bavulu, bavullara ek olarak yedi kutumuzu ve kayıt cihazlarımızı dizdik.

İşimizi bitirdiğimizde salonumuzda oturup sessizce sigara içtik. En azından önümüzdeki ay dairemizi devren kiraya verebileceğim genç bir çift bulmuştum, şimdiden burası bizim evimizden çok sanki onların eviymiş gibi gelmeye başlamıştı bile. Yorgun zihnimden geçen tek şey önceki yer değiştirmelerin listesiydi: dört sene önce hep beraber yer değiştiren ve buraya gelen biz dördümüz; onun öncesinde kocamın defalarca yer değiştirmesi, tabii benim de öyle; işitsel peyzaj projesi için görüşüp kaydettiğimiz yüzlerce insanın ve ailenin yer değiştirmesi; hikâyelerini belgelemeye çalışacağım mülteci çocuklarınki ve kocamın çok geçmeden hayaletlerinin peşine düşeceği son Çirikava Apaçi halklarının yer değiştirmesi. Gitme ihtiyacı duyuyorsa, gidebiliyorsa veya gitmek zorundaysa herkes gidiyor.

Ve nihayet, ertesi gün, kahvaltıdan sonra bulaşıkları yıkayıp gittik.

KUTU I

DÖRT DEFTER (18 x 13 cm)

"Toplama Üzerine"
"Arşivleme Üzerine"
"Envanter Çıkarma Üzerine"
"Kataloglama Üzerine"

ON KİTAP

The Museum of Unconditional Surrender, Dubravka Ugrešić
Reborn: Journals and Notebooks, 1947-1963, Susan Sontag [*Yeniden Doğan: Günlükler ve Defterler, 1947-1963*, Susan Sontag]
As Consciousness Is Harnessed to Flesh: Notebooks and Journals, 1964-1980, Susan Sontag [*Bilinç Tene Kuşanınca: Günlükler, 1964-1980*, Susan Sontag]
The Collected Works of Billy the Kid, Michael Ondaatje
Relocated: Twenty Sculptures by Isamu Noguchi from Japan, Isamu Noguchi, Thomas Messer ve Bonnie Rychlak
Radio Benjamin, Walter Benjamin [*Radyo Benjamin*, Walter Benjamin]
Journal des faux-monnayeurs, André Gide [*Kalpazanlar*, André Gide]
A Brief History of Portable Literature, Enrique Vila-Matas [*Portatif Edebiyatın Kısaltılmış Tarihi*, Enrique Vila-Matas]
Perpetual Inventory, Rosalind E. Krauss
The Collected Poems of Emily Dickinson

DOSYA (TIPKI BASIMLAR, KUPÜRLER, YAZI PARÇALARI)

The Soundscape, R. Murray Schafer (*İşitsel Peyzaj*, R. Murray Schafer)
Balina sesleri çizelgeleri (Schafer'da)
Smithsonian Folkways Recordings World of Sound Kataloğu #1
"Uncanny Soundscapes: Towards an Inoperative Acoustic Community," Iain Foreman, *Organised Sound* 16 (03) ("Tekinsiz İşitsel Peyzajlar: Etkisiz Bir Akustik Topluluğa Doğru," Iain Foreman, *Organised Sound* 16)
"Voices from the Past: Compositional Approaches to Using Recorded Speech," Cathy Lane, *Organised Sound* 11 (01) ("Geçmişten Sesler: Kayıtlı Konuşmalara Bileşimsel Yaklaşımlar," Cathy Lane, *Organised Sound* 11)

ROTALAR VE ATALAR

Kökleri aramak daldan dala konmanın alttan alta yapılmasıdır sadece.

—José Bergamín

Yolda kaybolduğunuzda
Ölüleri bulursunuz karşınızda.

—Frank Stanford

SARGASSO DENİZİ

Öğleden sonra nihayet Baltimore Akvaryumu'na varıyoruz. Oğlan kalabalıkların içinde bize yol gösteriyor, bizi doğruca dev kaplumbağanın olduğu ana havuza götürüyor. Orada durup kendi su sahasında dairesel hareketlerle yüzen ve hamile bir kadının ruhuna benzeyen -lanetli, liyakatsiz, zamana hapsolmuş- o hüzünlü, güzel hayvanı izletiyor bize. Birkaç dakika sonra kız eksik yüzgeci fark ediyor:

"Diğer kolu nerede?" diye soruyor ağabeyine, dehşet içinde.

"Bu kaplumbağalar sadece tek bir yüzgece ihtiyaç duyuyorlar, dolayısıyla tek bir yüzgeçleri olacak şekilde evrim geçirmişler, buna Darwinizm deniyor," diye belirtiyor.

Bu cevap kız kardeşini gerçeklerden koruma maksadı güden ani bir olgunluk alameti mi yoksa evrim teorisini eline yüzüne bulaştırmanın bir biçimi mi, emin olamıyoruz. Muhtemelen ikincisi. Üzerinde durmuyoruz. Kız hariç hepimizin okuyabildiği duvar metninde kaplumbağanın yüzgecini on bir sene önce kurtarıldığı Long Island Boğazı'nda kaybettiği yazıyor.

"On bir: Benim yaşımdan bir fazla!" diyor oğlan, normalde bastırdığı bir coşkuyla.

Orada durup o devasa kaplumbağayı izlerken onu bir metafor olarak görmemek zor. Ama ben daha tam olarak neyin metaforu olduğunu bulmaya kalmadan oğlan bize ders vermeye başlıyor. "Calypso gibi kaplumbağalar," diye açıklıyor, "Doğu Kıyısı'nda doğar ve doğruca, hem de bir başlarına Atlantik'e yüzerler. Kıyı sularına dönmeleri bazen on yılı bulabilir. Yumurtadan yeni çıkan yavrular yolculuklarına doğuda başlar, sonra Körfez Akıntısı'nın sıcak su akıntılarıyla derinlere taşınırlar. Nihayetinde de Sargasso Denizi'ne ulaşırlar, ki bu deniz," diyor oğlan, "adını orada yüzen, saat yönünde dönen akıntılar nedeniyle kapana kısılmış, neredeyse hareketsiz olan çok sayıdaki yosundan alır."

O kelimeyi, Sargasso'yu daha önce duymuştum ama anlamını bilmiyordum. Ezra Pound'un hiçbir zaman tam anlamadığım, geçtiği şiirin başlığını da hatırlamadığım bir dizesi var: "Zihnin ve sen bizim Sargasso Denizimizsin." Oğlan bu kaplumbağa ve onun Kuzey Atlantik sularına yaptığı yolculuk hakkında konuşmaya devam ederken birden aklıma geliyor şimdi. Çoraklık mıydı Pound'un iması? Atıklar mıydı? Yoksa asırlık döküntüleri yarıp geçen bir gemi imgesi mi? Veya sadece kendilerini yıkıcı kalıplardan kurtarmaktan aciz, beyhude düşünce döngülerine hapsolmuş insan zihinleri mi?

Akvaryumdan ayrılmadan önce oğlan ilk Polaroid fotoğrafını çekmek istiyor. Bana ve babasına, sırtımız kaplumbağaya dönük olarak ana havuzun önünde durmamızı söylüyor. Yeni fotoğraf makinesini sabit bir şekilde tutuyor. Kız onun yanında -elinde hayali bir fotoğraf makinesi tutuyor- ve biz kımıltısız, dimdik durup onlara beceriksizce gülümserken ikisi de bize sanki biz çocukmuşuz da onlar anne babaymış gibi bakıyor:

"Peynir deyin."

Böylece sırıtıyor, "Peynir" diyoruz.

"Peynir."

Ama oğlanın çektiği fotoğraf, sanki şimdimizi değil de geleceğimizi belgelemişçesine tümden krem rengi çıkıyor. Ya da belki çektiği fotoğraf, bedenlerimizin değil de başıboş dolaşan, kürek çeken, neredeyse hareketsiz döngüde kaybolan -neden diye soran, nereye diye düşünen, şimdi ne olacak diyen- zihinlerimizin bir belgesi, kim bilir.

HARİTALAR

Şehirdeki hayatımızın haritasını çıkarsaydık, dördümüzün birden ardımızda bıraktığımız gündelik gezilerimizin, rutin işlerimizin bir haritasını çizseydik şayet, şimdi bu engin ülkede izleyeceğimiz yol haritasına asla benzemezdi. Şehirdeki gündelik hayatlarımız dışarıya doğru dallanan çizgileri izliyordu -okul, iş, ayak işleri, randevular, toplantılar, kitapçı, köşedeki büfe, noter, doktor muayenehanesi- ama o çizgiler hep bir daire çiziyor, geri dönüyor ve günün sonunda tek bir noktada yeniden birleşiyordu. O nokta dört sene boyunca oturduğumuz daireydi. Bir aile olduğumuz küçük ama aydınlık bir mekân. Şimdi, birden kaybettiğimiz ağırlık merkezi.

Arabada her ne kadar hepimiz birbirimizden bir kol mesafesi uzakta otursak da, birbirinden bağımsız dört ayrı noktayız - her birimiz kendi koltuğumuzdayız, her birimizin aklında şahsi düşünceler var, her birimiz sessizce başa çıkıyoruz değişken ruh hallerimiz, dile getirilmemiş korkularımızla. Ön koltuğa gömülmüş, bir kurşunkalemin ucuyla haritayı inceliyorum. Otobanlar ve yollar defalarca katlanmış (tüm ülkeyi gösteren bir harita bu, arabanın içinde bütünüyle açılamayacak kadar büyük) devasa kâğıt parçasını damarlarla kaplıyor. Memphis gibi güzel isimlere, yersiz isimlere -Truth or Consequences, Shakespeare-, yeni mitolojilerle şimdi yeni bir anlam kazanan eski isimlere -Arizona, Apache, Cochise Kalesi- doğru uzun, kırmızı, sarı veya siyah çizgileri takip ediyorum. Ve kafamı haritamdan kaldırdığımda bizi belirsiz bir geleceğe doğru götüren otobanın uzun, düz çizgisini görüyorum.

AKUSTEMOLOJİ

Ses ve mekân bizim çoğu zaman düşündüğümüzden çok daha derin biçimde bağlı birbirine. Bir mekânı sesleri aracılığıyla tanımakla, anlamakla, girdisi çıktısını sesleri aracılığıyla hissetmekle kalmaz, aynı zamanda mekânı oraya yayılan sesler aracılığıyla deneyimleriz. Bir aile olarak bizim için radyonun sesi her zaman, hepimizin yalnız olduğu uykudan sabahın erken saatlerindeki kısa birlikteliğimize, evimizin dışındaki geniş dünyaya üçlü geçişi sağlamıştır. Radyonun sesi en iyi bildiğimiz şeydir. New York'taki dairemizde her sabah ilk duyduğumuz şeydi radyo; kocam yataktan çıkar, radyoyu açardı. Hepimiz sesini duyar, yastıklarımızın ve zihinlerimizin derinliklerinden sıyrılıp yataklarımızdan çıkarak yavaş yavaş mutfağa yürürdük. Sonrasında sabah birtakım düşünceler, mecburiyetler, gerçekler ve kahve çekirdeklerinin kokusuyla dolardı ve hepimiz masa başında oturup, "Sütü uzatsana," "Al, tuz," "Teşekkürler," "Az önce söylenenleri duydun mu?" "Haberler korkunç," derdik.

Şimdi, arabayla daha kalabalık yerlerden geçerken bir radyo dalgası arıyor, belirli bir istasyona ayarlıyoruz. Ne zaman sınırdaki durumla ilgili bir haber duysam radyonun sesini açıyorum, hep beraber haberleri dinliyoruz: Yüzlerce çocuk her gün tek başlarına geliyor, her hafta binlercesi geliyor. Spikerler göçmen krizi olarak tanımlıyor bu durumu. Devasa bir çocuk akını, diyorlar, ani bir dalga. Kayıt dışı, kaçaklar, yabancılar diyor bazıları. Mülteciler yasal olarak korunma hakkına sahipler diye öne sürüyor diğerleri. Falanca yasa korunmaları gerektiğini söylüyor, filanca yasa değişikliği korunmamaları gerektiğini. Kongre bölünmüş durumda, kamuoyu bölünmüş durumda, basın ziyadesiyle ihtilaf çıkmasına katkı sağlıyor, sivil toplum çalışanları fazla mesai yapıyor. Herkesin bu meseleyle ilgili bir fikri var; kimse hiçbir konuda uzlaşmıyor.

ÖNSEZİ, O UZUN GÖLGE

O gün ve sonraki günlerde sadece hava kararıncaya dek araba kullanacağımız konusunda anlaşıyoruz. Asla daha fazlası değil. Işığın azalmasıyla birlikte çocuklar başa çıkılmaz oluyor. Günün sona erdiğini hissediyorlar, dünyaya daha uzun gölgelerin düşmesiyle ilgili önsezileri mizaçlarını değiştiriyor, gün ışığında daha mülayim olan kişiliklerini karartıyor. Genelde hayli yumuşak başlı olan oğlan huysuzlaşıyor, dakikası dakikasına uymaz oluyor; her zaman coşkulu ve hayat dolu olan kız müşkülpesent, hafif melankolik birine dönüşüyor.

Kentin adı Front Royal; Virginia'da. Güneş batıyor, depoyu doldurmak için durduğumuz benzincide beyaz ırkın üstün olduğu tezini güden bir şey çalıyor bangır bangır. Toplam tutarın 66.60$ olduğunu görünce kasiyer kadın hızla ve sessizce, göz temasından kaçınarak istavroz çıkarıyor. Büyük ya da küçük bir lokanta bulmayı planlamıştık ama bu yaşananlardan sonra, yeniden arabaya döndüğümüzde -göze çarpmadan- gitmenin daha iyi olacağına karar veriyoruz. Benzinciden daha iki kilometre bile uzaklaşmamışken bir Motel 6 görüyor, arabayı otoparka park ediyoruz. Ücretin peşin ödenmesi gerekiyor, resepsiyonda yirmi dört saat kahve bulunuyor ve odamız uzun, gösterişsiz bir koridorun sonunda yer alıyor. Arabanın bagajından belli başlı bir iki eşya alıyoruz. Kapıyı açtığımızda karşımızda bunun gibi ruhsuz mekânların bile güzel bir çocukluk anısı hissiyatı vermesine yol açacak türde bir ışıkla dolup taşan bir oda buluyoruz: yatağın altına iyice sıkıştırılmış çiçek desenli çarşaflar, hafif aralık yeşil kadife perdelerden içeri giren güneş ışığında süzülen toz zerreleri.

Çocuklar mekânı anında işgal ediyorlar, bir yataktan diğerine atlayarak televizyonu açıp kapıyor, musluktan su içiyorlar. Yataklarımızın kenarlarına oturup doğruca kendi kutusundan kahvaltılık gevrek yiyoruz akşam yemeğinde, tadı gayet güzel. Yemekten sonra çocuklar yıkanmak istiyor, onlar için küveti yarısına kadar doldurup kocama eşlik etmek üzere odadan çıkıyorum, çocuklardan biri seslenirse diye kapımız aralık. Tüm o ufak tefek banyo işleri konusunda hep yardıma ihtiyaçları oluyor. En azından söz konusu banyo alışkanlıkları olduğunda ebeveynlik zaman zaman eski, karmaşık bir dini öğretmeye benziyor. Mantıki sebeplerden çok ritüellere, akıldan çok inanca dayanıyorlar: diş macununun kapağını şu şekilde aç, bu şekilde sık; sadece şu kadar tuvalet kâğıdı kopar, sonra, silmek için ya şu şekilde katla ya da şu şekilde buruştur; şampuanı kafana değil, önce avucuna dök; suyu boşaltmak için tıpayı ancak ve ancak küvetten çıktıktan sonra çek.

Kocam kayıt cihazlarını çıkarmış, odamızın kapısının önünde elinde boom mikrofonuyla oturuyor. Varlığımın kaydetmeye çalıştığı şeyi değiştirmesini istemediğimden sessizce yanına yerleşiyorum. Sırtımızı duvara yaslıyor, beton zeminde bağdaş kurup oturuyoruz. Birer kutu bira açıyor, sigara sarıyoruz. Yan odada bir köpek durmadan havlıyor. Üç dört oda ötemizdeki başka bir odanın kapısında bir adam ve genç kızı beliriyor. Adam hantal, iri; kız kürdan bacaklı, üzerinde sadece mayo, bir de fermuarı açık bir ceket var. Odalarının önünde park edilmiş pikaba doğru yürüyüp biniyorlar. Motor çalıştığında köpek havlamayı bırakıyor ama sonra daha da şiddetle devam ediyor. Pikabın uzaklaşmasını izlerken biramı yudumluyorum. O iki yabancının -baba, kız; anne yok- bir pikaba binip de gece antrenmanı yapmak üzere muhtemelen civar kentlerin tekindeki bir yüzme havuzuna doğru yola koyulduğunu görünce aklıma Jack Kerouac'ın Amerikalılar hakkında söylediği bir şey geliyor: Onları gördükten sonra "bir müzik kutusunun bir tabuttan daha keder verici olup olmadığını bilmediğiniz bir noktaya geliyorsunuz." Gerçi belki de Kerouac bunu genel olarak Amerikalılar için değil de Robert Frank'in *Amerikalılar* kitabındaki fotoğrafları için söylemişti. Kocam havlayan köpeği birkaç dakika daha kaydediyor, derken çocuklar bizi çağırıyor -diş macunu ve havlular konusunda acil yardıma ihtiyaçları var- ve içeri giriyoruz.

KONTROL NOKTASI

Uyuyamayacağımı biliyorum, bu yüzden çocuklar nihayet yatağa girdiklerinde yeniden dışarı çıkıyor, uzun koridoru geçip arabamıza gidiyor, bagajı açıyorum. Portatif keşmekeşimizin önünde duruyor, sanki bir içindekiler bölümü okuyormuşçasına bagajın içindekileri inceliyor, hangi sayfaya gideceğime karar vermeye çalışıyorum.

Bagajın sol tarafında güzelce istiflenmiş kutularımız duruyor, beşinde arşivimiz yer alıyor - gerçi toplu keşmekeşimize arşiv demek iyimserlik olur-, çocuklarımızın gelecek arşivleri için iki de boş kutu var. Her ikisi de kocama ait olan Kutu I ve II'ye göz atıyorum. İçlerindeki kimi kitaplar belgeleme ya da herhangi bir belgeleme sürecinde arşivleme ve arşivlere başvurma üzerine; diğerleri fotoğraf kitapları. Kutu II'de Sally Mann'ın *Immediate Family*'sini buluyorum. Kaldırım kenarına oturup kitabı karıştırıyorum. Çocukları görme biçimi ve çocukluk olarak görmeyi seçtikleri her zaman hoşuma gitmiştir: kusmuk, yara bereler, çıplaklık, ıslak yataklar, cüretkâr bakışlar, şaşkınlık, masumiyet, evcilleştirilmemiş yabanilik. O fotoğraflardaki daimi gerilimi de seviyorum; imal ve belge arasındaki gerilim, biricik ve kısacık bir anla ânı sahneleme arasındaki gerilim. Bir yerlerde fotoğrafların kendi anılarını yarattığını ve geçmişin yerini aldıklarını yazmıştı. Onun fotoğraflarında fotoğraf makinesiyle şans eseri yakalanmış olan o kısacık âna duyulan özlem yok. Daha ziyade bir itiraf var: Yakalanmış olan bu an rastlanmış ve muhafaza edilmiş değil, çalınmış, muhafaza edilme maksadıyla yaşantının bütünlüğünden koparılmış bir an.

Belki de kocamın kutularını ara ara, ondan habersizce böyle karıştırarak, arşivine hapsettiği tüm sesleri dinlemeye çalışarak belgelemem gereken esas hikâyeye girmenin, hikâyeye esas şeklini vermenin bir yolunu bulabilirim diye düşünüyorum. Sanırım arşiv insana düşüncelerinin başkalaşmış halde sekip geri gelebildiği bir tür vadi sunuyor. Boşluğa sezgi ve düşüncelerinizi fısıldıyor, yanıt almayı umuyorsunuz. Ve bazen, ama sadece bazen, gerçekten de bir ses size geri dönüyor, nihayet doğru tonu yakaladığınızda, doğru yüzeyi bulduğunuzda bir şeylere ait gerçek bir akis tüm berraklığıyla geri geliyor.

Kocamın Kutu III'ünü karıştırıyorum, ilk bakışta "yolculuğa çıkmanın," fethetmenin ve sömürgeleştirmenin bütünüyle eril bir özeti gibi görünüyor: *Karanlığın Yüreği*, *Kantolar*, *Çorak Ülke*, *Sineklerin Tanrısı*, *Yolda*, *2666*, İncil. Bunların arasında küçük beyaz bir kitap var - Nathalie Léger'nin *Untitled for Barbara Loden (Barbara Loden İçin Başlıksız)* adındaki bir romanının prova baskısı. Orada biraz eğreti duruyor, sıkışıp kalmış, suskun. Kitabı alıp odaya dönüyorum.

ARŞİV

Yataklarında, uyuyan bir kurt sürüsü gibi tıpkı, sıcak ve savunmasız bir halleri var. Uyku esnasındaki nefes alma biçimlerinden ayırt edebiliyorum onları: yanımda kocam, bitişikteki ikiz yatakta yan yana yatan çocuklar. En kolayı düzensiz aralıklarla parmağını emerken neredeyse mırıltılar çıkaran kızı ayırt etmek.

Yatakta yatıyor, onları dinliyorum. Oda karanlık, otoparkın ışığı perdeleri viski turuncusuyla çevreliyor. Otobandan tek bir araba geçmiyor. Gözlerimi kapatırsam huzursuz edici görüntüler, düşünceler çalkalanacak göz çukurlarımda, oradan zihnime saçılacaklar. Gözlerimi açık tutuyor, uyuyan kabilemin gözlerini hayal etmeye çalışıyorum. Oğlanın gözleri ela, çoğunlukla hülyalı ve yumuşak ama bir anda, usulca, "o güzel geceye usulca" gidemeyecek kadar iri ve vahşi olanların meteorlar misali parlayan gözleri gibi tıpkı, neşeyle, öfkeyle ve hiddetle parlayabiliyorlar. Kızın gözleri kara ve kocaman. Ağladığında etrafları halka halka kızarıyor hemen. Ruh halindeki ani değişiklikler net bir şekilde görülüyor gözlerinde. Sanırım çocukken benim gözlerim de onunkiler gibiydi. Yetişkin gözlerim muhtemelen daha sabit, sert ve daha bir kararsız belli belirsiz çalkantılarında. Kocamın gözleri gri, çekik ve çoğunlukla kederli. Araba kullanırken otoban çizgisine sanki zor bir kitap okuyormuşçasına bakıyor, kaşlarını çatıyor. Kayıt yaparken de aynı ifade oluyor yüzünde. Kocam benim gözlerimde ne görüyor bilmiyorum; bugünlerde pek bakmıyor.

Gece lambamı yakıyor, Nathalie Léger'nin romanını okuyor, bazı yerlerin altını çiziyor, geç saatlere kadar uyanık kalıyorum:

"şiddet, evet, ama şiddetin kabul edilebilir hali, aile içinde sergilenen şu banal zulüm tarzı bir şiddet"

"gündelik hayatın uğultusu"

"önemli bir şey kaybeden ama tam olarak ne kaybettiğini bilmeyen bir kadının hikâyesi"

"kaçan ya da saklanan, acısını ve reddedilişini gizleyen, serbest kalmak için rol yapan bir kadın"

Ertesi sabah oğlan güneş doğmadan uyandığında yatakta aynı kitabı okuyorum. Kız kardeşi ve babası hâlâ uyuyor. Neredeyse hiç uyumadım. Sanki epeydir uyanıkmış ya da hiç uyumamış da bütün bu zaman süresince ara ara sohbet ediyormuşuz gibi davranmaya çalışıyor. Doğrulup yüksek, net bir sesle ne okuduğumu soruyor.

"Fransızca bir kitap," diye fısıldıyorum.

"Ne hakkında?"

"Hiçbir şey aslında. Bir şey arayan bir kadın hakkında."

"Ne arıyor peki?"

"Henüz bilmiyorum, kendi de henüz bilmiyor."

"Hepsi böyle mi?"

"Ne demek istiyorsun?"

"Yani okuduğun Fransızca kitapların hepsi böyle mi?"

"Nasıl?"

"Bunun gibi beyaz ve küçük, kapağı resimsiz."

GPS

Bu sabah bilmediğim ama dün gece Sally Mann'ın aynı vadide çekilmiş fotoğrafları aracılığıyla gördüğüm -tümüyle küçük parçalar ve ödünç alınmış anılar- bir yer olan Shenandoah Vadisi'nden geçeceğiz.

Dağ yollarını tırmanırken çocuklarımızı yatıştırmak ve yılankavi saatleri doldurmak için kocam Amerika'nın o eski güneybatısıyla ilgili hikâyeler anlatıyor. Şef Cochise'in Dragoon ve Chiricahua Dağları'nda düşmanlarından saklanma stratejilerinden ve öldükten sonra bile peşlerini bırakmayışından söz ediyor. Bugün bile Dos Cabezas Dağları'nda görüldüğü söyleniyormuş. Babaları Geronimo'nun hayatını anlatırken çocuklar can kulağıyla dinliyorlar. Geronimo'dan bahsederken belki de kelimeleri, erişilmez bir hedef gibi ötemize yayılmasına izin vermek yerine, zamanı bize yaklaştırıyor, arabanın içinde tutuyor. Pürdikkat dinliyorlar babalarını, ben de dinliyorum: "Geronimo Amerika'da beyaz gözlere teslim olan son kişiydi. Şamandı. Aslen Meksikalıydı ama Apaçilerin Nakaiye, yani 'gelip gidenler' dedikleri Meksikalılardan nefret ederdi. Meksikalı askerler üç çocuğunu, annesini ve karısını öldürmüştü. Hiçbir zaman İngilizce öğrenmedi. Şef Cochise için Apaçi dilinden İspanyolcaya, İspanyolcadan Apaçi diline tercümanlık yaptı. Geronimo bir nevi Aziz Jerome'du," diyor kocam.

"Neden Aziz Jerome?" diye soruyorum.

Şapkasını düzeltiyor ve bir profesör edasıyla ayrıntılı bir açıklamaya girişip Aziz Jerome'un İncil'i Latinceye çevirdiğine dair bir şeyler anlatıyor ama sonra ilgimi kaybediyorum, çocuklar uyuyakalıyor ve ikimiz de sessizliğe ya da belki de bir tür sese gömülüyoruz, yolun ani talepleri dikkatimizi dağıtıyor: birleşen otobanlar, hız kontrolü, ilerideki yol çalışması, tehlikeli virajlar, bir bilet gişesi - bozukluk ara ve kahveyi uzat.

Haritaya baka baka gidiyoruz. Herkesin tavsiyesinin aksine GPS kullanmamaya karar verdik. Babası yetmiş yaşına kadar büyük bir şirkette mutsuz mutsuz çalışan ve tek gerçek tutkusunun peşinden giderek kendi işini kurmak için yeterli parayı ancak biriktiren yakın bir arkadaşım var. Adam The New Frontier adında bir yayınevi kurdu; Akdeniz'de seyreden gemiler için özenle ve sevgiyle hazırlanmış binlerce küçük, harika deniz haritası bastı. Ama şirketini açtıktan altı ay sonra GPS icat edildi. Hepsi buydu işte: heba olan koca bir ömür. Arkadaşım bana bu hikâyeyi anlattığında hayatım boyunca GPS kullanmayacağıma yemin ettim. Dolayısıyla tabii sık sık kayboluyoruz, bilhassa da bir kentten çıkmaya çalışırken. Şimdi takriben son bir saattir daireler çizdiğimizi ve yine Front Royal'e geldiğimizi fark ediyoruz.

DUR

Happy Creek adındaki bir yolda bir polis aracımızı kenara çekmemizi söylüyor. Kocam kontağı kapatıyor, şapkasını çıkarıyor, penceresini açıyor ve kadına gülümsüyor. Polis ehliyet, ruhsat ve sigorta poliçesini istiyor. Bir otorite figürünün paylamasına bedenimin içgüdüsel olarak verdiği çocuksu tepkiyi bastırmaktan aciz halde kaşlarımı çatıyor ve oturduğum yerden söyleniyorum. Bulaşık yıkayan bir ergen gibi ağır ağır, bıkkınlıkla torpido gözüne uzanıyor ve polisin istediği tüm belgeleri alıyorum. Belgeleri kocamın avcuna çalıveriyorum. O ise bir tören edasıyla, sanki porselen fincanda sıcak çay ikram edercesine veriyor belgeleri kadın polise. Dur işaretinde tamamen durmadığımız için kenara çekildiğimizi açıklıyor ve işareti gösteriyor - Happy Creek ile Dismal Hollow Yolu arasındaki kavşağı açıkça işaret eden ve çok basit bir talimat veren oradaki şu kıpkırmızı sekizgen nesne: Dur. Bu diğer yolu, Dismal Hollow Yolu'nu ancak o zaman fark ediyorum, adı beyaz alüminyum işaret direğine siyah büyük harflerle yazılı, işaret ettiği yer için fazlasıyla uygun bir isim. Kocam başıyla tekrar tekrar onaylıyor, tekrar tekrar özür diliyor. Tehlikeli olmadığımıza ikna olan kadın polis belgelerimizi geri veriyor, yine de gitmemize müsaade etmeden önce son bir soru soruyor:

"Tanrı bağışlasın, bu tatlı çocuklar kaç yaşında?"

"Biri dokuz, diğeri beş," diyor kocam.

"On!" diye düzeltiyor onu arka koltuktaki oğlan.

"Affedersin, affedersin, affedersin, evet, on ve beş."

Biliyorum kız da bir şey söylemek, bir şekilde araya girmek istiyor; ona bakmıyor olsam da hissedebiliyorum bunu. Muhtemelen yakında altı yaşına gireceğini bildirmek istiyor. Ama ağzını bile açmıyor. Benim aksime, tıpkı kocam gibi, otorite figürlerine derin, içgüdüsel bir korku besliyor; her ikisinde de içten bir saygı, hatta itaatkârlık olarak kendini gösteren bir korku bu. Bende bu içgüdü cüretkâr ve savunmacı bir edayla hata yaptığını kabullenme gönülsüzlüğü olarak açığa çıkıyor. Kocam bunu biliyor ve içinden çıkmamız gereken bir duruma dair müzakerede bulunmamız icap ettiğinde konuşmamı engellemek üzere elinden geleni ardına koymuyor.

"Bayım," diyor kadın polis, "Virginia'da çocuklarımızı önemseriz. Yedi yaşın altındaki her çocuk, çocuk koltuğunda oturmalı. Çocuğun güvenliği için, Tanrı bağışlasın."

"Yedi mi hanımefendi? Beş değil mi?"

"Yedi, bayım."

"Özür dilerim efendim, çok özür dilerim. Bilmiyordum, yani bilmiyorduk. Buralarda çocuk koltuğu alabileceğimiz bir yer var mı acaba?"

Beklentilerimin aksine, kocamın kabullendiği hatalarından tumturaklı bir şekilde yararlanma hakkını talep etmek yerine, onun yenilgisini trampolin olarak kullanıp da kendi iktidarını somut bir cezayla dayatmak yerine birden parlak pembe bir ruj tabakasıyla kaplı dudaklarını aralayıp gülümsüyor. Aslına bakılırsa güzel bir gülümseme bu - utangaç ama aynı zamanda cömert bir gülümseme. Bize dükkâna nasıl gideceğimizi çok açık ve net bir şekilde tarif ediyor, sonra sesini yumuşatıp koltuk konusunda tavsiyede bulunuyor: En iyilerinin arkalığı olmayanlar olduklarını, plastik değil, metal tokalılardan almamız gerektiğini söylüyor. Gelgelelim nihayetinde kocamı çocuk koltuğu almak için durmama konusunda ikna ediyorum. Bunun karşılığında bu şehrin labirentinden çıkıp yeniden yola koyulabilmek için sadece bu seferlik Google Haritalar GPS uygulamasını kullanmayı kabul ediyorum.

Güneybatı istikametinde ilerliyor ve radyodan haberleri, kuzeye giden tüm o çocuklarla ilgili haberleri dinliyoruz. Tek başlarına, trenle ve yayan olarak seyahat ediyorlar. Babaları olmadan, anneleri olmadan, valizleri olmadan, pasaportları olmadan seyahat ediyorlar. Hep haritasız seyahat ediyorlar. Ülke sınırlarını, nehirleri, çölleri, korkuları aşmaları gerekiyor. Ve sonunda gelmeyi başaranlar cezaevine yerleştiriliyorlar, beklemeleri söyleniyor.

"Bu arada Manuela'yla iki kızından haber aldın mı?" diye soruyor kocam.

"Hayır," diyorum, "almadım. En son biz New York'tan ayrılmadan önce haber almıştım, kızları hâlâ New Mexico'da gözaltı merkezindeydi, annelerinin yanına gönderilebilmek için yasal izin veya nihai sınır dışı emrini bekliyorlardı. Onu birkaç kez aradım ama ulaşamadım. Herhalde hâlâ kızlarına ne olacağının haberini almayı bekliyor, mülteci statüsünün verilmesini umuyordur."

"'Mülteci' ne demek anne?" diye soruyor kız arka koltuktan.

Ona verebileceğim cevapları düşünüyorum. Kaçan biri mülteci sayılmaz herhalde. Mülteci halihazırda yabancı bir ülkedeki bir yere varmış ama gerçekten, bütünüyle oraya varabilmek için belirsiz bir süre beklemek zorunda olan kişidir. Mülteciler gözaltı merkezlerinde, sığınaklarda ya da kamplarda beklerler; federal gözetim altında ve silahlı memurların denetiminde. Öğle yemeği için, üzerinde uyuyabilecekleri bir yatak için uzun kuyruklarda beklerler, tuvaleti kullanıp kullanamayacaklarını sormak için parmakları havada beklerler. Dışarı çıkmalarına izin verilmesini beklerler, telefon görüşmesi için beklerler, birilerinin onlara sahip çıkması ya da gelip alması için beklerler. Bir de nihayet, yeni bir evde oturan ailelerine kavuşacak kadar şanslı olan mülteciler var. Ama onlar bile hâlâ bekliyorlar. Mahkeme celbinin gelmesini, mahkeme kararını, ya sınır dışı edilmeyi ya da iltica hakkını bekliyorlar, nerede ve hangi şartlar altında yaşayacaklarını öğrenmeyi bekliyorlar. Bir okula kabul edilmeyi, bir iş olanağını, bir doktorun kendilerini muayene etmesini bekliyorlar. Vize, belge, izin bekliyorlar. Bir işaret, talimat bekliyorlar ve sonra biraz daha bekliyorlar. Haysiyetlerini geri kazanmayı bekliyorlar.

Mülteci olmak ne demek? Galiba kıza şu yanıtı verebilirim:

Mülteci çocuk, bekleyen biri demek.

Ama onun yerine mültecinin kendisine yeni bir ev bulmak zorunda olan biri olduğunu söylüyorum. Sonra sohbeti yumuşatmak, dikkatini başka yöne çekmek amacıyla bir çalma listesi arıyor ve Karışık Çal'a basıyorum. Dakikasında, bizi altüst eden bir dalga misali, her şey yeniden daha gamsız bir gerçekliğe ya da en azından daha kolay idare edilebilir bir gerçekdışılığa sürükleniyor:

"Bu fa fa fa fa fa şarkısını kim söylüyor?" diye soruyor kız.

"Talking Heads."[2]

"Bu kafaların saçları var mıydı?"

"Evet, elbette."

"Uzun mu kısa mı?"

"Kısa."

"Benzinimiz bitmek üzere. Bir yan yol, bir kent bulmamız lazım," diyor kocam, "benzinci bulabileceğimiz herhangi bir yer." Torpido gözünden haritayı çıkarıp incelemeye koyuluyorum.

HAKLI KORKULAR

Kayıt dışı çocuklar sınıra geldiklerinde Sınır Devriye memuru tarafından gerçekleştirilen bir sorguya maruz kalıyorlar. Buna haklı sebeplerle korku mülakatı deniliyor, amacıysa çocuğun ülkeden sığınma istemek için yeterince iyi sebepleri olup olmadığını belirlemek. Aşağı yukarı hep aynı sorular soruluyor:

ABD'ye neden geldiniz?

---

2 Kelime anlamı: Konuşan kafalar. (ç.n.)

Ülkenizden hangi tarihte ayrıldınız?

Ülkenizden neden ayrıldınız?

Kimse sizi ölümle tehdit etti mi?

Ülkenize dönmeye korkuyor musunuz? Neden?

Vagonların tepelerinde, düşmemeye, göçmenlik yetkililerinin veya hani olur da öldürmezlerse haşhaş tarlalarında onları esir edecek uyuşturucu baronlarının ellerine düşmemeye çalışarak seyahat edip bir kaçakçının elinde Meksika'yı geçen tüm o çocukları düşünüyorum, kayıt dışı. ABD sınırına gelmeyi başarırlarsa teslim olmaya çalışıyorlar ama bir Sınır Devriye memuru bulamazlarsa çöle yürüyorlar. Şayet bir memur bulur ya da memur tarafından bulunurlarsa alıkoyuluyor, sorguya çekiliyorlar.

"ABD'ye neden geldiniz?" diye soruyorlar onlara.

"Dikkat et!" diye bağırıyorum başımı haritadan kaldırıp yola bakarak. Kocam birden direksiyonu kırıyor. Araba hafif sapıyor ama kocam yeniden kontrolü sağlıyor.

"Sen sadece haritaya odaklan, ben yola bakarım," diyor kocam ve elinin tersiyle alnını siliyor.

"Tamam," diyorum, "ama az daha o kayaya ya da rakuna ya da işte artık her ne idiyse ona çarpıyordun."

"Tanrı..." diyor.

"Tanrı ne?"

"Tanrı'nın belası," diyor.

"Ne?"

"Bizi bir benzinciye götür yeter."

Kız başparmağını ağzından çıkarıp homurdanıyor, oflayıp pufluyor ve şekilsiz, acayip, dilbilgisi kurallarına aykırı zırvalarımızı ani medeni rahatsızlığıyla keserek buna bir son vermemizi söylüyor. Zarafetini bozmadan boğazını temizleyip iç geçirerek bizim söz yağmurumuza derin, bıkkın bir nokta koyuyor. Susuyoruz. Sonra, pürdikkat, sessizce ve nedametle kendisini dinlediğimizden emin olduğunda müdahalesini tamamlamak üzere dipnot olarak son bir öneride bulunuyor. Daha altı bile değil, sadece beş yaşında olsa da, hâlâ parmak emse de ve ara ara yatağını ıslatsa da bazen bizimle iradesiz hastalarına reçetelerini veren psikiyatristlerin o hoşgörülü edasıyla konuşuyor:

"Pekâla baba. Bence senin şu küçük çubuklarından bir tane daha içme vaktin geldi. Ve sen, anne, sadece haritana ve radyona odaklanman lazım. Tamam mı? İkinizin de artık resmin bütününe bakması gerekiyor."

SORULAR VE CEVAPLAR

Kimse mülteci nüfusunun göç rotası haritasının tarihi ve coğrafi bütününe bakmıyor. Pek çok insan göçmenleri ve mültecileri başkalarını ilgilendiren bir sorun olarak görüyor. Pek az kişi göçü ulusal bir gerçeklik olarak değerlendiriyor. Çocuk kriziyle ilgili internette araştırma yaparken, "Sınırdaki Çocuklar" adında birkaç yıl öncesine ait bir *New York Times* makalesi buluyorum. Soru cevap şeklinde hazırlanmış bir makale bu, ne var ki soruları soran da cevaplayan da yazarın bizzat kendisi, dolayısıyla pek de soru cevap formatında sayılmaz herhalde. Nereli oldukları sorusuna, yazar, dörtte üçünün El Salvador, Guatemala ve Honduras'taki "çoğunlukla fakir ve şiddete eğilimli kentlerden" gelen çocuklar olduklarını söyleyerek yanıt veriyor. "Çoğunlukla fakir ve şiddete eğilimli kentler" kelimelerini ve ABD'ye göç eden çocukların kökenlerini şematik bir biçimde haritalandırmanın olası içerimlerini düşünüyorum. Bu çocukların bize tümüyle yabancı olduklarını ima ediyor sanki. İlkel bir gerçeklikten geliyorlar. Ayrıca bu çocuklar çok büyük olasılıkla beyaz da değiller. Bunun üstüne, çocukların neden hemen sınır dışı edilmedikleri sorusu ortaya atıldıktan sonra okura, "iki partinin de desteğiyle insan kaçakçılığını önleme tüzüğü kapsamında... Orta Amerikalı çocuklar hemen sınır dışı edilemezler, sınır dışı edilmeden önce bir duruşma görülmesi gerekir. ABD politikası sınırı geçerken yakalanan Meksikalı çocukların çabucak geri gönderilmelerine imkân sağlıyor," deniyor. Bu son cümledeki o "imkân sağlıyor" sözcüğü... Sanki "Çocuklar neden hemen sınır dışı edilmiyorlar?" sorusuna makalenin yazarı, endişelenmeyin, hiç değilse Meksikalı çocukları tutmuyoruz çünkü neyse ki çabucak geri gönderilmelerine "imkân sağlayan" bir politika söz konusu benzeri bir şey söyleyerek teselli vermeye çalışmış gibi. Tıpkı Manuela'nın kızları gibi; normalde hemen sınır dışı edileceklerdi fakat bir memur geçmelerine izin verme inceliğini gösterdi. Peki ama kaç çocuk haklı ya da haksız sebeplere dayalı korkularını dile getirme fırsatı bile bulamadan geri gönderiliyor?

Kimse şimdilerde buraya gelen çocukları, en aşağıya, tam da bu dağlardan başlayıp da ülkenin güneyindeki ve Meksika'nın kuzeyindeki çöllere kadar uzanan Meksika sıradağlarına, ormanlarına ve güney yağmur ormanlarına yayılarak oradan Guatemala'ya, El Salvador'a ve ta Honduras'taki Celaque Dağı'na kadar uzayıp giden yarı küresel bir savaşın mültecileri olarak görmüyor. Kimse bu çocukları onlarca yıl öncesine dayanan tarihi bir savaşın sonucu olarak görmüyor. Herkes, "Ne savaşı, nerede?" "Niye buradalar?" "Neden ABD'ye geldiler?" "Onlarla ne yapacağız?" diye sorup duruyor. Kimse "Evlerinden neden kaçtılar?" diye sormuyor.

U DÖNÜŞÜ YAPILMAZ

"Eve dönsek olmaz mı?" diye soruyor oğlan.

Arka koltukta Polaroid fotoğraf makinesini kurcalıyor, nasıl kullanıldığını anlamaya çalışıyor, kullanma kılavuzunu okuyor, homurdanıyor.

"Fotoğrafı çekilecek bir şey de yok zaten," diye yakınıyor. "Önünden geçtiğimiz her şey eski ve çirkin, ayrıca periliymiş gibi gözüküyor."

"Bu doğru mu? Her şey perili mi?" diye soruyor kız.

"Hayır bebeğim," diyorum, "hiçbir şey perili değil."

Gerçi belki de bir bakıma öyle. Bu toprakların derinine ilerledikçe kendimi kalıntılara, harabelere bakıyormuş gibi hissediyordum. Terk edilmiş bir mandıranın yanından geçerken oğlan, "İnek sağan ilk insanı düşünsenize. Ne tuhaf bir insan ama," diyor.

Zoofili diye geçiriyorum aklımdan ama dile getirmiyorum. Kocamın aklından ne geçiyor bilmiyorum ama o da bir şey söylemiyor. Kız ilk inek sağıcının -o aşağıdaki şeyi- yeterince kuvvetli bir şekilde çektiğinde ineğin boynundaki çanın ding dong edeceğini düşünmüş olabileceğini söylüyor.

"Çın çın," diye düzeltiyor oğlan onu.

"Ve sonra birden süt gelmiştir," diye tamamlıyor kız sözlerini, ağabeyini duymazdan gelerek.

Aynayı ayarlıyor, ona bakıyorum: aynı anda hem dingin hem de muzır kocaman bir tebessüm. Aklıma biraz daha makul bir açıklama geliyor:

"Belki de ilk süt sağıcı bebeğine verecek sütü olmadığından inekten süt almaya karar veren bir insan anneydi."

Ama çocukların aklına yatmıyor:

"Sütü olmayan bir anne mi?"

"Bu çok saçma anne."

"Bu çok mantıksız anne, yapma."

ZİRVELER VE NOKTALAR

Genç bir kızken ne zaman bir karar vermesi ya da zor bir meseleyi anlamaya çalışması gerekse yüksek bir yer arayışına giren bir arkadaşım vardı. Bir dam, köprü, varsa bir dağ, ranza; yüksek herhangi bir yer işte. Yüksekliğin dayattığı baş döndürücü berraklığı tecrübe etmeden iyi bir karar almanın yahut uygun bir sonuca varmanın imkânsız olduğunu öne sürerdi. Kim bilir.

Apalaş dağ yollarını tırmanırken, ilk kez, son aylarda bir aile olarak -aslında bir çift olarak- bize neler olup bittiğini daha net bir şekilde düşünebiliyorum. Sanırım zamanla kocam bir çift ve bir aile olarak tüm yükümlülüklerimizin -kira, faturalar, sağlık sigortası- kendisini daha geleneksel bir yola girmeye mecbur bıraktığını, hayatını adamak istediği türde bir işten gitgide daha da uzaklaştığını hissetmeye başladı. Ve, birkaç yıl sonra, nihayetinde bizim birlikte kurduğumuz hayatın kendi istediği şeyle ters düştüğünü anladı. Aylarca, bize ne olduğunu anlamaya çalışırken öfke duydum, onu suçladım, kapris yaptığını -yenilik, değişiklik, başka bir kadın gibi hevesler peşinde koştuğunu- düşündüm. Ama şimdi birlikte seyahat ettiğimiz sırada, fiziksel açıdan hiç olmadığımız kadar yakın olup bugüne değin ailevi dünyamızın süregelen gündelik işlerini ayakta tutmuş olan yapı iskelesinden uzaktayken ve bir zamanlar bizi bir araya getirmiş olan projeden uzaklaşmışken aslında içimde benzer duygular olduğunu fark ediyorum. Benim de payım olduğunu kabul etmem gerekiyordu: Her ne kadar bu yangını başlatan kibriti ben çakmamış olsam da aylar boyu ardımda şu an onu körükleyen kuru döküntüler bıraka bıraka ilerlemiştim.

Apalaş dağ yollarında hız sınırı saatte 40 km; kocamı sinir ediyor ama ben ideal buluyorum. Gelgelelim bu hızda bile dağ yolu boyunca ağaçların Japon sarmaşığıyla kaplı olduğunu fark etmek birkaç saatimi aldı. Bu yüksek vadiye tırmanırken dönüm dönüm üzerleri kaplı ağaçlık arazinin yanından geçtik ama bunu ancak şimdi net bir şekilde görebiliyoruz. Kocam çocuklara Japon sarmaşığının 19. yüzyılda Japonya'dan getirildiğini, erozyonu önlemek amacıyla hasat edilmiş topraklara ekmeleri için çiftçilere saat başı ücret ödendiğini açıklıyor. Ne var ki ölçüyü kaçırmışlar ve sonunda Japon sarmaşığı tarlalara yayılmış, dağları sarmış, tüm ağaçlara tırmanmış. Güneş ışığını engelliyor, ağaçlardaki tüm suyu emiyor. Ağaçların bir savunma mekanizması yok. Dağ yolunun yüksek kısımlarında manzara dehşet verici: Kanserli benler misali tıpkı, ağaçların parça parça sararan üst dallarıyla çilleniyor Virginia ormanları.

"O ağaçların hepsi boğulup ölecek, bu kör olasıca köksüz sarmaşık sömürüp kurutacak onları," diyor bir dönemece varmamızla yavaşlayan kocam.

"Ama sen de öleceksin baba, hepimiz öleceğiz, geriye kalan herkes de öyle," diyor oğlan.

"Şey, evet," diyor babası ve sırıtıyor. "Ama esas nokta bu değil."

Derken kız aydınlatıcı bir açıklamada bulunuyor:

"Esas nokta, esas nokta, esas noktanın hep noktalı olması."

VADİLER

Blue Ridge Dağları'nda dar, yılankavi yolda yokuş yukarı ve yokuş aşağı dolana dolana ilerliyor, bir kez daha benzinci arayışıyla batıya, sıradağların iki kolu arasında uzanan dar vadiye doğru yöneliyoruz. Sinyali tekrar kaybetmeye başladığımızda radyoyu kapatıyorum ve oğlan babasından hikâye, geçmişle ilgili hikâyeler anlatmasını istiyor. Kız zaman zaman araya girip babasına birtakım sorular soruyor.

"Peki ya Apaçi kızlar? Apaçi kızlar var mıydı?"

"Nasıl yani?"

"Sadece Apaçi adamlardan, bazen de Apaçi oğlanlardan bahsediyorsun, hiç kız var mıydı?"

Bir an düşündükten sonra, "Tabii ki. Lozen var," diyor.

Ona Lozen'ın en iyi, en cesur Apaçi kız olduğunu söylüyor. Adı "maharetli at hırsızı" anlamına geliyormuş. Onun büyüdüğü zamanlar Apaçiler için zor zamanlarmış; Meksika hükümeti Apaçi kelleleri için ödül koymuş ve onların uzun, siyah saçları için büyük meblağlar ödüyormuş. Ama Lozen'ınkini hiçbir zaman alamamışlar, çok hızlı ve akıllıymış.

"Saçı uzun muydu kısa mıydı?"

"İki yandan sarkan uzun örgüleri vardı. Kâhin olarak bilinirdi, halkının tehlikede olduğunu anlar, her seferinde onları beladan uzaklaştırırdı. Aynı zamanda bir savaşçı, bir şifacıydı. Yaşlandığındaysa ebe oldu."

"Ebe ne?" diye soruyor kız.

"Bebekleri annelerine teslim eden kişi," diyor kocam.

"Postacı kadın gibi mi?"

"Evet," diyor, "postacı kadın gibi."

AYAK İZLERİ

Geçtiğimiz ilk kentte, Virginia'nın iyice içlerinde, insandan çok kilise ve mekânların kendisinden çok tabelalarını görüyoruz. Sanki her şeyin içi oyulmuş ve boşaltılmış da geriye sadece kelimeler kalmış gibi: bir boşluğu işaret eden isimler. Yalnızca tabelalardan ibaret bir bölgeden geçiyoruz. Söz konusu tabelalardan biri aile işletmesi bir lokantayı duyuruyor ve misafirperverlik vaat ediyor; güneş ışığında güzel güzel parıldayan hurdası çıkmış demir bir yapıdan başka bir şey yok ardında.

Kilometrelerce yol gidip de terk edilmiş benzincileri, betondaki tüm çatlaklardan fışkıran çalıları geride bıraktıktan sonra sadece yarı terk edilmiş gibi görünen bir tanesine geliyoruz. Çalışan tek akaryakıt pompasının yanına park edip bacaklarımızı açmak için arabadan iniyoruz. Kocam depoyu doldururken direksiyon başına geçme fırsatı yakalayan kız arabada kalıyor. Oğlan ve ben dışarıda oğlanın yeni fotoğraf makinesiyle oynuyoruz.

"Ne yapmam gerekiyor?" diye soruyor.

Ona -az bildiğim bir dili iyi bildiğim bir dile çevirmeye çalışarak- fotoğraf çekimine sanki bir yankının sesini kaydediyormuş gibi yaklaşması gerektiğini söylüyorum. Ama işin aslı şu ki sonografiyle fotoğrafı kıyaslamak güç. Bir fotoğraf makinesi tek bir baskıda bir peyzajın bütününü yakalayabiliyorken bir mikrofon, parabolik bile olsa, yalnızca küçük parçaları ve ayrıntıları algılayabilir.

"Hangi düğmeye ne zaman basacağımı soruyorum anne."

Ona göz merceğini, objektifi, netlik ayarını ve enstantaneyi gösteriyorum ve o göz merceğinden etrafa bakarken, "Betondan çıkan şu ağacın fotoğrafını çekmeye ne dersin?" diye öneriyorum.

"Neden öyle bir şey yapayım ki?"

"Bilmem, sadece belgelemek için herhalde."

"Belgelemekmiş. Bu da ne demek ki zaten."

Haklı. Bir şeyi, bir nesneyi, hayatlarımızı, bir hikâyeyi belgelemek ne demek ki? Sanıyorum -fotoğraf makinesinin objektifi aracılığıyla, kâğıda dökerek ya da bir ses kayıt cihazıyla- bir şeyleri belgelemek zaten kolektif dünya anlayışında dibe çökmüş olan onca şeye sadece yeni, kuruma benzer bir katman eklemenin bir şekli aslında. Sırf fotoğraf makinesini yeniden denemek ve fotoğrafların neden kirli beyaz çıktığını anlayabilmek için arabamızın fotoğrafını çekmemizi öneriyorum. Oğlan fotoğraf makinesini amatör bir kaleci tarafından tekmelenmek üzere olan bir futbol topu gibi tutuyor, göz merceğinden bakıyor ve deklanşöre basıyor.

"Odak ayarı yaptın mı?"

"Sanırım."

"Görüntü net miydi?"

"Sayılır."

Olmuyor; fotoğraf önce mavi çıkıp sonra yavaş yavaş krem rengine dönüyor. Oğlan makinenin bozuk olduğunu, fabrika hatası olduğunu, hatta gerçek bir fotoğraf makinesi değil de muhtemelen oyuncak olduğunu iddia ediyor. Oyuncak olmadığı konusunda onu temin edip bir teori ortaya atıyorum:

"Belki de fotoğrafların beyaz çıkmasının sebebi fotoğraf makinesinin bozuk ya da oyuncak olması değil de çektiğin şeylerin aslında orada olmamalarıdır. Şayet ortada bir şey yoksa ondan geri dönebilecek bir yankı da yoktur. Fotoğraflarda gözükmeyen hayaletler ya da aynalarda gözükmeyen vampirler gibi," diyorum oğlana, "çünkü gerçekten orada değiller aslında."

Etkilenmedi, eğlenmedi, benim yankı-şey teorimi ikna edici, hatta komik bile bulmadı. Fotoğraf makinesini karnıma çalıp koltuğuna geri dönüyor.

Fotoğraflarla ilgili sorun hakkındaki tartışma arabada bir süre daha devam ediyor, oğlan ona bozuk, işe yaramaz bir makine verdiğim konusunda diretiyor. Oğlanın babası lafa karışmaya, arabuluculuk yapmaya çalışıyor. Oğlana Man Ray'in "rayograflarından" ve Ray'in onları oluştururken kullandığı o tuhaf yönteminden, fotoğraf makinesi kullanmadan, makas, raptiye, vida veya pusula gibi küçük nesneleri doğrudan ışığa duyarlı kâğıt üzerine yerleştirip sonra onları ışığa maruz bırakmasından söz ediyor. Ray'in bu yöntemle yarattığı görüntülerin hep artık orada olmayan nesnelerin hayaletvari izlerine, görsel yankılara ya da çok uzun zaman önce oradan geçen birinin çamurdaki ayak izlerine benzediğinden bahsediyor.

GÜRÜLTÜ

Geç bir saatte Apalaş Dağları'nın tepelerindeki bir köye varıyoruz. Durmaya karar veriyoruz. Çocuklar kötücül Ortaçağ keşişleri gibi davranmaya başlamıştı artık; arka koltukta huzur kaçırıcı sözel oyunlar oynuyor, birbirlerini canlı canlı gömmekten, kedileri öldürmekten, kentleri yakmaktan falan bahsediyorlardı. Söyledikleri bana reenkarnasyon teorisinin doğru olduğunu düşündürtüyor: Oğlan 1600'lerde Salem'de cadı avlamış olmalı; kızsa Mussolini'nin İtalyası'nda faşist bir askerdi muhakkak. Tarih onlarda vuku buluyor, mikro ölçeklerde tekerrür ediyor.

Köydeki tek bakkalın önünde bir tabela, "Kiralık Kulübeler. İçeriye Sorun" diye duyuruyor. Küçük ama rahat, ana yoldan uzak bir kulübe kiralıyoruz. O gece oğlan yatakta bir anksiyete nöbeti geçiriyor. O böyle tanımlamıyor ama düzgün nefes alamadığını, gözlerini kapalı tutamadığını, doğru dürüst düşünemediğini söylüyor. Beni yanına çağırıyor:

"Gerçekten de bazı şeylerin orada olmadıklarını mı düşünüyorsun?" diye soruyor. "Onları gördüğümüzü ama aslında orada olmadıklarını?"

"Nasıl yani?"

"Öyle söyledin."

“Ne dedim?”

“Ya seni, bu odayı ve geriye kalan her şeyi görüyorsam ama aslında hiçbiriniz burada değilseniz ve dolayısıyla yankı yapamıyorsanız, fotoğrafınız çekilemiyorsa, dedin.”

“Sadece şaka yapıyordum canım.”

“Peki.”

“Hadi uyu, tamam mı?”

“Peki.”

Gecenin ilerleyen saatlerinde arabamızın açık bagajının önünde elimde bir fenerle duruyor, gözlerimi dikmiş bakıyor ve hangi kutuyu açacağıma -içinde yine kapağını açıp okuyacağım bir kitap bulacağım bir kutu- karar vermeye çalışıyorum. Ses projeme kafa yormalıyım ve başkalarının sözcüklerini okumak, bir süreliğine onların zihinlerine yerleşmek kendi düşüncelerime açılan bir kapı oldu her zaman. Peki ama nereden başlamalı? Yedi karton kutunun önünde dururken başka bir zihin, şimdi belli bir düzenle geçici olarak bu kutulara arşivlenmiş aynı takım taklavat ve ıvır zıvırla ne yapardı acaba diye düşünüyorum. Oradaki tüm o belgelerin kaç olası kombinasyonu vardı acaba? Ve farklı farklı kümelendikleri, karıştırıldıkları ve yeniden düzenlendikleri takdirde kim bilir birbirinden bütünüyle ayrı hangi hikâyeler anlatılırdı?

Kocamın II numaralı kutusunda, birtakım defterlerin altında, R. Murray Schafer tarafından yazılmış *The Soundscape* adında bir kitap var. Kitabı yıllar önce okuduğumu ve sadece çok az bir kısmını anladığımı ama hiç değilse insan varlığının dünyada yarattığı onca sesi düzenlemenin devasa, muhtemelen boşa çıkan bir çaba olduğunu anladığımı anımsıyorum. Schafer sesleri ayırıp kataloglayarak gürültüden kurtulmaya çalışıyordu. Sayfalara göz gezdiriyorum - anlaşılması güç grafikler, farklı ses türlerinin simgesel gösterimleri ve Schafer’ın World Soundscape Project (Dünya İşitsel Peyzaj Projesi) olarak bahsettiği sesleri kataloglayan geniş bir envanter var. Envanter “Su Sesleri”nden “Mevsim Sesleri”ne “Beden Sesleri”nden

"Ev içi Sesler"e, "İçten Yanmalı Motorlar"dan "Savaş ve İmha Aletleri"ne ve "Zaman Sesleri"ne kadar uzanıyor. Bu kategorilerin her biri detaylandırılmış. Mesela "Beden Sesleri"nin altında kalp atışı, nefes, ayak sesleri, eller (çırpma, kaşıma vs.), yemek yeme, içme, boşaltım, sevişme, sinir sistemi, rüya sesleri yer alıyor. En altta "Gelecek Olayların Ses Göstergeleri" kategorisi var. Ama tabii ki onun altında herhangi bir bilgi yok.

Kitabı kutuya geri koyup I numaralı kutuyu açıyor, içindekileri dikkatli bir şekilde eşeliyorum. Kahverengi bir defter çıkarıyorum, kocam ilk sayfasına "Toplama Üzerine" diye yazmış. Rasgele bir sayfa açıyor, "Toplamak verimli bir oyalanma, olanaklara gebe bir atalet biçimidir" notunu okuyorum. Birkaç satır altında Marina Tsvetaeva'nın bir kitabından alıntı var: "Deha: zihnen parçalanmanın son raddesidir ve son raddesidir - toplanmanın." Kitap, *Art in the Light of Conscience* (*Vicdanın Işığında Sanat*) benim ve o, büyük ihtimalle, bir zamanlar benim altını çizdiğim bir cümleydi. Şimdi orada, onun defterinde görünce küçük çaplı zihinsel bir hırsızlık söz konusuymuş, sanki benim şahsi bir deneyimimi araklamış da kendisine mal etmiş gibi hissediyorum. Ama her nedense yağmalandığım için kendimle gururlanıyorum. Nihayetinde, büyük olasılıkla ses projeme ya da genel anlamda işitsel peyzaja kafa yormama bir yardımı dokunmayacaksa da, kutudan Susan Sontag'ın *Yeniden Doğan: Günlükler ve Defterler, 1947-1963* kitabını alıyorum.

BİLİNÇ VE ELEKTRİK

Yatmıyor, kulübenin önündeki sundurmada Sontag'ın günlüklerini okuyorum. Kollarım ve bacaklarım sivrisinekler için bir ziyafet. Tepemde kınkanatlılar sert dış kabuklarını var olan tek ampule çarpıp duruyor; beyaz güveler ışığın halesi etrafında dönüyor, sonra dikine düşüşe geçiyorlar. Küçük bir örümcek bir sütunla kirişin kesişme noktasına ağ örüyor. Ve uzakta, bir grup kurtarıcı ateşböceği -ara ara- dikdörtgen sundurmanın ötesindeki engin karanlığı süslüyor.

Günlük tutan biri değilim. Benim günlüklerim kitaplarda altını çizdiğim cümleler. Okuduğum bir kitabı katiyen ödünç vermem. Çok fazla satırın altını çiziyorum, bazen koca bir sayfanın altını çizdiğim, hatta bazen iki kere çizdiğim oluyor. Bir seferinde kocamla Sontag'ın günlüklerinin bu nüshasını beraber okumuştuk. Daha yeni tanışmıştık. İkimiz de koca koca paragrafların altını şevkle, hani neredeyse telaşla çizmiştik. İkiz yatakta çıplak bacaklarımızı birbirimizin bacaklarına dolayıp sayfaları sanki bir kâhine danışırcasına açarak sırayla, yüksek sesle bölümler okumuştuk. Sanırım, yerinde ve doğru şekilde sıralanmış kelimeler geride bir parıltı bırakıyor. Bir kitapta o tarz kelimeler, güzel kelimeler okuduğunuzda güçlü ama gelgeç bir duygu gelişiyor. Çok geçmeden hepsinin, kavradıklarınızın ve verdiği duygunun yok olup gideceğini de biliyorsunuz üstelik. Sonrasında o tuhaf, fani parıltıya sahip olma ve o duyguya tutunma ihtiyacı baş gösteriyor. Böylelikle tekrar okuyor, altını çiziyor, hatta belki ezberliyor ve o kelimeleri bir yerlere - bir deftere, bir peçeteye, elinize yazıyorsunuz. Bizim Sontag'ın günlükleri nüshamızda altları bazen iki kez çizili, yer yer kutu içine alınmış ve kenarlarına işaretler konulmuş olanlar:

> "Bir günlük ya da jurnalin temel (toplumsal) işlevlerinden biri, kişinin haklarında yalnızca günlüğünde acımasızca dürüst davrandığı (ebeveyn + sevgili gibi) başka insanlar tarafından gizlice okunmaktır."[3]
>
> "Adaba uygunlukla içi oyulan zamanlarda insan kendini doğaçlama için eğitmeli."
>
> "1831: Hegel öldü"
>
> "Bu sıçan deliğinde kıç üstü oturup seçkin, orta yaşlı ... olmayı bekliyoruz..."
>
> "Ahlak muhasebesi hesaplaşmayı da gerektirir."

---

3 Susan Sontag, *Yeniden Doğan, Günlükler ve Defterler, 1947-1963*; çeviren: Begüm Kovulmaz. Tüm Sontag alıntılarının çevirisi Begüm Kovulmaz'a aittir. (ç.n.)

"Evlilikte kişiliğimi belli ölçüde yitirdim - bu yitim başlangıçta hoştu, kolaydı..."

"Evlilik, atalet ilkesi üzerine kurulu."

"Gökyüzü, şehirden görüldüğü kadarıyla negatiftir - binaların olmadığı yerdir."

"Vedalaşma bulanıktı çünkü ayrılık hâlâ gerçek değil sanki."

Bu son cümlenin altı kurşunkalemle çizilmiş, sonra siyah dolmakalemle daire içine alınmış, ayrıca sayfa kenarına bir de ünlem işareti konmuş. Altını hangimiz çizmiştik acaba, ben mi, o mu? Hatırlamıyorum. Ama ilk kez Sontag okuduğumda yaşadığım, tıpkı Hannah Arendt, Emily Dickinson ve Pascal'ı ilk okuduğumda olduğu gibi, bazı insanların çok basit ama o âna dek hiçbir şekilde kelimelere dökemediği bir duyguyu tarif edecek sözcükleri nihayet bulduğunda yaşadığı belli belirsiz, muhtemelen mikro kimyasal vecd anlarını -beyin dokusunun derinliklerinde titreşen küçük ışıkları- hatırlıyorum. Başkasının kelimeleri bilincinize bu şekilde sirayet ettiği zaman küçük, kavramsal ışık lekelerine dönüşüyorlar. İlla aydınlatıcı olmaları gerekmiyor. Karanlık bir koridorda çakılan bir kibrit, gece yarısı yatakta içilen sigaranın yanan ucu, sönmek üzere olan bir şöminenin közleri: Bunların hiçbirinin başka herhangi bir şeyi ortaya çıkaracak ışığı yoktur. Başkalarının kelimelerinin de öyle. Ama bazen ufacık bir ışık karanlığın, kendisini çevreleyen meçhul uzamın, bildiğimizi zannettiğimiz her şeyi bürüyen devasa cehaletin farkına varmanızı sağlayabilir. Ve o farkındalık, karanlıkla uzlaşma hayatımız boyunca toplayıp toplayabileceğimiz tüm olgusal bilgilerden çok daha değerlidir.

Sontag'ın günlüklerinin bu nüshasındaki altı çizili bölümleri yeniden okuyunca, onları yıllar sonra şimdi yine güçlü bulunca ve bir kısmının -özellikle de evlilik hakkındaki düşüncelerin- altını yeniden çizince okuduğum her şeyin ya 1957 ya da 1958'de yazılmış olduğunu fark ediyorum. Parmak hesabı yapıyorum. Sontag o zaman hepi topu yirmi dört yaşındaymış, benden dokuz yaş küçükmüş yani. Sanki bir fıkraya daha en vurucu yerine gelmeden gülerken yakalanmış ya da konserde henüz parça bitmeden alkışlamış gibi birden utanıyorum. Böylelikle, Sontag'ın otuzlu yaşlarında, artık boşanmış ve şimdiye ve geleceğe dair belki de daha net bir fikir sahibi olduğu 1963'e atlıyorum. Okuyamayacak kadar yorgunum. Sayfayı işaretliyor, kitabı kapatıyor, sundurmanın -kınkanatlıların ve güvelerin başına üşüştüğü- ışığını söndürüyor, yatağa gidiyorum.

ARŞİV

Kulübedeki ertesi günümüzde erken kalkıp mutfakla oturma alanının yolunu tutuyorum. Sundurmaya çıkan kapıyı açıyorum, dağın ardından güneş yükseliyor. Yıllardır ilk defa özel alanımızın kimi bölümlerini kaydetmek istiyor, birtakım sesleri belgeleyip muhafaza etmek için yeniden kuvvetli bir arzu duyuyorum. Sırf yeni şeylerde, yeni koşullarda geçmiş bir şeylerin havası olduğundan belki de. Başlangıçlarla sonlar birbirine karıştırılıyor. Bir keçi ya da kokarca, güneşli ufka, o sarı yıldız doğuyor mu yoksa batıyor mu anlamadan nasıl aval aval bakarsa biz de öyle bakıyoruz onlara.

Seyahatimizin bu ilk seslerini belki de bana bir şeyin son sesleriymiş gibi geldikleri için kaydetmek istiyorum. Ama aynı zamanda istemiyorum da, zira kaydıma müdahale etmek istemiyorum; hayatlarımızın bu anını müstakbel bir arşiv belgesine dönüştürmek istemiyorum. Keşke zihnimle birtakım şeylerin altını çizebilseydim: ben kahve makinesini hazırlarken mutfak penceresinden içeri süzülen, tüm kulübeyi altın rengi bir sıcaklığa boğan bu ışık; açık kapıdan içeri giren ve ben ocağı yakarken bacaklarımı yalayan bu hafif rüzgâr; kız yataktan çıkıp bana arkadan yaklaşır ve, "Anne, ben uyandım!" diye bildirirken -küçük, çıplak ve sıcak ayaklardan yükselen- o ayak sesleri.

Ocak başında, kahvenin olmasını beklerken buluyor beni. Bana bakıyor, gülümsüyor, ben ona günaydın derken gözlerini ovuşturuyor. Uyanmayı böylesi müjdeli bir haber, sevindirici bir olay olarak gören başka kimseyi tanımıyorum. Gözleri kocaman, üstü çıplak, külotu beyaz ve bol, fazla büyük. Ciddi ve son derece terbiyeli bir edayla, "Bir sorum var anne," diyor.

"Neymiş?"

"Sana şunu sormak istiyorum: Kim bu Tanrı'nın belası?"

Yanıtlamıyor, ona koca bir bardak süt veriyorum.

DÜZEN

Oğlan ve babası hâlâ uyuyor, biz ikimiz -anne, kız- kulübenin küçük ama aydınlık salonundaki kanepede kendimize oturacak bir yer buluyoruz. Sütünü yudumluyor, resim defterini açıyor. Birkaç başarısız çizim girişiminin ardından benden onun için -ikisi yukarıda, ikisi aşağıda olmak üzere- dört kare çizmemi ve her birine sırasıyla "Karakter," "Mekân," "Sorun," "Sonuç" yazmamı istiyor. Dört kareyi dediği şekilde adlandırdıktan ve bunu niye yaptığını sorduktan sonra okulda ona hikâyelerini bu şekilde anlatmayı öğrettiklerini söylüyor. Kötü edebiyat eğitimi çok erken yaşta başlıyor, çok uzun bir süre de devam ediyor. Hatırlıyorum da bir gün, oğlan ikinci sınıftayken ve ben ödevlerini yapmasına yardım ederken birden yüksek ihtimalle isimle fiilin farkını bilmediğini fark etmiş, bunu ona sormuştum. Teatral bir edayla tavana bakmış, birkaç saniye sonra elbette bildiğini söylemişti: İsimler karatahtanın üstündeki sarı kartlarda yazılı olan harfler, fiillerse karatahtanın altındaki mavi kartlarda yazılı olan harflerdi.

Kız çizimine odaklanıyor şimdi, onun için yaptığım kareleri dolduruyor. Ben kahvemi içiyor, yeniden Sontag'ın günlüklerini açıyor, rasgele satırlarla sözcükler okuyorum tekrar. Evlilik, vedalaşma, ahlak muhasebesi, içi oyulan, ayrılık: Bizim bu sözcüklerin altını çizmemiz olacakların habercisi miydi? Sonumuz ne zaman başladı? Zamanını ya da nedenini söyleyemem. Emin değilim nasılından. Dördümüz bu geziye çıkmadan kısa bir süre önce bir iki arkadaşıma muhtemelen evliliğimin bitiyor ya da en azından bir kriz evresinde olduğunu söylediğimde bana, "Ne oldu?" diye sordular.

Net bir tarih istediler:

"Tam olarak ne zaman fark ettin? Falancadan önce mi yoksa filancadan sonra mı?"

Bir neden istediler:

"Siyasi görüş? Can sıkıntısı? Duygusal şiddet?"

Bir olay istediler:

"Aldattı mı? Aldattın mı?"

Hepsine tekrar tekrar olumsuz yanıt verecek, hiçbir şey olmadığını söyleyecektim.

Daha doğrusu evet diyecektim, saydıkları her şeyin muhtemelen yaşandığını ama sorunun bu olmadığını söyleyecektim. Yine de ısrar ettiler. Sebep istediler, motivasyon istediler ama bilhassa da bir başlangıç istediler:

"Ne zaman, tam olarak ne zaman?"

Anımsıyorum da bir gün, bu yolculuğa çıkmadan kısa süre önce süpermarkete gitmiştim. Kız ve oğlan sıkarak yenilebilen atıştırmalık ezmelerden hangisinin daha lezzetli olduğunu tartışıyordu. Kocam belli bir ürünle ilgili tercihimden yakınıyordu, belki süttü, belki deterjan, belki de makarna. Birlikte oturmaya başladığımızdan beri ilk defa, ailemizin artık dört kişilik bir aile olmadığı bir gelecekte sadece kızla kendim için alışveriş yapmanın nasıl bir şey olacağını düşündüğümü anımsıyorum. Bunu düşündüğüm için neredeyse anında vicdan azabı duyduğumu anımsıyorum. Sonrasındaysa, oğlanın seçtiği sık kullanıma uygun vanilya aromalı şampuanı kasa bandına bırakırken çok daha derin bir duyguya kapıldığımı - belki ani bir gelecek hasreti ya da mevcut olanı emerek yokluk yayan melankolinin yarattığı ruhsal bir boşluktu bu.

Ama bize ne olduğunu o gün, o süpermarkette anlamamıştım kesinlikle. Girişler, gelişmeler ve sonuçlar sadece geç kavrama meselesidir. Geçmişe dönük bir hikâye yaratmak zorunda kalırsak eğer, anlatımız seçici bir tutum sergileyip geriye kalan her şeyi pas geçerek kendisini alakalı gördüğü öğelerle donatır.

Kız çizimini bitiriyor ve kendinden son derece memnun bir şekilde bana gösteriyor. İlk kareye bir köpekbalığı çizmiş. İkincisine çevresinde başka deniz hayvanları ve yosunlar olan bir köpekbalığı; tepelerinde suyun yüzeyi, en tepede, uzak bir köşedeyse güneş yer alıyor. Üçüncü karede hâlâ suda olan, perişan görünen, yüzü bir tür sualtı çam ağacına dönük bir köpekbalığı var. Dördüncü, yani sonuncu karede başka bir büyük balığı, hatta belki de bir köpekbalığını ısıran, muhtemelen de yiyen bir köpekbalığı var.

"Ee, hikâye ne bakalım?" diye soruyorum.

"Sen anlat anne, hadi tahmin et."

"Pekâlâ ilki: bir köpekbalığı var; ikincisi: köpekbalığı yaşadığı yer olan suda; üçüncüsü: sorun şu ki ağaç dışında yiyebileceği bir şey yok ve kendisi vejetaryen değil çünkü o bir köpekbalığı; dördüncüsü: sonunda yiyecek buluyor ve yiyor."

"Hayır anne. Tamamen yanlış. Köpekbalıkları köpekbalığı yemez."

"Peki. Hikâye ne?" diye soruyorum.

"Hikâye şu: Karakter: Köpekbalığı. Mekân: Okyanus. Sorun: Köpekbalığı mutsuz ve şaşkın çünkü başka bir köpekbalığı onu ısırdı, böylece düşünme ağacına gidiyor. Sonuç: Sonunda anlıyor."

"Neyi anlıyor?" diye soruyorum.

"Kendisini ısırdığı için onun da gidip aynı şekilde öteki köpekbalığını ısırması gerektiğini!"

KAOS

Oğlanla babası nihayet uyanıyor. Kahvaltıda plan yapıyoruz. Kocam ve ben yeniden yola koyulmamız gerektiğine karar veriyoruz. Çocuklar yakınıyor, burada daha uzun kalmak istediklerini söylüyorlar. Bunun normal bir tatil olmadığını hatırlatıyoruz onlara; arada sırada durup birtakım şeylerin tadını çıkarabiliriz ama ikimiz de çalışmak zorundayız. Güney sınırındaki krizle ilgili bir şeyler kaydetmeye başlamam gerek. Radyoda dinlediklerimden ve elime fırsat geçtikçe internette peşine düştüğüm haberlerden anlayabildiğim kadarıyla durum günbegün daha vahim bir hal alıyor. Çok kısa bir süre önce yönetim, mahkemelerin de desteğiyle, belgesi olmayan çocuklar için öncelikli bir dava listesi oluşturduğunu duyurmuştu, bu da sınıra gelen çocuklar sınır dışı edilme konusunda öncelikli tutulacak demek oluyor. Federal göçmen mahkemeleri onların davalarına öncelik verecek ve şayet yirmi bir gün gibi akıl almayacak denli kısa bir süre içinde kendilerini savunacak bir avukat bulamazlarsa hiç şansları olmayacak, kesin olarak ülkeden çıkarılmalarına hükmedilecek.

Bütün bunları çocuklarımıza anlatmıyorum tabii ki. Ama oğlana üzerinde çalıştığım şeyin zamana bağlı olduğunu ve güney sınırına mümkün olduğunca çabuk gitmem gerektiğini söylüyorum. Kocam bir an önce -bir Apaçi mezarlığını ziyaret edeceği- Oklahoma'ya gitmek istediğini söylüyor. Oğlan 1950'lerin banliyö ev kadınları misali konuşarak bizim için hep "işin aileden önce geldiğini" söylüyor. Ona büyüyünce bu ikisinin birbirinden ayrılamaz olduğunu anlayacağını söylüyorum. Gözlerini deviriyor, bana öngörülebilir ve kendime dönük olduğumu söylüyor; daha önce onun ağzından duymadığım sıfatlar ikisi de. Onu azarlıyorum, kahvaltıdan sonra bulaşıkları kız kardeşiyle onun yıkayacağını söylüyorum.

Onlar bulaşıkları yıkamaya başladığında ve biz toplanmaya başladığımızda, "Diğer anne babamızın olduğu zamanları hatırlıyor musun?" diye soruyor oğlan kıza.

Ona sıvı sabunu uzatarak, "Nasıl yani?" diyor kız şaşkın şaşkın.

"Bir zamanlar şimdikinden daha iyi bir anne babamız vardı."

Dinliyor, düşünüyor, tasalanıyorum. Ona onu kayıtsız şartsız sevdiğimi, bana hiçbir şey kanıtlamak zorunda olmadığını, benim onun annesi olduğumu ve onu hep yakınımda istediğimi, ayrıca benim de ona ihtiyacım olduğunu söylemek istiyorum. Ona tüm bunları söylemeliyim ama onun yerine böyle davrandığı zamanlarda uzak ve ihtiyatlı, hatta belki biyolojiye aykırı bir biçimde soğuk oluyorum. Öfkesini nasıl yatıştıracağımı bilememek beni çileden çıkarıyor. Genellikle karmakarışık duygularımı dışa vuruyor, onu önemsiz şeylerden dolayı azarlıyorum: Ayakkabılarını giy, saçını tara, o çantayı oradan kaldır. Çoğu zaman babası da kendi hiddetini için için yaşıyor ama onu azarlamıyor, ne bir şey söylüyor ne de bir şey yapıyor. Sadece pasifleşiyor; sanki boş bir salonda sessiz bir film izlermiş gibi aile hayatımızın kederli bir izleyicisine dönüşüyor.

Kulübenin önünde yola çıkmadan önce son hazırlıklarımızı yaparken oğlandan bagajdaki eşyaları düzenlememize yardım etmesini istiyoruz ve bu kez daha da büyük bir yaygara koparıyor. Avaz avaz bağırıp korkunç şeyler söylüyor, keşke başka bir dünyada yaşasaydım, keşke daha iyi bir ailem olsaydı diye haykırıyor. Galiba burada, bu dünyada olma nedenimizin onu mutsuzluğa sürüklemek olduğunu düşünüyor: Kıvamından nefret ettiğin bu sahanda yumurtayı ye; hadi gidelim, acele et; binmekten korktuğun bu bisikleti sürmeyi öğren; sevmediğin halde senin için aldığımız bu pantolonu giy - pahalıydı, dolayısıyla minnet duy; parkta sana günübirlik arkadaşlığını ve topunu takdim eden şu çocukla oyna; normal ol, mutlu ol, çocuk ol.

Sesini yükselttikçe yükseltiyor, defolmamızı, ölmemizi diliyor, arabanın lastiklerini tekmeliyor, sağa sola irili ufaklı taşlar atıyor. Bunun gibi bir öfke nöbetine girdiğinde sesi, sanki metal teller kanalıyla parazitli, eski analog bir kayıt cihazından dinliyormuşum yahut bir hat operatörüymüşüm de onu çok uzaklardaki bir ülkeden dinliyormuşum gibi soğuk, uzak, yabancı geliyor bana. Arka planda yankılanan ses tonu tanıdık ama sevgimize ve mutlak ilgimize duyduğu hasretle bizimle iletişim kurmak için mi sesini duyuruyor yoksa bir şekilde bize ondan uzak durmamızı, bu dünyadaki on yıllık hayatından defolup gitmemizi söylüyor ve aile bağlarımızın küçük muhitinin dışında büyümesine izin vermemizi mi istiyor emin olamıyorum. Dinliyor, düşünüyor, tasalanıyorum.

Öfke krizi devam ediyor ve sonunda babasının sabrı taşıyor. Yanına gidip onu omuzlarından sıkıca tutuyor, bağırıyor. Oğlan onun elinden kurtulmayı başarıp babasının ayak bileklerini, dizlerini tekmeliyor - zarar vermek ya da incitmek maksadıyla tekmelemiyor ama yine de tekmeliyor işte. Buna karşılık babası şapkasını çıkarıyor, şapkasıyla oğlanın poposuna iki üç kez vuruyor. Can yakacak bir ceza değil ama on yaşındaki bir çocuk için aşağılayıcı bir ceza: şapkayla kıça şaplak atma. Sonrasında yaşananlar beklenmedik şeyler değil ama aynı zamanda yatıştırıcı da: gözyaşları, burun çekme, alınan derin nefesler ve gevelenen tamam, affedersin, pekâlâ benzeri sözcükler.

Oğlan nihayet sakinleştiğinde kız kardeşi yanına gidiyor ve bir parça umut, bir parça tereddütle ona kendisiyle oynamak ister mi diye soruyor. Hâlâ ortak bir dünyaları olduğunu teyit etmesine ihtiyaç duyuyor. Bu dünyada birlikte olduklarını, anne ve babalarının ve onların kusurlarının ötesinde birbirlerinin ayrılmaz birer parçası olduklarını teyit etmesine ihtiyaç duyuyor. Oğlan başta nazik ama kararlı bir tavırla onu geri çeviriyor:

"Bana bir dakika izin ver."

Ama nihayetinde hâlâ küçük; bizim kırılgan, özel aile mitolojilerimize hâlâ duyarlı. Dolayısıyla babası gitmeden önce hep beraber Apaçi oyunu oynayabilmeleri için yola daha geç çıkmayı önerdiğinde oğlan derin, saf bir mutlulukla dolup taşıyor. Kuş tüyleri topluyor, plastik yay ve okunu hazırlıyor, kız kardeşini yerli bir prenses gibi giydiriyor, kızın başına ne çok sıkı ne de çok bol olmasına özen göstererek kumaş bir kemer bağlıyor ve sonra deli, vahşi, tasasız bir çocuk misali bağıra çağıra sağa sola koşuşturuyor. Nefesiyle, ani sıcaklığıyla, ortalığı çınlatan o kendine has kahkahasıyla hayatımızı dolduruyor.

ARŞİV

Yavaşça süzülen sabah ışığında çocuklar babalarıyla Apaçi oyunu oynuyorlar. Kulübe kıvrıla büküle aşağıya, bizim buradan göremediğimiz ana yola doğru uzanan yüksek bir vadinin en tepesinde yer alıyor. Etrafta bir tane bile ev görünmüyor, yalnızca adlarını bilmediğimiz tek tük kır çiçekleriyle bezeli tarlalar, meralar var. Beyaz ve mor çiçekler, yer yer turuncular da ilişiyor gözüme. Uzaklarda bir inek sürüsü otluyor, kötücül bir halleri var.

Sundurmadaki banktan görebildiğim kadarıyla oyun ormanın içlerinden küçük sopalar toplamaktan, getirip yere yan yana saplamaktan ibaret. Ara ara ufak tefek sürtüşmeler oyuna tat katıyor: Kız birden yerli prensesi olmak istemediğini, hiçbir yerin prensesi olmak istemediğini, kovboy olmak istediğini söylüyor. Kocam bu oyunda beyaz gözler olmadığını belirtiyor. Tartışıyorlar. Sonunda ikircikli bir şekilde kabul ediyor. Ancak Lozen olabilir ve başından kayıp duran kuşak yerine kulübede bulduğumuz kovboy şapkasını takmasına izin verilirse Apaçi olmaya devam edecekmiş.

Sundurmada oturuyor, bir yandan kitabımı okurken bir yandan da ara ara o üçünü seyrediyorum. Oturduğum yerden hatırlanmaya değer görünüyorlar; fotoğrafları çekilmeliymiş gibi. Kendi çocuklarımın neredeyse hiç fotoğrafını çekmiyorum. Fotoğrafta yer almaktan nefret ediyor, aile fotoğrafı anlarını her seferinde boykot ediyorlar. Poz vermeleri istenirse küçümsemelerini belli etmek için ne gerekiyorsa yapıyor, kocaman, alaycı ve sahte bir gülümseme yerleştiriyorlar yüzlerine. Şayet istedikleri gibi davranmalarına izin verilirse domuz gibi yüzlerini buruşturuyor, dillerini çıkarıyor, nöbet geçiren Hollywood uzaylıları misali iki büklüm oluyorlar. Genel olarak antisosyal davranışlar sergiliyorlar. Belki de tüm çocuklar böyledir. Yetişkinler, onların aksine, neredeyse dini bir hürmet gösteriyor fotoğraf ritüeline. Vakur duruyor yahut önceden tasarlanmış bir tebessüm konduruyorlar yüzlerine; aristokrat kibriyle ufka veya porno yıldızlarının münferit yoğunluğuyla objektife bakıyorlar. Yetişkinler sonsuzluk, çocuklarsa an için poz veriyor.

Polaroid fotoğraf makinesiyle kullanma kılavuzunu bulmak üzere içeri giriyorum. Oğlana kullanma kılavuzunu okuma sözü verdim, zira makine sahiden de gerçekse ama fotoğrafları yine de bembeyaz çıkıyorsa bir şeyleri yanlış yapıyoruz demektir. İkisini de -fotoğraf makinesini, kullanma kılavuzunu- sırt çantasında, küçük arabaların, paket lastiklerinin, çizgi romanların, kıpkırmızı İsviçre çakısının arasında buluyorum. Sanki o kişinin ne denli kırılgan olduğu yokluğunda, onlar aracılığıyla göz önüne serilecekmiş gibi birinin eşyasına bakmak neden hep bir şekilde çok üzücü ama aynı zamanda çok da caziptir? Bir seferinde ablamın çekmecesinde unuttuğu kimliğini aramam gerekmişti de onun o güzelce düzenlenmiş kalemlerine, rengarenk ataşlarına ve yapışkanlı not kâğıtları üzerine kendisi için yazdığı gelişigüzel notlara -Bu hafta anneni görmeye git, daha yavaş konuş, çiçek ve sallantılı küpeler al, daha çok yürü- bakarken bir anda kendimi elbisemin kollarıyla gözyaşlarımı kurularken bulmuştum. Bu gibi eşyanın nasıl olup da kişi hakkındaki en önemli şeyleri ortaya çıkarabildiğini bilmek imkânsız; o kişinin yokluğunda sebep olduğu ani kederi anlamak güç. Belki de eşyanın ömrünün genellikle sahiplerinin ömründen uzun olmasıdır mesele; zihinlerimiz rahatlıkla sahiplerinin artık var olmadıkları bir geleceğe yerleştiriveriyordur o eşyayı. Sevdiklerimizin gelecekteki yokluğunu eşyasının maddi varlığıyla seziyoruz.

Yeniden sundurmaya çıkıyor, fotoğraf makinesinin kullanma kılavuzunu inceliyorum. Çocuklarla babaları taş topluyorlar şimdi, taşları daha önce yere sapladıkları sopaların aralarına koyuyorlar, böylece bir taş, bir sopa, bir taş, bir sopa şeklinde gidiyor. Fotoğraf makinesinin kullanma talimatları karmaşık. Kılavuzda yeni Polaroid fotoğrafın çıkış yuvasından dışarı çıkar çıkmaz ışıktan korunması gerektiği yazıyor. Yoksa film yanıyormuş. Çocuklarla babaları Teksas'ı ele geçiriyor ve Amerikan ordusuna karşı savunup Apaçi dostlarına teslim ediyorlar, etrafına taşlardan, sopalardan oluşan bir çit çekiyorlar. Renkli fotoğrafların oluşması otuz dakikayı buluyor; siyah beyazlarınki on dakika sürüyor. Bu zaman zarfında fotoğraf yatay ve kapkaranlık bir yerde tutulmalı. En ufak ışık leke bırakacak bir kazaya yol açabilir. Kullanma kılavuzunda şekillenmekte olan Polaroid fotoğrafın dükkândan temin edilebilecek özel bir siyah kutu içinde tutulması öneriliyor. Veya bir kitabın arasına koyulup renkleri ve tonları tamamen oturuncaya dek orada da tutulabilirmiş.

Tabii ki özel bir siyah kutum yok benim. Ama hemen yanı başımda açık tutabileceğim ve fotoğrafı makineden çıktığı gibi içine koyabileceğim bir kitabım, Sontag'ın günlükleri var. Hazırlık olarak kitabın rasgele bir sayfasını açıyorum: 144. sayfa. Kitabı yanı başıma koymadan önce iyi bir şeylerin habercisi olup olmadığını görmek için açtığım sayfayı biraz okuyorum. Rasgele açılmış bir sayfayı, herhangi bir sayfayı sanki günlük burç yorumuymuş gibi okumak için duyduğum o batıl arzuya hiçbir zaman karşı koyamadım. Çok basit ama bir o kadar acayip tesadüflerden biri: Önümdeki sayfa benim tam da o esnada tanık olduğum ânın tuhaf bir yansıması. Çocuklar babalarıyla Apaçi oyunu oynuyor ve Sontag oğluyla yaşadığı şu ânı tarif ediyor: "5.00'te David seslendi - hemen odasına koştum + bir saat boyunca kucaklaşıp öpüştük. Bir Meksika askeriydi (+ dolayısıyla ben de öyle); tarihi değiştirdik, böylece Teksas Meksika'da kaldı. 'Babacık' bir Amerikan askeriydi."

Fotoğraf makinesini alıyor, mercekten kırlara bakıyorum. Nihayet çocukları buluyor - odak ayarını yapıyor, yeniden yapıyor ve deklanşöre basıyorum. Fotoğraf makinesi fotoğrafı kusar kusmaz işaretparmağım ve başparmağımla tutup 144. ve 145. sayfaların arasına koyuyorum.

BELGE

Fotoğraf kahverengi tonlarında çıkıyor: sepya, ekru, buğday, kum rengi. Beni fark etmeyen kız ile oğlan sundurmanın az ilerisinde, bir çitin yanında duruyor. Oğlan sağ elinde bir sopa tutuyor, kız kulübenin arkasında yer alan ormandaki bir açıklığı işaret ediyor, daha çok sopa aramalarını öneriyor belki. Arkalarında dar bir patika ve onun arkasında kulübeden ana yola kadar bayır boyunca uzanan bir dizi ağaç var. Neden ya da ne şekilde olduğunu tam açıklayamasam da sanki aslında orada değillermiş, fotoğrafları çekilmemiş de sadece anımsanmış gibi görünüyorlar.

KUTU II

DÖRT DEFTER (18 x 13 cm)

"İşitsel Peyzaj Üzerine"
"Akustemoloji Üzerine"
"Belgeleme Üzerine"
"Saha Kaydı Üzerine"

YEDİ KİTAP

Sound and Sentiment, Steven Feld
The Americans, Robert Frank (Jack Kerouac'ın önsözüyle)
Immediate Family, Sally Mann
Ilf and Petrov's American Road Trip, Ilya Ilf ve Evgeny Petrov
The Soundscape, R. Murray Schafer
A Field Guide to Getting Lost, Rebecca Solnit [*Kaybolma Kılavuzu,* Rebecca Solnit]
In the Field: The Art of Field Recording, der. Cathy Lane ve Angus Carlyle.

ÜÇ CD (ÖZEL KUTU SET)

Voices of the Rainforest, Steven Feld
Lost & Found Sound, The Kitchen Sisters
Desert Winds, Scott Smallwood

DOSYA "SES HARİTALARI HAKKINDA" (NOTLAR, KUPÜRLER, TIPKI BASIMLAR)

"Sound Around You" projesi, Salford Üniversitesi, BK
The Soundscape Newsletter, cilt. I-X, World Forum for Acoustic Ecology (Akustik Ekoloji Dünya Forumu İşitsel Peyzaj Bülteni)
"NYSoundmap", the New York Society for Acoustic Ecology ("New York Ses Haritası", Akustik Ekoloji New York Topluluğu)
"Fonoteca Bahia Blanca", Argentina ("Bahia Blanca Ses Arşivleri", Arjantin)

KAYIT DIŞI

Sürgündeki insan sürgün olma durumunun sese karşı daimi, özel bir hassasiyet demek olduğunu anlar.

– Dubravka Ugrešić

Duymak uzaktan dokunma biçimidir.

– R. Murray Schafer

TARİHİ HİKÂYELER

Arabada bildik bir hava, bizim kokumuz var. Apalaş Dağları'ndan güneybatıya, Kuzey Carolina'ya doğru yol alırken dışarıdaki dünya hiç olmadığı kadar yabancı görünüyor. Kocam gözlerini dağlara çıktıkça kavisler çizen yoldan ayırmıyor; hep birlikte radyo dinliyoruz. Sesinden dokuz on yaşlarında olduğunu düşündüğüm bir oğlan Nixon, Teksas'taki gözaltı merkezinde bir muhabirle görüşüyor.

"ABD'ye nasıl geldin?" diye soruyor muhabir.

Oğlan telaşsız, sakin bir şekilde, İspanyolca cevaplayarak Bestia ile geldiğini söylüyor. Cevabını kocama tercüme ediyorum.

"Manuela'nın kızları gibi!" diye haykırıyor oğlan arka koltuktan.

"Evet, aynen öyle," diyorum ona.

Muhabir her yıl yarım milyon kadar göçmenin, Bestia, canavar, adını verdikleri trenlerin tepelerinde yolculuk ettiklerini anlatıyor ve şu an görüşmekte olduğu oğlanın kardeşini bu trenlerden birinde kaybettiğini söylüyor. Sonrasında sözü yine oğlan alıyor. Sesi sakin değil artık. Çatallaşıyor şimdi, kekeliyor, titriyor. Oğlan kardeşinin tren sınıra gelmeden kısa bir süre önce düştüğünü söylüyor. O olup bitenleri anlatmaya başladığında radyoyu kapatıyorum. Derin, ağır bir tiksinti duyuyorum; oğlanın hikâyesine ve sesine, ama aynı zamanda sırf bize bir trajedi tasviri sunabilmek için kederin, çaresizliğin suiistimal edilerek haber yapılmasına karşı fiziksel bir tepki. Çocuklarımız bu hikâyeyle adeta kendilerinden geçiyor; daha fazlasını bilmek istiyorlar fakat aynı zamanda başka hiçbir şey bilmek de istemiyorlar. Durmadan, "Sonra ne oldu?" ya da "Küçük çocuğa ne oldu?" diye soruyorlar.

Dikkatlerini başka yöne çekmek için kocam onlara Apaçi hikâyeleri anlatıyor, Çirikava kabilesinin dört ayrı topluluktan oluştuğundan, en küçük topluluktan, bu topluluğun aynı zamanda en güçlülerinden biri olduğundan çünkü başında Mangas Coloradas adında bir seksenlik bir adam olduğundan bahsediyor.

Kız, "Apaçilerde çocuk toplulukları da var mıydı peki?" diyerek kocamın sözünü kesiyor.

"Nasıl yani?"

"Yani çocuk toplulukları da var mıydı?" diyor kız.

Oğlan kızın sorusunu başka bir şekilde dile getiriyor, onun için tercüme ediyor:

"Bence şunu demek istiyor: Sadece çocuklardan oluşan bir topluluk var mıydı?"

Babaları gözlerini yoldan ayırmadan karton bardaktaki kahveden bir yudum alıyor ve yanıt vermeden önce yeniden bardak tutacağına yerleştirmem için bardağı bana uzatıyor.

Bildiği bir tane olduğunu söylüyor onlara, gri gözleri dikiz aynasında onların gözlerini arıyor. "Adları Kartal Savaşçılardı. Yaşça daha büyük bir oğlanın önderliğindeki genç Apaçi çocuklarından oluşan bir topluluk. Korkunçlardı, dağlarda yaşar, gökten düşen kuşları daha cesetleri soğumadan yerlerdi, hava olaylarını kontrol edebiliyorlardı, yağmur yağdırabiliyor veya bir fırtınayı dindirebiliyorlardı." Çocuklara bu genç savaşçıların Yankı Kanyonu denen bir yerde yaşadıklarını, burada yankıların çok şiddetli ve net olduğunu, öyle ki fısıldadığında bile sesinin sana tüm berraklığıyla dalga dalga geri döndüğünü anlatıyor.

Kocamın onlara anlattıkları doğru mu bilmiyorum ama hikâye beni etkiliyor. Apalaş üzerinde ağır ağır ilerlerken o çocuk savaşçıların yüzlerini rahatlıkla gözümde canlandırabiliyorum. Çocuklarımız camdan dışarı, sık ormana bakarak sessizce dinliyorlar onu, muhtemelen onlar da o çocuk savaşçıları canlandırıyorlar zihinlerinde. Keskin bir viraja saptığımızda orman bitiyor ve güneybatının yüksek tepeleri üzerinde kümelenen fırtına bulutları görüyoruz - ara ara şimşek de çakıyor.

HİKÂYELER

Arabanın o daracık mekânında seyahat ederken aslında çocuklarımız hakkında ne kadar az şey bildiğimizi fark ediyoruz. Arka koltukta oynadıkları oyunlara kulak veriyoruz. Birer yabancı ikisi de; özellikle de ikisini birbirine eklediğimizde. Biz çoğunlukla sadece tek bir varlık olarak addetsek ve çocuklarımız olarak tanımlasak da kız ve oğlan şaşılacak denli farklı iki birey esasında. Gelişigüzel, gürültülü ve tekinsiz oyunları fazla ısınmış bir televizyon gibi tıpkı.

Yine de ara ara daha iyi bir tempo tutturuyor, aralarında daha mülayim bir enerji yakalıyorlar. Daha yavaş, itinalı konuşuyorlar. Bazen babalarının Apaçi hikâyelerindeki ya da sınırda mahsur kalan çocukların hikâyelerindeki boşlukları dolduruyor, muhtemel akıbetlerini canlandırıyorlar:

"Vahşi hayvan avlamayı bırakmak zorunda kalırsak onların çiftliklerine baskın yapıp ineklerini çalarız!"

"Evet, beyaz inekleri, beyaz gözlerin beyaz ineklerini çalalım hadi!"

"Mavi üniformalılara ve sınır devriyesine dikkat!"

Şef Nana'nın, Şef Loco'nun, Chihuahua'nın, Geronimo'nun -Çirikava Apaçileri'nin sonuncusu- hikâyesinin yanı sıra haberlerden takip ettiğimiz hikâyeyi, sınırdaki mülteci çocukların hikâyesini gerçekten de dinlediklerini, düşündüğümüzden daha da dikkatli dinlediklerini fark ediyoruz. Ama hikâyeleri birleştiriyor, karıştırıyorlar. Muhtemel sonlar, gerçek dışı şeyler ortaya atıyorlar.

"Ya Geronimo beyaz gözlere hiç teslim olmamış olsaydı?"

"Ya savaşı kazansaydı?"

"Apaçi bölgesini kayıp çocuklar yönetirdi!"

Kız ve oğlanın mülteci çocuklara "kayıp çocuklar" dediklerini fark ediyorum. "Mülteci" sözcüğünü anımsamak daha güç herhalde. Ve her ne kadar "kayıp" doğru bir tabir olmasa da mülteciler bizim aile sözlüğümüze "kayıp çocuklar" olarak geçiyor. Galiba bir bakıma öyleler de. Çocukluk haklarını kaybetmiş çocuklar onlar.

BAŞLANGIÇLAR

Kayıp çocukların hikâyeleri çocuklarımızı üzüyor. En azından onlar uyanıkken haberleri dinlememeye karar veriyoruz. Onun yerine müzik dinlemeye karar veriyoruz. Hatta sesli kitap dinlemeye.

"Ormanda gecenin karanlığı ve soğuğunda uyandığında..." diyor araba hoparlörlerinden gelen erkek sesi, "yanında uyuyan çocuğa dokunmak için uzanırdı."[4] Cümle bitiminde sustuğu an durduruyorum. Her ne kadar ikimiz de kendisini, bilhassa da *Yol*'u sevsek de Cormac McCarthy'nin çocuklar için biraz fazla sert olduğu konusunda hemfikiriz. Ayrıca bu kitabı her kim seslendirdiyse kitap okuyan bir insan değil de rol yapan bir aktör olduğu konusunda da -fazla yapmacık, nefesleri abartılı- hemfikiriz. Dolayısıyla durduruyorum. Sonra ekranı aşağı kaydırıyor, başka bir sesli kitabı oynatıyorum.

"Comala'ya geldim, çünkü bana babamın burada yaşadığı söylenmişti, Pedro Páramo adında biriymiş." *Pedro Páramo*'nun ilk satırının yanlış bir çevirisi; hatırladığım kadarıyla Juan Rulfo aslında "söylenmişti" değil "söylediler" yazmıştı - o edilgen yapı ve fazladan eklenen o geçmiş zaman kipi romanın hesaplı sadeliğini, zamansal müphemliğini belirsizleştiriyor. Ekranı yeniden aşağı kaydırıyor, Oynat tuşuna basıyorum.

---

4 Cormac McCarthy, *Yol*; çeviren: Sevin Okyay (ç.n.)

"Görülmeyen bir adamım ben."[5] Yalın, kusursuz bir ilk cümle. Ama hayır, Ralph Ellison'ın *Görülmeyen Adam*'ı da olmaz. Bizim istediğimiz, önümüzde alabildiğine uzanan yolu manzaraya tıpatıp uyacak bir ses ve bir anlatıyla kaplamak; ormanları örten bu nemli sarmaşık ağında ilerlerken dikkatimizi başka bir yere çekecek bir şey olmaz. Sonraki. Oynat.

"Kasabada iki dilsiz vardı, her zaman birlikte görürdünüz onları."[6] Bunu dinlemek istiyorum aslında ama arka koltuktaki iki hainden gerekli desteği görmüyorum. Kocam da dinlemek istemiyor zaten, Carson McCullers'ın tek bir romanının iyi olduğunu, onun da sadece başlığının iyi olduğunu söylüyor: *Yalnız Bir Avcıdır Yürek*. Yanılıyor, bunu ona söylüyorum da, hatta itirazlarıma biraz da zehir katıyor, sence de o ilk cümle tam da bizi anlatmıyor mu, gerisini bir kahinle görüşüyormuşuz gibi dinleyemez miyiz diye soruyorum. Ne kahkaha atıyor ne de tebessüm ediyor. Sonraki kitap.

"Dean ile eşimle ayrılmamızın üzerinden fazla zaman geçmeden tanıştım." Duraklat. Bunu uzun uzadıya tartışıyoruz. Kocam Kerouac'ın *Yolda*'sının muhteşem bir seçim olduğunu düşünüyor. "Çocuklar anlamayacak bile olsa," diyor, "hep beraber ritmin tadını çıkarabiliriz." Yirmili yaşlarımın başlarında, kitapçı bir sevgilim varken Kerouac okurdum. Kendisi tam bir Kerouac hayranıydı, bana teker teker tüm kitaplarını vermişti. Hepsini dibini asla göremediğim koca bir tas soğuk çorbayı bitirmek mecburiyetindeymiş gibi okumuştum. Ne zaman sonuna gelsem tas yeniden doluyordu. Yirmili yaşlarımın sonlarında Kerouac'ın kitaplarını yeniden okudum ve ne demek istediğini anlamaya, nesrindeki kimi şeyleri sevmeye başladım: cümleleri intizamsız bir şekilde bağlama şeklini, sanki hikâyeyi hayal etmiyor yahut anımsamıyormuş da hikâyeyle arayı kapatıyormuş gibi hikâye içinde hızlanma şeklini, paragrafları sanki bir sınavda kopya çekiyormuş gibi bitirme şeklini. Ama galibiyeti

---

5 Ralph Ellison, *Görülmeyen Adam*; çeviren: Mehmet H. Doğan. (ç.n.)

6 Carson McCullers, *Yalnız Bir Avcıdır Yürek*; çeviren: Mehmet H. Doğan (ç.n.)

kocama kaptırmak istemiyorum, dolayısıyla, "*Yolda*'yı dinleyeceğime Evanjelik radyo dinlerim daha iyi," diyorum.

"Neden?" diye soruyor.

İyi bir soru, haliyle ben de iyi bir cevap bulmaya çalışıyorum. Chicago'da edebiyat dersleri veren ablam Kerouac'ın tüm ABD'nin üzerine işeyen koca bir penise benzediğini söyler hep. Sözdiziminin sanki kendi mıntıkasını belirliyormuş, cümlelere eylemler çalarak, tüm sessizlikleri doldurarak sınırlarını milim milim çiziyormuş gibi okunabileceğini düşünüyor. Bu iddia hoşuma gidiyor, gerçi tümüyle anladığımdan emin değilim, dahası bunun bir iddia olduğundan bile emin değilim. Hal böyleyken bu iddiayı öne sürmüyorum. Bir bilet gişesine yaklaşıyoruz, bozukluk arayışına giriyorum. Duruyor, -bir insana değil de- bir makineye ödeme yapıyor ve yola devam ediyoruz. Kerouac'ın Amerikası bu bir deri bir kemik, metruk, gerçek Amerika'ya hiç benzemiyor. İlginin başka tarafa kaymış olmasını açmaza giren Kerouac tartışmamızı kapamak için fırsat biliyorum. Ve yeniden hızlanırken ekranı aşağı kaydırıyor, bir sonraki sesli kitaba geçip Oynat tuşuna basıyorum.

"Sarı saçlı çocuk kayadan indi, lagüne doğru yöneldi."[7] Açılış cümlesini dinledikten sonra hepimiz hemfikiriz: Budur, bunu, bizzat William Golding'in okuduğu *Sineklerin Tanrısı*'nı dinleyeceğiz. Bir peri masalı, ballandırılmış bir çocukluk portresi olmadığının farkındayız ama -hiç değilse- kurmaca bir eser. Bizim ve çocukların gerçeklikle bağını koparacak değil de er geç gerçekliğin bir bölümünü onlara anlatmamıza yardımcı olabilecek bir kurmaca.

Birkaç saat kitabı dinliyoruz ve muhtemelen yanlış yollara sapıyor, bir ara kayboluyoruz, artık daha fazla dinleyemez, daha fazla araba kullanamaz, daha fazla oturamaz oluncaya dek biraz daha dinliyoruz. Virginia-Tennessee sınırı yakınlarındaki Damascus adında bir kentte bir motel buluyoruz. Adı neden Da-

---

7 William Golding, *Sineklerin Tanrısı*; çeviren: Mina Urgan. (ç.n.)

mascus hiçbir fikrim yok ama otoparka girerken Ücretsiz Wi-Fi ve Kablo TV tabelasını gördüğümde kimi isimlerin bu şekilde alınıp kullanılmasının diğerlerinden daha bir tedirgin edici olduğuna hükmediyorum.

Diğerleri yatmaya hazırlanırken ben dışarıda kendime bir sigara sarıyor ve Manuela'yı aramaya çalışıyorum. Açmıyor ama mesaj bırakıp davanın ne durumda olduğunu soruyor, fırsat bulduğunda beni aramasını rica ediyorum.

ANLATI ÇATISI

Ertesi sabah kahvaltımızı beklerken kız, garsondan boya kalemiyle kâğıt istiyor ve benden geçen gün kulübede yaptığım gibi dört kare çizip adlandırmamı rica ediyor. Ancak oyunu biraz daha zorlu bir hale getirmeme razı olursa çizeceğimi söylüyorum.

"Nasıl?" diye soruyor şüpheyle.

"Dört yerine sekiz kare çizeceğim," diyorum, "gerisiyle ne yapacağını kendin bulacaksın."

İkna olmuyor, homurdanıyor, kollarını kavuşturup dirseklerini masaya dayıyor. Ama ağabeyi denemek istediğini söyleyince kız, "İyi, tamam, tamam: sekiz kare," diyor.

Kocam gazete okuyor, çocuklar çizimlerine odaklanmış, daha zorlu bir olay örgüsü oluşturuyor, sekiz parçaya ayrılmış bir mekâna bilgileri nasıl yerleştirip düzenleyeceklerini çözmeye çalışıyorlar.

New York Göçmen Mahkemesi'ndeki duruşmalara katılır, çocukların ifadelerini baştan sonra dinler ve bir kazağın altına sakladığım, kucağımdaki kayıt cihazımla kaydederken neyi neden yaptığımdan gayet emindim. Koridorlarda, ofislerde ya da bekleme odalarında elimde kayıt cihazımla dolaşıp durur, göçmenlik avukatlarıyla, rahiplerle, polis memurlarıyla, her türlü insanla konuşur, o çiğ yasal gerçekliğin seslerini toplarken önünde sonunda kaydettiğim her bir parçayı nasıl düzenlemem gerektiğini bulacağımı, anlamlı bir hikâye anlatacağımı zannediyordum. Fakat kayıt cihazımın Durdur tuşuna basıp, eşyalarımı çantama tıkıp da eve dönmemle o itici güç, o kendinden emin olma hali yavaş yavaş kayboldu. Ve elimdeki malzemeleri yeniden dinleyip de nasıl bir anlatı düzeni oluşturacağımı düşünürken sürüyle şüpheye, soruna boğuldum, tereddütle, sonu gelmez kaygılarla donakaldım.

Nihayet yemek geliyor ama çocukların yemekle falan ilgilendikleri yok. Kendilerini bütünüyle kaptırmış halde son birkaç kareyi nasıl dolduracaklarını bulmaya çalışıyorlar. Gururla, belki biraz da imrenerek izliyorum onları; çocukça bir his işte - keşke benim de boyalarım olsaydı da ben de sekiz karelik hikâye oyununa katılsaydım. İçimi kemiren onca kaygıyı nasıl pay ederdim acaba?

Politik kaygı: Bir radyo belgeseli, belgesi olmayan daha çok çocuğun iltica etmesini nasıl sağlayabilir? Estetik sorun: Öte yandan bir ses parçası ya da başka herhangi bir hikâye anlatma biçimi, bu hususta, neden belli bir amaca hizmet eden bir araç olsun ki? Herhangi bir sanat biçimine uygulanan enstrümantalizmin hakikaten boktan sonuçlar garantilemenin bir yolu olduğunu şimdiye dek biliyor olmalıydım: basit pedagojik malzeme, ahlakçı genç yetişkin romanları, genel itibariyle sıkıcı sanat. Profesyonel tereddüt: Ama öte yandan sanat sanat içindir düşüncesi genellikle entelektüel kibrin bütünüyle gülünç bir göstergesi değil midir? Etik kaygı: Bir başkasının kederiyle sanat yapabileceğim ya da yapmam gerektiği fikrine nereden kapıldım? Pragmatik kaygı: Radyo ve ses prodüksiyonunda ilk çalışmaya başladığım zaman olduğum o ciddi gazeteci gibi sadece belgelemem gerekmez miydi? Gerçekçi kaygı: Belki de en iyisi çocukların hikâyelerini medyadan mümkün mertebe uzak tutmaktır zaten, zira muhtemel olarak çekişmeli bir konu medyada kendine ne kadar geniş yer bulursa siyasete alet edilme olasılığı da o kadar fazladır ve bu devirde siyasete alet edilmiş bir mesele artık kamusal alanda ciddi bir müzakere gerektiren bir mesele değil de partilerin kendi gündemlerini ileri taşımak için manasızca kullandıkları pazarlık kozlarıdır. Daimi kaygılar: Kültür yağmacılığı, başkasının klozetinin her yerine işemek, ben kimim de bu hikâyeyi anlatmaya kalkıyorum, kimlik politikalarının mikro yönetimi, beceriksizlik, çok mu öfkeliyim, fikren Batılı-Sakson-beyaz kategorilerinin sömürgesinde miyim, kişi zamirlerinin doğru kullanımı nedir, sıfatlara fazla yüklenme ve ah, kimin umurunda ki öbek fiillerin ne denli tuhaf olduğu?

BAĞ VE BAĞLANMA

Cherokee Ulusal Ormanı'nın yılankavi yollarından, Asheville, Kuzey Carolina'ya doğru ine çıka ilerlerken kocam Aaron Copland'ın *Apalaş Baharı*'nı dinlemek istiyor. "Öğretici olur," diyor. Camı açıyor, düşük basınçlı dağ havasını ciğerlerime dolduruyor ve telefonumda parçayı bulmaya razı geliyorum. Telefonum nihayet çektiğinde 1945 kaydını -anlaşılan orijinal hali- bulup Oynat tuşuna basıyorum.

Sıradağların doruklarına tırmanır, ufukta çizdiği siluetin öte tarafına doğru ilerlerken kilometreler boyunca *Apalaş Baharı*'nı tekrar tekrar ve ardından bir daha dinliyoruz. Kocam bana ara ara durdurmamı sonra yeniden oynatmamı, ardından yine durdurmamı söyleye söyleye çocuklara parçanın her bir unsurunu açıklıyor: tempo, bölümler arasındaki tınısal bağlar, kompozisyonun genel yapısı. Bunun programlı bir parça olduğunu, beyaz gözlerin evlenmelerini, üremelerini, yeni topraklar fethedişlerini ve Amerikan yerlilerini o topraklardan kovuşlarını ele aldığını anlatıyor. Programlı müziğin ne olduğunu açıklıyor; programlı müziklerde bir hikâye anlatıldığından, aynı tür çalgılardan oluşan her orkestra grubunun -tahta nefesli çalgılar, yaylı çalgılar, pirinçten yapılmış nefesli sazlar, vurmalı çalgılar- belli bir karakteri temsil ettiğinden ve enstrümanların konuşan, âşık olan, kavga eden, barışan insanlar misali birbirleriyle etkileşim halinde olduğundan bahsediyor.

"Yani üflemeli çalgılar Amerikan yerlileri, kemanlar da kötü adamlar mı?" diye soruyor kız.

Kocam başını sallayarak onaylıyor.

"Peki ama sahiden kim bu kötü adamlar baba?" diye soruyor kız; tüm bu bilgileri küçük kafasında toparlayabilmek için daha fazla ayrıntı talep ediyor.

"Nasıl yani?"

"Yani bunlar hayvan mı, kovboy mu, canavar mı yoksa ayı mı?"

"Cumhuriyetçi erkek ve kadın kovboylar," diyor kocam.

Kemanlar daha yüksek bir perdeye çıkarken bir an düşünüp sonunda, "Ben de zaman zaman bir kovboy kız oluyorum ama hiçbir zaman Cumhuriyet değilim," diyor.

"Yani baba," diyor oğlan -teyit etmek istiyor- "bu şarkı bizim şu an arabayla geçtiğimiz dağlarda geçiyor öyle mi?"

"Aynen öyle," diyor babası.

Ama sonra çocukların olayları daha ince tarihsel ayrıntılarla anlamalarına yardımcı olmak yerine ukalalık taslayarak final yapıyor:

"Ama buna şarkı denmiyor tabii. Parça, daha doğrusu süit deniyor."

Ve bu üç şey -şarkı, parça, süit- arasındaki kati farkları açıklamaya giriştiğinde onu dinlemeyi bırakıp "Copland Apalaş Dağları" yazdığım ve kocamın tüm hikâyesiyle ya da en azından yarısıyla çelişen yeterince resmi görünümlü bir sayfa bulduğum sinir bozucu küçük telefonumun çatlaklarla dolu ekranına odaklanıyorum. Evet, bu Copland parçası insanların evlenmesi, çoğalması, vesaire hakkında. Gelgelelim Amerikan yerlileri ve beyaz gözlüler hakkında politik bir parça değil, hele hele orkestradaki kemanlar kesinlikle Cumhuriyetçi değiller. Copland'ın *Apalaş Baharı* on dokuzuncu yüzyıldaki -zamanla yaşlanıp da daha az umutlu insanlara dönüşebilecek iki genç ve umutlu öncünün evliliğini anlatan bir bale sadece. İkisinin

Amerikan yerlilerini arkalarından vurmalarından ziyade -ki bu, o zamanlar yaygın bir uygulamaydı kuşkusuz, farklı şekillerde olmakla beraber günümüze kadar taşındı da- hakikaten sadece bir bale. (1) Birbirini gözlerden uzak bir biçimde becermek isteyen ve (2) nihayetinde, her nedense, herkesin gözü önünde birbirlerinin hayatlarının içine etmek isteyen iki öncü hakkında bir bale. Balenin, Martha Graham'ın hem koreografisini üstlendiği hem de dans ettiği bir video kaydını buluyorum. Gösteri başlamadan önce bir ses koreografinin tüm sahne malzemelerini tasarlayan ve yontan Isamu Noguchi'nin yazdığı şu kelimeleri okuyor: "Heykelin sahnede, zamanın ebedi olduğu kendi dünyasında canlandığını görmek mutluluk vericidir. Sonrasında ortam anlam ve duygu yüklü bir hale gelir ve biçim ritüelin yeniden canlandırılmasında bütünleyici rolünü oynar. Tiyatro bir tören, performans ise ayindir." Çocuklarımızı, duydukları hikâye kırıntılarını arka koltukta oynadıkları oyunlarda nasıl da durmaksızın yeniden canlandırdıklarını düşünüyorum. Onların bu kişisel icralarının ve ritüellerinin nasıl bir dünyaya, nasıl bir "ebedi zamana" hayat verdiğini merak ediyorum. Her halükârda kesin olan şu ki arabanın arkasındaki mekânlarında yeniden canlandırdıkları her şey dünyamıza "anlam ve duygu" değilse de tuhaf bir elektrik yüklüyor.

Sıkı, kusursuz, küçük muntazam bedeni doludizgin dans ederken Martha Graham sahih bir vücut diliyle karakterlerin iç dünyalarını anlatıyor -kasılma, salma, dönme, düşüş, toparlanma- ve tüm hareketlerini açık, net dans figürlerine dönüştürüyor. Figürleri öylesine kusursuz bir dansla sergileniyor ki sanki net bir anlam taşıyorlar, gelgelelim şayet onları kelimelere dökmek isterseniz -dansı ya da müziği açıklamaya kalktığınızda genellikle olduğu üzere- o anlam yeniden kayboluyor hemen.

Balenin, balenin bir ritüeli yeniden sahneye koyuşunun bu video kaydını izlerken yavaş yavaş Copland'ın bu parçada anlattığı hikâyenin daha derin katmanlarından birini anlamaya başladım - çoğu evliliğin başarısız olma nedeninin düzenli geçişli bir eylemin (diğerini becermek) geçişli deyimsel eyleme (diğerinin hayatının içine etmek) dönüşümüyle açıklanabilmesi. Graham büzülüyor, pelvis bölgesini içeri alıyor, sağa kıvrılıyor. Omuzları da aynı şekilde dönüyor ve boynuyla başını, kütlesinin geri kalanının aksine arkaya atıyor. Bedeni bükülme sınırına ulaştığında sağ bacağıyla öne doğru bir hamle yapıyor, sonra sol bacağını yukarı kaldırıp indiriyor ve ardından birbirini izleyen hareketlerle yere düşüyor: önce dış taraftaki ayak; bedenin ağırlığına tampon vazifesini ilk o görüyor, ardından ayak bileği, ardından dış taraftaki baldır kası ve son olarak diz. Düşüşün etkisi tüm bedeninde görülüyor; bir tür bayılma numarası yapıyor, büktüğü bacağı altta, kolları önde, bedeni -Noguchi'nin tutumlu bir şekilde dekore ettiği- sahnenin kahverengi ahşap zeminine sereserpe yayılıyor. İşin aslı bedeni Noguchi'nin son dönemdeki soyut işlerine benziyor: aynı zamanda sıvı olan bir kaya. Hırpalandı artık, dağıldı, zehir olmuş bir evliliğin vahşi gündelik ritüelini yeniden canlandırdıktan sonra hayatının içine edildi.

Evlilikte yüce gönüllülük, hakiki ve devamlı yüce gönüllülük zordur. Üstelik partnerimizin bizden bir adım uzakta, hatta belki binlerce kilometre uzakta olma ihtiyacını kabul etmek manasına geliyorsa neredeyse imkânsızdır. Kocamın gelecek projesiyle ilgili -hani aklındaki şu fikir; yankı envanteri- yüce gönüllü davranmadığımı biliyorum. İşin aslı bunca zamandır sırf bu proje yüzünden onun hayatının içine etmeye uğraşıp duruyordum. Sorun -benim sorunum- şu ki muhtemelen ona hâlâ âşığım ya da en azından varlığının günlük koreografisine tanıklık etmediğim bir hayat düşünemiyorum: ses toplarken dalgın, kayıtsız, bazen pervasız ama düpedüz alımlı yürüyüşü ve topladığı sesleri yeniden dinlerkenki ciddi yüz ifadesi; güzel, güneşten yanmış, uzun, kemikli bacakları ve sırtının hafif kambur üst kısmı; ensesindeki o kısa bukleler ve sabahları kahve yaparken, ses parçaları oluştururken, bazen de benimle sevişirken hem kılı kırk yararak hem de sezgisel bir şekilde izlediği yol.

Bölüm sonuna doğru Graham kıvrılıp yeniden doğruluyor; güçlü, küt burunlu ayağının düz tabanından destek alarak sağ bacağını öne uzatıp tam döndürürken internet bağlantım kopuyor ve gerisini seyredemiyorum.

ALEGORİ

O akşam Asheville'e geldiğimizde karşılaştığımız manzarayı beklemiyorduk doğrusu. Cahilce, biraz da küçümseyen bir tavırla kuş uçmaz kervan geçmez bir kasabaya vardığımızı düşünmüştük. Bunun yerine karşımızda küçük, vızır vızır, hareketli bir şehir bulduk. Bakımlı, sıra sıra fidanların çevrelediği ana caddede yürürken olanaklarla dolu vitrinler görüyoruz, gerçi emin değilim bu olanakların neler olduğundan - hayali müstakbel yaşamları dayayıp döşemek belki. Kafelerin bahçelerinde uzun sakallı solgun delikanlılar ve saçları kat kat kesilmiş, göğüs dekolteleri çilli hoş kızlar görüyoruz. Kavanozlardan bira içiyor, sarma sigara tüttürüyor, filozof gibi somurtuyorlar. Éric Rohmer filmlerindeki oyunculara benziyor hepsi de -çok güzel ve çok genç olmalarına rağmen- fanilik, ateizm, matematik ve muhtemelen Blaise Pascal üzerine derin bir tartışmaya dalmak gayet normalmiş gibi yapıyorlar. Kaldırımlar boyunca ellerinde karton tabelalar tutan, gürbüz buldoglarına sarılan baygın, deve suratlı keşler de görüyoruz. Kırlaşmış göğüslerinde haçlar asılı baştan yaratılmış Harley'ler görüyoruz. Kafelerde güzel kahve yapan, büyük, İtalyan kahve makineleri görüyoruz. Thomas Wolfe Asheville hakkında şimdi nasıl bir destan yazardı acaba. Sonunda bir kitapçı görüyor, içeri giriyoruz.

Kapıdan girdiğimiz an bir kitap kulübü buluşmasının sürdüğünü fark ediyoruz. Dördümüz birden tiyatroya oyunun ikinci perdesinde giren sessiz, saygılı seyirci rolünü benimsiyoruz. Çocuklar çocuk kitapları bölümünde küçük birer sandalye buluyorlar kendilerine, kocam tarih bölümüne odaklanıyor. Rafların arasında yavaşça geziniyor, adım adım kitap kulübüne doğru ilerliyorum. Masanın ortasına bir totem misali dik şekilde yerleştirilmiş olan kalın bir kitap hakkında konuşuyorlar. Kitabın yanındaki posterde yakışıklı, hatta belki de fazla yakışıklı bir adam suratı var: dağınık saçlar, yanık bir ten, melankolik bakışlar, parmaklarının arasında bir sigara.

Kabul etmek istemesem de bu tarz yüzler bana mutlak surette bir zamanlar sevdiğim bir yüzü, belki aşkıma karşılık bulamadığım ama hiç değilse ortadan kaybolmadan önce kendisinden güzel bir kız çocuğu sahibi olduğum adamın yüzünü hatırlatıyor. Bu yüz muhtemelen ileride sevebileceğim ve bir ihtimal aşkıma karşılık bulabileceğim adamları da hatırlatıyor bana ama bunu denemek için yeterli cana sahip değilim. Her halükârda geçmiştekilerle müstakbel adamlar bir. Odaları gösterişsiz, tişörtlerinin yakaları mahsus yırtık pırtık, güzel yazı yazmayı hiçbir zaman öğrenmediklerinden el yazısı notları, yan yana dizilip de bir anlam kazanmaya çalışan karınca taburları gibi küçük, eciş bücüş harflerle dolu bu adamların. Muhabbetleri her zaman entelektüel değil belki ama cıvıl cıvıl. Doğal afet gibi gelip sonra giden adamlar. Benim bir şekilde içine çekilme eğiliminde olduğum bir boşluk yaratan adamlar.

"Gündelik tekrara rağmen," diyor bir kitap kulübü üyesi profesör edasıyla, "yazar gerçeğin değerini temel alabilmiş."

"Evet," diyor diğer bir katılımcı, "evlilik sahnesinde olduğu gibi."

"Katılıyorum," diyor genç bir kadın. "Mesele gündelik detayları oyup can sıkıntısının göbeğinde gerçeğin özünü bulmak." Gözleri fıldır fıldır, kendi nüshasını büyük bir iştahla kavramış olan elleri kemikli.

"Bence mesele daha çok kurgu dışı çağında kurgunun imkânsızlığı," diyor tatlı dilli bir kadın ama katkısı kabul görmüyor.

Bir kitap kulübünden çok yüksek lisans semineri gibi geliyor kulağa. Söylediklerinden hiçbir şey anlamıyorum. Raftan rasgele bir kitap alıyorum, Kafka'nın *Günlükler*'i. Açıp okuyorum: "18 Ekim 1917. Geceden korku. Geceden korku." Dakikasında bu kitabı hemen almalıyım diye geçiriyorum içimden. Şimdi daha yaşlı bir adam sesleniyor gruba, sanki tartışmaya son noktayı koymak üzereymiş gibi geliyor sözleri kulağa:

"Kitap doğruları söylemeyi bir meta olarak sunuyor ve kurmaca olarak sunulan hakikatin mübadele değerini, diğer taraftan, kaynağını hakikatten alan kurmacanın katma değerini sorguluyor."

İçimden, hani belki daha iyi anlarım diye, söylediklerini tekrarlıyorum ama "diğer taraftan" kısmında kayboluyorum. Kısa süreliğineydi gerçi ama böyle konuşan profesörlerle dolu bir üniversiteye gitmiştim. Amfetamin yüklü, kopuk kopuk, kök gövdeli ve kendinden son derece memnun dillerine katlanmak zorundaydım. Onlardan nefret ediyordum. Ama rafların arasındaki aralıktan baktığımda bunu söyleyen adamın bir profesörden çok üniversitede geçirdiğim o kısa sürede birlikte çalıştığım ve yattığım genç müstakbel post-postmarksist alim adaylarına benzediğini fark ediyorum, birden hafif bir özlem kaplıyor içimi, hatta muhtemelen adamı çekici bile buluyorum. Bir diğer kitap kulübü üyesi devam ediyor:

"Bir blogda bu kitabı yazdıktan sonra eroin bağımlısı olduğunu okudum, doğru mu?"

Kimileri başlarıyla onaylıyor. Kimileri şişe sularını yudumluyor. Kimileri kendi yıpranmış nüshalarının sayfalarını karıştırıyor. Bahsettikleri romanın esas değerinin bir roman olmamasından kaynaklandığı konusunda şaşılası bir şekilde hemfikirler sanki. Hem kurmaca bir eser olması, hem de olmaması.

Günlükler'in rasgele bir sayfasını açıyorum yine: "İçimdeki kuşkular her sözcüğü halka gibi çevreliyor, sözcüğün kendisinden önce bu kuşkuları görüyorum."[8]

---

8 Franz Kafka, *Günlükler*; çeviren: Kâmuran Şipal. (ç.n.)

Şimdiye kadar hiçbir kitapçıdan kitap tavsiyesi istemedim. Benimle tek bağlantısı teoride kitap olan bir yabancıya tutkularımı, beklentilerimi ifşa etmek Katoliklerin günah çıkarmasına fazlasıyla benziyormuş, sadece onun biraz daha entelektüelleştirilmiş bir şekliymiş gibi geliyor. Sevgili kitapçı, nihayetinde gerek peşinden koşanlara gerekse çevrelerindeki diğer herkese mutsuzluk getiren o banal şehvani tutku arayışı üzerine bir kitap okumak istiyorum. Birbirlerinden kurtulmaya çalışan ama aynı zamanda büyük bir dikkatle, sevgiyle ve özenle kurdukları küçük kabilelerini kurtarmak için canını dişine takan bir çift hakkında bir roman. Çaresizler, kafaları karışık, sevgili kitapçı, onları yargılama lütfen. Sadece artık birbirlerini anlamamayı seçtikleri için birbirlerini anlamaz olmuş iki insan hakkında bir romana ihtiyacım var. Karısının saçındaki düğümleri nasıl çözeceğini bilen ama bir sabah, belki de artık başka bir kadının saçları ona daha cazip geldiğinden, belki de sadece sıkıldığından o düğümleri çözmemeye karar veren bir adam olmalı içinde. Giden, ya yavaş yavaş ya da tek bir hüzünlü ve şık *zar atımıyla* ayrılan bir kadın olmalı. Tıpkı Nathalie Léger'nin okumakta olduğum romanındaki yahut yirmilerindeki Sontag gibi bir şeyleri kaybetmeden önce giden bir kadın hakkında bir roman. Muhtemelen sırf yabancı oldukları için yabancılara âşık olmaya başlayan bir kadın, birlikte gülme yetilerini kaybeden bir çift var. Zaman zaman birbirinden nefret eden, birbirlerini durdurmadıkları takdirde diğerinin içinde kalan son masumiyet pırıltısının da önünü kesecek olan bir erkek ve bir kadın var. Tek ilgi çekici sohbetleri geçmişteki yanlış anlaşmaları, hepsi tek bir koca kayada birleşen katman katman yanlış anlaşmayı, yeniden ele aldıkları sohbetler olan bir çiftin bulunduğu bir roman. Sevgili kitapçı, Sisifos mitini biliyor musun? Elinizde bir örneği var mı? Bir panzehir? Küçük bir tavsiye? Yedek yatak?

Sonunda, "Elinizde kapsamlı bir güneybatı ABD yol haritası var mı?" diye soruyorum kitapçıya.

Aslında başka bir haritaya ihtiyacımız olmadığı halde tavsiye ettiği -kapsamlı ve kocaman- haritayı alıyoruz. Kocam atların tarihiyle ilgili bir kitap alıyor, oğlan dinlediğimiz sesli kitaba tamamlayıcı olarak Golding'in *Sineklerin Tanrısı*'nın resimli bir baskısını, kızsa *Bu Kitapta Hiç Resim Yok* adında bir kitap seçiyor. Kafka'nın *Günlükler*'ini almıyorum ama Emmet Gowin'in fotoğraf seçkisi kitabını alıyorum, içine doğru düzgün bakmadım bile aslında ama tezgâhın önündeki son sergi masasında duruyordu ve -bir anda- elzem olduğuna karar verdim. Karton kutularımıza koyamayacağımız kadar büyük, dolayısıyla şimdilik öndeki yolcu koltuğunun altında, ayaklarımın dibinde ikamet edecek. Ayrıca Marguerite Duras'nın on dokuzumdayken okuduğum ama daha önce hiç İngilizcesini okumadığım *Sevgili*'sini, ona ilaveten Duras'nın yazdığı, Resnais'nin filminden fotoğraflar ve açıklamalı notlarla *Hiroşima Sevgilim* senaryosunu alıyorum.

BAKIŞ AÇISI

Ertesi gün oğlan nihayet Polaroid'in mekanizmasını kavrıyor. Neredeyse öğlen oldu - uyuyakaldık ve ağırdan aldığımız dev bir kahvaltı yaptık. Asheville çıkışındaki bir benzinlikteyiz şimdi. Babası depoyu doldurup lastikleri kontrol ederken oğlanla ben arabanın yanında duruyoruz. Karton kutumdan hemen en üstte duran *Kayıp Çocuklar İçin Ağıtlar* adındaki küçük kırmızı kitabı aldım. Kadrajını belirliyor, odaklanıyor ve deklanşöre basıyor, fotoğraf makineden çıkar çıkmaz fotoğrafı elimde onun için açık tuttuğum kitabın arasına koyuyor. Yeniden arabaya atlıyoruz ve -40. Otoyol üzerinden Knoxville'e doğru ilerleyerek- Asheville'i ardımızda bıraktığımız sonraki on on beş dakika boyunca oğlan, sanki uyuyan yavru bir köpeği koruyormuşçasına kucağında kitapla, tek kelime etmeden, kımıltısız oturuyor.

Beklerken Emmet Gowin'in kitabını karıştırıyorum. Tuhaf bir boşluk, bir sıkıntı hissi verdiği için seviyorum insanları, manzaraları belgelemesini. Bir yerlerde, muhtemelen bir müze duvarında yer alan bir metinde, manzara fotoğrafçılığında hem kalbin hem de zihnin kendi yerlerini bulabilmek için zamana ihtiyacı olduğunu söylediğini okumuştum. Belki de tuhaf bir adı olduğundan, Emmet, erkek olduğunu öğreninceye dek onu hep kadın zannetmiştim. Sonrasında da sevmeye devam ettim ama eskisi kadar değil belki. Yine de -muhtemelen kendi bakış açısını dayatmaktansa etrafına acele etmeden baktığından- Robert Frank'ten, Kerouac'tan, bu manzarayı kavramaya teşebbüs eden diğer herkesten daha çok seviyorum onu. Unutulmuş, medenileşmemiş insanlara bakıyor ve tüm o şehvetleri, hüsranları ve çaresizlikleriyle, kamburluklarıyla ve masumiyetleriyle fotoğraf makinesinde belirmelerine imkân veriyor. İnsan yapımı, süslü püslü ama aynı zamanda öyle veya böyle metruk manzaralara da bakıyor. Fotoğrafını çektiği manzaralar aile portrelerinden daha yavaş bir şekilde meydana çıkıyor. Portreleri gibi öyle hemen çarpmıyorlar insanı, çok daha incelikliler. Ancak karşılarında nefesinizi yeterince uzun süre tuttuktan sonra belirginleşiyorlar, tıpkı bir tünelden geçerken salt batıl inançtan dolayı arabadaki herkesin nefesini tutması, sonrasında da öbür tarafa ulaştığımızda, dünyanın, tüm enginliği ve kavranamazlığıyla önümüze serilmesi ve beraberindeki her şeyin farkında olduğumuz ama zihnimizin bir düşünceyle meşgul olmadığı o sessizlik ânı gibi.

Oğlanın çektiği fotoğraf bu kez çok güzel çıkıyor. Mest olmuş halde uzatıyor fotoğrafı bana arka koltuktan:

"Bak anne!"

Dikdörtgen biçiminde, sepya tonlarında, küçük kusursuz bir belge: iki kurşunsuz benzin pompası ve arka planda üzerlerinde Japon sarmaşığı olmayan bir dizi Apalaş çamı. Tam olarak fotoğrafı çekilen şeylerin değil de oğlanın nihayet onların fotoğrafını çekmeyi öğrendiği ânın dizini.

SÖZDİZİMİ

Büyük Dumanlı Dağlar'ın tepeleri zar zor görünüyor, uzakta, hayaletvari, siluetleri seçiliyor belli belirsiz, sanki onlardan yayılıyormuş gibi duran bir sis örtüyor üzerlerini. İkindi vakti, çocuklar arka koltukta uyuyor. Kocama ailemle ilgili bir hikâye, sadece annemin bakış açısıyla da olsa daha önce defalarca dinlediğim bir hikâye anlatıyorum. Her defasında büyülüyor beni. "Seksenlerin başında annemle babam Hindistan'a gitti. Gençtiler, birbirlerini seviyorlardı, henüz evlenmemişlerdi. Delhi'ye giderken Londra'da yirmi dört saatlik bir duraklamaları vardı, bir arkadaşlarında kaldılar. Bu arkadaş teknoloji sektöründe çalışıyordu, elinde prototip bir CD çalar vardı, ki bu ürün birkaç yıl sonra dünya pazarına başarıyla takdim edilecekti. Ertesi sabah yeniden havaalanı yoluna koyulmadan önce arkadaşları onlara kulaklıkla beraber CD çaları ve sahip olduğu tek CD'yi verdi. Hindistan dönüşünde hepsini iade edeceklerdi; anlaşma buydu.

Seyahatin ilk ayağında CD çaları kullanmadılar çünkü bir türlü açılmıyordu. Sonra Varanasi'de, -ki ailem hâlâ ve daima Benares diyordu- Ganj kıyısındaki dumanlı bir otelde babam karyolaya uzandı ve nihayet nasıl çalıştıracağını buluncaya dek aleti kurcaladı durdu. Sadece artı, eksi işaretlerine göre pillerin yönünü değiştirmişti. Yataklı otobüsle, bir damla uyku uyumadan, Varanasi'den Katmandu'ya giderlerken sırayla cihazı kullandılar, otobüs tırmandıkça tırmanırken mest olmuş halde müzik dinleyip karanlık camlardan dışarıyı seyrettiler, müziğe mırıldanarak, ıslıklarla eşlik ettiler, yıldızları gösterip saydılar, belki kulaklık taktıklarından birbirleriyle aşırı yüksek sesle konuştular. Katmandu'da CD çaları neredeyse hiç kullanmadılar; çevrelerinde dinlenecek, özümsenecek, fotoğrafı çekilecek, hakkında bir şeyler karalanacak çok fazla şey vardı.

Birkaç gün sonra Katmandu'dan Himalaya Dağları'nın eteklerindeki küçük bir kente gittiler. Kamp yaptılar. Seviştiler - gerçi bunu tasavvur etmek güç benim için. Birbirlerinin fotoğraflarını çektiler, hepsi de hâlâ bir bodrum katındaki sandığın tekinde duruyor. Bir sabah erken saatte büyük puslu dağların önünde ateş yaktılar, kahve pişirdiler ve sırt çantasından CD çaları çıkardılar. Kırağı kaplı çimlerde, sırtlarını çadıra vermiş oturuyorlardı, karşılarında, dağların ardında, güneş yükseliyordu. CD çaları önce annem kullandı, ardından babam. Ama sonra, tam da neredeyse kutsal denebilecek bu ânı paylaşırlarken, gerçi belki pek de paylaşıyor sayılmazlardı, gözleri kapalı olan babam bir isim dillendirdi. Annemin adı değildi bu, kendi annesinin adı da değildi, herhangi birinin annesinin adına benzer bir ad da değildi. Bir yabancının adıydı, bir kadın adı, başka bir kadının adı. Tek bir kelimeydi, sıradan, tek bir kelime. Ama öyle ağır ve beklenmedikti ki parlak gökten bir anda düşen, yere çarpan, derin bir yarık açan, altlarındaki toprağı ikiye ayıran buz gibi bir gerçekti. Bunun üzerine annem CD çaları babamın ellerinden, kulaklığı kulağından kaptı, kayalara yürüdü. Hepsini kayalara fırlattı. Kablolar, parçalar, piller; CD çalar parçalanmış, sakat bırakılmış, hurdahaş edilmişti; suçsuz elektronik kalbi Nepal Himalayası'nda kırılmıştı. İçindeki CD yara almadan kurtuldu. O esnada ne dinlediklerini hep merak etmişimdir."

"Sonra ne oldu?" diye soruyor kocam.

"Hiçbir şey. Londra'ya döndüler, kırık cihazı arkadaşlarına iade ettiler."

"Ona ne söylediler peki?"

"Hiçbir fikrim yok. Herhalde üzgün olduklarını söylemişlerdir."

"Ya sonra?"

"Sonra evlendiler, ablam doğdu, ardından ben doğdum, sonra boşandılar ve sonsuza dek mutlu yaşadılar."

RİTİM VE ÖLÇÜ

Nihayet Büyük Dumanlı Dağlar'ı aşıyor, kalabalık bir vadiye yaklaşıyoruz. Manzara öyle çarpıcı, öyle şaşırtıcı bir şekilde değişiyor ki hâlâ aynı ülkede, aynı gezegende olduğumuza inanmak güç. Bir saatten kısa süre içinde sisli dağların tepelerinden ve yeşilin maviye, griye, mora çalan sayısız tonunu barındıran uçsuz bucaksız alanlardan sıra sıra tek renkli, devasa ve çoğunluğu boş olan otoparklara gelmiştik; her biri motellerle, otellerle, küçük lokantalarla, süpermarketlerle ve eczanelerle sarılmıştı (park yerinin insan bedeni için ayrılmış olan alana oranı, akıl almaz bir şekilde park yeri lehineydi). Geç bir öğle yemeği yemek üzere Dolly Parton's Stampede denen bir yerde kısa bir mola veriyor ve ne yapıp edip, menüye göre müzik, komedi, havai fişek gösterisi ve canlı hayvanlar içeren akşamüstü gösterileri başlamadan önce mekândan ayrılıyoruz.

Yeniden arabaya bindiğimizde çocuklar sesli kitap dinlemek istiyorlar. Oğlan *Sineklerin Tanrısı*'nı dinlemeye devam etmek istiyor. "Ormanda gecenin karanlığı ve soğuğunda uyandığında," diyor araba hoparlörlerinden gelen erkek sesi, telefonumu ses sistemine her bağlayışımda. Herhalde kitap, çalma listesinde ilk sırada yer aldığından böyle oluyor, ama neden habis bir oyuncak misali kendi kendine çalmaya başladığını çözemiyorum. Çocuklar arka koltuktan mızmızlanıyor. Durdur tuşuna basıyorum ve *Sineklerin Tanrısı*'nı ararken bana karşı sabırlı olmalarını söylüyorum.

Kız artık bu hikâyeyi dinlemek istemediğini söylüyor, anlamadığını, anladığında da zaten çok korkutucu olduğunu belirtiyor. Oğlan ona susmasını, daha olgun olmasını, dinlemeyi öğrenmesini söylüyor. *Sineklerin Tanrısı*'nın bir klasik olduğunu, herhangi bir şeyi biraz olsun anlamak istiyorsa klasikleri anlaması gerektiğini söylüyor. Neden böyle düşündüğünü sormak geçiyor içimden ama yapmıyorum, henüz değil. Bazen acaba çocuklar kitaptan herhangi bir şey anlıyor mu, hatta anlamalılar mı diye düşünüyorum. Belki de çok fazla şeye maruz bırakıyoruz onları, çok fazla dünyaya. Ve muhtemelen çok şey bekliyoruz onlardan, belki de henüz hazır olmadıkları şeyleri anlamalarını.

Bundan dört sene önce kocam ve ben şehrin işitsel peyzaj projesinde çalışmaya başladığımızda Stephen Haff adında bir adamla görüştük. Brooklyn'deki bir binanın zemin katında Still Waters in a Storm adında tek sınıflık bir okul binası açmıştı bu adam. Çoğunluk itibarıyla Hispanik kökenli göçmenler ya da göçmen çocukları olan öğrencilerinin yaşları beş ila on yedi arasında değişiyordu; onlara Latince, klasik müzik öğretiyordu, şiirlerin veznini saymayı, ritim ve ölçüsünü kavramayı öğretiyordu. En küçük yaştakilerin bile *Kayıp Cennet*'in kimi bölümlerini ezberlemelerine ve anlamalarına yardımcı olmuştu, o sıralar on beş kişilik bir çocuk grubuna kolektif çeviri çalışmaları yaptırıyordu, hep beraber *Don Kişot*'u İspanyolcadan İngilizceye çeviriyorlardı. Gelgelelim onların uyarlamasında Don Kişot ihtiyar, İspanyol bir adam değil, Latin Amerika'dan ABD'ye göç eden bir grup çocuktu. Böyle şeyler yapmak cesaret, biraz da delilik ister. Çocukların aslında *Kayıp Cennet*'i okuyabileceklerini, Latince öğrenebileceklerini ve Cervantes'i çevirebileceklerini anlamak bilhassa da zihin açıklığı ve kibirden yoksun bir yürek ister diye düşünmüştüm o zaman, hâlâ da öyle düşünüyorum. İşitsel peyzaj için örnek bir ders kaydı alırken kocam ve ben Stephen Haff'ın sınıfın geri kalanıyla tutkulu bir tavırla, "Hayatın kendisi bir çılgınlık gibi görünürken deliliğin nerede olduğunu kim bilebilir ki? Belki de çok gerçekçi olmak deliliktir. Hayallerden vazgeçmek - delilik bu olabilir," cümlelerinin tam nasıl çevrileceğini tartışan daha genç öğrencilerinden birini kaydettik - sekiz dokuz yaşlarında küçük bir kızdı.

Üstüne hiç konuşmamış olsak da sanıyorum onu dinledikten sonra ikimiz de yetişkinler olarak bizim, çocuklarımızı, yüksek hayat bilgimizi her zaman küçük dozlarda, drajeler halinde vermemiz gereken daha düşük seviyeli alıcılar olarak değil, entelektüel anlamda kendimize denk görmemiz gerektiğine karar verdik. Her ne kadar çocuklarımızın hayal güçlerinin koruyucuları olmamız, masumiyetten ayrılıp gitgide daha zorlu tecrübelere yavaş yavaş yol alma haklarını gözetmemiz gerekse bile onlar bizim hayat boyu sohbet arkadaşlarımız, fırtınada beraber seyrettiğimiz, durgun sulara ulaşmak için hiç durmadan birlikte mücadele verdiğimiz yoldaşlarımızdı.

Nihayet *Sineklerin Tanrısı* dosyasını buluyor, Oynat tuşuna basıyorum; geçen sefer kaldığımız yerden devam ediyor. Domuzcuk'un gözlüğünün üzerine basılmış, gözlük kırılmıştı, gözlüğü olmadan kendini kaybolmuş hissediyordu: "Dünya, ne olduğu bilinen dünya, yasalara uyan dünya, kaymak üzereydi." Güneş batar, biz Knoxville'den geçerken o gece şehirden uzaktaki, belki Knoxville ve Nashville arasındaki bir motelde konaklamaya karar veriyoruz. Hayattan bezdik, ne çok fazla insan görmek ne de onlarla nasıl iletişim kuracağımıza kafa yormak mecburiyetinde kalmak istiyoruz.

DORUK NOKTASI

Seks yoksa doruk noktası da yoktur ya da net bir anlatı çatısı yoksa: giriş, gelişme, sonuç.

Bizim hikâyemizde bir zamanlar bol bol seks vardı ama hiçbir zaman düz bir anlatı olmadı. Şimdilerde seks yapılacaksa çocukların bitişiğimizdeki yatakta uyuduğu motel odalarında yapılmak zorunda. Mikrofon yerine şişeyle şarkı söylemek gibi bir şey. Ben bu gece sevişmek istemiyorum; o istiyor. Bugün yarın regl olacağım, bir seferinde bir kabile büyücüsü bana kadının regl döneminden hemen önce sevişen çiftlerin sonrasında birbirlerine zorbalık ettiğini söylemişti. Böylelikle onun yerine bir isim oyunu oynamayı öneriyorum. Tanıdık bir isim söylüyor:

"Natalia López."

"Peki madem. Natalia."

"Göğüslerini beğeniyor musun?"

"Eh."

"Sadece eh mi?"

"Bayılıyorum."

"Neye benziyorlar?"

"Benimkilerden daha dolgun, daha yuvarlaklar."

"Peki ya göğüs uçları?"

"Benimkilerden çok daha açık renk."

"Kokusu neye benziyor?"

"Tene."

"Şu an ona dokunmak ister miydin?"

"Evet."

"Neresine?"

"Beline, kuyruk sokumundaki küçük tüylere, uyluklarının iç kısımlarına."

"Onu hiç öptün mü?"

"Evet."

"Yer?"

"Koltuktaydık.

"Yok, yani neresinden öptün?"

"Yüzünden."

"Yüzü nasıl?"

"Çilli, köşeli, kemikli."

"Gözleri?"

"Küçük, haşin, bal rengi."

"Burnu?"

"And yerlilerininki gibi."

"Ağzı?"

"Monica Vitti."

Oyunun sonunda tepesi atıyor belki ama aynı zamanda tahrik de oldu, ben de tahrik oldum ama başka bir bedeni düşününce soğudum da ondan. Yan yatıyor, bana arkasını dönüyor. Gece lambasını yakıyorum. O ara ara sessizce yakınır, yorganın altında kıpırdanıp dururken ben pür dikkat iki yeni Marguerite Duras kitabımı okuyorum. *Sevgili*'nin İngilizcesinde Duras genç yüzünü "çürümüş"[9] olarak betimliyor. Acaba "harap" "vi-

9 Çeviren: Tahsin Yücel. (ç.n.)

rane" hatta seks sonrasındaki bir yatak gibi "dağınık" mı olmalı diye düşünüyorum. Yorganı çekiştiriyor. Galiba Duras'nın kullandığı Fransızca sözcük "défait" dağınık idi, gerçi "détruit" de olabilir pekâlâ.

Sevdiğimiz yüz ve bedenleri tüm teferruatıyla öğrenip de aklımızda tuttuğumuza inanmıyorum ben - her gün beraber uyuduğumuz, hemen her gün seviştiğimiz ve onlar bizi ya da biz onları becerdikten sonra bazen efkârlı bir hüsranla incelediklerimiz için bile geçerli bu. Mesela bir seferinde Natalia'nın sol omzundaki çillere uzun uzun bakmıştım ve hepsini, oluşturdukları takımyıldızların her birini bildiğimi düşünmüştüm. Ama işin aslı sol omzu muydu yoksa sağ omzu mu ya da çil değil de ben miydiler yahut noktaları birleştirince Avustralya haritası mı, bir kedi pençesi mi yoksa bir balık kılçığı mı çıkıyordu hatırlamıyorum, şu da bir gerçek ki bu lirik saçmalıkların ancak o insan önemli olduğu müddetçe bir önemi var.

Sevgili'yi bırakıp *Hiroşima Sevgilim*'in açıklamalı senaryosuna göz gezdiriyorum. Önsözde Duras iki sevgilinin kucaklaşmasını "beylik" ve "her gün karşılaşılan"[10] bir şey olarak betimliyor. Bu iki sözcüğün altını çiziyorum, niteledikleri eylem için ender sıfatlar. Sonra, 17. sayfada, ter içinde ve sanki, kül, yağmur, serpinti altında kalmış iki çıplak kol ve omzun belirdiği sahne tasvirinin altını çiziyorum. "Önemli olan, atom bombasından çıkan mantara benzer bu terin, bu serpintinin uzaklaşıp uçarken bıraktığı bir kalıntı olduğu duygusunu yaratması" diye belirtiliyor. Sonra bir dizi imge geliyor: hastane koridorları, Hiroşima'da ayakta kalan binaların fotoğrafları, bir müzede dolaşan, atılan bombayla ilgili bir sergiyi gezen insanlar ve son olarak kül olmuş şehrin maketine eğilmiş bakan bir grup öğrenci. Zihnimde bu imgeler dönüp dururken uyuyakalıyorum, muhtemelen rüya görmüyorum.

---

10 Çeviren: Cevat Çapan. (ç.n.)

Ertesi sabah uyanıyor, işiyor ve regl kanamasının klozetin içine ağır çekimde yayılan küçük ölçekli mantar bulutlarını fark ediyorum. Yıllardır her ay yaşıyorum bunu ama -hâlâ- nefesim kesiliyor bu manzara karşısında.

TEŞBİH

Yıllar önce, kıza yaklaşık üç aylık hamileyken Chicago'daki ablamı ziyaret etmiştim. Bir Japon lokantasında mesleği uzay giysisi yapmak olan bir arkadaşıyla akşam yemeği yemiştik. Üçümüz de -ablam, arkadaşı ve ben- çektiğimiz taze gönül yaralarını sarıyorduk, dolayısıyla bütünüyle bencildik, inatla kendi acılarımızın yörüngelerinde dönüyorduk. Şahsi anlatılarımızın batağına saplanmıştık, her birimiz başka kimsenin ilgisini çekmeyecek yahut başka kimse için bir şey ifade etmeyecek, fazlasıyla gergin, sonu gelmeyen ayrıntılarla düğüm düğüm olmuş hikâyeler anlatmaya çalışıyorduk - Salı günü aradı, Perşembe yine aradı; SMS'ime üç saat sonra cevap yazdı; cüzdanını yatağımda unuttu.

Gelgelelim gerçeklikten de bütünüyle kopmamıştık; muhtemelen kısa süre sonra birbirimize duyduğumuz empatinin ve haliyle de gerçek bir sohbet imkânının duygusal hüsranın getirdiği radikal tekbencilikle azaldığının farkına varmıştık. Dolayısıyla miso çorbalarımızı höpürdete höpürdete yaptığımız birkaç beylik yorumun ardından -evlilikten sonra seks, yalnızlık, karşılıksız arzu, birey olma durumunu anneliğin kapsamına sokmak için uygulanan amansız toplum baskısı- meslek yaşamlarımıza yöneldik.

Soruma cevaben ablamın arkadaşı NASA'ya sektördeki en iyi uzay giysilerinin bir kısmını temin eden küçük bir şirket kurmuş olduğunu söyledi. Bir anda merakım kabarmıştı, daha çok soru sordum. Birkaç yıl önce Cirque du Soleil için portatif kurt maskeleri yapmış, bir terzi ve kaynak ustası olarak itibar kazanmıştı, böylelikle NASA ile bağlantılı birisi onunla iletişime geçmiş, ondan portatif bir uzay eldiveni için komplike bir mekanizma tasarlamasını istemişti. Bu teferruatları başta şüpheyle, hani belki de önceki sohbet girişimimizin yıkıntılarının bir nevi ayrıntılı ve garip biçimde alaycı metaforu olarak dinledim. Ama konuşmasını sürdürdükçe hakikaten de sadece çok somut şeylerden bahsettiğini, tek yaptığının bize zanaatını anlatmak olduğunu fark ettim. Ablam her birimize birer küçük seramik çanak verdi, üçüne de soya sosu doldurdum. Zamanla arkadaşının becerileri daha da gelişmişti ve giysi kollarından koruyucu başlıklara, oradan da tüm kostüme geçmişti. Şimdi kadın astronotlar için TMG yapımı üzerinde çalışıyordu.

"TMG?" diye sordum.

"Özellikle kadınlar için tasarlanmış termal mikrometeroid giysi," dedi ve bir California roll'u soya sosuna batırdı. Bir aydır aybaşı kanamasını nasıl hesaba katacağını çözmeye çalışıyordu.

"Soru şu: Tüm o kanı ne yapacağız?"

Tabii ki retorik bir soruydu bu. Konuya hâkimdi, kadınlar da dahil olmak üzere uzayda süzülen insanların ihtiyaçlarının, elindeki malzemelerin kısıtlılığının ve imkânlarının farkındaydı. Sözlerine devam edip -şimdi yuvarlak bir konferans masasının etrafında oturan potansiyel yatırımcılarmışız gibi konuşuyordu bizimle- doğaya direnmemenin her zaman daha iyi olduğunu belirtti, dedikleri gibi bükemediğin bileği öpmenin her zaman yeğ olduğunu söyledi. Bu sebepten, termal mikrometeroid giysinin aybaşı sıvılarını sorunsuz ama aynı zamanda güzel bir şekilde emen bir de içliği olduğundan söz etti. Bir kez vücuttan atıldıktan sonra bu sıvılar batik tişörtlere benzer bir şekilde yavaş yavaş yayılıyor, astronotun aybaşı döngüsü rahim içinde gelişen dokunun dökülmesinden yeni bir yumurtanın olgunlaşmasına doğru değişiklik geçirdikçe renk değiştiriyor ve özgün yapılar oluşturuyordu. Huşu içinde baktım ona, muhtemelen hayranlığımı belirtme maksadıyla bir şeyler mırıldandım. Projesini anlatmayı bitirdiğinde ağzı kulaklarına vararak gülümsedi, ben de gülümseyerek karşılık verdim. Yemek çubuğunun ucuyla ön dişlerimin arasında yemek artığı olduğunu işaret etti.

"Evet baba, plan nedir?" diye soruyor oğlan. Henüz saat sabahın körü, daha güneş doğmadı bile ve yağmur yağıyor olmasına rağmen motelin çevresinde kayıt yapmak üzere dışarı çıkmaya hazırlanıyorlar. Babası planın yankı envanteri üzerinde çalışmak olduğunu söylüyor.

"Envanter" ile tam olarak ne kastettiğinden hâlâ emin değilim. Sanıyorum sonunda, montaj esnasında bir hikâye oluşturabilecek gelip geçici gürültüleri ve sesleri toplayacağını kastediyor. Ya da belki de onlardan hiçbir zaman bir hikâye oluşturmayacaktır, kim bilir. Sadece ortalıkta, insanların arasında dolanacak, zaman zaman sorular soracak, belki de hiçbir şey sormayacak, boom mikrofonunu kaldırıp önüne çıkan tüm sesleri toplayacaktır. Anlatılmadan kalacaktır belki de her şey, tek bir sesin hepsini sıralı, açık ve net bir anlatıya tıkıştırmasındansa kendi hikâyelerini dillendiren mekânların ve seslerin bir kolajı olarak.

"Tamam da ne yapacağız sahiden?" diye soruyor oğlan babasına, ayakkabılarını giyerlerken.

"Genellikle fark edilmeyen sesleri toplayacağız."

"Ne tür sesler?"

"Mesela kalay çatılara düşen yağmur damlaları, yakalayabilirsek kuş cıvıltıları ya da ne bileyim böcek vızıltıları."

"Bir böcek vızıltısı nasıl kaydediliyor?"

"Sadece kaydediyorsun işte."

Oğlana boom üzerine bir stereo mikrofon takacaklarını, kaynağa da mümkün olduğunca yaklaşacaklarını söylüyor. Tüm seslerin ham olmasını istiyor; sabit, homojen bir arka plandaki ince imalar olsun istiyor. Ama bunun daha sonra, ses seviyelerinin ayarlanabileceği miksaj esnasında yapılması gerektiğini anlatıyor. "Bundan önce," diyor oğlana, "henüz bahsi geçen türde seslerin kayıt aşamasındayken, kaynağa mümkün olabildiğince yaklaşmalısın."

"Yani böceklere yaklaşıp kaydedeceğiz? Öyle mi?"

"Evet, öyle de diyebiliriz."

Yatakta gözlerimi açmadan yatıyor, dışarı çıkmaya hazırlanırlarken aralarında geçen konuşmayı dinliyorum. Kocamın oğlana söylediklerinin kendi ses parçamın gürültü ve seslerinin kaydında ne kadar geçerli olduğunu düşünüyorum. Günün birinde kaynaklarıma mümkün olduğunca yaklaşabileceğimden emin değilim - hatta yaklaşmalı mıyım, ondan bile emin değilim. Her ne kadar temelde bizzat kendi ağızlarından anlattıkları hikâyelerini kayıtlara geçiren bir dizi ifadeden yahut sözlü tarihten oluşan değerli bir kayıp çocuk arşivi oluşturulması gerekse de o çocukları, hayatlarını kitle iletişim araçları için bir malzemeye dönüştürmek doğru gelmiyor. Neden? Ne için? Başkaları onları dinleyebilsin ve yüreği sızlasın diye mi? Ya da öfkeye kapılsın diye mi? Peki ya sonra? Kimse sabah radyo dinledikten sonra işe gitmeme ve açlık grevine başlama kararı almaz. Dinledikleri haber ne kadar vahim olursa olsun herkes normal hayatına devam eder, hava durumuyla ilgili bir vahamet söz konusu değilse tabii.

Yağmur şiddetini artırırken oğlan ile babası nihayet dışarı çıkıp kapıyı kapatıyorlar. Ben yatakta dönüp duruyor, yeniden uyumaya çalışıyorum. Bir o yana bir bu yana dönüyor, kocamın boş bıraktığı, hâlâ sıcak ve hafif terli yastıkla başımı örtüyorum. Kendimi yeniden uykuya dalmaya ikna etmeye çalışıyorum, altımda ya da kim bilir belki de içimde beni yutan, derin bir yarık oluşmuş gibi hissediyor, kendimi bu duygudan vazgeçirmeye çalışıyorum. Ani, beklenmedik değişikliklerde oluşan duygusal boşlukların içlerini nasıl doldurur insan? Hangi gerekçeler, hangi anlatılar kurtarır sizi düşmekten, düşmek istememekten? Yeniden dönüyor, tekrar uykuya dalabilmeyi umuyorum. Yastığı başıma iyice bastırıyor, zihnimin derinliklerine dalıyor, gerekçeler arıyor, birtakım listeler, planlar yapıyor, cevaplar, çözümler arıyor, karanlık, sessizlik, boşluk olmasını diliyorum.

ENVANTER

Gün ilerliyor, pırıl pırıl, sabah sesleriyle dolu. Kız hâlâ uyuyor, ama ben bir türlü yeniden uyuyamıyorum. Dışarıda, motel odasının penceresinin ardında bu küçük yeryüzü parçasının üzerinde salınan bulut tabakasının arkasında güneş her zaman çıktığı patikayı tırmanıyor yine, buğu ve nem yayıyor ama etrafı aydınlatmayı, düşünceleri berraklaştırmayı, bedenleri canlandırıp harekete geçmeye teşvik etmeyi başaramıyor. Bir kez daha ağır ağır yan dönüyorum. Kocam yatağın kendi tarafında kutularındaki kitaplardan birini bırakmış: R. Murray Schafer'ın *The Soundscape*'i. Kitabı alıyor, sırtüstü uzanıyor, onu uyku akan suratımın hemen üstünde tutup açıyorum. Sayfaların arasından ufak bir not kayıp göğsüme konuyor. Kocama yazılmış bir not bu, tarih atılmamış:

> "Yankı envanteri" fikrine bayıldım - orman sahalarının Bosavi ikili iktidarını öyle güzel yankılıyor ki; hem capcanlı bir dünyanın esenliğinin/zenginliğinin akustemik teşhisi hem de ölüme erişerek kuşlarına "dönüşenlerin" "geçmiş yansımaları/akisleri." Yakında görüşürüz, yani umarım.
>
> Saygılarımla, Steven Feld

Steven Feld: Bu ismi hatırlıyorum. Kocam sesleri kaydetmeyi ve ses üzerine düşünmeyi bir grup etnomüzikolog, dilbilimci ve ornitologla beraber yağmur ormanlarında, çöllerde ses örnekleri toplayarak öğrendi. Öğrenciyken, tıpkı Murray Schafer gibi insanların ister müzikte ister lisanda çıkardığı seslerin onları çevreleyen peyzajın yankıları olduğunu düşünen ve hayatı boyunca bu derin ve görünmez bağın örneklerini toplayan bir akustemoloji uzmanı olan Steven Feld'in çalışmalarını okumuş, dinlemişti. Feld ilk olarak 1970'lerin sonlarında Papua Yeni Gine'de Bosavi halkının cenaze törenlerindeki ağlamalarını ve tören şarkılarını kaydetmiş, daha sonra kaydettiği şarkılarla ağlayışların aslında onları çevreleyen peyzajın seslendirilmiş haritaları olduğunu, o alanların üzerinde uçan kuşların değişken ve geniş görüş açısıyla söylendiğini fark etmiş, böylece kuşları kaydetmeye başlamıştı. Onları birkaç yıl dinledikten sonra Bosavi halkının kuşları yankılar yahut "geçmiş akisler" -varlığa dönüşen yokluk ve aynı zamanda yokluğu duyulur kılan bir varlık- olarak algıladıklarını anlamıştı. Bosavi halkı cenaze törenlerinde kuş seslerini taklit ediyordu çünkü kuşlar akseden yokluğun dünyada tecessüm eden tek örneğiydi. Feld'in deyimiyle, Bosavi halkı için kuş sesleri "hafızanın sesi ve soyun çınlanımıydı."

Feld'in düşünceleri kocamın dünya görüşünü -daha doğrusu dünya duyuşunu- şekillendirdi. En nihayetinde onu arayıp buldu, peşinden Papua Yeni Gine'ye gitti, orada, kuşların şakımalarındaki akislerinden ölülerin işitsel peyzajının haritasını çıkarmaya çalışarak kuşların şakımalarını, şakımalarının yağmur ormanlarında izledikleri yolları kaydetmesine yardım etti. Kocam kayıt cihazlarıyla dolu bir çantayla Feld'in peşi sıra gidiyordu. Sonunda Feld durmaya, kulaklıklarını takmaya, kayıt cihazını açmaya ve parabolik mikrofonu ağaçların arasına tutmaya karar verinceye dek saatlerce yürürlerdi. Oralı çocuklar dolanırdı peşlerinde hep, ormanın seslerini dinlemek için bu adamların gereksinim duyduğu tüm o cihaz ve kablolar ilgilerini çekiyordu belki de. Feld ne zaman mikrofonunu amaçsızca yukarı, aşağı, sağa, sola çevirse isterik kahkahalar atarlardı çocuklar. Kocam Feld'in arkasında dururdu, o da sesleri dinlerdi kendi kulaklıklarından, Feld ne yaparsa onu yapardı. Bazen bir çocuk Feld'in kolunu çekiştirir ve onun doğru yönü bulmasına yardımcı olurdu. Herkes devasa bir ağacın gölgesinde kımıltısız durup beklerdi. Ve birden on binlerce kuşun görünmez varlığı kulak boşluklarından içeri nüfuz eder, dünyanın evvelce göz ardı edilen koca bir katmanını ortaya çıkarırdı.

Kocamla ilk tanıştığımızda, New York işitsel peyzaj projesi üzerinde çalışırken, onun işitsel peyzajla ilgili düşüncelerini ilginç, kuşların şakımalarını ve şakımalarının yağmur ormanlarında izlediği yolları kaydettiği geçmiş yaşantısını büyüleyici bulurdum, gelgelelim bizim projemizde sesleri kaydetmek için kullandığı yöntemleri hiçbir zaman anlamadım: doğrudan görüşme yok, önceden planlanan hiçbir şey yok, salt, sanki eşi az bulunur birinin bir kuş misali süzülmesini bekliyormuşçasına şehir peyzajına kulak kabartarak etrafta gezinmek var. Buna karşılık o, bana öğretilen ses geleneğini, ki çok daha fazla gazetecilik temelli ve anlatı odaklı bir gelenekti, ne anladı ne de kabul etti. "Tüm o radyo gazetecileri," derdi hep, "uzun shotgun mikrofonlarını çıkarıp da *kendi* hikâyelerini kaydetmek için pantolonlarının fermuarlarını açıyorlar!" Onunla hemfikir değildim, ne ki bazen öyle karizmatik oluyordu ki -özellikle edepsizleştiğinde- kendimi ona katılırken değilse de onunla gülerken buluyordum.

Keyfimiz yerindeyken farklılıklarımız üzerine şakalaşabiliyorduk. Benim belgeci onunsa belgeselci olduğunu söylerdik; bu da benim daha çok kimyacı, onunsa kütüphaneci gibi olduğu anlamına geliyordu. İşime -biz tanışmadan önce yaptığım ve şimdi kayıp çocukların hikâyeleriyle muhtemelen geri döneceğim işe- yaklaşımımda şunu hiçbir zaman anlamadı: Pragmatik hikâye anlatıcılığı, hakikate bağlılık ve meseleleri doğrudan ele almak, onun zannettiği gibi salt geleneksel radyo gazeteciliğine bağlılık demek değildi. Profesyonel anlamda rüştümü çok daha farklı bir ses ortamında ve siyasi iklimde ispatlamıştım. Benim öğrendiğim şekliyle ses kaydında esas olan işin içine etmemek, hikâyedeki olguları mümkün olduğunca doğru bir şekilde ele almak ve bunu öldürülmeden -çünkü aman ha, kaynaklarına fazla yakınlaşmış olabilirsin- ve kaynaklarının öldürülmesine yol açmadan yapmaktı - çünkü aman ha, kaynakların sana fazla yakınlaşmış olabilirler. Yüksek estetik kaygılardan bariz bir şekilde yoksun oluşum onun sık sık dediği gibi sermayedarlara ve sermayeye körü körüne bağlanmak anlamına gelmiyordu. Ama işte işim derme çatma çözümler bulmak üzerine kuruluydu, hani şu eski evler gibi; her şey yıkılıp dökülür de sizin bir şekilde çaresine bakmanız gerekir, hem de acilen; soruları ve muhtemel cevaplarını sesler ve akisleriyle ilgili estetik kuramlara dönüştürecek vakit yoktur.

Başka bir deyişle bizi çevreleyen dünyanın seslerini dinleme ve algılama biçimimiz muhtemelen birbirine zıttı. Her ne kadar bir süredir ses aralığımın dışında bir maceraya atılmış olsam ve şimdi işime nasıl döneceğimi, yeniden nasıl bir yöntem ve biçim bulacağımı ve yaptığım işin bana tekrar anlamlı gelmesini nasıl sağlayacağımı tam bilemesem de ben bir gazeteciydim, her zaman da öyle olmuştum. O ise hayatını yankıları, rüzgârları ve kuşları kaydetmeye adamış, sonra büyük bir kentsel proje üzerinde çalışarak belli bir ekonomik istikrar sağlamış fakat şimdi hep yapmak istediği şeye geri dönen bir akustemoloji uzmanı ve işitsel peyzaj sanatçısıydı. Son dört yıldır, şehrin işitsel peyzajı üzerinde çalışırken daha geleneksel yöntemlere uyum sağlamış ama aslında ses konusundaki fikirlerinden hiçbir zaman vazgeçmemişti; ve ben de kendimi projeye kaptırmış, bu projeden bir şeyler öğrenmiş, bir kereliğine bile de kaydettiklerimin siyasi sonuçlarının endişesi altında ezilmemenin keyfini sürmüştüm. Ama şimdi yakamı hiç bırakmayan soru ve sorunlara gömülüyordum yeniden. Eski hayaletlerimizin peşine düşmüştük yine - hiç değilse hâlâ bunu paylaşıyorduk. Ve şimdi bir kez daha kendi maceralarımıza atıldığımızdan, aynı zamanda geldiğimiz yerlere geri dönüyor olduğumuzdan yollarımız ayrılıyordu. Umduğumuzdan çok daha derin bir uçurumdu bu.

HOMO FİCTİO

Şimdilik bizi birleştiren bir köprü var, kızın Asheville'de aldığı, *Bu Kitapta Hiç Resim Yok* adlı kitap bu köprü. Basit bir hikâye, bir üstkurmaca gerçi. Resimsiz bir kitap okumak ve resimsiz bir kitap okumanın neden resimli bir kitap okumaktan daha iyi olabileceği hakkında. Oğlanla babası kayıt seanslarından döndüler, hâlâ bardaktan boşanırcasına yağmur yağıyor. Bu havada araba kullanmanın güvenli olmayacağı konusunda hemfikiriz. O yüzden kitap okuyoruz. *Bu Kitapta Hiç Resim Yok*'u tekrar tekrar okuyoruz yüksek sesle, kollarımızı ve bacaklarımızı birbirimizin kollarına ve bacaklarına dolamış yatakta oturuyoruz, motel odamızın kapısı ardına kadar açık çünkü yağmurun sesini duymak istiyoruz, yağmur havası biraz da olsa içeri girsin istiyoruz ama aynı zamanda çocuklar kitabın her sayfasında gülmekten katıldıklarından bu âna, hepimizin toplamından daha büyük olan bu âna ait bir şeylerin odadan çıkıp gezinmesine imkân tanımak da doğru geliyor bize.

ŞERH

Akşama doğru, yağmur nihayet sadece bir çisentiye dönüştüğünde yeniden arabaya atlıyor ve Nashville yoluna koyuluyoruz. Her gün biraz daha yol alıyoruz, gerçi bazen sanki bir koşu bandındaymışız gibi geliyor. Arabada dalgalı bir ses, soru, davranış ve öngörülebilir tepki akımı hâkim. Kocamla benim aramda sessizlik büyüdükçe büyüyor. "Ormanda gecenin karanlığı ve soğuğunda uyandığında..." Yine o satır çıkageliyor. Durduruyor, bir çalma listesi arıyorum. Hepimiz bir şarkı seçeceğiz. Ben Odetta'nın Dylan'ın, "With God on Our Side" yorumunu seçiyorum; bana kalırsa orijinalinden çok daha iyi. Kocam "Straight to Hell"i, orijinal The Clash versiyonunu seçiyor. Oğlan Rolling Stones dinlemek istiyor, "Paint It Black"i seçiyor - iyi bir müzik zevki olduğunu teslim ediyorum. Kız Willie Nelson, Johnny Cash ve kim olduğunu bilmediğimiz ve bakmayı hep unuttuğumuz iki kişiden daha oluşan The Highwaymen grubundan "Highwayman" şarkısını istiyor. Şarkıyı birkaç kez çalıyor, sözlerini sanki Barok şiirini ele alırcasına çözümlüyoruz. Benim teorim bunun kurmaca hakkında, kurmaca aracılığıyla pek çok hayat yaşanabileceği hakkında bir şarkı olduğu.

Kocam Amerika tarihi ve Amerika'ya özgü suçlarla ilgili bir şarkı olduğunu düşünüyor. Oğlan ulaşım araçlarındaki teknolojik gelişmelerle ilgili bir şarkı olduğunu düşünüyor: ata binmekten uskunaya, uskunadan uzay gemisi yolculuğuna. Haklı olabilir. Kızın henüz bir teorisi yok ama belli ki üzerinde çalışıyor:

"Bıçak ağzı nedir?"

"Bıçağın keskin tarafı."

"Yani eşkıya bıçağını kullandı?"

"Evet."

"İnsanları kesmek için mi?"

"Yani evet, herhalde."

"Peki kendisi bir Amerikan yerlisi miydi yoksa kovboy mu?"

"İkisi de değildi."

"Öyleyse polisti."

"Hayır."

"Öyleyse beyaz gözlüydü."

"Olabilir."

ŞİMDİKİ GELECEK

Daha batıya, Tennessee'ye doğru ilerledikçe terk edilmiş benzin istasyonlarının, boş kiliselerin, kapalı otellerin, kepenk kapatmış dükkânların, fabrikaların sayısı gitgide artıyor. Camdan dışarıya fotoğraf makinesinin vizöründen bakan oğlan yeniden, "Bir şeyleri belgelemek ne demek anne?" diye soruyor bana.

Belki de belgelemenin bir şey artı ışık, ışık eksi bir şey, fotoğraf üstüne fotoğraf toplamı ya da ses artı sessizlik, eksi ses, eksi sessizlik toplamı olduğunu söylemeliyim. Sonunda size gerçek deneyimin bir parçası olmayan tüm o anlar kalıyor. Deneyimin gerçekleştiği andan kesip çıkarılmış olan fasılalar, gedikler, kayıp parçalar silsilesi. Çünkü deneyim artı o deneyimin belgesi deneyim eksi bire denk. İşin asıl ilginç yanı şu: Olur da bir gün tüm bu belgeleri yeniden toplarsanız, sil baştan, deneyimi elde edersiniz. Ya da en azından, deneyimin yaşanan deneyimin yerini alan bir çeşidini, aslında belgeledikleriniz ondan kesip çıkarılan anlar olsa bile.

"Neye odaklanmalıyım?" diye diretiyor oğlan.

Ne diyeceğimi bilemiyorum. Bu ülkenin uzun, tenha yollarında ilerlerken -ilk kez gördüğüm bir manzara- gördüğüm şeyin aslında gördüğüm şey olmadığını biliyorum. Başkalarının çoktan belgeledikleri şeyleri görüyorum ben: Ilf ile Petrov, Robert Frank, Robert Adams, Walker Evans, Stephen Shore - ilk yol fotoğrafçıları ve onların çektiği yol işaretleri, boş arazi, araba, motel, küçük lokanta, endüstriyel tekrarlar, şimdi geç kapitalizmin gelecek yıkıntılarıyla sarıp sarmalanan erken kapitalizmin tüm o enkazlarının fotoğrafları. Bu ülkenin insanlarını, canlılıklarını, düşkünlüklerini, yalnızlıklarını, umutsuz birlikteliklerini gördüğümde Emmet Gowin'in, Lary Clark'ın, Nan Goldin'in bakışlarını görüyorum.

Yanıtlamaya çalışıyorum:

"Belgelemek gelecek kuşaklar için şimdiyi biriktirmek demek."

"Gelecek kuşaklar derken ne demek istiyorsun?"

"Yani sonrası için."

Gelgelelim "sonrası için" ne demek emin değilim artık. Dünyada bir şey değişti. Çok uzun zaman geçmedi üstünden, ama değişti, değiştiğini biliyoruz. Henüz nasıl açıklayacağımızı bilmiyoruz fakat bana kalırsa hepimiz, ta içimizde ya da beyin devrelerimizde hissedebiliyoruz bu değişimi. Zamanı farklı algılıyoruz. Henüz kimse ne olup bittiğini tam kavrayabilmiş ya da nedenini söyleyebilmiş değil. Belki de sadece geleceğin yokluğunu hissediyoruzdur, zira şu an fazla baskın bir hale geldi, dolayısıyla da gelecek tasavvur edilemez bir şeye dönüştü. Ve gelecek olmadan zaman sadece bir yığıntı gibi geliyor insana. Ay, gün, doğal afet, televizyon dizisi, terör saldırısı, boşanma, toplu göç, doğum günü, fotoğraf, gün doğumu yığıntısı. Şu an zamanı tam nasıl deneyimlediğimizi anlamış değiliz. Ve hepimiz arabada oturur, bu tuhaf, güzel ve karanlık ülkeyi bir uçtan öbür uca dolaşırken neyin fotoğrafını çekeceğini ya da gördüğü şeyleri kadraja nasıl alacağını, nasıl odaklayacağını bilemediği için oğlanın yaşadığı hüsran dünyayı belgeleme biçimlerimizin yetersizliğinin bir göstergesi belki. Onu belgelemenin yeni bir yolunu bulursak, zaman ve mekânı bu yeni deneyimleme şeklimizi de anlamaya başlayabiliriz bir ihtimal. Romanlar ve filmler tam yansıtamıyor, gazetecilik de öyle, fotoğraf, dans, resim de keza, tiyatro da, hele hele moleküler biyoloji ve kuantum fiziği kesinlikle yansıtamıyor. Şimdiki zaman ve mekânı, onları gerçekten nasıl deneyimlediğimizi idrak edebilmiş değiliz. Belgelemenin bir yolunu buluncaya dek de idrak edemeyeceğiz. Sonunda oğlana, "Mekânı anlamanın kendince bir yolunu bulmalısın ki biz geriye kalanlar kendimizi zamanın içinde daha az kaybolmuş hissedelim," diyorum.

"Peki anne," diyor oğlan, "tamam ama bir sonraki durağa daha ne kadar var?"

MECAZLAR

Birkaç gün Nashville'de kalır, kayıt stüdyolarını gezeriz diye düşünmüştük ama onun yerine dosdoğru devam edip geceyi Jackson yakınlarındaki bir motelde geçiriyoruz. Sonra, ertesi sabah büsbütün öngörülebilir bir şey yapıyoruz, en azından bizim gibi -yabancı ama büsbütün yabancı da olmayan- insanlar için ve Memphis'ten Graceland'e geçerken tekrar tekrar "Graceland"i dinliyor, Mississippi Deltası'nın tam nerede başladığını ve neden ulusal bir gitar gibi parlıyor olabileceğini çözmeye çalışıyoruz, tabii şarkının sözlerinde "ulusal gitar" diyorsa. Oğlan "ussal" gitar dediğini düşünüyor ama haklı olduğunu zannetmiyorum. Arka planda çalan şarkıya mukabil girişimiz destansı bir niteliğe sahip ama sakin türden. Sessizce fakat direnerek kaybedilen bir savaş gibi tıpkı.

Oğlan ilk önce detone olduğumuzu, ardından da şarkıda bahsi geçen oğlanın kendisinden sadece bir yaş küçük, yani dokuz yaşında olduğunu belirtiyor. Ayrıca şarkıdaki oğlanın da, kendisi gibi, babasının ilk evliliğinden olduğunu söylüyor. Şarkının can alıcı noktasındaki dize -aşkı yitirmenin insanın kalbinde bir anda açılan bir pencere gibi olduğunu söylediği dize- bundan birkaç ay sonra bize nasıl gelecek, oğlanın babası ve ben ussal gitarlar gibi direnç ve bütünlük gösterebilecek miyiz, merak ediyorum doğrusu.

Şarkı biter bitmez sürekli hoparlörlerden zuhur edip duran o hayattan bezmiş dize hücum ediyor üzerimize yine: "Ormanda gecenin karanlığı ve soğuğunda uyandığında yanında uyuyan çocuğa dokunmak için uzanırdı." Bunun üzerine radyoyu kapatıyor ve kırık dökük, metruk ama aynı zamanda güzel şehre bakıyorum camdan.

İSİMLER

Mutsuzluk yavaş yavaş filizlenir. İçinizde bekler sessizce, sinsice. Onu beslersiniz, her gün karnını doyurursunuz kırıntılarınızla - arka bahçenizde bağlı duran ve izin verdiğiniz takdirde elinizi ısıracak olan köpektir o. Mutsuzluk vakit ister ama önünde sonunda sizi bütünüyle zapt eder. Ve işte o zaman mutluluk -o sözcük- sadece ara ara ve her seferinde de ani bir hava değişimi gibi gelir. Bizim kapımızı seyahatimizin onuncu gününde çaldı. Graceland'deki birkaç motele telefon etmiştim. Biri hariç hiçbiri telefona cevap vermedi. Yaşlı bir kadın açtı telefonu, sesi uzakta yanan bir ateş gibiydi, çatır çutur ede ede ulaştı kulağıma:

"Elvis Presley Boulevard Inn, buyurun."

"Evet, hanımefendi, bol bol odamız ve yeni bir gitar havuzumuz var," dediğinde acaba onu yanlış mı anladım diye düşündüm.

Gelgelelim tam da bunu buluyoruz: bizden başka kimsenin olmadığı bir motel. Elektro gitar şeklinde bir yüzme havuzu olan bir motel. Komodinin üzerinde İncil yerine Elvis Presley şarkı kitabı olan bir motel. Odalardaki el havlularından, kahvaltı salonundaki tuzluk ve biberliğe kadar her yerin, her şeyin Elvis Presley olduğu bir motel. Oğlan ile babası otoparkta kalıp bavullarımızın gündelik yapbozunun parçalarını yeniden ayırarak birleştirirken kızla ben işemek üzere odaya koşturuyoruz. Merdivenlerden çıkıyor, Elvis'in tüyler ürpertici balmumu heykellerinin, yüzlerce Elvis fotoğrafıyla resminin, bir Elvis pinyatasının, sadece Elvis şarkılarından ibaret bir müzik kutusunun, küçük heykelciklerin, üzerinde Kral'ın yüzü olan, sararmaya başlamış, duvara çakılı tişörtlerin yanından geçiyoruz. Odamıza varıncaya kadar ikimiz de bir tür tapınakta yahut mozolede olduğumuzu anlıyoruz, tabii kız bunu kendince anlıyor. Bu adamın önemli biri olduğunu ya da bir zamanlar öyle olmuş olduğunu kavrıyor. Yeni odamızdaki çift kişilik yatakların arasında, duvarda asılı duran otuzlu yaşlarındaki Elvis Presley fotoğrafına bakıyor ve, "Bu Tanrı'nın belası mı anne?" diye soruyor.

"Hayır, bu Elvis."

"Anne, babamı bırakıp Elvis'le evlenir miydin? Eğer isteseydin yani."

Gülmemeye çalışıyor ama gülüyorum. Düşüneceğimi söylüyorum. Ama sonra, "Evet ama o öldü tatlım," diyorum.

"Bu zavallı genç adam öldü mü?"

"Evet."

"Johnny Cash'in ölmüş olması gibi mi?"

"Evet."

"Janis Joplin'in ölmüş olması gibi mi?"

"Evet."

Oğlanla kocam içeri çantalar ve bavullarla girdiğinde mayolarımızı giyip gitar havuza koşuyoruz. Havlu almayı unutuyoruz, güneş kremini de öyle - ama biz zaten hayatı boyunca ne pikniğe piknik örtüsü ne de plaja plaj sandalyesi götürmüş bir aileyiz.

Tüm gündelik aktivitelerinde son derece ihtiyatlı ve sakin olan kız suda vahşi bir canavara dönüşüyor. Meczup, hezeyan halinde. Uzun yıllardır LSD kullanan hippi artığı bir baterist gibi kendi kafasına, karnına vuruyor. Ardına kadar açtığı ağzında gümbür gümbür bir kahkaha patlıyor, tüm süt dişleriyle kusursuz, pembe diş etleri meydanda. Havuza atlarken uluyor. Bizim gergin pençelerimizden sıyrılıp özgürlüğüne koşuyor. Suyun altında yüzeye nasıl çıkacağını bilmediğini keşfediyor. Biz onu bulup çıkarıyor, ona sımsıkı sarılıp, "Bunu sakın bir daha yapma," "Dikkatli ol," "Henüz yüzme bilmiyorsun," diyoruz. Sınırsız coşkusunu ya da azgınlığının volkanik patlamalarını nasıl benimseyeceğimizi bilemiyoruz. Biz geri kalanlar için onun mutluluğunun kıpır kıpır, pervasız trenine yetişmek zor sanırım. Dünyadan korumak zorunda olduğumu hissederken en azından benim için zor onu kendi haline bırakmak. Sürekli düşeceğini, bir yerlerini yakacağını, bir aracın altında kalacağını geçirip duruyorum aklımdan. Ya da tam şu anda, Memphis, Tennessee'deki bu gitar şeklindeki havuzda boğulacağını; mavi ve şiş yüzü geliyor gözümün önüne. Bir arkadaşım buna "kurtarma mesafesi" diyor - bir ebeveynin zihninde dönüp duran, çocuğu tehlikeden kurtarmanın mümkün olup olmadığını hesaplamak için zaman ve mesafeyi çarpanlarına ayıran sabit denklem.

Fakat bir noktada, sanki bir düğmeye basar gibi, hepimiz bırakıveriyoruz amansız felaketleri hesap etmeyi, koyverip gidiyoruz. Onun bizimle burada, hayata olan güvenli kifayetsizliğimizde kalmasını beklemektense üstü kapalı bir şekilde razı geliyoruz ona uymaya. Bağırıyor, uluyor, kükrüyor, suya dalıyor, sırtüstü yatıp bulutsuz göğe bakmak için yeniden yüzeye çıkıyoruz. Gözlerimizi faltaşı gibi açıyoruz yakıcı klorlu suyun içinde; havuzlardaki boktan heykelleri taklit ediyor, ağzımızdan su püskürtüyoruz. Bir çocukluk arkadaşımın bana öğrettiği, hayal meyal hatırladığım "All Shook Up" koreografisini öğretiyorum onlara: bol miktarda omuz sallama, şarkının "huhuhu" bölümlerinde de kalçayı bir ileri bir geri oynatma. Ve sonra kızın bize yaptığı büyü nihayet bozulduğunda hep beraber havuz kenarında oturuyor, ayaklarımızı suya sarkıtıp soluklanıyoruz. O gece motel odamızın karanlığında yatarken kocam çocuklara bir Apaçi hikâyesi, Apaçilerin savaş isimlerini nasıl aldıklarıyla ilgili bir hikâye anlatıyor. Sessizce dinliyoruz onu. Sesi yükseliyor, odada fırıl fırıl dönüyor, tavan pervanesinin savurduğu kesif sıcak havayla sürükleniyor; pervanenin ucuz ahşap kaplama bıçakları hafif hafif gıcırdıyor. Sırtüstü yatıyor, serinlemeye çalışıyoruz. Kız hariç. O karınüstü yatıyor ve parmağını emiyor, emme ritmi tavan pervanesinin kımıl kımıl kanatçıklarının döngüsel tıngırtısıyla senkoplanmış bir ritim oluşturuyor. Oğlan babasının hikâyeyi bitirmesini bekledikten sonra, "Eğer bir Apaçi olsaydı, savaş adı Gürültülü Başparmak olurdu," diyor.

Başparmağını ağzından çıkarıp karanlıkta başını kaldırarak, "Benim mi?" diye soruyor kız, ikna olmuş değil ama kendinden bahsedilmesinden her zaman kıvanç duyuyor.

"Evet, Gürültülü Başparmak ya da Emzik Başparmak."

"Hayır, hayır. Benim savaş adım Grace Landmemphis Tennessee olurdu. Ya da Gitar Yüzme Havuzu. Ya o ya o."

"Bunlar Apaçi isimleri değil, öyle değil mi baba?"

"Hayır, değil," diye onaylıyor kocam. "Gitar Yüzme Havuzu bir Apaçi ismi değil."

"Öyleyse Grace Landmemphis olmak istiyorum," diyor kız.

"Doğrusu Graceland, virgül, Memphis, kuş beyinli," diye bildiriyor oğlan, artık on yaşında olmasının üstünlüğüyle horozlanarak.

"Peki, tamam. Öyleyse Memphis olacağım. Sadece Memphis."

Bunu plastik pencerelerini kapatan, ne daha fazla rica minnet ne de şikâyet kabul eden bürokratların amirane pişkinliğiyle söylüyor, sonra başparmağını yeniden ağzına sokuyor. Bu huyuna aşinayız: O küçük inatçı kafasına bir şeyi koyduğunda onu başka türlüsüne ikna etmenin hiçbir yolu yok, dolayısıyla boyun eğiyor, kararına saygı duyuyor, daha fazla uzatmıyoruz.

"Ya sen?" diye soruyorum oğlana.

"Ben mi?"

"Çevik Tüy olurdu," diye öneriyor babası hemen.

"Evet, aynen öyle, Çevik Tüy. Peki ya annem? O kim?" diye soruyor.

Kocam biraz düşündükten sonra, "Uğurlu Ok," diyor.

Bu isim hoşuma gidiyor, onaylayarak ya da minnetle gülümsüyorum. Günlerdir, belki haftalardır ilk kez gülümsüyorum ona. Ne var ki gülümsediğimi göremez çünkü oda karanlık, zaten gözleri de büyük ihtimalle kapalı. Ardından, "Ya sen? Senin savaş adın ne olurdu?" diye soruyorum.

Kız, parmağını ağzından çıkarmadan araya giriyor, peltek peltek, tüküre tüküre konuşuyor, kelimelerini tıslatıyor:

"Babam Elvis. Ya da Tanrı'nın belası. Ya o ya o."

Kocam ve ben gülüyoruz, oğlan onu fırçalıyor:

"Bunu söylemeye devam edersen cehenneme gideceksin."

Onu paylamasının asıl nedeni cümlesinin içeriği değil de bizim övgü dolu kahkahamız muhtemelen. Kızın neden azarlandığı konusunda hiçbir fikri yok tabii ki. Ardından, başparmağını ağzından çıkarıp, "En sevdiğin Apaçi kim baba? Geronimo mu?" diye soruyor.

"Hayır. En sevdiğim Apaçi Şef Cochise."

"Öyleyse Baba Cochise olmalısın," diyor kız, sanki ona bir hediye verir gibi.

"Baba Cochise," diye fısıldıyor kocam.

Ve tavan pervanesi odadaki kesif havayı kesip inceltirken hepimiz bu yeni isimleri benimseyerek hafif hafif, aheste aheste uykuya dalıyoruz. Belki yıllardır ilk defa üçüyle aynı anda uykuya dalıyor ve uykuya dalarken kesin olan bu dört şeye tutunuyorum: Çevik Tüy, Baba Cochise, Uğurlu Ok, Memphis.

KUTU III

𝓁 DÖRT DEFTER (18 x 13 cm)

"Okuma Üzerine"
"Dinleme Üzerine"
"Çeviri Üzerine"
"Zaman Üzerine"

𝓁 DOKUZ KİTAP

The Cantos, Ezra Pound
Lord of the Flies, William Golding [*Sineklerin Tanrısı*, William Golding]
On the Road, Jack Kerouac [*Yolda*, Jack Kerouac]
Heart of Darkness, Joseph Conrad [*Karanlığın Yüreği*, Joseph Conrad]
New Science, Giambattista Vico [*Yeni Bilim*, Giambattista Vico]
Blood Meridian, *All the Pretty Horses*, *Cities of the Plain*, Cormac McCarthy [*O Güzel Atlar*, Cormac McCarthy]
2666, Roberto Bolaño [*2666*, Roberto Bolaño]
Untitled for Barbara Loden, Nathalie Léger
The New Oxford Annotated Bible, Tanrı? [*Yeni Oxford Açıklamalı Notlu İncil*, Tanrı?]

𝓁 DOSYA (NOTALAR)

Metamorphosis, Philip Glass
Cantigas de Santa Maria (Bilge Alfonso), Jordi Savall

KAYIPLAR

Sınır bölgesi doğal olmayan bir sınırın duygusal tortusuyla yaratılmış bulanık, belirsiz bir yerdir. Daimi bir geçiş hali içindedir. Sakinleri yasaklılar, men edilmişlerdir.

– Gloria Anzaldúa

Dua et de rez.'de hiç melek görmeyesin.
Görürsen seni Zion'a ya da Oklahoma'ya götürüyor olacaklar çünkü ya da bizim için belirledikleri başka bir cehenneme.

– Natalie Diaz

HIZ

Sokak lambaları bitişiğimizde titreşiyor, alüminyum ve beyaz neon. Arabamızın arkasında güneş doğuyor, 50. Otoyol'un uzak doğu ucunda betonun bir parmak altından yükseliyor. Arkansas üzerinden batıya ilerlerken kümes telleri göz alabildiğine uzanıyor. Tellerin ardında münzevi çiftlikler var. İçlerinde de münzevi insanlar belki. Okuyan, uyuyan, düzüşen, ağlayan, televizyon izleyen insanlar. Haberleri ya da reality şovları izleyen veya sadece kendi hayatlarını gözeten insanlar - hasta oğullarını, ölüm döşeğindeki annelerini, doğum yapan bir ineği, kuluçkadaki yumurtaları. Ön camdan dışarı bakıyor, düşünüyorum.

Bir soya tarlasının yanından geçerken telefonum çalıyor. Nihayet, uzun bir sessizliğin ardından Manuela arıyor. En son neredeyse üç hafta önce, tam biz şehirden ayrılmadan evvel konuşmuştuk. Haberler iyi değil. Hâkim avukatın kızlar için bulunduğu iltica talebinin reddine karar vermiş, sonrasında avukat davayı düşürmüş. Manuela'ya kızların şu an tutuldukları New Mexico'daki gözaltı merkezinden Arizona'daki başka bir gözaltı merkezine gönderilecekleri, oradan da sınır dışı edilecekleri söylenmiş. Ama kızlar nakledilmeleri gereken gün ortadan kaybolmuş.

"Ne demek ortadan kaybolmuş?" diye soruyorum.

Haberi vermek için kendisini arayan memurun kızların Mexico City'ye geri gönderilmek üzere uçağa bindirildiğini söylediğini anlatıyor bana. Ama kızlar oraya hiç varmamışlar. Manuela'nın erkek kardeşi Oaxaca'dan başkente gitmiş ve havaalanında sekiz saat beklemiş, kızlar gelmemiş.

"Anlamıyorum," diyorum. "Peki neredeler şimdi?"

Bilmediğini söylüyor, konuştuğu herkes muhtemelen hâlâ gözaltı merkezindelerdir demiş ona. Herkes beklemesini, sabırlı olmasını salık vermiş. Ama o, kızlarının gözaltı merkezinde olmadığını düşünüyor. Kızların kaçtığından emin olduğunu, gözaltı merkezinden birinin, iyi niyetli birinin kaçmalarına yardım etmiş olabileceğini, kızlarının muhtemelen şimdi onun yanına geliyor olduklarını söylüyor.

Keçileri kaçırmış olabileceği düşüncesiyle, "Neden öyle düşünüyorsun?" diye soruyorum.

"Onlar benim kanım, ben onların ciğerini bilirim," diyor.

Birileri onu arasın, bir şeyler desin diye beklediğini söylüyor. Sonuçta kızların giysileri yanlarında olmalı, yani telefon numaram var onlarda diyor. Bu konuda daha fazla üstelemiyor ama, "Bundan sonra ne yapacaksın?" diye soruyorum.

"Onları arayacağım."

"Senin için ne yapabilirim?"

Kısa bir sessizliğin ardından, "Şimdilik hiçbir şey ama New Mexico'ya veya Arizona'ya gidersen aramama yardım edersin," diyor.

GECE NÖBETİ

Dördümüzün bu yolculuğa çıkmasından birkaç ay önce, haftada en az bir kez New York federal göçmen mahkemesine gittiğim dönemde bir rahiple tanıştım: Peder Juan Carlos. Anglikan yatılı kız okulunda okumuş biri olarak rahiplerden, rahibelerden ya da genel olarak dinden hiçbir zaman hazzetmedim. Ama bu rahibe anında kanım kaynadı. Bir gün göçmenlik mahkemesinin önünde karşılaştım onunla. Ben binaya girebilmek için sıra bekliyordum, o kenarda duruyor, henüz güneş gözlüğü takmak için çok erken olsa da güneş gözlüğü takıyor, el ilanları dağıtıyor, herkese gülümsüyordu.

El ilanını alıp okudum. Sınır dışı edilme riski altındaysanız istediğiniz hafta sonu kilisesini ziyaret edip sığınma yardımı için başvurabileceğiniz yazıyordu. Ayrıca kayıt dışı bir aile ferdinizin kaybolması durumunda aşağıda yazılı acil durum telefon numarasını 7/24 arayabileceğiniz, kendisiyle irtibat kurabileceğiniz belirtiliyordu. Numarayı ertesi gün aradım, acil bir durum olmadığını ama bu el ilanının nereden çıktığını öğrenmek istediğimi söyledim. Belki tam da bir rahibe yakışır şekilde açıklaması pratikten çok alegorikti ama konuşmamızın sonunda beni önümüzdeki perşembe günü kendisi ve birkaç başka kişiyle beraber haftalık gece nöbetine katılmaya davet etti.

Gece nöbeti akşam saat altıda, Varick Sokağı'ndaki bir binanın önündeydi. Birkaç dakika geciktim. Peder Juan Carlos oradaydı, yanında on iki kişi daha vardı. Elimi resmi bir şekilde sıkarak selamlaştı benimle, beni grubun geri kalanıyla tanıştırdı. Toplantıyı kaydedip kaydedemeyeceğimi sordum. Edebileceğimi söyledi, diğerleri de başlarıyla onayladı, sonra resmi bir edayla ama kürsülere alışık erkeklerde eşine az rastlanır, içten bir tevazuyla konuşmaya başladı. Binanın ana girişinde asılı olan Pasaport Bürosu tabelasını gösterdi ve şehir planının koca bir blokunu kaplayan bu binanın aslında sadece pasaport aldığınız değil aynı zamanda pasaportu olmayan insanların alıkonduğu bir yer olduğunu pek az kişinin bildiğini söyledi. Burası, Göçmenlik ve Gümrük Muhafaza memurlarının insanları sokaklarda gözaltına aldıktan ya da geceleri evlerini bastıktan sonra kilit altında tuttukları bir gözaltı merkeziydi. Kayıt dışı insanlar için günlük federal kotanın 34.000 olduğunu ve giderek arttığını söyledi. Bu, ülke genelinde, en aşağı 34.000 insanın herhangi bir gözaltı merkezinde, tıpkı bunun gibi bir merkezde, her gün bir yatak işgal ediyor olması gerektiği anlamına geliyordu. İnsanlar alınıp götürüldü, diye devam etti sözlerine, gözaltı binalarında süresiz hapis tutuldu. Bir kısmı daha sonra sınır dışı edilerek kendi ülkelerine gönderildi. Çoğu, üç dolardan düşük bir ücretle on altı saat çalışmaya mecbur bırakarak onlardan istifade eden federal hapishanelere nakledildi. Ve pek çoğu da öylece ortadan kayboldu.

Başta Peder Juan Carlos'un Orwell usulü distopik bir hezeyanla vaaz verdiğini düşündüm. Öyle olmadığını anlamam biraz vakit aldı. O gün orada olan, çoğunluğunu Honduraslı Garifunaların oluşturduğu o insanların ICE[11] baskınlarında kaybolmuş kimselerin yakınları olduğunu fark etmem biraz vakit aldı. Peder Juan Carlos konuşmasını bitirdiğinde hep beraber binanın etrafında iki tur atacağımızı söyledi. Herkes mutlak bir sessizlik içinde, tek sıra halinde yürümeye başladı. Hepsi kayıp yakınlarına sahip çıkmak için oradaydı, daha büyük, daha derin bir sessizliği sessizce protesto etmek için oradaydı hepsi. Kayıt cihazımı başımın üstüne kaldırıp o sessizliği kaydederek sıranın en arkasından takip ettim onları.

Yarım blok güneye, bir blok batıya, bir blok kuzeye, bir blok doğuya, yarım blok güneye yürüdük. Ardından bir kez daha. İkinci turdan sonra, rahip avuçlarımızı binanın duvarına dayamamızı söyleyinceye kadar hepimiz kaldırımda birkaç dakika kımıltısız durduk. Kayıt cihazımı ceketimin cebine tıktım ve diğerlerini takip ettim. Beton soğuk ve sertti.

Arkamızdan, Varick Sokağı'ndan arabalar geçti hızla. Sonra Peder Juan Carlos öncekinden daha yüksek, daha keskin bir sesle, "Kayıplarımız kimler?" diye sordu.

Ellerini binanın duvarına sıkıca dayamış, sırtları işlek caddeye dönük olan, yan yana dizilmiş on iki kişi teker teker isimler söyledi:

Awilda.

Digana.

Jessica.

Barana.

Sam.

Lexi.

Sıradaki her insan kayıp akrabasının ismini haykırdıktan sonra geri kalanlarımız bu ismi yüksek sesle tekrarladık. Ses-

11 United States Immigration and Customs Enforcement: ABD Göçmenlik ve Gümrük Muhafaza. ABD İç Güvenlik Bakanlığına bağlı federal kolluk kuruluşu. (ç.n.)

lerimizin titremesinin, bedenlerimizin zangırdamasının önüne geçmek zor olsa da her birini net bir şekilde, yüksek sesle telaffuz ettik:

Cem.

Brandon.

Amanda.

Benjamin.

Gari.

Waricha.

SİLİNMİŞ

Winona, Marianna, Roe, Ulm, Humnoke; yol haritasına bakıyor, bugün geçeceğimiz yerlerin isimlerini takip ediyorum. Neredeyse iki haftadır yoldayız; kocam çok yavaş ilerlediğimizi, çok sık durduğumuzu, kentlerde gereğinden fazla kaldığımızı düşünüyor. Oysa bu ritim, parkların çevrelediği tali yollardaki düşük hız, küçük lokantalardaki, motellerdeki uzun duraklamalar benim hoşuma gidiyordu. Ama onun haklı olduğunu biliyorum - vaktimiz kısıtlı, özellikle de benimki ve vakit tükeniyor. Benim de bir an önce sınır bölgesine -New Mexico'ya veya Arizona'ya- gitmem gerekiyor. Dolayısıyla daha çok yol almayı ve daha az durmayı önerdiğinde kabul ediyorum. Bizimkine benzeyen ve benzemeyen, teşkil ettiği tehdit ve tehlikeleriyle tahayyülü imkânsız bir geleceğe doğru yol alan başka aileleri düşünüyorum. İçimizden biri kaybolsa ne yapardık? Yaşayacağımız ani korku ve dehşetin ötesinde hangi somut adımları atardık? Kimi arardık? Nereye giderdik?

Arka koltukta uyuyan çocuklarımıza bakıyorum. Nefes alıp verişlerini duyuyor, acaba diyorum. Acaba çakalların ellerinden kurtulmayı başarırlar mıydı, çölü bir başlarına geçmeleri gerekseydi ne olurdu acaba... Yalnız kalsalar çocuklarımız hayatta kalmayı başarır mıydı acaba?

Geronimo 1909'da atından düşüp öldü. Kocamın Geronimo hakkında anlattığı onca şey arasında çocukları en çok üzen de en çok etkileyen de bu oluyor. Bilhassa da kızı. Bu hikâyeyi duyduğundan beri umulmadık şekillerde, kendiliğinden, sanki sıradan bir sohbet başlatır gibi durup durup bahsini yeniden açıyor.

"Yani, Geronimo atından düşüp öldü, değil mi?"

Veya:

"Geronimo nasıl öldü biliyor musun? Atından düştü!"

Veya:

"Geronimo hiç ölmedi ama bir gün öldü çünkü atından düştü."

Şimdi Little Rock, Arkansas'a doğru hızla giderken uyanıyor, bize, "Rüyamda Geronimo'nun atını gördüm. Ata biniyordum, o kadar hızlı gidiyordu ki düşmek üzereydim," diyor.

"Neredeyiz?" diye soruyor oğlan; o da yeni uyandı; nedense uykuları eşzamanlı.

"Arkansas."

"Arkansas'ta ne var?"

Arkansas hakkında çok az şey bildiğimi fark ediyorum. Şair Frank Stanford'un Fayetteville, Arkansas'ta kendini -tam üç kez- kalbinden vurduğunu ve yere yığıldığını biliyorum. Elbette buradaki dehşet verici soru kendini neden değil de nasıl üç kez vurduğu. Bu bilgiyi ailemle paylaşmıyorum.

Bir de Çek yazar Bohumil Hrabal'ın trajikten ziyade komik ölümü var, ki kendisi Arkansas'ta ölmedi aslında ama nedense Arkansas valisi olarak görev yaparken Little Rock'ta yaşayan eski Başkan Bill Clinton tarafından pek bir sevilirdi - onun da Arkansas'la böyle bir bağı var işte. Bir seferinde Prag'ın merkezindeki bir barın duvarında Bill'in biradan pancar gibi olmuş, ablak, sırıtık yüzlü bir fotoğrafını görmüştüm. Mevki sahibi kimselerin lokanta fotoğraflarında her zaman gözüktüğünün aksine abes durmuyordu orada. Bar sahibinin kardeşi ya da müdavimlerinden biri olabilirdi pekâlâ. Fotoğraftaki o yüzünden tatlılık akan adamın Meksika'yla ABD'yi ayıran duvara ilk tuğlayı ören, sonra da böyle bir şey hiç yaşanmamış gibi davranan kişi olduğunu düşünmek güç. Fotoğrafta Clinton masanın üzerinden, belki de *Yetişkinler İçin Dans Dersleri* adlı kitabını okuduğu ve sevdiği Hrabal'la tokalaşıyor. Prag seyahatim sırasında okumuştum ben o kitabı. Dingin bir huşu içinde okumuş, hâlâ da hatırımda olan tuhaf ve yalın cümlelerin altını çizip ezberlemiştim:

"seni gördüğüm an anlamıştım aşırı hassas olduğunu"
"hinoğlu hin bir adamdı"
"bir bestekar... bir seferinde kederinden tavandaki
avizeyi söktü"
"dev anası ama güzel bir kız"
"dünya bir yıldız kadar ıssızdı"

Kitaplarından, sert mizahından, insanın trajikomedisine dair çizdiği Decameronesk tablolarından çok, hatta her şeyden çok bende asıl yer eden hep Hrabal'ın kendi ölüm hikâyesi oldu. Şöyleydi ölümü: Bronşiti yeni yeni atlatırken, güvercinleri beslemeye çalıştığı sırada yattığı hastanenin penceresinden aşağı düştü.

Fakat Hrabal Arkansas'ta yaşamıyor, dolayısıyla aileme ondan da bahsetmiyorum.

KALEMLER

Little Rock'ta arabalar, alışveriş merkezleri, koca koca evler -içlerinde insan olduğunu farz ettiğimiz mekânlar- görüyoruz ama insan görmüyoruz, sokakta insan görmüyoruz. Şehrin içinde bir Walmart var. Orada, herhangi bir mega mağazaya gittiğinizde beklenebileceği üzere pek çok şey görüyoruz. Gelgelelim gerçekten çok fazla, normalde olacağından çok daha fazla şey, insanı şaşırtacak denli çok şey var; bir kısmını daha önce kimsenin görmediğine, hatta hayal bile etmediğine eminim. Mesela bir avadanlık seti. Bir avadanlık seti nedir hakikaten? Ne işe yarar? Neye benzer? Bir avadanlık setine kimin ihtiyacı olur? Kutudan sadece şu kadarı anlaşılıyor: yaylı sürgüsü, raylı çekmeceleri (ayarlanabilir bölmeli), kayma önleyici şeritleri var, mandal kilit de ürüne dahil ve birimleri istiflenebiliyor. Bir avadanlık seti "her şeyi elinizin altında bulundurarak her seferinde aracın içinde sürünerek ilerleme ihtiyacınızı tamamen ortadan kaldırır." Parlak zekalı ve aptallığa bir parça tahammülsüz birine -mesela Anne Carson, Sor Juana Inés de la Cruz veya Marguerite Yourcenar- bir avadanlık seti verseniz karda yürüyen ren geyikleriyle ilgili muhteşem bir şiir yazardı herhalde.

Walmart'ta Walmart'ın insanların olduğu yer olduğunu da keşfediyoruz. Şu ikisine anında kanım kaynıyor: avokado seçen, avokadolara kokularına göre değer biçen yaşlı bir adam ve torunu. Yaşlı adam kıza avokadoların "göbeklerinden değil de tam göbek deliklerinden" koklanması gerektiğini söylüyor, ardından avokadonun göbek deliğinin nasıl koklanacağını uygulamalı bir şekilde gösteriyor. Şu ise anında sinirime dokunuyor: Crocs giyen, yavaş, ayaklarını sürüye sürüye yürüyen, sırada bekleyen insanlara şaşkın şaşkın gülümseyen, kaybolmuş ya da biraz aklı karışmış numarası yapan, sonra bir anda kuyruğa kaynak yapan bir kadın!

Çizme alıyoruz. İnanılmaz bir indirim var. Güzel, ucuz, koca koca kov-aile çizmeleri alıyoruz. Benimkiler kovboy çizmesi değil. Benimkiler suni deri, punk kadın çizmesi -15.99$- ve daha parasını ödemeden, bir şeyi parasını ödemeden kullanmayı tasavvur edemeyen çocuklarda infial uyandırarak doğruca ayağıma geçiriyorum onları.

Dükkândan çıkarken kendimi bir astronot, devasa bir otoparkta ayın çakıl yüzeyinde ayak izlerini bırakan, Hrabal'ın tabiriyle "bir yıldız kadar ıssız" bir dünyada -bilhassa da bu Walmart için derdi bunu eminim- yürüyen biri gibi hissediyorum.

Oğlan bagajda, daha sonra lazım olabileceği düşüncesiyle boş ayakkabı kutusu bulundurmamız gerektiğini, icabında kutuyu kendisinin kullanabileceğini söylüyor. Acaba belgesel hummasını ona da mı bulaştırdık diye geçiriyorum aklımdan: depolama, toplama, arşivleme, envanter çıkarma, listeleme, kataloglama.

"Ne için?" diye soruyorum.

"Sonrası için," diyor.

Ama yeterince kutumuzun olduğuna onu ikna ediyor, üstelik henüz kullanmadığı boş bir kutusu olduğunu hatırlatıyorum.

"Hem kutunu neden kullanmadın ki?" diye soruyorum, dikkatini dağıtmak, konuyu başka bir yöne çekmek için.

"Anne, kutu sonrası için," diyor.

Ve bunu ne yaptığını gayet iyi bilen gerçek bir arşivci edasıyla, öyle kendinden emin bir tavırla söylüyor ki sadece susup gülümsüyorum.

O öğleden sonra Arkansas'ın batı sınırına, Oklahoma sınırının sadece birkaç kilometre uzağındaki De Queen adlı bir kente doğru yol alıyor ve Joplin Bulvarı adındaki bir sokakta yeterince düzgün bir motel buluyoruz. Bu durum -Joplin meselesi yani- çocuklarımızı çok heyecanlandırıyor. Kız, kendisine bir hikâye anlatmamızı istemek yerine, *Bu Kitapta Hiç Resim Yok* kitabını çıkarıyor, sayfalara göz gezdirirken kitabı teatral bir edayla okuyor bize: "Bu, gecenin büyük cadısı Janis Joplin'in hikâyesi..." Bazen beni hem gururlandırıyor hem de endişelendiriyor -beş yaşında ve Janis Joplin hayranı- ama sanırım endişelendirmekten çok gururlandırıyor. Sadece bu defalığına onun da oğlanın da diş fırçalamadan yatmasına müsaade ediyoruz.

DICKS, WHİSKEY

Odanın ışıkları kapalı, çocuklar yataklarında uyuyorlar. Kocam ve ben kendi yatağımızda tartışıyoruz. Rutin bir alışveriş: kendi yastığından benimkine acımasızca fısıldadığı zehirli sıfatlar ve benim yüzüne siper ettiğim kör bir kalkan misali sessizliğim. Birimiz aktif, diğeri pasif; ikimiz de aynı ölçüde saldırganız. Evlilikte sadece iki tür antlaşma vardır: bir tarafın yapmaya, öbür tarafın bozmaya direttiği antlaşmalar.

Bir seferinde bir arkadaşım, birinin sözlerini mealen aktararak, "Neden sevgiye paralel hafif bir nefret de daima var ki?" diye yazmıştı bir e-postada. Alice Munro mu yoksa Lydia Davis mi demişti hatırlamıyorum. Kavgadan sonra o uyuyor, ben uyumuyorum. Ağır bir öfke bürüyor bağrımı, serpiliyor, şöminede için için yanan bir ateş misali, derinden ama kontrollü bir şekilde tutuşuyor. Onun uykusu ve benim uykusuzluğum arasına bir mesafe yayılıyor yavaş yavaş. Charles Baudelaire'in herkesin bir hasta odasında yatan, yatak değiştirmek için daimi bir arzu duyan, nekahet dönemindeki hastalara benzediğiyle ilgili bir şeyler söylediği geliyor aklıma. İyi de hangi yatak, hani, nerede? Bu odadaki diğer yatak çocukların nefesiyle sıcak ve güzel ama orada bana yer yok. Gözlerimi yumuyor, kendimi başka yerleri, başka yatakları düşünmeye zorluyorum.

Buradaki ailemle çıktığım, çok büyük ihtimalle paylaşmayacağımız bir geleceğe doğru yol aldığımız, geceyi geçirmek üzere motellere yerleştiğimiz bu gezide giderek bir hayalete dönüştüğümü hissediyorum; hayatım tanık olunan ama yaşanmayan bir hayat gibi. Biliyorum; buradayım, onlarlayım ama aynı zamanda değilim de. Hani şu durmadan çantasını toplayan, hep ertesi gün yola çıkmaya hazırlanan ama sonra bir türlü çıkmayan ziyaretçiler gibi davranıyorum ya da kötü büyülü gerçekçi edebiyat eserlerindeki ölen ama sonra gitmeyi unutan atalar gibi.

Kocamın nefes alırken çıkardığı o gırtlaksı seslere tahammül edemiyorum, iğrenç, masum rüyalarında öyle sakin ki. Ben de kalkıyor, uyanıp da merak eden olursa diye bir not bırakıp -"Birazdan döneceğim"- odadan çıkıyorum. Çizmelerim dışarı, bir zalim karanlıktan diğerine taşıyor beni. Çizmeler son zamanlarda ayaklarımın altında hissetmez olduğum bir ağırlık, bir çekim kuvveti sunuyor bana. Metal tokalardan biri ritmik tokatlar atıp duruyor suni deri çizmenin böğrüne, yürü, önce topuk, sonra ayak ucu - siktir, muhtemelen çok ses çıkarıyorum. Bir hayalet misali süzülmeye çalışıyorum motel koridorunda; kendimi ergen bir keş gibi hissediyorum. Boş resepsiyona açılan kapının üstünde neon bir lamba titreşiyor. Kolumun altında, açık bir bar ya da lokanta bulmam durumunda belki okuyacağım belki de okumayacağım bir kitap var.

Çok uzağa gitmem gerekmiyor. Yaklaşık bir buçuk iki kilometre ötede Dicks Whiskey Bar var; barın adını içimden düzgün bir şekilde telaffuz etmekte zorlanıyorum - oradaki "'s" ismin iyelik hali mi yoksa sadece çoğul eki mi? Garson kızlar öncü kostümleri giyiyor ve tuvaletlerde lavabo niyetine fıçılar yer alıyor. Arka planda "Harvest Moon" şarkısının farklı bir yorumu çalıyor, anlaşılan "tekrarla" seçeneği ayarlanmış. Barda boş bir tabure bulup oturuyorum. Bar taburelerinde kendimi hep yetersiz hissetmişimdir çünkü bacaklarım ayaklarımın yere değebileceği kadar uzun değil, dolayısıyla eski bir kemik ve kas hatırası tetikleniyor: Yeniden dört yaşındayım, sandalyeden sarkıttığım bacaklarımı sallıyorum, içinde gürültücü ve benden yaşça büyük bir kardeş olan bir evin sabah koşturmacasında, bağırsam bile kimsenin dinlemeyeceğini bilerek, bir bardak süt, belki biraz da ilgi bekliyorum. Büyük kardeşler dinlemezler, barmenler asla dinlemezler. Fakat taburemde hafifçe kımıldanıyor ve astronot çizmelerimin topuklarının taburenin bacakları arasındaki en alt çubuğa kusursuz bir şekilde oturduğunu fark ediyorum. Ve birden ayaklarımın yere bastığını, var olduğumu, orada oturabilecek kadar yetişkin olduğumu hissediyorum. Kavuşturduğum kollarımı çinko bara yaslıyor, bir viski söylüyorum.

"Buzsuz lütfen."

İki tabure ötemde benim gibi yalnız, bir gazetenin kenar boşluklarına bir şeyler yazan bir adam ilişiyor gözüme. Bacakları uzun ve ince, ayakları yere değiyor. Biçimli favorileri, alnında hazin bir kırışıklığı, keskin bir çenesi, dağınık gür saçları var. Daha genç ve deneyimsizken cazibesine kapılacağım türden bir adam diyorum kendi kendime. Eski, beyaz bir atlet ve kot pantolon var üzerinde. Esmer çıplak kollarını, daha koyu renk bir doğum lekesi olan omzunu, boynunda atan kalın damarı, kulağının arkasındaki kıvrım kıvrım kısa saçları incelerken hayır diyorum, bu adam ilginç milginç değil. İçkisinin -onunki de viski, buzsuz- yanına sıralanmış, (tamamen gömüldüğü makalenin altını çizmek için kullandığına ek olarak) hepsi de aynı renk dört kalem var. Kendi kendime tekrarlıyorum, hayır, bu adam ilginç milginç değil, sadece güzel ve güzelliği olabilecek en amiyane güzellik türü: su götürmez. Ve gözlerimi böğründen kalçasına indirirken kendimi, "Kalemlerinizden birini kullanabilir miyim yoksa size beşi birden mi lazım?" diye sormaktan alamıyorum.

Kalemlerinden birini bana uzatırken çocuksu bir mahcubiyetle gülümsüyor ve hem haşin hem de edepli diyebileceğim bir bakış atıyor - adabımuaşeret ve örf ve âdetlerden kaynaklanan değil de, daha derin, daha basit asil bir edep. Bunun, bu güzellikte bir adam için türüne az rastlanır bir bakış olduğunu fark ediyorum. Yakışıklı erkekler ilgiye alışıktır, başka erkek veya kadınlara bir oyuncunun kamera karşısında sergilediği o soğuk kendinden memnuniyetle bakarlar. Bu adam öyle değil.

Nihayetinde kendimizi sohbet ederken buluyor, başta tüm o hazır replikleri, beylik lafları sıralıyoruz.

Bizi buraya hangi rüzgâr attı?

Poetry adından bir kente gidiyor olduğunu söylüyor bana, büyük ihtimalle yalan bu, aşırı duygusallığı su yüzüne çıkaran bir yalan. Bu isimde bir yer olduğunu zannetmiyorum ama sorgulamıyorum. Yalanına karşılık ona Apaçi bölgesine gidiyor olduğumu söylüyorum - aynı şekilde muğlak, kurmaca bir yanıt.

Ne işle meşgulüz?

Cevaplarımız kaçamak, güvensizlikten başka bir şey göstermeyen, hani neredeyse abartılı bir esrar perdesiyle örtülü. Şimdi biraz daha çabalıyoruz. Ona gazetecilik, çoğunlukla da radyo gazeteciliği yaptığımı ve mülteci çocuklarla ilgili bir ses belgeseli üzerinde çalışmaya çalıştığımı ama Apaçi bölgesine vardığımda şimdilik planımın New Mexico ya da belki de Arizona'da iki kayıp kızı aramak olduğunu söylüyorum. O, eskiden fotoğrafçı olduğunu ama artık resim yapmayı yeğlediğini ve Poetry, Teksas'a sipariş üzerine kentin en yaşlı neslinin portrelerini yapmak için gittiğini söylüyor.

Sonra siyaset konuşuyoruz, bana bunca yıldır ABD'de yaşıyor olmama rağmen hiçbir zaman anlamadığım "gerrymandering" terimini, yani bir siyasi partiye üstünlük sağlayacak şekilde seçim bölgesini ayarlama meselesini açıklıyor. Bir peçeteye eğri büğrü çizgiler çiziyor, sonunda köpeğe benzer bir görüntü çıkıyor ortaya. Gülüyor, berbat bir anlatıcı olduğunu söylüyorum, üstelik kavramı halen anlamış da değilim ama gerrypeçeteyi katlıyor ve çizmemin içine tıkıştırıyorum.

Yavaş yavaş, ama öyle çok da yavaş değil, sohbetimiz daha karanlık, belki de daha gerçek alanlara yöneltiyor bizi. Ahvali benimkinin tam tersi. Bütünüyle serbest, bense düğüm düğümüm. Bir tarafta benim çocuklarım var, öbür tarafta onun çocuksuzluğu. Bir tarafta onun önünde sonunda çocuk sahibi olma planları, öbür tarafta benim daha fazla çocuk sahibi olmama planlarım var. Birbirine bütünüyle yabancı iki kişi nasıl olup da bir anda hayatlarının allanıp pullanmamış portrelerini paylaşmaya karar verebiliyor, açıklamak güç. Fakat muhtemelen kolay da, zira sabahın ikisinde bir barda yalnız olan iki insan büyük olasılıkla, o gece her nerede uyuyacaklarsa oraya dönmeden önce, kendilerine tam ne anlatmaları gerektiğini bulmaya çalışmak için oradadır. Yalnızlığımızda bir uyum ve karşılıklı durumumuzda mutlak bir uyumsuzluk var, dışarıda paylaşılan bir sigara var, sonra dudaklarımızın ani uyumu, göğüs dekoltemdeki nefesi ve kemerinin etrafında dolanan, pantolonunun içine uzanan parmak uçlarım. Kalp atışlarım çok iyi bildiğim ama yıllardır hissetmediğim biçimde hızlanıyor. Arzunun mutlak fizikselliği hakimiyeti ele geçiriyor. Moteline gitmemizi teklif ediyor, gitmek istiyorum da.

İstemesine istiyorum ama bunu yapmayacak kadar aklım var. Onun gibi adamlarla yalnız avcıyı oynayacağımı, onlarınsa erişilmez avı oynayacaklarını biliyorum. Ve benden uzaklaşan şeyleri kovalamak için hem fazla yaşlı hem de fazla gencim.

Dolayısıyla son bir viski içiyor, sonra önümüzdeki peçetelere bir şeyler -coğrafi tavsiyeler, telefon numaraları- karalıyoruz. Onunki ertesi sabah, daha az yük taşımak adına rutin cep boşaltma işlemi sırasında kaybolup gidiyor muhtemelen; benimki, sapmadığım bir yolun bir nevi hatırası olarak çizmelerimden birinde duruyor.

SİLAHLAR VE POETRY

Ertesi sabah, Broken Bow'un dışındaki bir benzinciden kahve, süt, bisküvi ve *The Daily Gazette* adında yerel bir gazete alıyoruz. Sınırdaki çocuk kriziyle ilgili "Çocuklar, Büyük Veba" başlıklı bir makale var, makaleyi baştan sona okuyor, Maniheist dünya temsiliyle şaşkına dönüyorum: vatanseverlere karşı kaçak göçmenler. Böyle bir dünya görüşünün süper kahraman çizgi romanları dışında yeri olduğu gerçeğini kabul etmek zor. Kimi cümleleri yüksek sesle aileme okuyorum:

"Kaotik Orta Amerika uluslarından ABD'ye akın akın gelen on binlerce çocuk"

"...Amerika'ya gelen 60.000 ila 90.000 arasındaki yasadışı yabancı çocuk kitlesi..."

"Bu çocuklar bilmediğimiz virüsleri beraberlerinde ABD'ye getiriyorlar."

Manuela'nın kızlarını düşünüyorum; öfkeden kudurmamak çok güç. Ama sanıyorum hep böyleydi. Sanıyorum işlerine gelen anlatı daha güçlü uluslar tarafından sistematik bir şekilde suiistimal edilen ulusları tarafsız bölge olarak, kaosu ve esmerliği medeni beyaz barışı tehdit eden barbar bir çevre olarak betimlemek oldu hep. Ancak böyle bir anlatı onlarca yıldır süren habis savaşı, müdahaleci politikaları, dünyadaki ekonomik ve askeri güçlerin ahlaki ve kültürel açıdan üstün olduğu yanılsamasını meşrulaştırabilir. Bu tarz makalelerin doğru ve yanlış, iyi ve kötü hususundaki gözü pek katiyetleri beni eğlendiriyor. Aslına bakılırsa eğlendirmiyor, biraz korkutuyor. Hiçbiri yeni değil bunların, ama galiba ben yabancı düşmanlığının yumuşatılmış versiyonlarıyla muhatap olmaya alışkınım. Hangisi daha kötü emin değilim.

Bu saatte Boswell, Oklahoma'da yemek yiyebileceğimiz tek bir yer var sadece, o da Dixie Café. Arabadan ilk inen oğlan oluyor, fotoğraf makinesini hazırlıyor. Kutumdan küçük kırmızı kitabı almasını hatırlatıyorum ona, ayrıca bir gece önce, torpido gözü dolu olduğundan orada bıraktığım büyük yol haritasını da almasını söylüyorum. Arabanın arkasına koşuyor, her şeyi alıp getiriyor ve bizi, haritayla kitabı kolunun altına sıkıştırmış, elinde fotoğraf makinesiyle kafenin önünde bekliyor. Biz rahat rahat hazırlanır, arabadan tembel tembel iner, yeni Walmart çizmelerimizi giyerken o fotoğraf çekiyor.

Dixie Café'de bizim dışımızdaki müşteriler yüzünün ve kollarının dokusu haşlanmış tavuk gibi olan bir kadınla mama sandalyesinde oturan, kadının patates kızartmasıyla beslediği küçük bir çocuk. Dört hamburgerle dört pembe limonata söylüyor, yemeğimizi beklerken haritayı masaya yayıyoruz. Devasa bir elin falına bakan çingene topluluğu misali, işaretparmaklarımızın ucuyla sarı ve kırmızı otoyol çizgilerini takip ediyoruz. Geçmişimizi, geleceğimizi okuyoruz: yola çıkış, bir değişim, uzun hayat, kısa hayat, ileride zorlu bir dönem var, burada güneye yöneleceksiniz, burada şüphe ve belirsizlikle karşılaşacaksınız, önünüzde bir yol ayrımı var.

Sadece şu kadarını biliyoruz: New Mexico'ya, nihayetinde de Arizona'ya varmak için ya Oklahoma üzerinden batıya ya da Teksas üzerinden güneybatıya gidebiliriz.

"Oklahoma da bir zamanlar Meksika'nın bir parçası mıydı anne?" diye soruyor oğlan.

"Hayır, değildi," diye yanıtlıyorum.

"Arkansas?"

"Hayır."

"Ya Arizona?"

"Evet," diyorum, "Arizona Meksika'ydı."

"Ne oldu peki?" diye soruyor oğlan.

"ABD Arizona'yı çaldı," diyor kocam.

Kocamın cevabına bir iki nüans ekliyorum. Oğlana Meksika'nın Arizona'yı satmış sayıldığını, ama bunu 1848'de savaşı kaybettikten sonra yaptığını söylüyorum. Amerikalıların Meksika-Amerika Savaşı, Meksikalıların muhtemelen daha isabetli bir tabirle Amerika Müdahalesi olarak adlandırdıkları bu savaşın iki yıl sürdüğünü anlatıyorum.

"Arizona'da Meksikalılar olacak mı yani?" diye soruyor şimdi kız.

"Hayır," diyor oğlan ona.

"Nedenmiş?"

"Onları vuruyorlar," diyor ağabeyi.

"Yay ve oklarla mı?"

"Silahlarla," diyor. Ve bunu söylerken bir keskin nişancıyı taklit ediyor, plastik ketçap şişesini, ardından da mayonezi vuruyor. Tam Arizona'nın üzerine ketçap fışkırtmak üzereyken babası şişeyi kapıveriyor.

Yeniden haritayı incelemeye koyuluyoruz. Kocam Apaçi mezarlığının olduğu Oklahoma'da birkaç gün geçirmek istiyor. O durağın bu gezinin esas sebeplerinden biri olduğunu söylüyor. Onun arzusuyla bağdaşmıyor ama ben Teksas'tan geçmek istiyorum. Masanın üzerine eğilmiş otururken eyalet cömertçe seriliyor gözlerimin önüne. İşaretparmağımın ucuyla otoyol çizgisini takip ediyor, Hope, Pleasant, Commerce gibi yerlerden geçiyor, Merit'e sapıyor, oradan güneye, Fate'e doğru ilerliyor, sonra, Poetry, Teksas'a geliyorum; hayret, gerçekten de varmış böyle bir yer. Kız Memphis'e geri dönmek istediğini söylüyor. Oğlan umurunda olmadığını, sadece artık yemeğinin gelmesini istediğini söylüyor.

İçeceklerimiz geliyor, onları diğer masadaki kadını dinleyerek sessizce yudumluyoruz. Küçük çocuğuyla, belki de küçük çocuğuna hitaben demeliyim, yerel süpermarketteki indirimli satış fiyatlarından dem vuruyor yüksek sesle ve ağır ağır, bir yandan da ona önce ketçaba, ardından mayoneze batırılmış uzun patatesler yediriyor. Küçük çocuk gayriinsani mırıltı ve feryatlarla karşılık veriyor. "Muz, 453 gramı 99 sent." Küçük çocuk feryadı basıyor. "Ve süt, bir kutu süt 75 sent." Küçük çocuk agu bugu ediyor. Sonra kadın bize bakıyor, iç geçiriyor ve küçük çocuğa, "Şu yabancılar yok mu," diyor, "sayıları gitgide arttı bugünlerde ama olsun, sorun değil, bela olmadıkları sürece benim için hava hoş," diyor. Küçük çocuğa bir patates uzatıyor, ucunda o kadar çok mayonez-ketçap var ki patates, kederli bir şekilde, sanki iktidarsızmış gibi öne yatıyor.

İçeri başka bir aile -baba, anne, pusette bir bebek- girdiğinde hepimiz aynı anda dönüp onlara bakıyoruz. Daha mütevazı tipler, bebek hariç; bebek epey iri. Hatta belki olağandışı denebilecek kadar iri. O ebatlardaki birine bebek demek güç geliyor insana. Ama yumru yumru çehresine, neredeyse saçsız başına, abuk sabuk hareketlerine bakılırsa bebek olduğuna şüphe yok. Elinde bir patates kızartması tutan küçük çocuk coşku içinde haykırıyor mama sandalyesinden:

"Bebek!"

"Hayır, hayır, o bebek mebek değil," diyor annesi, cık cık ederek elindeki patatesi iki yana sallarken.

"Bebek!" diye diretiyor küçük çocuk.

"Hayır, hayır, o bebek mebek değil, be oğlum, hayır, hayır, hayır. O şey çok büyük. Dehşet büyük. Süpermarkette gördüğümüz domatesler gibi hani. Tanrı'nın domatesi değil onlar."

Bayağı bayağı bağırıyor olduğu gerçeği, sesinin küçük çocuğu ve bizi aşıp mütevazı ailenin duyacağı kadar yüksek çıkması hiç umurunda değil, biz de onunla aynı fikirdeyiz aslında ama biz bir şey demeye cesaret etmeyiz, fısıltıyla bile bir şey diyemeyiz. Hamburgerler geldiğinde patates kızartmalarımda mayonez-ketçap birleşimini deniyorum ve epey hoşuma gidiyor.

Hesabı ödeyinceye kadar karar verildi. Boswell'den, sırf görmek ve adının neden Geronimo olduğunu anlamak için Geronimo adlı kente gideceğiz. Sonra Geronimo'nun yattığı mezarlığa sadece birkaç kilometre uzaklıktaki Lawton'a hareket edeceğiz; gerçi Yale'deki gizli bir cemiyet tarafından bedeninin gizlice başka bir yere götürüldüğüne dair her türlü teori de mevcut. Kocam bu mezarlık ziyaretini aylardır planlıyordu. Şu an bulunduğumuz yer Lawton'a sadece dört saat kadar uzaklıkta, yani yol üstünde birkaç kez durabilir, Lawton'da bir gece kalıp ertesi sabah mezarlığı ziyaret edebiliriz.

ARŞİV

Tulsa doğumlu Tamil bir arkadaş beni uyarmıştı: Oklahoma'nın içerilerine girmek, uyuyakalıp da birinin bulanık bilinçaltının daha derin, tuhaf katmanlarına gömülmek gibidir.

Tishomingo yakınlarında, güney Oklahoma'da, oğlanın üzerindeki yazıyı yüksek sesle okuduğu bir tabelanın yanından geçiyoruz:

Yüzme Alanı İleride! Eğlence Garanti!

Çocuklar ısrar ediyor, biz de yüzme molası vermeyi kabul ediyoruz. Küçük, yapay bir gölün önünde park halinde birkaç araba var, park yeri gölün kendisinden büyük. Biz belli başlı bir iki eşya alırken kocam kayıt cihazlarını çıkarıyor. Göl kıyısına iki havlu seriyoruz, çocuklar üzerlerindeki kıyafetlerinden sıyrılıp iç çamaşırlarıyla göle koşuyor. Gölün kıyıya yakın kısmı tek başlarına oynayabilecekleri kadar sığ, o yüzden havlulardan birinin üzerine oturup onlara oradan nezaret ediyorum; çevremizdeki diğer insanlar ara ara dikkatimi dağıtıyor.

Önümden orta yaşlı bir kadın geçiyor. Zayıf, yaşlıca bir adamla -muhtemelen babası- kıyıda geziniyor. Birkaç adım ötelerinde hoplayıp zıplayan iki minicik köpekleri var. Köpeklerden biri taşlara yahut köklere, kim bilir belki de kendi bacaklarına takılıp duruyor ve yüksek sesle, acı acı havlıyor. Kadın her seferinde, "İyi misin balım? İyi misin tatlım?" diye soruyor. Köpek cevap vermiyor. Ama yaşlıca adam yanıtlıyor: "İyiyim canım. Sorduğun için teşekkürler."

Solumda sarı şişme bir botta kollarını ve bacaklarını açarak yatmış bira içen bir adam var. Ufak tefek, sıska bir kadın olan, bir havlunun üstünde bağdaş kurmuş karısı bir dergi okuyor. Ara ara başlıkları ve birtakım cümleleri yüksek sesle okuyor: "Biliminsanları Bu Diyetin Alzheimer Riskini %53 Azalttığını Söylüyor!" "Hayatınız Boyunca Pastayı Yanlış Kestiniz: İşte Şaşırtıcı Teknik! Okumaktan sıkıldığında ayağa kalkıyor, kocasına yeni bir bira götürüyor; belki de kocası telepati yoluyla istiyor biraları, bilemiyorum, zira kadın her seferinde tam zamanında, eski biranın bittiği anda yenisini götürüyor. Sarı bottaki adamın göle attığı şeyleri bulup getiren bir labradorları var. Köpek şimdi taş getiriyor; daha önce hiçbir köpeğin getirdiğini gördüğüm bir şey değil bu.

Kocam gölde, su diz hizasında, Porta Brace sağ omzunda ve iyice kaldırdığı boom mikrofonu elinde. Bottaki adam onu fark ediyor, radyasyon kontrolü yapıp yapmadığını soruyor. Kocam nazikçe gülümsüyor, sadece gölün sesini kaydettiğini söylüyor. Buna cevaben adam pıskırır gibi bir ses çıkarıyor, boğazını temizliyor. Onun ve karısının göl kıyısında yalnız olmadıklarını fark ediyorum. Bizimkilerin yakınlarında oynayan üç çocukları var: dizginlenemez bir şekilde kıkırdayan iki kız ve neredeyse görünmez bir burnu ve üzerinde kendisine hayli büyük bir can yeleği olan tombalak bir oğlan. Oğlan durup durup, "Brokoli

brokoli!" diye bağırıyor. Başta köpeklerinin adı Brokoli herhalde diye düşünüyorum. Ama kulak kabarttığımda oğlanın evcil hayvanlarından değil de sebzeden bahsettiğini anlıyorum. Annesi, onu dergisinin ardından sakinleştirerek, "Evet hayatım, eve gittiğimizde sana brokoli vereceğiz," diyor.

Labrador sahnesine boynunda pembe bir havlu olan iri yarı bir kadın da tanık oluyor. Yarısı suyun içinde duran katlanan bir iskemlede oturmuş, sigara içiyor. Kadına dair her şey gayet normal olabilirdi, lakin iskemlesi göle değil de park yerine dönük. Birden aileyi daha sonra köpeği ortalığı batırmadan nasıl yıkayacakları konusunda sorguya çekmeye başlıyor. Sarı bottaki adam hiç tereddütsüz, "Hortumla," diye yanıtlıyor. Ve kadın boğuk, balgam dolu bir kahkaha atıyor.

Sonunda çocuklarımıza katılmaya karar veriyorum; üzerime bir havlu tutarak mayomu giyiyor ve amfibi pozisyonunda -karınüstü, ellerimle kendimi öne kaydırarak- göle giriyorum. Yüzümü soğuk suya daldırmadan hemen önce uzakta kürek sörfü yapan güzel, yuvarlak, kel kafalı, güçlü kuvvetli bir adam görüyorum. Bu tuhaf insan kümesi içinde gerçekten mutlu olan tek kişi oymuş gibi görünüyor.

WESTERNLER

İnsanlar bize nereli olduğumuzu, ne iş yaptığımızı, bizi "ta buralara" hangi rüzgârın attığını sormaya başlıyor.

"Buraya New York'tan arabayla geldik," diyorum.

"Radyo işi yapıyoruz," diyor kocam.

"Belgeciyiz," diyorum bazen.

"Belgeselciyiz," diye düzeltiyor kocam.

"Bir ses belgeseli üzerinde çalışıyoruz," diyorum onlara.

"Doğa belgeseli," diyor kocam hemen ardından.

"Evet!" diye ekliyorum. "Bu topraklardaki bitkiler, hayvanlar hakkında."

Ama ne kadar uzağa gidersek hakkımızda söylediğimiz bu küçük doğrularla yalanlar insanların bir açıklama duyma ihtiyaçlarını gidermekte o kadar eksik kalıyor sanki. Kocam küçük bir lokantada aşırı meraklı bir yabancıya kendisinin de güneyde doğduğunu söylediğinde aldığı karşılık soğuk bir baş selamıyla kalkan kaşlar oluyor. Sonra, Loco adındaki bir kentin dışında yer alan bir benzincide bana aksanım ve doğum yerimle ilgili sorular yöneltiliyor, buralı olmadığımı belirtip de nerede doğduğumu söylediğimde bir baş selamı bile almıyorum. Sanki günah çıkarmışım gibi soğuk, ölüm sessizliğiyle karşılanıyorum sadece. Daha sonra hızla geçip giden Sınır Devriyesi araç sürüleri görmeye başlıyoruz, meşum beyaz aygırlar misali güney sınırına gidiyorlar dörtnala. Ve Sınır Devriye memurları Comanche adında bir kentte bizden pasaportlarımızı istediğinde yüzümüzde kocaman gülümsemelerle özür dilercesine gösteriyoruz onları, sadece ses kaydediyoruz diye izaha girişiyoruz.

Neden orada olduğumuzu, ne kaydettiğimizi bilmek istiyorlar.

Ben tabii ki mülteci çocuklardan bahsetmiyorum, kocam da Apaçiler hakkında tek kelime etmiyor.

"Amerika'daki aşk hikâyeleriyle ilgili bir belgesel için ses kaydediyoruz," diyoruz, "buraya gökyüzü ve sessizlik için geldik."

Pasaportlarımızı geri verirken, "Yani sırf *ilham almak* için ta buralara kadar geldiniz," diyor memurlardan biri.

Ve sırf rozetli ve tabancalı birine karşı çıkmayacağımızdan, "Evet efendim!" deyiveriyoruz.

Bundan sonra kimseye nerede doğduğumu söylememe kararı alıyoruz. Dolayısıyla -nihayet Geronimo denen kente vardığımızda- kemerine bir tabanca sıkıştırılmış şapkalı bir adam bize kim olduğumuzu, ne yaptığımızı sorduğunda ve her ne arıyorsak burada bulamayacağımızı söylediğinde, ardından da oğlumuzun ne demeye onun içki dükkânının önündeki işaret direğinin Polaroid fotoğrafını çekiyor olduğunu bilmek istediğinde sadece, "Affedersiniz, affedersiniz" dememiz ve arabaya atladığımız gibi çekip gitmemiz gerektiğini biliyoruz. Fakat onun yerine, hangi akla hizmetse, belki can sıkıntısından, belki yorgunluktan, belki de sadece bizim normal addettiğimiz çerçevenin bütünüyle dışında yer alan bir gerçekliğe artık fazlasıyla gömülmüş olduğumuzdan biraz buralarda takılmanın, hatta muhabbet etmenin iyi bir fikir olduğunu düşünüyoruz. Ve manasız bir şekilde yalan söylemek iyi bir fikirmiş gibi geliyor bana:

"Biz senaristiz bayım, bir spaghetti Western senaryosu yazıyoruz."

Ve bunun üzerine adam bizi şaşkınlık içinde bırakarak şapkasını çıkarıyor, gülümsüyor ve, "Öyleyse yabancı değilsiniz," diyor.

Bizi içki dükkânının önündeki ufak sundurmada yer alan plastik masaya davet edip soğuk bir bira ikram ediyor. Masanın yanında, bir plastik sandalyenin üstünde sesi kapalı bir televizyon duruyor, ekranda bir hastalık ve hastalığın kendisinden bile korkunç devasıyla ilgili bir reklam dönüyor; televizyonun kablosu gergin, aralık bir pencereden geçiyor, muhtemelen dükkândaki bir prize takılı.

Adam dilinin ucunu bükerek ıslık çalıyor, hemen akabinde karısıyla oğlu dışarı geliyor. Karısını Dolly olarak tanıtıyor bize. Sonra Junior diye hitap ettiği, bizimki yaşlarındaki oğluna gidip çocuklarımızla oynamasını söylüyor ve sundurmanın önündeki boş arsayı -bölük pörçük kümes telleriyle, bira kutularından yapılmış, yarısı devrilmiş piramitlerle, dizi dizi tekinsiz oyuncakla dolu (bir yığın oyuncak bebek var, bir kısmının saçları kısa kesilmiş) çorak bir alan- işaret ediyor. Çocuklarımız Junior'un peşi sıra arsaya yürüyor. Sonra Dolly -uzun kolları ve ipeksi saçları olan genç, kaslı bir kadın- bize beyaz plastik bardaklarda bira getiriyor. Sundurmadan oğlanla hayli vahşi bir oyunun kuralları üzerine pazarlık eden çocuklarımı izliyorum bir süre. Oğlanın saçları tıpkı o bebeklerinki gibi kesilmiş.

Ev sahibimiz profesyonelliğimizi sorgulamaya başladığında ödümüzün kopuyor olması gerektiğini fark ediyorum. Bu sorgunun sebebi görünüşümüz mü yoksa spaghetti Western konusundaki bariz cehaletimiz mi, söylemesi güç. Kendisinin türün uzmanı olduğu ortaya çıkıyor.

Acaba *The Sheriff of Fractured Jaw*'u biliyor muyuz? Ya *The Taste of Violence*'ı? Peki ya *Gunfight at High Noon*'u?

Bilmiyoruz. Çok geçmeden plastik bardaklarımız tekrar dolduruluyor, bu yeni koyulmuş biradan büyük bir yudum almak üzere -terli- elimi bardağa uzatıyorum. Kocam spaghetti Western filmlerinin yönetmen ve oyuncularını anımsayabilmek için zihninin dehlizlerini didik didik ederken ben üzerinde birinin çarpık çurpuk dişlerinin alçıdan kalıbı duran sesi kapalı televizyon ekranına bakıp duruyor, benzer bir imgeyi nerede gördüğümü ya da okuduğumu anımsamaya çalışıyorum - Carver belki, belki de Capote. Kocam ev sahibimizin gözünde hiç değilse bir puan güvenirlik kazanabilmek için bariz bir mücadele veriyor. Gelgelelim pek de başarılı olamıyor, bu yüzden araya giriyorum:

"En sevdiğim Western Bela Tarr'ın *Şeytanın Tangosu*!" diyorum.

"Ne dedin, ne dedin?" diyor adam beni süzerek.

"*Şeytanın Tangosu,*" diye tekrarlıyorum.

Bu ismi çok eskilerden, henüz ergenlik sonrası zihniyetin, kendini beğenmişliğin ve marihuananın etkisinde olduğum dönemden hatırlıyorum. İşin aslı *Şeytanın Tangosu* filmini hiçbir zaman sonuna kadar izlemedim (yedi saat sürüyor). Yani sahip olduğum azıcık sinema bilgisini de yanlış kullanıyor, -hızlı içilen üçüncü biranın verdiği cesaretle- kendimi riske atıyordum. Neyse ki adam filmi izlemediğini söylüyor, böylece ben de filmin konusunu inandırıcı bir Western üslubunda anlatabiliyorum. Öyle yavaş ve öyle, hani insanı canından bezdirecek kadar detaylı bir şekilde anlatıyorum ki ev sahibimizin bizden yaka silkeceğinden, bizi uğraşamayacağı denli sıkıcı bulacağından, rahat bırakacağından eminim. Fakat adam Bela Tarr'ın ruhuyla birden canlanıyor. Sarhoş kafayla aklettiği korkunç bir şey var: "Neden çevrimiçi kiralayıp hep beraber bizim evde izlemiyoruz?"

Saat geç olur ve "ipin ucunu kaçırırsak" akşam yemeğine, hatta yatıya bile kalabileceğimizi söylüyor; "ipin ucunu kaçırırsak" derken pişmiş kelle gibi sırıtıyor; dişleri gerçek olamayacak kadar kusursuz. Misafirler için bol bol odaları var burada. Bu ihtimali zihnimde tartıyorum, gözümün önüne korkunç görüntüler geliyor: mikrodalgada ısıtılmış bir akşam yemeği yenir, film başarıyla kiralanır, yedimiz birden başka bir televizyonun karşısına geçeriz ve film başlar. Anlattığım kısa özetin ekrandakilerle uzaktan yakından alakası olmaz. Haliyle de önce canı sıkılan sonra da bir ihtimal sinirlenen adam televizyonu kapatır. Başından beri yalan söylediğimizi fark eder. Ve sonunda hepimiz öldürülüp üç çocuğun şu an hâlâ oynuyor olduğu o boş arsaya gömülürüz.

Birden oğlumuzun ağladığını duyuyoruz, bunun üzerine babası da ben de ne olduğunu görmek için boş arsaya koşuyoruz. Arı sokmuş; bağırıyor, tozlu zeminde acı içinde kıvranıyor. Babası onu yerden kaldırıyor, bir an birbirimize bakıp bir baş işareti yapıyoruz. Fırsat bu fırsat diyerek aşırı tepki veriyor, çok üzülmüş, çok endişelenmiş gibi davranıyorum. Kocam, beni takip ederek acilen bir kliniğe gitmemiz gerektiğini, oğlanın bir sürü şeye alerjisi olduğunu, arı konusunda da işimizi şansa bırakamayacağımızı söylüyor. Anlaşılan adam da karısı da alerji işini ciddiye alıyor, arabamıza binmemize yardım ediyor ve bize en yakın kliniğe nasıl gideceğimizi anlatıyorlar. Arkalarından el sallarken adam bize, çektiği acıya ve muhtemelen hayati tehlikeyle karşı karşıya olmasına rağmen "erkek adam" gibi davrandığından oğlan iyileştikten sonra mükafat olarak çocukları Roswell'deki UFO müzesine götürmemizi öneriyor. Tabii, diyoruz, tabii, teşekkürler, tabii, teşekkürler ve mavi yeşil alacakaranlığa doğru uzaklaşıyoruz.

Oğlanın acısı yavaş yavaş diner ve hızlı içilen tüm o biraların verdiği hafif sarhoşluğun etkisi geçerken arkamıza bakmadan hızla ilerliyoruz; çocuklar onları her halükârda, arı krizi artık sona ermiş olsa ve aslında o kadar da kötü olmasa da UFO müzesine götüreceğimize söz vermemizi istiyorlar, bir anne baba olarak kendimizi o kadar kötü hissediyoruz ki söz veriyoruz; evet, tabii, sizi oraya götüreceğiz; iki çocuğumuz da uyuyakalıncaya kadar o müzede neler göreceğimizden söz ediyoruz, gece bastırdığında sessizce ilerliyoruz ve Lawton dışındaki bir motelin önünde bir park yeri buluyor, çocukları kucaklayıp yataklarına götürüyor ve sonra haftalardır ilk defa sarılıp, giysilerimizi, hatta çizmelerimizi bile çıkarmadan kendi yatağımızda uyuyakalıyoruz.

TUTSAKLAR

Ertesi sabah Lawton'da Dunkin' Donuts mağazası önünde sıra beklerken, "1830 senesiydi," diye anlatmaya başlıyor çocuklara. "O sırada ABD'nin başkanı olan Andrew Jackson kongreden Kızılderili Tehcir Yasası adında bir yasayı geçirdi." Donutlar, kahveler ve sütlerle arabaya dönüyoruz, ben Oklahoma haritamızı inceliyor, Geronimo'nun ve son Apaçilerin geriye kalanlarının gömülü olduğu Still Kalesi'ne nasıl gideceğimizi araştırıyorum. Still Kalesi savaş esirleri mezarlığı, bulunduğumuz yere yaklaşık yarım saat uzaklıkta olmalı.

"Geronimo'yla topluluğu beyaz gözlere, onların Kızılderili Tehcir Yasası'na en son teslim olan kişilerdi," diyor kocam çocuklara. Araya girip de "tehcir" kelimesinin bugün hâlâ "sınır dışı etme" için kullanılan bir örtmece olduğunu söylemiyorum. Nerede olduğunu hatırlamıyorum ama bir yerde tecavüze seks demekle sınır dışı etmeye tehcir demenin aynı şey olduğunu okumuştum. Şimdilerde "yasadışı" bir göçmen sınır dışı edildiğinde yazılı tarihte "ülkeden çıkarıldı" şeklinde yer alıyor. Torpido gözünden kayıt cihazımı alıyor, kocamın söylediklerini kaydetmeye başlıyorum; kimse fark etmiyor kayıt yaptığımı.

Hikâyeleri, üzerinde çalıştığım parçayla doğrudan ilişkili değil ama bu ülkenin geçmişiyle ilgili anlattığı hikâyeleri dinledikçe bana sanki bir o kadar günümüzden bahsediyormuş gibi geliyor.

"Geronimo'yla halkı İskelet Kanyonu'nda teslim oldu," diye devam ediyor. "O kanyon, çok geçmeden, bu yolculuğun sonunda varacağımız Cochise Kalesi yakınlarında. 1886'da gerçekleşen o son teslimiyet esnasında on beş erkek, dokuz kadın, üç çocuk ve Geronimo vardı. Sonrasında General Miles'la adamları İskelet Kanyonu'nu çevreleyen çöle doğru yola koyulup Geronimo'nun topluluğunu ölüm teknelerine koyun güder gibi güttüler. Yüz elli yüz altmış kilometre boyunca kuzeye, Yankı Kanyonu yakınında, Dos Cabezas ve Chiricahua Dağları arasında bulunan şu an Bowie Kalesi'nin kalıntılarının olduğu yere kadar yürüdüler."

Oğlan araya girip, "Kartal Savaşçıların yaşadığı yer mi?" diye soruyor.

"Evet, aynen öyle," diye onaylıyor babası.

"Sonra Bowie kentine doğru bir otuz kilometre daha yürüdüler," diye anlatıyor büyük olasılıkla bu coğrafi bilgi kalabalığı içinde bir parça kaybolan çocuklara. "Orada, Bowie'de, Geronimo ve halkı bir tren vagonuna tıkılıp doğuya, her şeyden ve herkesten uzağa, Florida'ya gönderildi. Fakat birkaç yıl sonra yeniden bir tren vagonuna tıkıldılar ve Still Kalesi'ne yollandılar; pek çoğu orada yavaş yavaş ölüp gitti. Son Çirikavalar oraya, bugün gideceğimiz mezarlığa gömüldü."

Boş arsaları, bir nişangahı, terk edilmiş küçük bir lokantayı, birbirine bitişik iki acil servis merkezini, bir silah fuarı tabelasını geçiyor ve nihayet yaşlı bir çiftle küçük bir kızın önünde yavru köpek sattığı bir sokak lambasına varıyoruz.

Kırmızı ışıkta durduğunda, "Söylediklerimi takip ediyor musunuz?" diye soruyor kocam çocuklara.

"Evet baba," diyor oğlan.

"Ama baba," diyor kız. "Ben de bir şey söyleyebilir miyim?"

"Neymiş bakalım?"

"Alınma ama senin bu Apaçi hikâyelerinden sıkılmaya başladım artık."

"Tamam," diyor gülümseyerek, "alınmadım."

"Ben daha dinlemek istiyorum baba," diyor oğlan.

"Savaş sırasında," diye devam ediyor babaları, "amaç düşmanı ortadan kaldırmaktı. Düşmanın kökünü kazımak. Çok amansız, çok kanlı savaşlardı bunlar. Apaçiler, 'Artık savaş yolundayız,' diyordu."

"Ama hep intikam için, öyle değil mi baba? Hiç öyle durduk yere girmiyorlardı savaşa?"

"Öyle. Hep intikam için."

"Bir sonraki çıkıştan sola sap," diyerek araya giriyorum.

"Titriyorum," diyor bana. Dunkin' Donuts kahvesinden mi yoksa salt heyecandan mı, emin olmadığını söylüyor. Sonra anlatmaya devam ediyor. Çocuklara Victorio, Cochise ve Mangas Coloradas gibi büyük şeflerden herhangi birinin beyaz gözlere savaş açtığında tüm Apaçi ailelerindeki savaşçıların bir araya geldiğini, hep beraber bir ordu oluşturduklarını anlatıyor. Sonra kentlere saldıracak, onları tamamen yok edeceklerdi.

"Titriyorum, bak," diye yineliyor alçak sesle.

Elleri azıcık titriyor gerçekten de. Gelgelelim çocuklara hikâyeyi anlatmaya devam ediyor.

"Yağmalamak istediklerinde stratejileri biraz daha farklıydı. Yağmacılık sadece yedi sekiz savaşçı, onların en iyi savaşçıları tarafından ve her zaman at sırtında yapılıyordu. Çiftliklere gidiyor, inek, tahıl, viski ve çocuk çalıyorlardı. Özellikle de viski ve çocuk."

"Çocukları mı alıyorlardı?" diye soruyor kız.

"Evet, öyle."

Bir haritaya bir yol işaretlerine bakıyor, "Dört yüz metre," diye fısıldıyorum.

"Peki ya çocuklara ne yapıyorlardı?" diye soruyor oğlan.

"Bazen onları öldürüyorlardı. Ama onlarda birtakım alametler görülürse, mesela büyük savaşçılar olabileceklerini gösterirlerse canları bağışlanıyordu. Evlat ediniliyor, kabilenin bir parçası oluyorlardı."

"Kaçmaya çalıştıkları olmuyor muydu?" diye soruyor oğlan.

"Bazen oluyordu. Fakat çoğunlukla yeni aileleriyle sürdükleri hayatı eski hayatlarından daha çok seviyorlardı."

"Ne? Ama neden?"

"Çünkü o zamanlar çocukların hayatı şimdiki gibi değildi. Çocuklar sabahtan akşama çiftliklerde çalışıyordu, karınları hep açtı, oyun oynayacak vakitleri yoktu. Apaçilerle hayat yine zordu ama aynı zamanda daha heyecan vericiydi. Atlara biniyor, avlanıyor, törenlere katılıyorlardı. Savaşçı olmak için eğitiliyorlardı. Çiftlikte aileleriyle beraberken tek yaptıkları bütün gün tarlada, hayvanlarla çalışmaktı, her gün birbirinin aynıydı. Hasta olduklarında bile."

"Ben Apaçilerle kalırdım," diye açıklıyor oğlan üzerine biraz düşündükten sonra.

"Acaba ben de mi?" diye soruyor kız.

Ve hemen ardından kendi sorusunu yanıtlıyor:

"Evet ben de. Ben de seninle kalırdım," diyor ağabeyine.

Askeri üssün kapılarına yaklaşıyoruz. Buranın adını Still Kalesi zannetmiştik ama şimdi önündeki tabelayı görüyoruz:

"Sill Kalesi'ne hoş geldiniz," diye okuyor oğlan yüksek sesle. "Sill Kalesi, Still Kalesi değil baba. 'T' harfi olmadan söylemelisin. Envanterin için ismin doğrusunu öğrenmelisin."

"Tüh," diyor babası, "Still Kalesi bir mezarlık için çok daha iyi bir isim."

"Kontrol Noktası," diye okuyor oğlan.

Ardından da, "Bir kontrol noktası mı var?" diye soruyor.

"Tabii ki," diyor babası. "Amerika Birleşik Devletleri Kara Kuvvetleri'nin topraklarına giriyoruz."

Askeri bölgeye girme fikri beni huzursuz ediyor. Sanki bir anda savaş suçlusu olmuşum gibi. Camlarımızı aralıyoruz ve muhtemelen hâlâ ergenliğinin sonlarında olan genç bir adam kimliklerimizi istiyor. Veriyoruz -ben pasaportumu veriyorum, kocam ehliyetini- ve genç adam belgelerimize formalite icabı, pek de önemsemeden bakıyor. Ona Geronimo'nun mezarına nasıl gideceğimizi sorduğumuzda gerçek yüzlerimize ilk kez bakıyor ve, belki de sorumuza şaşırdığından tatlı denebilecek bir şekilde gülümsüyor.

"Geronimo'nun mezarı mı? Randolph boyunca dümdüz devam edin, Quinette'e kadar takip edin."

"Quintet?"

"Evet, Quinette'te sağa sapın. Orada Geronimo yazan tabelaları göreceksiniz. Tabelaları takip edin."

Camlarımızı kapatıp da Randolph Sokağı boyunca ilerlemeye başladığımızda oğlan, "O adam Apaçi miydi?" diye soruyor.

"Olabilir," diyorum.

"Hayır," diyor kız, "aynı annem gibi konuşuyor, Apaçi olamaz."

Talimatlara uyuyoruz -Randolph, ardından Quinette- ama Geronimo yazan herhangi bir tabela yok etrafta. Çayırlarda ve patikalar boyunca savaş kalıntıları ve kökleri yüzeye yakın fidanlar misali yerleştirilmiş dekoratif toplar görüyoruz: obüsler, havan topları, top mermileri, füzeler. Yeni yeni yürümeye başlayan bir çocuk boyutlarındaki pembeye boyanmış güdümlü bir mermi yabani bir tayın erkeklik organı gibi göğü işaret ediyor; hazır ve nazır, fazlasıyla arzulu, rahatsızlık verecek derecede sevimli. Kız onun oyuncak bir roket olduğunu zannediyor, olmadığını söylemiyoruz. Kütüphanelere ve müzelere, eski ve yeni evlere, çocuk parklarına, tenis kortlarına, ilkokula dönüştürülmüş barakalardan geçiyoruz. Dış dünyadan korunan hoş bir kent burası, ülkenin dört bir yanına saçılmış olan, manastırvari üniversite binalarından çok da farklı değil muhtemelen; şu an ablamın yaşadığı, gençlerin ailelerinin hayat boyu verdikleri emeği notlara dönüşecek, kendilerine başka hiçbir şeyi, yarı gönüllü düzenlemeler, iş arayışları, iş başvuruları ve sonra kaçınılmaz olarak yeniden düzenlemeler arasında hayal mahsulü araflarda bir ömür geçirmek dışında hiçbir şeyi garanti etmeyecek bir kâğıt parçasına dönüşecek krediyle takas ettiği yer gibi tıpkı.

"Mezarda mı yoksa mezrada mı yaşıyorlar?" diye soruyor kız.

"Ne?" Soruyu hiçbirimiz anlamıyoruz.

"Geronimo ve ekibin geri kalanı mezarda mı yoksa mezrada mı yaşıyor?"

Hep bir ağızdan, aynı anda, "Mezarda!" diyoruz.

Ama bize mezarı işaret eden tabelaları görmemize birkaç kilometre var daha. Önce kendisine verilen görevi yerine getirmek için fazlasıyla odaklanmış olan oğlan görüyor. Eliyle gösterip, "Sağa dön! Geronimo'nun Mezarı!" diye haykırıyor.

Yol tren rayları ve küçük köprüler üzerinde bir aşağı bir yukarı kıvrılıyor, sanki Apaçiler şu anda bile uzakta tutulması gereken bir tehditmiş gibi, bizi okulların, evlerin, savaş kalıntılarının, çocuk parklarının gitgide daha da uzağına, bu ağaçlık alana götürüyor. Sanki Geronimo hâlâ her an geri gelip misilleme yapabilirmiş gibi.

Ormanda, ara ara gri ve ağartılmış simetrik mezar taşları serpiştirilmiş açıklık bir alana yaklaşıyoruz ve kız, "Bak baba, orada, mezralar!" diye bağırıyor.

Büyük bir tabelanın önüne çekiyoruz; biz emniyet kemerlerimizi çıkarırken oğlan tabelada yazanları okuyor:

"Apaçi Savaş Esirleri Mezarlığı."

Kapıların kilidini açıp arabadan iniyoruz.

Mezarlığın girişindeki bir taşa sabitlenmiş metal plakada görmek üzere olduklarımızla ilgili bir tür açıklama yer alıyor. Oğlan bölgeye özel bilgileri okumanın kendi sorumluluğunda olduğunu biliyor. Plakanın önünde durup yazanları yüksek sesle okuyor, prozodisi plakanın nekrolojik riyakarlığıyla uyum içinde. Plakada üç yüz Çirikava Apaçisinin bu mezarlıkta yattığı, 1894 senesinde ABD ordusuna teslim olduktan sonra savaş esiri olarak gömüldükleri bildiriliyor ve "yeni bir yaşam biçimine giden uzun yolda gösterdikleri çalışkanlık ve azimleri" yâd ediliyor.

AĞITLAR

Sessizce giriyoruz mezarlığa, sanki nasıl gidileceğini biliyormuş gibi bizi doğrudan Geronimo'nun mezarına götüren kocamı takip ediyoruz. Mezar diğerlerinden ayrılıyor - harçla birbirine tutturulmuş taşlardan yapılma bir tür piramit, mermer bir kartal reprodüksiyonuyla taçlandırılmış; gerçek boyutlarından birazcık daha küçük sadece. Kartalın ayaklarının dibinde sigaralar, bir armonika, iki çakı var; tepesindeyse, bir dala bağlı mendiller, kemerler ve insanların adak olarak bıraktığı başka şahsi yadigarlar salınıyor.

Kocam kayıt cihazlarını çıkarmış, yüzü Geronimo'nun mezarına dönük halde kımıltısız duruyor. Her ne kadar bizden kendisini yalnız bırakmamızı veya sessiz olmamızı istemediyse de hepimiz şu anda ona biraz alan tanımamız gerektiğini biliyoruz, bu yüzden üçümüz mezarların arasında ilerliyor, önce birlikte yürüyor sonra dağılıyoruz. Kız çiçek peşinde oraya buraya koşturuyor. Çiçekleri koparıp koparıp mezarların üzerlerine koyuyor. Oğlan mezar taşlarının arasında zikzaklar çiziyor, tüm dikkatini vererek bir kısmının fotoğrafını çekiyor. İşini ciddiye alıyor. Etrafa bakınıyor, bir mezar belirliyor, kadraja almak üzere fotoğraf makinesini kaldırıyor, odak ayarını yapıyor, deklanşöre basıyor. Makine dışarı püskürtür püskürtmez fotoğrafı kolunun altındaki küçük kırmızı kitabın arasına koyuyor. Çok geçmeden babası onu çağırınca kitapla fotoğraf makinesini bana veriyor, babasına eşlik etmek üzere onun yanına, mezarlığın kuzey sınırlarını belirleyerek ağır ağır akan derenin çevrelediği bir dizi ağacın altına gidiyor. Oğlan onun ses toplamasına yardım ediyor. Yaşlı bir sedir ağacının altında nihayet güzel, gölge bir yer bulup oturuyorum. Kız sağa sola koşturmaya, çiçek toplayıp dağıtmaya devam ediyor hâlâ, böylelikle küçük kırmızı kitabı, *Kayıp Çocuklar İçin Ağıtlar*'ı açıyorum; bir süre sessizce okumaya hazırım. Kitabın arasından birkaç fotoğraf düşüyor - oğlanın çektiği Polaroidlerle kitap kalınlaştıkça kalınlaşmış. Fotoğrafları alıp kitabın son sayfalarının arasına yerleştiriyor, sonra dikkatle yeniden ilk sayfalara dönüyorum.

Önsözde *Kayıp Çocuklar İçin Ağıtlar*'ın aslının Ella Camposanto tarafından İtalyanca yazıldığı ve Aretha Cleare tarafından İngilizceye çevrildiği belirtiliyor. Camposanto'nun (1928-2014), muhtemelen onlarca yıllık bir sürede kaleme aldığı tek eseri bu ve genel hatlarıyla, (her ne kadar tarihçiler bu haçlı seferinin temel ayrıntılarının pek çoğu hakkında aynı fikirde olmasalar da) 1212 senesinde vuku bulan, on binlerce çocuğun bir başlarına Avrupa'nın bir ucundan öbür ucuna, hatta muhtemelen ötesine yola çıkışına dayanan tarihi Çocuk Haçlı Seferleri'ni temel alıyor. Camposanto'nun uyarlamasında "haçlı seferi" sanki çok da uzak olmayan bir gelecekte, pekâlâ Kuzey Afrika, Ortadoğu ve Güney Avrupa yahut Orta ve Kuzey Amerika'da yer alabilecek bir bölgede vuku buluyor (örneğin çocuklar "gondola"ların üzerinde seyahat ediyorlar; bu sözcük Kuzey Amerika'da yük vagonu yahut kompartımanı için kullanılıyor). Sonunda yorulan ve belki de sıkılan kız yanıma, sedir ağacının altına geliyor, bunun üzerine kitabı kapayıp el çantama koyuyorum. Okuduklarımı aklımdan atmaya, ilgimi ona yöneltmeye çalışıyorum. Oğlanla babası ses kaydetme işini tamamlarken biz ikimiz perende atıyor, amuda kalkıyor, takla atıyoruz.

ATLAR

Mezarlıktan ayrıldığımızda neredeyse akşam oluyor, biz de yakınlarda geceyi geçirecek bir yer bulmaya karar veriyoruz. Oğlan dakikalar içinde, daha Sill Kalesi çıkışındaki askeri kontrol noktasına bile varmadan uyuyakalıyor. Kız biraz daha uyanık kalmak için direniyor:

"Anne, baba?"

"Evet hayatım?" diyorum.

"Geronimo atından düştü! Öyle değil mi?"

"Evet, öyle," diyor kocam.

Arabanın içini çocuk nefesinin sıcaklığıyla dolduruyor ve arka koltuktan bize sesleniyor - bana Bob Dylan'ın son dönem, Hıristiyan olduktan sonraki kimi şarkı sözlerini anımsatan uzun, anlaşılmaz hikâyeler anlatıyor. Sonra, pat diye belki de yaşamaktan bitap düşüp susuyor, camdan dışarı bakıyor, tek kelime etmiyor. Kim bilir belki de dünyayla sessizce buluştukları o upuzun anlarda bizden uzaklaşmaya, yavaş yavaş anlaşılmaz olmaya başlıyordur çocuklarımız. Küçük bir kız olmayı bırakma diye geçiriyorum içimden ama dillendirmiyorum. Camdan dışarı bakıp esniyor. Ne düşündüğünü, neyi bildiğini, neyi bilmediğini bilmiyorum. Bizim gördüğümüz dünyayı mı görüyor, bilmiyorum. Güneş batıyor ve vahşileşmiş, neredeyse kameri bir hal almış Oklahoma manzarası alabildiğine uzanıyor önümüzde. Kendini hep koru bu anlamsız, bu boktan dünyadan demek istiyorum ona, başparmağınla ört üstünü. Ama tabii ki hiçbir şey söylemiyorum.

Kızın sesi çıkmıyor. Askeri kontrol noktasını geçiyoruz, dışarıdaki manzarayı süzüyor, ardından, başparmağını ağzına götürdüğünü görmediğimizden emin olmak için kim bilir hangi uzak mesafeden bizi süzüyor. Parmağını emiyor; arka koltuğa farklı bir sessizlik yerleşiyor şimdi. Düşünceleri yavaşlıyor, kasları gevşiyor, soluğu huzursuzluğun üzerini huzurla örtüyor.

Yavaş yavaş kayboluyor, aramızdan siliniyor, kendi içine doğru kayıyor. Emilen, içine çekilen başparmak tükürük içinde kalıyor, sonra, kız uykuya dalarken yavaşça ağzından kayıveriyor. Gözlerini yumuyor, düşünde atlar görüyor.

YANKILAR VE HAYALETLER

Kuzeye, Wichita Dağları'na doğru ilerlerken gözlerimi kapatıp uyuyan çocuklarıma eşlik etmeye çalışıyorum. Ama dönüp dolaşıp kayıp çocuklara kayıyor aklım, kaybolan diğer çocuklara; iki kızı, bir başlarına olan o iki kızı hatırlıyorum, çölde, muhtemelen yakınlarda bir yerlerde yürüdüklerini canlandırıyorum zihnimde.

Kayıp çocuklarla ilgili ses belgeselini *Ağıtlar*'ı kullanarak kaydetmem gerektiği fikri düşüyor aklıma. İyi de nasıl? Sesli notlar almam gerektiğini biliyorum. Belki de tıpkı kocam gibi ben de bu seyahat boyunca geçtiğimiz mekânların seslerini kaydetmeliyim. Ben de onun gibi hayaletleri mi kovalıyorum yoksa? Yankı envanterinin Geronimo, Cochise ve diğer Apaçilerin "hayaletleriyle" ilgili olduğunu söylediğinde bunca zamandır ne kastettiğini anlamamıştım. Ama bugün onu elinde boom mikrofonu, peşinde Porta Brace'i yüklenmiş, babasının hiç de hafif olmayan alet edevatının ağırlığıyla omzunu azıcık yukarı kaldırmış oğlanla mezarlıkta sabırla dolaşırken, kulaklarında devasa kulaklıklarla dalları yalayan rüzgârın sesini, böceklerin vızıltısını ve bilhassa da kuşların çıkardığı o tuhaf, türlü türlü sesleri yakalamaya çalışırken gördüğümde sanıyorum nihayet anlamaya başladım. Sanıyorum niyeti geçmişte, bir zamanlar Geronimo ve diğer Apaçilerin hareket ettiği, yürüdüğü, konuştuğu, şarkı söylediği kimi mekânlarda şu anda, şimdiki zamanda dolaşan sesleri kaydetmek. Şu anki yokluklarına rağmen hâlâ akseden yankılarını toplayarak bir şekilde dünyadaki geçmiş varlıklarını yakalamaya ve duyulur kılmaya çalışıyor. Geronimo'nun gömülü olduğu mezarlıkta bir kuş şakıdığında ya da sedirlerin dalları boyunca bir rüzgâr estiğinde o kuş ve o dallar bir haritanın, işitsel peyzajın, bir zamanlar Geronimo'nun olduğu bir bölgesini aydınlatıyor. Yankı envanteri yitip giden sesler toplamı değil, -zaten imkânı yok böyle bir şeyin- kayıt anında mevcut olan ve dinlediğimizde bize yitip gidenleri anımsatan seslerin toplamı.

Sonunda Medicine Park'a varıyor, dereye bakan hoş bir sundurması olan küçük, alelade bir kulübe kiralıyoruz. Basit bir mutfağı, bir banyosu, askeri yatakhanelerdekilere benzer dört karyolası var; önce uyuyan çocukları bırakıyoruz karyolalara, sonra da kendimizi; yatağa girmiyoruz da bedenlerimiz karyolaların üzerine düşüyor sanki, devrilen ağaçlar gibi ağır ve dirençsiz, sonra uyuyoruz.

ARŞİV

Ertesi sabah, çalışmak ve sesli notlar kaydetmek için gün ağarmadan uyanıyorum. Herkes uyurken çiş yapıyor, sessizce yüzümü yıkıyor, el çantamı alıp dışarı çıkıyorum. Kulübenin hemen önünde, çöp konteynerlerinin yanında park halinde duran arabaya yürürken serin hava yüzüme çarpıyor. Torpido gözünden kayıt cihazımı ve gündelik rotalarımıza kılavuzluk ederken kullandığım büyük haritayı alıyorum.

Sundurmanın basamaklarına oturuyorum, dışarısı hâlâ karanlık, kulübe kapısının üstündeki ışık yanıyor. İlkin haritayı inceliyor, şu an bulunduğumuz yeri saptıyorum. Düşündüğümden çok daha uzağız evden - küçük bir gelgit misali hafif hafif içim kabarıyor. Kayıt cihazımı çalıştırıp tek bir sesli not kaydediyorum:

"Yolculuğun sonuna başlangıç noktasına olduğumuzdan çok daha yakınız."

Sonra el çantamdan oğlanın sayfaların arasına tıkıştırdığı fotoğraflarıyla şişkin *Ağıtlar*'ı çıkarıyorum. Fotoğrafları birer birer içinden alıyor, yanımda küçük bir yığın oluşturuyorum. Bazıları iyi, hatta epey iyi; fotoğrafları kabaca betimliyor, söylediklerimi kaydediyorum. Son fotoğraf, bir mezar fotoğrafı, güzel ama merhametsiz.

"Şef Cochise'in kemer biçimli mezar taşı açıkça seçilebiliyor ama üzerine kazılı olan isim bir şekilde silinmiş, yazılanları seçmek mümkün değil," diye kaydediyorum.

İçinde başka fotoğraf kalmadığından emin olmak için kitaba son bir kez göz gezdiriyor, sonra onu incelemeye koyuluyorum. Kitabın sade kapağına bir kez daha bakıyor, arka kapak yazısına şöyle bir göz atıyor, nihayet hikâyenin ilk satırlarını açıyorum:

(BİRİNCİ AĞIT)

Ağızlarını göğe doğru açmış, uyuyorlar. Oğlanlar, kızlar: rüzgâr gece gündüz ısırdığından dudakları çatlak, yanakları kızarık. Alanın tamamını işgal ediyorlar, kaskatı ama sıcaklar, yeni cesetler misali sıralanmışlar yük treninin metal tavanında. Başlarındaki adam mavi beyzbol şapkasının kenarları altından sayıyor onları: altı çocuk; yedi eksi bir. Tren demir bir duvara paralel raylarda yavaşça ilerliyor. Ötede, duvarın iki yakasında çöl uzanıyor; iki tarafta da bir. Tepede kara gece kımıltısız.

ARŞİV

O ilk satırları okuyor, ardından bir kez daha okuyorum - iki seferde de kelimelerin ve sözdiziminin içinde biraz kayboluyorum. Böylelikle birkaç sayfa öncesine, yarım bıraktığım editörün önsözüne dönüyorum. Önsözün geri kalanını okuyor, kimi kısımları hızlı hızlı geçiyor, ara ara kimi ayrıntılara dikkat kesiliyorum: Kitap belli sayıda, toplamda on altı bölüm halinde yazılmış; her bir bölüm "ağıt" adını taşıyor, her ağıt kısmen bir dizi alıntıdan oluşuyor. Kitaptaki bu alıntılar farklı farklı yazarlardan ödünç alınmış. Ya yazar tarafından "serbest bir biçimde çevrilmiş" ya da bazıları orijinal hallerinin izinin sürülemeyeceği şekilde "yeniden birleştirilmiş." Bu ilk İngilizce basımda

(2014'te yayımlanmış) çevirmen tüm bu ödünç alıntıları orijinal kaynaklardan değil de doğrudan yazarın İtalyancasından çevirmeye karar vermiş. Önsözü bitirdiğimde ilk ağıtı içimden yeniden okuyor, sonra ikinciyi yüksek sesle kayıt cihazıma okumaya başlıyorum:

(İKİNCİ AĞIT)

Onlara gelecekle ilgili birtakım şeyler söyledi çocukları uğurlayan akrabaları. Bir şafak vakti evlerinin kapısı önünde saçlarını öptüğünde, "Sakın gözyaşı dökme," dedi bir oğlanın annesi. Ve bir büyükanne torunlarını dikkat etmeleri, "kıç taraftan esen yellere" karşı tedbirli olmaları konusunda uyardı. Dul bir komşu salık verdi: "Uykunda ağlama sakın, kirpiklerin dökülür."

Çocuklar, şimdi vagonun tepesinde uyuyan altı çocuk, farklı farklı yerlerden geldi. Hepsi de bir haritadaki uzak noktalardan vardı buraya, başka başka hayatlardan, birbirine bağlı olmayan hikâyeleri şimdi tesadüfen kenetlendi birbirine rayların kati hattında. Trene binmeden önce okula yürüdüler, parklarda gezindiler, kaldırımları arşınladılar, şehrin koordinatları içinde avare avare dolaştılar yalnız başlarına, bazense başkalarıyla. Daha önce birbirleriyle hiç karşılaşmamışlardı; hayatları hiçbir zaman kesişmemeliydi ama kesişti işte. Hepsi bir araya toplanmış canavarımsı trenin arkasında giderken şimdi hikâyeleri çorak arazileri aşarak ilerleyen tek bir düz çizgi oluşturuyor. Şayet biri onların, o altısının, ama aynı zamanda onlar gibi olan düzinelercesinin, gelmiş olan yüzlercesinin ve buna benzer başka trenlerde onları takip edecek olan on binlercesinin haritasını çıkaracak olsaydı haritada tek bir çizgi olurdu - ince bir çatlak, geniş kıtayı ikiye ayıran uzun bir yarık. "En karanlık hikâye serilmiş üzerlerine oradaki biçarelerin," dedi bir kadın kocasına uzaktaki trenin düdüğü mutfaklarının açık penceresinden içeri içeri çaldığında.

Çocuklar, uyuyarak ya da uyuklayarak seyahat ederlerken bilmiyorlar yalnızlar mı yoksa beraberler mi. Başlarındaki adam yanlarında bağdaş kurmuş oturuyor, pipo tüttürüyor, karanlığa duman üflüyor. Nefes çektiğinde piponun haznesindeki kuru tütün yaprakları ıslığa benzer bir ses çıkarıyor, sonra kuş bakışı bakılan uyuyan bir şehirdeki karmaşık elektrik devreleri gibi turuncu turuncu parlıyor. Yanında yatan bir oğlan inleyip okkalı bir tükürük yutuyor. Tren tekerleri kıvılcımlar saçıyor, karanlıkta kuru bir dal çatırdıyor, piponun tütün çukuru tekrar çıtırdıyor ve tüm bu zaman zarfında, sanki çölü geçmek için öbek öbek kâbusu ezmesi gerekiyormuş gibi, trenin metal bağırsaklarından binlerce ruhun feryadına benzer bir ses yükseliyor.

DELİKLER

Bu kitabın kimi bölümlerini yüksek sesle okuyarak kaydedersem ses projemi nasıl oluşturacağımı bilebilir, diğer kayıp çocukların, güney sınırına gelenlerin hikâyesini anlatmanın en iyi yolunun ne olduğunu bulabilirim diye düşünüyordum. Gözlerim sayfadaki mürekkep çizgilerini takip ediyor; alçak ve durağan sesim kelimeleri telaffuz ediyor: yutma, saçma, çatırdama, çıtırdama, ezme; kayıt cihazım her birini dijital baytlar olarak kayda geçiriyor ve zihnim hepsinin toplamını izlenimlere, imgelere, ödünç alınmış gelecek anılara dönüştürüyor. Çantamdan bir kurşunkalem çıkarıyor, kitabın son sayfasına not düşüyorum: "Kayıp çocukların geride bıraktıkları sembol sesleri, izleri ve yankıları içeren bir belgesel kaydetmeli."

Şimdi kendi çocuklarımın kulübenin içinden gelen seslerini, ayak seslerini duyuyorum. Uyandılar, bu yüzden kaydı durduruyor, oğlanın fotoğraflarını kitabın arasına yerleştiriyor, sonra hem kitabı hem de kayıt cihazını el çantama koyuyorum. Oğlanla kız sundurmaya gelip, "Burada ne yapıyorsun?" diye soruyorlar.

"Kahvaltı ne zaman?"

"Bugün neler olacak?"

"Yüzmeye gidebilir miyiz?"

Kulübede konukları Medicine Park'ın "incisine," yaklaşık bir kilometre uzaklıktaki Bath Lake adındaki yüzme alanına davet eden bir broşür bulmuşlar.

"Kişi başına sadece iki dolar," diyor oğlan, parmağıyla broşürdeki bilgiyi işaret ederek.

"Ayrıca yürüme mesafesinde," diye ekliyor.

Kahvaltıda ekmekle salam var. Sonra havlularımızı boynumuza atıyoruz, ben ilaveten el çantamı omzuma takıyorum. Hep beraber dar bir patikadan halka açık yüzme alanına yürüyoruz. Sekiz dolarımızı ödüyor, havlularımızı kayalara seriyoruz. Soğuk suya giresim yok, hâlâ regl döneminde olduğumu ve bensiz girmelerini söylüyorum. Üçü suya kadar yarışıyor ve ben güneşte oturuyor, kendi kendimin hayaleti gibi onları uzaktan izliyorum.

SİLİNMİŞ

Arkansas ve Oklahoma arasında saatlerce ses kaydı, katbekat fazla da kayda alınmamış şey vardı.

Otobanlar boyunca, gök gürültülü fırtınalarda yol alırken sessizce kahve içen ya da çocuklarla konuşan kocam vardı. Bazen tüm bunların sona ermesi ve ondan mümkün olabildiğince uzaklaşma temennim vardı. Bazense, bir anda fikrini değiştirmesini, bana yaz sonunda bizimle New York'a döneceğini söylemesini ya da benden kendisiyle ve oğlanla kalmamı istemesini, benim ve kızın gitmesine izin veremeyeceğini belirtmesini umarak onun peşine takılma arzum.

Bizim aramızda sessizlik vardı. Manuela'dan gelen telefon, henüz orada, onun yanında olmayan, kim bilir neredeki iki kızı hakkında yaptığımız telefon görüşmesi vardı. Bazen, uyumak üzere gözlerimi kapadığımda, Manuela'nın kızlarının kuzeye yaptığı yolculukta giydikleri elbiselerin yakalarına dikili bir telefon numarası vardı. Ve bir kez uyudum mu hatırlaması imkânsız bir yığın numara vardı.

Memphis ve Little Rock arasında, tekrar tekrar, atından düşen Geronimo'nun hikâyesi vardı.

Little Rock, Arkansas'ta avucunda ekmek kırıntılarıyla bir hastane odasının camından sarkan Hrabal baş aşağı düşüp yere çarparken uçuşan güvercinler vardı.

Ayrıca, kendi aklının tutsağı olan ya da aklını yitiren Frank Stanford vardı, üç kuru silah sesi vardı.

Broken Bow'da gökten çocuk yağdığı haberleri vardı; bir tufan.

Boswell'de olan korkutucuydu.

Geronimo'da bir western vardı.

Sill Kalesi'nde mezar taşlarının üzerinde isimler vardı, artık orada olmayan, silinmiş isimler, bir fotoğrafta.

Ayrıca bir trenin tepesinde seyahat eden, dudakları çatlak, yanakları kızarık bir grup çocuğu anlatan şu kitap, *Kayıp Çocuklar İçin Ağıtlar* vardı.

Arkansas ile Oklahoma arasında var olan şeylerin hiçbiri orada değildi: Geronimo, Hrabal, Stanford, mezar taşlarındaki isimler, geleceğimiz, kayıp çocuklar, iki kayıp kız.

Şimdi geriye dönüp baktığımda tek gördüğüm defalarca tekerrür eden, yeniden canlandırılan, yeniden yorumlanan tarihin karmaşası; tek gördüğüm, güneşin etrafında döndüğü sırada küt küt atan boku yemiş kalbiyle hep tökezleyen, saçmalayıp duran dünya. Ve tüm bunların ortasında kabileler, aileler, insanlar, bin parçaya bölünen tüm güzel şeyler, enkaz, toz, silinti.

Ama nihayet bir şey var. Kesin olan bir şey. Boş otoyolda Teksas'a doğru süratle giderken bir tokat gibi çarpıyor yüzüme. Kaydetmem gereken hikâye, gelen, sonunda varış yerlerine ulaşan ve kendi hikâyelerini anlatabilecek olan çocukların hikâyesi değil. Daha önce zannettiğim gibi belgelemem gereken hikâye göçmen mahkemelerindeki çocuklarınki değil. Medya bunu zaten yapıyor, krizi ellerinden gelen en iyi şekilde belgeliyor - kimi gazeteciler sansasyonalizme daha çok meylediyor, reytingleri artıyor; kimileri, öyle ya da böyle, kamuoyu oluşturma konusunda son derece kararlı ve sayıları pek de fazla olmayan başkalarıysa kendilerini soruşturmaya, olayın iç yüzünü kavramaya adamış durumda. Nasıl yapacağımı hâlâ tam bilmiyorum ama anlatmam gereken kayıplara karışan çocukların, muhtemelen sonsuza dek yitip gittiklerinden sesleri artık duyulamaz olanların hikâyesi. Belki, kocam gibi ben de hayaletleri ve yankıları kovalıyorumdur. Ne ki benimkiler tarih kitaplarında yer almıyorlar, mezarlıklarda da yer almıyorlar. Peki neredeler - nerede bu kayıp çocuklar? Manuela'nın iki kızı nerede? Bilmiyorum ama şu kadarını biliyorum: Herhangi bir şey, herhangi birini bulmak istiyorsam, onların hikâyesini anlatmak istiyorsam başka bir yerde aramaya başlamalıyım.

KUTU IV

DÖRT DEFTER (18 x 13 cm)

"Haritalandırma Üzerine"
"Tarih Üzerine"
"Yeniden Canlandırma Üzerine"
"Silme Üzerine"

SEKİZ KİTAP

The North American Indian, Edward S. Curtis
From Cochise to Geronimo: The Chiricahua Apaches, 1874–1886, Edwin R. Sweeney
Lt. Charles Gatewood & His Apache Wars Memoir, Charles Gatewood (Louis Kraft, ed.)
Geronimo: His Own Story. The Autobiography of a Great Patriot Warrior, Geronimo ve S. M. Barrett [*Geronimo: Büyük Bir Vatansever Savaşçının Kendi Ağzından Yaşam Öyküsü*, Geronimo ve S.M. Barrett]
Mangas Coloradas: Chief of the Chiricahua Apaches, Edwin R. Sweeney
A Clash of Cultures, Robert M. Utley
The Horse, the Wheel, and Language: How Bronze-Age Riders from the Eurasian Steppes Shaped the Modern World, David W. Anthony
Cochise, Chiricahua Apache Chief, Edwin R. Sweeney

BİR BROŞÜR

"Çöle Uyum Sağlama (Sonora Çölü Canlıları)", Ulusal Park Hizmeti

DÖRT HARİTA

New Mexico
Arizona
Sonora
Chihuahua

BİR KASET

Hands in Our Names, Karima Walker

BİR CD

Echo Canyon, James Newton

DOSYA (5 STEREOGRAM/ KOPYALAR)

Prangalı beş adam kartpostalı (!) H. D. Corbett Stationery Co.

İki genç adam, zincirlenmiş

San Carlos Rezervi, kerpiç evin önünde yedi kişi

Elinde tüfek tutan Geronimo

Geronimo ve tutsak arkadaşları trenle Florida'ya giderken, Eylül 10, 1886

GERİ GÖNDERME

Seyahat edenleriz bizler, onlar kaçıyor
Bizler sürgünü seçebilecek olanlarız, onlar mecbur bırakılıyor.

– James Fenton

Uzaklara, daha uzaklara fırladı uçak,
parlak bir kıvılcımdı artık;
bir düş; bir yoğunlaşma;
bir simge... insan ruhunun bir simgesi, insanın kararlılığının... bedeninin dışına çıkmak için.[12]

– Virginia Woolf

12 Virginia Woolf, *Mrs. Dalloway*; çeviren: Tomris Uyar. (ç.n.)

FIRTINALAR

Herkes boş olduklarını söylüyor. Herkes uçsuz bucaksız diyor, düz. Herkes büyüleyici diyor. Herkes. Nabokov galiba yılmaz olduğunu söyledi bir yerlerde. Ama kimse bize düzlüklerdeki otoyol fırtınalarından bahsetmemişti. Kilometrelerce öteden görüyorsunuz onları. Korkuyor ama yine de sivrisineklerin o aptal inadıyla dosdoğru içlerine sürüyorsunuz. Onlara ulaşıp da içlerinde gözden kayboluncaya dek ilerliyorsunuz. Otoyol fırtınaları manzarayla siz seyirci arasındaki o hayali sınırı yok ediyor; dikkatle bakan gözlerinizi gözlemlediklerinize saplayıveriyor. Arabanın dış etkilerden azade uzamının içindeyken bile rüzgâr zihninizden içeri giriyor, sersemlemiş göz çukurlarınıza doğru esiyor, muhakemenizi bulandırıyor. Yağmur yukarı yukarı yağıyor sanki. Gök öylesine şiddetli gürlüyor ki kontrol edilemez ani bir kaygı misali yankılanıyor göğsünüzde. Yıldırımlar o kadar yakınınıza düşüyor ki dışarıdan mı geliyor yoksa içinizden mi bilmiyorsunuz; ani bir şimşek dünyayı mı yoksa beyninizdeki sinirsel keşmekeşi mi aydınlatıyor, hücre devreleri göz kamaştırıcı gelgeç etkileşimlerle mi yanıyor bilmiyorsunuz.

ÖZEL DİLLER

Fırtınayı atlatıyoruz ama Teksas'ın kuzey ucundan New Mexico istikametinde batıya doğru ilerlerken yağmur devam ediyor. Bir oyun oynuyoruz şimdi. İsimlerle, yol aldığımız çöllük arazilerdeki şeylerin tam isimlerini bilmekle ilgili bir oyun bu. Kocam çocuklara bir bitki kataloğu verdi; saguaro gibi birtakım şeylerin isimlerini, kreozot, jojoba, mesquite ağacı gibi zor, org borulu kaktüs, ayıcık kaktüsü gibi daha kolay isimleri, kaynanadili, nopal gibi yenilebilir şeylerin ve o şeyleri yiyen çamursal kurbağagiller, boynuzlu çıngıraklı yılan, çöl kaplumbağası, kır kurdu, pekari, dağ sıçanı gibi hayvanların isimlerini ezberlemeleri gerekiyor.

Arka koltukta oğlan hepsini yüksek sesle birer birer okuyor; saguaro, kreozot, jojoba, mesquite ağacı; kız kardeşi onun dediklerini tekrarlıyor, ayıcık kaktüsü, dilinin dönmediğini fark ettiğinde bazen kıkırdıyor, nopal, çöl kaplumbağası, boynuzlu çıngıraklı, bazense hüsran içinde bas bas bağırıyor. Yol kenarındaki küçük bir lokantada kahve ve süt almak üzere durduğumuzda babaları onları sınava çekiyor. Altındaki ismi kapatarak bir resim gösteriyor; çocukların sırayla doğru ismi söylemeleri gerekiyor. Oğlan bitki türlerinin neredeyse hepsini ezberledi. Kız yapamadı. Kocam hangi resmi işaret ederse etsin kız her seferinde, hiç tereddüt etmeden, "Saguaro!" diye haykırıyor.

Bizse bazen kıkırdayarak bazen de sabrımızı yitirerek, "Hayır!" diye cevaplıyoruz.

Arabaya bindiğimizde işaretparmağının ucunu cama dayıyor, hem belli bir yeri göstermeden hem de her yeri göstererek, "Saguaro!" diyor.

Bu kelimeyi sanki yeni bir yıldız yahut gezegen bulmuşçasına dile getiriyor. "Ama burada hiç saguaro yok, henüz yok, çünkü henüz gerçek bir çölde değiliz," diye açıklıyor kocam. İkna olmuyor ve boş, ıslak ovalardaki saguaroları saymaya devam ediyor, ne ki artık kısık sesle, kendi kendine yapıyor bunu, vıcık vıcık işaretparmağı buğulu camı nokta nokta parmak izleriyle dolduruyor, yavaş yavaş tüm saguaroların takımyıldızı haritasını çıkarıyor.

YABANCILAR

O günün ilerleyen saatlerinde Amarillo, Teksas yakınlarındaki bir benzin istasyonunda kasiyerle bir müşteri arasındaki konuşmaya kulak misafiri oluyoruz. Kasiyer müşterinin aldıklarını kasadan geçirirken ona ertesi gün yüzlerce "yabancı çocuğun" vatansever bir milyoner tarafından kaldırılacak özel uçaklara bindirileceğini ve sınır dışı edilip Honduras yahut Meksika ya da işte "Güney Amerika'da" bir yerlere gönderileceğini söylüyor. Dediğine göre "yabancı çocuklarla" dolu uçaklar New Mexico, Roswell'deki şu meşhur UFO müzesi yakınlarındaki bir havaalanından kalkacak. "Yabancı[13] çocuklar" ve "UFO müzesi" derken buradaki ironiyi mi vurguluyor yoksa durumdan bütünüyle bihaber mi, emin değilim.

Arabaya döndüğümüzde internette hızlı bir araştırma yapıyor, rivayetleri doğruluyoruz. Ya da doğrulamasak bile onları destekleyen en az iki makale buluyorum. Kocama dönüp o havaalanına gitmemiz gerektiğini söylüyorum. Oraya gitmeli, çocuklar sınır dışı edilirken orada olmalıyız.

"Yetişemeyiz," diyor.

Yetişiriz. New Mexico-Teksas sınırındaki ilk kent olan Tucumcari'den sadece birkaç saat uzaktayız; geceyi orada geçirebiliriz. Ertesi gün, gün doğmadan uyanıp yaklaşık üç yüz kilometre kadar güneye, Roswell yakınlarındaki o havaalanına gidebiliriz.

"Doğru havaalanını nasıl bulacağız?" diye soruyor.

"Bulacağız işte."

"Ya sonra?"

Kocamın sıkça verdiği bir cevaba öykünerek, "Sonrasına bakacağız," diyorum.

"Sonra UFO müzesini ziyaret edeceğiz!" diyor oğlan arka koltuktan.

"Evet," diyorum, "sonra UFO müzesi."

OYUNLAR

Çatlak, yıpranmış siyah deri yolcu koltuğuna yaslı sırtım ter içinde, çok uzun süre aynı pozisyonda oturmaktan dolayı bedenim kaskatı. Arkada çocuklar oyun oynuyorlar. Oğlan ikisinin de çok susadıklarını, uçsuz bucaksız çölde kaybolmuş, yürü-

---

13 İngilizcesinde uzaylı anlamına da gelen *alien* sözcüğü kullanılıyor. (ç.n.)

yor olduklarını söylüyor, diyor ki dilleri damaklarına yapışmış, çok acıkmışlar, sanki açlık onları paramparça ediyor, içten içe kemiriyormuş, diyor ki çektikleri çile ve umutsuzluk artık onları kahretmeye başlamış. Bu kelimeleri nereden kaptığını merak ediyorum. *Sineklerin Tanrısı*'ndandır herhalde. Her halükârda ona bu mizansenin aptalca ve manasız olduğunu söylemek istiyorum çünkü - çünkü kayıp çocuklar hakkında, çile çekmek ve umutsuzluk ya da çölde kaybolmak hakkında ne bilir ki onlar?

Oğlan arka koltukta ne zaman rol yapmaya başlasa, ne zaman o ve kız kardeşi bizi bırakıp da kaçmış ve şimdi onlar da kayıp çocuklar olarak çölde, bir başlarına seyahat ediyorlarmış gibi davranmaya başlasa onu susturmak istiyorum. Onlara bu oyunu oynamaya son vermelerini söylemek istiyorum. Onlara oyunlarının sorumsuzca, hatta tehlikeli olduğunu söylemek istiyorum. Ama hayal güçlerinin etrafına set çekmek için güçlü bir argüman, sağlam bir sebep bulamıyorum. Belki herhangi bir şeyi kavramak, özellikle de tarihi kavramak için küçük, dışa doğru dallanan, çoğunlukla da korkutucu ihtimalleriyle geçmişi yeniden canlandırmak gerekiyordur. Devam ediyor, izin veriyorum devam etmesine. Kız kardeşine kızgın güneşin altında yürüdüklerini söylüyor, kız onun bu imgesini kavrıyor, "Çölde yürüyoruz ama sanki güneşin altında değil de üstünde yürüyoruz," diyor.

"Çok geçmeden susuzluktan, açlıktan öleceğiz," diyor oğlan.

"Evet," diye yanıtlıyor kız, "kısa zaman içinde Yankı Kanyonu'na ulaşamazsak canavarlar bizi mideye indirecek!"

YERÇEKİMİ

Hemen her gün bu engin topraklardaki sesleri, bizimle kesişen sesleri, önümüzde uzayıp giden, her seferinde daha düz, daha kuru bir hal alan manzaranın üzerini kaplayan hikâyeleri dinleyerek, bazen de kaydederek yol alıyor, sonra biraz daha yol alıyoruz. Üç haftadan uzun zamandır yoldayız, fakat bazen evden ayrılalı sadece birkaç gün olmuş gibi geliyor, bazense, tıpkı şimdi olduğu gibi, sanki asırlar önce ayrılmışız gibi; daha şimdiden değiştik, bu seyahate başlamadan önce olduğumuz kişiler değiliz artık.

Oğlan arka koltuktan bir şeyler söylüyor. Benden astronotlar hakkındaki şu David Bowie şarkısını çalmamı istiyor. Hangi şarkı, hangi albümde diye soruyorum ama bilmiyor. Biri uzaya fırlatılırken birbiriyle konuşan iki astronot hakkındaki şarkı olduğunu söylüyor. Telefonumda olası şarkıları arıyor, "Space Oddity"yi bulup Oynat'a basıyorum.

"Evet, bu!" diyor, benden sesini açmamı istiyor.

Böylece şarkıyı yüksek sesle çalıyor, arabanın camından Teksas'ın üzerindeki akla hayale sığmayacak kadar geniş göğe bakıyorum. Yer Kontrol uzaya fırlatılmak üzere olan Binbaşı Tom'la konuşuyor. Başka -farklı ama belki de benimkinden çok da farklı olmayan- yaşamları hayal ediyorum. Bazı insanlar, hayatlarının bir çıkmaza girdiğini fark ettiklerinde her şeyi havaya uçurup baştan başlıyorlar. Onlara hayranım: erkekleri terk eden kadınlar, kadınları terk eden erkekler, olası gelecek planlarına rağmen, sahip olabilecekleri çocuklara rağmen, bir sonraki Noel'e rağmen, imzaladıkları ipotek sözleşmesine, yaz tatiline ve yaptıkları tüm rezervasyonlara, birtakım açıklamalar yapmak zorunda olacakları arkadaşlara, meslektaşlara rağmen bir zamanlar yaşamayı seçtikleri hayatın sona erdiği ânı sezmeyi başaran insanlar. Bu konuda -bir şeyin sona erdiğini kabul etmekte, gitmem gerektiğinde gitmekte- hiçbir zaman iyi olmadım. Hafif çatırtısıyla etrafında toplandığımız bir şömine olan eski araba hoparlörlerinde bangır bangır "Space Oddity" çalıyor. Bowie'nin sesi Yer Kontrol ile Binbaşı Tom arasında -geride kalanla giden arasında- mekik dokuyor.

"Sesi biraz daha aç!" diye bağırıyor bu şarkının büyülü etkisini seven kız.

"Bir daha çal!" diyor oğlan şarkı bitince.

"Space Oddity"yi herhangi bir şarkıyı dinleyebileceğimi düşündüğümden çok daha fazla kez çalıyoruz. Beşinci ya da altıncı seferin ardından bir kez daha dinlemek istediklerinde sitemkâr bir bakış atmak, artık dayanamadığımı, aynı şarkıyı bir kez daha dinlemeye katlanamayacağımı söylemek üzere çocuklara dönüyorum. Ama daha ağzımı açmadan oğlanın kendine ve kıza hayali astronot kaskları taktığını, ardından dudak hareketlerini müziğe uydurarak görünmez bir telsize, "Anlaşıldı, anlaşıldı, Yer Kontrol'den Binbaşı Tom'a!" dediğini fark ediyorum.

Onlara gülümsüyorum ama onlar gülümseyerek karşılık vermiyorlar bana. Pürdikkat hayali dümenlere tutunuyorlar; bir kapsül içinde uzaya fırlatılmaya hazırlar, belki de, arabanın arkasından şimdi biz bir yerlerin içlerine doğru ilerledikçe ardımızda ve ötemizde göz alabildiğine uzanan ülkeye atılmaya hazırlar. Onların çekirdeğinden dışarıya doğru sürüklenmeye başladığımı, bir zamanlar gündelik hayatımı yörüngede tutan ağırlık merkezinden uzaklaştığımı biliyorum. Bu teneke kutuda oturuyor, kızımdan ve oğlumdan uzaklaşıyorum, benim için Yer Kontrol onlar ve uzaklaşıyorlar benden, yerçekimi ayırıyor üçümüzü birbirimizden. Bu tablodaki kocam kim emin değilim artık. Sessiz, mesafeli, direksiyon başında sebatkar. Güneş battı, gri mavi bir ışık var, sanki zor bir kitabın uzun bir cümlesinin altını çizercesine önündeki yola odaklanmış durumda. Ne düşündüğünü sorduğumda genellikle, "Hiç," diyor.

Ne düşündüğünü soruyorum şimdi ona, gözlerim dudaklarında, bir cevap bekliyorum. Kuru dudakları çatlak, öpülebilirler pekâlâ. Bir süre düşünüyor, dilinin ucuyla dudaklarını ıslatıyor:

"Hiç," diyor.

GÖLGE HATTI

Korku -gündüz vakti, güneşin alnında- somut bir şeydir ve yetişkinlere mahsustur: otoyolda hız yapmak, beyaz polisler, muhtemel kazalar, silahlı ergenler, kanser, kalp krizi, kökten dinciler, büyük ya da orta boy böcekler.

Geceleyin korku çocuklara mahsustur. Kaynağını anlamak daha zordur, adlandırmak daha güç. Gece korkusu, çocuklarda, birtakım şeylerdeki ufak nitelik ve biçim değişiklikleridir, bir bulutun güneşin önüne aniden geçip de renklerin normal hallerine göre daha donuklaştığında olduğu gibi mesela.

Geceleyin çocuklarımızın korkusu uçuşan bir perdenin duvara yansıyan gölgesidir, odanın köşesindeki koyu karanlıkta, şişen tahtaların, değişen su borularının sesleri.

Ama tam olarak bu da değil. Bundan çok daha kapsamlı. Tüm bunların ötesinde. Hâkim olmak bir yana, yüzleşemeyecekleri kadar uzakta. Çocuklarımızın korkuları erişkin dünyasının fazlasıyla hassas dengesini sonsuza dek bozan bir tür entropidir.

Uzun, düz, boş, tekdüze yollar bizi Oklahoma'dan, Teksas'ın kuzey ucu üzerinden doğruca 66. Otoyol'daki beton yığınına çıkardı. Kentin adı Tucumcari, New Mexico eyaletinde; burada bir zamanlar hamam olan bir han bulduk. Bu, bir zamanlar genelev olduğu anlamına mı geliyor emin değilim. Yakınlarda kalacak bir yer sorduğumuzda benzinliğin sahibi bize cenneti tarif etti: baştan aşağı zarafet, sallanan sandalyeler, aile dostu. Bunun yerine, arabayı park ettiğimizde boş saksıların üzerinde asılı karman çorman eski hamakların olduğu bir verandaya açılan çimenlik bir bayırda küvet ve kırık sandalye mezarlığı çıktı karşımıza. Çok fazla sayıda kedi bulduk. Han uğursuzluk timsaliydi sanki. Çocuklar mekânla ilgili yorumlarında haklılardı:

"Tüyler ürpertici."

"Pis."

"Hadi eve dönelim," diyorlardı.

"Ya hayaletler anne?"

"Koridorda, sallanan sandalyede neden gecelikli bir korkuluk kadın var?"

"Odalardaki şapkalar, maskeler, haçlar ne için?"

Motel geceleri gitgide daha uzun, daha bir dolu oluyor geçmiş ve gelecek hayaletlerle, gece korkularıyla daha bir dolu. Bu handa iki bitişik odamız var, kocam erkenden bizim odamıza yatmaya gitti. Ben çocukları yatırırken, "Ne olacak anne?" diye soruyorlar.

"Hiçbir şey olmayacak," diye temin ediyorum onları.

Ama diretiyorlar. Uyuyamıyorlar. Korkuyorlar.

"Parmağımı emzikleyebilir miyim anne?"

"Biz uyumadan önce bize bir hikâye okur musun anne, lütfen?"

Bu Kitapta Hiç Resim Yok'u o kadar çok okuduk ki artık bizi güldürmüyor, sadece kızı hâlâ güldürüyor. Biz de *Sineklerin Tanrısı*'nın resimli baskısını alıyoruz. Kız, parmağını emerek neredeyse anında uyuyor. Oğlan dikkatle dinliyor, faltaşı gibi açık gözleriyle cin cin bakıyor, karanlık gecelerin çocuklara bahşetmesi gereken düşsüz uykuya hiç de hazır değil. Yüksek sesle okuduğumuz kimi satırlar gölgeler misali geziniyor odada:

"...bir canavar vardır belki... bizden başka canavar yok belki."

"Yetişkinlerin yapacağı her şeyi yaptık. Peki ama yanlış giden neydi?"

"Dünya, ne olduğu bilinen dünya, yasalara uyan dünya, kaymak üzereydi."

"Demek istediğim şu...Bizden başka canavar yok belki..."

Bir seferinde kocam bana oğlanın küçükken, henüz bebekken, biyolojik annesinin ölümünün hemen ardından neredeyse her gece kâbus görüp uyandığını, içinde uyuduğu çürük çarık beşiğinde ağladığını söylemişti. Kocam oğlanın yanına gidiyor, onu kucağına alıyor, sevdiği, Galway Kinnel imzalı şiirden dizeler okuyormuş:

Uyur gezer halde
Odana geldiğimde ve kaldırdığımda seni,
Ve seni kucağıma aldığımda ay ışığında, tutunuyorsun bana
sımsıkı,
sanki sımsıkı tutunmak kurtarabilirmiş gibi bizi. Sanıyorum
sanıyorsun ki
hiç ölmeyeceğim. Sanıyorum
dumanın ya da yıldızların kalıcılığını neşrediyorum sana
tam da
kırık kollarım onarken kendilerini senin etrafında.

Şimdi ben kitabın sayfasını çevirmeye çalışırken oğlan sımsıkı tutunuyor koluma. Sanki yatma vakti halat çekme oyunu oynamak gibi, bizim halatlarımız görünmez sadece, salt duygusallar. Ben daha okumaya devam edemeden, "Ya biz de sen ve babam olmadan bir başımıza kalsaydık?" diye soruyor.

"Böyle bir şey asla olmazdı."

"Ama Manuela'nın kızlarına oldu işte," diyor. "Şimdi kayıplar, öyle değil mi?"

"Sen nereden biliyorsun?" diye soruyorum, herhalde safça.

"Babamla konuşurken duydum. Kulak kabarttığımdan değil. Sürekli bundan bahsediyorsun."

"Senin başına böyle bir şey gelmeyecek."

"Farz et ki oldu."

"Neyi farz edeyim?"

"Farz et ki senle babam gitmişsiniz, biz de kaybolmuşuz. *Sineklerin Tanrısı*'nın içinde olduğumuzu farz et. O zaman ne olurdu?"

Kitapları hayatın kendisinden daha iyi anlayan ablam böyle bir soruya ne yanıt verirdi merak ediyorum. Kitapları ve malum olanın ötesindeki anlamlarını açıklamakta üstüne yoktur. Belki de yanlarında yetişkin olmayan çocuklara vakfedilmiş tüm o kitap ve hikâyelerin -*Peter Pan*, *Huckleberry Finn'in Maceraları* gibi kitaplar, García Márquez'in "Işık Su Gibidir" adlı öyküsü ve tabii ki *Sineklerin Tanrısı*- yetişkinlerin çocuklukla hesaplaşmak için giriştiği beyhude çabalardan başka bir şey olmadığını söylerdi. Çocukların dünyasıyla -içinde yetişkinlerin olmadığı bir dünyayla- ilgili hikâyelermiş gibi görünmelerine rağmen esasında bir yetişkinin içinde çocuklar olduğu zamanki dünyasıyla ilgili hikâyeler, çocukların hayal gücünün biz yetişkinlerin gerçeklik duygusunu alt üst edişi ve bizi o gerçekliğin temelini sorgulamaya mecbur bırakışıyla ilgili hikâyeler olduğunu söylerdi. Başka yetişkinlerden kopuk halde çocuklarla ne kadar çok zaman geçirilirse, hayal güçleri kırılgan yapılarımızdaki çatlaklardan o kadar çok sızıyor içeriye.

Oğlan, öyle ya da böyle bir açıklama talebiyle soruyu tekrarlıyor:

"Ne olurdu anne, ha?"

Bir anne gözüyle, henüz tamamlanmamış, hâlâ inşa halinde olan dünyasına bir yapı iskelesi görevi gören bir ses sıfatıyla yanıt vermem gerektiğini biliyorum. Benim şahsi korkularımı ya da felsefi kuşkularımı duymasına gerek yok. Onun ihtiyacı olan, daha az korkutucu hale getirmek için bu korkutucu ihtimali -yalnız, ebeveynsiz- keşfetmek. Ve bu hayali sorununa hayali bir çözüm bulabilsin, onu korkutan her ne ise üzerinde kontrol sahibi olduğunu biraz daha hissedebilsin diye bu durumu zihninde canlandırmasına yardım etmem gerek.

"Bu çok yerinde bir soru çünkü kitap tam da bunun hakkında."

"Ne demek istiyorsun? Neden? Ne hakkındaymış ki?"

"Bana kalırsa insan doğası hakkında," diyorum.

"Böyle şeyler söylemenden nefret ediyorum anne."

"Peki, tamam. Yazar, William Golding, bu kitabı İkinci Dünya Savaşı'ndan sonra yazıyordu, insanların sebebini bile bilmeden, her zaman kavga etmelerinden ve daha çok güç elde etme yolları aramalarından dolayı hayal kırıklığına uğramıştı. Dolayısıyla bir grup oğlanın bir adaya düştüğü ve hayatta kalmak için kendilerini korumak zorunda olduğu, hayali bir bilimsel deneye benzer bir durum hayal etti. Ve bu hayali deneyinde hukukun üstünlüğünden, toplumsal sözleşmeden mahrum kaldığımız takdirde insan doğasının bizi vahşet ve istismar gibi gerçekten kötü şeylere götüreceği sonucuna vardı."

"Mahrum kalmak ne demek?"

"Onsuz, o olmadan."

"Peki hukukun üstünlüğünden mahrum insan doğası nedir? Keşke böyle konuşmasan anne."

"Toplumsal sözleşme olarak adlandırılan bir şeyi oluşturan âdet ve yasalar olmadan, doğal davranış biçimimiz demek. Yani bu oğlanların hikâyesi aslında savaş zamanında yetişkinler arasında yaşananların bir masalı sadece."

"Masal ne biliyorum anne ve bu kitap masal falan değil."

"Öyle. Çünkü oğlanlar aslında oğlan değiller. Oğlan olarak hayal edilmiş yetişkinler. Daha çok bir metafor gibi belki."

"Peki, tamam."

"Ama ne demek istediğimi anlıyorsun değil mi? Anlıyor musun?"

"Evet, anlıyorum. İnsan doğasının savaş olduğunu söylüyorsun."

"Hayır, Golding'in insan doğası hakkındaki düşüncesi buydu diyorum. Ama insan doğası hakkındaki tek olası düşünce illede bu değil tabii."

"Lafı dolandırmasan da esas meseleye gelsen olmaz mı?"

"Esas mesele, kitabın parmak basmak istediği nokta, basitçe toplumdaki sorunların insan doğasına dayanabileceğidir. A'ysa B'dir. Eğer insanlar tabiatları gereği bencil ve vahşiyse bir toplumsal sözleşme altında yaşamadıkları sürece her zaman birbirlerini öldürüp istismar edeceklerdir. Ve *Sineklerin Tanrısı*'ndaki oğlanlar tabiatları gereği bencil ve vahşi olduklarından, ayrıca toplumsal sözleşmeden mahrum olduklarından, uyanamadıkları bir tür kâbus yaratıyor ve sonunda kendi oyunlarının ve ahmaklıklarının doğru olduğuna inanıyor, en nihayetinde de birbirlerine işkence etmeye, birbirlerini öldürmeye başlıyorlar."

"Yine insan doğası kısmına döndük yani. Peki ya sen ve babam ve tüm yetişkinler ortadan kaybolsaydı bizim toplumsal sözleşmemize ne olurdu?"

"Ne demek istiyorsun?"

"Yani, kız kardeşim ve ben sonunda birbirimize *Sineklerin Tanrısı* oğlanlarının yaptıklarını mı yapardık?"

"Hayır!"

"Neden hayır?"

"Çünkü siz kardeşsiniz, birbirinizi seviyorsunuz."

"Ama bazen, kız kardeşim olmasına rağmen ondan nefret ediyorum. Küçük olmasına rağmen. Ayrıca ona kötü bir şey olmasına asla izin vermem. Ama belki azıcık kötü bir şey olmasına izin verebilirim. Benim insan doğam ne bilmiyorum. Bizim toplumsal sözleşmemize ne olurdu peki?"

Başını kokluyorum. Gözkapakları yavaş yavaş ağırlaşmaya başlarken kirpiklerinin yukarı aşağı hareket ettiğini görebiliyorum.

"Bilmiyorum. Sence ne olurdu?" diyorum.

Sadece omuz silkip iç geçiriyor, hiçbir zaman kötü bir şey olmayacağına onu temin ediyorum. Fakat sorusunun, aynen ona olduğu gibi tüm ağırlığıyla üzerime çöktüğünü söylemiyorum. Ne olurdu acaba diye geçiriyorum aklımdan. Çocuklar tamamen yalnız kalırsa ne olur acaba?

"Okuduğun şu diğer kitapta neler oluyor anlatsana," diyor.

"Kırmızı olanı mı kastediyorsun, *Kayıp Çocuklar İçin Ağıtlar*'ı mı?"

"Evet, şu diğer kayıp çocuklarla ilgili olan."

Ona yük trenlerinden, binlercesinin tekdüze ayak seslerinden, cansız ve güneşle kavrulmuş çölden, tuhaf bir göğün altındaki tuhaf bir ülkeden bahsederken beni dikkatle dinliyor.

"Azıcık okur musun?"

"Şimdi mi? Çok geç oldu canım."

"Sadece bir bölüm."

"Sadece bir ama tamam mı?"

"Tamam."

(ÜÇÜNCÜ AĞIT)

Çocuklar hep şu soruları sormak istiyorlardı:

"Ne zaman varacağız?"

"Ne kadar kaldı?"

"Ne zaman durup dinlenebiliriz?"

Ama başlarındaki adam soru kabul etmiyordu. Bunu yolculuğun başında, trene binmelerinden çok önce, çöle varmalarından çok önce, altı değil de hâlâ yedi kişilerken açık açık söylemişti. Bir lastikçinin kürekle yüzdürdüğü devasa iç lastiğiyle taşkın, kahverengi nehri aştıkları gün söylemişti bunu onlara; lastik karaydı ve kauçuk. Gözleri cansız yıldızlar gibi çukur, ellerinin derisi çatlak lastikçi, yedi çocuğun lastiğin kenarlarına oturmalarına yardım ettikten sonra başlarındaki adamdan ücreti aldı. Lastiğe uzanan tahta kalasın üzerine çıkıp küreğinin ucunu çamurlu nehrin kıyısına saplayıp itti. Lastik kahverengi sulara kaydı.

Bu lastik, çocukları nehrin karşı kıyısına taşımadan önce bir kamyonun lastiğinin içindeydi; ülkeler arası mal taşıyıp duran, sınırları aşan, yollarda mekik dokuyan bir kamyona aitti, ta ki o kamyon bir gün, yılankavi bir dağ yolunda, keskin bir virajı alırken başka, benzer bir kamyona çarpana dek. İki kamyon da uçurumdan aşağı yuvarlandı ve gecenin sessiz durgunluğunda yankılanan şiddetli, metalik bir gürültüyle yere çarptı. Gürültü yakınlardaki köyde de duyuldu ve ertesi sabah orada birkaç köylü belirdi, olay yerini araştırıyor, kazazedeleri arıyorlardı, bir kişi bile yoktu gerçi, onlar da kurtarılabilecek eşyaları topladılar. Bir kamyondan kutu kutu meyve suyu, müzik kasetleri, bir dikiz aynasına asılı bir haç kurtardılar. Diğerinden çuval çuval toz. "Belki çimentodur," dedi köylünün biri. "Enayi dümbeleği," diye yanıtladı bir başkası, "bu çimento değil." Günler geçti ve köylüler evlerinden çıkıp olay yerine gidip gidip geldiler, alabildikleri her şeyi, işlerine yarayabilecek, başkalarına satabilecekleri her şeyi aldılar. Çoğu öyleydi; hemen her şey işe yarardı, hâlâ direksiyonları tutan müteveffa şoförlerin her geçen gün daha da çürüyen ve gitgide daha da adlandırılamaz bir hale gelen, insana gitgide daha az benzeyen bedenleri dışında. Kimse onlarla ne yapacağını bilmiyordu, kimse gelip de onlara sahip çıkmamıştı, bu yüzden günün birinde yaşını başını almış bir kadın geldi köyden, onlar için son bir dua etti, iki genç adam onlara mezar kazdı, altında huzur içinde yatabilecekleri toprağa beyaz haçlar dikti. Genç adamlar gitmeden önce alabilecekleri başka bir şey var mı diye etrafa bakındılar ama geriye, kamyonların yirmişer lastiğinden başka neredeyse hiçbir şey kalmamıştı. Lastiklerden iç lastikleri çıkardılar, söndürdüler, sonra köyde üç tekerli aracıyla seyyar satıcılık yapan ve büyük kahverengi nehrin kıyısına kadar her gün dört saat pedal çeviren adama sattılar. Seyyar satıcı soğuk su, sandviç, çörek, düğme, ayakkabı bağcığı satıyordu ve birkaç kârlı hafta boyunca, yeniden şişirilip insanları nehrin bir yakasından öbürüne taşımak için sal olarak kullanılan kırk adet iç lastik de sattı böylece.

İç lastik kahverengi nehirde kayıp gidiyordu şimdi; yedi çocuk, denge sağlamak üzere hafif öne eğilmiş, kollarını sırt çantalarına dolamış, lastiğin sallanan kenarlarında oturuyordu. Ayakkabılarını çıkarmış, altlarındaki akıntıda ıslanmasınlar diye ellerine sıkıştırmışlardı. Zorlu nehir huzursuz bir düş misali akıyordu gözlerinin altından. Geçmek zorunda oldukları uzun su yolunu tarif ederken, "Orada güneşin pırıltısında neşeden eser olmayacak," demişti iki kızın büyükannesi. İşin aslı yoktu da, alınlarına düşen ışıkta neşeden eser yoktu, küçük dalgaları ve nehrin sayısız kıvrımını taçlandıran parıltılarda güzellikten eser yoktu.

Kızlardan büyük olanı başlarındaki adama bir soru yöneltme cüretini göstermişti, sorusu tereddütle sönüyordu:

"Daha ne kadar -kadar- kıyıya ne zaman?"

Suya bakmıyordu, belki battığını, suyun onu yuttuğunu geçiriyordu aklından. "Ölmek üzere olan bir yılan gibi, kinci bir tavırla bakan" türde bir nehir olduğu konusunda uyarmıştı büyükanneleri onları, adamın peşi sıra yola çıkmalarından önce. Adam şimdi şapkasının altından bakıyordu kıza, şapkanın mavi kenarının altındaki uzun gölge yüz hatlarını karartıp uzatıyordu. Sorusunu yanıtlamadan önce kızın sarsak ellerinden spor ayakkabısının tekini aldı ve lastiğin ortasında sarmallar çizen akıntıya bıraktı. Lastikçi kürek çekmeye devam etti. Ayakkabı biraz su aldıysa da, çekime direnerek ve lastiğin iç kauçuk duvarından destek alarak su yüzeyinde durmaya devam etti. Bulunduğu noktadan önce ayakkabıya, sonra karşı kıyıya bakan başlarındaki adam kızla konuştu ama aynı zamanda herkese hitaben konuşuyordu:

"Sen bu ayakkabısın işte, bu ayakkabı karşı kıyıya ne zaman ulaşırsa sen de o zaman ulaşacaksın, tabii dibi boylamadan karşı kıyıya ulaşabilirse."

Adam bu şekilde konuşmayı sürdürdü ve kız, kendisinden daha küçük olup belki de daha az korkan kız kardeşine baktı. Adam konuşmaya devam ederken kız ablasına gözlerini kapamasını işaret etti, ablası kapadı gözlerini ama küçük olan kapamadı. Onun yerine göğe baktı ve bakışlarıyla havada uçan iki kartalı takip etti, üzerlerinde süzülen tanrılara benzediklerini geçirdi içinden, kim bilir belki de göz kulak oluyorlardı onlara, hâlâ dünyada çakılı kalmak zorunda oldukları müddetçe kolluyorlardı onları. Büyük olan gözlerini açmadı, adamı duymamaya, suyun üzerinde bir yükselip bir alçalan lastiğin çıkardığı şarıltılarından başka bir şey duymamaya çalıştı. Adam hepsini korkuya gark eden tehditler savurdu, "dibi boylamak," "mosmor kesilmek," "küçük balıklara yem olmak" gibi tehditler. İşte o zaman hepsi, yavaş yavaş nehrin bir kıyısından öbürüne geçip bir zamanlar aşina oldukları her şeyden ilelebet koparken aslında hiçbir yere gitmiyor olduklarını anladı.

BURADA

Nihayet herkes uyudu: çocuklar kendi odalarında, kocam bizim odamızda. Eski hamamın verandasına çıkıyorum. Yorgunum ama uykum yok, o yüzden biraz daha okumak istiyorum. Kendimi etrafı eski küvet ve lavabolarla çevrili -örgüsü sökülmüş, kıymık kıymık olmuş, kırıldı kırılacak- sallanan sandalyeye bırakıveriyor, el çantamdan kayıt cihazımla küçük kırmızı kitabı alıyorum. Kayıt tuşuna basıyor ve okuyorum:

(DÖRDÜNCÜ AĞIT)

Bir seferinde, nehrin kuzey kıyısında, hepsi tek sıra halinde yürümüştü ve başlarındaki adam her birinin kafasına bir sopanın ucuyla vurup, "Kız bir, kız iki, oğlan üç, oğlan dört, oğlan beş, oğlan altı, oğlan yedi," demişti. Koyu ormanların derinliklerine yürümüş, başka pek çok ayak sesi duymuşlardı, seslerle dolu yaprakları duymuşlardı. Kimilerinin onlar gibi başkalarının sesleri olduğu söylendi onlara. Onlarınki gibi gerçek sesler, dört bir yandan gelen, ağaç kütüklerinden seken, sık çalılıklardan geçen sesler. Başka sesler, kimsenin bilmediği ya da nereden geldiğini, ne olduğunu, nasılını söyleyemeyeceği sesler. O seslerden korkmuşlardı işte. Uzun zaman yahut kısa süre önce yok olanlara ait olduklarını söyledi başlarındaki adam onlara. Muhtemelen karanlık çukurdan çıkan ruhlara aitlerdi, dedi, ölü ama hâlâ inatla yeryüzünde yankılananlara: birkaç genç, ihtiyarlar, müşfik genç kızlar, pek çok adam, kadın. Tüm o "fevri, kudretsiz ölüler" dedi. "Gömülmemiş de atılmış engin toprağa" hepsi de. Onun uzun cümlelerini anlamamış olsalar da yolun geri kalanında söylediklerinin gölgesinde yürüdüler.

On gün boyunca yürüdüler. Gün doğumundan gün ortasına aralıksız yürüdüler, gün ortasında kısa bir yemek molası verdiler ve sonra yeniden yollara düştüler, akşamın uzun gölgeli saatlerinden tepede ay yükselinceye dek, yahut tabanları daha düz olan küçükler artık bir adım daha atamaz oluncaya dek yürüdüler. Küçükler sık sık düşüyor ya da kendilerini yere atıyordu; bacakları, ayakları henüz hazır değildi, yeterince güçlü değildi, alışkın değildi. Ama tabanları daha çukur, ayak tarakları daha kaslı olan büyükler bile gün batımından sonra doğru düzgün yürüyemez oluyorlardı, bu nedenle diğerleri geri kaldığında ya da düştüğünde ve yürüyüşü mecburen aksattığında içten içe müteşekkirdiler.

Gece yarısı olduğunda hepsi birden yere yığıldı, başlarındaki adam onlara bir çember oluşturarak oturup ateş yakmalarını emretti. Ancak o zaman, alevler yükselirken, nihayet ayakkabılarını çıkarma izni alabildiler. Hepsi de yalınayak oturup ağrıyan ayak tabanlarını sımsıkı tuttu, akıllarında tren istasyonuna daha ne kadar kaldığı sorusu dönüyordu. Kimisi sessiz sedasız oturdu, kimisi utanmadan inim inim inledi acıdan, biri çorabındaki kanı ve soyulmuş derisini görünce dehşete kapılıp hemen yanı başına kustu. Ama hepsi de ertesi gün ve sonraki gün şafak sökerken her seferinde ayağa kalkıp biraz daha yürüdü.

Bir öğle vaktinde, onuncu günbatımından sonra nihayet ormanda tren istasyonunun olduğu açıklığa gelinceye dek. Bu açıklık bir bakım istasyonu değildi ama tam bir istasyon da değildi. Bir tür bekleme yeriydi, daha çok hastanelerdeki acil servislere benziyordu, çünkü oradakiler normalde insanların tren beklediği şekilde beklemiyorlardı. Çocuklar, etrafta avare avare dolanan ve vakit öldüren sayısız insanı, yalnız ya da gruplarla gezen kadınları, erkekleri, başka çocukları ve birkaç ihtiyarı gördüklerinde hem bir parça korktular hem de bir parça rahatladılar, hepsi de yardım, yanıt ya da onlara verilebilecek herhangi bir şeyi bekliyordu. Orada, o yabancıların arasında kendilerine bir yer buldular, muşamba çaputlarını ve eski battaniyelerini serdiler, su, fındık fıstık, İncil, bir avuç yeşil misket çıkarmak için sırt çantalarına uzandılar.

Yerleştikten sonra başlarındaki adam onlara bulundukları yerden ayrılmamalarını söyledi ve yakınlardaki bir kentin yolunu tuttu, tavernalara girdi çıktı, bedbaht fahişelerle motel odaları arasında gitti geldi, kalay bir tabağa sıralanmış uzun beyaz çizgileri, bir kredi kartının üzerinden daha ufak dozları burnuna çekti, ahşap bir barda taş kokain çekti ciğerlerine; hararetli tartışmalara tutuştu, bir içki daha istedi, para saçıyor, hizmet talep ediyordu, ani düşmanlarına ve anlık dostlarına önce hakaretler yağdırıyor, ardından akıl vermeye başlıyor, ardındansa özür üstüne özür diliyordu, sonunda alüminyum bir masada, ağzı açık halde uyuyakaldı, salyası domino taşları ve sigara külleri arasında sakin bir nehir misali kıvrıla kıvrıla akıyordu. Tepesinden bir uçak geçiyor, bulutsuz göğün damağında uzun, düz bir yara izi bırakıyordu.

Bu süre boyunca çocuklar beklediler. Yabancıların arasında istasyonun çakıllarına kıç üstü oturdular yahut rayların arasında gezinme cüreti gösterdiler, diğerleriyle beraber beklediler. Gelgelelim istasyondaki herkesin tren bekliyor olmadığını fark ettiler. Sadece beş sente yeniden doldurulmuş bir şişe su ve bir somun tereyağlı ekmek satanlar vardı. Giysi tüccarları, arzuhalciler, para karşılığı bit ayıklayanlar ve kulak temizleyenler vardı ama aynı zamanda İncil okuyan uzun, siyah cübbeli rahipler, falcılar, komedyenler, tövbekârlar da vardı. Onları ve kendisini dinlemeye gönüllü her kim varsa onu uyaran çirkin genç bir adamı izleyip kulak kesildiler: "Giren canlı, çıkan mumya." Kirli bandajlara sarılı yarısı kesik kolunu sallayarak, sanki çocuklara beddua edercesine tekrarladı meşum cümlesini, lakin bir rayın üzerinde dengesini koruyup küçük adımlarla yürürken ağzı kulaklarına vararak söyledi bunu; daha kentlerin terk edilmediği, sirklerin artık gelmez olmaya başlamadığı zamanlarda çocukların kentlerine kurulan sirklerdeki ip cambazlarına benziyordu biraz.

Daha sonra uzun bir zaman önce avucunun içindeki azıcık toprağa bir tohum ekmiş, sonrasında o tohum küçük bir ağaç olduğunda ağacın kökleri uzattığı elini ve kolunu sarıp sarmalayan mahcup bir tövbekâr gördüler. Bir kız mucize ağaca dokunmasına izin vermesi için neredeyse beş sent ödüyordu tövbekâra ama diğerleri onu engellemiş, "Saf olma, bu sadece bir numara," demişti.

İhtiyar kör bir adam akşam karanlığında yanlarına yanaşmış, bir süre sessizce oturmuştu onlarla. Fakat gitmeden önce emekli bir öğretmen gibi karşılarında dikilmiş, karanlığın içinde mırıl mırıl tembihlerde bulunmuştu. Onları bekleyen yolculukta binecekleri trenlerle ilgili karmaşık, kafa karıştırıcı tembihlerdi bunlar. İstasyondaki diğer herkes gibi o da biliyordu en güvenli vagonların açık yük vagonları olduğunu. Sarnıçlı vagonların yuvarlak ve kaygan olduğunu söyledi, kapalı yük vagonları hemen her zaman kapalı, kilitliydi, dipten kapaklı vagonlar içine tırmandığın ama nadiren dışarı çıkabildiğin ölüm tuzaklarıydı. Trenin yakınlarda geleceğini, bir açık yük vagonuna binmelerini söyledi. "Evi düşünmeyin, insanları, tanrıları ya da akıbetini düşünmeyin," demişti onlara. "Dua etmeyin, konuşmayın da, dilek de tutmayın." Onlara başını eğerek veda etmeden önce ihtiyar kör adam uzaklardaki bir yıldızı işaret edip, "Ve oradan yabancı diyarlara, fersah fersah uzaklara," dedi ve tekrarladı, "Ve oradan yabancı diyarlara, fersah fersah uzaklara." Sonra karanlığın içinde yitip gitti.

Başlarındaki adam ertesi sabah dönmemişti. Bekleyen yolcu gruplarının arasında üçerli ya da beşerli fırsatçı zümreler halinde kümelenen, ucuza ayakkabı tamiri, neredeyse bedavaya giysi onarımı yapmayı teklif eden şarkı söyleyen adamlarla kadınlar gelmişti. Lastik tabanlar yirmi beş sent, diye şakıdılar, lastik tabanları güçlü bir yapıştırıcıyla yapıştırmak yirmi beş, diye şakıdılar, yirmi, deri yirmi sent, deri taban çakma ve çivileme yirmi, diye şakıdılar, on beş, boya bakım, dikiş nakış on beş.

Oğlanlardan biri, dört numara, bir adama botunun yan kısmındaki deliği kendi kanvas ceketinin yeninden kesilmiş kare şeklindeki kumaş parçasıyla yamaması için on beş sent ödedi. Diğer çocuklar sersem dediler ona, geri zekâlı dediler, eşek dediler, ceketi satmalıydın ya da daha iyi bir şeyle takas etmeliydin dediler. Şimdi hem yamalı bir ayakkabısı hem de yırtık bir ceketi olduğunu söylediler, ne işe yarar ki bunlar, dediler. Ama o ceketin elden düşme, botlarınsa yeni olduğunu biliyordu, dolayısıyla onların yuhalamalarını sessizce sineye çekti, duymazlıktan geldi.

Sabah son bulup da öğleden sonranın sarı ışığı tren istasyonuna hani neredeyse hoş bir şekilde düştüğünde başlarındaki adam hâlâ dönmemişti. Skrotum suratlı, boynu siğillerle ve oradan buradan fışkıran kıllarla kaplı, üzerine bir dolu ayakkabı silinmiş bir paspasa benzer gözleri olan bir kadın gölgelerin arasından birden karşılarında belirdiğinde ve avuçlarını kavrayıp tamamını duymaya güçlerinin yetmeyeceği uçuk kaçık, bölük pörçük kehanetlerde bulunduğunda çocuklar içlerinden birinin getirdiği misketlerle oynuyorlardı:

"Sığlıklarda şarap kırmızısı bir parıltı görüyorum oğlum."

"Bir kaya havuzu kıyısında, sen, genç adam, mahmurlaşacaksın şırayla."

"Seni, ufaklık, diğerleri kuzey yönünde giderken, köle harçlıklarıyla satın alacaklar az bir paraya."

"Ve sen kızım. Cam bir fanusun içinde canını vermek üzere olan bir ateşböceği gibi parlayacaksın."

Her birine elli sent karşılığında hikâyelerin kalanını anlatacağına söz verdi, bu ayakkabı tamir ücretinin iki katı demekti. Şayet talihi onların lehine çevirmelerini istiyorlarsa bunun bedeli yetmiş beş sentti, bu da ekmek ve suya verilen ücretin katbekat fazlası demekti. Böylece, her ne kadar daha fazlasını duymak isteseler de kendilerini cadı kadınla göz teması kurmamaya zorladılar, kayış gibi dudakları arasından dökülen uğursuzluklara inanmıyormuş gibi davrandılar.

Kadını nihayet kışkışlamayı başardıklarında merhametsiz yabancı bir dilde hepsine lanet okudu, paralel demir yolu hattında gözden kaybolmadan önce bir kez daha yüzünü onlara döndü ve onlara doğru olgun bir portakal fırlattı. Portakal oğlanlardan birinin, yedi numaranın koluna isabet ettikten sonra çakılların üstüne düştü kaldı, yuvarlanmadı.

Merak içinde olsalar, aynı zamanda da mideleri kazınsa da portakala ellerini sürmeye cesaret edemediler. Muhtemelen başkaları da, onların ardından, o tuhaf meyvede karanlık bir şeyler sezdi çünkü önce günler, sonra haftalar geçti ve portakal, yusyuvarlak ve el değmemiş halde kaldı orada, yeşil küf kapladı üzerini, beyaz haleler belirdi kabuğunda, iç kısmı ilkin şekerlendi, ardından ekşidi, sonra yavaş yavaş karardı, büzüştü, kurudu, sonunda yaz ortasındaki uzun sağanaklarda çakıllara karışıp yok oldu gitti.

İstasyon insanları arasında küfür etmeyen, dolap çevirmeyen, herhangi bir karşılık beklemeyen üç kişi vardı sadece; uzun obsidyen örgüleri olan, kova kova toz magnezyum taşıyan üç genç kız. Bu üç kız bedavaya çocukların harap ayaklarını, lapa gibi olmuş ve haşlanmış domates gibi yarılmış topuklarını ve parmaklarının altını tedavi etmeyi önerdi. Kızlar çocukların yanına oturdu, çukur yaptıkları avuçlarını metal kovalara daldırdı. Çocukların ayak tabanlarını ve ayaklarının üst kısımlarını toza buladılar ve soyulmuş deriyi sarmak için kumaş veya havlu parçaları kullandılar. Sert nasırlardan kurtulmak için deriyi sıyırmamaya özen göstererek ponza taşları kullandılar, kasılmış baldır kaslarına küçük ama güçlü başparmaklarıyla masaj yaptılar. Sterilize bir iğneyle su toplamış kabarcıkları patlatmayı önerdiler. "Bu kibritin ufak alevini görüyor musunuz?" dedi içlerinden biri ve sonra ateşin iğneye değmesiyle iğnenin temizlendiğini açıkladı. Ve son olarak, kovalı kızların en genci, gözleri en güzel olanı -büyük, kara badem gözler- çocuklara kovasının içinden çıkardığı bir dizi kıvrık metal çengelle bir büyük tırnak makası gösterdi, bunlarla batık tırnakların yahut yarısı düşmüş tırnakların sebep olduğu daha şiddetli, daha vahim acıları dindirmeyi önerdi.

Sadece bir oğlan evet dedi, altı numara, evet, lütfen. Ne en küçüklerden biriydi ne de en büyük olanları. Kendisine sunulan büyük tırnak makasını görmüş, ıstakozları hatırlamıştı. Sarsak, çırpı bacaklarıyla, çift düğüm atılarak ve mum damlatılarak iki üç kez onarılmış bir ağın içinde ıstakozlarla denizden çıkan dedesini hatırlamıştı. Yaşlı adam avının ağırlığını dengelemek için hafif kamburunu çıkarmış halde kıyıda durur, ona seslenirdi. Dedesi onu ne zaman çağırsa kıyıya koşar, ağı taşımayı teklif ederdi. Kıyıya yakın olan sert, ıslak kumlardan kuru, daha yüksek kumullara yürür, karşıdan karşıya geçer, yolcu otobüsüne binerlerken ara ara ağın içindekilere bakardı çaktırmadan. Birbirlerinin üstüne tırmanan ıstakozların ölüm yuvasını gözetler, kaç para kazanacağız acaba diye kafa yorar, kaç tane yakaladıklarını sayar, küçük hayvanların, sanki işaret diliyle birbirlerine hüzünlü düşünceler aktarıyormuş gibi kıskaçlarını açıp kapamalarını izlerdi.

Yakaladıkları ıstakozlara -daha sonra gıda pazarında tanesini on sentten satacakları o yavaş, ahmak ama hırslı ve bir parça şehvani deniz canavarları- pek bir kıymet vermemişti hiçbir zaman. Ama şimdi aklına gelmişlerdi işte, yaydıkları o tuz ve küf kokusunu, titrek, çukur ağın içinde faydasızca kımıldanan küçük, eklemli bedenlerini özlemişti. Dolayısıyla kız makası gösterdiğinde elini kaldırıp salladı, kız yanına geldi ve önünde diz çöktü, makası tırnaklarına götürdü, oğlanın gözlerinin içine bakıp ona endişelenmemesini söyledi, gerçi kendi endişeliydi, elleri hafif titriyordu. Oğlan gözlerini yumdu ve dedesinin kemikli, güneş yanığı ayaklarını, şiş damarlarını, sararmış ayak tırnaklarını düşündü. Sonra, metal alet ilkin tereddütle, ardından daha kati bir şekilde derisini deldiğinde feryadı bastı, küfürler savurup altdudağını ısırdı. Kız deriyi delerken kararlılığının korkusunu dağıttığını hissetti, elleri artık titremez oldu. Maharetle kesip çıkardı kırık ayak tırnağını, kendini tamamen işine verdiğinden ya da belki empati kurduğundan o da ısırıyordu altdudağını. Kız kesip bükerken oğlan içinden lanet okudu ona ama sonunda gözlerini açtı ve ona teşekkür etmek istedi, yaşlı gözlerle mahcup mahcup bakıyordu kızın sabit, kara gözlerine. Kız işinin bittiğini söylediğinde, ona şans dileyip hep çorap giymesini salık verdiğinde oğlan tek kelime etmedi ama gülümsedi.

Ertesi sabah, çocuklar nihayet açık yük trenine bindiğinde ve tren hareket ettiğinde oğlan kızı arandı ama gitgide uzaklaştıkları tren istasyonundaki insan kalabalığında tanıdık tek bir yüz görmedi.

BİRLİKTE VE YALNIZ

Yatağa girip kocamın terli sırtına doğru kıvrılırken bir yerlerde bu diğer çocukların yankılarını duyabiliyorum hâlâ. Cümlelerin arasında zikzaklar çizen, anlatı sesinin yavaş, ağır ritminde hızla perspektif değiştiren binlercesinin tekdüze kayıp ayak sesini, belli belirsiz ses korosunu duyuyorum ve uyumaya çalışırken bunun benim hayatım olduğunu biliyorum ama aynı zamanda geri dönüşü olmayan bir şekilde yitirildiğini de biliyorum.

Beni ne, nereye bağlıyor? Tekrar tekrar, bazen kendimi veremeden, bazense neredeyse kendimden geçerek, kaydederek okuduğum kayıp çocukların çıktıkları seferin ve ormanlarda, çorak topraklarda yürüyüşlerinin hikâyesi var; şimdi de kimi bölümlerini oğlana okuyorum. Ayrıca bir de, bir kısmı bir uçağa binmek üzere olan gerçek kayıp çocukların hikâyesi var. Sınırı geçen yahut hâlâ buraya gelmek üzere olan, trenlere binen, tehlikelerden saklanan başka pek çok çocuk daha var. Manuela'nın bir yerlerde kaybolmuş ve bulunmayı bekleyen iki kızı var. Ve tabii ki, en nihayetinde, birini yakında kaybedebileceğim, ikisi de artık hep kaçmak zorunda kalmış kayıp çocuklarmış gibi davranan, ya Apaçi çocuk topluluklarında ata binmiş, beyaz gözlerden kaçıyormuş ya da trene binmiş sınır devriyesinden saklanıyormuş gibi yapan kendi çocuklarım var.

Derin bir uykuya dalmış olan kocam bedenimi bedeninin yakınında hissettiğinde yavaşça uzaklaşıyor benden, böylece arkamı dönüyor, yastığıma sarılıyorum. Gelecekteki halim sessiz bir kabullenmeyle bakıyor tüm bunlara: bir zamanlar sahip olduklarıma. Kendine acıma yok, arzu yok bu bakışlarda, sadece bir tür şaşkınlık var. Ve aklımda oğlanın bana sorduğu soruyla uyuyakalıyorum:

Çocuklar yalnız kalırsa ne olur acaba?

YATAKLAR

Ertesi sabah erkenden, eşyalarımızı toplar ve Roswell yakınlarındaki havaalanına gitmek üzere hazırlanırken soru, bu kez bir soru değil de daha çok bir önsezi gibi yeniden beliriyor. Hesabı kapayıp handan ayrılmadan ve arabaya atlamadan önce çocukların çarşaflarında çiş lekesi olduğunu fark ediyorum ama oğlana da kıza da bunun kime ait olduğunu sormuyorum.

On iki yaşıma kadar yatağımı ıslattım. Bilhassa da on yaşımdan on iki yaşıma kadar. On yaşıma bastığımda, yani tam da oğlanın yaşındayken, annem güney Meksika'daki bir gerilla hareketine katılmak için bizi -babamı, ablamı ve beni- terk etti. Babamın işinden dolayı üçümüz Nijerya'ya taşındık. O günden sonra yıllarca politikadan ve politikayla alakalı her şeyden nefret ettim çünkü politika annemi almıştı benden. Politikanın, başka insanların ve onların hareketlerinin annem için neden bizden, kendi ailesinden daha önemli olduğunu anlamaktan aciz halde yıllarca kızdım ona. Birkaç yıl sonra, on ikinci yaş günümün hemen ardından onu yeniden gördüm. Doğum günü hediyesi olarak ya da belki genel bir kavuşma hediyesi olarak ablama ve bana onunla beraber, Meksika ve Lagos'un ortasında yer aldığını düşündüğüm Yunanistan'a gitmemiz için uçak bileti almıştı. Babam eşyalarımızı toplamamıza yardım etmiş, bizi havaalanına götürmüştü: Annem bizi Atina havaalanında karşılayacaktı. Atina'daki ilk günümüzde bizi Delfi orakl merkezindeki Apollon Tapınağı'na götürmek istediğini söyledi. Böylece bir halk otobüsüne atladık. Koltuklarımızı bulup da bacak mesafesinin darlığından ve sıcaktan yakınırken bize Yunancada otobüsle bir yerden başka bir yere gitmenin μεταφέρω demek olduğunu, bu sözcüğün aynı zamanda metafor anlamına geldiğini, dolayısıyla bir sonraki varış yerimize metafor aracılığıyla aktarıldığımız için kendimizi şanslı hissetmemiz gerektiğini söyledi. Ablam bize yapılan bu açıklamadan bana kıyasla daha bir hoşnut olmuştu.

Orakl merkezine doğru saatlerce yol gittik. Bu esnada, yolda, annem bize eski çağlarda içlerinin ενθουσιασμός ile yahut coşkuyla dolup taşmasına izin vererek kehanetleri aktarma görevi gören tapınağın rahibeleri Pythia'ların güç ve kudretinden bahsetti. Annemin kelimeyi parçalara ayırarak açıkladığını hatırlıyorum. Eliyle, bir avcunu tahta, diğeriniyse bıçak olarak kullanarak bir tür kesme hareketi yapmış, "En, theos, seismos," demişti, "içinde, tanrı, deprem," gibi bir anlama geliyordu. Sanıyorum bunu hâlâ hatırlamamın sebebi o güne değin kelimelerin daha iyi anlaşılabilmeleri için bu şekilde parçalara ayrılabileceğini bilmememdi. Sonra bize coşkunun kişinin, bir tanrı yahut tanrıça gibi daha büyük ve daha güçlü bir şeyin kendisini ele geçirmesine izin vermesiyle oluşan bir tür iç deprem olduğunu anlattı.

Orakl merkezine doğru yol alırken annem bize birkaç yıl önce verdiği, bizi, ailesini terk edip politik bir harekete katılma kararından söz etti. Ablam ona zor, hatta zaman zaman saldırganca sorular sordu. Annem babamı sevse de hayatı boyunca kendi tasarılarını hep bir kenara bırakarak onun peşinden gittiğini anlattı bize. Ve bunu yıllarca yaptıktan sonra nihayet içinde onu derinden sarsan, hatta belki bir parçasını hurdahaş eden bir "deprem" hissetmiş ve evden ayrılmaya, tüm bu kırıklığı onaracak bir yol bulmaya karar vermişti. Belki onaracak değil de en azından anlamasını sağlayacak bir yol. Otobüs Delfi'ye doğru yılankavi yollarda ilerliyor ve annem bizim sorularımızı elinden gelen en iyi şekilde cevaplamaya çalışıyordu. Ona bunca zaman nerede kaldığını, neler yediğini, korkup korkmadığını ve korktuysa nelerden korktuğunu sordum. Sevgilileri, erkek arkadaşları olup olmadığını sormak istedim ama sormadım. Yüzüne bakarak, kederli alnındaki sayısız çizgiyi, düz burnunu, otobüs sarsıldıkça ileri geri sallanan uzun küpelerin sarktığı büyük kulaklarını inceleyerek dinledim onu. Ara ara, otobüs yokuş çıkarken gözlerimi yumuyor ve yanağımı onun çıplak koluna yaslıyor, kolunu kokluyor, tenindeki tüm eski kokuları içime doldurmaya çalışıyordum.

Nihayet Delfi'ye varıp da otobüsten indiğimizde tapınağa ve orakl merkezine giriş çoktan kapanmıştı. Çok geç gelmiştik. Annemle seyahat ediyorsanız sık yaşadığınız bir durumdu bu: Çok geç gelirdiniz. İçeri zorla girmeyi, parmaklıklara tırmanmayı ve ne olursa olsun orakl merkezini yine de görmeyi önerdi. Ablam ve ben, bu tarz bir maceradan zevk alıyormuşuz gibi yapmaya çalışarak boyun eğdik. Üçümüz birden parmaklıklara tırmandık ve bir ormanda yürümeye başladık. Pek yol kat edemedik. Çok geçmeden korkutucu köpek havlamaları duymaya başladık, ardından, gitgide daha yakından ve tek değil, birkaç köpekten gelen daha çok havlama sesi duyuldu; kuşkusuz kalabalık, vahşi bir sürüydü. Dolayısıyla gerisingeri parmaklıklara koşup tırmandık ve yol kenarında bizi Atina'ya geri götürecek gece otobüsünü bekledik. Ardımızda, parmaklıkların öte tarafında beş altı musibet görünümlü köpek hâlâ havlıyordu bize.

Annemle o görüşmemiz her ne kadar başarısız bir macera olsa da, içime, daha sonra, ben büyüdükçe tomurcuklanacak ve birtakım şeyleri daha iyi idrak etmemi sağlayacak bir tohum ekti. Hem kişisel hem de politik şeyleri ve bu ikisinin nasıl birbirine karıştığını; özel olarak annemle, genel olarak kadınlarla ilgili şeyleri. Veya belki de pasif bir çağrışımı olan idrak, doğru sözcük değildir. Belki de doğru sözcük kavramadır, evvelce bilinen bir şey olduğunu anlama, yeniden, ikinci ya da üçüncü kez, bilgi sahibi olma manasında; bir bilginin yankısı misali tıpkı, ki o da kabulü, muhtemelen de bağışlamayı getirir beraberinde. Umarım günün birinde yaptığımız seçimlerden dolayı benim çocuklarım da bağışlar beni, bizi.

ÜÇGENLER

Radyoda mülteci çocuklarla ilgili daha uzun bir haber dinliyoruz. Bu konuda daha fazla haber dinlememeye karar vermiştik, çocuklarımız uyanıkken dinlemeyecektik. Ama son gelişmeler ve bilhassa da Roswell yakınlarında sınır dışı edilecek çocuklarla ilgili hikâye şimdi beni yine arabanın dışındaki dünyanın aciliyetine itiyordu.

O günün ilerleyen saatlerinde Tegucigalpa'ya geri gönderilecek olan çocukları savunmak için mahkemeye başvuran bir göçmen avukatıyla röportaj yapıyorlar. Tam olarak nerede ve ne zaman sınır dışı edileceklerine dair herhangi bir ipucu, herhangi bir bilgi edinebilmek için uğraşıyorum.

Herhangi bir detay vermiyorlar ama bir fişin arkasına avukatın daha şimdiden birkaç kez tekrarlanan adını yazıyorum. Sonra avukat kadın, çocuklar Meksikalıysa anında ülkeden gönderildiklerini, derhal sınır dışı edildiklerini açıklarken, ben adını internette aratıyorum. "Fakat Orta Amerikalılarsa," diyor, "göçmen kanunu onlara bir duruşma hakkı tanıyor. Dolayısıyla bu sınır dışı etme kanuna aykırı," diye tamamlıyor sözlerini. Avukatın adını ve e-posta adresini Teksas temelli, kâr amacı gütmeyen küçük bir kuruluşun sayfasında buluyor ve ona bir e-posta gönderiyorum. Kibar bir girizgâhın ardından kendisiyle neden iletişime geçtiğimi birkaç cümleyle özetleyip tek bir acil soru yöneltiyorum:

"Çocukların nereden sınır dışı edileceklerini biliyor musunuz?"

Muhabirin teşvikiyle, bir kez sınıra ulaştılar mı çocukların kendileri için en iyisinin sınır devriyesi tarafından yakalanmak olduğunu bildiklerini anlatıyor. O sınırın ötesindeki çölü bir başına geçmek çok tehlikeli. Ama bir kısmı yapıyor bunu. Aklım küçük kırmızı kitaptaki, hepsi de bir başlarına yürüyen, kaybolan ve tarihin tozlu sayfaları içinde çoktan unutulup giden kayıp çocuklara kayıyor. Muhabir, çocukların kendilerini adalete teslim etmedikleri sürece, kaderlerinin halihazırda ABD'de olan ebeveynlerinin yahut yetişkin akrabalarının çoğu gibi kayıt dışı kalmak olduğunu da bildiklerini ifade ediyor. Bugün sınır dışı edilecek olan çocukların bir süredir New Mexico, Artesia yakınlarındaki bir gözaltı merkezinde kaldıklarını söylüyor.

Artesia'daki yahut Artesia yakınlarındaki havaalanlarına bakıyorum ve bir tane bulup yerini not alıyorum. Artesia Roswell'e uzak değil, diyorum kocama, dolayısıyla bu olmalı. Eğer avukat bu e-postayı cevaplamazsa en iyisi o havaalanına gitmek olacak. Sadece umut etmemiz gerek, belki şansımız yaver gider.

SALYA

Yolda kocam çocuklara Salya adında bir kadın hakkında beni rahatsız eden ama onların çok hoşuna giden uzun, dolambaçlı bir hikâye anlatıyor. Bir şifacıymış Salya, Geronimo'nun arkadaşıymış, insanları üzerlerine tükürerek iyileştirirmiş. Kocamın dediğine göre Salya uğursuzlukları, hastalıkları ve kederi ortadan kaldırırmış güçlü, tuzlu tükürükleriyle.

KARIŞIK

285. Otoyol'dan sola, Roswell'in güneyine saparken oğlan bir oylama yapmayı önerdiğinde bu gezideki en sevdiğim şarkı Kendrick Lamar'ın, oğlanın ezbere bildiği ve sevdiği, "Alright"ı mı, Laurie Anderson'ın, kızın hep tekrar tekrar dinlemek istediği, "O Superman"i mi yoksa Andrew Jackson Jihad adında -ne

şekilde ironik olabileceğini ya da olması gerektiğini bilmesek de bir şekilde ironik olduğunu umduğumuz bir ad- Phoenix'li bir grubun söylediği, kendi neslimin müzik dinleme alışkanlıklarının oldukça dışında kalan "People II: The Reckoning" şarkısı mı bilemiyorum.

Henüz, dördümüzün çoğunlukla yaptığı üzere, şarkıların sözlerini ayrıntılarıyla tartışmadık ama bana kalırsa bu şarkılar biz dördümüzü ve bu koca ülkedeki silah sahibi olmayan, oy kullanamayan ve tanrıdan korkmayan -ya da en azından tanrıdan, başka insanlardan korktuğu kadar korkmayan- diğer herkesi anlatıyor.

Anderson'ın şarkısındaki, gelen uçaklarla ilgili, bir dize hoşuma gidiyor - "They're American planes, made in America,"[14] diyor robot gibi bir sesle. Uçaklar hep yaklaştıkça yaklaşıyor, hep bilincimizde salınıp duruyor, hep büyüyüp de sonunda Amerika'dan korkan insanları takip ediyor.

Lamar'ın şarkısında "Our pride was low, lookin' at the world like, 'Where do we go?'"[15] dizesini yakalamayı seviyorum.

Hep yüksek sesle, camdan dışarı bakarak söylüyorum orayı. Oğlan, arka koltuktan, dörtlüğün kalanını daha bile yüksek bir sesle söylüyor.

Ve son olarak "People II"da belki de tam anlamadığım, "firefly mode" olmakla ilgili bir dizeyi seviyorum. Şimdi şarkıyı dinliyoruz ve çocuklara bundan, şarkıya adını veren bu ateşböceği ruh halinden ne anladıklarını soruyorum:

"Sizce 'firefly mode' ne?"

"Bir açık bir kapalı, bir açık bir kapalı demek," diyor kız.

Haklı sanırım. Kişinin kendi hayat devrelerini açıp kapamasıyla ilgili bir şarkı bu.

Yaklaşık yirmi dakika boyunca hepimiz sessizce oturuyor, karışık çalan şarkıları dinliyor, camdan onlarca yıl ya da bel-

---

14 "Amerikan uçakları bunlar, Amerika'da üretildiler." (ç.n.)

15 "Gururumuz yerlerde, dünyaya, 'Şimdi ne olacak?' dercesine bakarken." (ç.n.)

ki asırlar boyunca sistematik zirai saldırıyla yaralanmış manzarayı seyrediyoruz: verimsiz meyve ağaçlarının ihraç edilmek üzere gürbüz, yavan meyveler verdiği dörtgen bölümlere ayrılmış, ağır iş makinelerinin toplu tecavüzüne uğramış, özellikleri değiştirilmiş tohumlarla şişmiş, pestisitler enjekte edilmiş tarlalar; Dantevari cehennemlere benzer yapılarla çim kaplı ekin katmanlarının sınırları içine tıkıştırılmış, dairesel hareketli sulama sistemleriyle sulanan tarlalar ve çimentonun, güneş panellerinin, sarnıçların ve devasa yel değirmenlerinin ağırlığını yüklenen tarla olmaktan çıkmış tarlalar. "Firefly mode" şarkısı yeniden çalmaya başladığında silindirler serpiştirilmiş bir arazi şeridinden geçiyoruz. Oğlan birden boğazını temizliyor ve bir şey demesi gerektiğini söylüyor:

"Maalesef kötü bir haberim var, üzgünüm ama durmaksızın çalıp söylediğin o şarkının sözleri 'firefly mode' değil 'fight-or-flight'[16] mode."

Öyle bir konuşuyor ki bir ergen var karşımızda sanki, ayrıca, büyük ihtimalle haklı olduğunu bilsem de, düzeltisini kabul etmeye hazır değilim. Hâlâ çocuk olmasına rağmen kültürel anlamda bu ülkeye ve bu çağa çok daha iyi uyum sağlamış durumda. Onun görüşünü reddediyor, üstüne bir de insafsızca kanıt istiyorum - ki kanıtlaması elbette mümkün değil çünkü şarkı sözlerini araması için ona cep telefonumu vermiyorum. Ama şu andan itibaren, şarkı araba hoparlörlerimizden tekrarla modunda çalarken, nakaratın o kısmını bilhassa yüksek sesle söylemeye özen gösteriyor: "fight-or-flight mode." Dikkat ediyorum da kız kardeşi ve babası şarkının o kısmında susuyor, en azından sonraki birkaç çalışında orayı söylemiyor. Bense "firefly mode" sözcüklerini bilhassa yüksek sesle, açık ve net bir şekilde söylemeye özen gösteriyorum. Oğlan ve ben, aramızdaki yaş farkına rağmen, bu tarz bir harp meydanında hep birbirimizin dengiymişiz gibi karşılaşmışızdır. Belki de sebebi, aramızda kan bağı olmasa da mizacımızın çok benzemesi. Önünde sonunda

16 Savaş ya da sıvış. (ç.n.)

ne kadar manasız olduğu meydana çıkacak olsa da ikimiz de taviz vermeyecek, kendi duruşumuzu sonuna kadar savunacağız.

"Fight-or-flight mode!" diye bağırıyor.

Ben de o esnada avazım çıktığı kadar haykırıyorum:

"Firefly mode!"

Arabadaki kokumuza, aramızdaki geçici sessizliklere, hazır kahveye alıştım. Ama yol boyunca birer kehanet misali dikilmiş levhalara hiçbir zaman alışamadım: Zina Günahtır; Bir Otoyola Sponsor Olun; Bu Hafta Sonu Silah Fuarı! Hiçbir zaman yerlilerin ön bahçelerindeki terk edilmiş plastik oyuncak mezarlıklarına yahut büyük plastik kaplarını renkli gazozlarla doldurmak için benzinliklerin dükkânlarında çocuklar misali kuyrukta bekleyen yetişkinlere veya küçük kentlerdeki, bana fen laboratuvarı derslerinde kullandığımız araç gereçleri anımsatan, elastiki su kulelerine de alışamadım. Bunların hepsi ateşböceği ruh haline sokuyor beni.

AYAKLAR

"Anne!" diye bağırıyor kız arka koltuktan.

Ayağında bir diken olduğunu söylüyor. Sanki bir uzvunu kaybetmiş yahut bir yerini kırmış gibi ağladıkça ağlıyor.

"Bir saguaro dikeni!" diye atıveriyor ortaya.

Yüzümü ona dönüyor, parmağımın ucunu yalıyor ve hafifçe parmağımı -çok büyük ihtimalle hayali olan- dikenin üstüne yerleştiriyorum. Topuğu yumuşak, pürüzsüz; parmağımı topuğuna bastırırken tren istasyonundaki kızın iyileştirdiği o kayıp oğlanın ayakları geliyor aklıma.

Öğleye doğru, Roswell'e sadece birkaç kilometre kala bir benzincide durmuş kahve ve meyve suyu alırken e-postama yanıt geliyor. Avukat tam saati bilmediğini ama öğlenin ilk saatlerinde olacağını düşündüğünü söylüyor, çıkarımımızı doğruluyor: Uçaklar Artesia havaalanından kalkacak. Haritaya bakıyorum. Havaalanı Roswell'in sadece altmış beş kilometre güneyinde. Eğer uçakların öğlenin ilk saatlerinde kalkmaları planlanıyorsa rahat rahat yetişiriz.

NAKİL

Artesia yakınındaki havaalanına doğru hızla yol alırken radyoda yine haberlere kulak vermeye çalışıyorum ama hiçbir şey bulamıyorum. Radyoyu kapatıp arka koltukta oynayan iki çocuğumuzu dinlemeye koyuluyorum. Oyunları daha canlı, daha karmaşık, daha inandırıcı artık. Çocuklar içinde bulundukları ortamı yavaşça, sessizce değiştirir. Yetişkinlerden daha geçirgendir onlar, karmaşık iç dünyaları durmaksızın dışarı sızar, gerçek ve katı olan her şeyi kendilerinin hayaletvari versiyonlarına dönüştürür. Belki, bir çocuk, tek başına, kendi kendine çevresindeki yetişkinlerin idame ettiği ve tutunduğu dünyayı değiştiremez. Ama o dünyanın normalliğini bozmak, peçesini yırtmak, her şeyin kendi farklı iç ışıklarıyla parlamasını sağlamak için iki çocuk yeterlidir.

Bir süre kendimi geri çekiyor, seslerinin arabadaki boşluğu, kafamdaki boşluğu doldurmasına izin veriyorum. İçinde atlar, uçaklar ve bir uzay gemisi olan sözel bir koreografi gerçekleştiriyorlar. Yola odaklanmış olmasına rağmen babalarının da onları dinlediğini biliyorum, benim gibi mi hissediyor merak ediyorum - rasyonel, doğrusal, düzenli dünyamızın kendi çocuklarımızın kelimelerinin kaosunda dağılıp gittiğini hissediyor mu, merak ediyorum. Düşüncelerinin dünyamızı ve bu arabanın içini doldurduğunun, doldurup küçük bir odaya yayılan dumanın o ağır sebatıyla tüm dış hatlarını bulanıklaştırdığının farkında mı, merak ediyor, bunu sormak istiyorum. Kocamla ben ne ölçüde kendi hikâyelerimizi onların hikâyelerine, onların hikâyeleriyle arka koltuktaki oyunlarını kendimizinkine dönüştürdük bilmiyorum. Belki de hepimiz, bir grip virüsünü nasıl kolayca bulaştırıyorsak aynı o şekilde, korkularımızı, saplantılarımızı, beklentilerimizi geçiriyoruzdur birbirimize.

Oğlan büyük bir atın üzerinden zehirli oklar atıyor sınır devriyesine, kız bir tür çöl dikeninin ardında mavi üniformalı Amerikalılardan saklanıyor (fakat dallarda mango olduğunu fark edip saldırıya geçmeden önce durarak bir mango yiyor). Uzun bir savaştan sonra iki çocuk arkadaşları olan bir çocuk savaşçıyı diriltmek için beraber şarkı söylüyor.

Şimdi onları dinlerken kayıp çocukların hikâyesini asıl onların anlattığını fark ediyorum. Son üç haftadır ta başından beri, tekrar tekrar anlatıyorlar arabanın arka koltuğunda. Yeterince dikkatli dinlememiştim ama onları. Yeterince kaydetmemiştim de. Belki de çocuklarımın sesleri kocamın bir zamanlar kaydetmesi için Steven Feld'e yardım ettiği, ölen insanların yankıları vazifesi gören o kuş şakımaları gibiydi. Onların sesleri, artık duyulmaz olan sesleri, artık duyulmaz olan çocukların seslerini dinlemenin tek yoluydu; çünkü o çocuklar artık burada değiller. Çocuklarımın arka koltukta oynadıkları oyunların ve yeniden canlandırmalarının aslında belki de kayıp çocukların hikâyesini, kuzeye yaptıkları yolculuklarda kaybolan çocuklarla ilgili bir hikâye anlatmanın tek yolu olduğunu şimdi, muhtemelen çok geç fark ediyorum. Muhtemelen onların sesleri kayıp çocukların arkalarında bıraktıkları sembol sesleri, izleri ve yankıları kaydetmenin tek yoluydu.

O daimi soruyu düşünüyorum:

ABD'ye neden geldin?

Ve neden buradayız diye geçiriyorum aklımdan.

Birden, "Ne düşünüyorsun anne?" diye soruyor oğlan arka koltuktan.

"Senin haklı olduğunu düşünüyorum. Doğrusu 'firefly mode' değil, 'fight-or-flight mode.'"

UÇAK

Çakıl bir şeritte kenara çekiyoruz. Sağımızda uzun tel örgüler, tel örgülerin öbür tarafındaysa tek kapısına uçak merdiveni dayalı küçük bir uçağın durduğu bir pist var. Ticari bir uçak değil ama askeri bir uçak da değil. İşin aslı özel uçak gibi gözüküyor (Amerika'da üretilmiş bir Amerikan uçağı). Arabadan iniyoruz, hava çok sıcak, öğlen güneşi üzerimize üzerimize vuruyor. Kız arka koltukta uyuyor, biz de arabanın içine biraz hava girmesi için iki kapıyı açık bırakıyoruz.

Pistte döne döne bir tür golf arabası kullanan bir bakım elemanı dışında kimse yok. Kayıt cihazımı yanıma alıyor, Kaydet tuşuna basıp mikrofonun ucunun dışarıda olduğundan emin olduktan sonra sol çizmeme tıkıştırıyorum; hiç değilse yakınımızdaki sesleri yakalamaya hazırım. Arabaya yaslanıp bir şey olsun diye bekliyoruz ama hiçbir şey olmuyor. Kocam bir sigara yakıyor, dumanı ciğerlerine uzun uzun, abartılı bir şekilde çekerek sigarasını içiyor. Ses kaydedip kaydedemeyeceğini, benim için sorun olup olmadığını soruyor. Tabii ki, diyorum ona, ne de olsa bunun için buradayız. Bakım elemanını izliyorum, küçük araçtan iniyor şimdi, kaldırımdan bir şey alıyor -Bir taş? Bozuk para? Paket kâğıdı?- golf arabasının arkasından sarkan büyük siyah poşete koyuyor, sonra yeniden koltuğuna oturup kaldığı yerden yoluna devam ediyor ve sonunda pistin sağ köşesindeki hangarda gözden kayboluyor.

Pistte duran uçağa daha yakından bakmak için oğlandan dürbününü istiyorum. Arka koltuktan dürbünü alıp getiriyor, ayrıca fotoğraf makinesini ve benim kutumdan küçük kırmızı kitabı da alıp getiriyor.

İkimiz çakıl şeritte yürüyüp tel örgünün tam önünde duruyoruz. Dürbünü gözlerime götürüyor, kendime göre ayarlıyorum. Metal çerçevesi sıcak. Küçük uçağa odaklanıyorum ama görülecek bir şey yok. Dürbünün lenslerini kurcalarken oğlanın yanımda fotoğraf makinesini hazırladığını duyuyorum. Nefesini tutmuş uçağı odaklamaya çalışırken askıda kalan bir sessizlik hâkim, sonra deklanşörden çıkan ses duyuluyor, ardından da fotoğrafı dışarı kaydırırken dönen baskı silindirlerinin sesi. Dürbünle uçağın altındaki ve çevresindeki bölgeyi tarıyorum, uçan bir kuş görüyor, gözden kayboluncaya kadar onu takip ediyorum. Göğü, uzakta kümelenen bulutları, bir iki ağaç, pistin öbür ucundaki asfalttan yükselen buharı görüyorum. Tüm dikkatini fotoğrafı parlak gün ışığından korumaya vermiş olan, orada görünür hale gelmesi için fotoğrafı kitabın arasına tıkan oğlanın mırıldandığını duyuyorum, kocamın mikrofonunun şu an hangi sesleri yakaladığını, hangilerinin kaybolup gideceğini merak ediyorum. Dürbünle pisti dikkatle, yavaşça tarıyorum, önce sola, sonra sağa, ardından yukarı, neredeyse diklemesine, değişmeyen göğe, sonra aşağıya bakıyor, dürbünü kendime doğru iyice çeviriyor, nihayetinde bulanık bir şekilde çakıllardaki ayaklarımı görüyorum. Oğlanın fotoğraf makinesini bırakmak üzere arabaya yürüdüğünü duyuyorum, yeniden çakıllara bastığını, tel örgülere, benim olduğum yere doğru geldiğini duyuyorum. Dürbünü sırayla kullanıp kullanamayacağımızı soruyor, veriyorum dürbünü. Göz merceklerinin kenarlarını göz çukurlarına yerleştiriyor ve babası araba kullanırken otoyola nasıl bakıyorsa o da aynı şekilde gözlerini kısarak bakıyor merceklerden.

"Ne görüyorsun?" diye soruyorum.

"Bulanık kahverengi tepeler, mavi gökyüzü ve de uçak."

"Başka? Daha dikkatli bak."

"Çok dikkatli bakarsam gözlerim yanıyor. Bir de şu havada süzülen şeffaf şeyleri, gök-solucanlarını görüyorum."

"Onlar solucan değil. Göz doktorları onlara yüzer noktalar, astronomlarsa süpersicim diyor. Amaçları evreni bir arada tutmak. Peki ama süpersicimlerden başka ne var?"

"Başka ne var bilmiyorum."

"Hadi ama. Onca yıldır okuyorsun. Daha iyisini yapabilirsin."

Duraksıyor, gülümsüyor, ona takıldığımın farkında, sonrasında bana küçümser bir bakış atmak için belki de gereğinden fazla çabalıyor. İğneleme ve hor görüyü üzerine birkaç beden büyük gelen bir giysi misali taşıyabilecek kadar küçük hâlâ. Yeniden dürbünle bakıyor ve birden, "Anne bak! Şuraya bak!" diyor.

Gözlerimi yavaşça oğlanın sabit bakışlarıyla hangardan çıkıp piste ayak basmaya başlayan sıra halindeki küçük figürler arasında uzanan gergin ipte yürütüyorum. Hepsi de çocuk. Birbiri ardına dizilmiş kızlar, oğlanlar, sırt çantaları yok, hiçbir şeyleri yok. Tek sıra halinde yürüyorlar, teslim olmuş, tarafı bile olmadıkları bir savaşın sessiz mahkûmlarıymış gibi görünüyorlar. Dendiği gibi "yüzlerce" çocuk falan yok; on beş, bilemedin yirmi kişiler. Bunlar onlar olmalı. Bir gece önce Artesia'daki bir federal kolluk eğitim merkezinden otobüsle 559. karayolundaki bu küçük havaalanına getirildiler. Şimdi onları güneye geri götürecek olan uçağa yürüyorlar. Eğer yakalanmamış olsalardı muhtemelen aileleriyle yaşayacak, okula, çocuk bahçelerine, parklara gideceklerdi. Ama onun yerine geri gönderilecek, silinecekler çünkü bu koskoca ülkede onlara yer yok.

Dürbünü oğlanın elinden kapıyor, odaklanıyorum. Sanki çocuklar şimdi kaçmaya kalkabilirmiş, sanki kaçabilirmiş gibi yanlarında birkaç memur yürüyor. Orada olmadıklarını biliyorum, hem olsalardı da onları tanımazdım zaten ama tabii ki Manuela'nın kızlarını arıyor, bir örnek elbise giyen iki kız olup olmadığını görmeye çalışıyorum.

Oğlan kolumdan çekiştiriyor:

"Sıra bende!"

Sıcak asfalttan seraplar peydahlanıyor. Bir memur son çocuğa, beş altı yaşlarındaki küçük bir oğlana eşlik edip onu uçak merdivenlerine çıkarıyor, oğlan uçağa tırmanırken parmağını emiyor. Memur çocuğun ardından kapıyı kapatıyor.

"Bakma sırası bende anne."

"Bekle," diyorum.

Dönüp arabadaki kıza bakıyorum. Uyuyor, onun da parmağı ağzında. Uçakta oğlan uslu uslu, kemeri bağlı oturacak kendi koltuğunda ve içerideki hava kuru ama serin olacak. Oğlan uçağın kalkmasını beklerken uyumamaya çalışacak, tıpkı benim kızımın yaptığı gibi, tıpkı onun yaşındaki çocukların yaptığı gibi.

Anne, diye geçirecek belki aklından.

Ama kimse karşılık vermeyecek.

"Anne!" diyor oğlan yeniden kolumdan çekiştirerek.

"Ne var?" diyorum, sabrım taşıyor.

"Dürbünüm!"

"Bir dakika bekle," diyorum ona sertçe.

"Dürbünümü ver!"

Sonunda dürbünü ona geri veriyorum, ellerim titriyor. Sakince odaklanıyor. Ben endişeyle bakıyorum etrafa, çenem kasılıyor, nefesim hızlanıyor, daralıyor. Uçak olduğu yerde duruyor ama çocuklara eşlik eden memurlar şimdi hangara geri dönüyorlar. Antrenmandan çıkmış bir futbol takımına benziyorlar, şakalaşıyor, birbirlerinin enselerine birer şaplak indiriyorlar. Bazıları bizi görüyor galiba ama hiç oralı olmuyorlar. Hatta sanki bizi ayıran tellerin ardındaki varlığımız cesaretlendiriyor onları. Uçağın motoru çalıştığında yüzlerini uçağa dönüyor ve uçak yavaş yavaş manevra yapmaya başladığında hep birlikte alkışlıyorlar. İçimde, varlığından haberdar olmadığım, karanlık bir yerlerden -ani, volkanik, ele avuca sığmaz- bir öfke boşandı zincirinden. Tüm gücümle tel örgüleri tekmeliyor, bas bas bağırıyor, yeniden tekmeler savuruyor, kendimi tellere atıyor, memurlara hakaretler yağdırıyorum. Uçağın gürültüsünden beni duyamazlar. Yine de kocam kollarını bedenime dolayıp da beni sımsıkı tutuncaya dek bas bas bağırmaya ve tel örgüleri tekmelemeye devam ediyorum. Kucaklama değil bu, zapt etme.

Bedenimin kontrolünü yeniden ele geçirdiğimde beni bırakıyor. Oğlan dürbünle pür dikkat uçağa bakıyor, uçak pistte kalkış pozisyonu alıyor. Oğlanın aklından neler geçiyor, ileride bu olup bitenleri nasıl yorumlayacak yahut tanık olmasına izin verdiğim bu ânı ne şekilde hatırlayacak bilmiyorum. İçimden, artık o kadar da küçük olmamasına rağmen, zaman zaman kimi filmleri izlerken yaptığım gibi gözlerini kapamak geliyor. Ama dürbün çoktan fazlasıyla yakınlaştırdı ona dünyayı, dünya çoktan gözleri önüne serdi kendini - dolayısıyla şimdi neye karşı korumalıyım onu, nasıl, niçin? Sanırım bana bir tek şu an zihnine kaydettiği seslerin, içinde daima yaşayacak olan bu ânın üzerine yerleşecek olan seslerin, o gün yalnız olmadığının güvencesini verecek sesler olmasını sağlamak kalıyor. Ona bir adım daha yaklaşıyorum, kolumu göğsüne doluyor ve, "Ne görüyorsun söyle bakalım Yer Kontrol," diyorum.

"Uzay gemisi piste doğru hareket ediyor," diye yanıtlıyor ne yaptığımı anlayarak.

"Tamam. Başka?"

"Astronotlar gemideler artık."

"Güzel."

"Fırlatmaya neredeyse hazırız."

"Güzel. Başka?"

"Personel fırlatma sahasını hazırlıyor. Helyum ve nitrojen basınçlama yolda. Fırlatma aracı dahili güce bağlanıyor."

"Başka? Başka?"

"Dur, anne, lütfen. Başka ne, bilmiyorum."

"Evet, biliyorsun. Sadece daha dikkatli bak, bana hepsini anlat. Hepimiz sana güveniyoruz."

Bir an gözlerini dürbünden ayırıyor, önce bana, sonra elinde yine boom mikrofonu olan babasına, sonra da hâlâ uyuyan kız kardeşine bakıyor, ardından tekrar dürbünle bakmaya başlıyor. Konuşmaya başlamadan evvel derin bir nefes alıyor, kararlı bir şekilde anlatıyor:

"Patlama tehlike sahası temiz. Uçuş deneme sahası fırlatıma hazır dedi. Altmış saniye. Fırlatma etkinleştirme açık. Otuz saniye. Likit oksijen dolum ve tahliye vanaları kapatıldı. On saniye. Fırlatma aracı ateşleme sistem kontrolü etkin. Dokuz, sekiz, yedi. Ana motor çalıştırılmaya hazır. Ve altı, beş, dört. Ana motor çalıştırılma emri veriliyor. Üç, iki, bir, kalkış..."

"Sonra?" diye soruyorum.

"Hepsi bu. Kalktı."

"Başka?"

"Şu an odaklanmak zor. Uzay gemisi gökyüzünde, hızla ilerliyor, şu an odaklamak çok zor. Yapamıyorum."

Uçak devasa mavilikte gözden kayboluyor; artık hafif bulutlanmış olan gökte hızla yükseklere, uzaklara uçuyor, yavaş yavaş yok oluyor. Çok geçmeden ıssız şehirleri aşacak, yayıldıkça yayılan endüstriyel kanserleri, ovaları aşacak, nehirlerin, ormanların üzerinde uçacak. Kocam, sanki geriye kaydedecek bir şey kalmış gibi boom mikrofonunu tutuyor hâlâ. Bir şeyin sonu, gerçek son, hiçbir zaman dananın kuyruğunun koptuğu yer değildir, bir anda kapanan bir kapı değildir bu hiçbir zaman, daha çok atmosferik bir değişimdir, yavaşça kümelenen bulutlardır, gümbürtüden çok iniltidir.

Uzun süre çocuklarımıza ne anlatacağımı, onlara bir hikâyeyi nasıl aktaracağımı düşündüm durdum. Ama şimdi, bu ânın hikâyesini, gördüklerimizin hikâyesini ve gördüklerimizi onun vasıtasıyla nasıl gördüğümüzün hikâyesini anlatan oğlanı dinlerken yavaş ama mutlak bir katiyet yerleşiyor nihayet içime. Hikâyenin onun anlattığı hali bizden daha kalıcı olacak; geriye onun anlattığı hali kalacak, nesilden nesle aktarılacak. Sadece onun gözünden bizim hikâyemiz, bir aile olarak kim olduğumuzun hikâyesi değil, onun gözünden başkalarının, mesela kayıp çocukların hikâyeleri de öyle. Her şeyi benden, hepimizden çok daha iyi anladı. Dinledi, baktı, gördü -gerçekten gördü, odaklandı, kafa yordu- ve yavaş yavaş, zihni bizi çevreleyen tüm kaosu bir dünyaya yerleştirdi.

Anne babaların çocuklarına gerçekten verebileceği tek şey ufak tefek bilgilerdir: tırnak böyle kesilir, gerçek bir kucaklaşmanın sıcaklığı budur, saçtaki düğümler böyle açılır, seni işte böyle seviyorum. Ve bunun karşılığında çocuklar anne babalarına daha soyut ama aynı zamanda daha büyük, daha kalıcı bir şey, onlara hayatı açıklamaya çalışabilmeleri, bir zamanlar James Baldwin'in yazdığı üzere hayatı "kabullenerek ve hınç duymadan" ama aynı zamanda bir parça öfke ve katılıkla aktarabilmeleri için onlar namına hayata dört elle sarılma, hayatı anlama arzusuna benzer bir şey verirler. Çocuklar anne babalarını belli bir nabız, bir bakış, bir ritim aramaya, hikâyeyi en doğru şekilde anlatmanın yolunu aramaya mecbur bırakırlar; hikâyelerin hiçbir şeyi düzeltmediğini ya da kimseyi kurtarmadığını ancak belki dünyayı daha karmaşık fakat aynı zamanda daha çekilir bir yere dönüştürdüğünü bile bile hem de. Ve bazen, sadece bazen, daha güzel bir yere. Hikâyeler geleceği geçmişten çıkarmanın bir yoludur, geriye dönüp baktığınızda bir şeyleri anlamanın tek yoludur.

Oğlan hâlâ dürbününü boşa göğe doğru tutuyor. Dolayısıyla bir kez daha, bu sefer sadece fısıldayarak, soruyorum ona:

"Başka ne görüyorsun Yer Kontrol?"

2. BÖLÜM

CANLANDIRMA

SINIR DIŞI ETME

YOLA ÇIKIŞ

Binbaşı Tom'u arıyorum.
Ses kontrol. Bir, iki, üç.

Burası Yer Kontrol. Duyuyor musun Binbaşı Tom?

Bu bizim hikâyemiz ve kayıp çocukların hikâyesi, baştan sona, ve bu hikâyeyi sana anlatacağım Memphis.

Oradaydık ve kayıp çocuklar bir uçakta gökyüzünde kaybolmuştu. Dürbünümle onlara bakınıyor ama başka da bir şey göremiyordum, anneme söylediğim de buydu. Tıpkı senin kalkmadan önce çektiğim uçak fotoğrafında pek bir şey göremeyeceğin gibi. Asıl önemli olan şeyler ancak ben fotoğrafı çektikten sonra, fotoğraf karanlıkta, tüm fotoğraflarımı sakladığım küçük kırmızı kitabın içinde, bir kutunun içinde, senin uyuduğun arabanın içinde şekillenirken gerçekleşti.

Olan şuydu: -böylece sen de bilebilir, günün birinde fotoğrafa baktığında benim gördüğüm gibi görebilirsin- kayıp çocuklar hangardan tek sıra halinde çıktı, hepsi de çok sessizdi, çocuklar sahneye çıkmak zorunda olduklarında ve sahne korkusu duyduklarında nasıl ayaklarına bakarak yürürlerse öyle yürüyorlardı onlar da ama durum tabii ki bundan çok daha beterdi. Hepsi de uçağa bindirildi, ben de dürbünü göz çukurlarıma sıkıca bastırıp gözlerimi uçağa diktim. Annem askerlere küfür etmeye, ardından daha önce hiç duymadığım şekilde bağırmaya ve sonra, tek kelime etmeden, sadece nefes alıp vermeye başladı. İyice odaklandım ve uçak pistte yavaş yavaş hareket etmeye başladığında yeniden odaklanmam gerekti. Hızlanan ve yukarı yönelen uçağı takip etmek güçleşti, bir kez göğe yükseldikten, hızla gözden kaybolduktan sonra onu bulmak imkânsızlaştı. Sanki kulaklarımı kapatır gibi dürbünü gözlerime bastırdıkça bastırdım. Fakat en sonunda gözlerimi dürbünden ayırdım çünkü gökyüzünde görülecek bir şey kalmamıştı artık, gökte uçak muçak yoktu. Çocuklarla beraber ortadan kaybolmuştu uçak. O gün yaşananların adı ne yola çıkış ne de geri gönderilmeydi. Sınır dışı etme idi bunun adı. Ve biz onu belgeledik.

AİLE SÖZLÜĞÜ

Resmi olarak babam belgeselci, annemse belgeciydi; aralarındaki farkı pek az kişi bilir. Aralarındaki fark şu, haberin olsun, belgeselci daha çok bir kütüphaneci, belgeciyse kimyacı gibidir. Ama ikisi de aslında aynı şeyi yapıyordu: Sesler bulmaları, onları kaydetmeleri, bir kasette depolamaları, sonra bir hikâye oluşturacak şekilde birleştirmeleri gerekiyordu.

Anlattıkları hikâyeler, her ne kadar ses-hikâyeleri olsalar da arabada dinlediğimiz sesli kitaplar gibi değildi. Sesli kitaplar zamanı ortadan kaldırmak ya da en azından geçişini hızlandırmak için yaratılmış uydurmaca hikâyelerdi. Şayet telefonu bağlıysa, annemin radyoyu her açışında, "Ormanda gecenin karanlığı ve soğuğunda uyandığında..." diyordu araba hoparlörleri. Bu satırı ezbere biliyor, ne zaman arabada duyulsa yüksek sesle söylüyordum ve sen bazen başparmağını ağzından çıkarıyor, benimle beraber yüksek sesle tekrarlıyordun, taklit konusunda öyle başarılıydın ki. Annem daha cümle bitmeden durdursa bile cümlenin kalanını söylüyorduk beraber: "...yanında uyuyan çocuğa dokunmak için uzanırdı." Sonra annem Durdur tuşuna basıyor, ya *Sineklerin Tanrısı* sesli kitabını arıyor ya da radyoyu açıyordu, bazense müzik çalıyordu.

Ama uçak çocuklarla beraber havalandıktan sonra yeniden arabaya döndüğümüzde annem teybi çalıştırmadı, herhangi bir şey çalmadı. O ve babam ön koltuklarındaydılar, sen ve ben arka koltukta. Annem o kırış kırış eski haritasını açtı, babam tüm dikkatini otoyola verdi. Sanki peşimizdeki bir şeyden kaçarmış gibi hızla uzaklaşıyorduk. Herkes, her şey sessizdi. Sanki hepimiz kaybolmuştuk. Gözümle gördüğüm bir şey değildi de bildiğim bir şeydi bu, yeni uyandığında bazı şeyleri bilirsin ama zihnin bulanık olduğu için açıklayamazsın ya hani, işte o şekilde bildiğim bir şey. Bu da aynı şekilde açıklanamazdı ama bana kalırsa günün birinde ne demek istediğimi anlayacaksın.

Nihayet kayıp çocukların kim bilir nereye uçup gittiği Roswell'deki o pistten yeterince uzaklaştığımızda babama şimdi ne olacağını sordum. Sen hâlâ uyuyordun ve ben babamın sürücü koltuğunun arkasına tutunuyor, beni arkaya çeken ve tenimi dalayan emniyet kemerime karşı koymaya, kendimi onun koltuğuna yaklaştırmaya çalışıyordum. Babamın bir şey demesini bekliyordum, sanki hâlâ dürbünle bir şeyi dikkatle inceler gibi bekliyor da bekliyordum, oysa sadece kelimeleriydi beklediğim. Babam iki eliyle direksiyonu tutuyor, her zamanki gibi gözlerini kısarak otoyola bakıyordu. Hemen her zaman olduğu gibi susuyordu.

Anneme, "Sence uçaktaki çocuklara ne olacak?" diye sordum. Bilmediğini söyledi, "ama o kayıp çocuklar yakalandıkları şekilde yakalanmasalardı," dedi, "hepsi de ülkenin dört bir yanına yayılacaktı," her zamanki gibi koltuğundan büyük haritasını gösteriyor, sanki parmak ucuyla çizercesine parmağını haritada gezdiriyordu. "Hepsi de kendine gidecek bir yer bulacaktı," dedi. Ve, "Nereye, nereye gideceklerdi?" diye sorduğumda tam olarak nereye, tam olarak haritadaki hangi noktalara gideceklerini bilmediğini söyledi ama hepsi de farklı evlerde, farklı ailelerle yaşamak üzere bir yerlere gideceklerdi dedi. "Okula gidecekler miydi?" diye sordum. "Evet." "Ya çocuk parklarına?" "Evet." "Ya parklara, bahçelere, diğer yerlere?" "Evet."

Bir zamanlar, her sabah, biz de anne babamızla okula yürürdük, onlar işe giderdi ama sonra bizi hep alırlardı, bazen de öğleden sonraları parklara götürürlerdi ve hafta sonları büyük, kurşuni nehir kıyısında hep beraber bisiklete binerdik, gerçi sen hep bebek koltuğunda otururdun, yani bisiklete biniyor sayılmazdın, hep bir noktada uyuyakalırdın ama olsun. İşte o zamanlar hep beraber olmasak bile hep beraberdik, çünkü o zamanlar hepimiz aynı haritanın içinde yaşıyorduk. Bu araba seyahatine çıktığımızda artık o haritanın içinde yaşamaz olduk ve her ne kadar arabanın içinde daima dip dibe otursak da bizimki birlikte olmanın tam zıddıydı sanki. Babam önündeki otoyola bakardı. Annemse kucağındaki haritaya ve bize, mesela Little Rock, Boswell ve şimdi de Roswell gibi gideceğimiz yerlerin adlarını söylerdi.

Anneme sorular sordum, cevapladı. Çocuklar nereden geliyordu ve buraya nasıl gelmişlerdi? Bana zaten bildiğim şeyleri söyledi: Buraya bir trenle gelmişlerdi ve onun öncesinde kilometrelerce yol tepmişlerdi, o kadar çok yürümüşlerdi ki ayakları hastalanmış, tedavi edilmeleri gerekmişti. Çölde sağ kalmayı başarmışlardı, kötü insanlardan sakınmak zorunda kalmışlar, daha iyilerinden yardım almışlardı ve işte, ailelerini, belki burada yaşayan başka erkek ve kız kardeşlerini bulmak için ta buraya kadar gelmişlerdi. "Ama onun yerine hepsi de yakalandı, geri gönderilmek üzere uçağa bindirildi," dedi, "haritadan silindi, gözden kayboldu," bir metafor gibi bu ama aynı zamanda değil de. Çünkü gerçekten de gözden kayboldular.

Sonrasında anneme neden üzgün değil de bu kadar kızgın olduğunu sordum, hemen cevap vermedi ama babam nihayet bir laf etti. "Endişelenme, artık bir önemi yok, bitti gitti," dedi. Sonra annem konuştu. "Evet," dedi, "aynen öyle." Tam da bu yüzden, bir şeyler bu şekilde bitebildiğinden, son bulabildiğinden ve kimsenin dönüp de bakma zahmetini bile göstermemesinden dolayı kızgın olduğunu söyledi. Bunu söylediğinde onu anladım çünkü uçağın çocuklarla beraber gözden kayboluşunu ben de görmüştüm, Apaçi mezarlığındaki mezarların üzerinde yazan isimleri de görmüştüm ayrıca ve sonra isimleri fotoğraflarımdan silinmişti ve Memphis gibi kimi yerlerden geçerken ben de pencereden dışarı bakmıştım. Seni kastetmiyorum Memphis, kaldırımda bir mukavva yığını sürükleyen çok, çok yaşlı, neredeyse iskelet gibi bir kadın, yol kenarındaki boş bir arazide de bir şiltenin üzerinde oturan annesiz babasız bir grup çocuk gördüğüm Memphis, Tennessee'yi kastediyorum.

Tüm bunları, ne demek istediğini anladığımı, benim de onun gibi ve babam gibi kızgın olduğumu ona söylemeliyim diye düşündüm ama söylemek, doğru kelimeleri bulmak imkânsızdı işte, dolayısıyla onun yerine şimdi UFO müzesine gitmemiz gerektiğini, söz verdiklerini anımsattım onlara. Sadece sustular; sanki beni dinlemiyorlardı bile, sanki arka koltukta vızıldayan bir sinektim. Ve yeniden, "Bence UFO müzesine gitmeliyiz, çünkü kız kardeşime baksanıza, şuna bakın, bir uzay gemisine bindirilip tıpkı o çocuklar gibi uzaya geri gönderilmeli çünkü bakın, kendisi de bir yabancı," dediğimde annem bana doğru döndü; öfkeli görünüyordu ve sanıyorum beni fena halde azarlamak üzereydi ama seni salyalar akan ağzın ardına kadar açık, başın bir yana sarkmış, gerçek bir Marslıdan farksız halde uyurken gördüğünde belli belirsiz, güç bela gülümsedi ve, "Tamam," dedi, "haklı olabilirsin."

AİLE ÖRGÜSÜ

Bu seyahate çıkmadan önce, iyice düşününce, hatırlıyorum da babam ve annem çok gülerdi. Hep beraber yeni dairemize taşındığımızda, birbirimizi pek tanımıyor olsak da hep birlikte çok gülerdik. Sen ve ben okuldayken babam ve annem şehirdeki farklı dilleri konuşan insanlar hakkında uzun bir kayıt üzerinde çalışırlardı. Bazen evde bu kayıttan örnekler çalarlardı; sen Memphis, sen her ne yapıyorsan onu yapmayı bırakır, salonun ortasında, hoparlörlerin yanında dikilirdin. Ciddileşir, boğazını temizler, tuhaf dillerde konuşan o kayıtlı sesleri taklit etmeye başlardın, söylediklerin hiçbir anlam ifade etmezdi ama aynı zamanda o seslere çok da benzerdi. Küçücükken bile taklit konusunda başarılıydın. Gerek annem gerekse babam mutfağın bir köşesinde durup seni dinler, her ne kadar bastırmaya çalışsalar da, hatta ellerini ağızlarına götürseler de sonunda hep kahkahalara boğulurlardı. Onları yakaladığın, gülerken duyduğun takdirde hep sinirlenirdin çünkü seninle alay ettiklerini düşünürdün.

Nihayet arabada uyandığında ve tabii ki UFO müzesine gelip gelmediğimizi sorduğunda sana oraya gittiğimizi ama yaz dolayısıyla kapalı olduğunu, fakat çok daha iyi bir yere, babamın Apaçilerinin yaşadığı yere gidiyor olduğumuzu söyledim, doğruydu da, ama yine de yeni plana alışman biraz vakit aldı ve bir süre surat astın.

Annem büyük haritasına bakıyordu; bir sonraki, La Luz adındaki kentte durmak ister miyiz yoksa daha uzaktaki Truth or Consequences adındaki kente kadar gitmeyi mi tercih ederiz diye sordu. Senle ben, sadece bir sonraki kente, La Luz'a kadar gitmek üzere oy kullandık; ikiye karşı iki. Böylece karar verildi: Truth or Consequences'e kadar gidecektik. Şikâyet ettiğimde babam kuralların böyle olduğunu, buna demokrasi dendiğini söyledi.

ENVANTER

Bir İsviçre çakım, bir dürbünüm, bir el fenerim, küçük bir pusulam ve bir Polaroid fotoğraf makinem vardı. Babamın bir boom mikrofon sopası ve her şeyi kaydeden bir mikrofonu ve annemin, sadece bazı şeyleri, daha çok yakınındakileri kaydeden ufak bir kayıt cihazı vardı. Zeppelin'leri ve blimp'leri vardı; bunların tam olarak ne işe yaradığı konusunda bir fikrim yok. Ne zaman motellerde dursak babam saatlerce yerde oturur, düğüm olmuş kabloları çözer ve küçük kayıt cihazının pillerinin şarj olmasını beklerdi. Sonra her daim cebinde taşıdığı küçük not defterine bir şeyler yazar, büyük kulaklıklarını kafasına geçirir ve elinde mikrofon sopasıyla dışarı, otoparka çıkardı. Bazen, izin verdiğinde, peşinden gider, bir şeyleri taşımasına yardım ederdim. Sen annemle içeride kalırdın, ne yapardınız bir fikrim yok. Belki de, nasıl ki babam kabloları çözüyorsa, annem de senin hep düğüm düğüm olan saçlarını çözüyordu. Ben babamla dışarıda olurdum, bir şeyler kaydetmekle meşgul olurduk ikimiz de. Gerçi çoğunlukla tek kaydettiğimiz geçen arabaların ve esen rüzgârın sesiydi aslında, dolayısıyla da tüm bu seslerle ne yapıyor olabileceğini hiçbir zaman bilemedim. Bir seferinde aklıma bir espri geldi ve ona can sıkıntısının seslerini mi kaydediyorsun diye sordum; güleceğinden emindim ama gülmedi.

ORTAKLAŞIM

Camı tıklattın ve, "Tak tak!" dedin.

"Kim o?" dedik hep bir ağızdan.

"Soğuk."

"Soğuk kim?"

"Soğuk Kollar!"

Dünyadaki en kötü tak tak, kim o şakalarını sen yapardın, hepsi de birbirinden manasızdı ama babam ve annem komikmiş gibi davranır, yalandan gülerdi.

Annem ha-ha diye gülerdi yalandan.

Babamınki daha çok he-he gibiydi.

Benim yalandan gülüşüm tümüyle sessizdi, sadece, tıpkı sessiz bir çizgi filmde olduğu gibi, ağır çekimde elimle hafif hafif karnıma vururdum.

Sen, sen henüz yalandan gülmeyi öğrenmemiştin.

Doğru düzgün şaka yapamasan da, berbat bir okur olsan da, mesela harf atlar, b ve d'yi karıştırırdın, doğru düzgün yazamasan da bazen gerçekten çok akıllıydın. Bir seferinde ikimiz de üşütmüştük, annem bize nezle ilacı vermişti ve ilaç bizi daha da hasta etmişti. Sonra bize nasıl olduğumuzu sorduğunda benim tek akıl edebildiğim sözcük "daha kötü" olmuştu ama sen enikonu düşünmüş, "Lanetlenmiş gibi hissediyorum," demiştin.

KURUCU MİTLER

Nihayet Truth or Consequences denen kente vardık, bence aptalca bir isim bu. Annem pek hoş, babam çok zekice buldu, bana kalırsa orada durmamızın tek nedeni de buydu.

Yanından geçtiğimiz moteller öylesine ıssızdı ki bunu sen bile fark ettin ve bize, "Bakın, bu kentte ağaçlar için moteller var," dedin. Benim dışımda kimse ne demek istediğini anlamadı. O motellerin ağaçlar için olduğunu söylemiştin çünkü içlerinde kalan kimse yoktu, kırık camlarından ve kapılarından yalnızca dallar ve yapraklar gözüküyordu, böylelikle ağaçlar biz arabayla yanlarından geçerken bize dallarını sallayan konuklar gibi gözüküyordu.

Bulduğumuz motel daha önce gördüklerimiz kadar kötü değildi. Yerleştik, babam, Geronimo ile arasında kan bağı olan bir adamla röportaj yapacağını ve geç geleceğini söyleyerek dışarı çıktı. Annem yatağına uzandı, kitabını, içine fotoğraflarımı koyduğum küçük kırmızı kitabı okumaya koyuldu, bizimle ilgilenmiyordu, bunu az çok bekliyordum beklemesine aslında ama yine de hayal kırıklığına uğradım. O küçük kırmızı kitabın adı *Kayıp Çocuklar İçin Ağıtlar*'dı ve ondan, bazen yaptığı üzere, uyuyabilmemiz için bize yüksek sesle okumasını istediğimde, "Peki, tamam, ama sadece bir bölüm," dedi.

Kendi yatağından bizimkine, ortamıza geçti, biz onun yanına sokulduk, sanki bir tür kartalmış gibi, her birimiz bir kolunun altına girdik. Sen, "Biz ekmeğiz, annemse tereyağı," dedin. Annemin tenini, kolunun ön kısmıyla üst kısmının birleştiği yeri kokladım; tahta ve kahvaltılık gevrek gibi kokuyordu, belki biraz da tereyağı gibi. Kitabı büyük bir dikkatle açtı çünkü içinde sayfaların arasına birer ayraç misali tıkıştırdığım fotoğraflar vardı, fotoğraflar düşsün istemiyordu. Sonra o kumlu sesiyle bize kitabı okumayı başladı.

(BEŞİNCİ AĞIT)

Alçak dallardan sarkan uzun sarmaşıklar yanaklarını, omuzlarını yaladı. Bir yük vagonunun pul pul tavanında oturarak ya da yatarak insanlara karşı uyanık kalmak ama aynı zamanda bitkilerden ve hayvanlardan da sakınmak zorunda oldukları hektarlarca tropik ormandan geçtiler. Sanki ağaçların dibindeki çalıları uyandırmaktan çekiniyormuş gibi tren bile burada normalde olduğundan daha yavaş ilerliyordu. Sivrisinekler yedisini birden sonradan mora çalan, ardından kahverengiye dönen, sonra yitip giden ama ardında dang zehrini bırakan pembe izlerle kapladı.

Orman karanlıktı, gizli saklı korkularla doluydu. Kaçma arzusuyla tıkadı nefeslerini ama öngörülebilir bir ferahlık sunmadı. Ağır hava ve ateş sardı başlarını. Ormanın renkleri, leş kokulu buğuları açık gözlerini vahşi görüntülerle tutuşturdu. Tüm rüyalarında kâbuslar filizlendi, daha yaşlı adamların nemli dilleriyle, sarı dişleriyle, büyük, kuru elleriyle doldurdu hepsini. Uykusuz geçirdikleri ve sıcağa rağmen tir tir titredikleri, kemiklerinin zangırdadığı bir gece hepsi gördü onu, bir dala asılı bir ipten sarkan bedenin gelgeç siluetini. Başlarındaki adam, asılı adamın artık bir adam olmadığını söyledi onlara, onun için endişelenmemeleri gerektiğini, dua da etmemeleri gerektiğini söyledi, zira o adam artık börtü böcek için et ve hayvanlar için bir kemikten başka şey değildi. Çocuklara herhangi bir hata, herhangi bir yanlış hareket yaptıkları takdirde kendilerinin de etten, kemikten, cesetten, kesilmiş bir kafadan başka bir şey olmayacaklarını söyledi. Sonra bir kelle sayımı yaptı. "Teğmen, kelle sayımı! Tüm cesetlerini say!" diye bağırdı. Ardından kendi kendine yanıtladı: "Emredersiniz efendim!" ve her rakamda çocukların kafasına bir tokat indirerek saymaya başladı: bir, iki, üç, dört, beş, altı, yedi.

Annem burada okumayı bıraktı, belki de bize başka bir şey okuması gerektiğini söyledi. Ama sen çoktan uyumuştun, böylece ben, "Hayır, anne, hadi ama, bak, uyuyor. Ve ben yeterince büyüğüm. Çizgi romanlar bile bundan daha vahşi," dedim. Bunun üzerine boğazını temizledi ve devam etti:

Yedisi birden tren vagonunun tepesinde ormanda ilerler, uyumaya çalışır ama aynı zamanda uyumaktan korkarken kulaklarına hikâyeler, rivayetler çalındı. "Haydutlarla, katillerle doluydu," dedi insanlar. "Herkesin kalbi sökülecek, sivri uçlu bir mızrağa geçirilecek," dedi kapalı bir yük vagonunun tepesindeki bir kadın. "Bir adamın iki gözü de oyuldu, tüm malına mülküne el kondu," dediler. Ayrıca, "Burada soyuldu, bırakıldı burada," da dediler. Sözler trenin kendisinden daha hızlı ilerledi trenin tepesinde ve ulaştı dinlememeye çalışan ama başaramayan yedi çocuğa. O sivrisinekler gibiydi sözler, kafalarına birtakım düşünceler soktular, istila ettiler onları, içlerinde nüfuz edilmedik yer bırakmadılar.

Oğlanın biri, altı numara, kovalı kız tarafından ayakları iyileştirilen çocuk, geceleri uykuya dalmak için cenin pozisyonu alıyordu. Dedesini anımsamaya çalıştı ama ihtiyar adam aklının hiçbir köşesinde değildi, ıstakozları da öyle. Her şey siliniyordu. Oğlan ilkin kıvrılıyor, sonra yüzünü göğe dönerek sırtüstü yatıyordu, kıpraşıp duruyor, bir oraya bir buraya dönüyor, uyumaya çalışıyordu. Sonra kızın tırnak makasıyla ayaklarını onaran yumuşak ellerini anımsamaya çalıştı, kara gözlerini gözünün önüne getirmeye çalıştı, yanı başında olmalarını istedi, gözleri ve çıplak elleri, bedeninde ve daha karanlık rahnelerinde yavaş yavaş dolansın istedi. Ama o çabaladıkça zihni onu şimdi tren rayları üzerinde ritmik bir şekilde ağır ağır ilerleyen canavarın daha büyük metal kıskaçlarına geri dönmeye zorladı.

Çocuklar geceleri gözlerini uzun süre kapamaya cesaret edemediler, kapadıklarında da kendilerini bekleyenleri düşlemekten acizdiler. Pençesinde oldukları sürece ormanın ötesindeki hiçbir şey tahayyül edilebilir değildi. Yaşça daha büyük bir oğlanın, yedi numaranın onlara bir hikâye anlatmayı teklif ettiği gece hariç.

"Hikâye dinlemek ister misiniz?" diye sordu.

"Evet," dedi yaşları daha küçük olan bazıları, "evet, lütfen." Daha büyük olanlar bir şey demediler ama onlar da dinlemek istiyorlardı.

"Size bir hikâye anlatacağım ama anlattıktan sonra hepinizin gözlerini kapaması, treni ya da başımızdaki adamı yahut ormanı veya başka bir şeyi değil de anlattıklarımı, arkalarında yatan esas anlamı düşünmesi gerekiyor."

"Tamam," dedi biri. "Peki," dedi bir diğeri. "Tamam, anlaştık," dediler.

"Söz mü?"

Hepsi söz verdi. Herkes kabul etti.

"Anlat," dediler. "Anlat."

"Pekâlâ, hikâye şöyle: 'Uyandığında dinozor hâlâ oradaydı.'"

"Bu hikâye mikâye değil," dedi yaşça daha büyük olan oğlanlardan biri.

"Şşş," dedi kızlardan biri. "Söz verdik. Sessiz olup hikâyeyi düşüneceğimizi söyledik."

"Yeniden anlatabilir misin?" diye sordu üç numaralı oğlan, gözkapakları ağır, şişti.

"Peki, sadece bir kez daha anlatacağım, sonra sessiz olup uyuyacaksınız."

Üç numaralı oğlan hikâyeyi dinler, uyumaya çalışırken, kara yaprakların arasından göğe, tepesindeki sabit kara derinliğe baktı ve tanrılar orada mı geziniyor, hangi tanrılara nerede tapıyoruz, diye geçirdi aklından. Uzun uzun, dikkatle bakındı, gözleri onları aradı orada ama hiçbiri yoktu.

ANADİLLER

Annemden bir bölüm daha okumasını istedim. "Olmaz," dedi, başta sadece bir bölüm demişti, o kadar. Kendi yatağına döndü, ışıkları kapattı. Uyumamak için kendimi zorladım, uyuyor numarası yaptım ve onun nihayet uyuduğundan emin olduktan sonra başucumdaki ışığı yaktım, kitabı alıp açtım.

O gün çektiğim fotoğraf, orada duran uçak fotoğrafı kitabın sayfaları arasından kayıp düştü. Dikkatle, çocukların belirmesini beklercesine baktım fotoğrafa ama tabii ki belirmediler. Olur da bakarsan o aptal uçak dışında hiçbir şey yok fotoğrafta, bu da canımı çok fena sıkıyor. Ama fotoğrafı kitabın son sayfaları arasına yeniden koyarken önemli bir şey fark ettim, o da şu: Benim dışımda ve belki, her ne kadar o ânı kendi gözlerinle görmemiş olsan da, ileride baktığında senin dışında kimse göremeyecek olsa da fotoğrafı çektikten sonra yaşanan her şey de o fotoğrafta aslında.

Sonunda, bu kez daha bir dikkat ederek ve diğer fotoğrafların düşmemesi için kenarlarından daha bir sıkı tutarak kitabı en baştan açtım. Hikâyenin bir zamanlar annemden dinlediğim ama kendim okuduğumda anlaması daha güç olan ilk cümlelerini okudum:

(BİRİNCİ AĞIT)

Ağızlarını göğe doğru açmış, uyuyorlar. Oğlanlar, kızlar: rüzgâr gece gündüz ısırdığından dudakları çatlak, yanakları kızarık. Alanın tamamını işgal ediyorlar, kaskatı ama sıcaklar, yeni cesetler misali sıralanmışlar yük treninin metal tavanında. Başlarındaki adam mavi beyzbol şapkasının kenarları altından sayıyor onları: altı çocuk; yedi eksi bir. Tren demir bir duvara paralel raylarda yavaşça ilerliyor. Ötede, duvarın iki yakasında çöl uzanıyor; iki tarafta da bir. Tepede kara gece kımıltısız.

ZAMAN VE DİŞLER

Anladığıma kanaat getirinceye dek o satırları tekrar tekrar okudum ve ezberlemeye çalıştım. Z seviyesi bir okurdum. Sen A seviyesi bile değildin çünkü b ve d, ayrıca g ve p harflerini karıştırıyordun ve sana bir kitap gösterip de bu sayfada ne görüyorsun diye sorduğumda bana bilmiyorum diyordun, bari ne hayal ettiğini söyle dediğimde sonunda yüzme havuzunu açıp da orada yüzmemize izin verdikleri zamanlarda nasıl mahallemizdeki tüm çocuklar suya atlıyor, etrafa su sıçratıyorsa küçük harfleri de aynen o şekilde hayal ettiğini söyledin. Motele dönen babamın ayak seslerini duyuncaya dek annemin kırmızı kitabının ilk sayfasını tekrar tekrar okudum, babamın odanın kapısının önünde durduğunu, sonra kapı kolunun çevrildiğini işitince kitabı yere attım, ağzımı hafif aralayarak uyuyor numarası yaptım.

DİL BAĞLARI

O gece rüyamda bir kedi öldürdüğümü, sonra çölde bir başıma yürüyüp uzuvlarını gömdüğümü gördüm: kuyruk, patiler, gözler ve bıyıklar. Sonra bir ses bana kedinin uzuvlarının kedi olup olmadığını sordu. Ama tabii ki gerçekte bunların hiçbirini yapmadım, sadece rüyamda gördüm, sevindirici ve rahatlatıcı bir durumdu doğrusu ama bunu da ancak uyandığımda fark ettim ve adı Truth or Consequences olan bir kentte olduğumuzu anımsadım.

PROSEDÜRLER

Ertesi sabah erken uyandık ve annemle babam hâlâ uyurken avluya oynamaya çıktık, avlu banklarda, sandalyelerde, masaların altında uyuyan kedilerle doluydu; bu beni, sanki sadece rüyamda görmemişim de gerçekten bir kedi öldürmüşüm gibi biraz suçlu hissettirdi. Bu yüzden kedileri kurtarmakla ilgili bir oyun uydurdum ve bir süre bu oyunu oynadık fakat sen kuralları bir türlü öğrenemedin, biz de sonunda kavga ettik.

Arabada öyle çok kavga etmedik ama zaman zaman hakikaten sıkıldık, zaman zamansa sıkılmış numarası yaptık. Cevabı bilmediklerini biliyordum ama yine de annemle babama, belki de sırf onları rahatsız etmek için, "Ne kadar kaldı?" diye sorup durdum.

Sense hemen ardından, "Ne zaman varacağız?" diye sordun.

Bizi oyalamak, susturmak için babamla annem bazen radyodan haberleri açıyor, bazense sesli kitap dinliyorlardı. Haberler genellikle kötüydü. Sesli kitaplar ya sıkıcı ya da bizim için fazla yetişkin işi kalıyordu, başta babamla annem hangisini dinleyecekleri konusunda sürekli fikir değiştirip bir kitaptan öbürüne geçti ama nihayet günün birinde *Sineklerin Tanrısı*'nı bulup onunla devam ettiler. Sen kitaptan nefret ettiğini söyledin ve tek kelimesini bile anlamadığından yakındın ama ne zaman dinlesek yine de kulak vermeye çalıştığını fark etmiştim, böylece ben de kendimi kulak vermeye zorladım ve yer yer anlaması güç olsa da her şeyi anlıyormuş numarası yaptım.

ORTAK BEYAN

Bazen şans yüzümüze gülüyordu da arabanın ses sistemini kapatıp bize hikâyeler, zaman zamansa tarihi hikâyeler anlatıyorlardı. Annemin hikâyeleri tıpkı radyodaki haberler gibi hep kayıp çocuklar hakkındaydı. Bu hikâyeleri seviyorduk ama sana kendini tuhaf hissettiriyor ya da seni üzüyorlardı. Babamın anlattığı tarihi hikâyeler Amerika'nın eski, Meksika'nın bir parçası olduğu zamanlardaki güneybatısıyla ilgiliydi. Babam ne zaman bu konudan bahsetmeye başlasa annem, "Bütün buralar bir zamanlar Meksika'ydı," der, bir koluyla arabayı çevreleyen alanı işaret ederdi. Babam bize mavi üniformalıları, Aziz Patrick Taburu'nu, Pancho Villa'yı anlattı. Fakat en sevdiğimiz tarihi hikâyeler Geronimo, Apaçi, hakkında olanlardı. Ve babamın anlattığı hikâyelerin arabadayken bizi oyalamak için bir dümen olduğunu bilsem de ne zaman Geronimo hakkında konuşmaya başlasa her seferinde oltayı yutuyordum, sen de öyle, ikimiz de arabada olduğumuzu, çiş yapmamız gerektiğini, zamanı ve önümüzde ne kadar zaman kaldığını unutuveriyorduk. Ve zamanı unuttuğumuzda zaman çok daha çabuk geçiyordu, ayrıca, bunun bir açıklaması olmasa da kendimizi çok daha mutlu hissediyorduk.

Sen bu hikâyeleri dinlerken hep uyuyakalıyordun. Ben genellikle uyumuyordum ama hiç değilse gözlerimi yumup uyuyormuş numarası yapabiliyordum. İkimizin de uyuduğunu zannettiklerinde bazen kavga ederlerdi ya da suspus otururlardı veyahut babam yol boyu kaydettiği envanterinden parçalar çalar, annemle bunlar hakkında tartışmak isterdi. Yankı envanteri adını verdiği bir şey için envanter oluşturuyordu. Yankı envanteri nedir diye sorarsan şayet: Yankı envanterleri seslerden oluşan, kaybolan ama biri tarafından bulunan şeyler ya da onlardan bir envanter oluşturacak biri tarafından, babam gibi biri tarafından mesela yakalanmazsa kaybolacak olan sesler. Yani artık var olmayan ama yine de onlardan bir envanter oluşturan babam gibi insanlar sayesinde insanların hâlâ duyabildiği sesler koleksiyonu ya da müzesi gibi bir şey.

Bazen envanterleri sadece rüzgâr ve yağmur ve de araba seslerinden oluşuyordu, bunlar içlerinde en sıkıcı olanlardı. Bazense insanlarla yaptığı sohbetlerden, görüşmelerden, hikâyelerden, tarihi hikâyelerden ya da sadece insan seslerinden oluşuyordu. Bir seferinde arabanın arka koltuğunda oturmuş konuşan bizi bile kaydetti, sonra ikimizin de uyuduğunu, dinlemediğimizi zannettikleri bir anda bu kaydı anneme dinletti. Kendi sesimizi dinlemek tuhaftı, sanki oradaymışız ama aynı zamanda değilmişiz gibi. Sırra kadem basmışız gibi hissettim, ya aslında burada oturmuyor da sadece onlar tarafından anımsanıyorsak diye düşündüm.

YALNIZ VE BİRLİKTE

Babamdan bize daha çok Apaçi hikâyesi anlatmasını isterdik. En sevdiğim hikâye, aynı zamanda beni en çok üzen ve kızdıran hikâye de olsa son Çirikavaların teslim oluşuyla ilgili hikâyeydi. Günlerce yürüdüler dedi babam bize: erkekler, kadınlar, kızlar, oğlanlar, peş peşe, kederli yüzler, çantasız, tek kelime etmeden, hiçbir şeysiz. Tıpkı Roswell'de gördüğümüz kayıp çocuklar gibi tek sıra halinde yürüdüler, esir tutuldular.

Son Apaçiler İskelet Kanyonu'ndan kuzeydeki dağlara doğru yürüdü. Beyaz gözlü bir general ve onun adamları vardı. Hiçbirinin kaçmadığından emin olmak için savaş esirlerini durmaksızın sayıyorlardı. Geronimo dışında yirmi yedi kişi daha saydılar. Yakıcı güneşin altında kanyonda yavaşça ilerlediler, dedi. Ve bu konuda bir şey demedi ama o esirlerin muhtemelen içten içe korktuklarını, dudaklarında sadece sessizlik olsa da öfkeli sözcüklerle dolup taştıklarını düşünüyordum sürekli.

Babam tarihi hikâyelerini anlatırken annem çoğunlukla susardı, belki de kendi kayıp çocuklar hikâyesini düşünüyordu, Roswell'deki o uçağa bindirilişlerini canlandırıyordu zihninde ya da belki de sadece babamı dinliyor, hiçbir şey düşünmüyordu.

Babam bize Geronimo ile topluluğunun beyaz gözlere teslim olan tüm kıtadaki son insanlar olduğunu anlattı. On beş erkek, dokuz kadın, üç çocuk ve Geronimo. "Özgür olan son Amerikan yerlileri onlardı," dedi, bize bunu hiç unutmamamız gerektiğini söyledi. Teslim olmadan önce Sierra Madre denen büyük dağlarda dolaşmışlar, rezervlerden kaçmışlar, yerleşim alanlarına baskın düzenlemişler, bir dolu kötü mavi üniformalıyla bir dolu kötü Meksikalı askeri öldürmüşlerdi.

Sen dinliyor, camdan dışarı bakıyordun. Ben dinliyor, babamın sürücü koltuğunun arkasına tutunuyor, zaman zaman kendimi ona doğru itiyordum. O iki eliyle direksiyonu tutuyor, hep dosdoğru otoyola bakıyordu. "Atından düşüp de ölmeden önce," dedi babam, "Geronimo'nun son sözleri 'Asla teslim olmamalıydım. Yaşayan son insan olana kadar savaşmalıydım,' oldu." Babamın bize anlattığı buydu. Bence büyük ihtimalle Geronimo bunları söylemiştir, gerçi babam kimsenin kesin surette bilemeyeceğini çünkü bunu kanıtlayacak bir kayıt ya da başka bir şey olmadığını da söyledi. Geronimo'nun teslim oluşunun ardından general ile adamlarının İskelet Kanyonu'ndaki vicdansız çölde bir yolculuğa çıktıklarını ve Geronimo'nun topluluğunu ölüm gemilerine koyun güder gibi güttüklerini söyledi. Ve iki gün sonra Bowie'ye vardıklarını, orada bir vagona tıkıldıklarını ve doğuya, herkesten ve her şeyden uzağa gönderildiklerini söyledi. Sonra ne olduğunu sordum ona, Geronimo'nun topluluğunu düşünüyordum ama aynı zamanda annemin tıpkı onlar gibi trenlere binen, nereye gittiklerini ya da neden gittiklerini veya başlarına ne geleceğini bilmediğim kayıp çocuklarını da düşünüyordum.

Babam konuşurken bazen parmağımla sürücü koltuğunun arkasına hikâyesinin haritasını çizerdim; çoğunlukla oklarla dolu bir haritaydı bu, dört bir yana doğrultulmuş oklarla, at sırtında atılan oklarla, fiyuv, nehirleri aşan oklarla, hayaletler misali ortadan kaybolan yarım oklarla, dağlardaki karanlık mağaralardan atılan oklarla ve çıngıraklı yılan zehrine batırılmış, göğe doğrultulmuş kimi oklarla; kimse göremezdi benim bu parmak haritalarımı, sen ve ben hariç hiç kimse.

Parmak haritalar seyahatimizden çok önce uydurup geliştirdiğim bir şeydi. İkinci sınıfta sıramda oturur, sayı bağları veya el yazısı alıştırmaları yaparken, nedeninden tam emin değilim aslında ama, belki de kendimi yalnız hissedip onları özlediğimden annemle babamın nerede olduğunu hayal etmek hoşuma giderdi. Bir dizi sayı bağını ya da bir satır a veya h harfini tamamladıktan sonra bazen kurşunkalemimin ucunu kâğıdın kenarından kaydırır, sıranın üstüne çiziktirirdim. Sıranın üstüne çizmek kesinlikle yasaktı. Ama ben gözlerimi kapar, annemle babamın metroya bindiğini, şehrin dış mahallelerinde beş durak boyunca dümdüz ilerlediklerini, sonra metrodan inip üç blok doğuya yürüdüklerini hayal ederdim. Ve tüm bunları hayal ederken kurşunkalemimin ucu yukarı doğru beş, sağa doğru üç kez kayardı. Haftalarca bu hayali haritaları çizdim, bir süre sonra sıram yeniden nasıl takip edeceğimi gayet iyi, ya da hani az çok bildiğim güzel rotalarla doldu. Derken günün birinde öğretmen okul müdürüne ödevlerimi yapmak yerine bütün gün sıramı karaladığımı söyledi ve müdür de annemle babama okul malına zarar verdiğimi söyledi. Nihayetinde elli dolar ceza ödemek durumunda kaldık ve babam gündelik işlerle bu parayı geri ödemem gerektiğini söyledi. Sonrasında sırama harita çizmeye devam ettim yine de ama sadece parmak ucumu kullanmaya başladım, böylelikle çizdiğim haritaları benim dışımda kimse görmeyecekti artık. İşte parmak haritası buna deniyor.

Senin parmak haritalarımı net bir şekilde görebildiğini biliyordum çünkü ben onları babamın sürücü koltuğunun arkasına çizerken bir şeyleri anlamaya çalışırken yaptığın gibi uzun uzun bakardın. Ve parmak haritalarını anlama konusunda, başka pek çok konuda olduğu gibi yine baş başaydık.

Babam bize birkaç sene sonra Apaçilerin yeniden bir vagona tıkılıp Sill Kalesi diye bir yere gönderildiğini söyledi, pek çoğu orada ölmüş ve mezarlığa gömülmüştü. Hikâyenin bu kısmını dinledim ama çizmedim çünkü çizilebilir değildi. Sen hatırlamazsın Memphis ama hep beraber o mezarlığa gittik ve ben Apaçi mezarlarının fotoğraflarını çektim: Şef Loco, Şef Nana, Şef Chihuahua, Mangas Coloradas, Naiche, Juh ve tabii ki Geronimo ile Şef Cochise.

Daha sonra, fotoğraflara yeniden baktığımda, mezar taşlarındaki isimlerin çıkmadığını fark ettim. Annemle babama fotoğrafları gösterdiğimde babam fotoğrafların kusursuz olduğunu çünkü mezarlığı kayıtlı tarihte yer aldığı şekilde belgelemiş olduğumu söyledi; başta ne demek istediğini anlamadım ama sonra anladım. Bence fotoğraf makinemin Apaçi şeflerinin isimlerini tıpkı tarihten silindikleri gibi silmiş olduğunu kastediyordu; bu babamın bize sürekli hatırlattığı bir şeydi, tüm o isimleri bellememiz o yüzden o kadar önemliydi, çünkü aksi takdirde, herkesin çoktan unutmuş olduğu gibi, Çirikavaların Doğa Tarihi Müzesi'nde, taşlaşmış hayvanların yanında ve buna benzer mezarlarda, savaş esirleri olarak yine bir başlarına yaşayan tuhaf bir tür değil de kıtanın en büyük savaşçıları olduğunu unutacaktık.

DÖKÜM VE KUTULAR

Yolculuk esnasında annemin görevi çoğunlukla haritayı incelemek ve o günkü rotamızı planlamaktı, gerçi birkaç defa araba da kullandı. Babamın görevi araba kullanmak ve envanteri için sesler kaydetmekti. Senin görevin kolaydı; babamın sandviç yapmasına ya da annemin botlarımızı temizlemesine veya herhangi birinin herhangi bir şey yapmasına yardım etmen gerekiyordu. Benim görevlerim daha zordu. Mesela, her duraktan sonra, her seferinde, yeniden yola koyulmadan önce arabanın bagajının temiz ve düzenli olduğundan emin olmam gerekiyordu. En zor kısım kutuların yerlerinde olduğundan emin olmaktı. Bagajda yedi kutu vardı. Biri senindi ve içi boştu, bir diğeri benimdi ve onun da içi boştu. Babamın dört, annemin bir kutusu vardı. Hepsinin, bagajdaki diğer eşyalarımızla beraber yerli yerinde olduğundan emin olmam gerekiyordu. Her defasında bir bulmaca çözmek zorunda olmak gibiydi.

Kutuları kurcalamamıza kesinlikle izin yoktu ama ben bir kutuyu, Kutu V olarak etiketlenmiş olan annemin kutusunu açma izni almıştım. Sanıyorum annemin kutusunu açma iznini Polaroid fotoğraflar çekmeye başladığımda, annem fotoğraflar görünür hale gelirken onları saklamak için bir kitap kullanmamız gerektiğini, aksi takdirde yandıklarını ve bembeyaz çıktıklarını keşfettiği için almıştım, gerçi neden böyle olduğunu da açıklamak zor ya neyse. Mesele şu ki fotoğraf çekmeden önce onun kutusundan en üstte duran kitabı almama izin vardı, o kitap da kayıp çocuklar hakkındaki küçük kırmızı kitaptı. Kitabı içine fotoğraflarımı koymak, sayfalarının arasına sokuşturmak için kullanmama izin vardı. Ve kitabı almak için kutuyu her açışımda içindeki şeyleri şöyle bir karıştırır, hızlıca bir göz atardım. Annemin kutusunda hepsi de özel sayfaları işaret eden düzinelerce yapışkanlı not kâğıdıyla dolu birtakım kitaplar vardı. Sanırım henüz evde yaşadığımız zamanlarda üzerlerine resim çizmek için hep yapışkanlı not kâğıtlarını kitapların içlerinden arakladığından, sonra da onları dairemizin duvarlarına yapıştırdığından annem bunları özellikle senden uzak tutuyordu. Bu yüzden senin kutunun yanına bile yaklaşmamanı sağlıyordu.

Kutuda ayrıca gazete kupürleri, haritalar, dosyalar, üzerlerine notlar aldığı farklı farklı boyutlarda kâğıt parçaları vardı. Neden olduğundan emin değilim ama o kutudaki her şeyi merak ederdim. Belki de bir gün seninle parkta oynarken bir oyun uydurduğumuz, ileride bir biliminsanının bulabilmesi ve eski bir kabile üyeleri tarafından yapıldıklarını zannetmesi için ağaçların altına gömmeye karar verdiğimiz kilden küçük figürler yaptığımız zaman hissettiğim gibi hissetmemi sağladığındandır, bilemiyorum. Ne var ki annemin kutusu söz konusuyken ben kilden figürler yapan kişi değil de asırlar sonra onları bulan biliminsanıydım.

APAÇİ BÖLGESİ

Apaçi bölgesine giden yollar uzundu, dümdüz ilerliyorduk ama sanki daireler çiziyorduk. Araba hoparlörlerinden şu sürekli hortlayan sesli kitabın sesi geliyordu: "Ormanda gecenin karanlığı ve soğuğunda uyandığında yanında uyuyan çocuğa dokunmak için uzanırdı." Bazen uyuyor numarası yapardım. Denerdim. Özellikle de kavga ederlerken. Sen öyle yapmazdın. Onlar kavga ederken sen şakalar yapar, hatta bazen, "Baba, sen şimdi git sigaranı iç, anne sen de haritana, haberlerine odaklan," derdin.

Bazen seni dinlerlerdi. Kavga etmeyi bırakırlardı ve annem ya karışık şarkılar çalar ya da radyoyu açardı. Ne zaman kayıp çocuklar hakkında bir haber olsa bize sessiz olmamızı söylerdi, haberleri dinledikten sonra her seferinde biraz tuhaflaşırdı. Tuhaflaşır ve bize kayıp çocuklar hakkında okuduğu o küçük kırmızı kitaptan ve çocukların seferlerinden, çölleri yürüyerek geçişlerinden veya ıssız yerlerde trenle yol alışlarından bahsetmeye başlardı; hepsini de merak ederdik ama pek de bir anlam veremezdik doğrusu. Ya bunu yapar ya da radyodaki haberleri dinledikten sonra öyle üzülür, öyle öfkelenirdi ki artık bizimle konuşmak istemez olurdu, bize bakmak bile istemez olurdu.

Bu beni çok kızdırırdı. Ona o çocuklar kayıp olsa da bizim kayıp olmadığımızı, orada, hemen yanı başında olduğumuzu hatırlatmak isterdim. Ya kaybolsak, diye düşünürdüm, o zaman bizimle ilgilenir miydi? Ama bunun çocukça bir düşünce olduğunu bilirdim, öte yandan kızgınlığımı nasıl ifade edeceğimi hiçbir zaman bilemedim, bu yüzden sustum, sen de sustun, hep beraber ya onun hikâyelerini ya da sadece arabadaki sessizliği dinledik, ama muhtemelen bu daha bile kötüydü.

KOZMOLOJİ VE ZAMİRLER

Senin herhangi bir haberi de annemin hikâyelerini de anladığını zannetmiyorum. Bana kalırsa dinlemiyordun bile. Ama ben dinliyordum. Hepsini değil, sadece bir kısmını anlıyordum ama radyodaki sesler ne zaman mülteci çocuklar hakkında konuşmaya başlasa ya da annem çocukların seferinden bahsetmeye başlasa sana, "Dinle bak, yine kayıp çocuklardan bahsediyorlar, dinle bak, babamın bize anlattığı Kartal Savaşçılardan bahsediyorlar," diye fısıldıyordum ve sen gözlerini açıyor, başınla onaylıyor, her şeyi anlıyormuş ve hemfikirmişsin gibi yapıyordun.

Babamın bize Kartal Savaşçılar hakkında anlattıklarını hatırlar mısın bilmiyorum. Kartal Savaşçıların yaşça daha büyük bir oğlanın önderliğindeki Apaçi çocuklardan oluşan bir topluluk olduğunu söylemişti. Oğlanın benim yaşlarımda olduğunu söylemişti. Kartal Savaşçılar daha havadayken taş atarak avladıkları kuşları elleriyle yerlerdi. Mağlup edilemez olduklarını ve de anne babaları olmadan bir başlarına dağlarda yaşadıklarını ama yine de hiçbir zaman korkmadıklarını söylemişti bize. Ayrıca biraz da küçük tanrılara benziyorlardı çünkü hava durumunu kontrol edebilme gücünü kazanmışlardı, yağmur yağdırabiliyor veya bir fırtınayı dindirebiliyorlardı. Bence sahip oldukları bu iklim gücünden dolayı onlara Kartal Savaşçılar deniyordu zaten ama öte yandan, olur da onları uzaktan, dağlardan aşağı yahut çöllerde koşarken görürsen öyle çabuk ve hızlı koşuyor olurlardı ki yeryüzüne saplanmış insanlardan çok süzülen kartallara benzerlerdi; bundan dolayı da bu adı almışlardı. Bazen babam bize tüm bunları anlatırken ikimiz de arabanın camından boş göğe bakar, kartal görmeyi dilerdik.

Bir gün arabadayken sonsuza dek arabada mı yaşayacağız diye sordun. Cevabı bilmeme rağmen babam, "Hayır, yaşamayacağız," dediğinde öyle rahatlamıştım ki. En nihayetinde, bugün yarın, büyük gri taşlardan yapılmış, sundurması ve içinde kaybolacağımız kadar büyük bir bahçesi olan güzel bir eve varacağımızı söyledi. Sen, "Ben kaybolmak istemiyorum," dedin. Ben de, "Saçmalama, sadece şimdiye kadar gördüğün en büyük bahçe olacak demek istiyor," dedim. Gerçi sonra bir bahçede gerçekten kaybolmanın mümkün olup olmadığını düşündüm durdum ve keşke yeniden eski evimizde olsak diye geçirdim içimden; hem dördümüz için yeterince büyüktü orası zaten.

Babam gideceğimiz evin Dragoon ve Chiricahua Dağları arasında, İskelet Kanyonu denen bir yerin civarında, Apaçi bölgesinin kalbinde, Geronimo ve topluluğunun diğer yirmi yedi üyesinin teslim olduğu yerin yakınlarında olduğunu söyledi. Orada gerçek iskeletler olduğu için mi adının bu olduğunu sordum ve babam, "Evet, belki de," deyip eliyle alnındaki teri sildi; hikâyeye devam edeceğini zannettim ama susup gözlerini otoyola dikti. Muhtemelen Geronimo ve diğer insanlar da o kanyonda yürürlerken susuyor, hiç konuşmuyor, kendilerinden evvelki iskeletlerin üzerlerine basmamak için kulak kesilmiş halde gözlerini kısıp bakarak ilerliyordu, olur da o kanyona gidersek sen ve ben de aynısını yapacağız.

YOLDAN GEÇEN YABANCILAR

Gezinin başlamasından kısa süre sonra, bagajı temiz ve düzenli tutmanın yanı sıra görevimin bir şeylerin kaydını tutmak, önemli olan her şeyin fotoğrafını çekmek olduğunu biliyordum. İlk fotoğraflar beyaz çıktı, doğrusu hayal kırıklığına uğradım. Sonra kullanma kılavuzunu okudum ve nihayet öğrendim. Profesyonellerin böyle şeyler yapmaları gerekiyor işte, buna deneme yanılma deniliyor. Ama nasıl yapılacağını öğrendikten sonra da bir süreliğine fotoğraflarımın nasıl olması gerektiğini bilmiyordum. Neyin önemli olduğundan, neyin olmadığından, neye odaklanıp da neyin fotoğrafını çekmem gerektiğinden emin değildim. Bir müddet, plansız programsız, gelişigüzel her türlü şeyin fotoğrafını çektim.

Fakat bir gün, sen uyur ve ben uyuyor numarası yapar ama aslında radyo, politika, iş, ortak gelecek planları, ayrı ayrı gelecek planları hakkında, bizim hakkımızda, kendileri hakkında, her şey hakkında tartışan annemle babamı dinlerken aklıma bir plan geldi, plan şuydu: Belgeci ve belgeselci olacaktım. Bir süreliğine ikisi birden olabilirdim, en azından bu gezide. Her şeyi, küçük şeyleri bile, elimden geldiğince belgeleyebilirdim. Çünkü, annem ve babam anlamadığımı zannetse de, bunun ailece çıktığımız son gezi olduğunu anlamıştım.

Öte yandan senin bu geziyi hatırlamayacağını da biliyordum, çünkü sadece beş yaşındaydın ve çocuk doktorumuz bize çocukların ancak altı yaşından sonra birtakım anılar oluşturmaya başladıklarını söylemişti. Bunu fark ettiğimde on yaşımdaydım, sense beş yaşında, lanet olsun diye düşünmüştüm. Ama tabii ki yüksek sesle söylememiştim bunu. Sadece içimden lanet olsun diye geçirmiştim. Benim her şeyi hatırlayacağımı, seninse muhtemelen hiçbir şey hatırlamayacağını fark etmiştim. Hatırlamana yardımcı olacak bir yol bulmalıydım; sırf senin için, gelecekte bakman için, belgelediğim şeyler aracılığıyla olsa bile. İşte bu şekilde hem belgeci hem de belgeselci oldum.

GELECEK

Evden ayrılmadan bir gün önce on yaşına bastım. Ve her ne kadar artık on yaşında olsam da zaman zaman kendimi yine de kaybolmuş ve güvensiz hissedip daha ne kadar kaldığını, nerede duracağımızı sorardım. Bunun üzerine sen, tam olarak nereye gittiğimizi, yolun sonuna ne zaman geleceğimizi sorardın. Annem arada bir bütünüyle açılamayacak kadar büyük olan büyük haritasını çıkarır, parmağıyla haritanın bir kısmını daire içine alarak, "Burası, burası gezinin sonu," derdi. Babam, zaten biliyorduk gerçi ama, arada bir bize tüm buraların bir zamanlar Apaçi bölgesinin parçası olduğunu hatırlatırdı. Dragoon Dağları, Willcox kapalı havzası ve de Chiricahua Dağları vardı ve annem kısık, boğuk sesiyle yer isimlerini okurdu: San Simon, Bowie, Dragoon, Cochise, Apache, Animas, Shakespeare, İskelet Kanyonu. Sonra haritayı önüne, eğimli ön camın altına koyar, ardında da haritanın üzerine ayaklarını uzatırdı. Bir seferinde haritanın üzerindeki ayaklarının fotoğrafını çekmiştim ve iyi bir fotoğraf olmuştu; gerçi gerçek hayatta ayakları biraz daha büyük, daha esmer, daha hırpani görünüyordu.

HARİTALAR VE KUTULAR

SARGASSO DENİZİ

"Ülkenin tamamı," dedi babam, "devasa bir mezarlık ama yalnızca bazılarının doğru düzgün mezarları var çünkü pek çok hayatın hiçbir önemi yok. Pek çok hayat silinip gidiyor, tarih dediğimiz çöp girdabında kayboluyor," dedi.

Ara ara böyle konuşurdu, bu esnada genellikle ya camdan dışarı bakar ya da gözlerini bir köşeye dikerdi. Bir kez olsun bize bakmazdı. Henüz eski dairemizde olduğumuz zamanlarda, yaptığımız veya yapmadığımız bir şeyden dolayı bize sinirlendiğinde mesela, gözlerini bize değil de kitaplığa diker ve sorumluluk, ayrıcalık, etik standartlar ya da sosyal taahhütler gibi laflar ederdi. Şimdi de işte tarih girdabından, silinen hayatlardan bahsediyor ve yeşil hiçbir şeyin yetişmediği, tek bir ağacın, tek bir çalının, canlı hiçbir şeyin olmadığı, sanki devasa baltaları olan kadim tanrılar öfkelenmiş de dünyanın bu kısmını paramparça etmiş gibi sadece sivri sivri kayaların, ikiye ayrılmış ağaç kütüklerinin olduğu dar dağ geçitlerinde ilerlerken ön camdan önümüzde uzanan kavisli yola bakıyordu.

Normalde etrafın pek farkına varmasan da camdan dışarı bakıp, "Burada ne olmuş böyle?" diye bile sordun hatta.

Babam, "Soykırım, toplu göç, diaspora, etnik temizlik; bunlar oldu," dedi.

Annem muhtemelen yakın zamanda bir orman yangını olduğunu söyledi.

New Mexico'da, nihayet Çirikava Apaçilerinin topraklarındaydık. Apaçi yanlış sözcüktü bu arada. "Düşman" demekti ve Apaçilerin düşmanları onlara bu şekilde hitap ediyordu. Apaçiler kendilerine "halk" anlamına gelen Nde diyorlardı. Çevremizdeki her şeyin gri ve ölü olduğu o kuş uçmaz kervan geçmez dağ geçidinde ilerledikçe ilerler, tırmandıkça tırmanırken babam bize böyle söyledi. "Ve geriye kalan herkese Indah derlerdi," dedi, "Indah 'düşman' ve 'yabancı' demekti ama aynı zamanda 'göz' anlamına da geliyordu." Tüm beyaz Amerikalılara beyaz gözler dediklerini söyledi bize ama bunu zaten biliyorduk. Annem neden diye sordu ve babam bilmediğini söyledi. Annem babama Indah hem göz hem düşman hem de yabancı demekse Amerikalılara beyaz düşman değil de beyaz gözler dediklerini nereden bildiğini sordu. Babam bir süre düşündü, sessiz kaldı. Belki de sadece sessizliği bozmak için annem bize Meksikalıların eskiden beyaz Amerikalılara huero dediklerini ve hueronun (günümüzde hâlâ güero diyorlar) "boş" ya da "renksiz" anlamına geldiğini anlattı. Ayrıca Meksika yerli halkı, annemin büyükannesi ve onun ataları mesela, eskiden beyaz Amerikalılara "silinmiş insanlar" anlamına gelen borrados diyordu. Onu dinlerken kimin, babamın durmadan bahsettiği ama hiçbir yerde göremediğimiz Apaçilerin mi yoksa Meksikalıların mı yoksa beyaz gözlerin mi daha çok borrado olduğunu, kimin daha çok silindiğini, borrado olmanın gerçekten ne anlama geldiğini ve kimin kimi nerelerden sildiğini düşündüm.

HARİTALAR

Annemin gözleri genellikle büyük haritasındaydı, babam yola doğru bakıyordu. "Şuraya bak," dedi, "yaklaştığımız şu tuhaf dağlar son Çirikava Apaçilerinin bazılarının bir zamanlar, çok sıcak yaz aylarında saklandıkları yerlerdi çünkü aksi takdirde güneybatıya uzanan çöllerde aşırı sıcaktan ölürlerdi. Sıcak, hastalık ya da susuzluk onları öldürmezse de hep beyaz gözler öldürürdü." Bazen babam hikâye mi anlatıyor, yoksa tarih mi, emin olamazdım. Fakat, dağdaki o kavisli yolda araba kullanırken birden şapkasını çıkardı, nereye düşeceğine bile bakmadan arka koltuğa atıverdi, bu da bana bize hikâye değil de gerçek tarih anlatıyor olduğunu düşündürdü. Şapkası neredeyse kucağıma düştü, uzanıp parmak uçlarımla dokundum ama takmaya cesaret edemedim.

Bize, hepsi de Mimbreño Apaçi topluluğunun bir parçası olan Mangas Coloradas, oğlu Mangus ve Geronimo gibi farklı Apaçilerin en zalim beyaz gözlerle ve en kötü gelip gidenlerle, Meksikalılara böyle diyorlardı, savaştıklarını anlattı. Ojo Caliente topluluğundan olan Victorio, Nana ve Lozen'la birleşmişlerdi ve Meksika ordusuyla daha çok savaşır olmuşlardı, sonra ayrıca en sevdiğimiz bir diğer Apaçiyle, yenilmez Şef Cochise ile birleşmişlerdi. Bu üç topluluk Çirikavaları oluşturmuştu, hepsine de Cochise liderlik ediyordu. Kulağa karmaşık geliyor, öyle de zaten, anlaşılması güç gerçekten ama dikkatle dinler, belki bir de harita çizersen anlayabilirsin.

AKUSTEMOLOJİ

Babam sustuğunda nihayet şapkasını başıma geçirdim ve sana, sanki ihtiyar bir yerli kovboymuşum gibi, "Hey sen, hey Memphis, burada, bu dağlarda kaybolduğumuzu düşünsene," diye fısıldadım. "Sadece sen ve ben mi?" dedin sen. Ve ben, "Evet, sadece sen ve ben, sence Apaçilere katılıp beyaz gözlerle savaşır mıydık?" diye yanıtladım. Annem beni duydu, sen daha bana cevap veremeden arkasına döndü ve benden olur da bir gün kaybolursak onları yeniden bulacağıma dair söz vermemi istedi. Dolayısıyla, "Elbette, anne, evet," dedim. Onun ve babamın telefon numaralarını ezbere bilip bilmediğimi sordu, "Evet, 555-836-6314 ve 555-734-3258," dedim. "Ya sahrada veya çöldeysen ve telefonunu isteyebileceğin kimse yoksa?" diye sordu. Onu ve babamı Chiricahua Dağları'nın kalbinde, yankıların çok net duyulduğu, hani fısıldadığında bile pürüzsüz, temiz bir aynanın karşısında dururken yüzün sana nasıl bakıyorsa sesinin aynı şekilde geri döndüğü o yerde arayacağımızı söyledim. Babam araya girip, "Yankı Kanyonu'nu mu kastediyorsun?" diye sordu. Beni dinlediği, annemin imtihan ediliyormuşum hissi veren zorlu sorularında bana yardımcı olduğu için çok sevindim. "Evet," dedim, "aynen öyle, kaybolursak sizi Yankı Kanyonu'nda ararız." "Yanlış cevap," dedi annem, sanki bu gerçekten bir imtihanmış gibi. "Açık alanda kaybolursanız bir yol aramalısınız, ne kadar büyük olursa o kadar iyi, ve birinin geçmesini beklemelisiniz, tamam mı?" Böylece ikimiz birden, "Evet, anne, tamam, tamam," dedik. Ama sonra sana fısıldadım ve annem beni duymadı, sana, "Ama önce Yankı Kanyonu'na gideriz, öyle değil mi?" dedim. Sen başınla onayladın ve, "Bir şartla: Oyunun kalanında Lozen olacağım," diye fısıldayarak karşılık verdin bana.

ÖNSEZİ

Annemin imtihanından sonra bir süre, tek başımıza Yankı Kanyonu'nu bulabilir miyiz gerçekten diye düşündüm. Keşke köpeğimiz olsaydı, diye geçirdim içimden, köpeğimiz olsaydı kaybolma riski de olmazdı. Ya da hiç değilse azalırdı. Babam bir seferinde bize Sibirya'da yaşayan ve bir gün ormanda babasını aramak üzere köpeğiyle beraber evden ayrılan üç dört yaşlarındaki küçük kızla ilgili bir hikâye, radyoya, gazetelere falan da çıkan gerçek bir olay anlatmıştı. Babası itfaiyeciydi, o gün erken saatlerde evden çıkmıştı çünkü hızla yayılan söndürülmesi güç yangınlar vardı. Kız köpeğiyle ormana daldı ama babayı bulmak yerine kayboldular. Günlerce kayıptılar, kurtarma ekipleri her yerde onları arıyordu.

Kayboluşlarının dokuzuncu gününde köpek tek başına, yanında kız olmadan eve geri döndü. Köpeğin kuyruğunu sallayarak, havlayarak geri döndüğünü görünce başta herkes endişelendi, hatta öfkelendi. Belki de ölmüş olan kızı terk ettiğini ve bencilce, yemek için geri döndüğünü düşündüler. Ve kızın hâlâ hayatta olması durumunda köpeksiz kurtulamayacağını biliyorlardı. Ama birkaç saat sonra köpek evin içinde, kapının önünde durup havlamaya başladı, bir türlü de susmadı. Belki de kaka yapması gerekiyor diye düşünüp dışarı çıkmasına izin verdiklerinde köpek evin kapısından ormandaki ilk ağaç sırasına, ardından da yeniden eve koştu ve bunu tekrar tekrar yaptı. Sonunda biri köpeğin deli bir hayvan gibi sadece havlayıp oradan oraya koşmadığını, bir şeyler söylemeye çalıştığını anladı ve böylece kızın ailesi ile bir kurtarma ekibi köpeği takip etmeye başladı.

Köpek onları ormana götürdü, saatlerce yürüdüler, dereler, tepeler aştılar, sonra, kayboluşlarının on birinci gününün sabahında kızı buldular. Tundra ya da tayga veya belki de sadece ot denen uzun otların altına kıvrılmıştı ve köpek onları kıza götürmüştü. Köpeği sayesinde hayatta kalmıştı çünkü köpek geceleri kızı koruyup ısıtmıştı. Küçük meyveler yemişler, nehir suyu içmişlerdi, şanslarına kurtlara ya da ayılara yem olmamışlardı, ne de olsa Sibirya'da binlerce ayı ve kurt var. Ve işte şimdi de köpek yetişkinleri ta kızı bıraktığı yere kadar götürmüştü. Bu hikâyeyi ne zaman düşünsem ağlayacak gibi oluyordum. Ağlamadım ama köpeğimle bir başıma geçirdiğim onca günün ardından bir sabah uyanıp daha da yalnız olduğumu, köpeğimin gitmiş olduğunu fark etmenin nasıl bir his olduğunu düşündüm durdum.

Tükürüğünle cama bir şey çiziyordun; bu iğrenç alışkanlığı yeni, babam bize Geronimo'nun arkadaşı olan, insanları üzerlerine tükürerek iyileştiren Salya adındaki şifacı kadından bahsettikten sonra edinmiştin. "Ormanın bitişiğindeki bir köyde yaşasaydık, bir köpeğimiz olsaydı, bir gün ormana gitseydik ve birden yanımızda sadece köpeğimizle ormanda kaybolsaydık ne yapardın?" diye sordum sana. "Senin yanında durur ve köpeğin beni yalamamasını sağlardım," dedin sadece.

MÜZİK KUTULARI VE TABUTLAR

Nihayet durduk ve içinde müzik kutusu olan küçük bir lokantada gerçek bir kahvaltı ettik. Karşı masadaki, üzerinde çarmıha gerili İsa resmi olan bir kravat, onun üstüne de bu kez üzerinde ne çivi ne de İsa olan gümüş bir haç kolyesi takmış ihtiyar adam dışında muhteşemdi aslında. Gergindim çünkü her söyleyişinde babamla annemi güldürdüğünü keşfettiğin Tanrı'nın belasıyla ilgili bir şeyler söyleyebileceğini düşünmüştüm. Ama neyse ki bu konuda hiçbir şey söylemedin, sanıyorum adam seni biraz korkutmuştu da ondan. Ben de adamdan biraz korkmuştum, bir fotoğrafını çekmiş ama vizöre bakmamıştım bile, fotoğraf makinesini masamızın üzerine koyup çerçeveyi hesaplamıştım sadece. Obtüratör klik ettiğinde fark etmemişti bile çünkü durmaksızın garsonla, bizimle, etrafta kendisini dinlemeye gönüllü kim varsa onunla konuşup duruyordu. Pancake ısmarladı ve babam ve annemle kurtuluş üzerine yaptığı sohbeti devam ettirmek istedi, sonra seninle bana birbiri ardına fıkralar, Amerikan yerlileri, Meksika halkları, Asya halkları, koyu tenliler, siyahiler, esas olarak kendisine benzer insanlar dışındaki tüm insanlar hakkında korkunç fıkralar anlattı. Ona benzemediğimizi fark etmedi mi acaba diye düşündüm. Belki de biraz kördü. İşin aslı şişe dibi gibi bir gözlük takıyordu. Ya da belki de fark etmişti de bize bu çirkin fıkraları o yüzden anlatıyordu. Kahvaltısı geldiğinde nihayet sustu. Sonra tereyağından kare şeklinde kocaman bir parça kesti, çatalıyla pancakelere sürdü ve bize nereli olduğumuzu sordu. Annem düpedüz yalan söyledi ve, Fransızız, Parisliyiz, dedi.

Yeniden arabaya bindiğimizde şimdiye kadarki en iyi tak tak, kim o şakanı yaptın ama yarı İspanyolca olduğu için babam anlamadı, annem anladı, ben de anladım çünkü ben de İspanyolca anlıyordum:

"Tak tak!"

"Kim o?"

"Paris!"

"Hangi Paris?"

"Pa-re-ce que va a llover!"[17]

Annemle ben o kadar çok güldük ki bir kez daha denemek istedin ve bunun üzerine en iyi ikinci şakanı yaptın, o da şuydu:

"Tak tak kim o şakası diğer şaka türüne ne demiş?"

Hep bir ağızdan, "Ne?" dedik.

---

17 Galiba yağmur yağacak anlamına gelir. "Parece" sözcüğünün telaffuzu "Paris" sözcüğünü çağrıştıracak şekilde duyulur. (ç.n.)

Ve sen de, "Tak tak!" dedin.

Dolayısıyla, "Kim o?" dedik.

Ve sen yine, "Tak tak!" dedin.

Anlamamız biraz vakit aldı ama sonra hepimiz güldük, gerçekten içtenlikle güldük ve sen camdan bakarak gülümsedin, kendinle gurur duyuyor gibi bir halin vardı, başparmağını ağzına götürmek üzereydin ama bu kez götürmedin.

KONTROL NOKTASI

O gün kahvaltıdan sonra hiç durmadan o kadar çok yol aldık ki öleceğimi zannettim. Ama kravatında haç olan adamın olduğu kedilerle dolu o kentten ayrıldığımıza memnundum, bu yüzden gıkımı çıkarmadım. Arabada annem telefonundan haberlere bakıyordu ve babama, yüksek sesle, kayıp çocukların ülkelerine sağ salim dönmeleriyle, havaalanında insanların onlara balonlar vermeleriyle ilgili bir şeyler okuyordu. Neden bilmiyorum ama annem onlara balon verilmesine kızmış gibiydi. Bir zamanlar o da bize balon verirdi halbuki. Sokaktan aşağı doğru yürür, dükkâna giderdik ve her birimiz bir balon, içi helyum dolu gerçek bir balon alırdık, annem de keçeli kalemle üzerlerine isimlerimizi yazardı. Eve dönerken balonumun ipinden tutup bir oyun oynardım, gerçi bu bir oyun sayılır mı emin değilim, sanki ben balonu değil de balon beni tutuyormuş gibi yapardım. Aslında bir oyun değil de sadece bir histi belki de. Birkaç gün sonrasında, onları kurtarmak için ne yaparsak yapalım balonlarımız küçüldükçe küçülmeye başlar, evde kendi kendilerine dolanırdı; tıpkı annemin annesi gibi ama sen onu hatırlamıyorsun çünkü o zamanlar çok küçüktün ve New York'ta bizi sadece bir kez ziyaret etmişti, sonra da öldü zaten. Ama ölmeden önce o da evin içinde dolanır, yakına yakına, iç çeke çeke, inleye inleye ama çoğunlukla sessiz sedasız bir şekilde bir o odaya bir bu odaya giderdi ve bir bakıma küçüldükçe küçülürdü. Balonlar da aynen onun gibi gittikçe daha alçaktan sürüklenir, yere yaklaştıkça yaklaşırdı ve günün birinde bir sandalyenin altında ya da bir köşede bulurduk onları, üzerlerindeki isimlerimiz eciş bücüş, ufacık olurdu.

Sonunda yiyecek almak üzere bir şehirde durduk çünkü o geceyi ve muhtemelen bir sonraki geceyi annemin internetten bulup kiraladığı Burro Dağları'ndaki bir evde geçirecektik. Alışveriş yapmak üzere durduğumuz şehrin adı Silver City'ydi, babam sana şehrin gerçek gümüşten yapıldığını ama düşmanlar gelip de şehrin parçalarını götürmesin diye kat kat boyayla gizlendiğini söyledi. Kafayı bununla bozdun ve biz sokaklarda yürür, sonra bir süpermarkete girip de koridorlarında bir aşağı bir yukarı dolanırken konserve fasulyeler, bir şişe Windex[18] ve hatta aynı annem gibi frutilupis dediğin bir kutu kahvaltılık Froot Loops gevreği de dahil olmak üzere her yerde bu gizli gümüşün izlerini gördüğünü düşündün; gerçi ben sırf annemle babamın sana onu almasını istediğinden dolayı frutilupiste gizli gümüş izleri görüyormuş numarası yaptığından şüphelenmiştim; bu da bazen onların düşündüklerinden çok daha akıllı olduğun anlamına geliyordu.

Sonrasında biraz daha yol aldık, Burro Dağları'na geldiğimizde hâlâ gündüzdü, bu da hoş bir değişiklikti doğrusu çünkü dinlenmek ya da uyumak üzere bir yerlere geldiğimizde genellikle akşam ya da gece olurdu ve bu da çok geçmeden yatmamız gerektiği anlamına gelir, bana babamla annemin bizimle mümkün olduğunca az vakit geçirmek istediklerini düşündürürdü. Ama bu kez güpegündüz gelmiştik işte. İki çok yaşlı yetişkin, kovboy şapkalı bir kadın ile bir adam bizi küçük, tozlu, bence kilden yapılmış bir eve geçirdi. Sonra adamla kadın bize iki yatak odasını, tam ortalarındaki ufak banyoyu, mutfağın olduğu alanı, salonu, yemek masasını gösterdi. Öyle yavaş yürüyor, o kadar çok açıklama yapıyorlardı ki senle ben sabırsızlanıyorduk artık. Babamla anneme anahtarları verdiler, bize işlerin nasıl yürüdüğünü, ne yapılmayacağını söylediler; yürüyüş rotası haritalarının, uzun yürüyüşler için batonların yerini gösterdiler,

---

18 Windex S. C. Johnson & Son şirketine ait cam ve sert yüzey temizleyicidir. (ç.n.)

başka bir şeye ihtiyacımız yahut bir sorumuz olup olmadığını sordular, neyse ki annem olmadığını söyledi de nihayet gittiler.

Babamla annem yatak odalarını seçti; odalarında ikisinin de kendine ait bir yatağı varken ikimizin aynı yatağı paylaşmak zorunda olduğumuzdan yakındık ama azarı yiyince daha fazla şikâyet etmedik. Bu kez bir motelde veya tüyler ürpertici bir handa ya da oda kahvaltı hizmeti veren bir pansiyonda kalmadığımız için mutluyduk. Birtakım eşyaları indirip boşaltmalarına yardım ettik, sonra bize su ve atıştırmalık verdiler, kendilerine birer bira açıp dağ manzaralı verandada oturdular. İkimiz evi keşfe çıktık ama küçük bir evdi, yani keşfedilecek pek bir şeyi yoktu. Mutfakta, buzdolabının arkasında iki sinek raketi bulduk, sinek raketlerini annemle babamın olduğu verandaya götürdük. Sineklerin hepsini öldürmeyi teklif ettik, böylece rahatça oturup keyiflerine bakabileceklerdi, sinek başına sadece bir sent alacağımızı söyledik; kabul ettiler. Sinek avlamak düşündüğümüzden daha zordu, o kadar çok sinek vardı ki. Bir sinek öldürüyorduk, bir anda on sinek birden çıkageliyordu. Eski bir bilgisayar oyunu gibiydi.

Babamla annem biraz kestirmeleri gerektiğini söyleyip içeri girdi, bu sırada senle ben evin etrafından irili ufaklı taşlar topladık; olur da altlarından akrep makrep çıkarsa diye büyük taşları alırken daha bir dikkatliydik, akrep bulmayı hem istiyor hem de istemiyorduk. Taşları evin kenarındaki çöp kutularından birinin yanında bulduğumuz kovaya doldurduk, sonra hepsini masaya yaydık. Hepsini masada bir bir düzenledikten sonra sen taşlara bakıp sana bahsettiğim Sargasso Denizi'ndeki o kaplumbağalar gibi olduklarını söyledin. Neden diye sordum, çünkü seni anlamıyordum, çünkü dedin, çünkü orada yüzen tüm o kaplumbağalara baksana, haklıydın; çakıl taşları yukarıdan bakınca kaplumbağa kabuklarına benziyordu.

Sonra sıkılıp acıkınca mutfağa girdik ve domatesle tuz bulduk; sana, her bir ısırıktan önce tuzlayarak domatesi ısıra ısıra nasıl yiyeceğini gösterdim ve normalde domatesten nefret etsen de buna bayıldın.

Öğleden sonra yanlışlıkla bir yusufçuk öldürdün ve zırıl zırıl ağlamaya başladın. Onu öldürmediğine, sadece tam da sen cam kavanozla yakaladığın an eceli geldiğine seni ikna etmeye çalıştım, üstelik muhtemelen bu doğruydu da çünkü yusufçuk orada donup kalmıştı ve büsbütün ölü olsa da hâlâ güzeldi, kanatları sanki kımıldamadan uçuyormuş gibi açıktı hâlâ. İncinmiş gibi görünmüyordu. Vücudunun bir parçası kopmuş falan değildi. Yine de deli gibi ağladın. Ben de babamla annem hâlâ evde kestirdiğinden, seni duydukları takdirde uyanacaklarını, gelip beni suçlayacaklarını bildiğimden susman için sessiz olmanı söyledim, "Gel onu gömelim," dedim, sana bir Apaçi ritüeli göstereceğimi, böylece yusufçuğun ruhunun bedeninden ayrılıp uçacağını söyledim, bunun aptalca olduğunun farkındayım ama yine de içten içe iyi bir fikir olduğunu, hatta, o esnada uydurduysam da doğru olduğunu düşünmüştüm. Böylece mutfak çekmecelerinden iki kaşık, gerektiği takdirde de toprağı ıslatmak için bir bardak su aldık, evin önündeki büyük kırmızı kayanın gölgesinin düştüğü gölgelik bir yere yürüdük ve dizlerimizin üzerine çöktük.

Zemin, toza benzer kuma sıkı sıkı tutunan tüm o köklerle düşündüğümden de sertti, üzerine döktüğümüz su bile yumuşatmaya yetmedi, öyle sert bir şekilde vurduk ve toprağı öyle bir kazdık ki kaşıklar yamuk yumuk oldu, sen katıla katıla gülüyor, kaşıkların hâlâ okula gidiyor olduğumuz zamanlarda çizme alıştırmaları yaptığın soru işaretlerine benzediğini söylüyordun. Ama sonunda yusufçuğu, iki kaşığı, hatta bir senti gömecek kadar büyük ve derin bir çukur açmayı başarmıştık; şans getirmesi için bir sent atmıştın çukura çünkü tıpkı annem gibi sen de batıl inançlısın. Sonrasında bir ritüel uydurmam gerekiyordu çünkü henüz üzerine düşünmüş değildim.

Sana gidip çakıl taşı toplamanı söyledim, ben içeri girecek, babamın ceketinin cebinden bir sigarayla kibrit çalacaktım. Bunları yaptıktan sonra küçük mezarın başında yeniden buluştuk; üzerini örttüğümüz çukurun etrafına çakıl taşlarını diziyordun. İyi iş çıkarıyordun aslında ama yine de sana daha iyisini yapmanı söyledim. İşini bitirdiğinde mezarın önünde bağdaş kurup oturduk ve ben sigarayı yakıp mezara dumanı üfledim, üstelik öksürmemeyi de başardım, sonra, babamla annemin yaptığı gibi, bir taş yığını üzerinde ayakkabımla sigarayı söndürdüm. Son olarak mezara bir avuç toz serptim, ardından bir seferinde babamın çaldığı, ly-o-lay ale loya, hey-o ly-o-lay ale diye giden, belki de bir Apaçi şarkısı olan çok çok eski bir şarkıyı söylemeye çalıştım ama sen ciddiyetini takınmak yerine kıkırdayıp durdun. Bunun üzerine ikimizin de bildiği bir şarkı söylemeye çalıştık, "Highwayman" gibi mesela ve "yanımda kılıç ve tabanca, bir scooter'la Meksika körfezi civarına gittim, öldürüldüm ama hâlâ yaşıyorum ve hep buralarda olacağım, buralarda, buralarda," gibi sözler söyledik. Fakat sözlerin yarısını unutmuştuk, çoğunlukla sadece mırıldanıyorduk, dolayısıyla sonunda ezbere bildiğimiz tek ölüm şarkısını söylememiz gerektiğine karar verdik; şarkı İspanyolcaydı. Biz daha küçükken annem öğretmişti bu şarkıyı bize, adı "La cama de piedra"[19] idi. Nihayet ciddileştin, asker gibi dikildik ikimiz de ve şarkıyı söylemeye başladık: "Taştan olmalı yatak, taştan olmalı karyola başlığı, beni seven kadın, gerçekten sevmeli beni, ay ay, hayatım neden sevmiyorsun beni?" Sesimizi yükselttikçe yükselttik, son kısmıysa öyle yüksek sesle ve öyle güzel söyledik ki dağların bizi dinlemek üzere doğrulduğunu hissettim: "Tabutum serape[20] olsun, haçım çift fişekliğim ve mezar taşıma bin mermiyle son sözlerimi yazsınlar, ay ay, Hayatım neden sevmiyorsun beni?" Şarkı bittiğinde, "Belki de daha çok böcek öldürüp gömmeli, koca bir mezarlık yapmalıyız," dedin.

---

19 Taş yatak. (ç.n.)

20 Meksika'da özellikle erkeklerin giydiği şal benzeri bir tür renkli battaniye. (ç.n.)

ÖRNEKLER

Akşam babam yemek yaptı, sen daha biz yemeği bitirmeden masada uyuyakaldın. Yemekten sonra babam seni yatağımıza taşıdı, sonra yürüyüş yapacağını söyleyip kayıt cihazlarıyla çıktı. Annemin masayı toplamasına yardım ettim, bulaşıkları yıkacağımı söyledim. Bana teşekkür etti, bir şeye ihtiyaç duyarsam verandada olacağını söyledi.

Bulaşığı bitirdiğimde verandaya, yanına gittim; kayıt cihazına yüksek sesle kırmızı kitabını okuyordu. Tepesindeki ampulün etrafında sürüyle güve uçuyordu, annem beni görünce kayıt cihazını kapadı, sanki onu bir şey yaparken yakalamışım gibi hafif utanmış bir hali vardı.

"Ne yapıyorsun anne?" diye sordum ona. "Bunu okuyor, kimi bölümlerini kaydediyorum," dedi. Neden diye sordum. "Neden?" diye tekrarladı, cevaplamadan önce bir süre düşündü. "Çünkü düşünmeme, birtakım şeyleri hayal etmeme yardımcı oluyor sanırım." "Peki neden kayıt cihazına yüksek sesle okuyorsun?" diye sordum. Bu şekilde daha iyi odaklandığını söyledi, soran gözlerle baktım ona. "Gel otur, bir dene," dedi. Önceden babamın oturduğu yanındaki boş sandalyeyi işaret ediyordu. Oturdum, bana bir sayfasını açtığı kitabı verdi. Sonra yeniden kayıt cihazını çalıştırdı, cihazın ağzıma yakın olması için kolunu bana doğru uzattı. "Hadi," dedi, "bu kısmı oku, seni kaydedeceğim." Böylece okumaya başladım:

(ALTINCI AĞIT)

Çocukların ilk trene bindiği istasyon ve ardındaki karanlık orman çoktan geride kalmıştı. İlk trenle güneyin karanlık, ıslak ormanlarını geçmiş, dağlara doğru ilerliyorlardı. Küçük bir köyde trenden atlamaları ve sadece birkaç saat sonra gelen başka bir treni yakalamaları gerekti. Bu yeni, bir şekilde daha iyi, daha az zalim, kiremit rengindeki yük vagonunda kuzeydoğudaki dağların soğuk tepelerine tırmandılar.

Tren orada bulutların üzerine çıktı, hani neredeyse doğu denizine doğru uzanan kalın, beyaz bulut battaniyesinin üzerinde süzülüyor gibi görünüyordu. Onları yılankavi dağ yolundan derin vadilerin tepesine ve pek çok insan eliyle, binbir zahmetle hasmane kayalık yükseltilere yapılan plantasyonların yanına taşıdı.

Kentlerden ve kontrol noktalarından, insani ve gayriinsani tehditlerden uzakta ama aynı zamanda bir şekilde ölüme daha yakın olan çocuklar aylardır ilk defa karabasanlarca sarsılmadan uyuyabildiler. Hepsi uyuyordu, vagonlarının tepesinden aşağı düşen, kendisi de uyuyan kadını ne duydular ne de gördüler. Kadın sivri uçlu sırtlardan yuvarlanırken uyanıktı, kırık bir dal karnını yardı ve bu şekilde düşmeye devam etti, nihayetinde bedeni sarp boşluğa güm diye çakıldı. Ertesi sabah onu fark eden ilk canlı, dikenleri dimdik, karnı karaçam ve yaban elmalarıyla şiş bir kirpi oldu. Kadının bir ayağını, çıplak olanını, kokladıktan sonra kayıtsızca çevresinde dolaştı ve etrafı koklaya koklaya bir salkım kurumaya yüz tutmuş kavak çiçeğine doğru ilerledi.

Kadının yokluğunu yük vagonundaki iki kızdan biri, daha küçük olanı fark etti sadece. Güneş doğmuştu, tren sıradağların batı sırtlarına kurulmuş küçük bir kentten geçerken rayların kenarında bir anda bir grup güçlü kuvvetli, tıknaz, uzun, bakımlı saçları ve uzun etekleri olan kadın belirdi. Tren daha kalabalık bölgelerden geçerken sıklıkla yaptığı gibi biraz yavaşlamıştı. Yük vagonundakiler başta irkilmişti ama onlar daha ağızlarını açıp da herhangi bir şey yapamadan bu kadınlar aşağıdan meyveler ve içleri yiyecek dolu çantalarla su şişeleri atmaya başladı onlara. Güzel meyveler: elmalar, muzlar, armutlar, ufak papayalar ve portakallar; herkes hızla soyup neredeyse bütün bütün yuttu bunları ama kız bluzunun altına sokuşturdu. Bedava yemek haberini vermek için kadını uyandırmak istemişti. Ama görünüşe bakılırsa kadın artık trende değildi. Kadının nereye gittiğini merak etti, belki de herkes uyurken bir durakta, o puslu kentlerden birinde ailesiyle buluşmak üzere trenden atladı diye düşündü. Kadın ona nazik davranmıştı. Bir gece sıtma sebebiyle tir tir titreyen kız çığlık çığlık bağırmış, ağlayıp inlemiş, küfür kıyamet su dilenmiş, kadın ona matarasındaki son damlaları vermişti.

Kız birkaç gün sonra tren alçak vadilerdeki başka bir kentten geçerken kayıp kadını yeniden anımsadı. Yüksek dağlar doğu ufkunda, uzaklarda kalmıştı artık, çocuklar uzakta, rayların yanında birtakım insanlar gördü. Kendilerine atılan yemekleri yakalamaya hazır halde kenarda toplandılar ama onun yerine taşlarla, hakaretlerle karşılandılar. Sanki cennetten sürülmüş bir meleğe dua edercesine, fısıldayarak, "Yolculuğun bu kısmını kaçırdığın için şanslıydın, sevgili uçan kadın, çünkü neredeyse taşlar bizi öldürüyordu, keşke, her nereye gittiysen, yanında beni de götürseydin, bol şans," dedi kız.

Canavar duman çıkara çıkara, uzun zaman önce dinamitle patlatılarak sıradağların kara kalbinin katmanlarına oyulmuş karanlık tünelleri yarıp geçti. Çocuklar bu tünellerde oyun oynadılar; tren karanlığa hızla daldığında nefeslerini tuttular ve ancak yük vagonları kemerli eşiğin ardından yeniden aydınlığa çıkıp da vadi bir kez daha, uçsuz bucaksız, göz kamaştırıcı bir çiçek misali önlerinde açıldığında tekrar nefes aldılar.

HARİTALAR VE GPS

"Bu oyunu biz de oynuyoruz!" dedim anneme. Kayıt cihazını yeniden kapatırken başıyla onayladı.

Arabayla tüneller olan dağ yollarından geçerken oynardık. Araba tünele girdiği an nefesimizi tutar, ancak öbür tarafa ulaştığımız zaman yeniden nefes alabilirdik, genellikle ben kazanırdım. Ve sen hep ama hep, tünel kısa olduğunda ve hile yapmaya değmediğinde bile hile yapardın.

"Biraz daha okuyabilir miyiz?" diye sordum anneme. Olmaz dedi, bugünlük bu kadardı. Ertesi sabah erken kalkacak, dereye ve belki vadinin içlerine doğru yürüyecektik, yani yatsak iyi ederdik. Bana araba anahtarını verdi, benden kitabı kutusuna, Kutu V'e geri koymamı istedi, ben de aynen öyle yaptım. Sonra beraber içeri girdik. Anahtarı buzdolabının üstüne koydu, hep oraya koyardı anahtarları ve bana bir bardak süt doldurdu. Sonra banyoya gidip beraber, aynadan birbirimize komik suratlar yaparak dişlerimizi fırçaladık, nihayet her ikimiz de iyi geceler diyerek kendi yatak odalarımıza gittik, iyi geceler. Sen tüm yatağımızı kaplıyordun, dolayısıyla seni mümkün olabildiğince kendi tarafına ittim. Ama ışığı kapatır kapatmaz yeniden bana yanaşıp kolunu belime doladın.

U DÖNÜŞÜ YAPILMAZ

Daha önce de yankılar duymuştum ama ertesi gün Burro Dağları'na yürüdüğümüzde duyduklarımız gibisini hiç duymamıştım. Eskiden yaşadığımız yerin yakınlarında, şehirde, büyük kahverengi nehre açılan dik bir sokak, bu sokağın tepesinde de bir tünel vardı çünkü o sokağın ve o tünelin üstünde öbür tarafa giden başka bir sokak daha vardı. Şehirler açıklanamayacak kadar karmaşıklar çünkü her şey üst üste; arada herhangi bir ayrım yok. Hafta sonları, hava sıcak olduğunda dördümüz Edgecombe Bulvarı'ndaki dairemizden bisikletle yola koyulur, önce yokuş yukarı, sonra da yokuş aşağı gider ve nihayetinde o dik sokağa varır ve öbür sokaktaki o tünelden geçip nehir kıyısındaki bisiklet yoluna ulaşırdık, her birimiz kendi bisikletimize binerdik; sen hariç Memphis. Sen babamın bisikletinin arkasındaki çocuk koltuğunda otururdun. Ne zaman tünele gelsek -kısmen nefesimi tutmamın şans getirdiğini bildiğimden, kısmense tünel ıslak köpek, eski mukavva ve çiş koktuğundan- nefesimi tutardım. Yani tünelde hiç sesimi çıkarmaz, nefesimi tutardım. Ama her seferinde babam biz tünele girer girmez illa ki "Yankı" diye bağırır, sanırım annem de ona gülümser ve o da "Yankı" diye bağırırdı, ardından sen onları taklit eder, arkadan "Yankı" diye bağırırdın, biz öte taraftan çıkarken tünel duvarlarından seken bu üç kısa yankının sesini severdim, nihayet yeniden nefes alır ve ancak o zaman "Yankı" diye bağırırdım ben ama iş işten geçtiğinden bir türlü yanıt alamazdım.

Fakat o sabah dağlarda kayalardan seken yankılar gerçek yankılardı, bizim eski, şehirdeki tünelimizde duyduklarımızla alakaları yoktu. O gün annemle babam bizi gün doğmadan uyandırmış, bize mısır unu lapası -nefret ederim- ve haşlanmış elma -severim- vermişti, ardından evin önündeki bir sepetten uzun batonlar alıp patikadan aşağı, dereye yürümüş, yavaş yavaş başka bir dağa tırmanmış, sonra ikinci dağın karşı tarafına kadar yolu yarılamış, nihayetinde uzun düz kayalar bulmuş, bir süre üzerlerine uzanmış, ardından bir süre üzerlerinde oturmuştuk; şapkalarımıza vuran güneş gitgide yükseliyor, daha da yakıcı bir hal alıyordu. Sırt çantamdan fotoğraf makinemi çıkardım ve babama ayağa kalkmasını söyledim, kalktı da, böylece başında şapkasıyla, endişeli olduğu zamanlarda sigarasını nasıl içiyorsa o halde, alnı kırış kırış ve gözlerini sanki çirkin bir şeye bakar gibi, bir yere dikmiş, sigara içerken bir fotoğrafını çektim; aklından ne geçirdiğini ya da neden hep endişeli olduğunu bilmiyordum, keşke bilebilseydim. Sonra bu fotoğrafı ona hediye ettim, yani senin görmen ve saklaman için saklamadım, bunun için üzgünüm.

Yeniden oturduk ve annemin küçük çantasında getirdiği tereyağlı, salatalıklı sandviçlerimizi yedik; annem sandviçlerimizi yerken istersek botlarımızı çıkarabileceğimizi söyledi. Bir an için böyle hep beraber olmaktan mutluluk duydum. Ama sonra, yemek süresince, annemle babamın birbirleriyle konuşmadıklarını, birbirlerine tek kelime etmediklerini, suyu uzatır mısın ya da bir sandviç daha verir misin bile demediklerini fark ettim. Baba Cochise üzgün olduğunda sen ve ben gidip sigara içmesini söylerdik ona, o da genellikle gider içerdi. Sonrasında iğrenç kokardı ama dumanı üflerken çıkardığı ses ve o sırada gözlerini kısması hoşuma giderdi. Annem babamın kaşlarını sanki gözlerinden düşüncelerini sıkıp çıkarıyormuş gibi çattığını söylerdi, bunu o kadar sık yapardı ki gün gelecek orada düşünce müşünce kalmayacaktı.

O esnada, yemek esnasında yani, birbirlerine bakmıyorlardı bile, bu konuda ne yapabileceğime kafa yorduktan sonra ya bir fıkra anlatmalıyım ya da daha yüksek sesle konuşmaya başlamalıyım diye düşündüm çünkü kimi sessizlikleri sevsem de o tür sessizliklerden nefret ediyordum. Ama aklıma ne bir fıkra ne komik ne de sırf laf olsun diye yüksek sesle söylenecek bir şeyler geldi. Böylelikle şapkamı çıkardım, kucağıma koydum. Ne söyleyeceğimi, ne zaman ve nasıl söyleyeceğimi uzun uzun düşündüm. Sonra kucağımdaki şapkama bakarken aklıma bir fikir geldi. Etrafa bakınıp kimsenin izlemediğinden emin olduktan sonra bir elimle şapkayı havaya fırlattım, şapka önce yukarı, ardından aşağı doğru uçtu, düşüp dağın yamacından aşağı yuvarlandı, kayalardan sekti, sonunda bir çalıya takıldı. Derin bir nefes aldım, surat astım ve yalandan endişeli bir ses tonu takınarak rüzgâra var gücümle bağırdım, "Şapka," diye bağırdım.

İşte o zaman oldu. Ben "Şapka," diye bağırdığımda hepiniz dönüp önce bana ardından da dağa baktınız çünkü birden dağdan bize geri gelen "Şapka şapka şapka" sözcüklerini duyduk; sesim etrafımızdaki tüm dağ kayalıklarından sekip geri geliyor, tüm kayalıklar "Şapka" diye tekrarlıyordu.

Büyü gibiydi, iyi bir büyü gibi, çünkü birden aramızdaki sessizlik gülümsemelerle dolmuştu ve midem bisikletlerimizle o dik sokaktan yokuş aşağı son sürat tünele ve nehre doğru giderken hepimizin hissettiğini bildiğim o hisle kımıl kımıl ediyordu, sonra babam birden "Yankı," diye bağırdı, annem de "Yankı," diye bağırdı, sen de öyle, etrafımızda yankılar çoğaldıkça çoğaldı, yankı, yankı, yankı, hatta ben bile, "Yankı," diye bağırdım ve ilk defa, net bir şekilde, gümbür gümbür geri gelen kendi yankımı duydum.

Babam sandviçini bıraktı ve, "Geronimo!" diye bağırdı. Yankı, "Onimo, onimo, onimo," dedi.

Annem, "Beni duyuyor musun?" diye bağırdı. Dağdan "Uyuyor musun, uyuyor musun," sesi geldi.

Ben, "Benim adım Çevik Tüy!" diye bağırdım. "Üy, üy, üy," diye geri geldi.

Sen hafif şaşkın şaşkın etrafına bakındın ve alçak sesle, "Peki ama neredeler?" diye sordun.

Sonra teker teker ayağa kalktık, o uzun, düz kayanın üzerinde yalınayak duruyorduk hepimiz ve "Elvis" gibi, "Memphis" gibi, "otoyol" gibi, "ay," "botlar," "merhaba," "baba," "uzak," "On yaşındayım," "Beş yaşındayım," "Mısır lapasından nefret ediyorum," "dağ," "nehir" gibi farklı sözcükler denedik; "defol," "ol," "sen de defol," "ol," "kıç," "ıç," "osuruk," "uçaklar," "dürbün," "yabancı," "hoşça kal," "seni seviyorum," "ben de," "de." Sonra ben "Auuuu" diye bağırdım ve hepimiz bir kurt sürüsü gibi uluduk, ardından babam eliyle ağzına vurarak, "Ooooooo" demeyi denedi ve hepimiz eski çağlardan kalma bir aileymişiz gibi onu taklit ettik, ardından annem el çırptı ve şak şak sesleri bize geri geldi ya da belki daha çok pat pat gibiydi. Söyleyecek şeylerimiz tükendiğinde, nefesimiz tükendiğinde yeniden oturduk; sen hariç, sen son bir kez daha bağırdın.

"Peki ama neredesiniz, siniz, siniz?"

Sonra bize döndün ve bu kez fısıldayarak, "Onları göremiyorum, neredeler, bizden saklanıyorlar mı?" diye sordun. Babamla annem sana şaşkın şaşkın baktıktan sonra sanki sözlerini tercüme etmemi istiyormuşçasına bakışlarını bana çevirdiler. Senin ne demek istediğini gayet iyi anlamıştım, onlara açıkladım. Seninle onlar ya da bizimle onlar arasında duran kişi oldum ben her zaman. "Bence dağın öte tarafında bizi yanıtlayan biri olduğunu zannediyor," dedim. İkisi de başlarıyla onaylayıp önce sana, ardından bana gülümsedi, hatta birbirlerine de gülümseyerek baktılar. "Memphis, orada kimse yok, Memphis bunlar sadece bizim seslerimiz," diye durumu açıkladım sana. "Yalancı," dedin. Beni yalancılıkla suçladın. Böylece, "Yalan söylemiyorum seni sersem," dedim. Annem bana kötü kötü baktı ve sana, "Bu sadece yankı bebeğim," dedi. "Bu sadece yankı," dedi babam da. Onlar bilmiyorlardı ama bunun senin için yeterli bir açıklama olmadığını ben biliyordum, dolayısıyla sana, "O küçük lokantadaki yuvarlak makineden aldığımız zıplayan toplar vardı ya, hatırlıyor musun? Sonrasında ağlamıştın hani?" dedim. "Evet," dedin, "Ağlamıştım çünkü sen bütün renkli topları alıp duruyordun, bense sadece plastik böcek alıyordum." "Mesele bu değil Memphis, mesele o toplar, mesele şu: Sonra küçük lokantanın önünde o topları duvara atıp da yeniden yakalamaca oyunu oynamıştık hani, hatırlıyor musun?" Artık beni dinliyordun ve, "Evet, o günü hatırlıyorum," dedin. "İşte, şu anda zıpladıklarını göremesen de, seslerimiz de o zıplayan toplar gibi," dedim. "Seslerimizi fırlattığımız zaman seslerimiz bu dağdan sekip geri geliyor ve buna yankı deniyor." "Yalancı," dedin yeniden. "Yalan söylemiyorum." "Yalan söylemiyor, bu doğru bebeğim, yankı bu, yankı diye buna deniyor, yalan söylemiyor." "Yalan söylemiyoruz," dedik hepimiz birden sana.

Bazen öyle gururlu ve kibirlisin ki. Bize bir türlü inanmadın. Son derece ciddi bir edayla o düz kayanın üstünde ayağa kalktın, sanki bir bayrağa bağlılık yemini edecekmişçesine pembe şapkanı, tişörtünü düzelttin. Boğazını temizledin, ellerini birleştirip ağzına götürdün. Kayalık dağlara birine bir emir verircesine baktın, derin bir nefes aldın. Ve sonra, sonra var gücünle bağırdın, "Hey millet," diye bağırdın, "merhaba millet," diye bağırdın, "buradayız, tam burada, burada, burada, Tanrı'nın belası, belası."

KUŞLAR

O öğleden sonra, eve döndüğümüzde babamın yemek pişirmesine yardım ettim. Barbeküyü dışarı kurduk. Babam barbeküye kömür atıp yaktı, ben buzdolabından etleri, en sevdiğim et olan manda etini getirmek üzere mutfağa gittim. Et tepsisini tutarak yardım ettim ona. Etlere birer birer çatal batırıp dikkatle ızgaranın üzerine yerleştirdi. Orada durmuş hâlâ yankıları düşünüyordum, çevremdeki her şey bana o gün dağda duyduğumuz yankıları anımsatıyordu; babamın bir ileri bir geri hareketleri, bir ileri bir geri, hışır hışır yanan ateş, tepemizde kanat çırpan kimi büyük kuşlar, hatta evdeki, mutfaktaki senin sesin, mutfakta annemin sebzeleri alüminyum folyolara sarmasına yardım ediyordun, patatesleri, soğanları, sarımsakları ve hatta mantarları -nefret ederim- alüminyum folyolara sarıyordunuz.

Babama o gün duyduğumuz yankıların bize anlattığı Yankı Kanyonu'ndakilere benzeyip benzemediğini sordum. "Benziyor ama benzemiyor," dedi. "Chiricahua Dağları'nda, Yankı Kanyonu'nda," dedi, "yankılar daha bile güçlü, güzel. Hayatında duyup duyabileceğin en güzel yankılar," dedi, "bazıları o kadar uzun zamandır yankılanıyor ki dikkatli dinlediğin takdirde çok uzun zaman önce göçüp gitmiş olan Çirikavaların seslerini duyabilirsin." "Peki ya Kartal Savaşçılar?" diye sordum. "Evet, Kartal Savaşçılarınkileri de duyabilirsin."

Bir süre bunun nasıl olabildiğine kafa yorduktan sonra hep beraber sofrayı kurar, içeriden tabak, çatal, bıçak, bardak, su, şarap, tuz, ekmek getirip dışarıdaki uzun ahşap masaya koyarken annemle babamdan bana yankıları daha açık, daha profesyonel bir şekilde anlatmalarını istedim. İşin temelini anlıyordum. Yankının ses dalgalarındaki gecikme olduğunu söylediler. Yankı, kaynak ses üretildikten ve bir yüzeye çarpıp geri yansıdıktan sonra gelen ses dalgasıdır. Ama bu açıklama tüm sorularımı yanıtlamaya yetmiyordu, o yüzden ısrar ettim, ikisini de bıktırıncaya kadar sordum da sordum ve babam, "Yemek hazır!" dedi.

Ahşap masanın etrafına oturduk, babam kadeh kaldırmak istedi, bu yüzden de birkaç damla şarap içmemize izin verdi ama bardaklarımıza şarapla beraber yığınla su koydu, "Tadını yumuşatsın diye," dedi. Bu ülkedeki çocukların genellikle şarap içmesine izin verilmediğini, tat alma cisimciklerinin püritenlik, çıtır parmak tavuk, ketçap ve fıstık ezmesiyle mahvolduğunu söyledi. Ama biz şimdi Çirikava Apaçi bölgesindeki çocuklardık, yani hayattan azıcık tat almamıza izin vardı. Kadehini kaldırıp, "Arizona, New Mexico, Sonora, Chihuahua, hepsi de güzel isimlerdi, ama aynı zamanda haksızlık, soykırım, toplu göç, savaş ve kanla dolu bir geçmişin sözünü etmek için kullanılan isimlerdi," dedi. Bu toprakları iyileşme ve bağışlama yeri olarak, ayrıca yeryüzüyle gökyüzünün birleştiği yer olarak hatırlamamızı istediğini söyledi.

Bu toprakların gerçek adını söylemedi bize ama sanıyorum Apaçi bölgesiydi. Sonra şarabından bir yudum aldı, dolayısıyla hepimiz birer yudum aldık. Sen yudumu aldığın gibi doğruca yere tükürdün, bu su şarabından nefret ettiğini söyledin. Ben sevdiğimi söyledim ama aslında o kadar da sevmemiştim.

ZAMAN

Yemeği çabucak bitirdik çünkü çok açtık ama her ne kadar biteceğini, hatta bu gezi biter bitmez birlikte geçireceğimiz tüm akşamların son bulacağını bilsem de o akşam bitmesin, hem de hiç bitmesin istiyordum. Sonrasını değiştiremezdim ama, nasıl ki Geronimo'nun bir savaş gecesinde zamanı uzatma gücü vardıysa, ben de hiç değilse bu geceyi uzatmayı deneyebilirdim.

SORULAR VE CEVAPLAR

Sorular, hem de iyi sorular sormaya karar verdim, böylece herkes zamanı unutacaktı. Bu şekilde uzatabilecektim zamanı.

Önce üçünüze o an en çok ne istediğinizi sordum. Sen, "Frutilupis!" dedin. Babam, "Netlik isterdim," dedi. Annem, "Manuela'nın iki kızını bulmasını isterdim," dedi.

Sonra babamla anneme, "Bizim yaşlarımızdayken nasıldınız ve neler hatırlıyorsunuz?" diye sordum. Babam hüzünlü bir hikâye anlattı; senin yaşındayken köpeğini bir tramvay ezmiş, sonra büyükannesi köpeği naylon poşete koyup çöpe atmış. Sonra, benim yaşımdayken, işler onun için iyiye gitmiş, yaşadıkları binadaki bir çocuk gazetesinin müdürü olmuş. Her cuma okuldan sonra kırtasiyeye yapılan bir geziye başkanlık ediyormuş, burada yazdıkları ya da çizdikleri her şeyi çoğaltan fotokopi makinesi diye bir makine varmış ama bilgisayar milgisayar yokmuş. Bir seferinde, gazete için hiçbir şey yazıp çizmemiş olduklarından makineye önce ellerini, ardından yüzlerini, sonra da ayaklarını koymuşlar ve makine bunların kopyalarını yazdırmış ve kimse bakmazken bir oğlan pantolonunu indirip makinenin üzerine oturarak kıçının kopyasını bastırmış. Senle ben buna öyle çok güldük ki içtiğim su şarabı burun deliklerimden çıktı, canım yandı.

Sonra sıra anneme geldi; senin gibi beş yaşındayken, annesi ve annesinin bir arkadaşıyla bir evin salonunda olduğunu, orada içinde bir sürü balık olan koca bir akvaryum olduğunu ve balıklara baktığını hatırlıyordu. Bir ara arkasını dönmüş ve annesi orada değilmiş, sadece annesinin arkadaşı varmış, o da ona, "Annem nerede?" diye sormuş ve annesinin arkadaşı, "Orada, bak, bir balık oldu," demiş. Başta çok heyecanlanmış ve balıklardan hangisinin annesi olduğunu anlamaya çalışmış ama sonra acaba annem balık olmaktan çıkıp geri gelecek mi diye düşünüp korkmaya başlamış. Ve aradan o kadar uzun zaman geçmiş ki annesi geri gelsin diye ağlamaya başlamış, bana kalırsa bu hikâyeyi anlatırken de az daha ağlayacaktı ve ağlasın istemedim, bu yüzden benim yaşımda olduğu zamanları, on yaşındayken en sevdiği oyunun ne olduğunu sordum.

Bir an düşündükten sonra on yaşındayken en sevdiği şeyin terk edilmiş evlere girip o evleri gezmek olduğunu çünkü oturdukları semtin terk edilmiş evlerle dolu olduğunu söyledi. Sen bu terk edilmiş evlerle ilgili daha fazla şey öğrenmek istediysen de başka da bir şey demedi. İçlerinde hayalet var mıydı örneğin ve annem hiç birileri, mesela polis ya da ailesi tarafından yakalanmış mıydı? Fakat o daha fazlasını anlatmak yerine bize, “Peki ya siz,” dedi, “Sizce siz büyüyüp bizim yaşımıza geldiğinizde nasıl olacaksınız?”

Söz almak için parmağını kaldırdın, dolayısıyla da ilk konuşan sen oldun. “Bence okuma ve yazma biliyor olacağım,” dedin. Sonra da bir erkek ya da kız arkadaşın olacağını ama dilli milli öpüşmek zorunda kalmamak için hiçbir zaman kimseyle evlenmeyeceğini söyledin, ki bence bu akıllıcaydı. Başka da bir şey demediğinden sözü ben aldım. Çok gezeceğimi, bir sürü çocuğum olacağını, onlara her gün manda eti pişireceğimi söyledim. “Meslek olarak astronotluk yapacağım. Hobi olarak bir şeyleri belgeleyeceğim.” Bir belgebelgeselcisi olacağımı söyledim, bu sözcüğü o kadar hızlı söyledim ki galiba babam belgeci, annemse belgeselci olarak duydu ve kimse aldırış etmedi.

HAKLI KORKULAR

O gece herkes uyuyup da beni uyku tutmadığında yatak odamızdan sıvıştım, buzdolabının üstünden araba anahtarını aldım, dışarı çıktım. Verandayı geçip yavaş yavaş arabaya yürüdüm, bagajı açtım, karanlıkta annemin kutusunu arandım. Kayıp çocuklar hikâyesinde, kırmızı kitapta neler olduğunu okumak istiyordum ama bu kez, tıpkı bir gün önce annemle yaptığımız gibi yüksek sesle okumak ve biraz daha kaydetmek istiyordum. Kutuda kayıt cihazını ararken gürültü çıkarmak istemedim, o yüzden kutuyu olduğu gibi yanıma aldım. Tam eve girecektim ki annemin kayıt cihazını kutuda değil de çoğunlukla torpido gözünde tuttuğunu hatırladım. Böylece yeniden arabaya yürüdüm, ön yolcu kapısını açtım, kutuyu koltuğa koydum, torpido gözüne baktım. Oradaydı. Annemin büyük yol haritası da oradaydı. İkisini birden, hem yol haritasını hem de kayıt cihazını aldım, kutunun kapağını onları sessiz sedasız içine sokuverebilecek kadar araladım, sonra parmak uçlarımda yeniden eve yürüdüm ve tüm eşyalarla birlikte yatak odamıza geçtim. Sen derin uykudaydın, yaşlı bir adam gibi horluyordun

Memphis, neredeyse tüm yatağı kaplamıştın. Kutuyu o an için yere koydum, seni, aşırı nazik bir şekilde kendi tarafına ittim ve uyanmayasın diye sadece küçük gece lambasını yaktım. Horlamayı bıraktın, döndün, karnın tavana bakıyordu. Sonra ağzın hafif aralandı, yeniden horlamaya başladın. Yatağın bana ait olan tarafına çıkıp önümde annemin kutusuyla oturdum.

Çok dikkatli bir şekilde kutuyu açtım. Yol haritasını, kayıt cihazını, içinde fotoğraflarım olan kırmızı kitabı çıkardım ve üçünü de komodinin üzerine, lambanın altına koydum. Tam kutuyu kapatıp da okumaya hazırlanacaktım ki bana açıklamayacağım bir haller oldu. Kutuda başka ne olduğunu görmem, hep küçük kırmızı kitabın altında olduğunu bildiğim her şeye, bakma iznim olmayan, bu nedenle hiçbir zaman bakmadığım ne varsa hepsine bakmam gerekiyormuş gibi hissettim. Hem şu anda beni gözleyen kimse de yoktu. Kutudaki eşyaları istediğim gibi kurcalayabilirdim. Her şeyi yerine koyduğum sürece annem farkına bile varmazdı.

Teker teker kutudaki şeyleri çıkarmaya başladım, yavaş yavaş çıkarıyor, hepsini yatağa sırasıyla koymaya özen gösteriyordum, böylece daha sonra aynı şekilde kutuya geri koyabilecektim. Kutunun tepesinden aldığım ilk şeyi yatağın benim köşem olan sol köşesine koydum, ikincisini yanına, üçüncüyü ikincinin yanına, üçüncüyü dördüncünün yanına koydum.

Düşündüğümden daha çok eşya vardı. Kupürler, notlar, fotoğraflar ve birkaç kaset. Dosyalar, doğum belgeleri ve başka resmi şeyler, haritalar ve birtakım kitaplar vardı. Her birini yatağın üzerine yan yana koydum. Bir noktada yataktan kalkıp her şeye daha rahat ulaşabilmek için yatağın etrafında yürümem gerekti. Son eşyayı çıkarıncaya kadar neredeyse tüm yatağı kaplamıştım bile ve olur da kımıldar, her şeyi mahvedersen diye başta senin üstüne bir şey koymak istemediysem de sonunda üstüne birtakım haritalar, kitaplar koymak zorunda kaldım.

Bir süre yatağın etrafında ileri geri yürüyerek annemin hepsi de yatağa serilmiş olan eşyalarına baktım, nihayetinde kapıldığım binbir duyguyla başım dönmeye başladı. En sonunda "Göçmen Ölüm Raporu" diye etiketlenmiş bir dosyayı alıp açtım. Üzerlerinde çeşitli bilgiler olan bir dolu kâğıt vardı içinde, kâğıtlara baktım, yazanları anlamaya çalıştım ama anlayamadım, bir sürü rakam ve kısaltma yer alıyordu, anlayamamak çok sinir bozucuydu. Haritalara odaklanmaya karar verdim, çünkü hiç değilse harita okumada iyi olduğumu biliyordum. Senin dizlerindeki haritayı aldım ya da belki de uyluklarının üzerindeydi bilemiyorum, üstün örtülü olduğundan emin değildim. Tuhaf bir haritaydı. Tüm haritalar gibi bu da bir yeri gösteriyordu ama bu yerin içinde yüzlerce küçük kırmızı nokta vardı ve bunlar şehir değildi çünkü bir kısmı diğerleriyle üst üste biniyordu. Harita anahtarına baktığımda bu kırmızı noktaların orada, tam o noktada ölen insanları simgelediğini fark ettim ve kusmak ya da ağlamak, annemle babamı uyandırmak, bunu onlara sormak istedim ama yapmadım tabii ki. Sadece derin bir nefes aldım. Annemle babamın eski evimizin yemek masasının etrafında dolana dolana nasıl da beş yüz parçalık bir yapboz yaptıklarını anımsadım; ciddi, endişeli ama aynı zamanda sakin ve her şey kontrolleri altındaymış gibi görünürlerdi, yatağımızda yatan tüm bu eşyaların karşısında aynı şekilde durmam gerektiğine işte böyle karar verdim.

Senin göbeğine yerleştirmiş olduğum buna benzer bir harita daha vardı. O da kırmızı noktalarla doluydu ve tam bana kendimi kötü hissettirdiğinden haritayı es geçmek üzereydim ki bunun Apaçi bölgesinde tam olarak nereye gideceğimizi gösteren bir harita olduğunu fark ettim. Haritada çoğu mekân adı eksikti ama batıda Dragoon Dağları'nı çıkarabildim. Ardından da doğuda Yankı Kanyonu'nun olduğu Chiricahua Dağları'nı. Ve iki sıradağın arasındaki, Willcox kapalı havzası adında bir kapalı havzanın olduğu büyük kuru vadiyi; gerçi bu haritada adı yazmıyordu. Babam bana Apaçi bölgesinin tam da bu kısmının olduğu başka haritalar göstermiş, mekânları işaret edip adlarını söylemişti. Hepsini, özellikle de Wilcox, San Simon, Bowie, Dos

Cabezas Dağları ve İskelet Kanyonu gibi Apaçi hikâyelerinde önemli olan adları onun ardından tekrarlamam gerekmişti. Şimdi bunun için, daha oraya gitmemişken bile Apaçi bölgesini avucumun içi gibi bildiğim için kendimle gurur duyuyordum. Mesela annemin haritasında, üzerlerinde isimler yazmıyor olsa bile, galiba büyük kuru vadinin kuzeyinde, tam rayların üzerinde Bowie denen kentin yerini saptayabilmiştim; Geronimo ve halkının o son, son teslimiyetlerinden sonra trene bindiği yerdi burası. Ayrıca, Chiricahua Dağları'nın güneydoğusundaki İskelet Kanyonu'nun yerini de belirledim, burası Geronimo ve halkının Bowie'de o trene binmeden önce yakalandıkları yerdi ve tabii ki, Şef Cochise'in hayaletinin hâlâ gezindiği Dos Cabezas Dağları'nın yerini de saptadım.

Sonra, Dragoon ve Chiricahua arasındaki vadinin tam ortasına annemin bir kalemle XX işareti koyduğunu fark ettim, bu iki X'i bir de büyük bir daire içine almıştı. Annemin herhangi bir işaret koyduğu tek haritaydı bu. Bunun ne anlama geldiğini merak ettim. Üzerine uzun süre düşündüm ve aklıma gelen tüm ihtimaller arasından bence durum şuydu: Annem bu işaretleri koymuştu çünkü orada kayıp çocuklar olduğundan emindi. İki çocuk: XX.

Sonra şunu fark ettim: Belki de o iki X annemin sık sık bahsettiği iki kızdı, Manuela'nın kayıp kızları. Annemin içgüdüleri kuvvetliydi, ne de olsa Uğurlu Ok'tu o. Yani onları orada arıyorsa muhtemelen oradaydılar ya da oraya yakın bir yerlerde. Sonra aklıma, sanki kafam patlıyormuş gibi hissettiren bir fikir geldi, ama iyi bir patlamaydı bu. Kızlar oradaysa annemin onları bulmasına yardım edebilirdik belki.

ELEKTRİK

Böylece şuna karar verdim: Ertesi sabah, annemle babam uyanmadan önce, sen ve ben gidecektik. Kaybolma ihtimalimiz olsa da tıpkı kayıp çocukların yürüdüğü gibi, yürüyebildiğimiz kadar yürüyecektik. Apaçi bölgesine giden bir tren bulacak, binecektik. Annemin o iki X'i daire içine aldığı vadiye yürüyecektik. Orada o iki kayıp kızı arayacaktık. Şansımız yaver gider de onları bulursak hep beraber, babamın bize kaybolmamız halinde tüm o yankılar sayesinde kolaylıkla bulunabileceğimizi söylediği Yankı Kanyonu'na gidecektik. Olur da kızları bulamazsak yine de Yankı Kanyonu'na gidecektik; annemin haritasına göre o iki X'i koyduğu yerden çok da uzak değildi. Bunun için başımın fena halde derde gireceğini biliyordum elbette. Annemle babam kaçtığımızı fark ettiklerinde çok öfkeleneceklerdi. Ama bir süre sonra öfkeleri yerini endişeye bırakacaktı. Annem onları, kayıp çocukları nasıl düşünüyorsa bizi de o şekilde düşünmeye başlayacaktı. Yani sürekli, tüm kalbiyle. Ve babam peşine düştüğü diğer tüm yankılar yerine bizim yankımızı bulmaya odaklanacaktı. En önemli kısmı da şuydu: Biz de kayıp çocuklar olursak tekrar bulunmamız gerekecekti. Annemle babam bizi bulmak zorunda kalacaktı. Bizi bulacaklardı, şüphem yoktu bundan. Ayrıca büyük ihtimalle izleyeceğimiz rotanın bir haritasını da çizecektim, böylece sonunda bizi bulabileceklerdi. Ve son, Yankı Kanyonu'ydu.

Sözümde durmamam, annemin kutusuna bakmam aptalcaydı. Ama bütün o eşyalara baktıktan sonra bazı önemli şeyleri anlamıştım nihayet, üstelik sadece aklımla değil, kalbimle de anlamıştım. Gerçi bir yandan da başım dönüyordu ya neyse. Ama sonunda anlamıştım işte ve önemli olan da bu, çünkü böylelikle şimdi sana bundan da bahsedebilirim. Nihayet annemin neden sürekli kayıp çocukları düşündüğünü ve onlar hakkında konuştuğunu, neden her geçen gün bizden gitgide uzaklaşıyormuş gibi göründüğünü anladım. Kayıp çocuklar, tamamı, bizden öteydi Memphis, tanıdığımız tüm çocuklardan çok daha öteydi. Babamın Kartal Savaşçıları gibiydi, hatta belki onlardan daha bile cesur ve daha akıllı. Ayrıca işleri hepimiz için daha iyi hale getirmek adına seninle benim ne yapmamız gerektiğini de anladım nihayet.

Planım beni o kadar heyecanlandırdı ki tüm aileyle paylaşmak için herkesi uyandırmalıyım diye düşündüm ama tabii ki böyle bir şey yapmadım. Sakin olmaya çalışarak derin, yavaş bir nefes aldım. Annemin eşyalarının hepsini doğru sırayla kutusuna geri koydum ya da neredeyse doğru sırayla çünkü sen yan dönmüş, etrafı biraz dağıtmıştın.

Kutuyu kapamadan önce, kapağı destek olarak kullanarak planladığım rotanın haritasını çizdim. Haritamı çizerken annemin kutusundaki haritalardan birini, iki X'i daire içine aldığı haritayı esas almıştım. Önce kurşunkalemle haritayı çizdim. Ardından kırmızı kalemle seninle benim izleyeceğimiz rotayı çizdim. Sonra maviyle annemin kitabındaki kayıp çocukların izleyebileceğini düşündüğüm rotayı çizdim. Bu iki rotanın, kırmızı ve mavinin birleştiği yere kurşunkalemle büyük bir X işareti koydum, annemin kendi haritasında XX olarak işaretlediği yerin hemen hemen aynısıydı.

Nihayet bitirdiğimde haritaya baktım ve içim pır pır etti. Gerçekten çok iyi bir haritaydı, şimdiye kadar yaptığımın en iyisi. Haritayı annemin kutusundaki eşya yığınının en tepesine, onun iki X'li haritasının tam üstüne koydum. Annemin onu orada bulacağını biliyordum. Kutuyu kapatmadan önce hani olur da haritam onlara yeterince açık gelmezse diye belki bir de not bırakmam gerektiğini düşündüm; bence yeterince açıktı gerçi. Böylece kutudaki kitaplardan birinin, *The Gates of Paradise* adlı kitabın sayfaları arasından boş bir yapışkanlı not kâğıdı çıkardım ve hikâyelerdeki eski telgraflara benzer bir not yazdım: Biz gittik, kayıp kızları arayacağız, sonra Yankı Kanyonu'nda buluşuruz.

Daha kutuyu bagaja geri koymam gerekiyordu, koydum da. Gizlice dışarı çıktım, bagajı açtım, kutuyu yerine koydum. Yeniden içeri girdiğimde sonunda neredeyse yetişkin bir adam olduğumu hissettim.

KUTU V

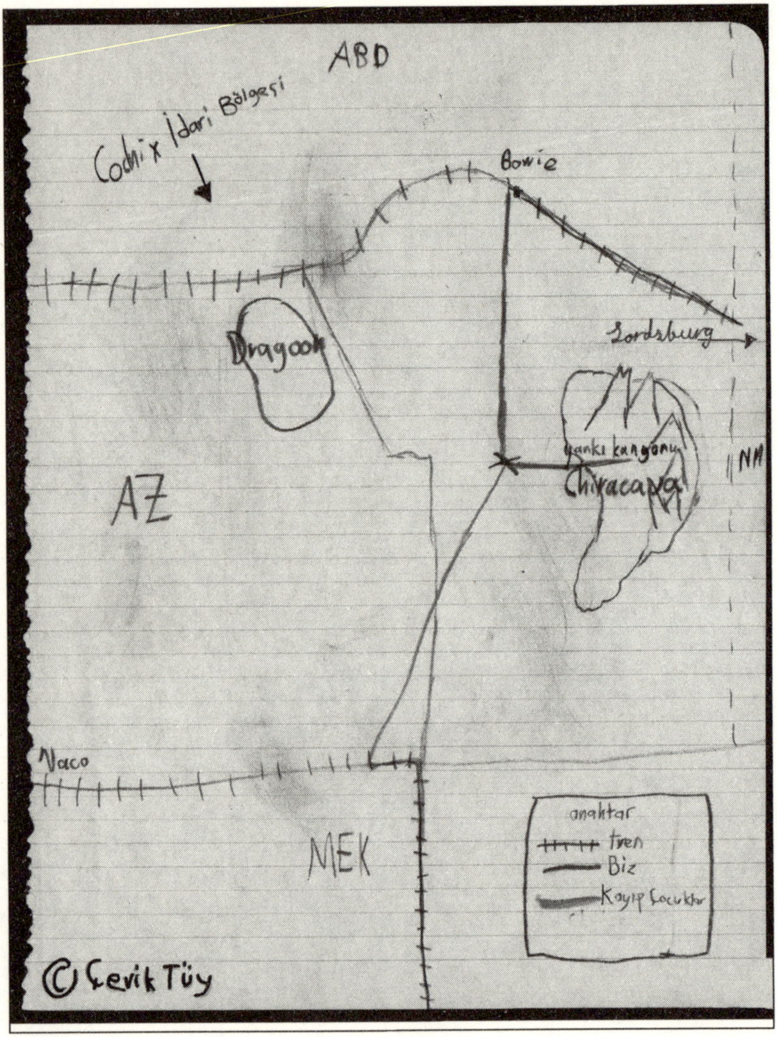
ABD
Cochix İdari Bölgesi
Bowie
Dragoon
Lordsburg
Yankı kanyonu
Chiracahua
NM
AZ
Naco
MEK
anahtar
tren
Biz
Kayıp Çocuklar
© Çevik Tüy

ℓ HARİTA

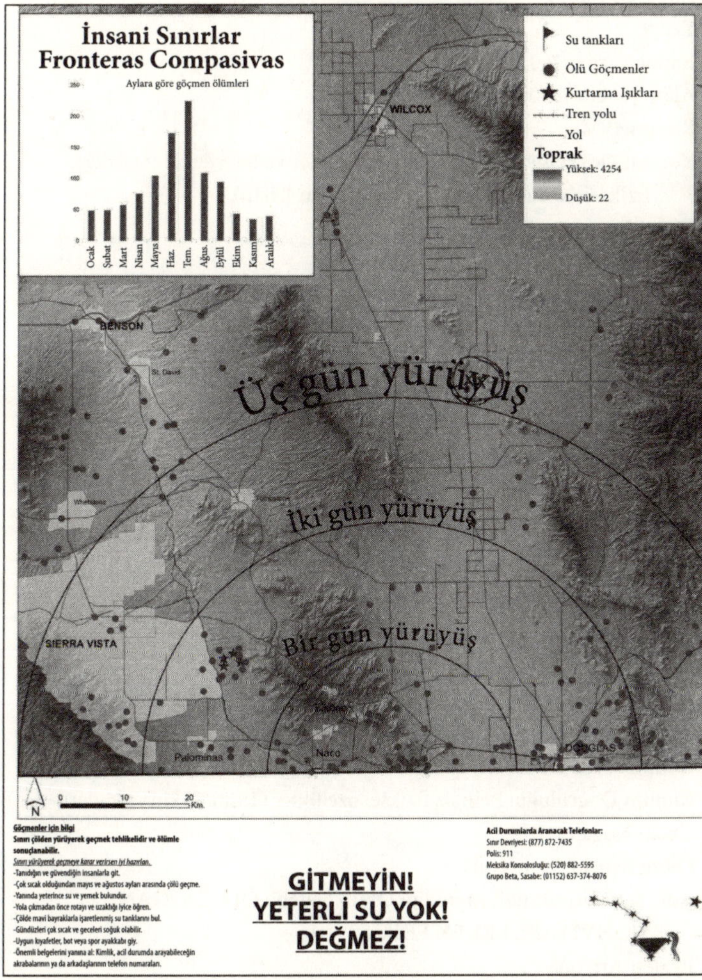

İnsani Sınırlar
Fronteras Compasivas
Aylara göre göçmen ölümleri
Ocak
Şubat
Mart
Nisan
Mayıs
Haz.
Tem.
Ağus.
Eylül
Ekim
Kasım
Aralık
Su tankları
Ölü Göçmenler
Kurtarma Işıkları
Tren yolu
Yol
Toprak
Yüksek: 4254
Düşük: 22
WILCOX
BENSON
St. David
SIERRA VISTA
Palominas
Naco
DOUGLAS
Üç gün yürüyüş
İki gün yürüyüş
Bir gün yürüyüş
N
0
10
20
Km.
Göçmenler için bilgi
Sınırı çölden yürüyerek geçmek tehlikelidir ve ölümle sonuçlanabilir.
Sınırı yürüyerek geçmeye karar verirsen iyi hazırlan.
-Tanıdığın ve güvendiğin insanlarla git.
-Çok sıcak olduğundan mayıs ve ağustos ayları arasında çölü geçme.
-Yanında yeterince su ve yemek bulundur.
-Yola çıkmadan önce rotayı ve uzaklığı iyice öğren.
-Çölde mavi bayraklarla işaretlenmiş su tanklarını bul.
-Gündüzleri çok sıcak ve geceleri soğuk olabilir.
-Uygun kıyafetler, bot veya spor ayakkabı giy.
-Önemli belgelerini yanına al: Kimlik, acil durumda arayabileceğin akrabalarının ya da arkadaşlarının telefon numaraları.
GİTMEYİN!
YETERLİ SU YOK!
DEĞMEZ!
Acil Durumlarda Aranacak Telefonlar:
Sınır Devriyesi: (877) 872-7435
Polis: 911
Meksika Konsolosluğu: (520) 882-5595
Grupo Beta, Sasabe: (01152) 637-374-8076

GÖÇMEN ÖLÜM RAPORU

İsim: HUERTAS-FERNANDEZ, NURIA
Cinsiyet: Kadın
Yaş: 9
Rapor Tarihi: 2003-07-09
Alan Yönetimi: Özel
Konum: SMH
Konum Doğruluğu: Yol tarifleri, mesafeler ve belirleyici işaretlerle fiziksel özellikleri (1mi/2km'ye kadar kesin)
Geçit: Douglas
Ölüm Sebebi: Tehlikeli hava şartları
Adli Tıp Kurumunun saptadığı Ölüm Sebebi: RABDOMİYOLİZ VE DEHİDRASYONLA BERABER HİPERTERMİYE BAĞLI KOMPLİKASYON
Eyalet: Arizona
İdari Bölge: Cochise
Enlem: 31.366050
Boylam: –09.559990

GÖÇMEN ÖLÜM RAPORU

İsim: ARIZAGA, ERKEK BEBEK
Cinsiyet: Erkek
Yaş: 0
Rapor Tarihi: 2005-09-19
Alan Yönetimi: Pima İdari Bölgesi
Konum: ARIVACA RD MP19
Konum Doğruluğu: Belirsiz fiziksel özellikler (15mi/25km'ye kadar kesin)
Geçit: Nogales
Ölüm Sebebi: Nonviyabl
Adli Tıp Kurumunun saptadığı Ölüm Sebebi: ÖLÜ DOĞAN NONVİYABL ERKEK FETÜS
Eyalet: Arizona
İdari Bölge: Pima
Enlem: 31.726220
Boylam: –111.126110

GÖÇMEN ÖLÜM RAPORU

İsim: HERNANDEZ QUINTERO, JOSSELINE JANILETHA

Cinsiyet: Kadın

Yaş: 14

Rapor Tarihi: 2008-02-20

Alan Yönetimi: Amerika Birleşik Devletleri Orman Servisi

Konum: K 31' 34.53 B 111' 10.52

Konum Doğruluğu: GPS koordinatları (takriben 300ft/100m'ye kadar kesin)

Geçit: Nogales

Ölüm Sebebi: Tehlikeli hava şartları

Adli Tıp Kurumunun saptadığı Ölüm Sebebi: MUHTEMEL SEBEP TEHLİKELİ HAVA ŞARTLARI

Eyalet: Arizona

İdari Bölge: Pima

Enlem: 31. 575500

Boylam: –111.175330

GÖÇMEN ÖLÜM RAPORU

İsim: LÓPEZ DURAN, RUFINO

Cinsiyet: Erkek

Yaş: 15

Rapor Tarihi: 2013-08-26

Alan Yönetimi: Özel

Konum: EYALETLERARASI OTOYOL 10 MİL LEVHASI 342.1

Konum Doğruluğu: Yol tarifleri, mesafeler ve belirleyici işaretlerle fiziksel özellikleri (1mi/2km'ye kadar kesin)

Geçit: Douglas

Ölüm Sebebi: Keskin olmayan bir cisimle alınan darbe

Adli Tıp Kurumunun saptadığı Ölüm Sebebi: KESKİN OLMAYAN BİR CİSİMLE ALINMIŞ ÇOKLU DARBELER

Eyalet: Arizona

İdari Bölge: Cochise

Enlem: 32.283693

Boylam: –109.826340

GÖÇMEN ÖLÜM RAPORU

İsim: VILCHIS PUENTE, VICENTE
Cinsiyet: Erkek
Yaş: 8
Rapor Tarihi: 2007-03-14
Alan Yönetimi: Özel
Konum: 12166 EAST TURKEY CREEK, 3 KİLOMETRE BATISI
Konum Doğruluğu: Sokak adresi (takriben 1000ft/300m'ye kadar kesin)
Geçit: Douglas
Ölüm Sebebi: Saptanamadı, iskelet kalıntıları
Adli Tıp Kurumunun saptadığı Ölüm Sebebi: SAPTANAMADI (İSKELET KALINTILARI)
Eyalet: Arizona
İdari Bölge: Cochise
Enlem: 31.881290
Boylam: –109.426741

GÖÇMEN ÖLÜM RAPORU

İsim: BELTRAN GALICIA, SOFIA
Cinsiyet: Kadın
Yaş: 11
Rapor Tarihi: 2014-04-06
Alan Yönetimi: Özel
Konum: UMC MORGU
Konum Doğruluğu: GPS koordinatları (takriben 300ft/100m'ye kadar kesin)
Geçit: Douglas
Ölüm Sebebi: Tehlikeli hava şartları
Adli Tıp Kurumunun saptadığı Ölüm Sebebi: HİPERTERMİYE BAĞLI KOMPLİKASYON
Eyalet: Arizona
İdari Bölge: Cochise
Enlem: 31.599972
Boylam: –109.728027

KUPÜR / FOTOĞRAF

Çölde, Pima İdari Bölgesi'nde göçmen yollarında bulunan eşyalar

KÂĞIT PARÇASINA YAZILMIŞ NOT

Harita bir siluet, birbirine hiç benzemeyen öğeleri, o öğeler ne olursa olsun, aynı kategoride toplayan bir konturdur. Harita çıkarmak dışarıda bırakmak kadar dahil etmek demektir. Harita çıkarmak genellikle görünmez olanı görünür kılmanın da bir yoludur.

KİTAP

The Gates of Paradise, Jerzy Andrzejewski

KUPÜR / POSTER

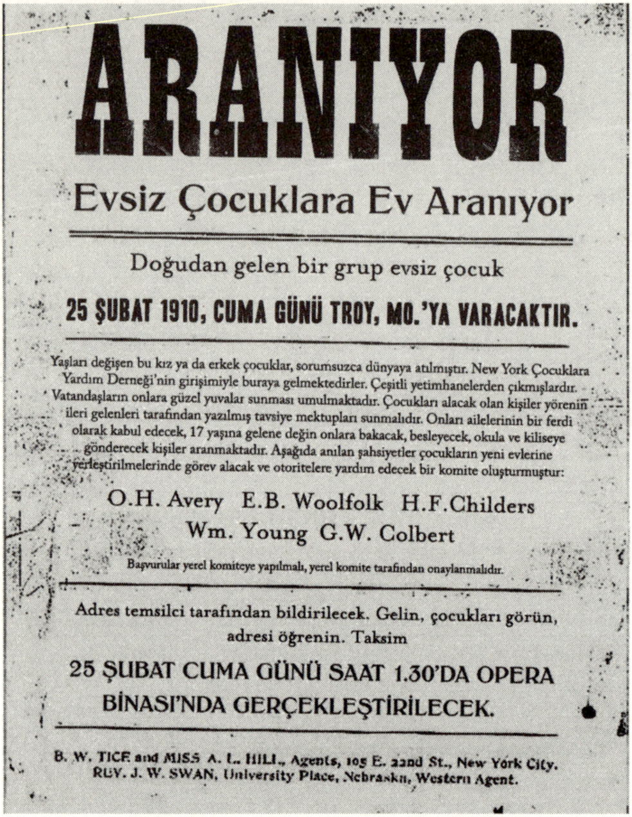
ARANIYOR

Evsiz Çocuklara Ev Aranıyor

Doğudan gelen bir grup evsiz çocuk

25 ŞUBAT 1910, CUMA GÜNÜ TROY, MO.'YA VARACAKTIR.

Yaşları değişen bu kız ya da erkek çocuklar, sorumsuzca dünyaya atılmıştır. New York Çocuklara Yardım Derneği'nin girişimiyle buraya gelmektedirler. Çeşitli yetimhanelerden çıkmışlardır. Vatandaşların onlara güzel yuvalar sunması umulmaktadır. Çocukları alacak olan kişiler yörenin ileri gelenleri tarafından yazılmış tavsiye mektupları sunmalıdır. Onları ailelerinin bir ferdi olarak kabul edecek, 17 yaşına gelene değin onlara bakacak, besleyecek, okula ve kiliseye gönderecek kişiler aranmaktadır. Aşağıda anılan şahsiyetler çocukların yeni evlerine yerleştirilmelerinde görev alacak ve otoritelere yardım edecek bir komite oluşturmuştur:

O.H. Avery E.B. Woolfolk H.F.Childers
Wm. Young G.W. Colbert

Başvurular yerel komiteye yapılmalı, yerel komite tarafından onaylanmalıdır.

Adres temsilci tarafından bildirilecek. Gelin, çocukları görün, adresi öğrenin. Taksim

25 ŞUBAT CUMA GÜNÜ SAAT 1.30'DA OPERA BİNASI'NDA GERÇEKLEŞTİRİLECEK.

B. W. TICE and MISS A. L. HILL, Agents, 105 E. 22nd St., New York City.
REV. J. W. SWAN, University Place, Nebraska, Western Agent.

Çocuklara Ev. Orphan Train Movement, 1910

NOT

1850 yılında New York'ta yaklaşık otuz bin evsiz çocuk vardı.
Çöpten beslenir, sokaklarda güruhlar halinde dolaşırlardı.
Binaların gölgelerinde ya da kaldırımların ısıtma ızgaralarının üzerlerinde uyurlardı.
Korunma maksadıyla sokak çetelerine katılırlardı.

1853'te Charles Loring Brace onlara yardım eli uzatmak için Children's Aid Society'yi (Çocuklara Yardım Derneği) kurdu.

Ama devamlı destekte bulunmanın imkânı yoktu.

Bir yıl sonra Aid Society bir çözüm buldu.

Açık arttırmayla satılmaları ve aileler tarafından evlat edinilmeleri için onları trenlere bindirip batıya gönderdi.

1854 ile 1930 arasında 200.000'den fazla çocuk NY'den gönderildi.

Kimileri onlarla ilgilenen iyi ailelere düştü.

Diğerleri hizmetçi ya da köle olarak alındı, insanlık dışı yaşam şartlarına maruz bırakıldı.

Bazense dile getirilemez tacizlere.

Çocukların yerlerinin toplu halde değiştirilmesine Misafir Etme Programı adı verildi.

Çocuklar Orphan Train Riders (Öksüz Treni Yolcuları) olarak anılmaya başlandı.

DOSYA (BRENT HAYES EDWARDS'IN ARAŞTIRMA KAYNAKÇASINDAN: "ARŞİV TEORİLERİ")

"What Is Past Is Prologue: A History of Archival Ideas Since 1898, and the Future Paradigm Shift," Terry Cook ("Geçmiş Giriştir: 1898'den Günümüze Arşiv Düşüncesi Tarihi ve Gelecek Paradigma Değişimi", Terry Cook)

"The End of Collecting: Towards a New Purpose for Archival Appraisal," Richard J. Cox ("Toplamanın Sonu: Arşiv Değerinde Yeni Bir Amaca Doğru", Richard J. Cox)

"Reflections of an Archivist," Sir Hilary Jenkinson ("Bir Arşivcinin Düşünceleri," Sir Hilary Jenkinson)

Owning Memory: How a Caribbean Community Lost Its Archives and Found Its History, Jeannette Allis Bastian (*Hafızaya Sahip Çıkmak: Bir Karayip Topluluğunun Arşivini Kaybedip Tarihini Bulması*, Jeannette Allis Bastian)

Dwelling in the Archive: Women Writing House, Home, and History in Late Colonial India, Antoinette Burton (*Arşivde Yaşamak: Kadın Yazınında Ev, Yuva ve Geç Kolonyal Hindistan Tarihi*, Antoinette Burton)

"'Othering' the Archive—from Exile to Inclusion and Heritage Dignity: The Case of Palestinian Archival Memory," Beverley Butler ("Arşivi 'Ötekileştirmek' —Sürgünden Katılıma ve Kalıtım Saygınlığına: Filistin'in Arşivsel Hafızası," Beverley Butler)

Dispossessed Lives: Enslaved Women, Violence, and the Archive, Marisa J. Fuentes (*Mülksüzleştirilmiş Hayatlar: Köle Kadınlar, Şiddet ve Arşiv*, Marisa J. Fuentes)

Lost in the Archives, Rebecca Comay, ed. (*Arşivlerde Kaybolmak*, Rebecca Comay)

Archive Fever: A Freudian Impression, Jacques Derrida [*Arşiv Humması, Freudyen Bir İzlenim*, Jacques Derrida]

"Ashes and 'the Archive': The London Fire of 1666, Partisanship, and Proof," Frances E. Dolan ("Küller ve 'Arşiv': 1666 Londra Yangını, Partizanlık ve Kanıt", Frances E. Dolan)

"Archive and Aspiration," Arjun Appadurai ("Arşiv ve Özlem," Arjun Appadurai)

KUPÜR / FOTOĞRAF

Öksüz Treni

KİTAP

The Children's Crusade, Marcel Schwob

✎ KÂĞIT PARÇASINA YAZILMIŞ NOT /ALINTI

"18. yüzyıla kadar çoğu ticari şirketin Afrika kıyılarından çocuk satın almak gibi bir isteği ya zayıftı ya da hiç yoktu, kaptanlarını çocukları almamaya teşvik ediyorlardı... Gelgelelim 18. yüzyılın ortalarında ekonomik olarak köle ticaretine bağlı olan plantasyon sahipleri çocuklara ve gençlere bel bağlamaya başladı. Kölelik karşıtlığı, köle kaynaklarını giderek daha fazla tehdit ettiğinden plantasyon sahipleri daha uzun yaşayacak olan daha genç köleleri getirtme stratejisini benimsedi. Sonuç itibarıyla gençler köle pazarlarının müzayede masalarında cazip bir mal haline geldi. Gariptir ki, kölelik karşıtlığı düşüncesi 18. yüzyılın risk, yatırım ve kâr anlayışını değiştirdi. Plantasyon sahiplerinden oluşan yönetici sınıf ekonomik çıkarlarını korumak için daha fazla doğum yapabilecek kadınlar ve çocuk alırken tüccarlar kâr ve risk anlayışlarında değişikliğe gittiler ve tüm Atlantik Dünyası'nda çocuk değeri hakkındaki kanılar değişti."

—COLLEEN A. VASCONCELLOS, "CHILDREN IN THE SLAVE TRADE," CHILDREN AND YOUTH IN HISTORY İÇERİSİNDE

("Köle Ticaretinde Çocuklar", Tarihte Çocuklar ve Gençler içerisinde)

✎ KÂĞIT PARÇASINA YAZILMIŞ NOT /ALINTI

1788 Dolben Yasası:

II. Bir gemi veya deniz taşıtındaki kölelerden beşte ikisinden fazlasının çocuk olması ve boylarının 132 santimetreyi aşmaması kaydıyla, her beş çocuk (yukarıda bahsedilen beşte ikilik oranda veya fazla olan) işbu kanunun gerçek amacı ve anlamına uygun olarak bahsedilen kölelerin dördüne eşit sayılır ve öyle kabul edilir.[21]

AÇIKLAMA: "1788 DOLBEN YASASI İNGİLİZ PARLAMENTOSU'NA KÖLELİK KARŞITLIĞIYLA BİLİNEN SİR WİLLİAM DOLBEN TARAFINDAN SUNULMUŞTUR. KÖLE TİCARETİNİ KISITLAMA MAKSADI GÜTSE DE ASLINDA ÇOCUKLAR ÜZERİNDE OLUMSUZ ETKİSİ OLMUŞTUR."

—ELIZABETH DONNAN, *DOCUMENTS ILLUSTRATIVE OF THE SLAVE TRADE TO AMERICA*, (Amerika'ya Köle Ticaretini Gösteren Belgeler) COLLEEN A. VASCONCELLOS'UN CHILDREN AND YOUTH IN HISTORY (Tarihte Çocuklar Ve Gençler) İÇERİSİNDE AÇIKLAMALARI VE NOTLARIYLA

21 Çeviren: Özgün Muti. (ç.n.)

KUPÜR / FOTOĞRAF

Florida yolundaki Geronimo ve tutsak arkadaşları, Eylül 10, 1886

KİTAP

Le goût de l'archive, Arlette Farge

KÂĞIT PARÇASINA YAZILMIŞ NOT

Örtmeceler gizler, siler, örter.

Örtmeceler bizi kabul edilemez olana tahammül etmeye yöneltir. Ve nihayetinde de unutmaya.

Örtmeceye karşı hatırlama. Tekrarlamamak için.

Terimleri ve anlamlarını hatırla. Abes tutarsızlıklarını.

Terim: *Özel Uygulama.*[22] Anlamı: kölelik. (Tüm örtmecelerin timsali.)

Terim: *Tehcir.* Anlamı: insanların yurtlarından sürülüp topraklarının elinden alınması.

---

22 İngilizce: *Our Peculiar Institution.* (ç.n.)

Terim: *Misafir Etme*. Anlamı: sahipsiz çocukların Doğu yakasından ihraç edilmesi.

Terim: *Yer Değiştirme*. Anlamı: insanları rezervasyon bölgelerine hapsetme.

Terim: *Rezervasyon*. Anlamı: metruk arazi, sürekli yoksulluk cezası.

Terim: *Tehcir*. Anlamı: sığınmacıların sınır dışı edilmesi.

Terim: *Kayıt Dışı*. Anlamı: yerlerinden edilecek olan insanlar.

KÂĞIT PARÇASINA YAZILMIŞ NOT / ALINTI

19 Kasım 2002, Cumartesi günü bir yasadışı göçmen kampına hapsedilmiş altmış kişi *dudaklarını dikti*. Dudakları dikili altmış kişi kampta dolanıp duruyor, gökyüzünü seyrediyor. Küçük, pis sokak köpekleri ince ince havlayarak peşlerinden koşturuyor. Yetkililer oturma izni için yaptıkları başvuruları değerlendirmeyi erteledikçe erteliyor.

—*Belladonna*, Daša Drndić

KÂĞIT PARÇASINA YAZILMIŞ NOT

Sözcükler, sözcükler, sözcükler, onları nereye koymalı?

Toplu göç
Diaspora
Soykırım
Etnik temizlik

KİTAP

Belladonna, Daša Drndić

porque estaba enamorado del enamoramiento.
¿Y quién no lo está?

La sabiduría de Sócrates no consiste en pensar que sólo sabía que no sabía. Supongo que la utilidad de la literatura en la vida es ir en pos de la sabiduría, no alcanzarla, tarea inalcanzable. Más que una sabia mujer socrática, Carson es una sabia escritora de genio.

ANNE CARSON

Babamın Eski Mavi Hırkası

Mutfak sandalyesinin arkasında asılı şimdi
hep oturduğum, asılı olduğu gibi tıpkı
hep oturduğu mutfak sandalyesinin arkasında

Ne zaman içeri girsem üzerime geçiriyorum onu,
geçirdiği gibi üzerine tıpkı, ayaklarını yere vura vura
temizlerken botlarındaki karları.

Üzerime geçiriyor ve karanlıkta oturuyorum.
O asla yapmazdı bunu.
Gökteki ay kemiğinden lime lime dökülüyor soğuk.

Bir sırdı kuralları.
Ama hatırlıyorum ne zaman fark ettiğimi
kurallarının içinde delirmeye başladığını.

Garaj yolunun sonundaki dönemeçte duruyordu geldiğimde.
En üst düğmesine kadar iliklenmiş mavi hırkası vardı üzerinde.
Sadece sıcak bir temmuz akşamı olduğundan değil

Yüzündeki ifade de –
bir teyzenin sabah erkenden giydirdiği küçük bir çocuk gibi tıpkı
uzun bir yolculuk öncesinde

soğuk trenlerde ve rüzgârlı peronlarda
dimdik oturacak koltuğunun ucunda
uzun parmaklara benzeyen gölgeler

geride kalan saman yığınları üzerinde salınırken
her daim hayrette bırakıyor onu
ters oturuyor çünkü.

KITA BÖLÜMÜ ÇİZGİSİ

Penceremizin dışında gökyüzü kırmızı, pembe ve turuncuydu; çöldeki gökyüzü de güneş doğup bir anda maviye dönmeden önce hep böyle olur, bir doğa olayı bu; şimdi anlatsam bile anlamazsın.

Yataktan çıktım, işe yarar tüm eşyalarımı sessizce sırt çantama koydum. Yolculuğa başladığımız gün on yaşıma bastığımdan bir sürü işe yarar eşyam vardı şimdi. Doğum günü hediyesi olarak sen bana, üzerinde, Bugün seni hep dünden daha çok seveceğim, yazan bir kart yapmıştın. Gerçi korkunç imlanı bir tek ben anlayabiliyordum; muhtemelen şöyle bir şeyler yazıyordu kartta: Bu gun seni heb dunten daa cok sevicem. Kartı sırt çantama koydum. Babam bana bir İsviçre çakısı, dürbün, el feneri ve küçük bir pusula, annemse fotoğraf makinemi vermişti. Onları da sırt çantama koydum. Sonra annemin kayıt cihazının, büyük haritasının ve küçük kırmızı kitabının hâlâ komodinin üzerinde durduğunu fark ettim; gece arabaya koymayı unutmuştum. Onları da sırt çantama koyuverdim.

Parmak uçlarıma basa basa mutfağa gittim, iki şişe su, bir dolu abur cubur aldım. Ayrıca son anda evdeki, kapının yanındaki sepette bulmuş olduğum küçük haritayı da almaya karar verdim. Haritanın adı Kıta Bölümü Çizgisi Yürüyüş Yolu Haritası'ydı ve Burro Dağları'ndaki yürüyüş patikalarını da kapsıyordu, yani işe yarayabilirdi. Son olarak senin sırt çantanı yatağın arkasında yere boşalttım, içine sadece *Bu Kitapta Hiç Resim Yok*'u geri koydum. Sırt çantana başka bir şey koymak istemedim çünkü çok ağır olursa onu senin yerine benim taşıyacağımı biliyordum.

Penceremizden bakınca güneşin dağların ardından yükselmeye başlamış olduğunu gördüm ve seni uyandırmak için elimi çabuk tuttum. Seni güzelce uyandırdım Memphis. Bağırarak ya da alelacele uyandırılmaktan nefret ederdin. Gülümsedin, uyku sersemiydin, sonra susadığını söyledin. Böylece yeniden parmak uçlarıma basa basa mutfağa gidip sana bir bardak süt koydum, bardağı kendimden hafif uzakta tutarak, dökülmemesine dikkat ederek hızla odamıza döndüm. Yatağa oturdun, sütü lıkır lıkır içtin. Boş bardağı bana uzattığında sana, "Çabuk, kalk hadi, bir maceraya atılacağız, sana bir sürprizim var," dedim. Kalktın, geceliğini çıkarıp da doğru dürüst giyinmeyi reddettin ama en azından geceliğinin altına kot pantolon, çorap ve düzgün ayakkabılarını giydin ve çok sessiz bir şekilde odadan çıktık, ardından da verandaya çıktık.

Sıcak ve hikâyelerle, babamın bize anlattıklarına benzer hikâyelerle dolu bir sabahtı. Kıta Bölümü Çizgisi Yürüyüş Yolu'na doğru yürüdük, dik bayırdan aşağı indik, kuru dereye doğru ilerledik. Dereye vardığımızda sen durup eve baktın, annemle babamın tek başımıza bu kadar uzaklara gelmemize izin verip vermediğini sordun. Sana önceden tasarladığım bir yalan söyledim. "Evet," dedim, "babamla annem kendi kendimize keşfe çıkmamıza izin verdiler. Ta Yankı Kanyonu'na kadar gidip daha çok yankı bulmamız gerekiyormuş, böyle söylediler," dedim. "Gerçekten mi?" dedin sen. Ve bir an için bu hikâyeye inanmayacağından endişe ettim. "Evet," dedim, "annemle babam böyle söyledi. Ayrıca daha sonra bizimle Yankı Kanyonu'nda buluşacaklarını da söylediler."

Bir an düşündükten sonra, "Annemle babam ne tatlı ama. Bahsettiğin sürpriz bu Çevik Tüy! Öyle değil mi?" dedin. "Evet, aynen öyle," dedim ve uyum sağladığın için rahatladım ama aynı zamanda söylediğim her şeye inanman beni biraz suçlu da hissettirdi.

Bir süre, sokak köpeklerinin sanki bir görevdelermişçesine birlikte yürüdüğü gibi, tüm köpeklerin sanki bir görevdelermişçesine sürü halinde yürüdüğü şekilde sessiz sedasız yürüdük. Biz sürü değildik, sadece sen ve ben vardık ama yine de sanki öyleymişiz gibi hissettim ve bir kurt köpeği gibi uludum, sen de uludun, işte, o zaman kendi başımıza eğleneceğimizden emin oldum. Sonsuza kadar kaybolsak da, annemle babam bizi hiçbir zaman bulamasa da en azından hâlâ birlikte olacaktık, ayrı olmaktan daha iyiydi bu.

HİKÂYELER

Çok acıktığını ve terlediğini söylediğinde henüz öğlen bile olmamıştı aslında çünkü güneş daha tepemizde bile değildi. Ama çok çabuk haşatın çıksın istemediğimden, "Piknik zamanı," dedim. Gölge bir yer seçtim, sırt çantalarımızı küçük bir ağacın altına koydum. Üzerine oturacağımız bir örtü getirmeyi unuttuğumu fark ettim. Ama sana Apaçi çocukların örtüye mörtüye ihtiyaçları olmadığını, doğruca yere oturduklarını söyledim, sen de bana hak verdin. Abur cuburlarımızın bir kısmını yedik, üçer yudum alarak biraz su içtik.

Tıpkı annemin kendi haritasını incelediği gibi Kıta Bölümü Çizgisi Yürüyüş Yolu haritamı inceledim ve muhtemelen Sugarloaf Dağı'nın altındaki Mud Springs adındaki yerin yakınlarında olduğumuzu, önce Spring, sonra Pine Kanyonu'na doğru yürümemiz gerektiğini anladım. Duruma hâkimdim ve annem kadar iyi harita okuyabildiğim için kendimle gurur duyuyordum. Sonra sana kayıp çocukların hikâyesinden biraz okumamı ister misin diye sordum, gerçekten de sana kitap okumak istiyor falan değildim aslında, sadece hikâyenin gerisini merak ediyordum. Ama sen çok kibar bir biçimde, "Hayır, teşekkür ederim, belki daha sonra," dedin.

BAŞLANGIÇLAR

Yeniden, sanki bir sıranın parçasını oluşturuyormuşçasına peş peşe yürümeye başladık ve yankıları nasıl bulacağımızdan bahsederek çok uzun bir süre yürüdük. Sen yankıları nasıl yakalayacağımızla ilgili yeni fikirler atıp duruyordun ortaya ve,

"Keşke birkaç gün önce yusufçuğu kıstırdığımız o boş cam kavanoz hâlâ yanımızda olsaydı," dedin.

Tam ne zaman bilmiyorum ama birden galiba şimdi gerçekten kaybolduk diye düşündüm ve sana, "Memphis, sanırım kaybolduk," dedim. Heyecanlandım ama aynı zamanda endişelendim de. Arkamızı dönüp baktık ama önümüzde de arkamızda da aynı kayalık tepelerden, aynı çöl bitkilerinden başka bir şey göremedik. Senin endişeli, ama sadece biraz endişeli göründüğünü fark edince, "Bu da planın bir parçası, güven bana," dedim. Başınla onayladın ve su istedin, o kadar çok su içtik ki iki şişemizi de bitirdik.

Dere boyunca uzanan keçi yolu inişli çıkışlıydı. Önümüze, arkamıza bakmak için durduk, anne ve babamız bir yola nasıl bakar ve daha ne kadar gideceğimizi, ne kadar yolumuz kaldığını nasıl anlarsa biz de aynı o şekilde bakmaya çalıştık. Sen sürekli daha ne kadar var, kaç blok kaldı diye sordun, buraya gelirken arabada annemle babama da aynısını soruyordun; bu onları kıkır kıkır güldürüyor, beni ise sinir ediyordu. Fakat bu kez ciddi bir soru için neden biraz komik olduğunu anladım ama ne bir kahkaha attım ne de kıkırdadım, seni ciddiye alıp, haritayı dikkatle incelememe rağmen aslında hiçbir fikrim olmasa da bir yokuş daha çıkıp bir yokuş daha indikten sonra varacağımızı söyledim. Birden gerçekten endişelenmeye başladım ve belki de geri dönmeliyiz diye düşündüm.

ANLATI ÇATISI

Sonunda, güneş biraz daha alçaldığında, patikanın yanındaki derede azıcık su olduğunu fark ettik, yeşil ve sümüksü olmasına rağmen ağzımızı ıslatmak ve su içmek için dereye doğru koşuşturduk. Ayrıca ayakkabılarımızı çıkarıp yaş taşlarda yürüdük, o serinliği, kayganlığı hissettik.

Ara ara "Anne" ve "Baba" diye seslendik ama bağırmamızla seslerimizin havada boğulup gitmesi bir oldu. Ne yankı vardı ne başka bir şey. Kaybolduğumuzu işte gerçekten o zaman fark ettik, hani yani böyle midemizde hissettik. "Anne, baba," diye daha da yüksek sesle bağırdık ve hiç yankı yoktu. Saguaro, Geronimo gibi başka sözcükler de denedik ama hiçbiri geri gelmedi.

Yalnızdık, yapayalnızdık, bazı geceler ışıklar söndükten ve kapı kapandıktan sonra hissettiğimizden çok daha yalnızdık. Attığımız her adımla aklıma bir yığın kötü şey gelmeye başladı. Ve sonra hiçbir şey düşünmez oldum ama etrafta vahşi canavarlar aranmaya başladım; canavarlar bizi bulursa kaybolduğumuzu fark edip bize saldırırlar diye düşünüyordum. Çevremizdeki hiçbir şey tanıdık gelmiyordu ve sen, şu ağacın adı ne, şu kuşun, şu bulutun adı ne diye sorduğunda sadece, "Bilmiyorum, bilmiyorum, bilmiyorum," dedim.

Bir seferinde, daha hep beraber arabadayken, annem bize olur da bir gün kaybolursanız bizi tekrar bulacağınıza söz verir misiniz dediğinde, "Evet," demiştik. "Evet, anne, tabii ki," diye söz vermiştim. Ama aslında sonrasında bu sözü nasıl tutacağımı hiç düşünmemiştim; yani şu âna kadar. Ve şimdi, belki yeniden onlara doğru, belki de onlardan gitgide uzağa doğru yürürken sözümü nasıl tutacağım, onları tekrar nasıl bulacağız diye düşünüp duruyordum. Ama bu soruna odaklanmak imkânsızdı çünkü dere kenarındaki kuru keçi yolu boyunca bastığımız çakıllardan dişlerin arasında gıcır gıcır eden kahvaltılık gevreklere benzer bir ses çıkıyordu, dikkat dağıtıcı bir sesti ama aynı zamanda karnımı da acıktırıyordu. Bodur ağaçların arasından süzülen güneş alnımıza vuruyordu şimdi ve esen soluk rüzgâr beraberinde o kadar çok dünya sesi getirdi ki bizi korkuttu. Yere düşen bin kürdan sesine benzer sesler, yaşlı kadınlar hiçbir zaman bulamadıkları şeyler için çantalarını eşeleyip dururken çıkan seslere benzer sesler, biri yatağın altından bize tıslıyormuş gibi sesler. Kara kuşlar tepemizde, gökyüzünde üçgenler, ardından düz çizgiler ve sonra yine üçgenler oluşturuyordu, belki de oklar yapmaya, bize bir yeri işaret etmeye çalışıyorlar diye düşündüm ama hayır, kuşlara kim güvenebilirdi ki? Sadece kartallar güvenilirdi. Büyük bir kayanın yanında durmamız ve biraz dinlenmemiz gerektiğine karar verdim.

Odaklandığımda hepsini zihnimde canlandırabiliyordum, Yankı Kanyonu, bir tepede geniş, parıl parıl bir düzlük ve orada bizi bekleyen, muhtemelen kızgın ama bizi yeniden görmekten dolayı mutlu anne ve babamız. Fakat çok uzaklarda yalnızca tepeler, inişli çıkışlı bir yol ve onun ötesinde, gri sisin üzerinde uzanan yüksek dağlar görüyordum. Arkamda hep çakıllarda gıcırdayan küçük adımlarının sesleri vardı, bir de iniltilerin, endişelerin, susuzluğun, açlığın. Karanlık çökmeye başladığında, ben tasaya gömülmüşken aklıma o Sibiryalı kızın ve onu güvende tutup kurtaran köpeğinin hikâyesi geldi. "Keşke köpeğimiz olsaydı," dedim sana. Ve sen, "Öğk, hayır," dedin. Ama kısa bir sessizliğin ardından, "Şey, evet, galiba haklısın," dedin.

Bir seferinde, henüz babam ve annemle beraberken ikinci el eşya satan bir dükkâna girmiştik, hiçbir zaman bir şey almasa da annem sever o dükkânlara bakmayı, uyuklayan yaşlı bir köpek görmüştük, yere serilmiş yumuşacık bir kilim gibi görünüyordu. Babam bir şeylere bakar ve annem dükkân sahibiyle konuşurken biz köpeği sevmeye gitmiştik; dükkân sahipleriyle konuşmak da annemin küçük dükkânlarda yapmayı sevdiği bir diğer şeydir. Ben köpeği sevmiş ve onunla konuşmuştum, sen köpeğe çok komik sorular sormaya başlamıştın, "Daha uzun olmak ister miydin, turuncu olmak ister miydin, köpek yerine zürafa olmak ister miydin, yaprak yemek ister miydin, doğada, yani nehir kenarında falan yaşamak ister miydin?" gibi sorular. Ve sana yemin ederim her seferinde köpek başını sallayarak onaylamıştı seni, evet, evet demişti, tüm sorularına evet demişti. Bu yüzden nehirde, o kaygan yeşil kayaların üzerinde yürürken aklıma o köpek geldi, burada bizimle olsaydı belki de hiç korkmazdık diye geçirdim aklımdan. Daha sonra karanlık çöktüğünde bile sorun olmazdı çünkü sarılıp okşayacak bir köpeğimiz olurdu, sen köpeğin bacaklarının altına kıvrılırdın, ben de arkadan sarılırdım ona, tüyleri dilime dolmasın diye ağzımı kapatırdım sadece yoksa öğürebilirdim. Ve gece vadideki, uzak çiftliklerdeki başka köpeklerin havladığını duysaydık ya da dağlarda kurtların uluduğunu duyduğumuzu veya boynuzlu çıngıraklı yılanların bize doğru süründüğünü zannetseydik de korkmazdık, emekleye emekleye çitlerin altından geçmemiz ya da elimizde taşlarla uyumamız gerekmezdi.

Bir kez daha incelemek ve rotayı ezberlemek üzere Kıta Bölümü Çizgisi Yürüyüş Yolu haritamı çıkardım. Jim Courten Çiftliği denen bir yere ulaşmamız, sonra Willow Su Deposu'nu, ardından Still Su Deposu'nu, sonra da Big Su Deposu'nu geçmemiz gerekiyordu, depolarda su bulacağımızı biliyordum, dolayısıyla endişeli değildim. Adı Lordsburg olan son depoyla ilk gerçek kent arasında çok bir mesafe yoktu, sonra Davis Yel Değirmeni'nden, sonra da Myers Yel Değirmeni'nden geçmemiz gerekecekti, o yel değirmenlerini geçtiğimiz sürece yolumuzu tamamen kaybetmediğimizi biliyor olacaktım. Son yel değirmenini de geçtikten sonra bir mezarlık görecek, sonra nihayet Lordsburg'a varacaktık. Orada, her ne kadar bu kısmı henüz tam planlamamış olsam da bir tren istasyonu bulacak ve bir trene atlayacaktık. Tüm bunları sana anlatmaya çalışıyordum, sen sadece başınla onayladın ve, "Tamam," dedin, sonra hâlâ azıcık ışık varken sana biraz kitap okumamı istedin, uyuyakalmayacağına, bana arkadaşlık edeceğine söz verdin. Böylece annemin kırmızı kitabını çıkarmak için sırt çantamı açtım, fotoğraflar dökülsün diye kitabı çantanın içinde salladım, sonra sana şunları okumak üzere kitabı elime aldım:

(YEDİNCİ AĞIT)

Dağ treni, bacası tüten, yarı ıssız fabrikalar ve boş depolarla çevrili geniş, açık bir alanda son bir kez durdu. Etraftaki binaların içlerinde birkaç baykuş, kedi ve önceki günlerden kalma kırıntıların peşinde olan fare ailelerinden başka hiçbir şey, hiç kimse yoktu. Çocuklara inmeleri söylendi. "Burada bir sonraki trenin geçmesini bekleyeceksiniz," dedi başlarındaki adam onlara. "İki, belki üç gece, belki de dört." Bunun yarı yol olduğunu biliyordu ama onlara söylemedi, yolun yarısına gelmişlerdi bile. Bilselerdi biraz rahatlarlardı belki. Başlarındaki adam çocuklara sadece bundan sonrasının çöl olduğunu ve bir sonraki trenin durmayıp yalnızca makas değiştirmek için yavaşlayacağını, dolayısıyla çocukların, şayet tekerlerin altında ezilmek istemiyorlarsa beklerlerken trenden atlama, talimatları ezberleme, hareket halindeki bir trene atlama alıştırmaları yapmalarını söyledi.

Bekledikleri günler boyunca başlarındaki adam ne zaman gitse ya da uyusa oğlanlardan biri kendisine daha önce yolda verilen haritayı çıkarıyordu. Haritayı açıyor, çakıllara yayıyordu ve başka bir oğlan kibrit çakıp aydınlatıyordu. Diğer çocuklar sanki bir kamp ateşiymiş gibi etrafına oturuyorlardı. Haritayı incelediler, tumturaklı isimlere güldüler, alışılmadık isimlerde duraksadılar, tuhaf ya da güzel isimleri, son olarak kalın, kırmızı çizginin hemen öbür tarafındaki yabancı bir ismi tekrarladılar. Oğlan işaretparmağını buruşuk kâğıda bastırarak o isimden çöle ve iki dağın arasındaki vadilere uzanan bir çizgi çizdi; bir kentte, bir başka tuhaf isimde sona eren bir çizgiydi bu. "Burası," dedi oğlan. "Yürüyeceğimiz yer burası, burası da bir sonraki trene atlayacağımız yer."

"Peki ya sonra?" diye sordu başka bir oğlan.

"Sonra ne olacak?" diye sordu bir kız.

"Sonrasına bakacağız."

İstasyonun tepesindeki sessiz ve karanlık gece göğü pek çok düşünceyle kaplı olabilirdi pekâlâ: geçmişle ilgili düşünceler, özellikle de önlerindeki gelecekle ilgili düşünceler. En küçüklerden biri, dört numaralı oğlan, gözlerini yukarıdaki karanlığa dikip en büyüklerinin kulağına şu soruyu fısıldadı:

"Nasıl hayal ediyorsun çölün öbür tarafını, biz geçtikten sonrasını, gideceğim büyük şehri yani?"

Yaşı daha büyük olan bir an düşündü ve ona durgun, düz mavi suların üzerinde uzun, demir bir köprü olacağını söyledi. Bu nehri lastiklerle mastiklerle geçmeyecekti, bu köprüyü tren tepelerinde geçmeyecekti, bu nehri şöyle güzel bir arabayla geçecekti. Dört bir yanı, her biri yavaş yavaş ve düzgün bir şekilde bu köprüde ilerleyen, hepsi de gıcır gıcır, nefis arabalarla dolu olacaktı. Dikilip onu karşılayan muhteşem cam binalar olacaktı.

Yaşı daha büyük olan oğlan soluklanmak üzere sözlerine ara verdiğinde küçük olan, "Sonra?" diye sordu.

Sonra sonrasını hayal etmeye çalıştı ama zihninde hiçbir şey canlandıramadı ve sadece kokuşmuş ormanı düşünebildi yeniden, eski yük vagonunun mavi tavanında düşünceleri geri çekilen bir okyanus gibiydi, yıkım ve korku biriktiriyordu büyük bir dalgada. Zihnindeki kusursuz gelecek, çağrılan durgun, düz sular, birden evvelki nehirlerin kahverengi dalgasıyla taştı ve tıpkı kiremit rengi yük vagonunun tepesinden gördüğü yüksek dağlara oyulmuş olanlar gibi, karanlık tünellerdeki sürüngenlerin kalıntılarıyla, her yeri kaplayan sarmaşıklarla doldu.

Cam binaları ve parlak arabaları aklında tutmak için uğraştı ama sadece harabeler gördü, sadece damarlara kan pompalayan milyonlarca kalbin akıcı sesini, vahşi erkeklerle kadınların kan pompalayan, şehrin harabeleri altında hepsi de aynı anda çarpan kalplerini hayal etti. Onları, kimi açılardan geride bıraktıkları kara ormanla birebir aynı olan o gelecek şehirde çarpan, kan pompalayan, küt küt atan on iki milyon kalbi neredeyse duyabiliyordu. Ellerini başına götürdü, işaret ve ortaparmaklarını şakaklarına koydu, oraya kan gönderen kalbinin atışlarını tespit etti, amansız düşünce dalgalarını ve yavaş yavaş, daha derinlerdeki bilinmeyen bir yere çarpa çarpa orada oluşmaya başlayan korkuları duyumsadı.

BAKIŞ AÇISI

Okumayı bitirdiğimde çoktan uyumuştun, uyuyakalmaktan azıcık korkuyordum, arabada tekrarlayıp durduğumuz o satırları hatırladım, "Ormanda gecenin karanlığı ve soğuğunda uyandığında yanında uyuyan çocuğa dokunmak için uzanırdı," ve ilk defa yazarın bu satırlarla ne demek istediğini anladım.

Ayrıca kayıp çocuklara gitgide daha da yaklaştığımızı hissettim. Sanki ben onların hikâyesini ve planlarını dinlerken onlar da bizimkileri dinliyordu. Sen çoktan uyumuş olsan da bir bölümü daha yüksek sesle okumaya karar verdim, zaten çok kısaydı.

(SEKİZİNCİ AĞIT)

Oğlanlar tren istasyonundaki rayların yakınındaki kuru bir çalının etrafında daire oluşturarak hep birlikte mesanelerini boşalttılar. Tren istasyonuna gelmeden önce zor bir işti bu, şimdi ne kadar kolay olduğunu neredeyse unutmuşlardı bile. Trendeyken, oğlanların mesanelerini sadece bir kez boşaltma izinleri vardı sabah erken saatte. Yük treninin tepesinde, bir kenarda ya ikişerli ya da tek başlarına durdular. Sidiğin sarı kemerinin önce öne doğru fışkırdığını, sonra sayısız küçük damlaya bölünerek yanlara püskürdüğünü gördüler. Kızların yan merdivenden inmeleri, vagonlar arasındaki küçük platforma atlamaları ve demir parmaklıklara tutunarak boşluğun üzerine çömelmeleri, altlarındaki çakılı ıslatmaları ya da pislemeleri gerekiyordu. Hareket halindeki zemini görmeme çabasıyla gözlerini yumarlardı. Bazen yukarı bakar, başlarındaki adamın orada durmuş, mavi kasketinin altından sırıtarak onlara baktığını görürlerdi. Adamın ardına bakar, bazen tepelerindeki masmavi gökte, yükseklerde uçan kartalları görürlerdi ve tepelerinden kartallar geçerse kızlar gözetlendiklerini, güvende olduklarını bilirlerdi.

SÖZDİZİMİ

Benim de işemem gerekiyordu. Eskiden çişimi sadece tuvalete yapardım ama tıpkı yük vagonunun tepesindeki kayıp oğlanların yaptığı gibi açıkta da yapmayı öğrenmiştim. Ve şimdi bana artık sadece açık alanda işeyebilirmişim gibi geliyordu. Bir gün Apaçi mezarlığının dışındayken öğrenmiştim bunu yapmayı. Hepiniz beni arabada bekliyordunuz, sizden bana bakmamanızı istemiştim, annemle babam isteğimi yerini getirmiş, başlarını çevirmişti ama sen Memphis, sen ellerinle yüzünü kapamış fakat gözlerini gerçekten kapamamıştın. Beni dikizlediğini ve kıçıma bakacağını, popomun çirkin olduğunu düşüneceğini, muhtemelen benimle alay edeceğini biliyordum ama umurumda bile değildi çünkü eskiden birlikte yıkanırken kıçımı hep görürdün zaten, pipimi bile görmüştün, yoyo derdin hatta, dolayısıyla ben de bazen yoyo derdim ama bunu sadece duşta yapardım çünkü orası bu tarz sözcükler söylemekten utanmadığım tek yerdi, çünkü orada baş başaydık.

O gün mezarlıkta öyle bir işemiştim ki. Patlamak üzereydim. Ve benden öyle bir çiş çıkmıştı ki toprağa adımın baş harflerini yazmıştım: Çevik için Ç ve Tüy için T, sonra altlarını bile çizmiştim. Pantolonumu yukarı çekerken babamın bize bahsetmiş olduğu bir espri ya da özlü söz gelmişti aklıma; bokla yapılan sidikle yıkılır, tam gülecektim ya da en azından tebessüm edecektim ki Geronimo'nun orada, duvarın ötesinde gömülü olduğunu hatırlamıştım, çünkü atından düşüp ölmüştü ve işte şimdi savaş esirleri mezarlığında gömülüydü; savaş esirlerinin hapsedilmesine, tıpkı bir zamanlar annemin kayıp çocuklar hakkında söylediği gibi, sürülmesine, haritadan silinmesine neden olan o aptal duvara işiyor olduğum için kendimle gurur duymuştum; kayıp çocuklar da bir başlarına seyahat etmiş, ardından sınır dışı edilmiş ve, yabancılar gibi haritadan silinmişti. Ama sonra, arabaya binip de mezarlığa baktığımda sadece öfke duymuştum çünkü ölü tutsakların etrafına duvar ören insanlar o duvara işenmesini önemsemezdi, öte yandan Geronimo ve kimsenin adını bile hatırlamadığı ya da yüksek sesle dile getirmediği tüm diğer savaş esirleri yüzünden de öfkelenmiştim.

Ve ne zaman yabani bir hayvan gibi açığa işesem o isimleri anımsadım. İsimlerini anımsadım ve benim içimden çıktıklarını hayal ettim, her seferinde farklı bir ismin baş harflerini toprağa yazmaya çalıştım, böylece isimlerini asla unutmayacaktım ve böylece toprak da hatırlayacaktı onları:

Şef Cochise için ŞC
Şef Loco için ŞL
Şef Nana için ŞN
Salya adındaki şifacı kadın için S
Mangas Coloradas için MC
Ve Geronimo için koca bir G.

RİTİM

Güneş doğduğunda yeniden gözlerimizi açtık ve bir motor sesi duydum ama başta rüya sesi olduğunu düşündüğümden aldırış etmedim. Fakat sesi sen de fark etmiştin, böylece sese doğru yürümeye karar verdik. Bir süre sesi takip ettik, kayalık bir yamaçtan aşağı indik, derken yolun sonunda bir adam gördük, traktöründe oturmuş samanları düzgünce kümeleyen beyaz hasır şapkalı bir adam. Stratejim baştan belliydi. Yanına gittiğimizde sen susacaktın ve sahte bir aksan takınıp duruma hakimmişim gibi davranarak konuşmayı ben yapacaktım.

Böylece nihayet adamla aramızda yalnızca birkaç adım kaldığında ona ilk söylediğim şey, “Merhaba bayım, fotoğrafınızı çekebilir miyim acaba sevgili bayım, adınız ne bayım?” oldu ve adam biraz şaşırmış görünse de adının Jim Courten olduğunu söyleyip, “Elbette genç adam,” dedi, ben fotoğrafını çektikten sonra bizim isimlerimizi, nereye gittiğimizi ve bu güzel sabah vaktinde anne ve babamızın nerede olduğunu sordu. Adının Jim Courten olduğunu duyduğumda neredeyse mutluluktan ağlayacaktım çünkü bu, Kıta Bölümü Çizgisi Yürüyüş Yolu haritamda daire içine aldığım Jim Courten Çiftliği'nin sahibi olduğu anlamına geliyordu, böylece doğru yolda olduğumuzu da anlamıştım. Ama çaktırmadım, ayrıca kaybolduğumuzu belli etmememiz gerektiğini de biliyordum çünkü ona güvenip güvenemeyeceğimizden henüz emin değildim, ben de yalan söyledim, adlarımızın Gaston ve Isabelle olduğunu söyledim ve o daha soruyu sormadan önce kafamda kurduğum cümleyi tekrarladım: "Şey, şu arkadaki çiftlikte, Ray Çiftliği'ndeler, birtakım işlerle meşguller, buraya daha yeni taşındık da," dedim. "Buraya Paris'ten taşındık çünkü biz Fransızız," dedim, hepsini de gayet inandırıcı bir Fransız aksanıyla söyledim üstelik. Sanki bir şeyler daha duymayı bekliyormuş gibi hâlâ bize bakıyordu, bu yüzden, "Fransız çocuklar çok başlarına buyruk olur, bilirsiniz ya, bizimkiler oyalanmak için çıkıp dolaşmamızı, etrafı keşfetmemizi söylediler, bizden Fransız akrabalarımıza yollamak üzere fotoğraf çekmemizi istediler," dedim ve başıyla onayladığında, "Acaba fotoğrafını çekmemiz için bizi Big Su Deposu'na götürebilir misiniz?" dedim. Ayrıca bizimkilerle de orada buluşacağımızı söyledik. Bize inanıp inanmadığından emin değilim, sanıyorum biraz sarhoştu da çünkü acayip, hani neredeyse benzin gibi kokuyordu ama iyi biriydi ve bizi su deposuna götürdü, orada, nereye gideceğimizi biliyormuşuz ve özellikle de susuzluktan ölmek üzere değilmişiz gibi davranarak el sallayıp vedalaştık.

Adam gidip de motor sesi neredeyse uzak bir anıya dönüştüğünde senle ben bakıştık, ikimiz de birbirimizin aklından ne geçtiğini biliyorduk, suydu aklımızdan geçen ve suya koştuk, akan nehrin kıyısında karınüstü yattık, önce avuçlarımızı birleştirerek içmeyi denedik ama işe yaramadı, böylece sanki böcekmişiz gibi ağzımızı O yapıp dudaklarımız pipetmişçesine taşkın gri suyu doğruca nehirden içtik. Senin küçük dişlerini, suyu içine çekerken bir belirip bir kaybolan dilini görebiliyordum.

Kıta Bölümü Çizgisi Yürüyüş Yolu haritasına göre bir sonraki kentten, yani Lordsburg'dan sadece on altı kilometre uzaktaydık; batıya, Chiricahua Dağları'na ve Yankı Kanyonu'na giden trenler olduğunu umduğum bir tren istasyonu da vardı orada. Heyecan içinde, haritayı bu kadar iyi izlediğim için kendimle gurur duyarak sana bunları açıklamaya çalıştım ama sen hiç oralı olmadın. Sonra, hâlâ aç ama en azından susuzluğumuzu gidermiş olarak kıyıda otururken işleri yoluna koyacak bir çözüm bulmaya çalışıyordum ve sırt çantamdan birkaç kibrit, kitabım, pusulam, dürbünüm ve kimi fotoğraflar gibi birtakım eşyalar çıkardım, hepsi de çantanın içinde darmadağınık olmuştu, her şeyi çamurda yan yana dizdim. Fotoğrafların arasında yeni çektiğim fotoğraf, traktöründeki çiftçi fotoğrafı da vardı. Çiftçinin Johnny Cash'e benzediğini söyledin, bu yorumunu yaşının fazlasıyla ilerisinde buldum ve sana çok akıllı olduğunu söyledim.

Çiftçinin fotoğrafı, çektiğim sırada orada olduğunu hatırlamadığım parlak bir ışık kaynağı altında yok oluyormuş gibi görünmesi dışında fena bir fotoğraf değildi. Sonra babamın da fazla ışığın altında kayboluyormuş gibi göründüğü kimi fotoğraflarını çekmiş olduğumu anımsadım. Böylece bu fotoğrafları bulmak için eşyalarımı didik didik ettim ve buldum da. Bunlardan biri bir sürü yol gidip Teksas'ı geçtiğimiz ve babamın arabayı otoyolun ortasında durdurduğu güne ait bir fotoğraftı, yol boştu zaten ve ikimiz arabadan inmiştik, babamın Paris, Texas yazan bir tabelanın yanında fotoğrafını çekmiştim ve sonra yeniden arabaya binmiştik. Diğeri Apaçi mezarlığı yolu üzerinde Geronimo adındaki kente gittiğimiz güne ait bir fotoğraftı, babam arabayı Geronimo Şehir Sınırları yazan bir tabelanın yanına park etmişti, ben de fotoğrafını çekmiştim. Şimdi orada seninle nehrin kıyısında çamurda yatarken bu üç fotoğrafın birbirine çok benzediğini, birleştirmem gereken yapboz parçaları gibi olduğunu fark ettim ve ben tüm dikkatimi vermiş fotoğraflara bakarken sen birden ortaya bir ipucu atıverdin, iyi ve zekice bir ipucuydu bu ama aynı zamanda korkutucuydu da. "Baksana, bu fotoğraflardaki herkes ortadan kayboluyor," dedin.

TEŞBİH

Nihayet Lordsburg'a geldiğimizde neredeyse akşam olmuştu ve ben çok yakın olduğumuzu zannettiysem de çok ama çok uzun zamandır yürüyorduk, ayrıca yine susamıştık çünkü yolun o kısmında başka su deposu yoktu, sadece iki eski yel değirmeni vardı, onlar da terk edilmişti, ayrıca yine kapalı ya da terk edilmiş olan Mom and Pop's Pyroshop gibi dükkânlar ve, fotoğrafını çektiğim, üzerinde sadece Yemek yazan devasa bir ilan panosu benzeri bir tabela ve sonra bir de mezarlık vardı ve nihayet Kıta Bölümü Çizgisi Yürüyüş Yolu'ndan çıktığımızda End Of Trail Motel adında terk edilmiş bir motel vardı; onun da fotoğrafını çektim. Bizi doğrudan Lordsburg İstasyonu'na götürecek olan büyük otoyola ulaştığımızdaysa, Dikkat: Kum Fırtınası Görülebilir gibi şeyler yazan tuhaf yol levhaları çıktı karşımıza, bir tanesinde de Görüş Mesafesi Sıfır yazıyordu; bunun kötü hava şartlarıyla ilgili bir şey olduğunu biliyordum ama şansımızın açıldığının bir göstergesi olduğunu düşünerek kendi kendime güldüm çünkü şimdi yabancılarla dolu bir kente girmek üzere olduğumuzdan görünmez olmamız gerekiyordu.

Lordsburg tren istasyonu gerçek bir istasyondan çok bir manevra istasyonuna benziyordu. Birkaç eski vagon vardı ama insanların ellerinde bavullarıyla girip çıktıkları gerçek bir istasyon değildi; normalde istasyonlarda gördüğünüz o diğer şeyler de yoktu. Herkesin öldüğü ya da kayıplara karıştığı bir yere benziyordu çünkü insanların varlığını hissedebiliyor, hani neredeyse yanı başınızdaki nefeslerinin kokusunu alabiliyordunuz ama etrafta kimsecikler yoktu.

Bir süre raylar boyunca, sanıyorum batıya doğru yürüdük çünkü güneş yüzümüze vuruyordu ama bizi rahatsız etmiyordu, çünkü çoktan alçalmaya başlamıştı. Park halindeki bir trenin etrafından dolaşmamız gerekinceye dek raylar boyunca yürüdük ve trenin etrafından dolaşırken açık olan küçük bir lokanta gördük, lokantanın adı Maverick Room'du. Sırtlarımızı park halindeki trene dayayıp içeri girsek mi girmesek mi diye düşünerek uzun bir süre orada durup lokantaya baktık. Rayların sadece birkaç adım uzağında, çakıl bir şeridin hemen ötesindeydi. Lokantaya girmeye korkuyordum ama bunu söylemedim. Sen içeri girmeye can atıyordun çünkü susamıştın. Ben de öyle, ama bunu da söylemedim.

Dikkatini dağıtmak için, "Hey, trenin fotoğrafını çekmene izin vereceğim, ayrıca fotoğraf makinesini tek başına tutabilirsin," dedim. Tabii ki anında kabul ettin. Trenden birkaç adım uzaklaşıp vagonla Maverick Room'un tam ortasında durduk. Sırt çantamdan fotoğraf makinesini ve, fotoğraf çekmeden önce hep yaptığım üzere, annemin kırmızı kitabını çıkardım. Sonra fotoğraf makinesini tutmana izin verdim, göz merceğinden baktın ve tam ben sana sabırlı olmanı, odaklandığından emin olman gerektiğini söylerken deklanşöre basıvermenle fotoğraf, makineden dışarı çıktı. Tam vaktinde yakalayıp çabucak annemin kırmızı kitabının arasına koydum, fotoğraf makinesiyle kitabı sırt çantama geri tıktım.

"Plan ne Çevik Tüy?" diye sordun, planın fotoğrafın şekillenmesi beklemek olduğunu söyledim. Sonra, yeniden, çok susadığını söyledin, biliyordum zaten öyle olduğunu çünkü dudakların hep çatlak çatlaktı. Ortalığı birbirine katmak üzere olduğunun farkındaydım, bu yüzden, "Tamam, tamam, lokantaya gireceğiz," dedim. "Sonra plan ne?" diye sordun. Lokantada bir şeyler içtikten sonra planın o vagona atlamak olduğunu söyledim. "O trenin tepesinde uyuyacağız ve o muhtemelen yarın sabah batı yönüne, yani Yankı Kanyonu'na doğru yola çıkacak," dedim. Neden bahsettiğimi bilmiyordum, hepsini uyduruveriyordum ama sen bana inanmıştın çünkü bana güveniyordun, bu yüzden kendimi hep suçlu hissettim.

Şimdilik plan şu, diye geçirdim içimden: İçeri gireceğiz, uzun tezgâhta oturup su isteyeceğiz, anne babamız her an gelecekmiş gibi davranacağız ve suyu içtikten sonra kaçacağız. Bu hırsızlık sayılmaz çünkü bir bardak su bedava zaten. Ama bunları Memphis'e söylemeyeceğim, diye geçirdim içimden. Suyu içtikten sonra kaçmamız gerektiğini ona söylemeyeceğim çünkü bunun onu korkutacağını biliyorum, korkmasına gerek yok.

AKİSLER

Lokantaya girdiğimizde güneş alçalmıştı. İçeri adımımızı atar atmaz orada çok kalmamamız gerektiğini, aksi takdirde şüphe uyandıracağımızı, sanki yalnızmışız, anne babamız yokmuş gibi görüneceğimizi biliyordum. Elastik köpük minderleri olan yüksek bar taburelerine, uzun tezgâhın önüne oturduk. Etrafımızdaki her şey ışıl ışıldı; peçetelikler, asit kokan büyük, gürültülü kahve makineleri, kaşıklar ve çatallar, hatta garson kızın yüzü bile ışıl ışıldı. Sen, Memphis, garsondan boya ve kâğıt istedin ve istediklerini aldın, bense iki su istedim ve gerçek şeyler ısmarlamaları için anne babamızın gelmesini bekleyeceğimizi söyledim. Garson gülümseyerek, "Elbette genç adam," dedi. İçerideki, bizim dışımızdaki ve garson kız dışındaki tek kişi pembe, yuvarlak suratlı ihtiyar bir adamdı. Birkaç adım uzağımızda duruyordu, baştan ayağa masmavi giyinmişti. Koca bir bardak bira içiyor, tavuk kanat yiyor, uzun dişlerinin arasına sıkışan et parçalarını emiyordu. Senin de tavuk istediğini görebiliyordum çünkü gözlerin dolmuştu, dalda yer kavgasına tutuşan kuşlar gibi deli deli bakmaya başlamıştın.

Ama riske atmayacaktık. "Resmine odaklan," dedim, bir kız resmi çizip Sir Şak Oluyo yazdın ve sonra Sara Âşık Oluyor yazdığını söyledin. İmlanı düzeltmek istemedim, çok da önemi yoktu çünkü, hem zaten resmi bizden başka kim görecekti ki?

Adam tavuk kanadıyla dolu tabağını orada öylece bırakıp tuvalete gitti. Garson mutfaktaydı. Kimsenin beni görmediğinden emin olduktan sonra uzanıp tabaktan iki tavuk kanadı kaptım ve birini sana verdim, kanadı önce elinde tuttun ama sonra baktın ben benimkini alelacele yiyorum, sen de aynısını yaptın. Üzerlerindeki tüm eti kemirdikten sonra kemikleri tezgâhın altına atıverdik.

Sonra sular geldi, içlerinde bir sürü buz vardı. Paket şekerleri alıp sularımıza boşalttım, birkaç tanesini de daha sonrası için cebime tıktım. Sular öyle güzel ve tatlıydı ki, öyle ama öyle hızlı içtik ki birden gitmeye yüzüm tutmadı. Bacaklarım ağırlaşmıştı ve utanç duyuyordum, hem sulardan hem de tezgâhın altındaki tavuk kanadı kalıntılarından dolayı utanç duyuyordum. Bir süre sessizce oturduk ve sana resminde yardım ettim, Sara Âşık Oluyor'un etrafına bir kalp çizdim, sonra ikimiz birlikte kızın etrafına kayan yıldızlar, gezegenler çizdik. Ama dikkatimi gezegenleri boyamaya vermişken bile anne babamızın gelmesini bekliyormuşuz gibi davranmayı uzun süre sürdüremeyeceğimi içten içe biliyordum.

Tam artık ne yapacağımı bilemez bir hale gelip de her şeyi batırmak üzereyken şans yüzümüze güldü. Bence sen bize şans getirdin. Annem hep senin çok şanslı olduğunu söylerdi. Yanımızdaki pembe, yuvarlak suratlı ve uzun dişli adam ayağa kalktı ve köşedeki müzik kutusuna gitti. Bence sarhoştu çünkü müzik kutusunun başında epey bir oyalandı, düğmelere basıp basıp durdu, ayrıca bedeni hafif hafif bir o yana bir bu yana sallanıyordu.

Sonunda bir şarkı çalmaya başladı; işte şans bu noktada yüzümüze gülmüştü. Bizim, seninle benim en sevdiğimiz şarkılardan biriydi çalan, ezbere bildiğimiz ve biz veya onlar ya da işte hepimiz kaybolmadan önce arabada söylediğimiz şarkılardan biri. Şarkının adı "Space Oddity" idi, kapsülünden ayrılan ve Dünya'dan çok uzaklara sürüklenen bir astronot hakkındaydı. Şarkıyı ikimizin de bildiğini biliyordum, dolayısıyla oracıkta takip edebilmen için bir oyun başlattım. Sana baktım ve, "Bak şimdi, sen Binbaşı Tom'sun, ben Yer Kontrol'üm," dedim. Sonra yavaşça ikimize de hayali kasklar taktım, ikimiz de elimizde uzay telsizleri tutuyormuşuz gibi yaptık. "Yer Kontrol'den Binbaşı Tom'a," dedim telsize.

Yüzünde kocaman bir gülümseme belirdi ve oyunumu şıp diye anladığını fark ettim; hem genellikle şıp diye anlıyorsun zaten. Talimatların gerisi şarkıdan geldi, ama hep ufacık şeyler ve ayrıntılar dikkatini dağıttığından dikkatin başka bir şeyle dağılmasın diye gözlerimi senden ayırmadan, dudaklarımı oynatarak şarkıyı söylüyormuş gibi yapıyordum.

"Protein haplarını al," dedim. "Kaskını tak," dedi şarkı ve ardından, "On, dokuz, sekiz, geri sayım başlatılıyor, motorlar açılsın." Beni dinlediğini biliyordum. "Ateşlemeyi kontrol et," dedik şarkı ve ben. Fırlatma için geri sayım devam ederken, yedi, altı, tabureden kayarak indim ve gözlerimi senden ayırmadan, dudaklarımı çok net bir şekilde oynatıp şarkıyı söylüyormuş gibi yapmayı sürdürerek geri geri kapıya yürümeye başladım. Beş, dört ve sen de elinde çizmiş olduğun Sara âşık oluyor resmiyle tabureden kayarak indin, üç, iki ve ardından bir geldi, tam bir dediği anda ikimiz de yerdeydik ve sen parmak uçlarında yavaş yavaş yürüyerek ve gözlerini suyun altında bana bakarken nasıl açıyorsan öyle açarak takip etmeye başladın. Bazen yüzünle çok komik şeyler yapıyordun. Ay yürüyüşü yapıyordun ama geriye değil de ileriye doğru ve kocaman gülümsüyordun.

Lokantada kimse bizi fark etmedi; ne pembe adam ne de garson kız gördü, dip dibe sokulmuş konuşuyorlardı, neredeyse burunları barın üzerinden birbirlerine değiyordu. Tam şarkının daha gürültülü kısmı başlayıp da astronot, şarkıda, mikrofona "Yer Kontrol" diye bağırdığında döner kapıya gelmiştik bile. Ve sana kapıyı açtığımda başardığımızı biliyordum, birden kapıdan adımımızı atıyorduk işte, ikimiz de dışarıdaydık, dışarıda güvende ve özgürdük, ne garson kız ne o tavuk kanatları yiyen adam ne de başka biri tarafından yakalanmıştık.

Görünmezdik, tıpkı uzaydaki, aya doğru süzülen iki astronot gibi. Ve dışarıda güneş batıyordu, gökyüzü pembe ve turuncuydu, raylardaki yük trenleri parlak ve güzeldi; tabanları öyle bir yağladım, çakıllarda, Maverick Room'un karşısındaki trenin etrafında ve rayların ötesinde öyle hızlı koştum ve katıla katıla, öyle çok güldüm ki içtiğimiz tüm o buzlu sudan dolayı az daha mesanem patlayacaktı. Koştukça koştum, büyük yolu geçtim ve sonra küçük sokaklarda koştum, sonunda çöl bitkilerinin olduğu bir yere geldim, etrafta ne evler ne sokaklar ne başka bir şey vardı artık, sadece çalılar ve ara ara uzun otlar vardı. Koşmaya devam ettim çünkü şarkıyı hâlâ duyabiliyordum, ama sadece kafamda çalıyordu aslında, bu yüzden biz koşarken, sanki süzülüyormuşum ve sanki yıldızlar farklı görünüyormuş ve ayrıca uzay gemim nereye gideceğini biliyormuş gibi, ara ara yüksek sesle söyledim de.

Çok uzun süre çok hızlı koştum. Hâlâ, "Beni duyabiliyor musun Binbaşı Tom?" diye bağırıyordum. Dönüp arkama baktım ama sen artık orada değildin. "Binbaşı Tom?" diye defalarca bağırdım. Ama orada değildin. Onun için fazla hızlı koşmuş olmalıyım, diye geçirdim içimden. Fazla hızlı koşmuş olmalıyım, küçük bacakları için fazla hızlı; bana yetiştiğini düşünüyordum ama yetişmemiştin işte. Bazen işe yaramazın teki oluyor, diye düşündüm bunun üzerine ama aslında tabii ki böyle bir şey düşündüğüm falan yok. Muhtemelen garip bir taş ya da mor bir çiçek gibi ufacık, saçma sapan bir şey yüzünden dikkatin dağılmıştı.

Hiçbir yerde yoktun. Dakikalar veya saatler boyu aramaya, önce "Binbaşı Tom" ardından, "Memphis" diye bağırmaya devam ettim, derken gölgelerin giderek uzadığını fark ettim ve saklanıyor olabileceğini düşünüp öfkelendim, sonra düşmüş olabileceğini, bir yerlerde adımı haykırdığını, benim de görünürde olmadığımı düşünüp korktum, kendimi suçlu hissettim.

Maverick Room lokantasına geri yürüdüm; ne de olsa en son orada beraberdik. Ama birkaç adım ötesinde, önündeki trenin oralarda durdum çünkü lokantanın önündeki alan uzun boylu, tuhaf ve güvenilmez yetişkinlerle, adamlarla ve kadınlarla doluydu. Sonra bir vagonun, o gün fotoğrafını çektiğim vagonun üzerine tırmandım. Yan merdivenlerden birini kullanarak çıktım tepesine. Orada, trenin tepesinde, boyları ne kadar uzun olursa olsun kimsenin beni göremeyeceğini biliyordum.

Sırt çantamı açıp sırf bana arkadaşlık etsinler, beni oyalasınlar diye eşyalarımın bir kısmını dışarı çıkardım. Dürbünü, İsviçre çakısını ve Kıta Bölümü Çizgisi Yürüyüş Yolu haritasını çıkardım ve haritaya yumruk attım, sonra da üzerine tükürdüm çünkü o yürüyüş yolunu takip ederek yaptığım tek şey bizi bölmek, ayırmak olmuştu. Kendimi salak gibi hissettim, tüm uyarılara rağmen doğruca tuzağa düşmüşüm gibi. Her şeyi sırt çantasına koydum. Eşyalarımın orada olmasının bir faydası yoktu, şu an arkadaşım markadaşım değillerdi. Vagonun tepesinden gökyüzü neredeyse siyah gözüküyordu. Gökte birkaç yıldız belirdi. Durup durup astronot hakkındaki şarkıyı hatırlıyordum. Ama şimdi çok farklı görünen yıldızlarla ilgili kısım gökyüzünün bize savurduğu bir lanet gibi geliyordu bana.

KAYIP

Neredeydin Memphis? Kaybolduğumuzu biliyor muydun? Kaybolduğumuzu ilk anladığımda annemle babam bizi hiçbir zaman bulamasa da en azından hâlâ birlikte olacağımızı, bunun bir daha hiç birlikte olmamaktan daha iyi olduğunu düşünmüştüm. Dolayısıyla biz kayboldukça kaybolurken hiç korkmamıştım. Kaybolmaktan mutluydum bile. Ama şimdi seni kaybetmiştim ve hiçbir şeyin anlamı kalmamıştı artık. Sadece bulunmak istiyordum. Ama önce seni bulmalıydım.

Neredeydin acaba? Korkmuş muydun? Yaralanmış mıydın?

Memphis'te gördüğümüz o Mississippi Nehri gibi güçlü kuvvetliydin. Bundan şüphem yoktu. Adın da buradan geliyordu zaten. Adını nasıl aldığını hatırlıyor musun? Graceland, Memphis, Tennessee'de, annemle babamın detone olsalar da yüksek sesle söylediği, tüm sözlerini ezbere bildiği "Graceland" adlı şarkıdaki gitar gibi "ussal" gitar şeklinde yüzme havuzu olan oteldeydik hani. Babam Apaçilerin isimlerini nasıl aldıklarını anlatmaya başladığında hepimiz motel odasındaki yataklarımızda yatıyorduk, ışıklar kapalıydı. Bize isimlerin çocuklar biraz daha büyüdüğünde ve o isimleri hak ettiklerinde verildiğini, verilen bir hediye gibi olduklarını söyledi. İsimler birer sır değildi ama aile dışında biri tarafından da öyle gelişigüzel bir şekilde kullanılamazdı çünkü isme saygı gösterilmesi gerekirdi, çünkü isim insanın ruhu gibiydi ama aynı zamanda kaderiydi de, dedi. Babam bana Çevik Tüy ismini taktı ve bu hoşuma gitti çünkü sevdiğim iki hızlı şeyi, hem kartalı hem de oku çağrıştırıyordu. Babama ismini ben verdim. Bence en iyi isim onunkiydi çünkü gerçek birine dayanıyordu. Baba Cochise'di ismi ve babam ismini hak etmişti çünkü gerçek Apaçiler hakkında bilgi sahibi olan ve her istediğimizde, hatta istemediğimizde bile bize tüm hikâyelerini anlatabilen tek kişiydi. Babam anneme Uğurlu Ok ismini verdi ve ben bu ismin tam anneme göre olduğunu düşündüm, annem de şikâyet etmedi, dolayısıyla herhalde o da öyle düşündü.

Ve sen. Sen ya Gitar Yüzme Havuzu ya da şarkıdaki gibi Grace Landmemphis Tennessee olmak istedin; Gitar Yüzme Havuzu olmana izin vermedik. Böylece Memphis oldun ve işte bu yüzden şu anda Memphis'sin. O gün annem sana ayrıca Memphis'in bir zamanlar Antik Mısır'ın başkenti, Nil Nehri kıyısında güzel ve güçlü bir yer olduğunu ve tüm dünyayı sadece düşünerek ya da hayal ederek yaratmış olan Tanrı Ptah tarafından korunduğunu söyledi.

Peki ama şimdi hangi delikteydin Memphis?

SİLİNMİŞ

Kendinle ilgili şunu bilmelisin. Uzun yolda her zaman uyuyabiliyordun. Bense gözlerimi kapar, yeterince uzun süre yaparsam sonunda uyuyakalacağımı düşünerek uyuma numarası yapardım. Geceleri de aynısı geçerliydi, nerede olursak olalım veya ne olursa olsun başını herhangi bir yastığa gömer, başparmağını emer ve sanki kolay bir şeymiş gibi uyuyuverirdin. Bense çoğu gece ne kadar uğraşırsam uğraşayım uyuyamazdım, orada öylece yatar, bütün gün arabanın içinde işittiğimize benzer şekilde seslerimizi dinlerdim, ama sanki çatlak ya da uzaktan geliyor gibi olurlardı, yankılar gibi ama iyi yankılar gibi de değil.

Küçüklüğümden beri bir türlü uykuya dalamadım. Annem bir sürü şey denemişti. Bana bir şeyleri nasıl hayal edeceğimi öğretmişti. Mesela kalbimin vücudumun karanlık mekânında attığını hayal etmem gerekiyordu. Ya da bazen karanlık ama sonundaki ışığı görebildiğim bir tünel hayal etmem gerekiyordu, kollarımın yavaş yavaş kanatlara dönüştüğünü, tenimin küçük tüylerle kaplandığını hayal etmem gerekiyordu, gözlerim hep tünelde olmalıydı, oraya ulaştığım an uyuyacak ve öbür tarafa uçabilecektim. Annem bana tüm bu teknikleri öğretmişti ve en kötü gecelerde bile, bir süre denedikten sonra işe yaramışlardı.

Ama o gece o küçük lokantanın karşısındaki kapalı yük vagonunun tepesinde yatar, aklımdan belki orada o yabancılarla birlikte olduğunu, belki de çölde kaybolduğunu ve benden gitgide uzaklaştığını geçirirken tam tersi söz konusuydu. Gözlerim kapanıp dursa da uyumak istemiyordum. O vagonun tepesi iyi bir gözetleme yeriydi ve oradan ayrılmamam gerektiğini biliyordum, çünkü tabii ki kuralı biliyordum: İki kişi kaybolduğunda yapılacak en iyi şey birinin aynı yerde kalması ve diğerinin de onu aramasıdır. Senin beni arıyor olacağını düşündüm çünkü muhtemelen bu kuralı bilmiyordun. Dolayısıyla aslında çıkıp seni aramak istiyor olsam da orada kalıp yüzüstü yatmaya, kollarımı vagonun köşesinde kavuşturup lokantaya bakmaya devam ettim. Kayıp çocukların kitabını çıkardım, arasında fotoğraf kalmasın diye onu sırt çantamın içinde salladım ve el fenerimi tutarak biraz olsun okumaya çalıştım.

Okurken kendimi düşünmeye, hayal etmeye, hatırlamaya zorladım. Nerede yanlış yaptığımızı, kıta bölümü lanetinin bizi nerede lanetleyip böldüğünü anlamam gerekiyordu. Senin gibi düşünmeye çalıştım. Memphis olsaydım ve ayrı düşmüş olsaydık ne yapardım diye düşündüm. Küçük olsa da akıllıdır o, bir planı vardır diye düşündüm. Yeniden lokantaya girmiş olamaz, hayır, imkânı yok. Oradaki yetişkinlerin yanına gitmiş olamaz. Peki ama neredeydin Memphis? Gece boyu yerimden kıpırdamamak zorunda kalmıştım; sadece ara ara gözlerimi Maverick Room yazan neon ışıklarına çevirip duruyordum. Sabırlı olmak, umudumu kaybetmemek ve güneş geri gelip de düşüncelerim artık o kadar da kasvetli ve karışık olmaktan çıkıncaya dek el fenerimle kayıp çocukların hikâyesini okumaya odaklanmak zorunda kalmıştım.

(DOKUZUNCU AĞIT)

Manevra istasyonunda, talim edildiği kamplardaki kalk boruları misali öten ilk düdük duyulmadan önce, başlarındaki adam çoktan uyanmış, hazırlanmıştı. Düdüğün çalacağını tahmin edip yedi çocuğu teker teker uyandırmıştı. Rayların bir kenarında, birbirlerinden on adım uzakta, küçükten büyüğe sıraya dizmişti onları. Çocuklara üçüncü düdük öttüğünde trenin yaklaşacağını söylemişti, düdük öttüğünde hazır beklemeleri ve onlara verdiği talimatları akıllarından tekrarlamaları gerekiyordu. Durmayacağını söylemişti onlara. Makas değiştirirken biraz yavaşlayacaktı yalnızca. Gözünüzü yaklaşan trenden ayırmadan, personel vagonu istikametinde olduğunuz yerde bekleyin dedi onlara. Konuşmayın, yavaş yavaş nefes alıp verin. Sadece kapalı ve açık yük vagonlarının yan merdivenleri vardı. Gerçi kimi sarnıçlı vagonların da yan merdivenleri vardı ama bunlardan uzak durmak gerekiyordu. Çocuklar bunu zaten biliyorlardı. Ellerinizin terli ya da kollarınızın dermansız olmamasına dikkat edin. Önce sıranın sonundaki kişinin trene atlamasını bekleyin. Sonra yaklaşmakta olan kapalı ya da açık yük vagonuna odaklanın, gözünüze bir yan merdiven kestirin. Gözünüzü merdivenden ayırmayın; tren yaklaşırken dikkatinizi tek bir basamağa verin. Uzanın, bir elinizle basamağı tutun, trenle birlikte koşun, raylara ve kıvılcımlar saçan tren tekerlerine çok yaklaşmayın. Devinim kuvvetinden faydalanın ve kendinizi yerden uzaklaştırmak için bacak kuvveti uygulayın, sıçrayın, diğer elinizle daha alçaktaki bir basamağı yakalayın, içeriye doğru salının, kol gücünüzü kullanarak beden ağırlığınızı yan merdivene doğru verin.

Çocukların çoğu tüm bu ayrıntıları unutmuştu. Onlara teker teker yan merdivenin bir basamağına tutunurlarken arkalarında duracağını söyledi. İlk çocuktan, en küçüklerinden başlayarak onlarla koşacak, çocuklar kendilerini yukarı çekerken arkalarından itecek ve yedinci çocuğa kadar aynı şekilde ilerleyecekti. Merdivene ulaştıklarında sıkı tutunup kıpırdamamaları gerekiyordu. En son o binecek ve vagonun tepesine tırmanacaktı, tren son süratle gitmeye başladığında vagon vagon dolaşıp her birini merdivenlerinden alacak, onlara yardım edecek, hepsini bir açık yük vagonuna götürecekti. Tereddüt eden, başaramayan, düşen geride bırakılacaktı.

Böylece üçüncü düdük sesiyle oldukları yerde durdular, ayaklarının altındaki sıcak çakılları hissediyor, düşünmemeye, hatırlamamaya, dua etmemeye çalışıyorlardı. Ama zaman herhangi bir şey düşünemeyecekleri yahut son anda cayamayacakları kadar hızlı geçti, tren de öyle. Daha dördüncü çocuk gözüne bir merdiven kestiremeden birinci, ikinci ve üçüncü binmişti bile. Dördüncü iki merdiveni kaçırmıştı, neredeyse üçüncüyü de kaçırıyordu ama başlarındaki adam kafasına bir şaplak indirdi de çocuk nihayet tepki verdi. Merdivene doğru fırladı, başlarındaki adam tarafından daha sonra diğerlerine anlatıldığı üzere iki kolunu da "bir motosikletle kovalamaca oynayan bir süt çocuğu gibi" uzatmıştı. Beşinci ve altıncı çocuklar da ilk üçü kadar başarılıydılar, gerçi adam onları merdivenlere fazla sert bir şekilde itmişti, az daha üzerinde hızla ilerledikleri zemine geri kapaklanıyorlardı.

Ve işte nihayet yedinci çocuk duruyordu orada. En büyükleriydi, aralarında doğru düzgün okumayı ve hesap yapmayı bilen tek kişi. Başlarındaki adam yavaş yavaş ona doğru yaklaşırken o içinden çocuklara tik işareti koyuyordu; birinci oğlan tamam, ikinci oğlan tamam, üçüncü oğlan tamam, aynı zamanda önünden geçen trenin üzerinde yazan tuhaf kelimeleri de okumaya başlamıştı: Donanımlı Vagon, Brüt Ağırlık, Konteyner Sınırı, Uç, İnç, Jant Kon, Sabo, Konteyner Sınırı. Sonra, dördüncü oğlanın sorun yaşadığını ve belki de trene binemeyeceğini fark ettiğinde başlarındaki adamın verdiği talimatlara düpedüz karşı gelerek kelimeleri yüksek sesle okumaya başladı, Aktarmasız Vagonlar, Ekipman Kaydı, Konteyner Kızağı ... Olmalı, İnç, Sabo Çarığı, Kaldırma Krikosu Buradan Uygulanır, Kaldırma Krikosu Buradan Uygulanır, El Freni Sadece Kör Yolda Çekilir, Aktarmalı Vagonlar. Başlarındaki adam ona yaklaşırken çocuk sesini gitgide yükselterek okudu hepsini: Ekipman Kaydı, Özel Tip Kapalı Vagon, Konteyner Azami Ağırlık, I Tipi Vagon. Tuhaf ve güzel bir kitabın sayfaları gibi geliyordu bunlar kulağına: Konteyner Kızağı, Molozun Tümünü Ortadan Kaldır, Buradan Yük Al, Küçük İnç Jant, Konteyner Kızağı, Gabari Aşımı, Konteyner Kızağı. Sıra nihayet ona geldiğinde, Sabo Kullanın, Yük Tahliye, Ağır Yük Vagonları, Kontrollü Aktarma, Vagon Teçhizatı sözcüklerini okuyarak, yaklaşan, hâlâ bulanık olan yan merdiveni gözüne kestirdi. Avazı çıktığı kadar bağırarak söylüyordu şimdi sözcükleri ve başlarındaki adam arkasından koşuyor, derdin ne lan senin diyordu, fakat oğlan bu soruya daha çok tren sözcüğüyle karşılık verdi: Özel Kiriş, Sicil Numarasına Bakın, Özel Kiriş, Sicil Numarasına Bakın. Başaramayacağından emindi, ama birden, yeni kanatlarını açan bir kuş misali kollarını dışa doğru açtı, Plaka, Konteyner, Özel Kiriş, Taşıyıcı Ağı, 20ft Konteyner Sınırı ve sonra merdivenin bir basamağını tutup sımsıkı kavradı, daha yakına savruldu, Özel Kiriş, Müteakip Yük, bir şeyin sağ oturma kemiğini ittiğini hissetti, Muhtelif Yük, Kiriş, Konteyner Kızağı ve kendini içeri doğru, gözüne ilişen son kelimeleri düşünerek ama artık dile getirmeyerek sanki beklenmedik bir merkezkaç kuvveti sayesinde sertçe çekti: Tümünü Ortadan Kaldır.

Düdük yeniden öttü, tren son sürat gitmeye başladı. Şimdi yedisi birden, farklı farklı vagonlarda, sımsıkı tutunuyordu merdivenlere. Meşum bir bitkinlik çöktü dirseklerinin iç kısımlarıyla hâlâ merdiven basamağına tutunan yedinci çocuğa. Rüzgâr serin serin vuruyordu yüzüne, bir an için ilgilenmesi gereken başkaları olduğunu unuttu. Kendisi gibi basamaklara tutunan altı çocuk daha olduğunu unuttu; kimileri gözlerini kapamış, kimileri hafif gülümsüyordu, iki kız ani bir rahatlamayla, hatta belki mutlulukla yüzlerini göğe çevirmiş uluyordu çünkü başarmışlardı, hepsi başarmıştı.

Yedinci oğlan birden başlarındaki adamı hatırladı; personel vagonunun arkasından nefes nefese koşuyordu adam. Dönüp baktı ve ürkmüş bir tavşan gibi görünen trenin arkasından koşan adamı gördü. Bir an için başlarındaki adamın kesinlikle başaramayacağını, açık yük vagonlarına asla binemeyeceğini düşündü ve bunu öyle derinden diledi ki neredeyse dua etmeye başlayacaktı ama trenlere bindikleri zaman ilk manevra istasyonundaki adamı anımsadı, katiyen hiçbir tanrıya dua etmemeleri gerektiğini söyleyen o tuhaf bilge adamı. Bu yüzden altdudağını ısırmakla yetindi ve seyretti.

Başlarındaki adam trenin arkasından koşmaya devam etti; koşarken "Hep hazır ol" diye düşünüyordu, aklının bir köşesinde sabahın erken saatinde bangır bangır öten boruların sesi yankılanıyordu, kendi kendine, "Hep ilk ben kalkardım, hep gün ağarmadan uyanırdım, orospu çocukları," diyordu, 'boru,' 'bangır bangır ötmek' ya da 'kalk borusu' sözcüklerini ne yazabildiğini ne de okuyabildiğini ama trenlerin arkasından kimsenin koşmadığı gibi koşabildiğini biliyordu. Ve başlarındaki adam kalan son mesafeyi de hızla koşarken, açık yük vagonunun tepesine çıktığında o çok bilmiş yedi numarayı, o küçük kelime okuyucuyu, o şerefsizi bulacağına kendi kendine söz verdi. Ve ah, nasıl da yavaş yavaş yakacaktı canını, önce başını ağrıtacaktı sonra da kemiklerini. Tüm o süslü kelimeleri sıka sıka çıkaracaktı ağzından, sonra da dilini kesecekti, keskin küçük gözleriyle kâbuslar görmeye zorlayacaktı onu, sonra da yuvalarından çekip çıkaracaktı gözlerini, çıplak elleriyle oğlanın esnek kemiklerini yeniden düzenleyecek ve güzel yüzünü tanınmayacak hale gelinceye dek darmadağın edecekti. Sonra, nihayet yeterince yaklaştığında, tren çorak topraklardan kuzey çöllerine doğru hızla ilerlerken başlarındaki adam metal kulpa tutundu, kendini yukarı çekti.

KALEMLER

Yüzümü kavuşturduğum kollarıma gömdüm, gözlerimi yumdum. Bir sonraki ağıtı okumak istemedim ve okumadım. Gerisini okumaya korkuyordum, başlarındaki adamın yedi numaralı oğlanı bulup cezalandırmasından korkuyordum. Ona ne yapacaktı? Ben o oğlanın yerinde olsaydım ne yapardım, adamdan uzak durmanın yolunu nasıl bulurdum diye geçirdim içimden. Kaçma planları yaptım, çözüm yolları hayal ettim, trenden atlamak mesela ya da beni tekrar öldürememesi için çoktan ölmüşüm numarası yapmak. Sanıyorum sonunda uyuyakalıncaya ve benzer rüyalar görmeye başlayıncaya dek düşündüm durdum.

Rüya gördüğümden eminim çünkü ağzımda bir pipo vardı ve tabii ki, bir zamanlar nasıl bir şey olduğunu çok merak ettiysem de, normalde sigara falan içmiyorum. Ağzımda pipo vardı ve sen yanımda uyuyor, başparmağını emiyordun. Çakmağım ya da kibritim yoktu, yani aslında rüyamda bile tüttürüyor değildim. Sadece tüttürmek istiyordum. Bir rüya gibi değildi de daha çok sürekli aklıma gelen, çözülmesi gereken ama bir türlü çözülmeyen bir düşünce ya da bir his gibiydi. Rüyamda şunu düşünüp duruyordum: Kibriti ya da çakmağı nereden bulacağım? Babamla annemde hep ya biri olurdu ya da öbürü, babam cebine, annem çantasına koyardı. O yüzden rüyamda ceplerime baktım ama ceplerimde sadece taşlar, bozuk para, bir paket lastiği, kırıntılar vardı, kibrit yoktu. Ardından sırt çantama baktım, tüm eşyalarım gitmişti, onların yerine sadece *Bu Kitapta Hiç Resim Yok* vardı. Gerçek hayatta bu kitabı sana okuduğumuzda hep gülerdin. Bu yüzden rüyamda seni uyandırdım ve sana kitabı okudum. Ve rüyamda sana kitabı okurken öyle çok güldün, öyle çok güldün ki ben gerçekten uyandım.

Uyandığımda orada olduğunu zannettiğim şey artık orada değildi. Maverick Room yazan neon ışıklarını arandım ama hiçbiri orada değildi. Güneş doğuyordu. Anlamam biraz zaman aldı ama üzerinde kitabı okuduğum, her ne kadar uyumamak için çabalasam da ara ara içimin geçtiği tren vagonunun hareket halinde olduğunu fark ettim. Rüzgârı yüzümde hissettim, kanımın yanaklarıma hücum ettiğini hissettim, midemde bir boşluk hissettim. Dehşete kapıldım.

Kendimi zihnime geri dönmeye zorladım. Kendimi yeniden düşüncelere dalmaya zorladım. Hayal etmeye. Hatırlamaya. Çok hızlı hareket eden o treni başa sarmaya, zihnimde başa sarmaya ve anlamaya. Sırt çantamdan pusulamı çıkardım, ibresi trenin batıya gittiğini gösteriyordu, doğru yöndü bu. Sonra sana ayrı düştüğümüz gün küçük lokantaya girmeden hemen önce planın lokantanın dışındaki trenin tepesine tırmanmak ve trenle batıya, Yankı Kanyonu'ndaki annemle babama gitmek olduğunu söylediğimi hatırladım ve birden anlayıverdim. Sen de orada bir yerlerde, gerçekten de hareket eden trende olmalıydın. Seni göremiyor olsam da iyi olduğunu biliyordum çünkü rüyamda kahkahanı duymuştum. Önce güneşin doğmasını beklemek zorundaydım ama seni bulacaktım, bunu biliyordum.

IŞIK

Güneş doğup da uzaktaki dağların tepelerine yükseldiğinde artık aramaya başlamam gerektiğini biliyordum.

Yük vagonlarının tepesinde olamazdın çünkü metal merdivenlere tırmanmak çok zordu. Öte yandan ben bir yük vagonunun tepesindeydim, diğer tüm vagonların tepelerini görebiliyordum, sırt çantamdan dürbünümü çıkardım, tekrar kontrol etmek için bir de dürbünümle baktım, hepsi boştu. Önümde, lokomotife doğru uzanan sayısız vagonda hiçbir şey yoktu ve arkamdaki, personel vagonuna doğru uzanan üç vagonda da hiçbir şey yoktu. Bu tren kayıp çocukların treninden farklıydı çünkü içinde insan yoktu. Bu trendeysen ya bağlantı platformlarından birinde ya da vagonlardan birinin içinde olmalıydın. Ama kilitli olmayan bir vagon bulmuş olsan bile muhtemelen içine tırmanmaya korkmuştun, çünkü kim bilir o karanlık mekânlarda kim ya da ne var, öyle değil mi. Dolayısıyla şayet bu trendeysen iki vagon arasındaki platformlardan birinde olman gerektiğini düşündüm.

Trenin arkasına doğru yürümek, sadece bir iki vagon geçmekle öne doğru on vagon ilerlemek arasında bir seçim yapmam gerekiyordu.

Annemin aptalca bir batıl inancı vardı; trene ya da metroya bindiğimizde asla trenin arka tarafına bakan bir koltuğa oturmazdı. Bir trende geriye doğru bakmanın kötü şans getirdiğine inanırdı. Ona hep bu batıl inancını gülünç ve bilime aykırı bulduğumu söyledim ama günün birinde, her ihtimale karşı, ben de aynı şeyi yapmaya başladım. Annemin batıl inançları böyleydi işte, bulaşıcıydılar.

Senle ben mesela, tıpkı onun gibi, kaldırımda bulduğumuz bozuklukları toplar, ayakkabılarımızın içine koyardık. Tek bir sent bile atlamazdık. Bir seferinde tuhaf yürüdüğüm, sınıfta gün boyu topalladığım için okulda başım derde girdi; öğretmen bana ayakkabımı çıkarttırdı ve orada on beş sent buldu. Çıkışta, annem beni almaya geldiğinde ona olanları anlattı ve annem benimle bu meseleyi konuşacağını söyledi ama sonra, yeterince uzaklaştığımızda, beni tebrik etti ve hayatında gördüğü en ciddi ve en profesyonel bozuk para toplayıcısı olduğumu söyledi.

Trenin ön kısmına doğru gitmeye karar verdim ve uyumuş olduğum yük vagonunun tepesinde yavaşça yürümeye başladım. Tren o kadar da hızlı gitmiyordu ama yine de orada yürümek zordu, devasa bir solucanın ya da canavarın sırtında yürümeye benzediği doğruydu. İlk vagonun köşesinden o kadar da uzak değildim, oraya vardığımda kayıp çocukların zaman zaman yaptığının aksine diğer vagona atlamaya çalışmamaya karar verdim, belki de ödleklik ediyordum ama kim bilecekti ki zaten. Orada durup aşağıya, trenin altında hızlı ileri sarılan bir film gibi hareket eden çakıllara baktım ve biraz soluklanabilmek için oturmam gerekti çünkü kalbim göğsümde güm güm atıyordu ama boğazımda ve başımda da aynı şekilde atıyordu, hatta belki midemde de. Kısa bir süre sonra kalbimi hâlâ her yerimde hissediyordum ama son bir derin nefes aldım ve sonra kıçımın üstünde yavaş yavaş vagonun sağ üst köşesindeki merdivene yöneldim, ayağımı ikinci basamağa koydum, tavanın sıcak kenarını göğsümde hissedinceye dek döndüm, merdivenin kenarlarına sımsıkı tutunarak hafif aşağı doğru kaydım ve nihayet yavaş yavaş aşağı, bağlantı platformlarına doğru inmeye başladım. Canavar ilerlerken bir o yana bir bu yana sallanıyordu ama özellikle de bağlantı platformları fena sallanıyordu.

İlk birkaç vagon çok zordu. Trenin tepesinde, yavaş adımlarla, dengemi sağlamak için bacaklarımı aça aça, sanki ayaklı bir pusulaymışım gibi yürüdüm. Tren sallanıp da dengemi kaybettiğimde kendimi dizlerimin üstüne bıraktım ve yolun kalanında emekledim. Trenden çıkan sesler korkutucuydu, sanki paramparça olacakmış gibi sesler çıkarıyordu. Vagonun köşesine ulaşıp da, ya dizlerimin üzerindeydim ya da dört ayak üzerinde, bağlantı platformuna baktığımda yedinci oğlanın yüzü geldi gözümün önüne ve orada olmayacağını bilsem de altımda hızla salınan bedenini görmekten korktum. Ama aynı zamanda vagonun köşesine ulaştığımda ümitlenmiştim de, sonra bağlantı platformuna baktım, boştu.

Kaç vagon geçtiğimi bilmiyorum, ne kadar vakit aldığını bilmiyorum, hava çok sıcaktı, umutsuzluğa kapılıyordum, üstelik başım dönüyordu, belki tren tutmuştu çünkü her şeyi bulanık, yamuk görüyordum, kusacakmış gibi hissettim ama midemde çıkarılacak bir şey yoktu.

Bunu, vagonlardan birinin ucuna gelip de tam kenara oturmak ve aynı şekilde aşağı bakmak, yavaş yavaş hareket etmek, dönmek, aşağı inmek üzereyken birden hissettiğim şeyi sana nasıl açıklayacağımı bilmiyorum ama o esnada altımda, bağlantı platformunda bir şey gördüm, başta bohça yapılmış paçavralara benzer bir renk cümbüşüydü ama sonra daha dikkatli baktığımda ayaklar, bacaklar, bir beden, bir kafa seçtim; tortop olmuştu. Avaz avaz bağırdım: "Memphis! Memphis!"

Trenin gürültüsünden dolayı beni duymadın tabii ki. İşte o zaman trenden çıkan sesin çok yüksek, benim sesimden çok daha yüksek olduğunu fark ettim, ayrıca rüzgâr da yüzüme yüzüme esiyor, sözcüklerimi ağzımdan alıp götürüveriyordu, personel vagonuna savruluyordu sözcüklerim. Ama seni bulmuştum Memphis. Haklıydım, rüyam doğruydu! Ne kadar da akıllısın ama! Akıllıdan da öte bilge ve saygıdeğer birisin, Kartal Savaşçılar gibi tıpkı.

Seni bulmuştum ve aklımı öyle bir kaçırmıştım, kendimi öyle güçlü ve korkusuz hissediyordum ki baş dönmesini falan hepten unuttum. Merdivenle son sürat sana doğru inmeye başladım ve neredeyse kayıyordum ama kaymadım. Ta en aşağıya kadar indim ve son basamağa bastım, sonra iki ayağımı da bağlantı platformuna koydum ve bir iki adım atıp yanında diz çöktüm. Hiçbir şey olmamış gibi, her şeyin yoluna gireceğini en başından beri biliyormuşsun gibi mışıl mışıl uyuyordun.

Kulağına bağırmak ve seni uyandırmak, 'Buldum!' tarzı bir şey söylemek istedim. Sanki başından beri saklambaç oynuyormuşuz gibi. Ama onun yerine seni nazikçe uyandırmaya karar verdim. Etrafında emekleyerek dolandım, sırt çantamı vagonun metal duvarına dayayarak oturdum. Başın bacağıma değiyordu. Başını iki elimle yavaşça kaldırdım ve bacağımın üzerine koydum; dünya yeniden bir araya geliyordu sanki.

Trende ters yönde oturuyor olduğumu fark ettim, gölgeler, saman yığınları, çitler ve çalılar hızla geçip gidiyordu yanımdan, her seferinde dehşete sürüklüyorlardı beni ama bu kez dert etmemeye karar verdim çünkü seni bulmuştum, dolayısıyla ters yönde oturmanın bu kez, tam şu anda, uğursuzluk getirmesinin imkânı yoktu. Sen gözlerini açıp da bana göz ucuyla bir bakış atıncaya dek hafif hafif başını kaşıdım, darmadağınık buklelerin düğüm düğüm olmuştu. Gülümsemedin ama, "Merhaba sana Çevik Tüy Yer Kontrol," dedin. Bunun üzerine ben de, "Merhaba Binbaşı Tom Memphis," dedim.

MEKÂN

Nihayet kalkıp oturduğunda bana nerelerde olduğumu sordun. Yalan söyledim ve yiyecekle su alıyordum dedim. Gözlerini faltaşı gibi açtın ve, "Ben de istiyorum," dedin, bunun üzerine, "Daha bulamadım," demek zorunda kaldım sana. Sonra nerede olduğumuzu, Yankı Kanyonu'na kaç saat ya da kaç blok kaldığını sordun, "Neredeyse geldik," dedim. Seni bir süre oyalamak için trenin tepesine tırmanıp isim oyununu oynamayı önerdim, gördüğün her saguaroya karşılık sana bir sent ödeyeceğimi söyledim. Ama istemedin, "Hayır, susadım, midem yanıyor," dedin ve yeniden, bir köpek gibi, küt diye yere çöküverdin, başını bacağıma yasladın. Tren yola devam etti, bir süre sessizdik, karnımız ağrıdığında tıpkı annemin yaptığı gibi saat yönünde daireler çizerek karnını ovaladım.

Nihayet tren durdu. Yeniden doğruldun ve ben parmak uçlarıma basa basa bağlantı platformunun ucuna yürüdüm. Vagonun duvarına tutunarak bir şey görebilir miyim diye dışarı sarktım ve gördüm de. Bir bank ve ardında da ufak bir dondurma tezgâhı vardı ama kapalıydı. Fakat dondurma tezgâhıyla bankın arasında bir tabela yer alıyordu ve üzerinde Bowie yazıyordu. Dönüp sana baktım ve, "Geldik, Memphis, burada iniyoruz!" dedim. Kımıldamadın, sadece kara gözlerinle bana baktın ve burada inmemiz gerektiğini nereden bildiğimi sordun, "Biliyorum işte, plan bu, güven bana," dedim. Ama başını iki yana salladın. Bunun üzerine, "Hatırlasana Memphis, Bowie en sevdiğimiz şarkının yazarı," dedim. Yine başını iki yana salladın. Bunun üzerine sana gerçekten bildiğim tek şeyi, yani Bowie'nin Geronimo ve topluluğunun kendilerini uzaklardaki başka bir yere sürecek trene binmeye mecbur bırakıldıkları yer olduğunu ve babamın bize bunları anlattığını söyledim. Bu kez başını iki yana sallamadın, belki sen de hatırlamıştın çünkü bunları ama ayağa da kalkmadın, kımıldamadın da. Dolayısıyla açıklamanın gerisini uydurmak zorunda kaldım, babamın bana Yankı Kanyonu'na gitmek için önce Bowie'de trenden inmemiz gerektiğini söylediğini söyledim.

"Böyle mi söyledi?" diye sordun. Başımla onayladım. Ayağa kalktın ve sırt çantanı arkandan sürükleyerek bağlantı platformunun ucuna yürüdün. Aşağı atladım ve inmene yardım ettim, sonra da sırt çantanı takmana yardım ettim. Ayaklarımızın altındaki çakıllar sert ve sıcaktı ve artık hareket etmiyor olsak da sanki hâlâ hareket halindeymişiz, sanki hâlâ trendeymişiz gibiydi. Banka yürüdük ve sırt çantalarımızı sırtımızdan çıkarmadan oturduk. Birkaç saniye sonra düdüğü öttü ve tren yavaş yavaş yeniden yola koyuldu. Vaktinde indiğimiz için sevinmeli miydik yoksa bu işi elimize yüzümüze mi bulaştırmıştık emin değildim, daha kararımı veremeden bana yine Yankı Kanyonu'nun nerede olduğunu sordun. Böylece sırtımdan çantamı çıkardım, içinden annemin büyük yol haritasını aldım. Ne yaptığımı sordun sen ve, "Şşş, bekle, bırak da haritaya bakayım," dedim.

Bildiğim isimleri bulmak üzere dikkatle baktım. Bir süre sonra annemin devasa haritasında Bowie'yi, Chiricahua Dağları ve Dragoon Dağları'nı aynı kıvrım içinde buldum, en azından o kıvrıma bakmamız gerektiğini biliyordum artık. Bowie'den parmağımla güneye doğru ilerledim, büyük kuru vadiyi geçip doğuya, Chiricahua Dağları'na yöneldim ama bunun tahminimden daha uzun bir yürüyüş olduğunu fark ettim.

"Tamam," dedim, "kalkıp biraz daha yürümemiz gerekiyor." Karnına yumruk atmışım gibi baktın bana. Önce gözlerin doldu, altlarında kırmızı halkalar oluştu. Ama gözyaşlarını bastırdın ve delice, öfke dolu bir bakış attın. Ne olacağını biliyordum ve oldu da. Sinir krizi geçirdin. "Hayır, hayır Çevik Tüy!" diye bağırdın bankta doğrularak. Sesin titriyordu, hırıltılıydı. Sonra, "Tanrı'nın belası," dedin, az daha gülüyordum ama gülmedim çünkü ciddi olduğunun ve bu tabiri bir yetişkin gibi kullandığının farkındaydım, nihayet kavramıştın ama kim bilir belki de en başından beri biliyordun. Bana gelmiş geçmiş en kötü rehber ve berbat bir ağabey olduğumu, annemle babam gelip de bizi burada buluncaya dek hiçbir yere kımıldamayacağını söyledin. "Hem neden bizi buraya getirdin ki zaten?" diye sordun. Annemle babam gibi cevap verdim sana, büyüdüğünde anlarsın gibi bir şeyler söyledim. Bu seni daha da sinirlendirdi. Bağırmaya ve yere tekmeler savurmaya devam ettin. Sonunda ben de doğruldum, seni omuzlarından tuttum ve başka seçeneğin olmadığını, şu anda elinde bir tek benim olduğumu, dolayısıyla ya bunu kabul edeceğini ya da bir başına kalacağını söyledim. Muhtemelen haklıydın, berbat bir ağabeydim, rehberliğimse ağabeyliğimden de beterdi, her şeyi bulabilen ve asla kaybolmayan Uğurlu Ok annem gibi değildim, bizi her zaman her yere götüren ve güvende tutan Baba Cochise gibi de değildim ama bu kısmı sana söylemedim. Sadece gözlerine baktım, annemle babamın ara ara bize baktığı gibi kızgın ama aynı zamanda sevgi dolu bakmaya çalıştım, sonunda yüzünü sildin ve, "Peki, tamam, peki, sana güveniyorum," dedin ama uzun bir süre gözlerime bakmaya yanaşmadın.

IŞIK

Bir süre tren rayları boyunca yürüdük, annemin büyük haritası kolumun altındaydı, pusulamsa avucumda. Eski moda kıyafetler giymiş tüfekli adamların ya birbirlerini öldürmek üzere olduğu ya da bir sahneyi canlandırdıkları tuhaf bir ağıldan geçtik. Durup da onları izlemedik ama fotoğraflarını çekebilirim diye düşündüm. Fotoğraf makinemi çıkarmak üzere sırt çantama uzandığımda küçük kırmızı kitabı trende unuttuğumu fark ettim. Geri koyduğumu sanmıştım, meğerse koymamışım. Neyse ki içinden fotoğraflarımı çıkarmıştım; hepsi darmadağın şekilde sırt çantamdaydı. Yine de fotoğrafı çektim ama bu kez annemin haritasının kıvrımları arasına koydum, sonra haritayı sırt çantasının içine atıp fermuarını kapadım.

Biraz daha yürüdük, terk edilmiş bir benzinlikte su şişelerimizi doldurduk, oturağı kırık bir tuvalette birkaç damla çiş de yaptık ve sonra tepemizde bir çatı olmadığını fark ettik. Benzinliğin ardından raylardan ayrıldık, pusulayı takip ederek güneye, çöle yöneldik. Uzakta bulutlar gördük.

Bana elini verdin ve sımsıkı tuttum elini. Gerçekdışı çöle yürüdük, kayıp çocukların çölü gibiydi ve kavurucu güneşleri altında sen ve ben, rayların üzerinde yürüdük ve ışığın kalbine daldık, tıpkı kayıp çocuklar gibi, baş başa yürüyorduk, ama sen ve ben el eleydik çünkü bir daha asla bırakmayacaktım elini.

3. BÖLÜM

APAÇİ BÖLGESİ

KUM VADİLERİ

Çocuklarımızın kayboluşunu takip eden saatler boyunca kocamla ben arka sokaklarda, vadilerde hızla ilerledik: Animas, Sulphur Spring, San Simon. Bu çöl düzlüklerinde ışık göz kamaştırıcı. Bakir göklerinin bunaltıcı kubbesi altında göz alabildiğine toprak her yer, yüzeyleri çatlak ve tuzlu. Ve rüzgâr kuru göl yataklarında süratle estiğinde toz kaldırıyor. İnce uzun kum sütunları hızla yükseliyor ve neredeyse koreografik bir şekilde yüzeyde hareket ediyor. Bölge yerlileri toz şeytanları diyor bunlara ama daha çok dans eden bez parçalarına benziyorlar.

Biz arabayla yanlarından geçerken her bir toz bezi kızla oğlanı yeniden ortaya çıkarabilirmiş gibi duruyordu. Ama o kum ve toz girdabının ardına ne kadar dikkatli bakmış olursak olalım çocuklarımızı değil daha çok kum ve toz bulduk yalnızca.

İlk, tuvalete gitmek için yataktan kalktığımda ve odalarımızın ayrı olduğu eski dairemizde sık sık yaptığım üzere kontrol maksadıyla başımı odalarından içeri uzattığımda fark ettim sabah odalarında olmadıklarını. Yatakları boştu ama üzerinde fazla durmadım. Kiraladığımız evin önünde etrafı keşfediyor olduklarını, taşlar ve sopalar topladıklarını, her zaman yaptıkları şeyleri yaptıklarını varsaydım.

Yatağa döndüm ama tekrar uyuyamadım. Göğsüme elektrik süpürgesi tutulmuş gibi hissettim, bu ilk işaretlere kulak asmam gerekirdi. Ama pek çok sabah benzer bir duyguyla uyanmıştım ve içimdeki bu şüphe ve huzursuzluk dip akıntılarının daha eski, daha derin bir kaygının hafif farklı bir çeşidi olduğunu düşünmüştüm. Genç yaşımda kendi kendime aşıladığım ve dünyayla yüzleşmeye hazır olmadığımda hep yaptığım üzere bir süre yatakta bir şeyler okudum ve oda yeni ışıkla doluncaya, hava vücut buğularıyla ve sıcak çarşaf kokusuyla ağırlaşıncaya dek sabahın ilerlemesine fırsat tanıdım.

Yanı başımdaki yatağında kocam dönüp duruyor, nefesi sığlaşıyordu, sonunda -her zamanki gibi irkilerek- uyandı, benim hiç anlamadığım ve hiçbir zaman hissetmediğim bir kararlılık ve hevesle yataktan fırladı. Odadan çıktı, birkaç dakika sonra geri geldi ve çocukların nerede olduklarını sordu. Muhtemelen dışarıdadırlar dedim.

Ancak çocuklar dışarıda değillerdi, kulübenin etrafında değillerdi.

Sanki anahtar ya da cüzdan ararmış gibi manasız bir şekilde, beceriksizce ve bir türlü inanamayarak kulübenin etrafını aradık. Çalıların arasına, ağaçların tepelerine, arabanın altına baktık, buzdolabını birden çok kez açtık, duşu açıp kapadık, sonra yeniden dışarı çıktık, onlara seslenerek vadiye, dereye doğru yürüdük -kurtarma mesafemiz ne şimdi, diye düşündüm- seslerimiz korku dalgasıyla yayılıyor, kırılıyor, çatlıyordu, çığlıklarımız maymunların bağırışlarını gitgide daha çok andırır oluyordu; gırtlaksı, içgüdüsel, ilkel, çaresiz.

Şimdi ne olacak, ne yapıyoruz, nereye gidiyoruz?

Olan, birbirini takip eden kritik kararlar, mantıksız gidiş gelişler silsilesiydi. Ayakkabılar, anahtarlar, araba, Twitter, telefon konuşmaları, abla, 10. Otoyol, nefes al, düşün, 338. Yol, karar ver, tren raylarını takip et, tren raylarını takip etme, arka yollara sap. Olayların sırasını tam hatırlamıyorum. Onlar ne biliyorlardı, biz ne biliyorduk? Bu şartlar altında oğlanın ne yapacağını düşünüyorduk? Kendisinin ve kız kardeşinin kaybolduğunu fark ettiğinde nereye giderdi? Ve aklımdan bir türlü çıkmayan, tüm vücudumu felç eden o en korktuğum soru:

Çölde kaybolurlarsa hayatta kalabilirler mi?

Ne yapacağımızı bilemez bir halde birkaç saat araba kullandıktan sonra Lordsburg polis karakoluna gittik, orada bir polis tutanak tuttu ve bizden iki çocuğu tarif etmemizi istedi.

Birinci çocuk. Yaş: 5. Cinsiyet: Kız. Göz rengi: Koyu kahverengi. Saç rengi: Kahverengi.

İkinci çocuk. Yaş: 10. Cinsiyet: Erkek. Göz rengi: Ela. Saç rengi: Kahverengi.

Bize en yakın motelin yolu tarif edilinceye dek karakolun bekleme odasında oturduk, motelde dinlenebilir, bekleyebilir ve ertesi gün aramaya devam edebilirdik. Yatağa sırayla yattık, ama tabii ki uyumadık. Kaybolduklarını anladığı an oğlan nereye giderdi acaba?

Ertesi sabahı ve öğleni Lordsburg bölgesi yakınlarında arabayla dolaşarak, her birkaç saatte bir karakola dönerek geçirdik.

Ancak yerimizde sayıyor gibiydik, bu nedenle ikinci gece, hâlâ bozulmamış olan motel yatağında sırayla uzanır ve muhtemelen onar ya da yirmişer dakika uyuklarken, ertesi gün, gün doğumunda, polis bu bölgeyi aramayı sürdürürken, daha batıya gitmeye karar verdik. Bunu söylemek üzere karakolu aradık, notlar aldılar, bize bir iki talimat verdiler.

Ertesi sabah yeniden arabaya atladığımızda çocuklar neredeyse kırk saattir kayıptı. Refleks olarak haritayı çıkarmak üzere torpido gözünü açtım ama yerinde değildi, kayıt cihazım da yoktu. Böylece tekrar arabadan indim, bagajı açtım. Harita için kutuma bakarım diye düşünmüştüm. Bagajda her şey darmadağınık, karman çormandı. Kocamı çağırdım, arabanın arkasına, yanıma geldi. Kutum açıktı. Haritam orada değildi. Onun yerine, açık kutunun en tepesinde başka bir harita, oğlanın eliyle çizdiği harita vardı ve haritaya üzerinde "Biz gittik, kayıp kızları arayacağız, sonra Yankı Kanyonu'nda buluşuruz" yazan bir yapışkanlı not kâğıdı yapıştırılmıştı.

İkimiz de açık bagajın önünde öylece durup haritaya ve üzerine yapıştırılmış nota baktık, ikimiz de kâğıt parçasına sanki son kalemizmiş gibi sımsıkı tutunuyor ama aynı zamanda sadece ne anlama geldiğini çözmeye çalışıyorduk.

Kocam, "Yankı Kanyonu," dedi.

"Ne?"

"Yankı Kanyonu'na gidiyorlar."

"Neden? Nereden biliyorsun?"

"Çünkü bunca zamandır onlara bunu anlatıyorduk ve haritada öyle gösteriyor, ayrıca notta da öyle yazıyor, o yüzden."

Oğlanın mesajının bize açık ve net bir şekilde belirtmesine rağmen ikna olmamıştım. Kocamın katiyetine rağmen tam anlamıyla emin değildim. Rahatlamış olmam gerekirdi ama rahatlamamıştım. En azından, bir serap bile olsa, on yaşındaki bir oğlan çocuğunun çizdiği bir haritayı takip edecek bile olsak artık gidebileceğimiz bir yer vardı. Hemen arabaya atladık ve hızla Chiricahua Dağları'na doğru yola koyulduk.

Neden? Neden gittiler? İşaretleri neden daha önce fark etmedim? Bagaja neden daha erken bakmadım? Neden buradaydık? Onlar neredeydi?

Lordsburg'dan hızla çıktık, güneye doğru, New Mexico-Arizona sınırına paralel şekilde Animas Vadisi üzerinden ilerledik, Shakespeare adındaki bir hayalet kentten geçtik, Portal adındaki başka bir kentten geçtik. Neden? Kendimi düşünmekten alamıyordum.

"Neden Lordsburg polisini arayıp da onlara Chiricahua'ya gidiyor olduğumuzu söylemiyorsun?" dedi kocam.

Aradım ve bana birini göndereceklerini söylediler.

Toprak bir yolda hiç konuşmadan ilerledik, sonunda Paradise adında bir kente geldik -sağa sola serpiştirilmiş birkaç evve yol birden bitti. Orada arabadan indik. Telefonumu aldım ve telefonun çektiği bir yer bulmaya çalıştım ama çekmiyordu işte.

Çöldeki yamaçlar ve sarp uçurumlar cevaplaması imkânsız bir soru misali çevremizi sararken Yankı Kanyonu'na giden yolu bulmaya çalışarak Chiricahua Dağları'nın doğu yamacına tırmanmaya başladığımızda güneş henüz yükselmemişti.

IŞIĞIN KALBİ

(Kayıp Çocuklar İçin Son Ağıtlar)

(ON BİRİNCİ AĞIT)

Tren uzun demir duvara paralel olarak batıya doğru ilerlerken çöl uzanıyor etraflarında; engin ve sabit. Güneş sıradağların arkasında, doğuya doğru yükseliyor; mavi-mor devasa bir kitle, konturları çentik çentik, tereddütlü fırça darbeleri gibi. Altı çocuk sessiz, her zamankinden daha sessiz. Kendi korkularına hapsolmuş altısı da.

Kimileri vagonun ucunda oturuyor, yüzleri doğuya dönük, bacaklarını sallıyor, kiminki en uzağa gidecek görmek için tükürüyorlar ama çoğunlukla altlarından hızla geçip giden beyaz, kahverengi, dikenlerle, çöplerle, tuhaf taşlarla bezeli zemine bakıyorlar. Kimileri bağdaş kurmuş, trenin ön kısmına dönük yüzleri, diğerlerinden daha yalnızlar, rüzgârın yanaklarını okşamasına, saçlarını karıştırmasına izin veriyorlar. Ve iki tanesi, en küçükleri, yan yatıyor hâlâ, yanakları yük vagonunun tavanına değiyor. Gözleriyle ufkun tek düze çizgisini takip ediyorlar, zihinleri uzun anlamsız bir cümleye düşünceler ve imgeler dokuyor. Çöl devasa, hareketsiz bir kum saati: alıkonmuş zamanla akıp giden kum taneleri.

Derken, artık grubun en büyüğü olan altı numaralı oğlan ceketinin cebine uzanıyor ve bir cep telefonunun soğuk, kısa köşelerini hissediyor. Telefonu diğerleriyle trenden atlama pratiği yaparken son manevra istasyonundaki bir rayın altında bulup saklamıştı. Ayrıca güzel bir siyah şapka da bulmuştu, şimdi başındaydı şapka. Başlarındaki adam bulduğu şapkayı takmasına itiraz etmemişti ama oğlan, yakaladığı takdirde kırık ve çalışmıyor olsa da telefona el koyacağını biliyordu.

Başlarındaki adamın uyuduğundan emin olmak istiyor; uyuyor. Adam sanki komadaymış gibi, hülyalara dalmış, derin derin nefes alıyor, bir tentenin altında tortop olmuş yatıyor. Böylece oğlan telefonu çıkarıyor. Ekranı bir kuşun ya da kurşunun çarptığı bir cam gibi kırık ve şarjı yok ama yine de bir gemi kazasının ardından bulunan bir hazine gösterirmiş gibi diğer çocuklara gösteriyor telefonu. Hepsi de jestlerle karşılık veriyor, sessizce ama onaylayarak.

Sonra bir oyun oynamayı teklif ediyor, hepsine kendisini izleyip dikkatle dinlemelerini söylüyor. Şarjı olmayan telefonu önce kızlardan birine, daha büyük olana uzatıyor ve, "Al, birini ara, herhangi birini," diyor. Kız başta anlamıyor onun bu önerisini. Ama sonra oğlan sözlerini tekrarlıyor, kız gülüyor, başıyla onaylıyor, teker teker diğerlerine bakıyor, yorgun gözleri birden faltaşı gibi açılıyor ve parlıyor. Elindeki telefona bakıyor, bluzunun yakasını tutup dışarıya doğru çekiyor, iç kıvrımına dikili bir şeye bakıyor. Uzun bir numarayı çevirirmiş gibi yapıyor, sonra telefonu kulağına sıkıca bastırıyor.

"Evet? Alo? Geliyoruz anne, endişelenme. Yakında orada olacağız. Evet, her şey yolunda."

Diğerleri onu izliyor, her biri bu yeni oyunun kurallarına kendi ritminde ayak uyduruyor. Büyük kız telefonu çabucak küçük kız kardeşine veriyor ve fısıldayarak onu oyuna katılmaya teşvik ediyor. Küçük, oyuna katılıyor. Bir numara çeviriyor -sadece üç rakam-, işaretparmağının tırnağı arasındaki yüz kızartıcı kumu ve isi fark ediyor, tırnaklarını görecek olsa büyükannesinden azar yiyeceğini biliyor. Telefonu kulağına götürüyor.

"Akşam yemeğinde ne yediniz?"

Diğerleri onun başka şeyler de söylemesini bekliyor ama ağzından çıkan tek cümle bu oluyor. Yanında oturan oğlan, büyüklerden biri, beş numara, telefonu kızdan alıyor, o da bir numara çeviriyor ama sanki bir telsizmiş gibi ağzına tutuyor cihazı.

"Alo? Alo? Seni duyamıyorum, alo?"

Kendinden emin bir tavırla etrafına bakınıyor, telefonu ağzına tutuyor ve geğiriyor. Sonra ergenliğin biçimsiz, düzensiz dalgalarıyla gülüyor. İçlerinden bazıları da gülüyor ve oğlan telefonu uzatıyor.

Başka bir oğlan, dört numara alıyor şimdi telefonu. Telefon elinde titriyor ve onunla hiçbir şey yapmıyor. Yanındaki oğlana, üçüncüye geçiriyor; o, telefon sanki bir sabun kalıbıymış gibi yapıp sessizce bedenini temizliyor onunla.

Kimileri gülüyor, kimileri kendilerini gülmeye zorluyor. Yanındaki oğlan, en küçükleri, üç numara ürkek ürkek gülümsüyor emdiği parmağının altından. Yavaşça parmağını ağzından çıkarıyor. Telefonu alma sırası onda ve alıyor da. Önce çanak gibi birleştirdiği avuçlarında duran telefona, sonra grubun geri kalanına bakıyor. Onların gözlerinden, üzerine dikmiş oldukları gözlerinden anlıyor bir şey söylemesi gerektiğini, her zamanki gibi sessiz sessiz oturamayacağını. Böylece derin bir nefes alıyor ve hâlâ avuçlarında duran telefona bakarak bir şeyler fısıldamaya başlıyor. İlk kez ve daha önce hiç konuşmadığı kadar çok konuşuyor:

"Anne, parmağımı hiç emmiyorum anne, benimle çok gurur duyardın, günlerdir, haftalardır bir sürü canavarın sırtına bindiğimizi bilsen de gurur duyardın, ne zamandır emin değilim, ama artık adam oldum ve aradan çok zaman geçti ama biz oradayken yeşil göle attığın taşları hâlâ hatırlayabiliyorum, bazıları koyu renkliydi, bazıları düzdü, diğerleri küçük ve parlaktı, o taşlardan biri bende, atmadığım taş, cebimde, trendeki ağabey ve ablalarım iyi insanlar anne ve hepsi de cesur ve güçlü, hepsinin yüzleri farklı, bir tane hep kızgın bir oğlan var, uykusunda değişik bir dil konuşuyor ve uyandığında bizim dilimizde konuşuyor ama yine de kızgın, bir de neredeyse hep ciddi bir oğlan var ama arada komik şeyler de yapıyor ama ciddi olduğunda çöle hazır olduğumuzu söylüyor anne ve haklı olduğunu biliyorum, iki kız kardeş var, neredeyse birbirlerinin aynılar, sadece biri daha büyük, diğeri daha küçük, küçük olanın bazı dişleri eksik, benim de yakında öyle olacak çünkü bir iki tanesinin şimdiden sallandığını hissedebiliyorum, o iki kız hiç korkmuyor ama, küçük olan bile korkmuyor, ikisi de nazik ve cesur, hiç ağlamıyorlar, ne olursa olsun hep temiz tuttukları gömlekler giyiyorlar ve gömleklerinin yakalarına büyükanneleri annelerinin telefon numarasını dikmiş, anneleri çölün öbür tarafında bekliyor onları, bir defasında bana numaraları gösterdiler, aynı senin çölün öbür tarafına geçtiğimde teyzemi arayabilmem için diktiğin numaraya benziyorlardı, diğerleriyle birlikte duvara tırmanmamız gerektiğinde güçlü olacağıma söz veriyorum ve de atlamaktan korkmayacağıma, canavarlardan falan da korkmayacağıma, öbür tarafa geçtikten sonra dinlenmek ya da yiyecek bir şeyler istemeyeceğime, çölü geçeceğime ve ta büyük şehre kadar gideceğime, güzel yeni bir arabayla köprüden geçeceğime söz veriyorum, köprüden geçip de dikilip beni karşılayan cam binaların olduğu yere gideceğime söz veriyorum, yedi numaralı oğlan söylemişti bunu bana çünkü eskiden yedi kişiydik, yedi numara en büyüğümüzdü, başımızdaki adamdan korkmayan tek kişi oydu ve bizi ondan korurdu, başımızdaki adam, oğlan iri köpek gözleriyle ona bakarken biraz korkardı sanki, oğlan köpek gözleriyle hep bizi kollardı, artık aramızda olmasa da, bizimle trende değilse de hâlâ da koruyup kolluyor bizi, biliyorum."

Birden susuyor ve parmağını tekrar ağzına tıkıyor, telefon tek avucunda duruyor artık. Altıncı oğlan telefonunu geri alıyor, söyleyecek sözü kalmadığını biliyor.

Bir süre sonra diğer çocuklara telefonun aynı zamanda bir fotoğraf makinesi olduğunu ve şimdi fotoğraf çektirmek için hepsinin birbirine iyice sokulması gerektiğini söylüyor, öyle de yapıyorlar. Bir araya toplanıyorlar ama bunu çok dikkatli bir şekilde, ayağa kalkmadan yapıyorlar. Tren sürekli sallanıyor ve bazen hafif sarsılıyor; trenin hareketlerini tüm vücutlarıyla dinlemeyi öğrendiler. Ne zaman ayağa kalkabileceklerini, ne zaman üzerinde ayağa kalkmadan hareket etmeleri gerektiğini biliyorlar. Nihayet bir araya toplandılar, kimisi başlarını sağa ya da sola eğiyor, kimisi barış, kimisi şeytan boynuzu işareti yapıyor, gülüyor ya da dil çıkarıyor, yüzünü buruşturuyor. Oğlan, "Üç dediğimde hepimiz adımızı söyleyeceğiz," diyor.

Sanki odaklanıyormuş gibi yapıyor.

Tuhaf, etkileyici bir ifadeyle dosdoğru telefonun merceğine bakıyorlar. Arkalarında güneş yükseldikçe yükseliyor. Beşi de ciddi, güçlü görünüyor. Oğlan siyah şapkasını düzeltiyor, sonra üçe kadar sayıyor ve üç dediğinde, kendi de dahil olmak üzere, hepsi birden isimlerini haykırıyor:

Marcela!

Camila!

Janos!

Darío!

Nicanor!

Manu!

(ON İKİNCİ AĞIT)

Bir homurtu dalgası salınıyor kasvetli havada ve tren raylarda hareketsiz duruyor. Artık en büyükleri olan oğlan, altı numara, doğrulup etrafına bakıyor, başlarındaki adamın uyanmış olduğunu, bağdaş kurup oturduğunu ve ne kendisine ne de diğer çocuklara, boş piposuna baktığını fark ediyor.

Oğlan diğer yolcuları süzüyor, çoğu yetişkin, üçerli beşerli altışarlı gruplar halindeler, hepsi iyice, belki alışageldiğinden biraz daha fazla sokulmuş birbirine. Gökyüzü açık mavi, güneş beyaza çalıyor ufuktaki pus perdesinin ardında. Bağdaş kurmuş oturan, saçını ören büyük kız göğe bakıyor. En küçükleri, üç numaralı oğlan, yan yatmış yine parmağını emiyor, sağ yanağı ve kulağı vagonun pul pul yüzeyine yaslı. Etraflarında gölgesiz çorak topraklar uzanıyor.

Altı çocuk yan merdivenlerden birine bir adamın tırmandığını ve yük vagonlarının köşesinde dikildiğini fark ediyor. Rahibe benzemiyor. Belki de askerdir. Bir grup erkek ve kadına doğru eğiliyor. Bir kadının bu muhtemel askerle çantası için kavgaya tutuştuğunu görüyorlar. Asker, kadının çantasını kapıp da bir şeyi aşağı fırlattığında kadının boğuk, kuru feryadını duyuyorlar. İkinci bir feryat daha koparıyor kadın. Sesi kafese tıkılı bir hayvanın feryadı gibi, göğüs kafesinden yemek borusuna yükseliyor. Çocuklar bunu duyuyor ve şimdi hepsi dikkat kesilerek doğruluyor. Göğüslerine ve oradan aşağıya, omurlarına bir mesaj pompalayan kalplerinin kaslarındaki sinirlerin birinden bir elektrik boşalımı yaşanıyor ve korku karın çukurlarına yerleşirken kol ve bacakları hafif hafif titriyor. Adamın gerçekten de asker olduğunu anlıyorlar. Yakınlardaki bir dalda bir akbaba üçlüsü nöbet tutuyor ya da belki de sadece uyuyor. Asker ve çocuklar arasında, vagon boyunca tıkış tıkış bir şekilde bir araya toplaşmış erkekler ve kadınlar bir şeyler mırıldanıp fısıldıyorlar ama bir yükselip bir alçalan sözcükleri bir ipucu bekleyen, başlarındaki adamdan talimat bekleyen, öylece bekleyen çocuklara ulaşmıyor. Gruptaki yaşça daha büyük oğlanlar bile sessizler ve korkmuş gözüküyorlar, geriye kalanlara ne diyeceklerini bilemiyorlar. Başlarındaki adam avare avare piposuyla oynuyor, dalgın her ne hikmetse. Asker çocuklara yaklaşırken, simsiyah cilalı ağır postalları vagonun tavanına güm güm inerken çocuklar askerin onlardan pasaport, para, açıklama istemeyeceğini anlıyorlar. En küçük oğlan anlamıyor belki ama gözlerini yumuyor ve yeniden başparmağını emmek istiyor, tam da bunu yapacakken birbirine doladığı bacaklarına doğru eğiliyor ve sırt çantasının askısını ısırıyor.

Hepsi yanında tek bir sırt çantası getirdi. Onlara ormanlarda, ovalarda ve şimdi de çöllerde rehberlik edecek olan adam yola koyulmadan önce ailelerine, "Gereksiz eşya yok," demişti.

Dolayısıyla çoğunlukla temel şeyleri almışlardı yanlarına. Geceleri, trenin tepesinde, yastık olarak kullanmışlardı sırt çantalarını. Gündüzleri sımsıkı bastırmışlardı çantaları midelerine. Sallanmaktan mideleri bulanıyordu sürekli, açlıktan fokur fokur kaynıyordu. Bazen, tren yolda mantar gibi sessizce bitiveren bir polis karakolunun ya da askeri karakolun yakınlarından geçmek üzereyken atlamaları, merdivenden yere sıçramaları söylenmişti onlara, taşlar ve dallar nedeniyle çizik ve yara bere içinde kalırken sımsıkı tutunurlardı hep sırt çantalarına. Dikenler ve çakılların arasında, raylara her zaman paralel ama yeterince uzak bir şekilde, tek sıra halinde yürümüşlerdi. Sırt çantaları omuzlarından sarkarken sessizce yürümüşler, bazen tek başlarına bazense birlikte ıslık çalmışlardı. Yaşça daha büyük oğlanlar okula giderken yaptıkları gibi çantalarının tek askısını takmıştı, daha küçüklerse diş fırçalarının, kazakların, diş macunlarının, İncillerin, fındık fıstığın, tereyağlı ekmeklerin, cep takvimlerinin, bozuk paraların ve yedek ayakkabıların okkalı ağırlığını dengelemek için ufacık bedenlerini öne eğmişlerdi. Başlarındaki adam vaktin geldiğini işaret edinceye dek böyle yürümüşlerdi, sonra çalıların arasına dalmış, raylara dik ve ardından paralel yürümüş ve birkaç kilometre ötede yavaşça ilerleyen trene yetişmişlerdi.

Ama bu kez herhangi bir ikaz gelmemişti ve trene askerlerin bindiği bir askeri karakolda durdukları esnada uyuyorlardı.

Şimdi, trenin tepesinde, solgun göğe karşı askerin silueti heyula gibi beliriyor tam üstlerinde. Asker bir kolunu uzatıyor ve sırt çantasının askısını ısıran oğlanın kafasına yumruğuyla iki kez vuruyor. Oğlan başını kaldırıyor ve gözlerini açıyor, sırt çantasını uzatırken askerin güzel postallarına dikiyor gözlerini. Asker yavaşça açıyor çantayı ve içindekileri çıkarıyor, fırlatıp atmadan önce her bir nesneyi inceleyip adını söylüyor. Sırt çantalarının hepsini teker teker topluyor, bu altı kişilik gruptan herhangi bir direnişle karşılaşmıyor. Sırt çantalarını alır ve her birinin içine elini daldırır, içindeki eşyaları hızla dışarı çıkarıp havaya savururken, eşyalar uçar, parçalanır ve bazen altlarındaki zemine bir tüy gibi inerken, isimlerinin ardına birer soru işareti bırakırken kimse ne hayıflanıyor ne ağlıyor ne de kavga veriyor: Diş fırçası? Misket? Kazak? Diş macunu? İncil? İç çamaşırı? Bozuk bir telefon?

Bir sonraki sırt çantası grubuna geçemeden trenin düdüğü ötüyor. Çocukları süzüyor ve başlarındaki adama başını sallıyor. İki adam bakışıp birbirlerine çocukların anlam veremediği bir şeyler söylüyor ve numaralarını alıp veriyorlar, sonra asker, ceketinin cebinden ikiye katlanmış büyük bir zarf çıkarıp başlarındaki adama uzatıyor. Trenin düdüğü ikinci kez ötüyor ve asker, canavarın tepesindeki hepsi de bitişik vagonlarda benzer bir faaliyet yürüten diğer askerler gibi, yavaşça trenin yan merdiveninden inip yere sıçrıyor, ağır ağır karakola dönerken uylukları ve omuzları tozlanıyor.

Düdük üçüncü kez ötüyor ve canavar bir kez, ardından bir kez daha sarsılıp sonra yoluna devam ediyor, tüm vidaları ve çeki çubukları yeniden çığlık çığlığa uyanıyor. Kimi yolcular tavanın kenarından kişisel eşyalarının saçıldığı zemine bakıyor, çöl kumları, bir gemi kazasının ardından geri çekilen okyanus gibi. Diğerleri, hiçbir şey düşünmeden uzaklara, kuzey ufkuna ya da göğe bakmayı yeğliyor. Tren rayların üzerinde yeniden hız kazanıyor, hani neredeyse yelkenleri serene çekilmiş, denize açılan bir gemi gibi hafifçe havaya kalkıyor. Bir teğmen barakasından trenin pusun içinde yitip gidişini izliyor, pusu düşünüyor, serpintiyi düşünüyor, yosun atıkları arasında kendilerine yol aça aça ilerleyen gemileri düşünüyor: yığınlar, döküntüler, güzel çerçöp, şimdi güneşin altında parıldayan rengârenk ıvır zıvır.

(ON ÜÇÜNCÜ AĞIT)

Çöl göğü altında bekliyorlar. Tren uzun demir duvara tam paralel olarak hareket ediyor, ilerliyor ama bir şekilde daireler de çiziyor, çocuklar ertesi sabah trenin son kez duracağını bilmiyor. Tekrara düşmüş, tren tekerlerinin döngüsel ritmine hapsolmuş, değişmeyen göğün şemsiyesi altına tıkışmış bir halde hiçbiri şüphelenmiyor bunun nihayet ertesi gün gerçekleşeceğinden: bir yere varacaklarından ve günün ilk ışıklarıyla trenden ineceklerinden.

Çok uzun zamandır bununla ilgili hikâyeler dinliyorlardı. Aylar ya da yıllarca zihinlerinde mekânlar canlandırdılar, nihayet orada yeniden görecekleri tüm o insanları hayal ettiler:

anneler, babalar, kardeşler. Çok uzun zamandır zihinleri tozla, hayaletlerle, sorularla doluydu:

"Karşıya sağ salim geçebilecek miyiz?"

"Karşıda kimseyi bulacak mıyız?"

"Yolda ne olacak?"

"Ve tüm bunlar nasıl sona erecek?"

Yürümüş, yüzmüş, saklanmış, koşmuşlardı. Trenlere binmiş, yük vagonlarının tepelerinde çorak, vicdansız göğe bakarak uykusuz geceler geçirmişlerdi. Trenler, canavarlar gibi tıpkı, ormanları, şehirleri, adlandırması güç yerleri yara yara, eşeleye eşeleye ilerlemişti. Sonra, bu son trenle, göz kamaştırıcı ışığın göğü tam bir yay şeklinde büktüğü ve zamanın da kendi üzerine büküldüğü bu çöle gelmişlerdi. Çölde zaman süregelen bir geniş zamandı.

Uyanıyorlar.

İzliyorlar.

Dinliyorlar.

Bekliyorlar.

Ve şimdi, tepelerinde, gökyüzünde uçan bir uçak görüyorlar. Gözlerini ayırmadan takip ediyorlar uçağı ama uçağın kendilerine bakan, kendileri gibi oğlanlar ve kızlarla dolu olduğuna ihtimal vermiyorlar, hiçbiri birbirini görmüyor zaten. Uçakta küçük bir oğlan oval pencereden bakıyor ve parmağını ağzına sokuyor. Çok aşağısında bir tren rayların üzerinde ilerliyor. Yanında daha büyük başka bir oğlan oturuyor; ergen, sivilce izleriyle dolu yanakları üzerinde uçacakları hani neredeyse kameri endüstriyel manzaralara benziyor. Bu küçük oğlanın ağzındaki, dili ve damağı arasına tıkılmış başparmağı boğazındaki açlığı bastırıyor, kaygı midesini biraz olsun dolduruyor. Bir direnç yerleşmeye başlayacak içine, düşünceleri yavaşlayıp dağılacak, kasları kendini koyverecek, nefesi korkunun üzerini dinginlikle örtecek. Uykuya dalar, koltuğundaki yerinden, bu uçaktan silinirken, altındaki boku yemiş ülkeden silinir, çıkarılırken oğlanın ağzına tıkılmış, emilmiş, içine içine çekilmiş, şişmiş başparmağı ağzından dışarı kayacak. Sonunda gözlerini kapıyor, uzay gemileri düşlüyor. Uçak engin arazi şeritlerinin, aşırı kalabalık şehirlerin, taşların ve hayvanların, yılankavi nehirlerin ve kül rengi sıradağların üzerlerinden geçecek, ardında uzun, toza benzer beyaz bir çizgi bırakacak, bir yara izi bırakacak gökyüzünde.

(ON DÖRDÜNCÜ AĞIT)

Günbatımında başlıyor, fırtına bulutları tepelerinde, önlerinde kümelendiğinde. Raylarda sürekli sallanan ve zangırdayan, onları parçalanmakla, raylardan çıkmakla, yutmakla tehdit eden canavar kesintisiz çölde tiz bir ses koparıyor. Başlarındaki adam kafayı çekmiş ve sızıp kalmıştı, oğlanlardan birinin boş sırt çantası karşılığında aldığı, içinde kim bilir ne olan plastik bir şişeyi yarı çıplak göğsüne bastırmıştı. Hiç rüya görmeden mi yoksa sayısız rüya görerek mi bilinmiyor ama öyle derin uyuyor ki kızların küçük olanı birkaç gün önce bulduğu bir kuş tüyünü burnuna sürttüğünde sadece homurdanıyor, kıpırdanıyor ve hiçbir şey olmamış gibi nefes almaya devam ediyor. Kız kıkırdıyor, birkaç dişi eksik, ve göğe bakıyor.

Birden ılık, kalın tek bir damla düşüyor yük vagonlarının yüzeyine. Sonra birkaç damla daha şıp şıp düşüveriyor tavana. Bağdaş kurmuş oturan altı numaralı oğlan önünde kendine bir alan açıp yük vagonunun tavanına yumruğunu indiriyor. Yumruğunun sesi alttaki boş mekânın içinde yankılanıyor. Bir damla daha düşüyor ve ardından bir tane daha, damlalar metal tavanı dövüyor. Oğlan önce aynı ve sonra diğer eliyle -güm güm- bir kez daha vuruyor tavana, ardından bir kez daha: güm güm. Damlalar şimdi metal tavana daha bir istekle, daha ritmik bir şekilde düşüyor. Tavanda çömelmiş olan büyük kız önce göğe, ardından kurbağa bacaklarının önündeki alana bakıyor. Yumruğunu bir kez, sonra bir kez daha indiriyor yük vagonuna. Diğerleri de onu takip ediyor, avuçlarını ya da yumruklarını hızla indiriyor, tak tak, küt küt vuruyorlar. Oğlanlardan biri yarısı boş bir su şişesini kullanıyor trenin tavanına vurmak için. Bir diğeri ayakkabılarını çıkarıp onlarla vuruyor. Başta bocalıyor ama sonra diğerlerinin ritmini tutturmayı başarıyor, herkes birikmiş bir güçle, korkuyla, nefretle, coşkuyla ve umutla vuruyor canavara. Ve bir kez ritmi tutturup koruduktan sonra kendini ilkin bir ulumayla başlayan, tüm çocuklara bulaşan ve gürültülü kahkahalara dönüşen derin, içgüdüsel, hani neredeyse yabani bir ses çıkarmaktan alıkoyamıyor. Daha özgür bir türün memelileri gibi vuruyor, gülüyor ve uluyorlar. Parmaklarını vagonlarının yüzeyindeki, bir anda çamur derelerine dönüşen toza daldırıp yanaklarını boyuyorlar. Başka vagonlardaki kimi yolcular bu vuruşları, ulumaları duyup meraklanıyor. Tren su perdelerini yara yara ilerliyor bu beklenmedik sağanağı karşılamak üzere hafif hafif yarılan suya hasret çölde.

Yağmur dinmeye başladığında takati kesilen, ıslanan, ferahlayan çocuklar yük vagonunda sırtüstü yatıp son damlaları yakalamak üzere ağızlarını açıyorlar. Başlarındaki adam hâlâ uyuyor, sırılsıklam, şamataya kayıtsız. Doğrulup konuşmaya başlayan ve, "Savaşçılar isimlerini hak etmek zorundaydı," diyen altı çocuğun en büyükleri.

Eski zamanlarda çocuklara isimlerinin biraz daha büyüdükleri zaman verildiğini söylüyor onlara.

"İsimlerini hak etmeleri gerekiyordu," diyor.

İsimlerin insanlara verilen hediyeler gibi olduklarını anlatıyor onlara. İsimler birer sır değildi ama aile dışında biri tarafından da öyle gelişigüzel bir şekilde kullanılamazdı çünkü isme saygı gösterilmesi gerekirdi çünkü isim insanın ruhu gibiydi ama aynı zamanda kaderiydi de. Sonra ayağa kalkıp yavaşça, dikkatle her birinin yanına yürüyor ve kulaklarına birer savaşçı ismi fısıldıyor. Trenin altlarında sallandığını hissediyor, tekerlerinin çölün ağır havasını kestiğini duyuyorlar. Oğlan bir isim fısıldıyor ve çocuklar kendilerine verilenleri minnetle kabul edip karanlığa gülümseyerek karşılık veriyorlar. Fısıldadığı sözcüğü bir hediye gibi alarak günlerdir ilk kez gülümsüyorlar muhtemelen. Çöl mehtapsız, karanlık. Ve yavaşça yeni isimlerini kucaklayarak teker teker uykuya dalıyorlar. Tren uzun duvara tam paralel olarak çölde ağır ağır ilerliyor.

(ON BEŞİNCİ AĞIT)

Gece ağızları açık uyuyorlar. Tren ağır ağır ilerliyor duvara paralel raylarda. Başlarındaki adam mavi beyzbol şapkasının kenarları ardından sayıyor onları: toplam altı çocuk; yedi eksi bir. Oğlanlar, kızlar: dudakları çatlak, yanakları kızarık. Alanın tamamını işgal ediyorlar, kaskatı ama sıcaklar, yeni cesetler misali sıralanmışlar yük treninin metal tavanında. Ötede, duvarın iki yakasında çöl uzanıyor; iki tarafta da bir. Tepede kara gece kımıltısız.

Ama büyük yerküre dönmeye devam ediyor, hiç durmuyor, hep dönüyor, doğuyu batıya, batıyı doğuya getiriyor, nihayetinde hareket halindeki trene yetişiyor ve son vagondan şafağın ilk işaretleri fark ediliyor nöbet tutmakla sorumlu olan biri tarafından ve kendisine söylendiği üzere bu kişi diğer bir kişiyi uyarıyor ve uyarı bu şekilde iletiliyor, erkekler ve kadınlar arasında fısıltılar, homurtular, çığlıklar halinde kulaktan kulağa yayılıyor, nihayetinde lokomotifteki köhne bir taburede oturan, bir parmağını kulak kirini temizlemek üzere kulağına sokan, aklında yataklar, kadınlar ve tas tas çorba olan kondüktöre ulaşıyor ve kondüktör iç geçiriyor, iki kez, derin derin iç geçiriyor, sonunda kulağındaki kabuklaşmış kiri çıkarıyor ve acil durum kolunu çekiyor ve birer birer, zincirleme tepkiyle, fren pistonları havayı sıkıştırarak silindir kovukların içine itiliyor ve tren gürültülü bir biçimde iç geçiriyor, patinaj yapıp tiz bir ses çıkararak nihai bir şekilde duruyor.

Lokomotifin on vagon gerisinde başlarındaki adam teker teker alelacele indiriyor altı çocuğu yan merdivenden ve onları demir duvara yaslayıp sıraya diziyor. Diğer açık ve kapalı yük vagonlarındaki başka çocuklardan ve başka yetişkinlerden sorumlu başka adamlar da aynısını yapıyor. Duvara yatay bir şekilde yerleştirilen ahşap merdivenler, ipler, o an uyduruverilmiş dayanaklar, dualar, iyi dilekler elden ele, kulaktan kulağa aktarılıyor. Ve -hızlı, görünmez- bedenler duvara tırmanıp öbür tarafa geçiyor.

(ON ALTINCI AĞIT)

Gerçekdışı çöl. Kirli sisi altında bir çöl sabahının, bir kalabalık akıyor demir duvara, sürüyle. Kimse ummazdı trenler getirsin insanları sürüyle. Bedenler aşıp merdivenleri, akıyor çöl zeminine. Bundan sonra her şey çok çabuk oluyor.

Çocuklar başka bir dilde talimatlar veren erkek sesleri duyuyor. Söylenenleri anlamıyorlar ama duvara dizilen, alınlarını demire yaslayan insanlar görüyor, aynısını yapıyorlar.

Uzakta, ölü, keskin bir ses patlıyor boşluğun içinde. Erkekler ve kadınlar, kızlar ve oğlanlar duyuyorlar bu sesi. Kulaktan kulağa yayılıyor, iliklerine korku yayıyor. Ve sonra bir kez daha duyuluyor aynı ses, bu kez kesintisiz bir yağmur halinde çoğaldıkça çoğalıyor. Çocuklar kımıldamıyor, kesik ve seyrek iç çekişleri duyuluyor. Gözleri kendi ayaklarında her birinin; kalça kemikleri ağır kalçalarının çukurlarına kenetlenmiş.

Başlarındaki adam birden bağırıyor: "Koşun, beni takip edin." Çocuklar onun sesini tanıyıp koşmaya başlıyorlar. Durmaları, yeniden sıra olmaları emredilse de başkaları da dört bir yana koşmaya, kaçışmaya başlıyor. Koşuyorlar. Koşanların bir kısmı biraz sonra mermiler karaciğerlerini, bağırsaklarını, diz kirişlerini delip geçtiğinde düşecekler. Birkaç parça eşyanın ömrü cesetlerininkinden uzun olacak ve sonra bulunacak: bir İncil, bir diş fırçası, bir mektup, bir fotoğraf.

Başlarındaki adam bir kez daha bağırıyor: "Koşun, koşun, durmadan koşun," ve şimdi kendisine yetişip geçmelerine müsaade ediyor, altı çocuğa, bir çoban köpeği misali arkalarından yol gösteriyor, peşleri sıra koşuyor, "Devam edin, durmayın!"

diye bağırıyor. Bir oğlan, beş numara düşüyor, ölmedi, yaralanmadı ama takati kesildi, yumuşak dudakları sert tozda. Başlarındaki adam, "Devam edin, devam edin," diye bağırıyor, onu geride bırakıyor ama hâlâ kapalı bir güruh halinde ileriye doğru koşan küçük sürünün, beş çocuğun, iki kız ve üç oğlanın arkasını kolluyor ve birkaç adım daha peşleri sıra koşmaya devam ediyor, derken küçük bir kurşun beline çarpıyor, ince bir deri tabakasını kolayca yarıyor, sonra daha kalın bir kası parçalıyor, nihayetinde kuyruk sokumu kemiğini unufak ediyor.

Yere düşerken bir kez daha bağırıyor: "Gidin, gidin," ve çocuklar koşmaya devam ediyorlar, bir süre olabildiğince hızlı koşuyor, sonra gitgide yavaşlıyor, sonunda peşlerinden başka bir kurşun ve başka bir ayak sesi gelmez olduğunda yürümeye başlıyorlar. Beşi yürüdükçe yürüyor. Uzakta fırtına bulutlarını görüyor ve o yöne yürüyorlar. Şimdi neye doğru, bilmiyorlar. Arkalarındaki karanlıktan uzağa. Kuzeye, ışığın kalbine yürüyorlar.

YANKI KANYONU

Ve sen ve ben, yan yana ve sessizce, tıpkı kayıp çocukların bir yerlere yürüdükleri gibi, güneye, ışığın kalbine yürüdük Memphis, belki de aynı güneşin altında yürüdük, gerçi ben hep sanki güneşin altında değil de yüzeyinde yürüyormuşuz gibi bir hisse kapılıyordum, sana da güneşin üstünde yürüyormuşuz gibi gelmiyor mu diye sordum ama sen karşılık vermedin, hiçbir şey söylemiyordun zaten, hem de hiç, bu da beni üzüyordu çünkü bir gölge gibi yanı başımda olsan da sanki yok oluyormuşsun ve seni yeniden kaybediyormuşum gibi hissediyordum, bunun üzerine, sırf bir şey söylemen için, sana yorgun musun diye sordum ve sen başınla onayladın sadece, tek kelime etmedin, bunun üzerine aç mısın diye sordum ve yine hiçbir şey söylemeyip başınla onayladın, ben de açtım, açlığın beni içten içe deştiğini, parçaladığını, kemirdiğini hissediyordum çünkü onu besleyemiyordum, gerçi belki de mesele bu değildi, açlık değildi bu, zaman zaman bundan kuşkulanıyordum, bunun açlık olmadığından ama bunu sana söylemedim, yüksek sesle söylemedim çünkü söylesem de anlamazdın, belki açlık değil de daha çok hüzün ya da boşluk gibi bir şeydir diye düşündüm ya da bir tür umutsuzluk, ne olursa olsun hiçbir zaman giderilemeyecekmiş gibi gelen türde bir umutsuzluk, çünkü bir çembere hapsolmuşsundur ve tüm çemberler sonsuzdur, sonsuza dek devam eder, döner dururlar bu yuvarlak uçsuz bucaksız çölde, hep aynı şekilde, bir döngü içinde, ve sana hani senle ben kâğıdı katlayarak tuzluk yapar, fal tutardık ya dedim, hımm, dedin, bunun üzerine ben de bu çöl aynı bizim tuzluklarımıza benziyor, sadece burada kâğıdın açılan köşesinde bahtına sürekli çöl çıkıyor, her seferinde çöl, çöl, çöl çıkıyor, hep aynı şey, dedim ve sen yine hımm dediğinde söylediklerimin hiçbir anlam ifade etmediğini, beynimin aynı yerde dönüp durduğunu, boşaldığını ve sadece sıcak havayla dolu olduğunu fark ettim, gerçi bazen çöl rüzgârı estiğinde bir anlığına düşüncelerimi de alıp götürüyordu fakat çoğunlukla sadece sıcak hava, toz, kayalar, çalılar ve ışık vardı, özellikle de ışık, çok fazla ışık vardı, gökyüzünden o kadar çok ışık saçılıyordu ki düşünmek zorlaşıyordu, doğru düzgün görmek de öyle, adını bildiğimiz, hem de çok iyi bildiğimiz şeyleri görmek bile zorlaşıyordu, saguaro, mesquite ağacı gibi isimlerden söz ediyorum, kreozot ve jojoba gibi şeylerden, bizi tırmalamak ve şişlemek üzere pençelerini savurmadan önce gözümüzün önündeki ayıcık kaktüslerinin beyaz kafalarını seçmek imkânsızdı, tam önümüzde belirinceye dek uzaktaki org borulu kaktüslerin dış hatlarını görmek imkânsızdı, o ışıkta her şey görünmezdi, hani neredeyse geceleri bir şeyler ne kadar görünmezse o kadar görünmezdi, öyleyse bunca ışık ne işe yarıyordu ki, hiç, çünkü eğer ışık bir işe yarıyor olsaydı içinde kaybolmazdık, ışığın içinde öyle bir kaybolmuştuk ki etrafımızdaki dünyanın yavaş yavaş yok olduğundan, gerçekliğini yitirdiğinden emindik ve bir an için tamamen ortadan kayboldu, geriye bir tek ince havayı solurken ağzımızdan çıkan ses kaldı ve hiç durmayan ayak seslerimiz kaldı ve alnımızdaki, son güzel düşüncelerimizi de yakıp kül eden, ateş, derken yeniden rüzgâr çıktı, bu kez öncekinden biraz daha sertti, yüzümüze yüzümüze esti, alınlarımızı yaladı, fırıl fırıl dönüp kulaklarımıza doldu, bize dünyanın hâlâ orada, etrafımızda olduğunu hatırlattı, hâlâ bir yerlerde bir dünya olduğunu hatırlattı, içinde televizyonlar ve bilgisayarlar, otoyollar ve havaalanları, insanlar ve anne babalar olan bir dünya, esinti sesleri geri getirdi, fısıltılarla doluydu, uzaklardan sesler getirdi, böylece yeniden fark ettik bir yerlerde insanlar olduğunu, gerçek dünyadaki gerçek insanlar ve rüzgâr biraz daha esti ve çevremizdeki gerçek dalları salladı, gerçek dallar boynuzlu çıngıraklı yılanlar gibi çıngırdadı, boynuzlu çıngıraklı yılanlar da gerçekti, böylece aklımdan etrafımızdaki, o çöldeki gerçek şeylerin bir listesini yapabildim, boynuzlu çıngıraklı yılanlar, akrepler, çakallar, örümcekler, kreozotlar, ayıcık kaktüsleri, jojobalar, saguarolar ve sen, sanki aklımı okumuşsun gibi, birden saguaro dedin veya belki de bu kelimeleri yüksek sesle söylüyordum da beni duymuş ve söylediğimi tekrarlamıştın, şuraya bak dedin, bak, bir saguaro ama tabii ki orada saguaro falan yoktu fakat tam önümüzde bir nopal kaktüsü vardı, tatlı mı tatlı ve sulu, altı kaynanadilinin filizlendiği bir nopal kaktüsü, annem tuna derdi bu meyvelere, ve gerçektiler, hepsini topladık, tırnaklarımızı içlerine geçirdik, parmaklarımıza binlerce küçük diken batsa da kalın kabuklarını iri parçalar halinde soyduk, gerçektiler ve onları sanki çakalmışız gibi yedik, suları fışkırıyor, aralıklı dişlerimizden, çenemizden, boynumuzdan aşağı akıyor, benim kirli, yırtık tişörtümün ve senin geceliğinin altında kayboluyordu, kıyafetlerimizin yırtık pırtık ve kirli olduklarını ve anca göğsümüzü örttüğünü fark etmiştim şimdi ama kimin umurundaydı ki, hiç değilse göğüslerimiz yerli yerindeydi ve ciğerlerimiz nihayet daha rahat nefes alıyordu, bedenlerimizi daha iyi bir havayla, zihinlerimizi daha iyi düşüncelerle, düşüncelerimizi daha iyi kelimelerle dolduruyordu, nihayet yüksek sesle söylediğin kelimelerle, Çevik Tüy, dedin, kayıp çocukları biraz daha anlatır mısın bana, şimdi neredeler, ne yapıyorlar, onları görecek miyiz ve biz yürürken, onları zihnimde duyduğum şekilde duyabilmen ve hayal edebilmen için sana kayıp çocuklar hakkında anlatacak bir şeyler hayal etmeye çalıştım, tabii dedim, anlatırım, bizimle buluşmaya geliyorlar, onlarla şurada buluşacağız, bak, ve sonra sırt çantamdan dürbünümü çıkardım, al, dedim, sıkıca tut ve merceklerden bak, şuraya bak, odaklan, şuraya, uzaklara, vadinin tepesinde kümelenen o fırtına bulutlarına doğru bak, görebiliyor musun, diye sordum, o bulutları görebiliyor musun, evet, evet dedin, odaklandın mı diye sordum, evet, odaklandım ve evet bulutları görebiliyorum, kuşları da görebiliyorum, bulutların etrafında uçuyorlar dedin ve bana sence o kuşlar kartal mı diye sordun, böylece dürbünümü alıp baktım ve sonra evet, elbette dedim, kartal onlar, kayıp çocukların şimdi çölde kuzeye yürürken gördükleri kartallar onlar, kaslı kanatlarını çırpıyor, siyah fırtına bulutlarına girip çıkıyorlar, beş çocuk güneşin altında ileriye doğru yürürken çıplak gözleriyle görüyor onları, birbirlerine iyice sokulmuş sessizce yürüyorlar, ışığın sessiz kalbinin derinliklerine ilerliyorlar, hiçbir şey söylemiyor ve hemen hemen hiçbir şey duymuyorlar çünkü kendi adımlarının tekdüze sesinden başka hiçbir şey duyulmuyor, boyuna yürüyorlar bu ölü topraklarda, hiç durmuyorlar çünkü dururlarsa ölecekler, bunu biliyorlar, bu söylendi onlara, biri ölü topraklarda duracak olursa asla sağ çıkamaz, aralarındaki o oğlan, başaramayan beşinci oğlan gibi ve ölen, başlarındaki adam gibi ve de duvarı kollayan adamların görüş alanının dışına çıktıklarında ayağı bir köke veya bir kayaya ya da bir hendeğe takılan altıncı oğlan gibi, ayağı bir köke veya bir kayaya takılmıştı, kimse tam görmemişti ne olduğunu ama yere düştü, dizlerinin bağı çözüldü, elleri sert zeminle buluştu, çok yorgundu, diğerleri yürümeye devam ederken o emekledi, bir adım, iki adım, çok yorgundu, sert zemine göğüs gererek, içinde kabaran bitkinlik dalgasıyla savaşarak emekledi, üç adım, dört adım, ama bir faydası yoktu artık, çok geçti, durmaması gerektiğini biliyordu ama durdu, iki kızdan biri, büyük olanı, ayağa kalk, durma dediyse de, kızın kendisine kalkmasını söylediğini duyduysa da, tişörtünün kolundan çeken elini hissettiyse de, başını kaldırıp kızın kolunu, omzunu, boynunu, kendisine, hayır, durma, sana hemen ayağa kalk diyorum diyen yuvarlak yüzünü gördüyse de durdu, kız tişörtünün kolundan çekmiş, tişörtünün kolu sünüp bir, bir buçuk santim sökülmüştü ve oğlan avucuyla kızın tişörtünü çekiştiren küçük yumruğunu kavrayıp artık çok geç olduğunu ama bunun sorun olmadığını, onu bırakıp diğerleriyle birlikte devam etmesi gerektiğini göstermek üzere kızın elini hafifçe sıktı ve kıza başındaki siyah şapkayı uzatırken neredeyse gülümsedi, kız şapkayı aldı ve sonunda oğlanı bıraktı, yürümeye devam etti, onu beklemek üzere kendi de geride kalan kız kardeşine yetişmek için hızlı hızlı yürüdü önce ve yetiştikten sonra kız kardeşinin elini tutup daha yavaş bir şekilde yürümeye devam etti, hafif topallıyordu, bir ayağında topuğuna basarak giydiği bir spor ayakkabı vardı, diğer ayağı çıplaktı, şişmişti, kanıyordu, oğlanın gördüğü son şey bu ayak tabanı oldu, sonra kendini koyverdi, gözleri kapandı, zihni derinlere daldı, hayalinde ilkin dedesinin şiş damarları ve sararmış ayak tırnaklarıyla kemikli esmer ayakları, ardından bir kova dolusu kenetlenmiş ıstakoz, bir kızın ayaklarına tuttuğu metal bir tırnak makası, onu bu bedene, bu hayata bağlayan acıdan kurtarışı, ardında uzanan ve işe yaramaz ışıkta, çok fazlaydı ışık, gözden kaybolan ucu bucağı olmayan tren rayları canlandı, derken dirsekleri çöktü ve büküldü, çok yorgundu, ve göğsü kumlara serildi, çok yorgundu, ve yarı aralık dudakları kumlara değdi, çok yorgundu, derken bitkinlik, nihayet geri çekilen bir medcezir gibi, yavaş yavaş çekildi bedeninden, bir rahatlama, son bir inilti, direnmeyi, savaşmayı, denemeyi bırakabilirdi, sonunda hiç kımıldamadan öylece yatabilirdi artık orada, tam da aylar sonra, bir sabah sınır bölgelerinde devriye gezen iki adamın birtakım kemikler, ona ait kemikler ve paçavralar, bir zamanlar onun giysileri olan paçavralar bulacağı noktada, her bir parçası onu bulan iki adamdan biri tarafından şeffaf naylon poşetlere koyuluyor, bu esnada diğer adam bir kalem ve bir harita çıkarıyor ve kalemle haritadaki bir noktayı işaretliyor, kâğıt haritada diğerlerine eklenen bir nokta daha işte, o kâğıt harita, o öğleden sonra, saat dört ya da dört buçukta tertipli yaşlı kadına teslim edilecek, bu kadın yıllar yıllar önce Annapurna Vadisi'ndeki puslu bir gölün yakınlarındaki bir evde doğmuştu, genç bir kızken zorla bu çöle yerleştirilmişti ve şimdi, hafta içi her gün, küçük bir ofiste bilgisayar başına oturuyor, monitörün açılmasını beklerken yeniden kullanılabilir bir pipetle buzlu kahve içiyor, gözlerini ekrandan bir an olsun ayırmıyor, bilgisayar açılırken önce mavi bir ekran beliriyor, ardından yavaş yavaş kişiselleştirilmiş arka plan resmi, gün doğumunda çekilmiş karla kaplı bakir Annapurna sıradağlarının fotoğrafı piksel piksel oluşmaya başlıyor ve nihayet birbiri ardına belirip etrafa saçılan klasör simgeleri benek benek kaplıyor ekranı, yaşlı kadın bir avucuyla fareyi kavrıyor, ekranın bir köşesinde ok imleci belirinceye, masaüstündeki karla kaplı dağda sürüklenip de Animas Vadisi Ölümleri, San Simon Vadisi Ölümleri, San Pedro Ölümleri olarak adlandırılmış bebek mavisi klasörlerin üzerinden geçinceye ve nihayet duruncaya dek hafif bir baskı uygulayıp sallıyor fareyi, Sulphur Spring Ölümleri'ne çift tıklıyor sonra, klasör açılıp ekrana yayılıyor, ekranındaki o güzel karlı dağı kaplıyor, açık beyaz karın üzerine koyu kahverengi kumlar saçıyor, her şeyin üzerine pis kum ve kırmızı ölüm noktaları saçılıyor, her bir bokun üzerinde ölüm işaretleri var diye homurdanıyor kadın çünkü o çöl vadisinin, küçük, karanlık ama pek güzel bir kliması olan ofisinin hemen dışındaki vadinin hem ta kendisi olan hem de olmayan Sulphur Spring Vadisi'nin haritası yüzlerce kırmızı noktayla kaplı, hepsi de bizzat, işe asla geç kalmayan, içeceklerini çevreyi kirletmemek adına yeniden kullanılabilir pipetlerle içen ve bilgisayar ekranı karşısında dimdik otururken bir yandan da kulaklık takmış, yazar Lynee Cheney'nin yazdığı *Sisters* adlı sadece birazcık pornografik ama hayli ahlakçı lezbiyen aşk romanını dinleyen bir kadın olan kendisi tarafından teker teker elle girildi, romanın yazarının Başkan George W. Bush hükümetinde, Ulusal Muhafızlar'ın sınır boyunca konuşlandırıldığı ve çölün bir kısmına, ofisinin, o iğrenç çölden yalnızca cılız bir kerpiç duvarla ve ince, tek kanatlı alüminyum bir kapıyla ayrılan küçük bir dikdörtgenden başka bir şey olmayan ofisinin, sadece birkaç kilometre ötesinden geçen altı metrelik çimento bir duvarın örüldüğü "Jump Start Harekatını" yöneten eski başkan yardımcısı Dick Cheney'nin karısı olduğu gerçeğinin gayet de farkında üstelik, sıcak, amansız rüzgâr işte bu kadının ofisinin alüminyum kapısının altındaki gedikten çöl ortamının dışarıdaki çorak topraklara saçılan tüm seslerinin son notalarını sürüklüyor, çatırdayan dalların, şakıyan kuşların, kayan taşların, yorgun argın atılan adımların seslerini, yalvaran insanların seslerini, son bir iniltiyle sessizliğe gömülmeden önce su dilenenlerin seslerini, ve daha kasvetli sesleri, azala azala iskeletlere dönüşen cesetlerinkiler gibi mesela, kırılıp birer kemik halini alan iskeletlerinkiler, aşınıp toz olan kemiklerinkiler gibi sesleri sürüklüyor ve kadın tabii ki bunların hiçbirini duymuyor ama sanki bu ses tanecikleri çöl rüzgârının kapısının önündeki suni çim paspasa savurduğu kum taneciklerine yapışıkmış gibi, bir şekilde hepsini hissediyor, öyle ki her gün ofisine girmeden önce paspası alıp dış kerpiç duvara vurması, o can sıkıcı kum tanecikleri yeniden çöl havasına, çöl havasındaki, boş vadilerde ebediyen sürüklenen filtresiz seslerin, kaydedilmemiş, işitilmemiş seslerin akımına ve cereyanına karışıncaya ve nihayet kaybolup gidinceye dek duvara üç dört defa sertçe vura vura paspasın tozunu silkmesi gerekiyor, şans eseri insan kulaklarının salyangoz şeklindeki küçük yuvalarından içeri kıvrılmadıkları sürece tabii, kayıp çocuklarınkiler gibi küçük yuvalardan içeri mesela, kayıp çocuklar şimdi o sesleri dinliyor ve adlandırmaya çalışıyor ama kelimeleri bulamıyorlar, tutunacak bir anlam bulamıyor ve yürümeye devam ediyorlar, ağır ağır akan adımların sesi yanlarında gümbürdüyor, gözleri hep yerde, sadece arada bir ufka bakıyor ve orada bir şey görüyorlar, gerçi ne olduğundan emin değiller, belki bir sağanak, orada, uzakta kümelenen bulutlar, vadinin tepesinde kümelenen kara fırtına bulutları belki, orada, bak, görebiliyor musun diye soruyorlar birbirlerine, orada, o kuşlar belki de kartaldır, görebiliyor musun, evet diyor oğlanlardan biri, evet diyor bir diğeri, evet görüyoruz, evet galiba kartal onlar, sen ve ben gördük onları Memphis, o kartalları gördük, seslerini duyamadık gerçi, çünkü etrafımızda başka pek çok ses duyduk, tuhaf sesler, o kadar tuhaflardı ki kafamın içindeler miydi yoksa havada mı emin değildim, kilise çanları çalıyordu sanki, sağa sola uçuşan bir sürü kuş, etrafımızda hızlı hızlı hareket eden ama görünmez hayvanlar vardı sanki, yaklaşan at seslerine benzer sesler vardı sanki ve çöldeki tüm ölülerin seslerini mi duyuyorum acaba diye düşündüm, oradaki kemiklerin seslerini ve babamın bize okuduğu hikâyeyi anımsadım, hani birtakım insanlar tarlada bir ceset buluyordu da onu orada öylece bırakıyorlardı, o hikâyedeki ceset zihnimin bir köşesinde yer etmişti ve aklıma gelip duruyordu, çünkü hikâyeler bunu yapabilirler, zihninde yer ederler, dolayısıyla biz çölde yürürken aklımda hep o tarladaki ceset vardı ve altımızda gömülü birinin kemiklerini çiğneyip geçmekten korkuyordum ama yine de yürümeye devam ettik, yürüdük ve yürüdük, hava ısındıkça ısınıyordu, alnımızdaki güneş bizi binlerce sarı arı gibi sokuyordu, gerçi şimdi biraz olsun alçalmıştı ve her şeyin etrafında küçük gölgeler oluşturuyordu, taşların, çalıların, kaktüslerin, durmadan yürüdük, derken ayağım bir köke veya bir kayaya ya da bir hendeğe takıldı ve düştüm, ellerim sert zemine çarptı ve avuçlarım küçük çakıl taşlarıyla doldu, toz ve belki de diken içinde kaldı, içimden orada öylece yatmak geldi, yanağımı yere dayamak ve uyumak, şöyle azıcık kestirmek belki ama sen tişörtümden çekiştirmeye, tişörtümün kolunu çekmeye başladın, hemen ayağa kalk, sana emrediyorum Çevik Tüy dedin ve daha küçük olmana rağmen birden itaat edilmesi gereken biri gibi geldin bana, böylece ayağa kalktım ve evet efendim, Binbaşı Tom Memphis dedim, bu önce güldürdü seni, sonra ağlamaya başladın, sonra yine güldün, bir çember gibi bu şekilde döndü durdu, duygularımız ve bedenlerimiz rüzgâr gibi değişiyordu ve tam o sırada bir gök gürültüsü duyduk ve başımızı kaldırdık, önümüzde fırtına bulutlarının kümelendiğini gördük, hâlâ uzakta ama eskisinden daha yakındaydılar, sonra bir şimşeğin koca göğü bir yumurta gibi çatlattığını gördük ve yeniden kartalları gördük, hâlâ küçücük noktalar gibi görünseler de bu kez çıplak gözlerimizle görebiliyorduk onları, yeryüzündeki eşlerini arayan gökyüzündeki eldivenlere benziyorlar dedin ve sonra bir şimşek daha çaktı, bu kez ilkinden de parlaktı, çölde, aydınlık ve hep kendini tekrar eden çölde yürümeye devam ederken kayıp çocuklar da görüyor onu, şimşekten sonra gelmesi gereken gök gürültüsünü duymaya çalışıyorlar ama kumdaki adımlarının tekdüze sesinden başka bir şey duymuyorlar, hiç durmadan ilerlemeye devam ediyorlar ve çöl ovalarındaki yol her zaman düz olsa da bir şekilde yokuş aşağı iniyormuş gibi hissediyorlar, özellikle de şimdi sıcak rüzgârı artlarında bırakmış ve durgun bir sıcağa, çanak şeklindeki vadinin en alçak noktasına dalıyorken, orada, güneşin alçakta olduğu ve normalde sokaklarda çocukların oynadığı saatte, terk edilmiş bir köye varıyorlar, fakat kimsecikler yok bu köyde, şişman, alçak güneşin sarıya boyadığı duvarlarda yankılanan kendi ayak seslerinden başka hiçbir şey duyulmuyor, unutulmuş eski evlerden başka hiçbir şey yok, bir kısmının duvarları çatlamış, camları kırık, aralarından boş yatak odalarını, kırık dökük mobilyaları, terk edilmiş eşyaları görebiliyorlar, bir ayakkabı tabanı, kırık bir şişe, bir çatal, ve oğlanlardan biri, grubun en küçüğü, pembe bir kovboy şapkası görüyor ve şapkayı alıyor, kirli ve eskimiş olmasına aldırmıyor, şapkayı takıyor, bu sırada dört çocuk etraftaki, yabani otların bürüdüğü kırık dökük kerpiç blokları arasında yürümeye devam ediyor, otların bazılarını elleriyle çekip koparıyor ve ağızlarına atıyorlar, mayhoş tat ağızlarındakileri tükürmelerine ve öğürmelerine neden oluyor ve tam bu sırada en küçük kız başka bir şey duymaya başlıyor, fısıltıya benzer sesler, dört bir yanında fısır fısır sözcükler duyuyor, peki ama onları fısıldayan dudaklar nerede, ve diğer, ondan daha küçük olan, şu anda pembe şapka takan oğlan da duyuyor bu sesleri ama hiçbir şey söylemiyor, sadece içinden duy, duy yüreğim, diye geçiriyor, şimdiye dek sadece ermişlerin duyduğu gibi duy ve o uğultulu sessizlikte ikisi de, dördünün en küçükleri olan kız da oğlan da, bir zamanlar orada olan ama artık olmayan şeylerin derin yankılarını duyuyor, kilise çanları, gözyaşı döken anneler, kahvaltı masasında komutlar yağdıran ve fırça çeken dedeler, müzikle dolup taşan kent meydanlarında yüksek ağaçlara uçuşan karatavuklar, orada kendilerinden önce ölen diğer çocukların kesintisiz mırıltısı, derken bir ses, burada cennetin kapısını bulacağız diyor, çünkü cennetin kapıları sadece cansız çöldedir, başka hiçbir şeyin büyümediği güneşle kavrulmuş bu topraklarda, hayır, diyor diğer bir ses, hiçbir şey bulmayacağız burada, çünkü çöl bir mezardır, başka bir şey değil, çöl onu geçmek zorunda olanlar için bir mezardır ve bu güneşin, bu sıcağın altında öleceğiz diye fısıldıyor bir ses, bu daha hiçbir şey diye yanıtlıyor bir başkası, San Simon vadisine varalım da gör hele, cehennemin ağzındaymış gibi olduğunu söylüyorlar, burası sıcak diyor büyük kız ve sesi çok gür ve net, çok gerçek çıkıyor, dört çocuk bu terk edilmiş köyü arkalarında bırakıyor şimdi ve duyacakları hiçbir şey kalmıyor geriye, esen rüzgârın hüzünlü sesinden başka duyacakları hiçbir şey kalmıyor, birbirlerine iyice sokularak vadinin derinliklerine doğru yürümeye devam ediyorlar, gökyüzü bulutlarla doluyor, koyu bulutlar değişiklik, su, gölge vaadiyle hızla toplanıyor, uzaklarda hâlâ hepsi ama öyle çok uzakta da değil artık, çünkü bir şimşek daha çakıyor şimdi ve bu kez uzaktan gelen bir gök gürültüsü takip ediyor onu ve dört çocuk başlarını vadinin kalbine ulaştıkları zaman kopacak olan fırtınaya çeviriyor, kartallar uçuyor şimdi orada, sanki yabancı bir alfabeyle gökyüzüne bir mesaj yazarcasına tuhaf bir rota çiziyorlar, ve ilk defa çocuklar onların ıslıklarını, yüksek, tiz çığlıklarını duyuyor, dinle, dedin, dinle Çevik Tüy, bazı sesler duyduğunu söyledin, güzel sesler, belki de yakınlardaki bir çocuk bahçesinden ya da parktan gelen seslere benzer sesler, güzel ve gerçek sesler ve ben de duymaya, dinlemeye çalıştım ama küt küt atan kalbimden başka bir şey duyamıyordum ve içimden yüreğim, duy, duy yüreğim, sus ve sesleri duymaya çalış, onları takip etmeye çalış, dur ve dinle diye geçirdim ve ikimiz de durduğumuzda ve kızıl kayanın gölgesine sığındığımızda esip gelen rüzgârın sesini, değişen cereyanın sesini duydum ama insan seslerine benzer hiçbir şey duymadım, sadece boğuk, anlamsız sesler, çok sıcaktı, burası çok sıcak dedim, sen de terlemedin mi diye sordum, ama sen hiçbir şey söylemedin, cevap vermedin, dolayısıyla bunu sadece aklımdan mı geçirdim yoksa sözcükler ağzımdan gerçekten çıktı mı emin olamadım ve yeniden ayağa kalkıp da yürümeye devam ettiğimizde tek duyabildiğim senin küçük ayaklarından çıkan sesler, yanımdaki bir ses gölgesi gibi olan ayak seslerin ve kendi ayak seslerimdi ve sonra, uzakta, başka ayak sesleri, her tarafı birbirinin aynısı olan çölde, belki önümüzde belki de ardımızda atılan adımların sesiydi tüm duyabildiğim, zor şeydir herhalde ölü olmak dedin ve sana ne demek istiyorsun diye sordum, gerçi ne demek istediğini biliyordum çünkü ben de kendimi ölü gibi hissediyordum ve düşünceler her bir kayadan sekip geri geliyordu bana, sadece ara ara önümüzdeki kara bulutlardan yayılan tehditkâr gök gürültüsüyle bölünüyorlardı, gitgide yaklaşıyordu bulutlar bize ya da biz gitgide yaklaşıyorduk onlara, kartallara da gitgide yaklaşıyorduk, nihayet duyabiliyorduk onları, ıslıklarını, yüksek, tiz çığlıklarını, kayıp çocukların kahkahalarla ve hüngürtülerle, çocuk kahkahaları ve çocuk hüngürtüleriyle karıştırdıkları seslerini, pek çok çocuğun oynamak üzere toplandığı bir oyun parkındaki gibi tıpkı, ancak oyun parkı falan yok burada, oynamak moynamak da yok ve gerçekten hiçbir şey duyulmuyor yürüdükleri yerde sürüdükleri küçük ayaklarından çıkan sesler dışında, cansız çölde, güneşin kavurduğu kumda yürürken çıkan kendi ayak sesleri dışında ve belki yüzlerce ya da binlerce başka kayıp ayak sesi dışında, herhalde zahmetli şeydir ölü olmak, diye düşünüyor oğlan, zor şeydir burada ölü olmak, diye düşünüyor ve günün birinde annesinin ona söylediği şeyi hatırlıyor, annesinin dediğine göre melekler hiçbir zaman bilmezmiş hayattalar mı değiller mi, dediğine göre unuturmuş melekler dirilerin mi yoksa ölülerin mi arasında yaşadıklarını ama dört kayıp çocuk biliyor hâlâ hayatta olduklarını, diz çökmüş, serilip kalmış, kıvrılıp cenin pozisyonu almış, düşmüş, kaybolmuş, şimdi sadece dördünün sessizce yürümeye devam ettiği o engin kuru çölde hayattalar mı yoksa ölüler mi bilememiş olan geçmiş ve gelecek başka çocukların yankıları arasında yürüseler de biliyorlar hayatta olduklarını, üstelik tıpkı onlar gibi yakında kaybolabileceklerini de biliyorlar, şimdi kime başvurabiliriz, kimseye, diye düşünüyor, kimseye başvuramayacaklarını biliyorlar, ne insanlara, ne meleklere, ne hayvanlara başvurabilirler, hele de kaybolduklarını fark eden ve çok geçmeden kendileri için birer yemeğe dönüşeceklerini bilen, bu çölde, onlar için her şeyin, kuşların, taşların, çalıların ve köklerin adsız olduğu bu izah edilmemiş dünyada, diğer tüm çocuklara yaptığı gibi onları kendi adsızlığının içine çekecek olan bütünüyle yabancı bir dünyada beceriksizce ilerlediklerini gören sessiz ama kurnaz ve bilmiş hayvanlara katiyen başvuramazlar, yine de dördü, bu kötü kötü düşüncelere kulak asmamaya çalışarak yürümeye devam ediyor sessizce, derken birdenbire iki kızdan küçük olanı bakın diye bağırıyor, şuraya bakın, tam tepemizde süzülen kartallara bakın, bakın, ve diğer üç çocuk gökyüzüne bakıyor ve önlerinde, çok da uzakta olmayan kalın bir yağmur bulutu battaniyesi görüyor ve tepelerinde tek başlarına değil de birbirlerine iyice sokulmuş uçan tuhaf kartallar var gerçekten de, ki genelde kartallar böyle uçar zaten, iyi de neden diye sordun bana Memphis, o kartallar neden öyle uçuyor Çevik Tüy, o niye böyle şu niye böyle, biz fırtına bulutlarına yürür, onlara gitgide yaklaşırken hep çok zor sorular sordun, neden, nerede, ne diye sordun durdun ama ben senin tüm sorularını nasıl yanıtlayabilirdim ki Memphis, hepsini nasıl yanıtlayayım, soru üstüne soru, bataklıklar nasıl oluşur, dikenler niye var, kendimi gıdıkladığımda neden gülmüyorum, artık neden hiç gülemiyorum, burası neden tavuk tüyü gibi kokuyor ve neden, baksana, neden şimdi tepemizde hep birlikte uçan bu kartallar var, sence bizi takip mi ediyorlar, bizi yemek mi istiyorlar yoksa bizi koruyorlar mı, neden peki, bilmiyorum, bilmiyorum, bilmiyorum Memphis, ama hayır, kartallar bizi yemeyecek, imkânı yok, dedim, bizi kolluyorlar, babamın bize hep anlattığı Kartal Savaşçıları hatırlamıyor musun, diye sordum, hatırladığını söyledin ve sonra hadi onları takip edelim dedin, kartallar uçurtmaymış da uçurtma uçururken yaptığımız gibi onları takip etmemiz gerekiyormuş gibi yapalım, harika bir fikirdi, böylece aynen öyle yaptık, onları takip etmeye başladık, görünmez iplere bağlı görünmez saplar tutuyorduk ellerimizde, bir süre böyle, çoğunlukla gökyüzüne bakarak, gözlerimiz kartal-uçurtmalarda, ağır adımlar atarak yürüdük, derken birden, birdenbire terk edilmiş bir vagon belirdi önümüzde, kırk kırk beş metre ötemizdeydi ve kartalların ilerlemeyi bıraktığını, vagonun tam üstünde daireler çizdiğini fark ettik, vagon oraya nasıl gelmişti hiçbir fikrimiz yoktu ama olduğumuz yerde durup gözlerimizi vagona diktik, vagonun fotoğrafını çektim, bir süre daha gözlerimizi ayırmadan baktık vagona, sonra yağmurun boşanmak üzere olduğu yoğun bulutlara ve tepemizdeki kartallara baktık, vagonun üstünde, o bulutların altında tam bir daire çizerek uçuyorlardı şimdi, dört kayıp çocuk da alçakta, yağmur bulutlarının altında daireler çizen kartalları görüyor şimdi ve dümdüz onlara doğru yürümeye, dosdoğru ilerlemeye karar veriyor, şimdi güneş batıyor olduğundan çok daha hızlı yürüyorlar, gözlerine terk edilmiş bir yük vagonu ilişinceye dek yürüyorlar, hâlâ uzakta ve küçücük görünüyor vagon ama net bir şekilde seçiliyor artık ve dosdoğru vagona yürüyorlar, gölgesinde duruyorlar, dördü de sırtını vagonun paslı metal cephesine yaslıyor, sürme kapıları ardına kadar açık olsa da henüz içine girmeye cesaret edemiyorlar çünkü ne zaman kulaklarını yük vagonunun sıcak metal duvarına dayasalar içinde bir şeyin kıpırdandığını duyuyorlar, bir insan ya da büyük bir hayvan belki ve başka şansları, kopmak üzere olan fırtınadan korunmak üzere sığınabilecekleri başka bir yer kalmadığı sürece riske atmamaya karar veriyorlar, şimdi tam tepelerinde çünkü tehditkâr, koyu yağmur bulutları ve neredeyse akşam oldu, neredeyse akşam olmuştu ve koyu yağmur bulutları tam tepemizdeydi, yorulmuştuk, ayrıca, her akşam olduğu gibi, korkuya kapılmaya başlamıştık Memphis, dolayısıyla, aklımızdan acaba boş mu, acaba güvenli mi diye geçirerek ve orada, kutuların içinde eskiden kalma yiyecekler bulmayı umarak, yavaş yavaş vagona doğru yürüdük, bu vagonların ülkenin bir ucundan öbür ucuna kutu kutu yiyecek taşıdığını biliyordum çünkü, ve sonra sen vagonun birkaç adım ötesinde durdun, başka adım atmadan benim gidip vagonun içine bakmam gerektiğini söyledin, ben de öyle yaptım, yavaş yavaş vagona doğru yürüdüm, dikenli, çakıllı zeminde adım attıkça ayaklarımdan hiç olmadığı kadar çok ses çıkıyordu, büyük bir vagondu, kırmızıya boyanmıştı ama yer yer boyası dökülmüştü ve boyanın altı paslıydı, sürme kapılar her iki tarafta da ardına kadar açıktı, vagonun önünde durduğumda sanki çölün bizim olduğumuz tarafından öbür tarafına baktığım bir pencerenin önündeymişim gibi oldu, çölün öbür tarafı bizim tarafla aynıydı, sadece orada daha yüksek dağlar vardı, ardımızdaki düz ufukta güneş batıyordu ve önümüzde, vagonun kapılarının ardında, yüksek Chiricahua Dağları uzanıyordu, yerden büyük bir taş alıp sıkıca kavradım, avucumun terlediğini fark ettim, yine de üç adım daha attım, küçük adımlar ve sonra, ağır ağır, yumuşak bir şekilde, sanki senin yaşlarındaki birine tutması için top atarmış gibi, kolumu önce arkaya, ardından yavaşça öne doğru savurarak havada bir yay çizip vagona düşsün diye taşı fırlattım, taş vagonun metal zeminine düştü, güm diye bir ses çıktı, ses yankılandı ve gitgide daha gürültülü bir şekilde dalgalandı, işte o zaman bunun bir yankı değil de gerçek bir ses olduğunu anladım ve sonra onu gördük, kocamandı, devasa kanatlarını açmıştı, eğri bir gagası ve küçük, tüylü bir kafası vardı, havada çırpındı, vagondan çıkıp gökyüzüne uçtu ve bir süre sonra küçücük oldu, tepemizde dönüp duran kartallara katıldı, hipnotize olmuş gibi onlara bakıyorduk ki birden bir taş hızla bize doğru geldi, büyük kızın yük vagonunun paslı duvarının ardından ve açık kapılarının arasından demin attığı taş, kendilerine fırlatılan taş oğlanın omzuna çarpmamış olsaydı sebep ve sonuç kadar olaylar arasındaki normal bağ konusunda da kafası karışık olan oğlanla kız kardeşinin yankı zannedecekleri gerçek bir taş, öyle gerçek, somut ve can yakıcı bir taş ki sinirleri uyarılıyor, canlanıyor, öfkeyle bağırırken sesi titriyor, hey, ah, hey, kim var orada, kim var orada dedim, kim var orada diyor ve onun sesini duyan dört çocuk içleri ferahlamış halde bakıyor birbirine çünkü nihayet gerçek bir ses bu, kayıp bir çöl yankısı değil kesinlikle, öteden beri kendilerini takip eden ses seraplarından biri değil, bunun üzerine birbirine gülümsüyorlar ve ilkin büyük kız, ardından küçük olanı ve sonra iki oğlan başlarını yük vagonunun açık kapısının yanından hafifçe uzatıp bakıyor, dört yuvarlak yüz eski vagonun öbür ucundan dosdoğru bize bakıyordu, öyle gerçeklerdi ki gerçek olduklarına inanmadım, mümkün mü bu yoksa hayal mi görüyorum diye düşündüm, çünkü çöl aldatır insanı ve bunu ikimiz de biliyorduk, gerçek olduklarına inanamıyordum hâlâ, oysa dördü de tam karşımızda duruyordu, uzun saç örgüleri olan iki kız, büyüğün başında güzel siyah bir şapka vardı, ve iki oğlan, içlerinden biri pembe bir şapka takıyordu, sen ağzını açıncaya dek hiçbiri gözüme gerçek görünmedi Memphis, bir adım arkamdan Geronimoooo dedin ve sonra o dördünün bize Geronimoooo diye karşılık verdiğini duyduk, diğer dördüne Geronimoooo diyor iki çocuk, bir oğlan ve bir kız, terk edilmiş yük vagonunun öbür tarafından ve hepsi de ancak bir süre sonra anlıyor her birinin gerçek olduğunu, onların ve bizim, bizim ve onların, ama anladıklarında, hepsi, dördü, ikisi, toplamda altısı birden boş, terk edilmiş yük vagonuna adım atıyor, bu sırada, dışarıda gök gürültüsü gitgide daha sık duyulur oluyor, denizdeki hiddetli bir medcezir gibi yankılanıyor ve dört bir yanlarında yıldırımlar düşmeye başlıyor kuru kuma, döne döne yükselen kum girdapları oluşuyor, altı çocuğa ölüleri anımsatıyor bu girdaplar, çok sayıda ölüyü, peşlerine düşmek, zulmetmek üzere çölün içinden fırlayan hayaletleri anımsatıyor, karanlığın bastırdığını fark ettim, gece oluyordu, ateş yaksak ya dedim beşinize, una fogata,[23] dedim ve hepimiz bunun iyi bir fikir olduğunu düşündük, böylece vagonun etrafından çabucak çalı çırpı ve kuru kaktüs parçaları topladık ve sırılsıklam olmalarına rağmen vagonun ortasında bir yığın oluşturmaya başladık, yük vagonunun tam ortasında bir yığın oluşturuyorlar, bu esnada büyük kız kartalın vagonun bir köşesine, birbiri-

23 (İsp.) Ateş, kamp ateşi. (ç.n.)

ne paralel iki kalasın üzerine yaptığı büyük yuvaya yürüyor ve yuvadan dikkatli bir şekilde kuru çalı ve ot yolup hâlâ ateş için çalı çırpı ve kaktüs parçaları ayıklamakla meşgul olan, birbirlerine işte, al, dikkatli ol, bunun dikenleri var, bu çalı daha uzun ve daha iyi gibi şeyler söyleyen diğer çocuklara veriyor, derken büyük kızın ahşap bir fıçının üzerine çıkmış olduğunu fark ediyorlar, kız kartal yuvasına bakıyor, içinden bir şey alıyor ve sonra yüzünde kocaman bir gülümsemeyle, işte, işte burada dercesine diğer çocuklara bakıyor, elinde, hâlâ sıcak olan bir yumurta tutuyor, yumurtayı bir kupa gibi başının üzerine doğru kaldırıyor ve dikkatle kız kardeşine veriyor, kız kardeşi yeni kıza, yeni kız oğlanlardan birine, oğlan başka bir oğlana, pembe şapka takana geçiriyor, sanki bir törendeymiş gibi bu şekilde elden ele geçiriyorlar yumurtayı, canlı sayılabilecek o şeyin ellerinde küt küt attığını hissediyorlar ve sonra kız bir yumurta, ardından bir yumurta daha alıyor, toplam üç yumurta var, üç çocuk, iki küçük kız ve oğlanlardan biri avuçlarında tutuyor bu yumurtaları ve en sonunda büyük kız tüm yuvayı kucaklayıp fıçıdan iniyor, güzelce örülmüş dallardan yapılma bir yuva bu, kız yuvayı boş yük vagonunun ortasına, çocukların toplamayı başardığı ufak çalı çırpı yığınının yanına koyuyor ve hepsi birden ne yapacaklarını bilemez halde yuvaya bakıyor, derken yeni oğlan sırt çantasından kibrit kutusu çıkarıyor, bir kibrit çakıp yuvaya atıyor, kibrit sönüyor, sonra ikinci bir kibrit çakıyor ama o da bir işe yaramıyor ve ancak üçüncü denemesinde, yuvaya sokulup yanan kibriti bir çırpıya tuttuğunda kuru bir köşeyi yakmayı başarıyor, diğer çocuklar sanki alevin yayılmasını dilermiş gibi dikkatle bakıyorlar ve alev sonunda yayılıyor, çırpının kalanı da tutuşuyor ve daha kalın başka bir dal da alev alıyor, derken başka bir tanesi daha ve sonunda tüm yuva alev alev yanmaya başlıyor ve nihayet karşılarında doğru dürüst bir ateş yanarken yumurtaları tutan iki kız ve oğlan onları yanan yuvanın içine bırakıveriyor, alevler yumurtaları yalıyor, kavuruyor, haşlıyor, birkaç dakika sonra büyük kız yerde bulduğu yeterince uzun dalla onları vagonun zeminine, ateş çemberinin dışına iteleyinceye dek yumurtalar ateşte pişiyor, sonra diğer çocuklara üç büyük yumurtanın kabuklarını üflemelerini buyuruyor ve çocuklar kendilerine söyleneni yapıyor, nihayet yumurtalar çatlatabilecekleri, kabuklarını soyabilecekleri, aç dişlerini geçirebilecekleri hale geliyor, sırayla birer ısırık alıyorlar yumurtalardan, önce en küçük kız, sonra pembe şapkalı oğlan, sonra yeni kız, ardından diğer oğlanlar ve en sonunda, muhtemelen yeni oğlanla aynı yaşta olan en büyük kız ısırıyor, benimle aynı yaştaydı ama başındaki o büyük siyah şapkasıyla bir lidere benden daha çok benziyordu, yumuşak yumurtanın kendi payıma düşen kısmını ısırır, ilkin lastiksi dışını ve ardından toza benzer iç kısmını çiğnerken gözümün önüne ben vagonun içine taş attıktan hemen sonra vagonun açık kapısından uçup gitmeden önce dosdoğru suratıma bakan büyük anne kartalın gözleri gelip duruyordu, fakat birden çığlık attın Memphis ve hepimiz dönüp sana baktık, avucuna bir şey tükürdün ve o şeyi diğer elinin parmaklarıyla tuttun ve bize bir diş gösterdin, sonunda ikinci dişin de düşmüştü, dişi sonrası için saklayayım diye bana verdin, yemeği bitirdikten sonra uyumadan önce hikâye anlatsak ya dedim, böylece birbirimize hikâyeler anlattık, uyumamaya gayret ettik ve bir süreliğine vagonun içini ara ara dışarıdaki gürleyen ve gümbürdeyen göğün sesine benzer kahkahalar patlattığımız hikâyelerle doldurduk ama hepimiz yorgunduk, üşümeye başlıyorduk ve fırtına hâlâ şiddetliydi, yağmur açık kapılardan neredeyse vagonun içine içine yağıyordu, paslı tavandan su sızıyordu ve birbirimize anlatacak ve gülecek bir şeyimiz kalmadı, böylece yavaş yavaş hepimiz sustuk ve sen kucağıma kıvrılıp tişörtümün kolunu çekiştirdin ve sanki bir şey der gibi gözlerime baktın ve dedin de, sanki bir sırmış gibi alçak sesle, Çevik Tüy, dedin, ne var dedim ve sen, yarın beni Yankı Kanyonu'na götüreceğine söz ver dedin ve ben, tamam, Memphis, söz dedim, sonra sen yine, Çevik Tüy, dedin, ne var Memphis, hiç, Çevik Tüy, seninle olmayı seviyorum ve hep seninle olmak istiyorum, tamam mı, bunun üzerine, evet, tamam, dedim, diğer iki kız da hâlâ uyanıktı ama oğlanlar uyumuştu galiba çünkü susmuşlardı ve ağır ağır nefes alıyorlardı, büyük kız seninle bana son bir hikâye dinlemek ister miyiz diye sordu, evet, evet, evet, dedik hepimiz, evet, lütfen, bunun üzerine kız size bir hikâye anlatacağım ama anlattıktan sonra üçünüz de gözlerinizi kapamak ve en azından uyumaya çalışmak zorundasınız dedi, üçümüz de tamam dedik, böylece bize şu hikâyeyi anlattı, sadece şunu söyledi, ve uyandıklarında kartal hâlâ oradaydı, hikâye burada bitiyordu ve sanırım sen uyumadın ama uyumuş numarası yaptın, en küçük kız da aynı şekilde, fakat sonra ikiniz de nihayet uyudunuz ama ben uyumadım, büyük kız da uyumadı, sönmek üzere olan ateşi karıştırarak oturduk, bana seninle benim neden orada olduğumuzu sordu, ona kaçtığımızı söyledim ve nedenini anlattığımda bunun çok aptalca olduğunu söyledi, aslında kaçmamızı gerektiren bir şey yokken neden kaçmaya karar vermiştim ki, haklıydı, haklı olduğunu biliyordum ama bunu söylemeyecek kadar çok utanmıştım, bu yüzden de kaçmanın yanı sıra iki kayıp kızı, annemizin arkadaşlarından birinin kızları olan iki kızı arıyor olduğumuzu söyledim, nerede kayboldular diye sordu, bu çölde kayboldular dedim, onları tanıyor musun diye sordu, aradığın iki kızı tanıyor musun, hayır dedim, öyleyse nasıl bulacaksın, bilmiyorum, ama belki bulurum dedim, ama onları bulsan bile daha yüzlerinin neye benzediğini bilmiyorken onların aradığın kızlar olduğunu nereden bileceksin ki, bunun üzerine ona kızların kardeş olduklarını, bir örnek elbiseler giydiklerini ve büyükannelerinin elbiselerinin yakalarının içine annelerinin telefon numarasını diktiğini bildiğimi söyledim, bu çok aptalca dedi yine ve hiç de kötü niyetli olmayan bir şekilde, daha çok çocuklarına gülen bir anne gibi güldü, neye gülüyorsun diye sordum ve bana çölü geçmek zorunda olan pek çok çocuğun yakalarında ya da ceplerinde büyükannelerinin, teyzelerinin veya kuzenlerinin diktiği telefon numaraları olduğunu söyledi, orada, senin yanında uyuyan en küçük oğlanın da yakasına telefon numarası dikili olduğunu, hatta kendisinin ve kız kardeşinin yakalarında da telefon numaraları olduğunu söyledi ve siyah şapkasını çıkardı, küllerin üzerinden hafifçe bana doğru eğildi ve bluzunun yakasının alt yüzünü göstermeye çalıştı, görüyor musun, dedi, evet, görüyorum dedim, gerçi pek bir şey gördüğüm yoktu, sadece yanaklarımın ve alnımın kızardığını hissetmiştim, neyse ki karanlık bir geceydi, ateş yaktığımız yerde hâlâ turuncu olan birtakım küller dışında her şey karanlıktı, iyi geceler ve iyi şanslar dedi, evet sana da iyi şanslar dedim ve de iyi geceler, gece güzel değildi belki ama sessizdi, altı çocuk sönmekte olan ateşin etrafında kıvrılıp uyku pozisyonu aldı, tersli düzlü yatıyorlardı, çoğu rüya görüyor belki de, henüz yavaş yavaş uykuya dalarken yanan son çalı çırpının çatırtıları ardından yumurtalarını isteyen yalnız bir kartalın uzak feryatlarını net bir şekilde duyan en büyük oğlanla en büyük kız hariç ve oğlan ağlıyor da ağlıyor, daha önce hiç ağlamadığı kadar çok ağlıyor, üzgünüm kartal diye fısıldıyor belki de, üzgünüm, çok açtık, kız ağlamıyor, özür de dilemiyor ama içinden teşekkürler kartal diye geçiriyor, sonunda o ikisi de diğerleri gibi uykuya dalıyor, oğlan rüyasında günün birinde, daha on yaşına yeni girdiğinde, Apaçi bölgesindeki kutsal dağlardan birine tırmanan ve dört gününü orada tek başına geçiren, dördüncü günün ardından, halkına yeniden katılmadan önce dağ tarafından kendisine bir güç verilen, o andan itibaren ellerini kaldırıp bir daire çizerek yürüdükten sonra hangi damarların koyu mavi bir renk aldığına bakarak düşmanların yerini tespit edebilen ve böylece halkını tehlikeden uzak tutabilecek olan Lozen adındaki genç Amerikan yerlisi savaşçı kız olduğunu görüyor, oğlan rüyasında Lozen'dı ve halkını on dokuzuncu yüzyılın geleneksel mavi üniformalarını giyen ama azılı silahlar kuşanmış asker veya paramiliter olabilecek bir topluluktan uzaklaştırıyordu ve hepsini terk edilmiş bir vagona topluyordu, vagonda, kâbusların tekrarlayıp duran saplantısıyla, yapmacık bir şekilde dile getirilen bir satır duymaya başlıyor, ormanda gecenin karanlığı ve soğuğunda uyandığında, tekrar tekrar, hiçbir zaman tamamlanmayan hep aynı cümle, ormanda gecenin karanlığı ve soğuğunda uyandığında, derken oğlan birden gözlerini açıyor, doğruluyor ve yanında uyuyan kız kardeşine dokunmak üzere uzanıyor, onun orada, yanında olduğunu teyit ettiğinde çok rahatlıyor, oradaydın Memphis, buklelerin ıslak ıslaktı, annemin senin başını bir demet çiçek koklarmış gibi kokladığı geldi aklıma, nedenini bir türlü anlamazdım ama artık anlıyordum, seni koklamak için öne eğildim, toz ve pretzel kokuyordun, tuzlu ama aynı zamanda tatlı, buklelerini öptüm ve o esnada kartal ve ay benzeri bir şeyler söyledin, belki de kartal-ayı dedin ve sonra yeniden başparmağını emmeye başladın, dalıp gitmiş gibi bir halin vardı, karanlıkta etrafa baktım, daha güneş doğmamıştı, aklımla kavramamıştım belki ama Kartal Savaşçıların bunca zamandır hep bizim yanımızda olduğunu kalbimin derinliklerinde hissettim, fırtına neredeyse dinmişti ve onlar sayesinde güvendeydik, biliyordum, bizi her şeyden koruyorlardı, böylece yeniden yatıp yana doğru kıvrıldım, uyuyan diğer dört çocuğun nefeslerini dinledim, senin parmak emişini dinledim ve çıkan seslerin ağır ağır atılan adımların sesi, düzinelerce ayak sesi olduğunu, Kartal Savaşçıların bizim etrafımızda yürüdüğünü hayal ettim, cuk cuk emdiğin başparmağından çıkan sesin lap lap atılan adımlar olduğunu, pır pır eden kartal kanatları olduğunu hayal ettim ve kartal-ayı, gökyüzünü kaplayan gök gürültüsü-şimşek benzeri düşünceler geçti aklımdan, yeniden gözlerimi kapadım sonunda, kartalları düşündüm, uykuya, kartal-rüyalarına daldım ve düşsüz, derin bir uyku çektim nihayet, öyle derin uyumuştum ki uyandığımda dışarısı ışıl ışıldı ve terk edilmiş vagonda yalnızdım, panik halinde ayağa fırladım ve vagonun ardına kadar açık kapılarından başımı uzattım, güneşin çoktan dağın tepesinde olduğunu fark ettim ve sen oradaydın, seni gördüm, öyle rahatladım ki, vagonun birkaç adım ötesinde yerde oturuyor, çamur sıvazlıyordun, kahvaltı için çamur turtaları yapıyorum dedin, bak bir okum ve yayım var, bir şeyler de avlayabiliriz dedin ve yanı başındaki plastik bir okla yayı kaldırıp bana gösterdin, onları nereden buldun ve diğer dört çocuk nerede diye sordum, gittiler dedin, güneş doğmadan hemen önce gittiler ve okla yayı değiş tokuş sonucunda aldığını söyledin, sırt çantamdaki birtakım eşyaları büyük kızla değiş tokuş ettiğini ve kızın karşılığında sana okla yayı verdiğini anlattın, ne, diye sordum, sen neden bahsediyorsun diye tekrarladım vagonda sırt çantamı aranarak ve ardından nelerin eksik olduğunu görmek için içindekileri eşeleyerek, annemin büyük haritası eksikti, pusula eksikti, fener, dürbün, kibritler ve hatta İsviçre çakısı eksikti, bunun üzerine tek omzuma takılı hafif sırt çantamla vagondan atladım, sana doğru yürüdüm ve tam dibinde durdum, bunu neden yaptın diye bağırdım, çünkü bugün annem ve babamla buluşacağız ve artık o eşyalara ihtiyacımız yok Çevik açgözlü Tüy dedin son derece sakin bir şekilde, sana çok kızgındım Memphis, öfkeliydim, onlarla bugün buluşacağımızı nereden biliyorsun diye sordum ve sen bildiğini, çünkü babamın sana yolun sonuna ikinci dişin düştüğünde varacağımızı söylediğini söyledin ve bu aptalca olsa ve hiçbir anlam ifade etmese de umutlanmamı sağladı, belki de bugün bulurduk onları ama hâlâ öfkeliydim, eşyalarımı vermiştin, en azından fotoğraf makinemi ve fotoğraflarımı vermemişsin dedim, bunun üzerine başını kaldırıp bana baktın ve ne olmuş yani, içinde resim olmayan kitabımı ve sırt çantamı da değiş tokuş ettim dedin, öyle mi, neyle diye sordum, şapkayla dedin, biri bana, biri sana ve parmağınla birkaç adım ötende, yerde duran biri pembe, diğeri siyah iki şapkayı işaret ettin, pembe olan senin, siyah benim dedin, daha da öfkelenmemeye çalışarak derin bir nefes aldım ve yere, yanına oturdum, belki de haklısın diye geçirdim içimden, en azından haklı olmanı umdum, yakında annemle babamı bulacaktıysak ya da yakın zamanda onlar tarafından bulunacaktıysak o eşyalara ihtiyacımız yoktu artık, doğudaki, yakınımızdaki Chiricahua Dağları'nı görebiliyordum ve şimdi sabah olduğundan bir gün önce fırtına altında göründüklerinden çok daha küçük ve yakın, tırmanması çok daha kolay görünüyorlardı, Yankı Kanyonu'nun olduğu en tepeye ulaşmak muhtemelen sadece birkaç saatimizi alırdı, gözlerimi kısmış, dağların çentik çentik hattını takip eder, en yüksek noktasının neresi olduğunu seçmeye çalışır, içimden keşke dürbünüm yanımda olsaydı diye geçirirken kahvaltıda çamur turtası istiyor musun istemiyor musun diye sordun, sana gülümsedim ve evet, lütfen, sadece bir dilim dedim ve eşyalarımızla değiş tokuş ettiğin şapkalara uzandım, pembeyi sana verdim ve sen hayır, siyah benim dedin, böylece iki şapkayı da takıp takıp çıkardık ve gerçekten de pembe bana tam olmuştu, seninki garip bir şekilde öne düşüyor, neredeyse gözlerini kapıyordu ama yakışmıştı da, çamur turtasını büyük dilimlere ayırırken ciddi bir halin vardı, sonra elimizdeki dallarla turtayı yermiş gibi yaptık, dört çocuk tam olarak nereye gidiyor acaba diye geçirdim içimden lokmalarımı çiğnermiş gibi yaparken, başaracaklar mı, harita işlerine yarayacak mı, umarım yarar diye düşündüm, dümdüz yürürlerse güneş batmadan tren raylarına ulaşabilirlerdi, senle ben gitmeye hazırlanırken kendi kendime durmadan eminim ulaşacaklardır dedim ve karşımızdaki dağlara doğru yürümeye başladığımızda eminim yakında raylara ulaşacaklar diye geçirdim içimden, biz de düşündüğümden daha kolay ve daha hızlı ilerliyorduk çünkü güneş hâlâ ufka yakındı, hava henüz sıcak değildi, yemek yemiş ve dinlenmiştik, dolayısıyla bir önceki gün olduğu gibi yorulup susamamıştık, böylece çok geçmeden dağ yamacına ulaşmıştık ve dik bir patikaya tırmanmaya başladık, Chiricahua Dağları'nın totemlere ya da gökdelenlere benzeyen uzun taş sütunlarını geçtik ve tepelere, en yükseklere doğru ilerledik, tırmandıkça tırmandık, yürüdükçe yürüdük, sonunda güneşte kırmızı sarı bir renk alan yüksek bir vadiye, babamın bir keresinde bize anlattığı ama onun söylediğinden bile güzel olan yüksek bir vadiye ulaştık ve orada çıkılabilecek en yüksek noktaya çıktık, oradan vadinin geri kalanını görebiliyorduk, derin olmayan küçük bir mağara bulduk ve bir süre dinlenmeye karar verdik, çünkü doğru yolda olduğumuzu biliyorduk, çünkü babam bize bu tarz, küçük ve tehlikeli olmayan, büyük hayvanların içlerine saklanabileceği kadar derin olmadıklarından ayı ya da başka bir hayvanın bulunmadığı mağaralardan da bahsetmişti ve biraz dinlendikten sonra şapkalarımız, ayrıca okumuz ve yayımız olduğundan eskiden hep babamla oynadığımız Apaçi oyununu oynamaya karar verdik, böylelikle mağarada bir kayanın arkasına saklandım ve sen de oralarda bir yerlere saklandın, sen beni arayacaktın ben de seni ve diğerini ilk kim bulursa Geronimo diye bağıracak ve o kişi oyunu kazanacaktı, kurallar böyleydi, sen sinsi sinsi arkamdan gelip de Geronimo diye bağırdığında ben hâlâ saklanıyordum, kazandığın için kendinle o kadar gurur duymuş, öyle yüksek sesle bağırmıştın ki sesin hızla dolaşıp bize geri döndü, net ve gürdü, eronimo, onimo, onimo, bunun üzerine, yankıyı test etmek için, ben de Geronimo diye bağırdım ve bu kez daha bile güçlü ve uzun süreliğine geri döndüğünü duyduk, Geronimo, eronimo, onimo, onimo ve ikimiz de artık içimiz rahatladığından mı yoksa mutluluktan mı veya her ikisinden dolayı mı bilmiyorum ama delirdik çünkü burası orasıydı, burası Yankı Kanyonu'nun kalbiydi, onu bulmuştuk ve birden iyi anlamda bir taşkınlıkla taşkınca davranmaya başladık ve aynı anda isimlerimizi haykırdık, dolayısıyla bize geri dönen üyphis, üyphis, phis gibi karmakarışık bir şeydi, şşş, sus, dedim ve susman için işaretparmağımı dudaklarıma götürdüm çünkü şimdi sıra bendeydi, neden diye sordun, çünkü daha büyüğüm diye yanıtladım ve adımı haykırabilmek, Çevik Tüy diyebilmek için ciğerlerimi havayla doldururken birden, daha ben adımı bile söyleyemeden, başka bir şey duyduk, yüksek, net ve tanıdık, uzaklardan ama doğruca bize gelen ve vadideki her bir kayadan seken bir ses, ochise, cochise, ochise ve sonra, onun hemen ardından, ok, ok, sözcüğünü duyduk ve sonraki sözcüğü midemden çekip çıkarmak zordu çünkü bir anda gümbür gümbür olmuştu midem, şimşekler çakıyordu midemde, zihnim neşeyle dolmuştu, bizi bulmuşlardı, nihayet, ve hiçbir şey söyleyemeyecekmişim gibi hissettim ama söyledim, ciğerlerimi havayla doldurdum ve Çevik Tüy diye bağırdım ve sekip geri geldiğini duyduk, tüy, üy ve onların geliyoruz dediklerini duyduk, eliyoruz, eliyoruz ve muhtemelen olduğunuz yerde kalın gibi bir şey söylediklerini duyduk, kalın, kalın, kalın ve sen orada öylece durdun, anlaman biraz vakit aldı ama sonra sen de etrafındaki tüm havayı ciğerlerine doldurdun, karnın balon gibi şişti ve o güzel adını haykırdın, tüm gücü ve kudretiyle geri dönüp yankılandı dört bir yanımızda, Memphis.

4. BÖLÜM

KAYIP ÇOCUK ARŞİVİ

KUTU VI

YANKI YANKILARI

Mem mem mem mem
Üy üy üy
Va va va va va
Em em em em
Ok ok ok ok
İse ise ise ise
Sı sı sı sı

ARABA YANKILARI

İnek, at, tüy, ok, ok, ok -oyun oynuyoruz
Hayır hayır hayır, evet evet evet -kavga ediyoruz
Horrr, cup, cup, horrggghhh -uyuyoruz, ben parmak emzikliyorum, sen horluyorsun
Falan filan falan filan, kötü haberler, radyo, radyo, daha çok radyo
Dur, git, hayır, daha çok, daha az, Tanrı'nın belası, sı, sı -annemle babam konuşuyor, tartışıyor, hııı, hoooh, hoooh -hepimiz nefes alıyoruz, sessizlik
He he, ha ha, hihihi, hepiniz yalandan gülüyorsunuz
Ormanda gecenin karanlığı ve soğuğunda uyandığında…

BÖCEK YANKILARI

Tiptup tiptup tup-iki karınca konuşuyor
Vızzz -arı vızıldıyor
Vızzz, Fıçık -arı (seni) sokuyor
Vızzzz, bay bay arı

YEMEK YANKILARI

Şılap şulup -kurabiye yiyoruz
Tuk tik tuk tik -kırıntılar arabanın koltuğuna dökülüyor
Vuş vuş -biz döküntüleri temizliyoruz
Şşşş, söylemek yok, tamam mı?

YABANCILARIN YANKILARI

Her iki tarafı da pişmiş yumurta, sütlü mü sütsüz mü, daha çok buz, buz buz -lokanta konuşmaları
Depoyu doldur, doldur, doldur -benzinci konuşmaları
İki çift kişilik yatak evet, evet, evet -motel konuşmaları
Ehliyet lütfen -polis konuşmaları
Dur, dur, dur -askeri karakol konuşmaları
Kimlikler, pasaportlar, nerelisiniz, neden buradasınız, sınız -Sınır Devriyesi konuşmaları

YAPRAK YANKILARI

Fuş, fuş -yaprak düşüyor
Kırp, kırp -yaprak çatırdıyor

KAYA YANKILARI

(Sessizlik)

OTOYOL YANKILARI

Vınnnn -otoyoldan geçen arabalar
Vınnnnnnnn -moteldeyken duyduğumuz arabalar

TELEVİZYON YANKILARI

Yasak!

TREN YANKILARI

Rıştıkıtıkıtıkıiyyyyyyk -istasyona gelen tren
Tıkıtıkıtıkıtıkıfıııış -istasyondan ayrılan tren

ÇÖL YANKILARI

Tak tuk tak -çöldeki ayak seslerimiz
Uvaaa, hayır, ahhhh -ben ağlıyorum
Fısssss -kuru gölde esen rüzgâr
Hışşş, sssss, hısss -bir görünüp bir kaybolan toz bulutları
Uvaaa, hayır, ahhhh -ben ağlıyorum

Tak tuk tak, Hışşş, sssss -kurumuş bir gölde yürüyoruz, tozdaki ayak seslerimiz
Ki ka ki ka... kuk... kuk... -kartallar uçuyor
Filip fılap bılap pılap -kanat çırpıyorlar
Tısss, fısss -saguarolardaki rüzgâr
Kriiik kruuuk gırrrrç -terk edilmiş tren vagonu, metal gıcırtısı
Auu auu vuuhhhhh -rüzgâr uğulduyor
Uvaaa, hayır, ahhhh -ben ağlıyorum

FIRTINA YANKILARI

Bıırrr, kırrrf -uzaktaki gök gürültüsü, fırtına yaklaşıyor
Şaaak, boooom, vırcummmm -fırtına her yerde
Tiktiktiktiktiktik -sağanak
Tiktiktik... tiktiktik... tiktiktik -daha az yağmur

DİŞ YANKILARI

Kıırk, şımıfff, bılıffff -dişim kırılıp yavaşça çıkıyor

BELGE

Yer Kontrol'den Binbaşı Tom'a.

Ses kontrol. Bir, iki, üç.

Burası Yer Kontrol. Beni duyuyor musun Binbaşı Tom?

Bu senin için yaptığım son kayıt Memphis, o yüzden dikkatli dinle. Sen ve annem yarın sabah gün doğumunda, Apaçi bölgesindeki, Dragoon Dağları'ndaki evden ayrılacak ve eve dönmek üzere uçağa bineceksiniz. Bu kayıt sadece senin için Memphis. Eğer başka biri dinliyorsa bu kayıt sizin için değil, buna sen de dahilsin anne. Ama muhtemelen çoğunu çoktan dinlemişsindir. Ne de olsa bu senin kayıt cihazın. Belki de şimdi kayıt cihazını izinsiz kullandığım için özür dilesem iyi ederim. Kutunun düzenini bozduğum için de özür dilerim. Yanlışlıkla, kazara oldu. Haritanı kaybettiğim için de özür dilerim anne, ayrıca kayıp çocuklar hakkındaki kitabını alıp sonra onu da kaybettiğim için de özür dilerim. Kitabı bizi Lordsburg'dan Bowie'ye götüren trende bıraktım. Belki bir gün biri kitabı bulur ve okur. Hem belki de kitabın son durağının bir tren olması gerekiyordu zaten. En azından bazı kısımlarını bu kasete kaydettim, yani her şey kaybolmadı aslında. Senin de başka bölümleri kaydettiğini biliyorum, dolayısıyla belki de kitabın neredeyse tamamı kayıtlıdır. Mazeret bulmaya çalışmıyorum, gerçekten üzgünüm, ayrıca kaydımı dinlediysen de Memphis için sakladığın sürece sorun değil. Sakladığın ve günün birinde, büyüdüğünde, dinlemesine izin verdiğin sürece. On yaşına geldiğinde mesela. Tamam mı, anlaştık mı? Tamam.

Bu senin için kaydettiğim son bölüm Memphis çünkü hikâye burada bitiyor. Hep hikâyelerin nasıl bittiğini bilmek istersin. Bugün bitiyor işte, en azından şimdilik, uzun bir süreliğine. Annemle babam bizi Yankı Kanyonu'nda bulduktan sonra bir grup korucu üzerimizi örtmek üzere termal battaniyelerle geldi, elma suyuyla granola barları getirdiler, bizi kanyondan ayı ve ağaç posterleriyle ve gerçekten kötü birtakım Apaçi çizimleriyle dolu küçük bir ofise götürdüler. Birisi bir araçla babamı arabasını bıraktığı yere götürdü ve babam geri döndüğünde, aslında kimsenin bizi taşımasına gerek yoktuysa da, annemle beraber bizi arabaya taşıdılar, annem bizimle arka koltuğa oturdu ve babam yavaş, çok yavaş bir şekilde arabayı Dragoon Dağları'ndaki eve sürerken annem bize sıkı sıkı sarıldı, başlarımızı öptü, sırtımızı okşadı. Ev iki yatak odası, bir salonu ve açık bir mutfağı olan dikdörtgen, taş bir bina. Ön avlusu ve arka avlusu, yeşile boyalı kalay bir çatısı, çöl ışığını ve sıcağını uzak tutmak için panjurlu büyük pencereleri var.

Bugün, gün doğumunda, sen ve annem uyanacak, gideceksiniz. Ben bitirmeden önce uyanmayasın diye bu son kaydı kısa tutmalıyım. Ve siz gitmeden önce, annem yanında götürebilsin diye kayıt cihazını annemin çantasına geri koymalıyım. Annem kayıt cihazını yanında götürecek ve sonra, bir gün, biraz daha büyüdüğünde bu kaydı dinleyeceksin Memphis. Ayrıca, Kutu VII olarak etiketlenmiş kutuma güzelce yerleştirdiğim tüm o fotoğraflara da bakacaksın, annem yanında o kutuyu da götürecek çünkü kutuyu annemin yola koyulmanız gerektiği an alıp gidebilmeniz için kapının yanına dizdiği eşyalarınızın, yani çantalarınızın ve sırt çantalarınızın üstüne bıraktım. Bir araba havaalanına götürmek üzere sizi almaya geldiğinde babam ve ben evde uyuyor olacağız, babam kendi odasında olacak, ben kendi yeni odamda.

Biz kaybolduktan ve bulunduktan sonra bence annemle babam bir arada kalmayı, ayrılmamayı düşündü. Bence denediler de, hatta belki de çok çabaladılar. Biz tekrar bulunduktan sonra bu eve ilk geldiğimizde normal hayata dönmeyi denedik. Birlikte duvarları boyadık, hep beraber radyo dinledik; küçük kâğıtlara topladığımız yankıları yazmana ve kâğıtları babamda kalmasını istediğin kutuna, Kutu VI'ya koymana yardım ettim. Başka bir gün annemin bir pencereyi, bir lambayı onarmasına yardım ettik, babamla market alışverişine gittik, onunla mangalda akşam yemeği hazırladık, hatta, iki gece arka arkaya Risk bile oynadık; sen zar atmakla yükümlüydün, ben ve annem Avustralya için savaş verdik.

Ama sanıyorum sonuçta bu onlar için imkânsızdı. Birbirlerini sevmediklerinden değil, planları çok farklı olduğundan. Biri belgeselci, diğeri belgeciydi ve ikisi de oldukları kişi olmaktan vazgeçmek istemedi, aslında bu iyi bir şey dedi bir gece annem bana, bir gün ikimizin de daha iyi anlayacağını söyledi.

Hani bir gün, şimdi üstünden çok zaman geçmiş gibi geliyor ama geçmedi aslında, sana bir belgeci mi yoksa belgeselci mi olacağımdan emin olamadığımı ve annemle babama başta bundan bahsetmediğimi çünkü onları taklit etmeye çalıştığımı ya da kendime ait bir fikrim olmadığını düşünmelerini istemediğimi ama aynı zamanda belgeselci ya da belgeciden birini seçmek zorunda olmak da istemediğimi söylemiştim, hatırlıyor musun? Ve hani sonra belki ikisi birden olabilirim diye düşünmüştüm? Habire bunu, ikisini birden nasıl olacağımı düşündüm.

Her şey biraz çorba oldu ama şöyle düşündüm: Belki, fotoğraf makinemle bir belgeselci ve kayıt yaptığım annemin bu kayıt cihazıyla bir belgeci olabilir, fotoğraflarımın belgeleyemediklerini belgeleyebilirim. Günün birinde okuman için bir deftere bir şeyler yazmayı düşündüm ama hâlâ kötü bir okursun, A ya da B seviyesi, hâlâ her şeyi ya tersten ya da karman çorman bir şekilde okuyorsun, doğru dürüst okumayı ne zaman sökeceksin ya da hiç sökecek misin acaba en ufak bir fikrim yok. Bu yüzden ses kaydı yapmaya karar verdim. Hem yazmak daha çok zaman alıyor, okumak da daha çok zaman alıyor ama dinlemek de bakmaktan daha çok zaman alıyor ve bu da açıklanamaz bir çelişki aslında. Her neyse işte, kaydetmeye karar verdim; daha hızlıydı, vakit alan şeylere de bir itirazım yok gerçi. İnsanlar genellikle hızlı, çabucak olan şeyleri sever. Gelecekte nasıl biri olacaksın, vakit alan şeyleri seven biri mi yoksa hızlı, çabucak olan şeyleri seven biri mi, bilmiyorum. Umarım vakit alan şeyleri seven biri olursun ama buna bel bağlayamam. O yüzden de işte bu kaydı yaptım ve tüm o fotoğrafları çektim.

Fotoğraflara bakıp bu kaydı dinlediğinde pek çok şeyi anlayacaksın, hatta belki günün birinde her şeyi anlayacaksın. İşte bu yüzden de hem belgeselci hem de belgeci olmaya karar verdim - böylece her şeyin en az iki versiyonunu öğrenecek, farklı açılardan bakabileceksin; tek bir açıdan bakmaktan daha iyidir bu her zaman. Her şeyi öğrenecek ve zamanla anlamaya başlayacaksın. Annem ve babamla birlikteyken, bu seyahate çıkmadan önce nasıl bir hayatımız vardı ve hep beraber Apaçi bölgesine seyahat ettiğimiz zamanlar nasıldı onu öğreneceksin. Uçağa binen birtakım kayıp çocukları ilk gördüğümüz ânın ve bunun hepimizi, özellikle de kendini bildi bileli kayıp çocukları arayan annemi nasıl paramparça ettiğinin hikâyesini öğreneceksin. Bir gün Dragoon Dağları'ndaki evde yeniden hep beraberken annemin kalbi daha da kırıldı çünkü çölde kaybolmuş olan iki kızını arayan şu arkadaşından, Manuela'dan bir telefon geldi ve arkadaşı ona kızların çölde bulunduğunu ama hayatta olmadıklarını söyledi. Annem günlerce ağzını bile açmadı neredeyse, yataktan çıkmadı, saatler süren duşlar aldı ve bütün bu zaman süresince ona belki de buldukları kızlar arkadaşının kızları değildir demek istedim çünkü çölü geçmek zorunda olan pek çok çocuğun giysilerinin içine telefon numarası dikili olduğunu kesin olarak biliyordum.

Bunu biliyordum, sen de biliyorsundur çünkü senle ben, çok kısa bir süreliğine de olsa kayıp çocuklarla beraberdik ve onlar bize öyle söylediler. Onlarla karşılaştık, orada onlarla beraberdik, trenlerde yalnız seyahat ederek, çölü geçerek, devasa göğün altında yerde uyuyarak onlar gibi cesur olmaya çalıştık. Seni bir süreliğine nasıl da kaybettiğimi ve senin de beni kaybettiğini ama sonra birbirimizi yeniden bulduğumuzu ve terk edilmiş bir tren vagonunun içinde kayıp çocukları buluncaya dek çölde yürümeye devam ettiğimizi, onların babamın bize anlattığı Kartal Savaşçılar olabileceğini düşündüğümüzü hep hatırlamalısın; hem bakarsın öyledir. Tüm bunları bilmeli ve hatırlamalısın Memphis.

Büyüdüğünde, benim yaşıma geldiğinde ya da benden bile büyük olduğunda ve başka insanlara bizim hikâyemizi anlattığında sana doğru olmadığını söyleyecekler, bu imkânsız diyecekler, sana inanmayacaklar. Onları kafana takma. Bizim hikâyemiz gerçek, öyle olduğunu o haşarı yüreğinin derinliklerinde, çılgın buklelerinin kıvrımlarında hissedeceksin. Ayrıca elinde bunu ispatlayacak fotoğraflar ve bir de bu kaset olacak. Bu kaseti ya da içinde fotoğraflar olan kutuyu kaybedeyim deme sakın. Beni duyuyor musun Binbaşı Tom? Sakın ha hiçbir şeyi kaybetme çünkü sürekli her şeyi kaybedip duruyorsun.

Yer Kontrol konuşuyor. Beni duyabiliyor musun?

Kaskını tak şimdi. Ve saymayı da unutma: On, dokuz, sekiz, geri sayım başlatılıyor, motorlar açılsın. Ateşlemeyi kontrol et. Ve yedi, altı, beş, dört, üç ve şimdi ayda yürüyoruz.

Burası Yer Kontrol. Beni duyabiliyor musun?

O şarkıyı hatırlıyor musun? Peki ya bizim oyunumuzu? Ay yürüyüşünden sonra en sevdiğimiz kısım geliyor. İki, bir: Uzaya fırlatıldın. Uzaydasın ve olabilecek en garip şekilde süzülüyorsun. Yukarıda yıldızlar çok farklı görünüyor. Ama değiller. Hep aynı yıldızlar onlar. Bir gün kendini kaybolmuş hissedebilirsin ama öyle olmadığını hatırlamalısın çünkü sen ve ben birbirimizi yeniden bulacağız.

KUTU VII

FOTOĞRAF

8 FOTOĞRAF

FOTOĞRAF

FOTOĞRAF

FOTOĞRAF

FOTOĞRAF

ℓ **FOTOĞRAF**

ℓ FOTOĞRAF

FOTOĞRAF

FOTOĞRAF

FOTOĞRAF

FOTOĞRAF

FOTOĞRAF

FOTOĞRAF

FOTOĞRAF

8 FOTOĞRAF

FOTOĞRAF

FOTOĞRAF

FOTOĞRAF

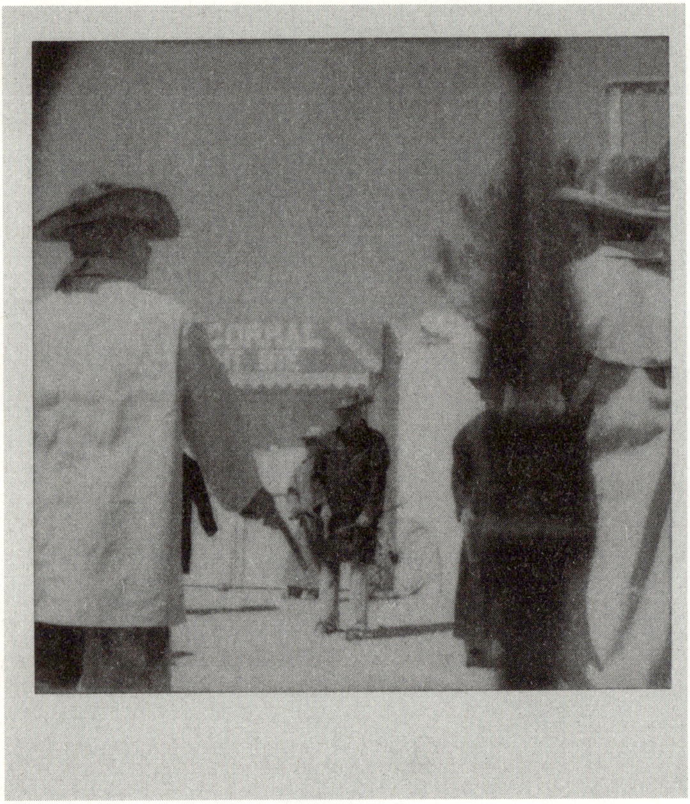

ℓ **FOTOĞRAF**

FOTOĞRAF

FOTOĞRAF

FOTOĞRAF

FOTOĞRAF

TEŞEKKÜRLER

Bu kitabı 2014 yazında yazmaya başladım. Zaman içerisinde çok sayıda kişi ve kurum, kitabın yaratılmasına destek oldu. Hepsine gerçekten minnettarım ama özellikle aşağıda belirtilenlere teşekkür etmek istiyorum:

2015 yazında bana burs veren, çalışma ve konaklama imkânı tanıyan ve bir sene not aldıktan sonra nihayet kitabı yazmaya başladığım Berlin'deki Akademie der Künste.

Paris'teki Shakespeare & Co. ve özellikle de 2016 yazında bana tüm cömertliğiyle kitapçının üst katında barınacak bir yer ve yatak veren Sylvia Whitman; orada kitabın taslağına saatler harcadım.

2017 sonbaharıyla 2018 baharı arasında misafir araştırmacı olduğum ve sayesinde taslağı bitirip düzeltecek vakti bulduğum New York Şehir Üniversitesi'ndeki Beyond Identity programı.

Metamorphosis'ini bu romanı yazarken yaklaşık beş bin kez dinlediğim, varlığı yeten Philip Glass.

Temsilcilerim ve silah arkadaşlarım Nicole Aragi ile Laurence Laluyaux ve onların olağanüstü asistanları Grace Dietshe ve Tristan Kendrick Lammar.

Harikulade editörlerim: Fourth Estate'teki Anna Kelly, Knopf'taki Robin Deseer ve Annie Bishai - şimdiye kadar çalıştığım en iyi yardımcı editör.

Coffee House Press'teki editörüm ve kadim muhatabım Chris Fischbach.

Arkadaşlarım -taslağın farklı aşamalarının cömert ilk okurları- N. M. Aidt, K. M. Alcott, H. Cleary, B. H. Edwards, J. Freeman, L. Gandolfi, T. Gower, N. Gowrinathan, R. Grande, R. Julien, C. MacSweeney, P. Malinowski, E. Rabasa, D. Rabasa, L. Ribaldi, S. Schweblin, Z. Smith, A. Thirlwell ve J. Wray.

Miquel ve Ana.

Ve annemle babam, Marta ve Cassio.

ALINTILANAN ESERLER
(*Kaynaklar Üzerine Notlar*)

Önceki eserlerim gibi *Kayıp Çocuk Arşivi* de bir bakıma pek çok farklı metinle ve başka metin dışı kaynaklarla kurulan diyalogların ürünü. Bu romanı destekleyen arşiv temel anlatının hem zaruri hem de görünür bir parçası. Başka bir deyişle kaynaklara yapılan referanslar -metinsel, müzikal, görsel ya da işitsel-görsel-yan notlar veya hikâyeyi allayıp pullayan süsler değil kitabın geçmişle sürdürdüğü sohbetteki pek çok sese işaret eden satırarası imler olarak işlev görüyor.

Kaynaklara yapılan referanslar romanın anlatı şeması boyunca farklı şekillerde beliriyor:

1. Temel "kaynakça" aileyle arabada seyahat eden kutuların içinde yer alıyor (Kutu I-Kutu V).
2. Birinci tekil şahıs kadın anlatıcı tarafından anlatılan kısımlarda kullanılan tüm kaynaklar ya aktarılıp alıntılanıyor ya da açımlanıp atıfta bulunuluyor.
3. Birinci tekil şahıs erkek çocuk anlatıcı tarafından anlatılan kısımlarda daha önce birinci tekil şahıs kadın anlatıcı tarafından kullanılan eserler "yankılanıyor," diğerleri alıntılanıyor ya da açımlanıp atıfta bulunuluyor.
4. Başka edebi eserlere yapılan kimi referanslar hem anlatı sesleri hem de *Kayıp Çocuklar İçin Ağıtlar* içine neredeyse görünmez bir şekilde yayılı ve edebi anıştırmaların ince "iplikleri" olarak görünmeleri hedefleniyor.

Bu ipliklerden biri Virginia Woolf'un *Mrs. Dalloway*'ini anıştırıyor, anlatı bakış açılarını gökyüzünde hareket eden bir nesne aracılığıyla değiştirme tekniği, sanıyorum, ilk kez orada kullanıldı. İki karakterin gözleri, aynı nesneye bakarak, -uçak, kartallar, fırtına bulutları veya şimşek- gökyüzündeki tek bir noktada "buluştuğunda" meydana gelen bakış açısı değişimi tekniğini yeniden ele aldım.

5. Üçüncü şahıs anlatıcı tarafından anlatılan *Kayıp Çocuklar İçin Ağıtlar* kısımlarında kaynaklar metne yedirilmiş ve açımlanmış ama alıntılanmamış veya aktarılmamıştır. *Ağıtlar* yolculuklar, seferler, göç, vb. ile ilgili edebi eserlere anıştırma yoluyla oluşuyor. Anıştırmaların aşikâr olması gerekmiyor. Metinlerarasılıkla dışadönük, edimsel bir tavır olarak değil de bir kompozisyon yöntemi veya usulü olarak ilgileniyorum.

İlk ağıtlar Ezra Pound'un 1. Kanto'sunu anıştırıyor, ki 1. Kanto'nun bizzat kendisi Homeros'un *Odysseia*'sının XI. Kitabına bir "anıştırma"dır - 1. Kanto *Odysseia*'nın XI. Kitabının, Anglo-Sakson ritmik mısra veznini takip ederek, İngilizceye Yunancadan değil de Latinceden yapılmış *serbest* bir çevirisidir. Homeros'un *Odysseia*'sının XI. Kitabı da Pound'un 1. Kanto'su da yolculuğu/yeraltı dünyasına inişi konu edinir. Dolayısıyla kayıp çocuklar hakkındaki ilk Ağıtlar'da, göç etmekle yeraltı dünyasına inmek arasında analoji oluşturma maksadıyla, Homeros/Pound'daki kimi ritmik vezinlerin yanı sıra imge ve tabirleri yeniden kullandım. Hepsi de 1. Kanto'daki dizelerde yer alan "Karanlık/gece (swart/night)", "gözyaşı dökme" (heavy/weeping), "serilmiş/biçare (stretched/wretched)" gibi kelimeleri ya da kelime eşleşmelerini farklı şekillerde kullanmak üzere değiştirdim ve yeniden birleştirdim.

Ağıtlar'daki üçüncü şahıs anlatıya yedirilmiş olan kaynaklar yukarıdakine benzer bir şema izliyor ve şu eserleri içeriyor: Joseph Conrad, *Karanlığın Yüreği*; T. S. Eliot, *Çorak Ülke*; Marcel Schwob, *Çocukların Haçlı Seferi* (*La croisade des enfants*); Augusto Monterroso, "Dinozor" ("El dinosaurio"); Galway Kinnell, "Kirpi" ("The Porcupine"); Juan Rulfo, *Pedro Páramo*; Rainer Maria Rilke, *Duino Ağıtları* ve Jerzy Andrzejewski, *Cennetin Kapıları* (*Bramy raju*) (İspanyolcaya Sergio Pitol tarafından çevrilmiştir, ben yeniden İngilizceye çevirdim).

Aşağıda, yaklaşık olarak romanın *Ağıtlar* bölümlerinde yer aldıkları sırayla, her bir eserden bire bir anıştırılan dizelerin veya kelimelerin bir listesi yer alıyor:

Ezra Pound, "1. Kanto"

- *Heavy with weeping, and winds from sternward*: Gözyaşı dökme ve kıç taraftan esen yeller
- *Swartest night stretched over wretched men there*: En karanlık gece serilmiş üzerlerine oradaki biçarelerin

Joseph Conrad, *Karanlığın Yüreği*

- *lightless region of subtle horrors*: Orman karanlıktı, gizli saklı korkularla doluydu
- *Going up that river... It looked at you with a vengeful aspect*: kinci bir tavırla bakan türde bir nehir olduğu konusunda
- *There was no joy in the brilliance of sunshine*: güneşin pırıltısında neşeden eser olmayacak

Ezra Pound, "1. Kanto" ve "2. Kanto"

- *Impetuous impotent dead*: fevri, kudretsiz ölüler
- *Unburied, cast on the wide earth*: Gömülmemiş de atılmış engin toprağa
- *Thence outward and away*: Ve oradan yabancı diyarlara, fersah fersah uzaklara
- *Wine-red glow in the shallows*: Sığlıklarda şarap kırmızısı bir parıltı
- *Loggy with vine-must*: mahmurlaşacaksın şırayla

Ezra Pound, "3. Kanto"

- *His heart out, set on a pike spike*: kalbi söküldü, sivri uçlu bir mızrağa geçirildi **Metin içinde:** Herkesin kalbi sökülecek, sivri uçlu bir mızrağa geçirilecek
- *Here stripped, here made to stand*: Burada soyuldu, bırakıldı burada
- *His eyes torn out, and all his goods sequestered*: Bir adamın iki gözü de oyuldu, tüm malına mülküne el konuldu

Augusto Monterroso, "Dinozor"

- Uyandığında dinozor hâlâ oradaydı.

Galway Kinnell, "The Dead Shall Be Raised Incorruptible" ("Ölüler Çürümeden Kaldırılmalı")

- *Lieutenant! / This corpse will not stop burning!*: Teğmen!/ Bu ceset yanmaya devam edecek! **Metin içinde:** Teğmen, kelle sayımı! Tüm cesetlerini say!

T. S. Eliot, *Çorak Ülke*

- *A heap of broken images where the sun beats*: Bir kırık putlar yığınıdır ki güneşte kavrulur (çeviren: Suphi Aytimur) **Metin içinde:** yığınlar, döküntüler

Galway Kinnell, "Kirpi" (The Porcupine)

- *Puffed up on bast and phloem, ballooned/ on willow flowers, poplar catkins...* **Metin içinde:** kavak çiçeğine doğru ilerledi

T. S. Eliot, *Çorak Ülke*

- *Looking into the heart of light, the silence*: Sırf bakıyordum ışığın gözüne, sessizlik. (çeviren: Suphi Aytimur) **Metin içinde:** Işığın kalbi
- *Unreal City*: Gerçekdışı Kent.
  Under the brown fog of a winter dawn,
  A crowd flowed over London Bridge, so many,
  I had not thought death had undone so many.
  Sighs, short and infrequent, were exhaled,
  And each man fixed his eyes before his feet.

  Kirli sisi altında bir kış sabahının,
  Bir kalabalık aktı Londra Köprüsünden, sürüyle,
  Ummazdım, ölüm çökertsin insanları sürüyle.
  Duyulan, kesik ve seyrek, iç çekişlerdi,
  Ve gözleri kendi adımlarındaydı her adamın. (çeviren: Suphi Aytimur)

  Metin içinde: Kirli sisi altında bir çöl sabahının, bir kalabalık akıyor demir duvara, sürüyle. Kimse ummazdı trenler getirsin insanları sürüyle. Bedenler aşıp merdivenleri, akıyor çöl zeminine. Çocuklar kımıldamıyor, kesik ve seyrek iç çekişleri duyuluyor. Gözleri kendi ayaklarında her birinin.

Juan Rulfo, Pedro Páramo (İspanyolca orijinalinden tekrar çeviri)

- *Up and down the hill we went, but always descending. We had left behind hot wind and were sinking into pure, airless heat:* Tepeleri aştıktan sonra, giderek daha aşağılara indik. Sıcak havayı yukarıda bırakmıştık ve burada havasız bir sıcağın içine dalmaktaydık. (çeviren: Süleyman Doğru) **Metin içinde:** yol her zaman düz olsa da bir şekilde yokuş aşağı iniyormuş gibi hissediyorlar, özellikle de şimdi sıcak rüzgârı artlarında bırakmış ve durgun bir sıcağa, çanak şeklindeki vadinin en alçak noktasına dalıyorken
- *The hour of day when in every village children come out to play in the streets:* Bütün köylerin sokaklarında çocukların oynadığı ...saatti. (çeviren: Süleyman Doğru) **Metin içinde:** orada, güneşin alçakta olduğu ve normalde sokaklarda çocukların oynadığı saatte, terk edilmiş bir köye varıyorlar
- *Hollow footsteps, echoing against walls stained red by the setting sun*: batmakta olan güneşin boyadığı duvarlarda yankılanan beyhude adımlarının çıkardıkları sesi. (çeviren: Süleyman Doğru) **Metin içinde:** alçak güneşin sarıya boyadığı duvarlarda yankılanan kendi ayak seslerinden başka hiçbir şey duyulmuyor
- *Empty doorways overgrown with weeds*: kapıları kırık dökük, her taraflarını ot bürümüş evlere. (çeviren: Süleyman Doğru) **Metin içinde:** yabani otların bürüdüğü kırık dökük kerpiç blokları

Rilke, *Duino Ağıtları* (Juan Rulfo'nun serbest çevirisinden kabaca yeniden çevrildi)

- *Knowing they cannot call upon anyone, not men, not angels, not beasts*: kimseye başvuramayacaklarını biliyorlar, ne insanlara, ne meleklere, ne hayvanlara başvurabilirler
- *Astute beast:* bilmiş hayvanlara (çeviren: Can Alkor)
- *this uninterpreted world:* bu izah edilmemiş dünyada (çeviren: Can Alkor)

- *voices, voices, thinks listen heart, listen like only the saints have listened before:* Sesler, sesler. Duy yüreğim, şimdiye dek bir ermişlerin duyduğu gibi duy (çeviren: Can Alkor) **Metin içinde:** duy, duy yüreğim, diye geçiriyor, şimdiye dek sadece ermişlerin duyduğu gibi duy
- *how strange it feels to not to be on earth anymore:* Tuhaf şey elbette, artık şu yeryüzünde oturmamak (çeviren: Can Alkor)
- *angels forget if they live among the living or among the dead*: Çoğu zaman bilemezmiş melek, dirilerin mi yoksa ölülerin mi arasından yürüyor. (çeviren: Can Alkor) **Metin içinde:** unuturmuş melekler dirilerin mi yoksa ölülerin mi arasında yaşadıklarını
- *toilsome to be dead:* zahmetli şey ölü olmak (çeviren: Can Alkor)

Jerzy Andrzejewski, *Cennetin Kapıları* (Pitol'un Lehçeden İspanyolcaya yaptığı çeviriden kabaca İngilizceye çevirdim)

- *they walked without chants and without ringing of bells in a closed horde*: **Metin içinde:** birbirlerine iyice sokulmuş sessizce yürüyorlar
- *nothing could be heard, except the monotonous sound of thousands of footsteps:* binlercesinin tekdüze ayak seslerinden, adımlarının tekdüze sesinden başka hiçbir şey duyulmuyor
- *a desert, inanimate and calcined by the sun*: cansız ve güneşle kavrulmuş çöl
- *he touched the sand with his lips:* dudakları kumlara değdi
- *the sky was stained with a violet silence*: mor bir sessizlikle lekelenmişti gök
- *in a strange country, under a strange sky*: **Metin içinde:** tuhaf bir göğün altındaki tuhaf bir ülkeden
- *far away, as if in another world, thunder resonated heavily:* **Metin içinde:** dışarıda gök gürültüsü gitgide daha sık duyulur oluyor, denizdeki hiddetli bir medcezir gibi yankılanıyor

Kutular, metne yedirmeler, yeniden çeviriler ve yukarıda belirttiğim edebi eserlerin romanın üçüncü şahıs anlatısında farklı şekilde kullanılmak üzere değiştirilmesi bir yana, bu romanda kullandığım tüm eserleri alıntıladım, aktardım ve hepsine atıfta bulundum.

GÖRSELLER

289: Humane Borders'ın (İnsani Sınırlar) izniyle

293: © Felix Gaedtke

294: J. W. Swan (telif hakkı serbest), Wikimedia Commons aracılığıyla

296: Kansas Tarih Kurumu'nun izniyle

298: *Geronimo ve Apaçi yerlisi tutsak arkadaşları trenle Florida'ya giderken*. 1886. Florida Devlet Arşivleri, Florida Memory.

300: *Hofstra Hispanic Review*'un izniyle; şiir © Anne Carson

— from doing
dirty deeds
with the likes
of Erdoğan ...